THE LORD OF THE RINGS

THE RETURN OF THE KING

魔戒

王者歸來

J.R.R. TOLKIEN

李函——譯

魔戒——王者歸來

第五卷

第六卷

第五卷

第一章——
米那斯提力斯

皮聘從包裹住自己的甘道夫斗篷往外看。他想知道自己究竟是清醒，或還在睡夢中，自從長征開始，就一直待在這股疾馳的夢境裡。漆黑的世界自他身邊掠過，強風在耳邊高聲呼嘯。除了飄過的星辰外，他什麼都看不見，右邊的天空下出現了龐大的黑影，南方的山脈綿延不絕。他昏沉地試圖判斷旅程的時間與進度，但回憶卻朦朧又充滿不確定性。

剛開始他們毫不停歇地以驚人的速度奔馳，在黎明時，他看到了淡金色的光線，他們來到了山丘上的沉默城鎮與空蕩屋舍。當他們還沒抵達屋簷下時，有翼黑影就再度飛過，人們也因恐懼而畏縮。但甘道夫對他輕聲說話，他則疲勞又不安地在角落中入睡，模糊地察覺到人們來來去去、互相交談，甘道夫則在發號施令。接著他們再度騎馬穿越夜色。自從他望向晶石後，已經到了第二——不，第三個晚上。他隨著那股駭人的回憶驚醒，並打起冷顫，風聲中也傳來充滿威脅的聲響。

天空中浮現光芒，那是從漆黑山脈後浮現的黃色火光。皮聘畏縮起來，在片刻中感到畏懼，很想得知甘道夫究竟帶自己踏進哪種恐怖國度。他揉揉眼睛，隨即發現那是從東方陰影中升起的月亮，現在已幾乎化為滿月。所以夜色尚未變深，黯淡的旅程也將持續數小時。他動了一下並開口。

「我們在哪，甘道夫？」他問。

「在剛鐸國境，」巫師回答，「我們剛經過安諾瑞恩一帶。」

兩人再度陷入沉默半晌。接著，「那是什麼？」皮聘突然說道，並緊抓甘道夫的斗篷。「快看！有火，紅色的烈火！這一帶有龍嗎？快看，又有另一道火！」

作為回應，甘道夫對他的馬大聲疾呼。「快跑，影鬃！我們得加快速度。時間已經不夠了。看呀！為了召集救兵，剛鐸已經點燃烽火了。戰火已經燃起。你看，阿蒙丁上亮起火光，艾廉納赫上也燃起烈火。它們迅速往西傳遞：納多爾、伊瑞拉斯、明瑞蒙、凱蘭赫德與位於洛汗邊境的哈立菲瑞恩[1]。」

1　譯注：Halifirien，在洛汗語中意指「聖山」，原名阿蒙安瓦（Amon Anwar）與艾廉納爾（Eilenaer），為坐落於卡蘭納松與安諾瑞恩之間的聖山。《未完成的故事》的章節〈基里昂與伊洛，和剛鐸與洛汗之間的友誼〉（*Cirion and Eorl and the Friendship of Gondor and Rohan*）提到，當伊西鐸準備離開剛鐸，並前往亞爾諾前，曾將父親伊蘭迪爾的遺骨埋葬於此，並將此地作為剛鐸國境的中心。日後在凱勒布蘭特平原之戰後，剛鐸宰相基里昂將卡蘭納松地區贈與伊洛，後者便在此建立洛汗。由於哈立菲瑞恩此後已不再是剛鐸國境的中心點，基里昂便將伊蘭迪爾的遺骨送回米那斯提力斯安葬，但此處仍是剛鐸的聖地。

但影鬃停止奔馳，逐漸放慢腳步，再抬頭發出嘶鳴。黑暗中傳來其他馬匹回應的嘶叫聲，他們隨即聽到隆隆馬蹄聲，三名騎士便立刻如月下幽魂般疾馳而來，消失在西方。影鬃隨即全力衝刺，夜色如同強風般颾過牠身邊。

皮聘又變得昏昏欲睡，也不太搭理甘道夫說的話，他正在解釋剛鐸的風俗，以及王城城主如何沿著山脈兩側邊界的邊遠山丘上建造烽火台，並在這些地點設置哨站，備有蓄勢待發的馬匹，讓有令在身的騎士前往北方的洛汗，或是南方的貝爾法拉斯。「自從北方烽火上次點燃以來，已經過了很久。」他說，「古代的剛鐸不需要它們，因為當時的人擁有七晶石。」皮聘不安地扭動身子。

「繼續睡吧，別怕！」甘道夫說，「因為你不像佛羅多一樣要去魔多，而是去米那斯提力斯，在這些日子裡，待在那裡比待在其他地方都安全。如果剛鐸淪陷，或是魔戒遭到奪取，那夏郡也無法提供任何庇護了。」

「你這話讓我安心不了。」皮聘說，但睡意依然吞沒了他。他陷入夢境前記得的最後一件事，就是瞥見西沉明月光輝下的雪白高峰，如同漂浮在雲海上的島嶼般閃閃發光。他想知道佛羅多在哪，好奇對方是否已抵達魔多，或已經送命。他不曉得的是，身在遠方的佛羅多也正注視著同一顆月亮，看著它在白日到來前飄過剛鐸高空。

交談聲喚醒了皮聘。又過了躲躲藏藏的一天和趕路的一夜。此時天色朦朧，冰冷的黎明即將到來，他們身邊瀰漫著冷冽灰霧。站在一旁的影鬃渾身大汗，但牠仍驕傲地昂首，身上沒有一絲疲憊跡象。許多披著斗篷的高大人類站在牠身旁，身後的霧氣中聳立著一座石牆。它看來有些破損，但在夜色消散前，附近已經傳來急促的趕工聲響：鎚子的敲打聲；鏟子的撞擊聲；輪子的嘎吱聲。霧中四處閃動模糊的火炬與火焰亮光。甘道夫正與擋住他去路的人談話，而當皮聘聆聽對話時，發現對方正在討論他的事。

「沒錯，我們認識你，米斯蘭迪爾，」人群的領袖說，「你也知道七門[2]密語，能夠自由通行。但我們不認識你的同伴。他是什麼東西？是來自北方群山的矮人嗎？現在我們不希望有陌生人入境，除非他們武力強大，並且能讓我們信任他的忠誠與援助。」

「我會到迪耐瑟面前為他擔保。」甘道夫說，「至於勇氣，那可不是體態所能測量的。儘管你比他高上兩倍，但他比你經歷過更多戰役與危機呀，印戈。他剛離開艾森格攻城戰，我們帶來了相關的消息，他非常疲倦，不然我就會叫醒他了。他的名字是皮瑞格林，是個英勇無比的人。」

「人？」印戈質疑地說，其他人則哈哈大笑。

「人！」皮聘清醒地大叫，「人！才不呢！我是哈比人，沒比人類英勇多少，除非有必要時才得硬撐。別讓甘道夫騙了你們！」

「許多做過大事的人都是這麼說的。」印戈說，「但什麼是哈比人？」

---

2 譯注：Seven Gates，指米那斯提力斯七座樓層中的大門。

「就是半身人。」甘道夫回答，「不，不是預言中的那個半身人。」看到人們臉上的驚奇神情後，他補充道，「不是他，但確實是他的族人。」

「對，我也和他同行了很久。」皮聘說，「你們王城的波羅米爾也是我們的同伴，他在北方的大雪中救了我，最後還為了保護我，遭到許多敵人殺害。」

「別說了！」甘道夫說。「他父親應該要先得知這項悲劇。」

「已經有人猜到了。」印戈說，「因為最近傳來了奇異風聲。但趕快過去吧！米那斯提力斯城主一定會想見得知他兒子最後消息的對象，無論他是人或是——」

「哈比人。」皮聘說，「我只能為你們的主上盡微薄之力，無論我能做什麼，都會盡力辦到，以紀念勇敢的波羅米爾。」

「再會了！」印戈說，人們便讓影鬃通行，牠則穿過了牆中的窄門。「希望你在緊急時刻能為迪耐瑟和我們所有人帶來良好建議，米斯蘭迪爾！」印戈喊道，「但據說你經常帶來和悲傷與危機有關的消息。」

「因為我只有在有人需要幫忙時，才會出現。」甘道夫回答，「至於建議，我得說你們太晚維修帕蘭諾平原[3]的城牆了。勇氣將是你們抵禦當前風暴的最佳工具——以及我帶來的希望。我帶來的消息並非全都是噩耗，但放下你們的泥刀，磨利你們的劍吧！」

「傍晚前就會完工了。」印戈說，「這是最後一段需要加強的城牆，這裡遭遇攻擊的機會最小，因為它面對我們的洛汗盟友。你清楚他們的消息嗎？你覺得，他們會回應呼喚嗎？」

「對，他們會來。但他們在你們背後經歷了諸多戰事。這條路和其他道路都不再安全了。警覺點！要不是因為暴風鴉甘道夫，從安諾瑞恩出現的就不是洛汗騎士，而是敵軍了。敵人仍然可能出現。再會了，千萬別懈怠！」

甘道夫現在來到拉瑪斯埃霍[4]後的寬闊地帶。當伊西立安陷入魔王暗影中後，剛鐸人辛勤地建造出這道外牆，並賦予它這個名稱。它從山腳下綿延了十里格左右，再繞回來，圍住了帕蘭諾平原。當地是秀麗肥沃的城鎮區，坐落在逐漸往安都因河谷地延伸的長坡與台地上。城牆與王城大門最遠的距離有四里格，位在東北方，那裡有處高坡俯瞰著河畔的漫長平原，人們也強化了防禦工事。當地有條受到圍牆保護的堤道，從渡口和奧斯吉力亞斯的橋梁伸來，穿過備戰高塔之間由重兵看守的大門。城牆與王城大門最近的距離不到一里格，地點位於東南方。安都因河在此處繞過南伊西立安的艾明亞南丘陵，並猛地向西轉，外牆則在河畔隆起，牆下有哈隆德[5]的碼頭與港口，從南方航行到上游的船隻能在此停泊。

3　譯注：Pelennor Fields，在辛達林語中意指「藩籬之地」。

4　譯注：Rammas Echor，在辛達林語中意指「外圍高牆」。

5　譯注：Harlond，在辛達林語中意指「南港」。

城鎮區十分富饒，有寬廣的耕地與許多果園，住家有火爐與穀倉；羊圈與牛棚，不少小溪也從高地流過綠原，再匯入安都因河中。但沒有太多牧人與農夫住在那裡，大多剛鐸人民居住在王城的七環之中，或是洛薩納赫山區中的高谷，和南方遠處風光明媚五條溪流流經的萊班寧。在山脈與海洋之間住了批強悍的人民。他們被視為剛鐸人，體內混雜了其他民族的血統，其中也有矮壯黝黑的成員，他們的祖先是王族來到中土世界前的黑暗年代中，居住在山丘陰影下的人類，早已受到世人遺忘。而在遠方貝爾法拉斯的廣大封地中，印拉希爾親王居住在位於海邊的多爾安羅斯[6]城堡。他擁有高貴的血統，他的人民亦然，這些高大驕傲的人們擁有海灰色的眼珠。

在甘道夫疾馳了一陣子後，天色逐漸變亮，皮聘也醒了過來。他左邊有片霧海，在東方逐漸上升，化為黯淡的灰影。他右邊的雄偉群山高聳入雲，從西邊綿延到陡峭險峻的盡頭，彷彿是世界創生之初，大河便衝破山牆，刻劃出雄偉的山谷，為未來的戰役與爭端設下了舞台。當他看到伊瑞德尼姆拉斯的白色山脈末端，就如甘道夫所承諾的，眼前是敏多陸因山的漆黑輪廓；高處峽谷的深紫色陰影；因曙光而變白的山壁。衛戍之城矗立在外伸的山腳上，七層固若金湯的古老石造城牆使它看來不像人工建物，宛如巨人以大地之骨雕刻而成的作品。

當皮聘驚奇地眺望時，城牆由灰轉白，太陽忽然爬升到東方陰影上空，一道光束頓時灑落在王城正面。皮聘訝異地喊了一聲，因為聳立在最高城池上的艾克賽里昂之塔，正如以珍珠和白銀打造的尖刺般閃爍，外型雄偉、優雅，彷彿以水晶鑄造的尖端在陽光下綻放光彩。

城垛上的白色旗幟隨著晨風徐徐飄揚，皮聘也聽到遠方高處傳來清脆的銀製喇叭聲響。

甘道夫與皮瑞格林在日出時分抵達了剛鐸大門，鐵製門板也在他們面前敞開。

「米斯蘭迪爾！米斯蘭迪爾！」人們喊道，「風暴果然即將到來了！」

「它確實即將來襲。」甘道夫說，「我乘著它的羽翼而來。讓我通過！趁你們的迪耐瑟大人還在位時，我必須見他。無論即將發生什麼事，你們過往所知的剛鐸都來到了盡頭。讓我通過！」

聽到他充滿威嚴的聲音，人們立刻讓路，沒有繼續質問他，但他們仍訝異地望著坐在他身前的哈比人，以及載著他的駿馬。因為王城中的人很少使用馬匹，而除了城主派出的使者坐騎以外，街道上也不常看見馬匹。人們說：「這一定是洛汗國王的駿馬之一吧？也許洛希人很快就會來支援我們。」影鬃則驕傲地踏上漫長而蜿蜒的道路。

6

譯注：Dol Amroth，在辛達林語中意指「安羅斯之丘」，用於紀念在此溺斃的羅瑞安之王安羅斯。《未完成的故事》中提到，最早住在貝爾法拉斯的居民，是第一紀元來自貝勒爾蘭的辛達族難民。第二紀元時，格拉翠兒與凱勒彭曾居住在日後成為多爾安羅斯的岬角上。在努曼諾爾陷落前，有批努曼諾爾人來到貝爾法拉斯定居，並在此地建造要塞。當伊蘭迪爾在中土世界建立王國後，便賦予當地統治者「親王」的頭銜。印拉希爾是第二十二任多爾安羅斯親王。

米那斯提力斯建構在七座城池上，每座城池都鑿入山中，周圍也都設有城牆，每道牆中則有座大門。但大門並沒有排成一直線，主城牆上的王城大門位於環狀城池的東方，但第二道門面對東南方，第三道則面朝東北，上層的城門也依循此方式設置。通往主堡[7]的道路便在丘壁上四處轉彎。每次當它穿過王城大門上方的位置時，便會通過拱型隧道，隧道穿越了突出的巨岩，巨大的山岩將第一圈以上的城池全都隔成兩半。有部分是因為山丘遠古時期的形狀，部分則是由於古人的優異工法與工程，那高聳的巨石矗立在王城大門內的廣場後方，銳利的邊緣如同船隻龍骨般面對東方。它不斷攀升，一路抵達最頂端的城池，上方有座城垛。主堡中的人能像巨船中的水手一般，從頂峰直接望向七百呎下的王城大門。主堡的入口同樣面向東方，並鑿入巨岩的核心。有道點著油燈的長坡由此往上伸向第七道城門。人們能由此抵達高庭，以及白塔下的湧泉廣場，高大優美的白塔從地基到尖端有五十噚高，宰相的旗幟在平原上的一千呎高空飄揚。

這的確是座固若金湯的堡壘，只要城裡還有人能持械，就不會遭到敵軍攻陷；除非有敵人從後方襲來，並爬上敏多陸因山的低處山麓，再踏上將衛戍之丘連接到山脈主體的狹窄山肩。但山肩與第五層城池同高，西側盡頭的懸崖邊則有壁壘環繞。那塊空間矗立著已故君王與貴族的陵寢，永遠沉默地安息在山區與高塔之間。

皮聘目瞪口呆地注視這座雄偉石城，這座王城遠比他想像中更加龐大壯麗，比艾森格更加堅不可摧，也更雄偉非凡。但它的確已逐年凋零，也少了能在那悠閒起居的半數居民。

在每條街上，他們都經過某些大宅或庭院，門板與拱門上刻有型態奇異古老的優美文字，皮聘猜想是曾住在當地的偉人與親族。這些建築寂靜無聲，寬闊的道路上沒有一絲腳步聲，廳堂中也聽不見交談聲，更沒有人從門口或空蕩的窗口往外看。

最後他們走出陰影，來到第七座城門，溫暖的太陽照耀著河流遠處，此時的佛羅多正走在伊西立安中。陽光灑落在光滑的牆壁與石柱上，大型拱門上的拱心石雕成了頭戴王冠的國王面容。甘道夫下了馬，因為主堡內不允許馬匹進入，聽了主人輕柔話語的影鬃，允許別人將牠牽走。

城門的守衛身穿黑袍，戴著造型特異的高盔，修長的面甲在臉上十分服貼，面甲頂端飾有海鳥的白色羽翼。頭盔閃耀著銀色光澤，因為它們由祕銀所打造，是來自光榮歲月的傳承物。黑色外衣上繡了潔白如雪的白樹，樹頂則有銀冠和多芒星。這是伊蘭迪爾後裔的制服，而當今在整個剛鐸，只有湧泉廣場前的主堡衛隊會如此打扮，白樹也曾生長於此。

當地顯然已收到他們到來的消息，守衛沉默地讓他們迅速進門。甘道夫快步穿越鋪設白色石板的廣場。噴泉在早晨的陽光下潺潺湧出，周圍有片碧綠色草地。草地中央有棵枯樹矗立在水池旁，哀傷的水滴從乾枯的斷枝落入清水之中。

7 譯注：Citadel，指米那斯提力斯最頂端的第七層城池。

當皮聘快步跟在甘道夫後頭時，便望向那棵樹。他覺得它看來十分憔悴，也想知道當其他東西都受到妥善看顧時，這棵枯樹為何還留在此處？

七星七石一白樹。

他想起甘道夫低聲說過的話語。接著他來到閃爍高塔下的大廳門口，並跟在巫師身後，經過高大沉默的門衛，踏進石廳迴音繚繞的涼爽陰影中。

他們踏上一條空蕩、漫長的鋪石通道，甘道夫在路上對皮聘輕聲說話，「注意言行，皮瑞格林先生！現在不是展現哈比人冒失態度的時候。希優頓是個和善老人；迪耐瑟是另一種人。他驕傲而心思細膩，家世顯赫，也坐擁大權，然而他的稱號並不是國王。但他會花最多時間和你交談，並嚴加質問，因為你能將關於他兒子波羅米爾的消息告訴他。他非常寵愛波羅米爾，或許太溺愛了，這是因為他們的個性截然不同。但他會以父愛作為掩飾，並認為自己能從你身上打聽到比我口中更多的消息。別把不必要的事告訴他，也別提到佛羅多的任務。我會在恰當時機處理這件事。除非必要，不然也別提到亞拉岡。」

「為什麼？快步客怎麼了？」皮聘小聲說道，「他打算要來這裡，不是嗎？而且，他很快就會到了。」

「也許吧，也許吧。」甘道夫說，「但如果他要來，也該是透過出乎眾人意料的方式，就連迪耐瑟也不該知道。這樣比較好。至少我們不該宣告他的到來。」

甘道夫在一道光亮的金屬大門前停下腳步。「聽好了，皮聘先生，現在沒時間教你剛鐸的歷史。如果當你還在夏郡偷鳥蛋和在森林裡閒晃時，就知道這些事的話，狀況就好多了。照我說的做！為位高權重的王族捎來繼承人的死訊時，最好別多提在到來時將重掌王權的人。聽懂了嗎？」

「王權？」皮聘訝異地說。

「對。」甘道夫說，「如果你這一路走來都漫不經心的話，現在就清醒點！」他隨即敲響了門。

大門應聲開啟，但他們看不到開門的人。皮聘望進一座大廳。遼闊走道兩側上的深邃窗口照亮了室內，窗口位在支撐屋頂的高柱遠處。以黑色大理石打造的石柱頂端有雄偉的柱冠，上頭飾有許多奇特的野獸與葉片石雕，寬闊穹頂下的陰影中則微微閃著黯淡的金光。地板由打磨過的白色岩石鋪設而成，上頭嵌有色彩繽紛的花紋。那座肅穆長殿中沒有任何吊飾或繡有圖案的掛氈，也沒有任何織品或木製品。但高柱之間矗立著一排冰冷高大的沉默石像。

當他望向那排早已逝世的王者們時，皮聘忽然想到亞格納斯的巨型石像，也隨之感到敬畏。大廳遠處建有許多臺階的高臺上有個王座，上空則有形如高盔的大理石圓頂；後頭的牆上雕有一棵樹的圖案，樹上繁花錦簇，周圍鑲嵌了寶石。但沒有人坐在王座上。高臺最底部的寬敞臺階旁有座樸素的黑色石椅，上頭坐了個盯著大腿瞧的老人。他手中握有一把白色權杖，頂端有金製握把。他沒有抬頭。兩人莊重從長廊走向他，直到來到他腳凳外三步之遙的距離。甘道夫隨即開口。

「拜見艾克賽里昂之子迪耐瑟，米那斯提力斯城主與宰相！我在這黑暗時刻中帶著諫言與消息前來。」

老人此時才抬起頭。皮聘看到他散發傲氣的嚴峻臉龐，以及白如象牙的皮膚，和深邃黑眼間的鷹勾鼻。對方無法讓他聯想到波羅米爾或亞拉岡。「此刻確實黑暗。」老人說，「你也慣於在這種時刻出現，米斯蘭迪爾。但儘管所有跡象都顯示剛鐸的末日將近，對我而言，那股黑暗已不足以與我心底的黑暗相比。有人告訴我，你帶來了見到我兒子離世的人。是他嗎？」

「沒錯。」甘道夫說，「是那兩人之一。另一人和洛汗的希優頓同行，之後也會來到此地。如你所見，他們是半身人，但並非預言所指的對象。」

「但他還是半身人。」迪耐瑟陰沉地說，「我不怎麼喜歡這個名稱，因為那可憎的預言打亂了我們的計畫，還讓我兒子在荒唐的任務中送命。吾兒波羅米爾！我們現在太需要你了。法拉米爾應該代替他去的。」

「他也會願意去。」甘道夫說，「別因悲傷而不義！波羅米爾自願接下任務，也不願讓他人接手。他是個獨斷的人，會主動奪取自己渴求的事物。我和他同行許久，也深知他的性格。但你提到他的死訊。在我們抵達前，你就聽說了嗎？」

「我收到了這個。」迪耐瑟說，他放下權杖，從腿上拿起先前注視的物品。他雙手各拿了一塊大號角的碎片，號角從中間被一分為二，那是把鑲有銀飾的野牛號角。

「那是波羅米爾總是帶在身邊的號角！」皮聘喊道。

「誠然。」迪耐瑟說，「當年我也攜帶過它，我們家族中的所有長子亦然，這種風俗可追溯到王者血脈斷絕之前的古老歲月，當時馬迪爾之父佛隆迪爾在遙遠的魯恩原野狩獵過亞洛野牛[8]。十三天前，我聽到它的微弱聲響從北方邊界傳來，大河則把它的碎片送來給我。它不會再發出聲音了。」他停了下來，周圍便陷入沉默。他忽然把目光轉向皮聘。「你怎麼說，半身人？」

「十三，十三天。」皮聘語氣結巴地說，「對，我想沒錯。對，當他吹起號角時，我就站在他身旁。但沒有援兵出現。只有更多歐克獸人。」

「所以，」迪耐瑟說，並目光銳利地注視皮聘的臉。「當時你在場？把更多狀況告訴我！為何沒有援兵出現？當他無法倖存時，你又是怎麼逃生的？他是個身強力壯的人，而且只有歐克獸人與他抗衡。」

皮聘臉紅起來，也忘卻了他的畏懼。「光憑一支箭，就能殺死最驍勇善戰的人。」他說，「波羅米爾則身中數箭。當我最後一次看到他時，他倒坐在樹下，從身體側面拔出一支黑羽箭。然後我昏了過去，並遭到敵人擄走。我沒有再見到他，也不曉得後來的經過。但我珍惜關於他的回憶，因為他英勇無雙。他為了拯救我和我的同胞梅里雅達克而死，在

8 譯注：kine of Araw，亞洛是維拉獵人歐羅米的辛達林語名稱。參見附錄A中「伊瑞亞多，亞爾諾，與伊西鐸繼承人」。

樹林中遭到黑暗魔君的士兵伏擊。儘管他不幸犧牲，我依然對他心懷感激。」

接著皮聘與老人的目光相交，由於對方冰冷嗓音中的輕蔑與質疑，使他內心浮現了出奇的驕傲。「身居高位的人類貴族，肯定不認為區區一個哈比人，來自夏郡的半身人能提供多少服務。但即便如此，我也依然願意為您效力，以報答我積欠的人情。」皮聘拉開灰色斗篷，抽出短劍，並把劍擺在迪耐瑟腳邊。

老人的臉上露出一抹淺笑，如同嚴冬垂暮時的冷冽陽光。但他低頭並伸出手，將號角碎片擺到一旁。「把武器給我！」他說。

皮聘舉起短劍，將劍柄呈給他。「這是哪裡來的？」迪耐瑟說，「這把武器歷經歲月風霜。這一定是我們的北方族人在古代所鑄造的劍吧？」

「它來自我故鄉邊界的墓塚。」皮聘說，「但現在只有邪惡屍妖居住在當地，我也不願多談它們的事。」

「我看得出你有過奇異經歷。」迪耐瑟說，「事實再度證明，不該以貌取人——或是半身人。我接受你的效力。話語並未讓你退縮，你的言行也謙恭有禮，不過對我們南方人而言口音十分奇特。在將來的日子裡，我們需要所有謙恭有禮的人，無論他們是大是小。向我宣誓吧！」

「握住劍柄，」甘道夫說，「如果你已下定決心，就複誦城主的話。」

「我決定好了。」皮聘說。

老人把劍擺在腿上，皮聘則將手放在劍柄上，緩緩隨著迪耐瑟說：

「我在此向剛鐸與宰相宣誓效忠，聽命開口與保持緘默，奉命行事。肩負使命奔走，無論貧富，無論身處和平或戰爭，無論生死。誓言從此刻生效，直到吾主解除我的職務；我的生命結束；或世界滅亡。我，半身人來自夏郡的帕拉丁之子皮瑞格林在此宣誓。」

「我，艾克賽里昂之子迪耐瑟；剛鐸領主[9]；至高王的宰相已聽聞此誓，本人不會遺忘，也將重賞臣下：以愛回應忠誠；以榮譽回應功績；以復仇呼應背叛。」皮聘隨後收回佩劍，並將它插入劍鞘。

「現在，」迪耐瑟說，「我要對你下達的第一項命令：毫無保留地開口暢談！把你完整的故事告訴我，盡量回想起吾兒波羅米爾的事。坐下，開始講吧！」當他說話時，便敲響了腳凳旁的小銀鑼，僕人們便立即上前。皮聘發現他們先前站在門口兩側的凹室中，因此當他與甘道夫進門時，才沒有看見他們。

「為客人送上酒食與座椅。」迪耐瑟說，「一小時內別讓人打擾我們。」

「我只能空出這段時間，因為還有許多要事得處理。」他對甘道夫說，「表面上是更重要的事，但我覺得沒那麼急迫。但也許今天結束前，我們還能再談談。」

「希望能早點談。」甘道夫說，「我從艾森格策馬奔馳了一百五十里格的長路來此，

---

9 譯注：此頭銜原文為 Lord of Gondor，並非特指宰相一職，其他擁有封地的貴族也會使用此頭銜，但宰相的 Lord 會使用大寫，指的不是君王。

並不是只為了帶一名謙恭有禮的小士兵給你。希優頓才剛結束了大戰，艾森格也遭到推翻，我也折斷了薩魯曼的手杖；這一切難道對你而言毫不重要嗎？」

「當然重要。但我對這些事已有足夠的了解，能讓我考量對抗東方威脅的計畫。」他的黑眼珠緊盯甘道夫，皮聘則發現兩人間的相似性，也感到他們倆之間的緊湊壓力——他彷彿能看到兩人眼中燃起一道火線，隨時可能爆發。

迪耐瑟看起來確實比甘道夫更像個偉大巫師，他更具君王氣度，外型俊美，手握強權，似乎也更年長。但肉眼外的某種感官讓皮聘察覺，甘道夫擁有更強大的力量與更浩瀚的智慧，同時隱蔽起某種威嚴。甘道夫也較年長，老太多了，「有多老呢？」他思忖道，接著他想到先前居然沒注意到這點，還真奇怪。樹鬍曾提過關於巫師的某些事，但當時他也沒把甘道夫想成他們之一。甘道夫究竟是什麼來頭？他從遠古時代中的何方來到這世界，又會在什麼時候離開呢？接著他的思緒中斷，並發現迪耐瑟和甘道夫仍然與彼此四目相對，彷彿在審視對方的內心。但迪耐瑟率先移開視線。

「對，」他說，「儘管晶石據傳已經遺失，但剛鐸王族依舊擁有比常人更敏銳的觀察力，也會收到許多消息。先坐下吧！」

僕人們送來椅子與矮凳，還有人用托盤送來銀酒壺與杯子，以及白蛋糕。皮聘坐了下來，但他無法把目光從老宰相身上移開。當他提到晶石時，眼中是否曾綻放精光，並望向皮聘的臉龐？或那只是他的想像呢？

「把你的故事告訴我吧，臣子。」迪耐瑟語氣半是溫和、半是嘲諷地說，「我兒子這麼重視的人所說的話，肯定值得一聽。」

皮聘永遠不會忘記待在大廳中的那一小時，他待在剛鐸領主銳利的目光下，對方不斷向他拋出精明的問題，同時他也感覺到甘道夫就在身旁觀察與聆聽，還壓抑著逐漸高漲的不耐怒氣（皮聘是這麼覺得）。一小時過後，迪耐瑟再度敲響銀鑼，皮聘則覺得精疲力竭。「現在一定才頂多九點。」他想，「我可以連續吃掉三頓早餐了。」

「帶米斯蘭迪爾大人到為他準備的住所。」迪耐瑟說，「如果他的同伴想，可以暫時和他同住。但向眾人宣布，我已經將他收入麾下，人們將稱他為帕拉丁之子皮瑞格林，也得告訴他低階通行密語。日出後三小時的鐘聲響起後，就要將軍們盡快來這裡見我。

「至於你，米斯蘭迪爾大人，也該在那時過來，隨時想來也行。沒人可以阻止你在任何時間來見我，只有我簡短的睡眠時間除外。消消你對一介愚叟的怒氣，再回來幫助我吧！」

「愚叟？」甘道夫說，「不，大人，如果你成了傻子，就會送命。你甚至能利用悲傷作為掩護。你覺得我不明白你的用意嗎？當我坐在一旁，你卻花一小時質問最不清楚狀況的人。」

「如果你明白，就不必多說了。」迪耐瑟回答，「在情急時刻輕視援助與諫言的話，這種傲慢才是愚行。但你只照自己的計畫給予他人忠告。但剛鐸領主絕非能供他人利用的工具，無論對方有多高尚的目的都一樣。對領主而言，世上沒有比剛鐸的福祉更崇高的事；

而剛鐸的統治權只屬於我，大人，不屬於其他人，直到國王歸來。」

「直到國王歸來？」甘道夫說，「嗯，宰相大人，你的任務是為了此事守護某個王國，當今也沒有多少人覺得這種事會發生。為了這項任務，你會得到自己要求的所有支援。但我得說一句話：我不統治任何國度，無論是剛鐸或其餘大小國度亦然。世上所有陷入危機的美好事物，才是我關心的對象。至於我，就算剛鐸淪陷，只要在今晚之後，還有東西能在未來的日子裡開花結果，我的任務又不會完全失敗。因為我也是個輔佐人。你不曉得嗎？」說完，他就轉身離開大廳，皮聘則跑到他身旁。

甘道夫一路上都沒有看皮聘，或對他說話。兩人的嚮導帶他們離開宮殿大門，再帶他們穿越湧泉廣場，踏上雄偉石樓之間的小徑。繞過好幾個彎後，他們來到一棟靠近北側主堡城牆的房屋，距離山丘與高山相連的山肩並不遠。在高於街道一層的樓層，嚮導帶他們走上寬敞的石雕階梯，進入一座秀美的房間，裡頭明亮、寬敞，還吊有精緻的暗金色掛毯。房裡的家具不多，只有一座小桌、兩張椅子和一張長椅。但房間兩側都有掛上簾幕的壁龕，內部還有整齊的床鋪，一旁則有用於盥洗的瓶罐與水盆。屋內有三道又高又窄的窗戶，往北面對安都因河籠罩在濃霧中的巨型河灣，也朝向遠方的艾明穆伊和勞洛斯瀑布。皮聘得爬上長椅，才能往較高的石砌窗台外觀望。

「你在氣我嗎，甘道夫？」當他們的嚮導關上門離開時，他就問道，「我盡力了。」

「你確實盡力了！」甘道夫說，並忽然大笑起來。他站到皮聘身旁，用一隻手臂環住哈比人的雙肩，並望向窗外。皮聘驚奇地注視他身旁的臉孔，因為對方的笑聲開心又喜悅。

但他在巫師的臉上先看到充滿憂愁與悲傷的皺紋，當他更仔細端詳時，就發現皺紋下隱藏著莫大喜悅：彷彿像座充滿愉悅的噴泉，一旦泉水湧出，就足以讓整個王國高聲歡笑。

「你確實盡力了。」巫師說，「我希望你別再困在兩名如此恐怖的老人之間了。剛鐸領主也從你身上得知了超乎你預期的情報，皮聘。你無法隱藏波羅米爾沒有從墨瑞亞開始領導護戒隊的事，以及你們之間有個地位崇高的人將來到米那斯提力斯，這人還有把知名的劍。剛鐸人經常思考昔日的傳說，而自從波羅米爾離開後，迪耐瑟就經常對那首預言和伊西鐸剋星這詞進行深思。

「他不像這時代的其他人，皮聘，而無論他的先祖狀況為何，由於某種機緣，使得他幾乎擁有明確的西陸血脈；他另一個兒子法拉米爾也是，但他最愛的波羅米爾卻沒有這種跡象。他擁有遠見卓識。如果他全神貫注，就能察覺人們心中的思維，甚至能察覺遠方對象的想法。欺騙他非常困難，也是危險之舉。

「記好這件事！因為你現在已宣誓為他效力。我不曉得你的腦袋或內心怎麼會想出這個點子，但做得很好。我沒有阻止，因為慷慨的行為不該受到冰冷的諫言所阻擋。此舉觸動了他的內心，我覺得也讓他感到高興。至少當你不需值勤時，就能在米那斯提力斯中自由來去。這行為還有另一層面向。你是他的下屬，他也不會忘記這點。小心點！」

他沉默下來並嘆了口氣。「好吧，沒必要對明天的事鑽牛角尖。首先，明天可能會比今天更糟，而接下來的許多日子也將如此。我也無法扭轉這種情況。棋盤已經擺妥，棋子也開始行走了。我想找到的其中一顆棋子，就是法拉米爾，他現在已經是迪耐瑟的繼承人了。我不認為他人在王城裡，但我沒時間蒐集情報。我得離開了，皮聘，得去領主會議打探消息。魔王已經搶得先機，也準備全面進攻了。卒子很可能會見識到慘烈的戰況，帕拉丁之子皮瑞格林，剛鐸的士兵。磨利你的劍吧！」

甘道夫走到門邊，並轉過身來。「我趕著離開，皮聘。」他說。「當你出去時，就幫我個忙。如果你還不太累，就在休息前處理。去找影鬃，看看牠的住宿情況。這些人對牲畜很友善，因為他們是睿智的善良民族，但比起某些人而言，他們照顧馬匹的技巧略遜一籌。」

說完，甘道夫就出門了。當他離開時，主堡中的高塔就響起了清亮的鐘聲。它響了三下，銀鈴般的聲音在空中飄蕩，並隨即消失：這代表日出後的第三個小時。

過了一分鐘後，皮聘就走向門口，再步下階梯，往街道四處觀望。太陽綻放出溫暖明亮的光芒，石塔與高樓則往西撒下長影。敏多陸因山蒙上積雪的淨白山巔矗立在藍天中。武裝齊全的人們在王城中來回奔走，彷彿在鐘聲響起時更動哨點與職務。

「我們在夏郡說現在是九點鐘。」皮聘大聲地對自己說，「該在春天陽光下的窗邊吃頓優秀早餐了。我好想念早餐喔！這些人會吃早餐嗎，還是已經結束了？他們什麼時候要吃晚餐，又得去哪吃呢？」

此時他注意到一個身穿黑白服飾的人，正沿著主堡中央的狹窄街道往他的方向走。皮聘感到十分寂寞，便決定在這人經過時向他攀談，但不需如此。男子直接朝著他走來。

「你是半身人皮瑞格林嗎？」他說，「我得知你已宣誓效忠城主與王城了。歡迎！」

他伸出手，皮聘則和他握手。

「我是巴拉諾之子貝瑞剛。我今天早上沒有任務。上級派我來告訴你通關密語，也得把你肯定想知道的事告訴你。至於我，我也想了解你。因為我們從未在此地見過半身人，儘管我們聽過他們的傳言，但我們所知的故事卻鮮少提到他們。而且你是米斯蘭迪爾的朋友。你和他熟嗎？」

「這個嘛，」皮聘說。「你可以說，我簡短的這輩子裡都認識他。但他的故事十分漫長，我也說不上很了解他。但或許我和其他人一樣不太了解他。我想，亞拉岡是我們團隊中唯一真正了解他的人。」

「亞拉岡？」貝瑞剛說，「他是誰？」

「噢，」皮聘結巴地說，「他是我們同行的人。我想他目前待在洛汗。」

「我聽說你去過洛汗。我也想問你關於那塊土地的事，因為我們把僅剩的希望都寄託在當地人民身上。但我忘了我的任務：我得先回答你想問的問題。你想知道什麼，皮瑞格林先生？」

「呃，」皮聘說，「我想問個當前十萬火急的問題：早餐在哪？我是說，幾點是用餐時間，如果有餐廳的話，又在哪裡？酒館呢？儘管我以為抵達睿智貴族的住家時，就能喝點啤酒，但我觀察過了，當我們過來時，連一家都沒看到。」

貝瑞剛嚴肅地看著他。「閣下顯然是位老兵。」他說，「他們說去遠方作戰的人，總會期待下一頓飯，但我自己並非慣於旅行的人。那你今天還沒用過餐嗎？」

「這個嘛，對，禮貌上來說有。」皮聘說，「但你的主上只賞了我杯酒和白蛋糕而已，但他連續問了我一小時的問題，這讓我餓壞了。」

貝瑞剛笑道：「我們說，小人物在餐桌邊能做大事。但你和主堡中其他人吃了同種食物，也備受恩寵。這是座備戰中的要塞和防衛塔。我們在日出前起床，在灰濛的曙光中用餐，並在日出時執行勤務。但別擔心！」看到皮聘臉上的憂慮後，他又笑著說。「職責重大的人，在早上中段吃點東西補充力氣；接著在中午或職務空檔間用午餐；約莫在日落時分，人們則會聚在一起愉快地用晚餐。

「來吧！我們稍走一下，然後去找點食物，再到城垛邊吃喝，欣賞早晨的美景。」

「稍等一下！」皮聘臉紅地說，「你的禮貌讓我暫且遺忘了貪食或飢餓感，但甘道夫，就是你們口中的米斯蘭迪爾，要我去看看他的馬影鬃，洛汗的名駒，也是國王的珍寶。我想他的新主人愛牠勝過許多人；如果他的好意對這座城市有價值的話，你就該對影鬃以禮相待。如果可能的話，待他該比對我這個哈比人還好。」

「哈比人？」貝瑞剛說。

「我們是這樣叫自己的。」皮聘說。

「我很慶幸能學到這點。」貝瑞剛說，「我得說，奇特的口音無損於體面話語，哈比人也是舌燦蓮花的種族。但來吧！你得讓我認識這匹馬。我喜歡動物，而我們在這座石城中很少看到牠們。我的家族來自山谷，更久以前則住在伊西立安。但別擔心！這段行程不會太長，只是打個禮貌的招呼，然後我們就去伙食房。」

皮聘發現影鬃的住處不錯，也受到妥善照料。位於主堡城牆外的第六環城池，有些養了幾匹快馬的華麗馬廄，地點緊靠城主使者的住處。信使們總是準備好在迪耐瑟或他的大將一令之下出發。但現在所有馬匹和騎士都已經離開了。

當皮聘進入馬廄時，影鬃就發出嘶鳴並轉頭。「早安！」皮聘說，「甘道夫會盡快過來。他很忙碌，但他捎來問候，也派我來看你過得好不好。我希望你在長途旅行後有好好休息。」

影鬃甩了頭並跺腳。但牠讓貝瑞剛輕柔地碰牠的頭，並撫摸牠的脅腹。

「牠看起來彷彿正養精蓄銳準備奔馳，而不是剛結束一場漫長旅程。」貝瑞剛說，「牠真是健壯驕傲！牠的馬鞍在哪？應該是個華美的鞍具。」

「沒有任何漂亮馬鞍配得上牠。」皮聘說，「牠不會接受。如果牠願意載你，就會好好讓你待在背上。如果牠不願意，那就沒有任何馬勒、馬鞍或鞭子能馴服得了牠。再會，影鬃！耐心點。戰爭快要到來了。」

影鬃抬頭嘶吼，馬廄則為之劇烈搖晃，他們摀住耳朵。看到放滿食物的飼料槽後，他們便離開馬廄。

「該換我們用餐了。」貝瑞剛說，他也帶著皮聘回到主堡，前往高塔北側的城門。他們由此走下涼爽的漫長階梯，來到一處以吊燈點亮的寬巷。兩側牆上都有活板窗口，其中一道則對外敞開。

「這是我所屬衛隊的倉庫與伙食房。」貝瑞剛說，「你好，塔剛！」他往窗口內說，

「時間還早，但這裡有位城主剛收入麾下的新兵。他空腹從遠處而來，今天早上也十分忙碌，現在已經餓壞了。幫我們弄點吃的來！」

他們得到了麵包和奶油，以及乳酪和蘋果；這是最後一批冬季存糧，儘管蘋果上頭起了皺紋，但滋味依然甜美。他們還拿到一只裝滿啤酒的皮製酒囊，還有木製杯盤。他們將所有東西放進柳籃，再往上走回陽光中。貝瑞剛帶皮聘去外伸的雄偉城垛東側盡頭，那裡的城牆有道窗孔，窗台下則有座石椅。他們可以從那裡望向晨曦中的世界。

他們吃吃喝喝，並談起剛鐸的風俗民情，以及夏郡和皮聘見過的奇異地區的事。隨著他們深談，貝瑞剛感到滿心驚奇，也訝異地看著哈比人，對方在椅子上搖擺著雙腿，有時在座位上踮起腳尖，望向窗台外的地區。

「我不隱瞞你，皮瑞格林先生，」貝瑞剛說，「對我們而言，你看起來幾乎像是我們的孩童，僅僅像個九歲左右的孩子。但你經歷過連我國的老一輩都沒見識過的危機與奇景。我以為城主只是碰巧想收個侍從，據說這是古代王者的習慣。但我現在明白事實並非如此了，希望你務必原諒我的愚昧。」

「別這麼說。」皮聘說，「不過你並沒有說錯。在我的同胞中，我也比男孩子大不了多少，照我們在夏郡的說法，我還得等四年後才會『成年』。但別談我了。來看看吧，告訴我，我能看到些什麼？」

太陽正逐漸攀升，底下谷地的霧氣也已消散。最後一絲迷霧正往上空飄走，東方的微風吹來幾縷白雲，也讓主堡上的白色旗幟隨風飄盪。從肉眼看來，灰色的大河正在下方谷底五里格外的位置閃閃發光，它從西北方流下，直到河水消失在五十里格外大海的朦朧水光中。

皮聘能看到遼闊的帕蘭諾平原全貌，遠方有黑點般的農舍與矮小圍牆，穀倉與牛棚，但都沒看見牛犢或其他牲畜。許多道路和小徑穿過綠原，上頭有熙熙攘攘的旅客，成排的馬車往王城大門前進，其他馬車則向外行駛。經常有騎士會策馬前來，從馬鞍上跳下後，就快步走進王城。但大多人馬都沿著主要幹道離開，道路往南轉去，比大河更快速地繞過丘陵外圍，並迅速從視野中消失。道路寬闊又鋪設平整，東側有條寬敞的草綠色馬道，遠處則有堵圍牆。騎士們來回奔馳，但整條街道似乎都擠滿了用布蓋住的大型馬車，車輛往南駛去。但皮聘很快就發現這一切充滿秩序：有三排馬車正在移動，馬匹快速拉著一排車，牛隻則拖著另一排更慢的大型車輛，上頭有五顏六色的篷蓋。道路西端則有許多人力拉動的小型貨車。

「那就是前往托姆拉登[10]和洛薩納赫谷地的道路，也通往山地村落，之後導向萊班寧。」貝瑞剛說，「最後一批馬車將老弱婦孺載向避難處。他們必須在中午前離開王城大門，讓道路淨空一里格的長度，這就是他們接到的命令。這是個令人難過的必要之舉。」他嘆了口氣，「也許，當前有些分離的人將無法重逢。這座城市裡的孩子們總是太少，但

——

10 譯注：Tumladen，辛達林語意指「寬谷」。

現在城裡完全沒有孩童了，除了少數不願離開的年輕人以外，他們可能會找些事做：我自己的兒子就是其中之一。」

他們沉默了一會。皮聘憂心地望向東方，彷彿隨時可能看到數千個歐克獸人跨過原野來襲。「那裡有什麼東西？」他問，邊往下指向安都因河彎中央。「那是另外一座城市嗎，還是別的東西？」

「那是座城市，」貝瑞剛說，「剛鐸的首都，和它相較之下，此地只是座要塞。那是位於安都因河兩側的奧斯吉力亞斯，我們的敵人多年前就占領該城，並把它焚毀。但我們在迪耐瑟年輕時將它奪回，不是用來居住，而是作為前哨，並重建用於運輸軍備的橋梁。之後從米那斯魔窟出現了墮落騎士。」

「黑騎士？」皮聘睜開眼睛說，圓睜的雙眼中重新產生了舊日的恐懼。

「對，它們身穿黑衣。」貝瑞剛說，「我看得出你知道它們的事，不過你在故事中沒提過它們。」

「我知道它們。」皮聘輕聲說道，「但我不會在這麼近的地方提到它們。」他停止說話，並把目光移到大河上空，覺得自己只能看到充滿威脅性的龐大黑影。或許那是矗立在視野邊陲的山脈，近二十里格內的朦朧空氣柔化了它們不平整的輪廓，或許那只是道雲牆，彼端則是更深沉的黑暗。但當他注視它時，就覺得黑暗似乎正增長集結，極為緩慢地升上高空，並遮蔽太陽。

「這麼靠近魔多嗎？」貝瑞剛平靜地說，「對，它就在那裡。我們很少說出它的名稱，但我們總能看見那道黑影。有時它看似微弱而遙遠，有時又變得又近又幽深。它正不斷擴張，也變得更漆黑，因此我們也感到更加不安。而不到一年前，墮落騎士們奪回了渡口，我們許多精銳人馬也遭遇不測。波羅米爾最終將敵軍從西岸驅離，我們也仍把持著近一半的奧斯吉力亞斯。時間並不長。但我們正在該處等待新一波攻擊。也許正是將來的戰爭中最主要的攻勢。」

「什麼時候會出現？」皮聘說，「你猜過嗎？兩天前，我看到烽火和使者們，甘道夫也說那是開戰的訊號。他似乎心急如焚。但現在一切似乎又慢下來了。」

「只是因為一切都已經準備好了。」貝瑞剛說，「這不過是暴風雨前的寧靜。」

「但兩天前為何要點燃烽火呢？」

「當你的城市遭到圍攻時才求救，就太遲了。」貝瑞剛回答，「但我不曉得城主與將軍們的想法。他們有許多收集情報的方式。迪耐瑟大人也與其他人不同：他擁有卓越遠見。據說當他在夜裡獨自坐在白塔高處的房間中，聚焦他的心力時，就能預見一部分未來。他有時甚至會打探魔王的內心，和對方進行抗衡。因此他才顯得比實際年齡老邁。但無論事實為何，吾主法拉米爾都不在城內，他去大河對岸進行某種危險任務，可能也捎了消息過來。

「但如果你問我對點燃烽火原因的看法，我覺得是因為那晚從萊班寧傳來的消息。有一大批由南方的昂巴海盜掌控的艦隊，正逐漸逼近安都因河口。他們早就不畏懼剛鐸的勢力，還與魔王結盟，現在則準備為了他發動攻擊。這項攻勢會引開我們希望能從萊班寧和貝爾法拉斯得到的援軍，當地有為數眾多的武勇人民。我們更常想起北方的洛汗，因此你帶來的捷報更令我們感到慶幸。」

「但是，」他停下並站起身，往北方、東方與南方打探。「艾森格的事件該讓我們察覺，自己陷入了龐大而狡詐的羅網中。這不再是渡口的騷擾行動，或是來自伊西立安與安諾瑞昂的掠奪行為，也不再是埋伏與劫掠。這是計劃已久的大戰，無論我們有多自傲，都只是棋局中的一枚棋子而已。情報指出，內海[11]彼端的遠東地區，北方的幽暗密林等地，以及南方的哈拉德都蠢蠢欲動。全世界都將面對考驗：抵抗邪影，或就此淪亡。

「但是，皮瑞格林先生，這是我們的榮幸——我們總是承擔了黑暗魔君最強烈的恨意，因為那股恨意源自遠古與海外。此地將遭遇最猛烈的攻勢。因此米斯蘭迪爾才急促前來。如果我們淪陷，又有誰會撐得下去呢？皮瑞格林先生，你覺得我們有任何撐下去的希望嗎？」

皮聘沒有回答。他望向雄偉城牆，以及高塔和無畏的旗幟，和高空中的太陽，再注視在東方集結的陰霾。他也想起邪影的修長魔爪——森林與山脈中的歐克獸人；艾森格的背叛；目光陰險的飛鳥；甚至出沒在夏郡小徑中的黑騎士；騎乘有翼魔物的納茲古。他打起冷顫，希望也似乎隨之消散。即便在此時，太陽也瞬間遭到蒙蔽，彷彿有黑色翅膀掠過它。他近乎模糊地聽見高空中傳來一股叫聲；儘管微弱，但那殘酷冰冷的叫聲卻讓人心為之凍結。他臉色發白，並畏縮在牆邊。

「那是什麼？」貝瑞剛問，「你也感覺到什麼了嗎？」

「對。」皮聘低聲說道，「那是我們失敗的徵兆和末日的暗影，在空中出沒的墮落騎士。」

「對，末日的暗影。」貝瑞剛說，「恐怕米那斯提力斯即將淪陷。黑夜降臨。我的血液似乎完全失去暖意了。」

他們一同低頭沉默地坐了半晌。皮聘忽然抬頭，發現太陽仍光彩奪目，旗幟也還在微風中飄揚。他搖搖身子。「它離開了。」他說。「不，我的內心還不願感到絕望。儘管甘道夫落下深淵，他仍然回來幫助我們了。就算只剩一條腿，我們也會挺身而出，或至少用膝蓋撐起自己。」

「說得好！」貝瑞剛喊道，一面起身來回踱步，「不，儘管一切遲早會來到盡頭，剛鐸也還不該滅亡。儘管魯莽的敵人攻陷城牆，面前還橫屍片野，剛鐸也不會放棄。世上還有其他要塞，還有逃入山區的密道。希望與回憶將倖存於某座蔥鬱幽谷。」

「總之，我希望這一切趕快結束。」皮聘說，「我完全不是戰士，也不樂見戰爭發生。但等待自己逃不掉的戰爭，感覺起來更糟。今天感覺起來真漫長！如果我們不必作壁上觀，也什麼事也不能做，還無法搶先出擊的話，我就會感到開心一點。我想，要不是因為甘道夫，洛汗也不會展開行動。」

「啊，你正好說到許多人的痛處了！」貝瑞剛說，「但當法拉米爾回來時，局勢可能

——

11 譯注：Inland Sea，指魯恩海（Sea of Rhûn）。

就會改變了。他非常大膽，比許多人想得更加英勇。當代的人們很難相信，居然有將軍能像他一樣睿智並飽讀詩書，同時性情堅毅，能在戰場上快速做出決策。但法拉米爾就是這種人，他不像波羅米爾那麼魯莽與衝動，但性格同樣果斷。但他又該怎麼做呢？我們無法攻擊遠方國度的山脈。我們的攻擊範圍已經變小，直到敵軍進入範圍前，我們無法出擊。等到那時，我們的雙手肯定會非常沉重！」他捶擊了劍柄。

皮聘注視著他：對方高大驕傲，並散發出高貴氣息，如同他在那塊土地上見過的所有人。當對方想到戰鬥時，眼中便閃動光芒。「唉！我的手感覺和羽毛一樣輕盈。」他心想，但什麼都沒說。「甘道夫說我是顆走卒嗎？也許吧，但來錯了棋盤。」

他們持續交談直到太陽升上高處，中午的鐘聲忽然響起，主堡中也傳出動靜，除了哨兵外的所有人都要去用餐了。

「你想和我來嗎？」貝瑞剛說，「今天你可以和我的部隊一同用餐。我不曉得城主會把你指派到哪支部隊，或讓你擔任直屬部下。但大家會歡迎你的。趁還有時間時，能認識愈多人愈好。」

「我很樂意。」皮聘說，「老實說，我感覺很寂寞，把最好的朋友留在洛汗，也沒有聊天和開玩笑的對象。或許我可以真的加入你的部隊？你是隊長嗎？是的話，你就能讓我加入，或幫我說些好話？」

「不，不。」貝瑞剛笑道，「我不是隊長。我也沒有官職、階級或貴族身分，只是主堡衛隊第三連的士兵。但是，皮瑞格林先生，擔任剛鐸之塔衛隊的成員，在王城中就已是莫大榮譽，在國內也備受尊重。」

「這對我而言太崇高了。」皮聘說，「帶我回我們的房間吧，如果甘道夫不在那，就帶我去哪都行——我就當你的客人吧！」

甘道夫不在屋裡，也沒有捎來訊息，因此皮聘與貝瑞剛離開，並認識了第三連的士兵們。貝瑞剛似乎也因他的客人而得到不少敬意，因為皮聘非常受歡迎。關於米斯蘭迪爾的同伴與他和城主閉門密談的風聲，早已在主堡中傳得沸沸揚揚。眾人也謠傳，有名來自北方的半身人王子前來向剛鐸效忠，還帶來了五千名戰士。有些人說當洛汗騎士前來時，每個人都會在身後載著一位半身人戰士，儘管他們身材矮小，卻十分頑強。

雖然皮聘得遺憾地打破這樁充滿希望的謠言，他卻無法除掉自己的新頭銜。人們認為與波羅米爾交好，還受到迪耐瑟大人厚待的人，非常適合這種稱號。他們也感謝他來此，並專心聽他對異國土地的說法與故事，還讓他大吃大喝。他唯一的麻煩，顯然是得照甘道夫所說的「小心」，別像遇上朋友的哈比人一樣口無遮攔。

最後貝瑞剛起身。「我得暫時告辭了！」他說，「我從現在到日落有任務，我想在場的其他人也有。但如果你還感到寂寞，也許會想在王城中找個好嚮導。我兒子會樂意陪你，我認為他是個好孩子。如果你願意的話，請去最底層的城池，找尋位在燈匠街拉斯凱勒登的舊客棧。你會在那找到他和其餘留在王城中的孩子。在大門關上前，那裡也許會有值得一看的景象。」

他走了出去，其他人之後也迅速跟上。天氣仍舊晴朗，不過天色已逐漸變得朦朧，以三月而言，就算在這麼靠南的地區，溫度也太熱了。皮聘感到昏昏欲睡，但房屋顯得毫無生氣，因此他決定要出外探索王城。他帶了點留給影鬃的食物，對方也欣喜地收下，不過這匹駿馬似乎不缺糧食。隨後他沿著諸多蜿蜒道路往下走去。

當他經過時，人們便盯著他瞧。眾人對他彬彬有禮，紛紛以剛鐸的風俗向他鞠躬敬禮，並將雙手靠在胸前。他也聽到身後傳來許多呼喚聲，因為走出門口的人們往屋裡的人叫喊，要他們來看半身人王子，米斯蘭迪爾的同伴。許多人使用通用語以外的語言，但不久他就至少學會了 Ernil i Pheriannath[12] 的意思，也得知他的頭銜早已傳遍了王城。

最後他終於來到通往最底層、也最寬敞的城池中的拱型街道與許多秀麗的街道和人行道，路人指引他前往燈匠街，那是條通往大門的寬敞道路。他在路上找到了舊客棧，那是座以歷經風霜的灰色石塊砌成的大型建築，兩座側廳從街道往後延伸，中間則有狹窄的翠綠草地，後頭是窗口眾多的房屋，前緣有道建有高柱的前廊，還有一列通向草地的臺階。男孩們在柱子間玩耍，他們是皮聘在米那斯提力斯看到的唯一一批孩童，他則停下腳步觀看他們。其中一人立刻發現他，隨即叫了一聲，並衝過草皮跑到街上，身後跟著好幾個男孩。他站在皮聘面前，上下打量對方。

「你好！」男孩說，「你是從哪來的？你是個陌生人。」

「之前是，」皮聘說，「但人們說我已經成為剛鐸的子民了。」

「少來了！」男孩說，「那我們就都是大人了。你幾歲，叫什麼名字？我已經十歲了，很快就會長到五呎高。我比你高。我爸是最高的衛隊成員之一。你爸爸是做什麼的？」

「我該先回答哪個問題？」皮聘說，「我父親在夏郡塔克鎮的白井附近的土地種田。我快二十九歲了，所以我比你大。不過我只有四呎高，也不太可能會長高了，只會變胖。」

「二十九歲！」男孩說，還吹了下口哨。「嘿，你好老喔！跟我的叔叔悠拉斯一樣老。不過，」他滿懷希望地補充道，「我敢說我能踩在你頭上，或是把你壓在地上。」

「如果我讓步的話，也許可以吧。」皮聘笑著說，「我也可以對你做一樣的事，我們在老家知道一些摔角花招。我可以告訴你，人們覺得我格外高大強壯，我也從來不讓人踩在我頭上。所以如果一定得比試，又別無他法的話，我可能就得殺了你。等你長大點，就會明白不能以貌取人。儘管你認為我是個軟弱的小陌生人，還是個能輕鬆打敗的獵物，但讓我警告你，我可不是獵物，我是強悍又大膽的半身人，還很凶殘！」皮聘面露凶光，使男孩後退了一步，但他立刻握緊拳頭，眼中流露出打算戰鬥的光芒。

「不！」皮聘大笑，「也別相信陌生人形容自己的方式！我不是戰士。但挑戰者該先表明身分，才有禮貌。」

12 譯注：意為「半身人王子」。

男孩驕傲地挺直身子。「我是衛隊成員貝瑞剛之子伯吉爾。」他說。

「我就知道。」皮聘說，「你長得很像你爸。我認識他，就是他派我來找你的。」

「那你為什麼不早說？」伯吉爾說，忽然間他露出焦慮的神情。「別跟我說他改變心意了，要把我和女生們一起送走！但不對呀，最後一架馬車已經開走了。」

「他的意思也許沒多好，但也沒那麼糟。」皮聘說，「他說如果你不踩在我頭上，就可以帶我在王城逛一陣子，讓我不再感到寂寞。作為回報，我可以告訴你一些關於遙遠國度的事。」

伯吉爾拍了拍手，並寬心地笑了起來。「太好了。」他喊道，「來吧！我們要去大門看看。我們現在就去吧。」

「那裡發生了什麼事？」

「外域的大將們在日落前會從南道過來。和我們一起來，你就可以親眼看看了。」

＊　＊　＊

伯吉爾是個優秀的同伴，自從與梅里分開後，皮聘就沒遇過這麼棒的同伴了，他們很快就歡笑著走上街頭，無視於人們向他們投來的目光。不久他們便碰上前往大門的人群。皮聘在此得到了伯吉爾不少敬意，因為當他說出自己的名字與通關密語時，守衛便向他敬禮，並讓他通過，而且，守衛還讓他帶同伴同行。

「太好了！」伯吉爾說，「沒有長輩陪伴的話，我們男孩子就不能通過大門了。這樣我們就能看得更清楚了。」

大門外有群人站在道路和通往米那斯提力斯所有通道的寬闊廣場上。所有人的目光都轉向南方，並迅速開始低聲交談：「那裡有塵土！他們要來了！」

皮聘和伯吉爾奮力擠到群眾前方，並在此等待。遠方傳來了號角聲，歡呼聲如同強風般向他們飄來。外頭響起了一陣喇叭巨響，他們身邊的人便全都叫喊起來。

「佛龍！佛龍！」皮聘聽到人們這麼喊。「他們在叫什麼？」他問。

「佛龍來了。」伯吉爾回答，「洛薩納赫領主老胖子佛龍。我的祖父就住在那。萬歲！他來了。厲害的老佛龍！」

有匹四肢粗厚的老馬帶隊走來，上頭坐了個肩膀寬闊、身材肥胖的男人，他年歲已高，還蓄著灰鬍，但他身穿鎖子甲，頭戴黑盔，還拿了把沉重長矛。他身後走著一排全副武裝、手持巨型戰斧的驕傲士兵。他們神情嚴肅，也比皮聘在剛鐸見過的人民更矮，膚色也較為黝黑。

「佛龍！」人們大喊，「真心的忠誠盟友！佛龍！」但當洛薩納赫的人民經過時，他們低聲說：「這麼少！只有兩百人，他們是來幹嘛的？我們希望有十倍的人數。一定是因為黑色艦隊的新消息。他們只派出一丁點軍力前來。不過，有總比沒有好。」

於是不同軍團紛紛前來，在穿越大門時受到眾人熱烈歡迎，這些外域人民在黑暗時刻前來捍衛剛鐸王城。但人數總是不夠，總是比預期中或需要數量少。林格洛谷的人民隨著他們領主的兒子德佛林步行前來。高大的杜因赫和他的兒子們杜伊林和德魯芬，帶著五百名弓箭手從墨頌德河[13]高地中的黑根谷前來。有一長列各形各色的獵人、牧人和小村落的居民從遠方的長灘安法拉斯[14]前來，除了當地領主哥拉斯吉爾的家臣外，他們的裝備稀少。只有幾名沒有領袖的陰沉山民來自拉密頓。有數百位伊瑟[15]的漁民離開船隻來此。來自皮納斯蓋林[16]綠丘的白膚赫路因，帶來了三百名英勇的綠衣戰士。最後抵達也最驕傲的一員，則是多爾安羅斯親王印拉希爾，他是城主的同胞，閃亮的旗幟上繡有他的大船與銀天鵝徽記，他還率領了一批全副武裝、駕馭灰馬的騎士。他們身後有七百名戰士，身材如王族般魁梧，長有灰眼珠和滿頭黑髮，並在行進中高歌。

這就是所有援兵，總共只有不到三千人。沒有其他人會來了。他們的叫喊與腳步聲傳入王城，並逐漸停歇。旁觀群眾們沉默地站立了一會。塵土飄在空中，因為微風已經止息，傍晚的空氣十分沉重。這天即將結束，紅日也已落到敏多路因山後方。陰影籠罩了王城。

皮聘抬頭往上看，覺得天空似乎化為死灰，彷彿龐大的煙塵懸浮在他們頭頂，使陽光變得相對模糊。但即將西下的夕陽彷彿讓雲霧起了火，如同矗立在餘燼火光前的敏多路因山則顯得漆黑。「美好的一天就在怒火中結束了！」他說，一時忘記了身旁的孩子。

「如果我不在日落鐘聲前回去的話，怒火就真的會燒到我了！」伯吉爾說，「來吧！大門關閉的喇叭聲響了。」

他們手牽手回到王城中，也是大門關上前最後進門的人。當他們抵達燈匠街時，高塔中的所有大鐘響起莊嚴的聲響。燈火出現在諸多窗口邊，屋舍與城牆上的守衛哨點則傳來歌聲。

「我得說再見了。」伯吉爾說，「請向我父親致意，感謝他送來這麼好的同伴。請你盡快再過來。我好希望現在沒有戰爭，這樣我們就能好好玩了。我們或許還能去我祖父在洛薩納赫的家，春天時很適合前往，森林和田野間都會開滿鮮花。但也許我們有天能一起去。敵人永遠不會擊敗我們的城主，我父親也英勇無比。再見，趕快回去吧！」

他們就此分別，皮聘快步返回主堡。路途似乎很長，他也感到炎熱又飢腸轆轆，黯淡的夜色則迅速落下。天空中連一顆星都沒有。他太晚加入大夥的晚餐，貝瑞剛則欣喜地迎接他，並坐在他身旁，聽他說自己兒子的消息。用過餐後，皮聘待了一陣子，接著向眾人道別，因為他心中產生了怪異的陰霾，也非常想再見甘道夫一面。

---

13 譯注：Morthond，在辛達林語中意指「黑根」。

14 譯注：Anfalas，在辛達林語中意指「長灘」。

15 譯注：伊瑟安都因的簡稱，意指安都因河口。

16 譯注：Pinnath Gelin，在辛達林語中意指「綠丘（Green Hills）」。

「你找得到路嗎？」貝瑞剛在位於主堡北側的小廳門口問，他們先前坐在這裡。「今晚月黑風高，而自從上級下令熄滅王城中所有燈火後，就變得更暗了，城牆外也不准點亮火光。我也能告訴你另一項命令的消息：明天清晨，你得去見迪耐瑟大人。恐怕你無法加入第三連了。不過，希望我們還能再見面。再見，好好睡吧！」

除了桌上的一盞小油燈外，屋裡一片漆黑。甘道夫不在裡頭。皮聘感到心情為之一沉。他爬上長椅，想往窗口外窺探，但感覺像注視一潭墨水。他爬了下來並拉上窗簾，走到床上。他躺了半晌，傾聽甘道夫回來的聲音，接著陷入不安的睡夢中。

有道光在夜裡驚醒了他，他則發現甘道夫已經回到房裡，正在壁龕簾幕外來回踱步。桌上擺了蠟燭和幾卷羊皮紙。他聽到巫師嘆了口氣，還低語道：「法拉米爾何時會回來？」

「哈囉！」皮聘說，邊把頭探出簾幕。「我以為你忘記我了。我很高興看到你回來。真是漫長的一天。」

「但夜晚太短了。」甘道夫說，「我回來是因為我得安靜獨處一下。趁你還有機會時，趕快上床睡吧。日出時，我會再帶你去見迪耐瑟大人。不，要等命令下來，而不是等日出。黑暗已然展開。不會有黎明了。」

第二章——

灰衣隊離開

當梅里回到亞拉岡身邊時，甘道夫已經離開，影鬃如雷的馬蹄聲也消失在夜裡。他只有帶輕便的行李，因為他在帕斯蓋蘭弄丟了自己的背包，只剩下幾個從艾森格廢墟中撿來的有用東西。哈蘇費已經套上馬鞍，列葛拉斯和金力也和他們的馬站在附近。

「護戒隊的四個成員還在這裡。」亞拉岡說，「我們會一同出發。但我們不會如我預期般獨自離開。國王打算立刻動身。自從翼魔影出現後，他就想在夜色的掩護下回到山丘間。」

「之後要去哪？」列葛拉斯說。

「我還拿不定主意。」亞拉岡回答，「至於國王，四天後他會去伊多拉斯集結大軍。我想，他會在那聽到戰爭的消息，洛汗騎士們則會南下米那斯提力斯。而至於我自己，還有和我同行的人……」

「我要去！」列葛拉斯喊道。「金力加入他！」矮人說。

「這個嘛，至於我自己，」亞拉岡說，「前方的道路一片黑暗。我得南下米那斯提力斯，但我還看不出該走哪條路。準備許久的時刻正在逼近。」

「別拋下我！」梅里說，「我還派不上什麼用場，但我不想被丟在一旁，像是等到結局才有用處的行李。我不覺得騎士們現在想理我。不過當然了，國王說等到他回家，我就能坐在他身旁，告訴他關於夏郡的事。」

「對，」亞拉岡說，「我想你該和他走同一條路，梅里。但別太過期盼歡欣的結尾。恐怕還要很久，希優頓才能再度安坐在梅杜賽德中。苦澀的春天將瓦解許多希望。」

眾人很快就準備好離開：總共有二十四匹馬，金力坐在列葛拉斯身後，梅里則坐在亞拉岡前方。他們立即在夜色中疾馳。當他們經過艾森河淺灘旁的墓塚不久後，就有名騎士從他們後頭逼近。

「王上，」他對國王說，「我們後方有騎士出現。當我們跨越淺灘時，我就覺得似乎聽見他們的動靜。現在我們很確定了。他們正急速追上我們。」

希優頓立刻要眾人停下。騎士們轉身並抓起長矛。亞拉岡下了馬，把梅里放在地上，並抽出佩劍，站在國王的馬鐙旁。伊歐墨和他的隨從回到隊伍後方。梅里覺得自己更像是沒人需要的行李，也想知道一旦爆發戰鬥，他該怎麼做？假若國王的小型護衛隊遭到襲擊，但他逃入黑暗中，隨後孑然一身地待在洛汗荒原上，也不曉得自己究竟身在何處的話，那該怎麼辦？「不妙！」他心想。他拔劍並繫緊了腰帶。

一片飄來的烏雲遮蔽了下沉的明月，但月亮很快就再度嶄露頭角。他們隨即聽到馬蹄聲，同時看到黑色形體迅速從淺灘跑上道路。月光在矛尖上四處閃爍。他們看不出追兵的數量，但對方似乎至少不比國王的人馬少。

當來者抵達五十步外的距離時，伊歐墨便高聲喊道：「站住！站住！是誰在洛汗境內奔馳？」

追兵們猛地讓坐騎停下。隨後眾人一片沉默，接著有名騎士在月光中下馬，並緩緩走向前。他舉起的手顯得潔白，手掌向外伸以作為和平象徵，但國王的手下們握緊了武器。男子在十步之遙外止步。他身材魁梧，如同站立的幽影。他隨即發出清亮的嗓音。

「洛汗？你說洛汗嗎？真是好消息。我們從遠方急著來到此地。」

「你們找到目的地了。」伊歐墨說，「當你們跨越遠方淺灘時，就已經踏進我國國境了。但這裡是希優頓王的國土。沒有他的允許，誰都不能在此策馬移動。你是誰？有什麼目的？」

「杜納丹人赫爾巴拉德，我是北方遊俠。」男子大喊，「我們在找亞拉松之子亞拉岡，聽說他待在洛汗。」

「你們也找到他了！」亞拉岡叫道。他把轡繩交給梅里，並衝向前擁抱來客。「赫爾巴拉德！」他說，「這真是出乎意料的好消息！」

梅里放鬆地嘆了口氣。他以為這是薩魯曼最後的詭計，想趁國王身邊只有少許人馬時襲擊對方；但似乎不必為捍衛希優頓而死了，至少現在還不需如此。他將劍收回劍鞘中。

「一切都沒事。」亞拉岡轉身說，「這些是我居住在遠方故鄉的同胞。但赫爾巴拉德會告訴我們他們為何來此，人數又有多少。」

「我帶了三十人來。」赫爾巴拉德說。「這是我們能緊急召集來的所有族人，但伊萊丹與伊洛赫兄弟也與我們同行，他們急於加入戰局。當你捎來召集令時，我們便盡快前來。」

「但除了盼望以外，」亞拉岡說，「我並沒有召集你們過來。我的內心經常想到你們，今晚也不遑多讓。但我沒有送出任何消息。但來吧！這些事都得先等等。你們前來時，我們正在危機中趕路。如果國王准許的話，就和我們一起走吧。」

希優頓確實對此感到喜出望外。「太好了！」他說，「如果這些族人和你相仿，那肯定不能用人數來輕易斷定這三十名騎士的戰力了。」

於是騎士們再度出發，亞拉岡則在杜納丹人們旁騎了一陣子馬。當他們談到北方與南方的消息時，伊洛赫就對他說：

「我為你帶來我父親的口信：『時間急迫。若汝有燃眉之急，切勿遺忘亡者之道。』」

「我的生活中似乎總有燃眉之急，讓我無法達成心中的願望。」亞拉岡回答。「但我的確得碰上十萬火急的狀況，才會踏上那條路。」

「很快就知道了。」伊洛赫說，「但我們先別在外頭提這些事吧！」

亞拉岡對赫爾巴拉德說：「你帶了什麼，族人？」因為他注意到，對方並沒有攜帶長矛，反而拿了根長桿，彷彿那是張旗幟，但旗子用黑布緊緊包住，上頭纏繞了許多繩索。

「這是我從裂谷之女那為你帶來的禮物。」赫爾巴拉德說，「她祕密編織了這東西，也花了很長的時間。但她也捎了口信給你：『時間已剩下不多。我們要不是會得到希望，或一切將灰飛湮滅。因此我送去自己為你做的物品。再會了，精靈寶石！』」

亞拉岡則說：「我知道你拿的是什麼了。幫我再保管一陣子！」他轉身望向繁星下的北方，接著陷入沉默，在隨後的旅程中都沒有再開口。

當他們終於爬上深谷壑並回到號角堡時，夜晚已即將結束，東方的天空也化為灰白。他們在號角堡中短暫休息，並擬定計畫。

梅里一直睡到列葛拉斯和金力叫醒他。「太陽高掛天空了。」列葛拉斯說，「所有人都已經起來工作了。來吧，懶蟲先生，趁你還有機會，來看看這個地方吧！」

「三天前，這裡才經歷過一場大戰。」金力說，「列葛拉斯和我玩了個遊戲，我多殺了隻歐克獸人才贏。來看看這裡的景象吧！這裡還有洞穴，梅里，是神奇的洞穴呀！列葛拉斯，你覺得我們該去看看嗎？」

「不！沒時間了。」精靈說，「別因急躁而誤事！我已經承諾，如果和平與自由的歲月再度到來，就會和你回到此地。但現在已經接近中午了，聽說我們得在此時用餐，並再度出發。」

梅里起身打了呵欠。幾小時的睡眠對他來說不太夠，他感到疲勞又悶悶不樂。他很想念皮聘，也覺得自己只是個負擔，其他人則忙著趕緊制定計畫，而他卻不太明白整體狀況。

「亞拉岡在哪？」他問。

「在號角堡高塔的房間中。」列葛拉斯說，「我想，他沒有休息也沒睡覺。幾小時前他過去那裡，說他得好好思考，也只有他的族人赫爾巴拉德與他同行；但他心中有某種疑慮。」

「這些新來的人很古怪。」金力說，「他們是堅強而尊貴的人，而洛汗騎士在他們身旁看起來簡直像是孩童。因為他們是面容嚴肅的人，大多看來像是歷經風霜的岩石，和亞拉岡本人很相似。他們也很沉默。」

「但如果他們打破沉默，就和亞拉岡一樣彬彬有禮。」列葛拉斯說，「你有看到伊萊丹與伊洛赫兄弟嗎？和其他人比起來，他們的裝備較為輕便，也如同精靈貴族般高雅俊美。對裂谷的愛隆之子而言，並不奇怪。」

「他們為什麼會來？你們有聽說嗎？」梅里問。他已經穿好衣服，也將灰色斗篷披在肩上。三人一同往外走向號角堡毀損的大門。

「就像你聽過的，他們呼應了召集令。」金力說，「據說裂谷得到消息：『亞拉岡需要他的族人。讓杜納丹人策馬去洛汗找他吧！』但沒人曉得這樁消息是打哪來的。我猜是甘道夫吧。」

「不，是格拉翠兒。」列葛拉斯說，「她不是透過甘道夫提到來自北方的灰衣隊了嗎？」

「對，你說得沒錯。」金力說，「森林之后！她看透了人心與願望。我們先前為何沒有希望自己的族人來幫忙呢，列葛拉斯？」

列葛拉斯站在大門前，將他明亮的眼睛轉向東北方，俊美的臉龐則蒙上了陰霾。「我不覺得會有人來。」他回答，「他們不需要出征，戰火已經延燒到他們的家園了。」[1]

三名同伴共同逛了一陣子，聊著大戰中的狀況，並走下毀損的大門，再穿過路旁綠地上的亡者墓塚，直到他們站在赫姆堤上，並望向深谷壑。漆黑高聳的死人崗已矗立在此，胡恩在草地上留下的龐大足跡也顯而易見。黑鬱地人和號角堡的許多駐軍則在赫姆堤或後方戰損城牆周圍的原野中工作。他們很快就轉身，回到號角堡大廳中吃午餐。

國王已經在裡頭了，而當他們一走進室內，他就呼喚梅里，並在桌邊為梅里準備了一個座位。「這並非我預想的狀況。」希優頓說，「因為這裡不太像我在伊多拉斯的華美住所。你原本該在這的朋友也走了。但也許得在許久之後，你我才能坐在梅杜賽德的高桌邊，當我回到那裡後，就沒時間設宴了。但好了！盡情吃喝吧，趁有時間，我們可以多聊聊。之後你可以和我一同騎馬。」

1　譯注：在這段期間，羅瑞安、幽暗密林中的瑟蘭督伊國度、伊瑞柏與河谷城都分別遭到來自魔多與多爾哥多的大軍攻擊。參見附錄B的第三紀元年表。

「我可以嗎？」梅里又驚又喜地說，「那樣就太棒了！」他難以用言語表達自己的感激之情。「恐怕我只是拖累了大家，」他結巴地說道，「但我願意盡力而為。」

「我相信這點。」國王說，「我為你準備了一匹優秀的山區小馬。在我們即將踏上的道路上，牠能順利地將你載到各地。我將走山路離開號角堡，不走平地，並穿過登哈格抵達伊多拉斯，王女伊歐玟就在那裡等候。如果你願意，可以擔任我的隨從。這裡有武器可以供我的劍侍使用嗎，伊歐墨？」

「這裡沒有齊全的軍械庫，王上。」伊歐墨回答，「也許可以找到適合他的輕型頭盔，但我們沒有適合他的鎖子甲或刀劍。」

「我有劍。」梅里說，一面爬下座位，從黑色劍鞘中抽出明亮短劍。他心中忽然滿溢對這名老人的敬愛，並單膝跪下，握住並親吻對方的手。「我，來自夏郡的梅里雅達克，能將佩劍獻給您嗎，希優頓王？」他喊道，「如果您願意，就請接受我的效忠吧！」

「我樂於接受。」國王說，並把他老邁的雙手擺在哈比人的棕髮上，並祝福對方。「起身吧，梅里雅達克，洛汗梅杜賽德的侍從！」他說，「收回你的劍，帶它迎向好運吧！」

「您對我有如父親。」梅里說。

「一小段時間而已。」希優頓說。

他們在用餐時一同交談，直到伊歐墨開口說話。「我們差不多該離開了，王上。」他說，「我該下令手下吹響號角嗎？但亞拉岡在哪？他的座位空無一人，他也還沒用餐。」

「我們會準備好動身。」希優頓說，「送口信給亞拉岡大人，告訴他時刻已近了。」國王與他的護衛和身旁的梅里從大門向下走，前往騎士們在綠地上集結的地點。許多人已經騎上了馬。這將是人數眾多的隊伍，因為國王只在號角堡中留下一小批駐軍，而所有能動身的人都要趕向伊多拉斯的軍械庫。已經有一千名長矛兵在夜裡離開，但還有五百多人會和國王離開，其中大多人是來自西佛德的原野與谷地。

遊俠們沉默而有秩序地坐在一小段距離外，配備了長矛、弓與刀劍。他們身穿暗灰色斗篷，兜帽則蓋住頭盔與頭部。他們的馬匹強健且氣質高傲，但毛髮粗糙。其中一匹馬沒有騎士，那是他們從北方帶來的亞拉岡坐騎，牠名叫洛赫林[2]。牠們的裝備與馬鞍上沒有寶石或黃金的光輝，也毫無華麗飾品。馬匹的騎士們身上缺乏徽章或標記，不過每件斗篷的左肩處都有個如同多芒星的銀製別針。

國王跨上他的坐騎雪鬃，梅里則騎著小馬坐在他身旁；小馬名叫史蒂巴[3]。伊歐墨隨即走出大門，與他同行的有亞拉岡，帶著包裹黑布長桿的赫爾巴拉德，還有兩名年紀非長非幼的高大男子。愛隆之子們長得與彼此非常相似，以致很少人能分辨他們倆的差別：他

2　譯注：Roheryn，在努曼諾爾辛達林語中意指「女士坐騎」。

3　譯注：Strybba，在古英文中意指「矮胖」。

們長有黑髮灰眼，也擁有精靈的俊美容貌，兩人的銀灰色斗篷下都穿了閃亮的鎖子甲。列葛拉斯與金力走在他們身後。但梅里的目光只放在亞拉岡身上，他在對方身上看到了驚人劇變，彷彿多年歲月在一夕間全落在他身上。他的神情陰鬱，臉色慘白又疲倦。

「我感到擔憂，王上。」站在國王坐騎身旁的他說。「我聽說了奇異的消息，也察覺了遠方的新危機。我已沉思許久，現在我恐怕得改變目的了。告訴我，希優頓，既然你即將前往登哈格，那要多久才會抵達該地呢？」

「現在是正午後一小時。」伊歐墨說，「從現在開始的第三天入夜前，我們就會抵達要塞[4]。當時會是滿月過後兩天，國王下令的集結行動將在隔天展開。如果要聚集全洛汗的軍力，我們就無法加速。」

亞拉岡沉默了半晌。「三天，」他低語道，「洛汗集結卻只剛展開。但我明白事情無法變快。」他抬起頭，顯然做出了某種決定，他的神情已不再如此憂愁。「那在你的允許下，王上，我就得為自己和同胞做出新決定。我們得踏上自己的路，不再隱藏行蹤。對我而言，祕密行動的日子已經結束了。我必須由最快的捷徑往東走，也會踏上亡者之道。」

「亡者之道！」希優頓顫抖著說，「你為何要提到那條路？」伊歐墨轉身注視亞拉岡，梅里也覺得周圍騎士們的臉孔頓時變白。「如果真的有這種道路，」希優頓說，「門口就位於登哈格，但沒有活人能通過該處。」

「唉！吾友亞拉岡！」伊歐墨說，「我希望我們能並肩出征，但如果你要尋覓亡者之道，那我們就即將別離，也不太可能在太陽底下重逢了。」

「無論如何，我都得走上那條路。」亞拉岡說，「但我告訴你，伊歐墨，儘管魔多大軍擋在我們之間，我們也或許會在戰鬥中重逢。」

「照你的意思做吧，亞拉岡大人。」希優頓說，「也許你注定得涉足其他人不敢前去的奇異道路。這場離別使我難過，我的戰力也因此降低，但現在我得踏上山路，不能再拖了。再見！」

「再見，王上！」亞拉岡說，「騎向盛名之途吧！再會了，梅里！我將你託付給優秀的人照顧，比我們追蹤歐克獸人到梵貢森林時的狀況更好。我希望列葛拉斯和金力會繼續和我同行，但我們不會忘記你的。」

「再見！」梅里說。他無話可講。他感到非常渺小，這些不祥話語也使他感到困惑而不安。他更懷念的是皮聘毫不止息的愉快性格。騎士們已經整裝待發，馬匹也蠢蠢欲動。他希望他們能趕緊出發，結束這一切。

希優頓對伊歐墨說了些話，對方則舉手高喊，騎士們則應聲出發。他們跨過赫姆堤並走下深溪壑，再迅速往東轉去，順著山麓邊的路徑走了一哩左右，直到路徑往南彎去，繞回丘陵中，並從視野中消失。亞拉岡騎到赫姆堤上，看著國王人馬抵達下方的深溪壑。隨後他轉向赫爾巴拉德。

4 譯注：Hold，指登哈格要塞（Hold of Dunharrow）。

「我敬愛的三人就此離開，最嬌小的對象也絕非我不在意的人。」他說，「他不曉得自己將走向何方，但就算他曉得，他仍然會前進。」

「夏郡人是弱小的種族，但十分值得敬佩。」赫爾巴拉德說，「他們不曉得我們長年捍衛他們的邊界，但我並不介意。」

「現在我們的命運已與彼此交織。」亞拉岡說，「不過，唉！我們仍然得在此一別。好吧，我得吃點東西，隨後我們也得盡速動身。來吧，列葛拉斯與金力！當我用餐時，得和你們談談。」

他們一同回到號角堡中，但亞拉岡在大廳的桌子旁沉默地坐了片刻，其他人則等著他開口。「好啦！」列葛拉斯最後說道，「把話說完就會安心了，也能甩去陰霾！自從我們在灰暗早晨回到這個冰冷場所後，發生了什麼事？」

「對我而言，發生了一件比號角堡戰役更難熬的戰鬥。」亞拉岡回答，「我看了歐散克晶石，朋友們。」

「你看了那顆該死的魔法晶石？」金力驚呼道，臉上露出驚懼神情。「你有對他——說什麼話嗎？就連甘道夫也害怕那種事。」

「你忘了自己在和誰說話。」亞拉岡嚴厲地說，眼中也閃動精光。「你怕我會對他說什麼？我不是在伊多拉斯大門前公開我的頭銜了嗎？不，金力。」他用較為柔和的語氣說，陰沉神情也從臉上消失，看起來像是在許多夜裡痛苦失眠的人。「不，朋友們，我是晶石的合法主人，我也擁有使用它的權利與力量，至少我是這麼想的。權利是鐵錚錚的事實。

我也有勉強夠用的力量。」

他深吸一口氣。「那是場吃力的戰鬥，也難以甩掉其中帶來的疲勞。我沒有對他說話，最後也靠自己的意志力奪回對晶石的控制。光是這樣，就讓他感到難以忍受。他也看到我了。對，金力大爺，他看到我了，但和你現在看到的外型不同。如果那反而幫到他，那我就鑄下了大錯。但我不這麼想。我認為，得知我還活生生地留在世上，就讓他感到沉重的打擊，因為在此之前，他都不曉得這件事。歐散克塔的雙眼並沒有看穿希優頓的戰甲，但索倫也沒有忘記伊西鐸與伊蘭迪爾之劍。伊西鐸的繼承人與斷劍在他計畫中的重大時刻現身，我也讓他見識了重鑄的斷劍。他還不夠強大到使心中無所畏懼。不，疑慮已吞噬了他。」

「不過，他依然大權在握。」金力說，「現在他會更迅速出擊了。」

「急躁的攻勢經常自亂陣腳。」亞拉岡說，「我們必須逼迫魔王，再也不讓他先下手為強。是這樣的，朋友們，當我掌控晶石時，就得知了許多情報。我見到出乎意料的強烈危機從南方攻向剛鐸，這會使米那斯提力斯損失大量防禦兵力。如果不迅速解決這個問題，我估計王城在十天內就會淪陷。」

「那它肯定要淪陷了。」金力說，「能派哪些援軍過去，又該如何及時到達那裡呢？」

「我沒有援軍可派，因此我得親自過去。」亞拉岡說，「但有條穿越山脈的道路，能讓我在一敗塗地前抵達濱海地區。那就是亡者之道。」

「亡者之道！」金力說，「這是個不祥的名字，我也注意到洛汗人一點都不喜歡它。

活人可以使用這條路而不送命嗎？就算你穿過那條路，這麼少的人馬又該如何對抗魔多的攻勢呢？」

「自從洛希人到來後，就沒有活人走過那條路了。」亞拉岡說，「因為他們無法通行。但在當前的黑暗時刻，如果伊西鐸的繼承人敢的話，或許就能使用它。聽好了！這就是愛隆之子從居住在裂谷的父親那帶給我的口信，他是最富學識的智者：『要亞拉岡記得先知的預言，以及亡者之道。』」

「先知的預言是什麼？」列葛拉斯說。

「先知馬爾貝斯曾在佛諾斯特最後一代國王亞伐杜伊的時代這麼說。」亞拉岡說：

長影籠罩大地，
黑暗之翼探入西方。
高塔顫動，末日逼近
王者陵墓。亡靈甦醒。
毀約者的時刻已然到來。
他們將在伊瑞赫之石再度聚首，
聽見丘陵間的號角聲。
是誰吹響號角？是誰將從灰暗暮光中
呼喚受遺忘的人民前來？

即為他們宣誓效忠之人的傳人。
他將從北方到來，心懷迫切需求，
他將通過大門，踏上亡者之道。

「那肯定是條不吉利的路。」金力說，「但預言聽起來更為不祥。」

「如果你想更明白其中內容，就和我一起來吧。」亞拉岡說，「因為我得踏上那條路。但我並不樂見這件事，只是因為有迫切需求。因此，我只希望你們能自願前來，因為你們將會遭遇困難與恐懼，或許還有更糟的危機。」

「我願意和你踏上亡者之道，直到抵達那條路的盡頭。」金力說。

「我也會來。」列葛拉斯說，「因為我並不畏懼亡者。」

「我希望被遺忘的人民沒忘了該如何戰鬥。」金力說，「不然我就看不出為何該打擾他們了。」

「等我們抵達伊瑞赫，就會明白了。」亞拉岡說，「但根據他們背棄的誓言，他們原本該對抗索倫，因此如果他們想履行承諾，就得挺身作戰。在伊瑞赫，矗立著據說是由伊西鐸從努曼諾爾帶來的一顆黑石。它位在一座山丘上，山王則在剛鐸建國初期向伊西鐸宣誓效忠。但當索倫回歸，勢力也再度增強時，伊西鐸召喚山民前來履行誓言，他們則不願出動，因為他們在黑暗年代曾敬拜過索倫。

「伊西鐸隨後對他們的國王說：『汝將為末代君王。若西方戰勝汝之闇主，吾便詛咒汝與汝之子民：履行承諾前，汝等不得安息。此戰將延續無盡歲月，待塵埃落定前，汝等將再度受召。』他們在伊西鐸的怒火前奔逃，也不敢為索倫作戰。隨後他們躲藏在山中的祕密地點，也不與其他人來往，並在不毛的山丘間緩緩凋零。伊瑞赫之丘周圍與那批人民曾居住過的地點附近，都瀰漫著不眠亡者帶來的恐懼。但既然沒有活人能幫助我，那我就得踏上那條路。」

他站起身。「來吧！」他喊道，並抽出佩劍，鋒芒在號角堡黯淡的大廳中閃爍。「前往伊瑞赫之石！我將找尋亡者之道。願意的人，就和我來吧！」

列葛拉斯和金力沒有回答，只是起身並跟隨亞拉岡離開大廳。頭戴兜帽的遊俠們在綠地上沉默地守候。列葛拉斯和金力上了馬。亞拉岡則躍上洛赫林。赫爾巴拉德舉起一只大號角，讓它的聲音響徹赫姆關。眾人隨即策馬離開，迅雷不及掩耳地前往下坡的深溪壑，留在赫姆堤或號角堡的人們則吃驚地注視他們。

當希優頓踏上山區間較慢的通道時，灰衣隊便迅速越過平原，並在隔天下午抵達伊多拉斯。他們只在該處稍作停留，之後便攀上山谷，並在黑夜落下時來到登哈格。

王女伊歐玟迎接他們，也很高興看到他們前來，她從未見過比杜納丹人和俊美的愛隆之子們更武勇的人們。但她的目光大多時候都停留在亞拉岡身上。當他們和她坐下用餐時，眾人便相互交談，她也聽說了自從希優頓離開後發生的所有事件，先前她只從急促的消息中得知少許細節。而當她聽到赫姆關發生的戰役，以及敵人大敗的狀況，和希優頓與手下騎士衝鋒的光景時，她的雙眼便閃閃發光。

但最後她說道：「大人們，你們旅途勞頓，現在該上床休息，盡量放鬆了。明天我們將為各位準備更華麗的住處。」

但亞拉岡說：「不，王女，請別為我們操心！如果我們今晚能在此休息，並在明天早上用餐，這樣就夠了。我有要務在身，我們也得在天亮時離開。」

她對他微笑，並說：「你真好心，大人，千里迢迢地繞路來此為伊歐玟捎來訊息，還和流亡中的她長談。」

「沒人會認為這是浪費時間的旅程。」亞拉岡說，「但是，王女，要不是我該走的路讓我來到登哈格，我也不會前來此地。」

她用不悅的語氣說：「那麼大人，你就走錯路了。哈格谷[5]中沒有往東或往南的道路，你最好沿原路回去。」

「不，王女，」他說，「我並沒有走錯。在妳出生前，我就已來過此地了。這座山谷中有條出路，我也得走那條路。明天我將踏上亡者之道。」

她震驚無比地盯著他，臉色也變得蒼白，她許久沒有開口，眾人則沉默地坐著。「但

5 譯注：Harrowdale，此處的「harrow」與登哈格（Dunharrow）中的意義相同，在象徵洛汗語的古英文中代表「神殿」，harrow 是古英文 haerg 的現代英文型態；哈格谷的意義則為「神殿谷」。

是，亞拉岡，」她最後說道，「難道你的任務是尋死嗎？因為你只會在那條路上遇見死亡。它們不會讓活人通過。」

「它們或許會讓我通過。」亞拉岡說，「但至少我得嘗試。沒有別條路可行。」

「但這是瘋狂之舉。」她說，「這些是英勇無雙的戰士，你不該把他們帶入暗影，反而該率他們出征，戰場上急需人手呀。我求你，留下來和我哥哥一同出發。如此我們才會感到欣喜，也會有更明確的希望。」

「這並非瘋狂之舉，王女。」他回答，「因為我將踏上注定好的路途。但我的同伴都是自願前來，如果他們想留下來與洛希人共同長征，他們也能這樣做。但即便孤身一人，我也得走上亡者之道。」

他們沒有繼續交談，也在沉默中用餐，但她的雙眼始終聚焦在亞拉岡身上，其他人察覺她正承受著極大的內心煎熬。最後眾人起身離開王女，並感謝她的款待，隨後便前去休息。

但當亞拉岡來到他和列葛拉斯與金力同住的營帳，而他的同伴們也進去後，王女伊歐玟便隨後跟上，並呼喚他。他轉身看到如同夜色中一抹亮光的她，因為她身穿白衣。但她的眼睛炯炯有神。

「亞拉岡。」她說，「你為何要走這條危險的路呢？」

「因為我必須走。」他說，「只有如此，我才能在對抗索倫的戰爭中盡一分力。我並不想選擇危機四伏的道路，伊歐玟。如果我能隨心所欲地前往想去的地方，現在就會在遙遠北方秀麗的裂谷中漫步了。」

她沉默了一會，彷彿正沉思這句話的意義。接著她忽然把手擺在他的手臂上。「你是個嚴格且充滿決心的王族。」她說，「這樣的人才能贏得榮譽。」她停了下來。「大人，」她說，「如果你必須離開，就讓我加入你們。因為我已疲於隱身山丘之間，也希望能面對危機與戰鬥。」

「妳的責任是和人民待在一起。」他回答。

「我太常聽人說起責任了。」她叫道，「但我不也是伊洛家族的成員嗎？我是女戰士，不是保母。我已經服侍弱者夠久了。既然對方似乎已不再孱弱，我難道不能隨自己的意過活嗎？」

「很少人能得到這種榮譽。」他回答，「但至於妳，王女：妳不是接受了命令，直到國王回來前，要治理他的臣民嗎？如果妳沒有獲選，那某個元帥或將軍就得站在妳的位置，無論他感到疲憊與否，都無法逃離他的責任。」

「我老是該受他人選擇嗎？」她不情願地說，「當騎士們離開時，難道我永遠都得待在後頭，在他們贏得榮耀時打理房屋，並在他們返家時準備食物和床鋪？」

「也許過了不久，」他說，「就不會有人回來了。此時就需要毫無名望的勇氣，因為沒人會記得妳最後一次捍衛家園時的壯舉。但就因為無人讚揚，並不代表這些壯舉不夠英勇。」

她回答：「你只是想說，妳是個女人，該待在屋裡。但當男人壯烈戰死後，妳就該與房屋一同受到火舌吞噬，因為男人不再需要房屋了。但我是伊洛家族的成員，不是女僕。我能騎馬揮劍，也不畏懼痛苦或死亡。」

「妳害怕什麼，王女？」他問。

「牢籠。」她說。「待在鐵欄後方，直到垂垂老矣，而成就壯舉的機會已經不再。」

「但妳建議我別踏上我選擇的路，因為它充滿危機？」

「每個人會這樣建議。」她說，「但我並不是要你逃離危機，而是前去沙場，讓你用劍贏得名望與勝利。我不願看到崇高的人才無端殞命。」

「我也不願如此。」他說，「因此我得對妳說，王女，留下來！妳沒有必要前往南方。」

「那些和你同行的人也一樣。他們會去，只是因為他們不願與你分離——因為他們敬愛你。」她隨即轉身，消失在夜色裡。

當天空中出現曙光，太陽還沒升上東方高山頂端時，亞拉岡就準備好離開。團隊已盡數上馬，而當他正準備攀上馬鞍時，王女伊歐玟前來向他們道別。她做了騎士的打扮，也佩帶了一把劍。她手中捧著一只杯子，將杯子移到唇邊啜飲一小口，祝他們一路順風。接著她將杯子遞給亞拉岡，他喝了一口，並說：「再會了，洛汗王女！我祝妳的家族長治久安，也祝妳與妳的子民好運。告訴妳兄長，度過暗影後，我們將會重逢！」

鄰近的金力和列葛拉斯覺得，她似乎流下淚來，而對如此嚴格而自傲的人而言，此舉似乎更令人難過。但她說：「亞拉岡，您要離開嗎？」

「我要。」他說。

「那您不願意應允我的要求，讓我與這批隊伍同行嗎？」

「我不願意，王女。」他說，「在沒有國王與妳兄長的同意下，我不能答應此事。他們也要到明天才會回來。但我已不願虛擲一分一秒。再會了！」

她頓時跪下，並說：「我請求您！」

「不，王女。」他說，並牽起她的手，再扶起她。他親吻了她的手，並躍上馬鞍，頭也不回地騎馬離開。只有熟識他並身在周遭的人，才見識到他內心的痛楚。

但伊歐玟如同石像般呆立原地，雙手緊握在身體兩側。她看著眾人遠去，直到他們進入丁墨柏格山，也就是鬼影山，亡者之門就在山中。當他們從視野中消失時，她便轉過身，如同盲人般蹣跚地走回住處。但她的族人都沒有看到這場離別，因為他們畏懼地躲了起來，在太陽上山前都不願外出，魯莽的陌生人已盡數離開。

有些人說：「他們是精靈妖怪。讓他們回漆黑地帶中的老家去，別再回來。現在的日子已經夠糟了。」

* * *

當他們策馬前進時，陽光依舊灰濛，太陽也尚未升到眾人面前鬼影山的幽暗山脊上空。當他們穿過成排的古老石頭，並抵達丁禍時，他們便感到一陣恐懼。就連列葛拉斯都無法忍受幽深樹林的黑影，他們則在這股陰影下的山腳找到一處洞口，而道路上則矗立著一座巨石宛如惡兆之指。

「我的血液快要凍僵了。」金力說，但其他人一語不發，他的聲音則在腳邊溼冷的冷杉落葉中顯得沉悶。馬匹們不願通過充滿威脅感的岩石，直到騎士們下馬牽引牠們。眾人就此來到山谷深處，陡峭岩壁上的闇門則如黑夜之口般在他們面前大張。寬闊的拱門上雕刻了難以辨識的符號與文字，恐懼則從門內如同灰暗蒸氣般飄出。

灰衣隊停下腳步，眾人的內心無一不感到畏懼，除了精靈列葛拉斯以外，因為對他而言，人類的幽魂並不可怕。

「這是座不祥的門。」赫爾巴拉德說，「過了這道門後，我就將面對死亡。但我依然願意通過它。不過沒有馬會願意走進。」

「但我們必須進去，因此馬匹也得走。」亞拉岡說，「如果我們穿過此處的黑暗，就還得走上數里格的路，而我們損失的每分每秒，都會使索倫更接近勝利。跟我走吧！」

亞拉岡帶頭前進，此時他的意志力強大無比，使所有杜納丹人和馬匹都跟上他的腳步。遊俠們的馬匹為主人們抱持的愛意十分深厚，只要走在一旁的主人內心堅定，牠們就願意面對闇門帶來的恐懼。但洛汗的駿馬阿洛德拒絕走這條路，並驚恐地冒汗顫抖，看起來令人不忍。列葛拉斯將雙手覆上牠的雙眼，在黑暗中輕聲唱起了歌，直到牠願意讓對方領著自己前進，列葛拉斯便走了進去。此時只剩下矮人金力獨自待在外頭。

他的雙膝發抖，也對自己大發雷霆。「沒人聽過這種事！」他說，「精靈敢走進地底，而矮人居然不敢！」說完，他就一頭衝進門口。但他覺得當自己勉強踏過門檻時，雙腳感覺起來就像灌了鉛，就連曾無所畏懼地通過世上許多深邃地區的葛羅音之子金力，都立刻覺得眼前漆黑得如同失明。

亞拉岡從登哈格帶來火炬，他在前方高舉一根火把。伊萊丹拿著另一根火把殿後，在後方跌撞前進的金力，努力追上他。除了火炬微弱的光線外，他什麼也看不見。但如果灰衣隊停下腳步，他周圍便似乎發出無數低語，使用的是他前所未聞的語言。

沒有東西襲擊灰衣隊或阻礙他們的去路，但矮人心中的恐懼隨著前進而不斷加深，主要是由於他清楚已經無法回頭了。身後的所有通道，似乎都擠滿了跟在後頭的無形大軍。

無從估算的時間逐漸逝去，直到金力看見日後他總是不願回想的景象。在他看來，道路十分寬敞，但灰衣隊忽然踏入一處廣闊空地，兩側不再有任何岩壁。他身上承受了沉重的恐懼，使他幾乎無法行動。當亞拉岡的火炬逼近時，左邊有某種東西在黑暗中閃動光芒。接著亞拉岡停了下來，前去調查光芒的源頭。

「他不會害怕嗎？」矮人咕噥道，「在其他洞穴中，葛羅音之子金力就會是第一個衝向黃金光芒的人。但這裡不行！讓它留在原處吧！」

不過他依然走了過去，並看到亞拉岡跪在地上，伊萊丹則舉著兩根火把。他面前有具巨漢的骸骨，身穿鎖子甲，裝備完好如初，洞窟中的空氣十分乾燥，鎧甲依然閃著金色光澤。他的腰帶鑲了黃金與石榴石，面朝下的頭骨上戴著附有華美金飾的頭盔。現在眾人能看出，他倒在洞穴遠方的岩壁附近，面前則有道緊閉的石門。他的指骨仍然緊抓著裂隙。他身旁有把破損的劍，彷彿在生前最後一絲絕望情緒中劈砍過岩石。

亞拉岡沒有碰他，但在沉默地注視了骨骸半晌後，他就起身並嘆了口氣。「到了世界終結時，這裡也不會開出辛貝敏奈花。」他低語道，「有九座和七座墳塚已長滿綠草[6]，而過了這麼久的歲月，他仍然倒在打不開的門旁。這道門通往何處？他為何要通過？永遠不會有人得知真相了！」

「因為那並非我的任務！」他喊道，並轉身往身後竊竊私語的黑暗說：「把你們的寶庫與祕密留在不幸年代[7]！我們只想盡快趕路。讓我們通過，然後跟上吧！我召喚你們前往伊瑞赫之石！」

周圍沒有答覆，只湧現了比先前的低語更駭人的沉默。一股冷風隨即吹來，火炬閃動片刻後便立刻熄滅，人們也無法重新點燃，在隨後的時間裡，無論是過了一小時或數小時，金力都沒有多少印象。其他人繼續前進，但他總是落到最後，某種幾乎要逮到他的伏行恐懼持續尾隨著他。他聽到身後隱約傳來許多隻腳發出的腳步聲。他蹣跚前行，直到像動物般在地上攀爬，覺得自己無法承受下去了。他得尋求終點並逃跑，或是瘋狂地回頭奔跑，面對迎面而來的恐懼。

忽然間，他聽到了水滴聲，這股聲響如同落入幽深夢境中的石頭般響亮。光芒逐漸增長，看呀！灰衣隊穿過了另一道寬敞拱門，身旁還有條小溪。遠方的險峻山崖之間，有條陡峭道路往下坡伸去，高崖如刀鋒般銳利的尖頂矗立在空中。那道幽谷深邃而狹窄，使天空顯得暗沉，渺小的星辰也閃動光輝。但金力後來得知，當時是眾人從登哈格出發那天的日落前兩小時；當時他以為那是數年後或另一個世界的黃昏。

灰衣隊再度上馬，金力則回到列葛拉斯身邊。他們以縱隊方式策馬前進，暮色隨之落下，帶來深藍色的黃昏，但恐懼持續窮追不捨。轉身向金力說話的列葛拉斯往後一看，矮人則注意到面前精靈明亮眼珠中的閃光。伊萊丹在他們身後騎馬，他是隊伍中殿後的成員，但並非最後才往下坡路走的人。

「亡者跟上來了。」列葛拉斯說，「我看到人類與馬匹的身形，還有如同雲霧的蒼白旗幟，以及如同朦朧夜色中冬季灌木的長矛。亡者已隨後跟上。」

「對，亡者緊追在後。它們呼應了召喚。」伊萊丹說。

灰衣隊終於離開了山溝，像是自山中裂隙中走出般突然。他們面前的高地出現了一座宏偉谷地，身旁的溪水則往下潺潺流向許多瀑布。

「我們在中土世界何方？」金力說。伊萊丹則回答：「我們剛從墨頌德河的泉源走下

———

6　譯注：此處指伊多拉斯前方的洛汗先王墓塚，參見第三卷第六章〈金殿之王〉。

7　譯注：Accursed Years，黑暗年代的別稱。

來，那條冰冷河流最後會流到沖刷多爾安羅斯城牆的大海。此後，你就不需問它怎麼會得到這種名字：人們叫它黑根河。」

墨頌德谷在山區險峻的南側形成了龐大平原。它陡峭的山坡長滿青草，但當時萬物都顯得灰暗，因為太陽已經下山，遠方下坡的人類住家中則閃爍著燈火。谷地十分富饒，也有許多人居住在此地。

亞拉岡頭也不回地大喊，聲音響亮地讓每個人都能聽見：「朋友們，忘卻你們的倦意吧！策馬向前，衝呀！我們必須在今天結束前抵達伊瑞赫之石，前方也還有漫漫長路。」於是他們頭也不回地在山地原野中疾馳，直到眾人來到滾滾河水上的橋梁，並發現一條延伸進遠處的道路。

當他們經過時，房屋與村莊中的燈火頓時熄滅，大門也緊緊關上，遠方的人們驚恐地尖叫，並如同遭到狩獵的野鹿般慌亂奔逃。逐漸變深的夜裡響起了同樣的叫喊：「亡靈之王！亡靈之王來抓我們了！」

遠方下坡響起鐘聲，所有居民在亞拉岡面前逃竄。但急促的灰衣隊如同獵人般奔馳，直到馬匹因疲倦而變得步履蹣跚。於是，就在午夜前，當黑暗如同山洞般幽深時，眾人終於抵達了伊瑞赫之丘。

亡者帶來的恐懼籠罩住那座山丘與周圍的空地。丘頂上矗立著一塊黑石，如同巨型球體般渾圓，與成人同高，不過一半的球體都埋在土中。它看起來不屬於凡世，彷彿是從天落下，有些人也如此相信。但記得西陸歷史的人，便解釋它來自努曼諾爾的廢墟，伊西鐸則在登陸時將它置於此地。山谷中的居民沒人敢靠近它，也不敢住在附近。因為他們說那是暗影人的聚會所，這些人會在令人生畏的時期聚在當地，環繞著巨石並低聲交談。

灰衣隊來到那塊巨石，並在午夜停下腳步。伊洛赫遞給亞拉岡一只銀色號角，亞拉岡吹響了它。站在附近的人覺得，他們所聽到的回應號角聲，彷彿像是來自遠方深處洞穴的回音。眾人沒聽到其他聲響，但他們察覺到有批大軍聚集在他們站立的山丘周圍，山上也颳來如同幽魂吐息的冷風。亞拉岡下了馬，並站在巨石邊，用宏亮的聲音大喊：

「毀約者，你們為何來此？」

一股彷彿傳自遠方的聲音從黑夜中回答他：

「為了履行我們的誓言，並得到安息。」

亞拉岡說：「時刻終於到來。我將前往安都因河上的佩拉吉爾[8]，你們得隨我前去。因為殲滅這塊土地上的索倫奴僕後，我將會視你們已履行誓言，你們也將安息並離開人世。因為我是伊力薩，剛鐸伊西鐸的繼承人。」

語畢，他就要赫爾巴拉德展開帶來的大旗，看呀！旗幟一片漆黑，如果上頭有任何徽

8　譯注：Pelargir，在辛達林語中意指「王室船場」。在一九五五年的一封信件中，托爾金曾提到佩拉吉爾的靈感來自威尼斯。

記，也都隱藏在黑暗之中。周圍陷入死寂，漫長的夜裡再也沒有響起任何細微交談聲或歎息。灰衣隊在巨石旁紮營，但他們睡得很少，因為對鬼影的畏懼依然環繞著大夥。

但當冷冽蒼白的黎明到來時，亞拉岡便立刻起身，率領灰衣隊踏上十萬火急的旅程，也使眾人感到前所未見的疲倦，只有他不受勞累所苦，也只仰賴他的意志力維繫眾人前進。除了北方的杜納丹人外，沒有凡人能忍受這種苦楚，矮人金力與精靈列葛拉斯也與他同行。

他們穿過塔蘭頸並抵達拉密頓。幽影大軍緊跟在後，恐懼則往眾人前方飄散，直到他們來到基瑞爾河上的卡倫貝爾[9]時，鮮血般的太陽便落入他們身後西方的皮納斯蓋林。他們發現那座城鎮與基里爾河的淺灘都遭到棄置，因為許多人都已離家參戰，留下來的人也因聽聞亡靈之王前來的消息，而逃入丘陵間。但隔天的黎明沒有出現，灰衣隊則踏進魔多風暴的幽深黑暗中，從凡人的視野消失；但亡者依然尾隨著他們。

9 譯注：Calembel，在辛達林語中意指「綠地」。

第三章——

洛汗集結

現在所有人都邁向前往東方的道路，以便面對即將到來的戰爭，與邪影的攻勢。當皮聘站在王城大門，看著多爾安羅斯親王帶著旗幟騎馬進城時，洛汗王便離開了丘陵。

陽光逐漸變弱。在最後的陽光下，騎士們在前方撒下了尖銳的長影。黑暗已經竄進陡峭山坡上沙沙作響的冷杉林底下。國王在長日將盡時緩緩策馬行進。道路隨即繞過一處龐大的岩石山肩，探入輕聲歎息的陰暗樹林中。眾人蜿蜒地往下坡走。當他們終於抵達峽谷底部時，就發現暮色已經滲入深谷中了。太陽已經消失，暮光灑落在瀑布上。

一整天下來，他們下方遠處都有條急流從後方的高山隘口湧下，在兩側松林間切割出狹窄河道。它從一處石門流出，湧進更寬闊的谷地。騎士們跟著溪水行走，哈格谷便忽然出現在他們面前，高漲的水聲在暮色中不住響起。較為細小的河流匯入潔白的雪河，並往前流淌，在石塊上濺出白沫，一路流向伊多拉斯與綠丘和平原。史塔克何恩山[1]在山谷右方隆起，雄偉的山腰籠罩在雲霧中。但它終年積雪的尖銳頂峰，則在世界的高處閃爍光澤，往東方投下藍色的山影，西方的夕陽則在山上灑下血紅色彩。

梅里驚奇地望向這個奇異地帶，先前在路上，他已經聽說了許多相關故事。這是個沒有天空的世界，穿過朦朧的陰暗深淵後，他只能看見逐漸上升的陡坡，以及層層疊疊的高聳岩壁，和霧氣飄緲的高崖。他如同半陷入夢中般地坐在原處，傾聽流水聲、漆黑樹林的低沉聲響、岩石的碎裂聲與守候在所有聲音之後的深厚沉默。他喜歡高山，也可以說喜歡想到山脈在故事邊緣綿延不絕的畫面。但中土世界難以承受的重量現在已壓在他身上。他渴望能躲進火爐邊的安靜房間，將龐大的世界隔絕在外。

他非常疲憊，儘管眾人騎馬的速度緩慢，過程中卻幾乎沒有休息。在疲倦的三天中，他不斷上下顛簸，穿越隘口與長谷，也跨越了許多溪流。有時在路面較寬敞的道路上，他會騎到國王身旁，沒注意到許多騎士在看到這兩人時露出微笑：哈比人騎著毛髮蓬亂的灰色小馬，洛汗王則騎在白色駿馬上。他和希優頓交談，告訴對方關於自己老家與夏郡人民的事，或聆聽驃騎國與其偉大先人的故事。但大多時候，特別是在最後一天，梅里都獨自騎馬跟在國王身後，一句話也沒說，並試圖理解他聽到身後人們使用的渾厚洛汗語言。那種語言似乎包含了許多他知道的字眼，不過發音方式比夏郡的方言更加飽滿與強烈，但他無法拼湊起那些詞彙。有時會有騎士拉開嗓門唱起動人的歌謠，儘管梅里聽不懂內容，但也感到內心為之一振。

同時他也感到寂寞。特別是在這一天的結尾。他想知道皮聘到底在這個奇怪世界的哪個角落，亞拉岡、列葛拉斯和金力又會碰上什麼事？忽然間，他想到佛羅多與山姆，心裡宛如襲上了一股寒意。「我忘了他們！」他責難般地對自己說，「但他們比我們所有人都重要。我也是來幫助他們的，但如果他們還活著，現在肯定遠在幾百哩外。」他打了冷顫。

「終於抵達哈格谷！」伊歐墨說，「我們的旅程快要結束了。」他們停了下來。從峽谷中探出的通道往下坡陡峭地延伸。眾人只能從下方的暮色稍微窺見山谷，如同從高聳的窗口往外看。他們也能看見河邊閃爍著一小道光芒。

「這趟旅程或許結束了。」希優頓說，「但我還有很長的路要走。兩天前是滿月，明天一早，我就要前往伊多拉斯動員驃騎國人民。」

「但如果你願意接受我的建議，」伊歐墨低聲說，「就該返回此處，直到戰爭結束，無論勝敗。」

希優頓露出微笑。「不，吾子，我要這樣稱呼你；別在我老邁的耳邊說起蛇信的讒言！」他挺直身子，往回看後頭延伸到暮色中的手下人馬。「自從我開始西行，簡直度日如年，但我永遠不會再倚靠拐杖了。假若戰敗，那我躲在山丘間有什麼用？假若戰勝，那

---

1 譯注：Starkhorn，在洛汗語中意指「尖角峰」，托爾金在譯名指南中建議音譯。

就算我耗盡了最後一絲力氣而殞落，那又有什麼好難過？但我們先別提這件事了。今晚我會在登哈格要塞過夜。我們至少還可以度過一個平靜夜晚。我們繼續走吧！」

＊　＊　＊

在逐漸加深的暮色中，眾人進入了山谷。雪河十分靠近谷地西側支脈，道路也迅速讓他們抵達一處淺灘，水流在礫石上產生響亮的沖刷聲。有人駐守在淺灘邊。當國王接近時，許多人從岩石間的陰影中竄出，而當他們看到國王時，便欣喜地大喊：「希優頓王！希優頓王！驃騎王歸來了！」

有人用號角吹出了悠揚的一聲，聲音在山谷中迴響。其他的號角紛紛呼應，河流對岸也亮起了燈火。

上方高處忽然發出尖銳的喇叭聲，似乎傳自某個凹陷的空間，每道聲響合而為一，在岩壁上翻騰迴盪。

於是驃騎王從西方凱旋歸來白色山脈山腳下的登哈格。他在那發現自己剩餘的人民已經聚集起來，當他抵達的風聲傳開後，將領們就策馬去淺灘見他，並捎來甘道夫的口信。哈格谷居民的領袖敦赫雷[2]率領眾人前來。

「王上，三天前的黎明時，」他說，「影鬃如風般地從西方來到伊多拉斯，甘道夫則帶來您的捷報，使我們士氣大增。但他也捎來了您要求加快集結騎士的命令。隨後出現了翼魔影。」

「翼魔影？」希優頓說，「我們也看到它了，但那時是甘道夫離開我們前的深夜。」

「也許吧，王上。」敦赫雷說，「但那天早上，有同一個或類似的生物飛過伊多拉斯，所有人嚇得顫抖不已，那團飛行中的黑暗擁有怪鳥般的型態。它在梅杜賽德上空盤旋，並隨即飛低，幾乎就要碰到王宮的三角牆，還傳來讓我們差點心跳停止的叫聲。甘道夫則建議我們別在原野上集合，反而該來山下的谷地見你。除了緊急時所需的燈火以外，他要我們別點亮其他亮光。甘道夫語帶威信。我們相信您也會要我們這麼做。還沒有人在哈格谷看到這些邪惡生物。」

「做得很好。」希優頓說，「現在我將前往要塞，在我就寢前，要和元帥與將領們見面。要他們盡快來見我！」

道路往東筆直地穿過山谷，而該處的道路寬度有半哩多。周圍長滿野草的平地與草原在逐漸變深的夜色中顯得灰暗，但梅里看到前方有座險峻岩壁出現在谷地遠處的前端，那是史塔克何恩山最後一條雄偉山腳，曾在過往歲月中遭到河流侵蝕。

---

2 譯注：Dúnhere，在古英文中意為「山丘戰士」。《未完成的故事》的篇章〈艾森河淺灘戰役〉（The Battles of the Fords of Isen）說明敦赫雷是厄肯布蘭德的外甥。

所有平坦空間上都擠滿了大量人群。有些人擠在路邊，向來自西方的國王與騎士們興高采烈地歡呼。後方有井然有序的成排帳篷與營帳，以及成排拴住的馬匹，和大量的軍械，與如同新栽種的樹叢般矗立的長矛，一一延伸到遠處。大批人群現在正逐漸陷入陰影中，儘管高山吹下冷冽夜風，卻沒人點亮提燈，也沒人生火。身穿厚重衣物的哨兵們來回踱步。

梅里想知道這裡有多少騎士。在漸濃的夜色中，他無法猜出他們的數量，但他覺得似乎有高達數千人的精兵。當他往左右觀望時，國王的人馬便從山谷東側的高崖下走上來。此處的山道開始攀升，梅里則驚奇地往上看。他位在自己從未見過的道路上，這是遠比任何歌謠都古老的人工建物。它蜿蜒直上，如同長蛇般彎曲，逐步攀爬險峻的岩坡。它如階梯般陡峭，並在攀升時前後繞圈。馬匹能走在上頭，也能慢慢拖行馬車。但只要上頭有守軍，就沒有敵人能從那條路通行，除非攻勢來自空中。道路的每個轉角都矗立著雕成人形的龐大石像，四肢矮短肥厚，盤腿蹲踞在地，粗短的手臂交疊在肥胖的腹部上。有些歷經風霜的石像已失去了五官，只剩下漆黑的眼窩仍哀傷地盯著路人。騎士們幾乎不理睬它們，他們將石雕稱為普克人[3]，也幾乎毫不在意它們。但梅里驚奇地盯著石像看，幾乎為在暮色中顯得憂愁的它們感到同情。

過了一陣子後，他回頭一看，發現自己已經攀上離山谷有數百呎高，但依然能在下方依稀看到蜿蜒的騎士隊伍跨越淺灘，沿著道路列隊前往為他們準備的營地。只有國王和他的護衛將登上要塞。

最後國王的人馬終於抵達了懸崖邊緣，向上攀升的道路則伸向岩壁間的一道開口，並來到一處短坡，再進入寬敞的高地。人們將此地稱為菲瑞恩費德[4]，是座長滿青草與石楠花的翠綠山中原野，位在雪河的深邃河道上空高處，以及後方巍巍群山之前：南邊是史塔克何恩山，北邊則是艾倫薩加山[5]的尖銳輪廓，以及丁墨柏格山在兩座山之間面對騎士們的漆黑岩壁，這座鬼影山聳立在陡坡上的陰森松林間。兩排粗糙的石像將高地分成兩半，並在暮色中逐漸消失在樹林裡。膽敢踏上那條路的人，很快就會抵達丁墨柏格山下漆黑的丁禍，並碰上滿溢威脅感的石柱，和禁忌之門的黑影。

這就是幽深的登哈格，世界早已忘卻的故人所留下的遺跡。他們的名字早已失落，也沒有歌謠或傳奇記得這點。他們建造此地的目的，究竟是為了作為城鎮、祕密神殿或君王陵墓，洛汗之中無人知曉。在任何船隻抵達西岸，或杜納丹人建立剛鐸前，他們就在黑暗年代中埋頭苦幹了。現在他們已從世上消失，只留仍舊坐在轉角處的古老普克人。

梅里盯著眾多石雕。它們備受磨損，外觀也變得烏黑，有些石雕傾斜，有些倒在地上，有些則已支離破碎。它們看似老舊而飢餓的成排牙齒。他想弄清它們的底細，也希望國王

---

3 譯注：Púkel-men，古英文中的 púcel 象徵惡魔或邪靈。

4 譯注：Firienfeld，在洛汗語中象徵「高山平原」。由於並非通用語詞彙，托爾金建議使用音譯。

5 譯注：Írensaga，在洛汗語中象徵「鐵鋸」。

不會跟著它們走入遠方的黑暗。他隨後看到石道兩邊設有帳篷和營帳，但這些帳篷的位置不靠近樹木，也似乎刻意遠離樹林，並逼近懸崖邊緣。菲瑞恩費德較寬闊的右側區域有更大量的帳篷，左側則有個較小的營地，中間矗立著一座大型帳篷。有名騎士從這一側出來見他們，眾人離開了道路。

當他們走近時，梅里便發現那名騎士是個女子，繫辮的長髮在微光中閃爍，但她戴著頭盔，上半身也做戰士的打扮，還佩戴了一把劍。

「拜見驃騎王！」她喊道，「您的歸來讓我滿心雀躍。」

「我也很高興能見到妳，伊歐玟。」希優頓說，「妳還好嗎？」

「一切都好。」她回答，但梅里覺得她的聲音似乎掩飾了內心真意，也認為對方先前似乎正在哭泣，但難以相信如此嚴肅的人居然會落淚。「一切都好。這條路讓人們備感艱辛，因為他們得忽然離開家園。人們確實有怨言，因為已經很久沒有戰爭迫使我們得離開綠原，但目前沒有人做出不法之舉。如您所見，一切井然有序。您的住處也已準備好了，因為我已經得知您的消息，也清楚您何時到來。」

「所以亞拉岡來過了。」伊歐墨說，「他還在這裡嗎？」

「不，他走了。」伊歐玟說，她把臉轉開，注視著東南方的漆黑山脈。

「他去哪了？」伊歐墨問。

「我不曉得。」她回答，「他在夜裡抵達，昨天早上就已離開，當時太陽還沒有升上山頂。他已經走了。」

「妳很難過，女兒。」希優頓說，「發生什麼事了？告訴我，他提到那條路了嗎？」他指向通往丁墨柏格山的晦暗石像。「他提到亡者之道了嗎？」

「對，王上。」伊歐玟說，「他踏進了從未有人生還的黑影。我無法說服他改變心意。他已經走了。」

「那我們就已天人永隔。」伊歐墨說，「他消失了。我們得在缺少他的情況下出發，也少了一絲希望。」

眾人一語不發地緩緩跨越短石楠花叢與高地上的青草，直到他們抵達國王的營帳。梅里發現裡頭所有物品都已準備齊全，人們也沒有忘了他。國王營帳旁有座為他而搭的小帳篷，他獨自坐在裡頭，周圍的人們則來來去去，去見國王並與他討論。夜色落下，西方模糊的山峰上空繁星點點，但東方則一片漆黑。石像群逐漸從視野中消失，但丁墨柏格山的龐大黑影仍舊豎立在它們遠處，比黑夜更加幽暗。

「亡者之道。」他低聲自言自語，「亡者之道？這是什麼意思？他們全都離開我了。甘道夫和皮聘去東方參戰，山姆和佛羅多則前往魔多，快步客、列葛拉斯和金力則去亡者之道。但我猜，遲早也要換我上路。我真想知道他們在談些什麼，國王又有什麼打算？我必須隨他前往任何地方了。」

受到這些陰鬱思緒纏身時，他忽然想起了自己飢腸轆轆，便起身看看這處古怪營地裡有沒有人有同感。但此時響起了一股喇叭聲，有個人前來呼喚身為國王侍從的他，要他去桌邊服務國王。

大型營帳的中心有個小空間，四周用刺繡掛氈圍住，上頭還縫有毛皮。希優頓、伊歐墨與伊歐玟，還有哈格谷領主敦赫雷都坐在此處的小桌旁。梅里站在國王的凳子旁服侍他，直到這名老人從沉思中回神，轉過身並對他微笑。

「來吧，梅里雅達克先生！」他說，「你不該站著。只要我待在自己的國度，你就該坐在我身旁，說點故事讓我開心。」

國王的左側為哈比人空出了位置，但沒人要他說故事。眾人不常交談，大多時間裡也沉默地吃喝，直到梅里最後鼓起勇氣，問了他掛念多時的問題。

「王上，我已經連續兩次聽說亡者之道的事了。」他說，「那是什麼東西？快步客——我是說亞拉岡大人，他又去哪了？」

國王嘆了口氣，但沒人回答，直到伊歐墨開口。「我們不知道，心頭也很沉重。」他說，「至於亡者之道，你已經踏上那條路的起頭了。不，我並不是在說不祥的話！我們剛爬上的路，就導向位在遠方丁禍的大門。但沒人知道在門的另一頭有什麼東西。」

「確實沒人知道，」希優頓說，「但當今少有人談起的古老傳說，則提供了些蛛絲馬跡。如果伊洛家族世世代代相傳的古代故事屬實，那丁墨柏格山下的大門便通往穿越山底的密道，終點則無人記得。但自從布理哥之子巴多穿過大門，從此消失在人間後，就沒人進去探訪箇中祕密了。在布理哥用於祝福新建的梅杜賽德的大宴中，巴多飲盡號角中的酒，並立下草率的誓言，再也沒有登上他原先該繼承的王座。

據說來自黑暗年代的亡靈看守著那條路，不讓任何活人進入它們隱匿的殿堂。但有時會有人看到它們如同幽影般離開大門，出現在石道上。哈格谷的人們便會緊閉門窗，內心感到無比畏懼。但除了在死亡到來的動盪時代外，亡靈鮮少出現。」

「但哈格谷相傳，」伊歐玟低聲說，「在不久前沒有月亮的夜晚，曾有批打扮怪異的大軍經過。無人知曉它們從何而來，但它們踏上石道並消失在山丘中，彷彿正準備赴約。」

「那亞拉岡為何要走那條路？」梅里問，「你們不知道能解釋這件事的原因嗎？」

「除非他向身為朋友的你說過我們沒聽過的話，」伊歐墨說，「不然人間已經沒人明白他的目的了。」

「自從我在國王的宅邸第一次看到他後，他似乎變了不少。」伊歐玟說，「他變得更陰鬱，感覺也更老了。我覺得他似乎著了魔，如同受到亡靈呼喚。」

「也許他的確受到呼喚了，」希優頓說，「我的內心也覺得，我將無法再看到他。但他是個命運崇高的王者。安心點吧，女兒，妳似乎得在這位客人帶來的悲傷中尋求慰藉。據說當伊洛一族從北方南下，最後沿著雪河順流而上，找尋緊急時刻所需的避難所時，布理哥和他的兒子巴多便攀上要塞階梯，並抵達大門。門檻上坐著一名年紀難辨的老人，他曾是具有王者風範的高大男子，現在卻如同古石般枯瘦。他們剛開始確實將他誤認為石像，因為他毫無動靜，也沒有說話，一直到他們企圖經過他身邊，並踏入門內。此時他發出聲音，聽起來彷彿傳自地面，而使他們訝異的是，那聲音居然用西方語說話：『此路不通。』

「此時他們停下腳步並看著他，這才發現他還活著，但他並沒有望向他們。『此路不通。』他的聲音再度響起，『這是由亡者打造的道路，亡者看守此地，直到時刻到來。此路不通。』

「『那時刻是什麼時候？』巴多說。但他沒有得到回應。因為老人頓時死去，倒在地上。我族從未得知與山中其他古代居民有關的消息。但也許預言中的時刻已經到來，亞拉岡也得以通行。」

「但除了勇闖大門，我們又該如何得知時刻究竟到來與否？」伊歐墨說，「就算魔多大軍擋在我面前，我則孑然一身，沒有其他出路，我也不願走上那條路。可惜如此英勇的人，居然在危急時刻犯了失心瘋！世上的邪物還不夠多嗎，還需要去地底尋覓？戰爭已經迫在眉睫了。」

他停了下來，因為此時外頭傳來聲響，有人正在呼喚希優頓的名字，守衛也前來通報。

護衛隊長立刻推開簾幕。「有個人來到此地，王上。」他說，「他是剛鐸的信使。他希望能立刻見您。」

「讓他進來！」希優頓說。

一個高大男子走進帳內，梅里立刻憋住內心的尖叫衝動；在那一瞬間，他以為波羅米爾已再度復生。他隨即發現事實並非如此，這是個陌生人，但與波羅米爾非常相似，彷彿是他的同胞，身材魁梧並長有灰色眼珠，散發出自傲氣度。他身披騎士的裝束，暗綠色斗篷蓋在精緻的鎖子甲外頭；他的頭盔前端則雕有一顆小型銀星。他手中握著一支箭，上頭附有黑羽與鋼製箭頭，但尖端則漆成紅色。

他單膝跪下，將箭矢呈給希優頓。「拜見洛希人之王，剛鐸盟友！」他說，「我是赫剛，迪耐瑟的信使，我為您帶來這項開戰信物。剛鐸急需幫助。洛希人經常協助我們，但迪耐瑟現在要求你們全速出動所有兵力，以免剛鐸淪陷。」

「紅箭！」希優頓握著箭說，如同收到預料已久、卻又在召喚來臨時感到心慌的人。他的手顫抖起來。「我一生從未在驃騎國見過紅箭！情況已經這麼糟了嗎？迪耐瑟大人認為我有多少軍力，速度又能多快呢？」

「這點只有您曉得，王上。」赫剛說，「但米那斯提力斯不久就將遭到包圍，而除非您擁有能攻破攻城大軍的軍力，迪耐瑟大人命我告訴您，他認為洛希人大軍最好待在他的城牆中，而不是待在牆外。」

「但他清楚我們是傾向在空曠處騎馬的民族，同時散居各處，需要時間才能聚集我們的騎士。赫剛，米那斯提力斯城主不是曉得比口信中更多的情報嗎？如你所見，我們已經身處戰事，你也沒見到我們毫無準備的模樣。灰袍甘道夫曾來與我們同行，現在我們也正為前往東方開戰而集結軍力。」

「我不曉得迪耐瑟大人對這些事情的理解或猜測。」赫剛回答，「但我們的確有燃眉之急。我的主上並沒有對您發出號令，而是懇求您記得古老的友誼與誓言，為了您的福祉，盡力而為。我們得到的情報指出，許多來自東方的帝王已為魔多效力。北方的達哥拉平原傳來突襲與戰爭的風聲。南方的哈拉德人正在行動，恐懼已籠罩我們的海岸地區，所以當地居民無法提供我們多少協助。得快點行動！因為在米那斯提力斯的城牆前，將決定當代的命運，而如果無法在那止住敵軍的攻勢，它就會覆蓋洛汗的秀麗原野，就算在這座山間要塞，也無法避難。」

「噩耗連連，」希優頓說，「但並非出乎預料的事。告訴迪耐瑟，就算洛汗本身不受到要脅，我們也依然會前去幫助他。但我們在與叛徒薩魯曼的戰役中元氣大傷，也得先考量我國北方與東方的邊界，迪耐瑟捎來的消息也說明了這點的必要性。黑暗魔君似乎已掌握強大勢力，能在王城前與我們交戰，同時派出大量軍力跨越王之門後的大河。

「但我們不該再謹慎行事了，我們會來的，士兵將在早上開始動員。等一切就緒，我們就會出發。我原本想派一萬名戰士度過平原，前去重創你們的敵人。現在的人數恐怕會稍微減少，因為我不能讓我的要塞無人看守，但我至少會率領六千人。告訴迪耐瑟，驃騎王將親自南下剛鐸，即便他可能無法返鄉。這是條漫漫長路，人們與馬匹在抵達盡頭前，都必須保有作戰的氣力。從明天早上過後一週，你就能聽到北方傳來伊歐之子們的吶喊。」

「一週！」赫剛說，「如果有必要，也只能這麼做了。但七天後，您可能只會找到毀壞的城牆了，除非有其他出乎意料的援兵出現。不過，您或許至少能打擾在白塔中開慶功宴的歐克獸人和黝黑人。」

「我們至少會做到那點。」希優頓說，「但我自己也剛經歷過戰鬥與長途旅程，現在得去休息了。今晚待下來吧。你將親眼見識洛汗集結，並帶著較輕鬆的心情離開，也願你一日千里。晨間最適合做出決定，夜晚會改變許多思緒。」

說完，國王就起了身，眾人也紛紛起立。「各位去休息吧，」他說，「祝你們安眠。梅里雅達克先生，今晚我不需要你的服務了。但當太陽升起時，就準備好接受我的召集。」

「我會準備好的，」梅里說，「就算您要我和您一起踏上亡者之道也行。」

「別說不吉利的話！」國王說，「有許多道路都能得到那種名稱。但我並沒說要命令你和我踏上任何一條路。晚安！」

「我不會被拋下來，等其他人回來時才趕過去！」梅里說，「我不會被拋下來的，我才不要。」他一再對自己重述這句話，最後終於在帳篷裡睡著了。

有個人搖醒了他。「醒醒，醒醒，霍比特拉先生！」他叫道，最後梅里終於從深沉的夢中甦醒，並嚇得坐起身來。他覺得外頭還很黑。

「怎麼了？」他問道。

「國王要召見你。」

「但太陽還沒升起。」梅里說。

「不，今天也不會升起了，霍比特拉先生。在這種烏雲下，太陽可能永遠不會出現了。但就算太陽消失，時間也不會停滯不前。快起來！」

梅里套上一些衣物，並往外張望。世界一片漆黑。空氣似乎瀰漫著棕色色澤，周遭的一切則顯得灰暗，也看不到影子，氛圍極度沉悶。沒辦法看見雲層的輪廓，除非是遙遠西方的雲朵，龐然黑暗最遠方的魔爪仍往那方向蔓延，只有些許光線從中滲出。頭頂懸著厚重的雲層，看來晦暗不明，天色似乎逐漸變暗，沒有變亮。

梅里注意到站在周圍的許多人都抬頭低語。他們的臉孔慘白而憂愁，有些人甚至面露恐懼之色。他心頭沉重地去找國王，剛鐸騎士赫剛比他先到，身邊還有另一個外型、打扮與他相仿的人，但較為矮壯。當梅里進入營帳時，他正在和國王交談。

「它來自魔多，王上。」他說，「它在昨天日落時出現。我看到它從您國度的東佛德丘陵間升起，並蓋過天際，當我策馬來此時，它便隨後飄來，吞噬了所有星辰。龐大的雲層籠罩了從這裡到黯影山脈的所有地區，還不斷變厚。戰爭已經開始了。」

國王沉默地坐了半晌。他最後開口。「我們終於碰到這一刻了，」他說，「這是我們時代中的大戰，許多事物也將在其中逝去。但至少已經沒必要躲躲藏藏了。我們將在開闊道路上全速前進。我軍將立刻展開集結，也不會等待遲來的人。你們在米那斯提力斯的存糧夠嗎？如果我們得立即動身，就必須以輕裝出發，只攜帶足夠讓我們參戰的食物與飲水。」

「我們有長年準備的大量補給品。」赫剛回答，「盡速輕便地出發吧！」

「叫傳令官來，伊歐墨。」希優頓說，「召集騎士們！」

伊歐墨走了出去，要塞中則立刻響起喇叭聲，下方也傳來許多呼應聲。但梅里覺得，它們的聲響不如前晚般響亮英勇。在沉重的氛圍中，它們顯得低迷刺耳，聽來十分不祥。

國王轉向梅里。「我要出征了，梅里雅達克先生。」他說，「我很快就得上路。我解除你的職務，但我們的友誼沒有結束。你該待在這裡，如果你願意，就服侍王女伊歐玟吧，她會代替我治理人民。」

「但，但是，王上，」梅里結巴地說，「我向您獻上我的劍了。我不想這樣離開您，希優頓王。我所有朋友都參戰了，如果我留下來的話，就會蒙羞。」

「但我們騎在高大敏捷的駿馬上。」希優頓說，「儘管你勇氣過人，也無法騎乘這種馬。」

「那就把我綁在馬背上，或把我掛在馬鐙上。」梅里說，「這條路很長，但假若我無法騎馬，我就會靠兩腿奔跑，就算磨傷雙腳、晚好幾週才到也一樣。」

希優頓露出微笑。「我寧可用雪鬃載你。」他說，「但你至少該和我去伊多拉斯看看梅杜賽德，因為我要往那裡去。史蒂巴能載你去那，等到我們抵達平原，才會展開長征。」

伊歐玟站起身。「來吧，梅里雅達克！」她說，「我帶你看看我為你準備的裝備。」他們一同走了出去。「這是亞拉岡對我做出的唯一請求。」當他們經過成排帳篷時，她就說道，「他希望你能得到武裝。我盡可能準備了。我的內心告訴我，你在一切結束前用得上這些裝備。」

她帶梅里去國王護衛住處之間的小營帳，軍械師為她拿來了小頭盔與圓盾和其餘裝備。

「我們沒有尺寸適合你的鎖子甲。」伊歐玟說，「也沒時間打造一套新的了。但這裡有強韌的皮革馬甲、腰帶和刀子。你已經有劍了。」

梅里深深鞠躬，王女則讓他看那面盾牌，造型如同金力得到的圓盾，上頭則有白馬的徽記。「帶上這些裝備，」她說，「和它們一同奔向好運吧！再會了，梅里雅達克先生！你我也許還會重逢。」

就這樣，在漸深的陰霾下，驃騎王準備好率領所有麾下騎士踏上東向道路。眾人內心沉重，也不禁在陰影下顫抖起來。但他們是性情嚴厲的民族，對主上忠心耿耿，就連住在要塞營地中的伊多拉斯老弱婦孺，也沒有多少人啼哭或低語。末日陰霾籠罩在他們頭頂，但他們仍沉默地面對這一切。

兩個小時飛快地過去，國王坐在白馬上，在朦朧的光線中閃動光澤。他顯得驕傲而魁梧，在高盔下飄揚的頭髮白皙似雪，許多人都對此感到訝異。而見到他無所畏懼地挺直身子時，眾人的士氣也為之一振。

嘈雜溪流旁的寬闊平原上，聚集了諸多部隊，約有五千五百名騎士整裝待發，還有數百人帶著輕裝上陣的備用馬匹。一股喇叭聲頓時響起。國王舉起他的手，驃騎大軍便沉默地開始移動。最前鋒的是國王的十二名家臣，都是頗富名望的騎士。伊歐墨跟在國王右側。國王已在上頭的要塞與伊歐玟道別，那段回憶令人痛心，但他已將注意力轉到前方的路途上。梅里在他身後騎著史蒂巴，剛鐸的使者們也與他同行，他們後方還有另外十二名國王的家臣。眾人經過了表情嚴肅剛硬的成排群眾。但當他們幾乎抵達隊伍盡頭時，有人抬頭用銳利的目光望向哈比人。當梅里回望對方時，覺得對方是個年輕人，身材比大多人都還瘦小。他瞥見了清澈的灰眼珠，隨即打起冷顫，因為他忽然明白，那是尋死之人杳無希望的臉龐。

他們沿著沖刷礫石的雪河旁灰色道路行走，經過下哈格[6]與上河這兩座小村莊，此地有許多哀傷的女子臉龐從漆黑的門中探出。在沒有號角、豎琴或歌聲的狀況下，前往東方的長征就此展開，日後幾個世代的人們都在洛汗歌謠中傳頌這起壯舉。

在朦朧清晨，從漆黑的登哈格出發，
裏格爾之子率領臣下與將領展開長征。
他來到繚繞迷霧的伊多拉斯
驃騎國護衛的古老殿堂。
黑暗包裹了金色木材。
他向自由的人民，
火爐與王座，和神聖的宮殿道別，
在光明消失前，他曾長年在此設宴。
王者長征，拋下恐懼，

6　譯注：Underharrow，此處的「harrow」與登哈格譯法相同。

面對宿命。他赤膽忠心，
履行古老誓言。
希優頓策馬前行。伊洛一族
向東急馳五天五夜，
穿越佛德、芬馬克與菲瑞恩森林，
六千精兵前往桑蘭丁[7]，
敏多陸因山下的雄偉孟登堡，
南方王國的海王之城，
正遭受重重敵軍包圍。
宿命驅策他們。黑暗吞沒他們，
駿馬與騎士皆然。
遠方馬蹄聲陷入沉默，歌謠如此告訴我們。

國王的確在漸深的陰霾中來到伊多拉斯，不過當時才剛中午。他在此簡短停留，還有六十多名太晚參加動員的騎士加入了他的大軍。用過餐後，他便準備再度出發，並對隨從和善地道別。但梅里最後一次懇求國王，別讓自己離開。

「我告訴過你了，這趟旅程不適合史蒂巴這種坐騎。」希優頓說，「儘管你身為劍侍，毅力也遠比身材要高得多，但在我們將於剛鐸平原掀起的大戰中，你又能做什麼呢，梅里雅達克先生？」

「誰知道呢？」梅里回答，「但王上，您為何收我當劍侍，卻不讓我待在您身邊呢？我不願意讓歌謠將我描寫成總是被拋在腦後的人！」

「我收下你是為了保護你。」希優頓說，「你也該聽從我的指令。我手下的騎士無法背負你。如果戰爭在我的大門前爆發，或許吟遊詩人們將記得你的作為。但此地離迪耐瑟統治的孟登堡，距離有一百零二里格。我言盡於此。」

梅里鞠躬並鬱悶地離開，並注視著成排騎士。部隊們已開始準備動身，人們繫緊腰帶，檢查馬鞍，並安撫馬匹。有些人不安地盯著逐漸降低的天空。一名騎士忽然走了過來，在哈比人耳邊輕聲說話。

「我們有句俗話說：『心想便能事成。』」他低聲說道，「我也因此前來。」梅里抬頭一看，發現是自己早上注意到的年輕騎士。「我從你的表情看得出，你想和驃騎王同行。」

「沒錯。」梅里說。

「那你該跟我走。」騎士說，「我會把你放在前面，讓你躲在我的斗篷下，直到我們抵達遠方，這股黑暗還將變得更深沉。你的美意不該遭到拒絕。別跟其他人說，快來吧！」

「太感謝你了！」梅里說，「謝謝你，先生，但我不曉得你的名字。」

---

7 譯注：Sunlending，洛汗語中的安諾瑞恩。

「你不曉得嗎？」騎士輕聲說道，「就叫我鄧赫姆[8]吧。」

於是當國王出發時，哈比人梅里雅達克就坐在鄧赫姆前，灰色的良駒溫德佛拉[9]駝起兩人也毫不費力。因為鄧赫姆比許多人來得輕，身形也較為輕盈靈活。

大軍踏入黑暗。那晚他們在雪河流入恩特河位置的柳林紮營，當地在伊多拉斯以東十二里格。接著他們再度穿過佛德，再跨越芬馬克，而在他們右方的茂密橡樹林，則攀上剛鐸邊境漆黑哈立菲瑞恩山的影子下。但在眾人左邊，恩特河口旁的沼澤上則瀰漫著霧氣。當他們前進時，就收到北方傳來的戰火傳言。有些慌亂策馬的人捎來消息，說敵人襲擊了他們的東方邊境，歐克獸人大軍已踏進了洛汗大高原。

「繼續前進！繼續前進！」伊歐墨喊道，「現在掉頭已經太遲了。恩特河的沼澤得守住我們的側翼。我們必須趕路。前進！」

於是希優頓王離開了他的國度，長路逐漸轉彎，眾人也經過了烽火丘：凱蘭赫德、明瑞蒙、伊瑞拉斯和納多爾。但烽火皆已熄滅，整座大地灰暗靜滯。他們面前的黑影越趨幽深，每個人內心的希望也漸漸消弭。

---

8 譯注：Dernhelm，「dern」在古英文中有「隱藏」之意。

9 譯注：Windfola，在古英文中意指「風駒」，托爾金照洛汗語慣例要求音譯。

第四章——剛鐸攻城戰

甘道夫喚醒了皮聘。蠟燭照亮了他們的房間，因為只有微弱的光線從窗外照射進來。空氣十分沉悶，彷彿即將響起雷聲。

「幾點了？」皮聘打著呵欠說。

「日出兩小時了。」甘道夫說，「該起來打理自己了。城主召喚你，要你接下新職務。」

「他會提供早餐嗎？」

「不會！我帶早餐來了，你在中午前只能吃這些。食物現在採配給制度發放了。」

皮聘懊惱地看著面前的一小塊麵包，和根本不夠吃的奶油（他這麼覺得），加上一杯淡牛奶。「你為什麼要帶我來這裡呀？」他問道。

「你很清楚原因。」甘道夫說，「為了不讓你惹麻煩。如果你不喜歡來這裡，就最好記住這是你自找的。」皮聘不敢說話了。

不久他再度和甘道夫順著冰冷的走廊走向塔殿的門口。此處的迪耐瑟坐在灰暗中，皮聘覺得他看似一隻充滿耐心的年老蜘蛛，他似乎從前一天就沒有移動過。他示意要甘道夫坐下，但無人理會的皮聘則待在原地半晌。老人隨後轉向他：

「哎，皮瑞格林先生，我希望你好好利用了昨天的時間，不知道你是否滿意？不過這座城市的伙食或許沒有你想像中的好。」

皮聘有種不太舒服的感覺，認為城主似乎用某種方式得知了他大多言行舉止，也猜出了他的想法。他沒有回答。

「你在我麾下要做什麼？」

「主上，我想你會把我的職責告訴我。」

「當然了，等我了解你適合哪種職務就行。」迪耐瑟說，「但如果我讓你留在身邊，或許我很快就會知道了。我的隨從要求加入外圍守軍，所以你該暫時取代他的位子。你得服侍我和跑腿，而如果我在戰事和會議之外有空的話，你也得陪我說話。你會唱歌嗎？」

「會。」皮聘說，「這個嘛，對，對我的同胞而言算好聽了。但我們沒有適合宮廷與不祥時期的歌謠，主上。我們很少在歌謠中提到比風雨更可怕的東西。我知道的大多歌謠，都和讓我們發笑的事情有關，當然也有關於飲食的歌。」

「這種歌謠為何會不適合我的宮廷或這種時期？待在邪影下的我們，不能聽聽不受外界侵擾的國度傳來的音訊嗎？這才會覺得自己的辛勞沒有白費，儘管無人對此表達謝意。」

皮聘的心頭一沉。他並不想唱夏郡的歌給米那斯提力斯城主聽，而他最喜歡的歌也絕對不適合，對這種場合而言，那些歌謠太不恰當了。對方沒有命令他唱歌。迪耐瑟轉向甘道夫，詢問關於洛希人和他們的策略問題，也問了和國王的外甥伊歐墨有關的事。城主似乎對住在遠方的人所知甚多，這使皮聘感到驚奇，他心想，自從迪耐瑟上次遠行，肯定已經過了許多年。

迪耐瑟隨後向皮聘揮手，再度要他離開一陣子。「去主堡的軍械庫。」他說，「到那裡拿白塔的制服與裝備。東西已經準備好了。昨天我已命人處理過。等你穿好，就回來吧！」

情況的確如他所說，皮聘也迅速穿上了黑銀相間的奇裝異服。他有件小鎖子甲，金屬環或許是以鋼鐵鑄造而成，但呈現墨黑色；還有兩側裝有小型渡鴉羽翼的高盔，頭盔中央則鑲了只銀星。鎖子甲外套了件黑色短外衣，胸口處則繡上白樹的銀色徽記。他收起了摺好的舊衣服，但上級允許他保留羅瑞安的灰斗篷，但別在值勤時穿。如果他知道的話，他現在看起來確實像 *Ernil i Pheriannath*，也就是人們口中的半身人王子，但他感到忐忑不安。外頭的黑暗也開始打壓他的士氣。

整天的天色都一片漆黑。從沒有日出的黎明一路到了傍晚，厚重的黑影都不斷變得更加幽暗，王城中的眾人也鬱鬱寡歡。黑境上空有朵巨雲緩緩往西方飄來，它乘著戰火之風而來，將陽光盡數吞沒。但底下的空氣依然低迷地令人喘不過氣，彷彿整座安都因河谷都在等待狂風暴雨的到來。

約莫在天亮後的第十一個鐘頭，終於稍微卸下職務的皮聘走到戶外，找尋能讓鬱悶的心情轉好的飲食，也希望這能讓他的服侍工作變得更易於忍受。他在食堂中再度碰上貝瑞剛，對方剛從帕蘭諾平原回來，先前他去主道上的守衛塔出任務。他們一同走到城牆邊，因為皮聘在室內感到宛如受到囚禁，就算在高聳的主堡中，也感到苦悶難耐。他們在面向東方的窗孔邊並肩坐下，前一天他們也在這用餐聊天。

當下是日落時分，但龐大的烏雲已探入西方遠處，只有當太陽終於沉入海中時，才能在入夜前散出簡短道別般的一抹光線，而此時的佛羅多正在十字路口，眼看陽光灑在落地君王的頭部上。但在敏多陸因山陰影下的帕蘭諾平原上，則一絲光芒也看不見，只剩下蕭瑟的棕褐色蒼穹。

自從上次坐在那裡後，皮聘已經覺得度日如年，在朦朧的過往歲月裡，他只是個哈比人，是鮮少受到自身經歷的危機影響的輕快流浪者。現在他成了備戰城市中的一員小卒，身穿衛戍之塔自豪而肅穆的制服。

在別的時空背景中，皮聘可能會對自己的裝束感到洋洋得意，但他清楚自己參與的不是遊戲——他是嚴肅主人底下的僕從，準備面臨最極端的危機。鎖子甲十分沉重，頭頂的高盔也壓得他發疼。他把斗篷擺在座椅上，將疲勞的目光從底下陰暗的原野移開，並打起呵欠，接著嘆了口氣。

「你今天很累嗎？」貝瑞剛說。

「對，」皮聘說，「很累呀，因為無事可做，又得隨侍在側。我在主上的房門外慢慢守候了好幾個小時，他則和甘道夫、親王與其他大人物爭論不休。貝瑞剛先生，我並不習慣在別人用餐時，餓著肚子服侍對方。對哈比人而言，這是艱困的試煉。你肯定會覺得我該感到榮幸。但這種榮幸有什麼好處？在這種陰影下，食物和飲料又有什麼好的？這一切有什麼意義？連空氣感覺起來都又濃又暗！吹起東風時，你們經常會遇到這種陰霾嗎？」

「不，」貝瑞剛說，「這不是正常的天氣。這是他的惡意造成的某種效果，是他從火山送來的某種濃煙，用來使人心與策略陷入膠著。它的確產生了效果。我希望法拉米爾大人能趕快回來。他不會陷入低潮的。但是，誰知道他會不會從黑暗中度過大河呢？」

「對，」皮聘說，「甘道夫也很憂心。我想，沒在這找到法拉米爾，讓他覺得失望。他又上哪去了？他在午餐前就離開城主的會議，我覺得他的心情也不好。或許他得知了某種壞消息。」

當他們交談時忽然僵在原地，如同石像般無法動彈。皮聘縮起身子，用雙手摀住耳朵。但在提到法拉米爾時正往城垛外看的貝瑞剛，依然僵硬地停在原處，用驚愕的雙眼注視外頭。皮聘一聽到那股令人喪膽的叫聲，就知道那是什麼了——他許久前在夏郡的沼地聽到的同一種尖叫，但現在它的力量與仇恨都大幅成長，以劇毒般的絕望感刺穿人心。

最後貝瑞剛吃力地開口。「它們來了！」他說，「鼓起勇氣看看吧！底下有邪惡的東西。」

皮聘不情願地攀上座位，往牆外看去。他底下是黯淡的帕蘭諾平原，往模糊難辨的大河延伸而去。但他在下方的空中看到五個如同飛鳥的形體，正在平原上方高速盤旋，如同暗夜中的陰影。它們如食腐鳥類般駭人，體型卻比巨鷹還大，也如死神般殘忍。它們逐漸逼近，幾乎要飛入城牆的射擊範圍，再迅速繞開。

「黑騎士！」皮聘低聲說道，「空中的黑騎士！看呀，貝瑞剛！」他叫道，「它們肯定在找什麼東西吧？你看，它們不斷盤旋俯衝，老是往那一點飛下去！你能看到地上有東西在動嗎？是黑色的小東西。對，是四五個騎馬的人。啊！我受不了了！甘道夫！甘道夫救救我們！」

另一股漫長叫聲隨之響起，他則從城牆旁逃開，如同遭到獵殺的動物般喘氣。在那股令人膽戰心驚的尖叫聲中，他模糊地聽到底下傳來喇叭尖鳴。

「法拉米爾！法拉米爾大人！是他的呼喚聲！」貝瑞剛叫道，「他太勇敢了！但如果那些歹毒的地獄魔鷹擁有恐懼以外的武器，他又該如何抵達大門呢？看呀！他們繼續衝刺。他們會趕到大門的。不！馬匹正慌亂奔跑。看呀！人們被甩到地上，用雙腳奔跑起來。不，有個人還騎著馬，他回去找其他人了。那就是將軍，他能統領馬匹與人心。啊！其中一個妖怪向他俯衝過去了。救命呀！救命呀！沒人願意出去救他嗎？法拉米爾！」

說完，貝瑞剛就衝了出去，跑進黑暗中。當衛隊成員貝瑞剛立刻想到他敬愛的將軍時，對自身恐懼感到羞愧的皮聘站起身往外窺探。此時他瞥見一抹源自北方的銀白光芒，像顆降臨暮色大地上的微小星辰。它如同飛箭般高速移動，迅速和奔向大門的四人會合。皮聘覺得它周圍散發出蒼白光束，黑影也在它前方分開，當它逼近時，皮聘便覺得聽見一股宏亮呼聲，有如城牆上的回音。

「甘道夫！」他叫道，「甘道夫！他總是在局勢最絕望時出現。上吧！上吧，白騎士！甘道夫，甘道夫！」他狂亂地大叫，像是田徑賽旁的觀眾，催促著早已不需鼓勵的選手。

但俯衝的黑影已發現了來者。其中一團黑影向他飛去，但皮聘覺得他舉起了手，手中則發出一道往上襲去的白光。納茲古淒厲地尖叫，並隨即躲開。其他四個黑影產生動搖，並迅速盤旋到高空，往東消失在上空低矮的雲層中。底下的帕蘭諾平原暫時顯得不那麼黯淡了。

皮聘觀望著，看到騎士與白騎士聚首並停下腳步，等待其他步行的人。人們從王城趕出去見他們，眾人很快就消失在外層城牆下，他也明白人們進了大門。他猜他們會立刻前往白塔去見宰相，便快步趕到主堡入口。許多剛在高牆上看到追逐與救援過程的人都聚在那裡。

從外層城池通往上層的道路很快就傳來騷動，也有許多人歡呼並喊著法拉米爾與米斯蘭迪爾的名字。皮聘隨即看到火炬，接著是身後跟著大批群眾，緩緩前進的兩名騎士。一人身穿白袍，但已不再發光，在暮光中顯得蒼白，彷彿他耗盡或遮蔽了體內的火焰；另一人的身影顯得黯淡，他也低垂著頭。他們下了馬，而當馬夫牽走影鬃與其他馬匹時，他們便走向大門的哨兵。甘道夫的步伐穩健，他的灰色斗篷披在身後，眼中依然閃動著火光。另一個緩緩行走的人身穿綠衣，如同疲勞或負傷般稍微搖晃。

當他們穿過拱門底下的吊燈時，皮聘擠向前，而當他看到法拉米爾的蒼白臉龐時，便倒吸了一口氣。那張臉孔曾面對莫大恐懼或煎熬，但現在已控制住自己而顯得平靜。當他向守衛說話時，那一瞬間便顯得自豪而嚴肅，注視他的皮聘也發現對方與兄長波羅米爾有多麼相似——打從一開始，皮聘就喜歡波羅米爾，欣賞那名勇士盡顯尊榮卻溫和的氣度。但他的內心忽然對法拉米爾產生了前所未見的奇異感受。他散發出尊貴不凡的氣質，如同亞拉岡有時會顯露出的風範，也許不如亞拉岡如此崇高，卻並非深不可測，也更富親和力：此人是在晚期出生的人類王族之一，卻也心懷古老民族[1]的智慧與悲傷。皮聘明白貝瑞剛為何語帶敬愛的提到對方的名字了。他是人們願意追隨的大將，就算在黑翼下的暗影中，連皮聘也願意跟隨他。

「法拉米爾！」他與其他人一起高聲叫道，「法拉米爾！」在王城群眾的喧囂聲中察覺他奇異嗓音的法拉米爾，則望向他並感到訝異無比。

「你是從哪來的？」他說。「穿著白塔制服的半身人！你從……？」

但甘道夫隨即走到他身邊並開口，「他是和我從半身人國度一起來的。」他說，「他是和我一起來的。但我們別待在這裡。還有很多事情得商討，你也累壞了。他會和我們同行。他一定得跟來，如果他沒比我還容易忘記他的新職務的話，這時候他就得去服侍主上了。來吧，皮聘，跟上我們！」

於是他們終於來到城主的私人房間。一只燒著木炭的火盆周圍擺了許多座椅，人們也送來葡萄酒。幾乎沒人注意的皮聘，站在迪耐瑟的座位後方，倦意少了許多，因為他正急切地聆聽眾人的討論。

當法拉米爾吃了白麵包，也喝了杯葡萄酒後，就坐在他父親左手邊的矮椅上。甘道夫坐在另一側稍遠處的木椅上，起初彷彿睡著了。因為剛開始法拉米爾只提到十天前執行的任務，也帶了伊西立安和魔王與其盟友行動的情報來。他講述在路上發生的戰鬥，哈拉德人和他們的巨獸在其中遭到擊敗。經常有將領向主上報告這種事，而這類邊界戰役之類的小事，現在則顯得毫不重要，少去了許多光彩。

法拉米爾忽然望向皮聘。「但我們現在遭遇了古怪的事件。」他說，「因為這並不是我第一次看到半身人從北方傳說踏入南境。」

聽到這裡，甘道夫便立刻坐起身，緊緊抓住椅子的扶手，但他沒有說話，也用眼神阻止皮聘差點脫口而出的驚呼。迪耐瑟注視他們的臉龐，並點了點頭，彷彿已透過動作得知他人尚未說明的事。當其他人沉默地坐著時，法拉米爾便娓娓道來一切，目光大多擺在甘道夫身上，不過他三不五時會瞄向皮聘，彷彿想刷新先前看過的其他半身人印象。

當他提到在漢納斯安農見到佛羅多與他的僕人時，皮聘便注意到甘道夫緊握木雕扶手的雙手顫抖了起來。那雙手顯得慘白而蒼老，而當他注視時，皮聘猛然驚覺，甘道夫正感到憂心，甚至是畏懼。房內的氛圍變得沉重。最後當法拉米爾說到自己和旅行者們分離的狀況，以及他們決定前往基力斯昂戈時，他的聲音就逐漸變低，並搖頭嘆氣。甘道夫隨即

1 譯注：Elder Race，指精靈。

站了起來。

「基力斯昂戈？魔窟谷？」他說，「那是什麼時候的事，法拉米爾，是什麼時候？你在何時和他們分開？他們何時會抵達那座邪惡山谷？」

「我在兩天前的早晨和他們分開。」法拉米爾說，「如果他們往南走，那從那裡到魔窟都因谷就有十五里格的路程。他們最快也無法在今天之前到達，或許也還沒抵達那裡。我看得出你的擔憂。但黑暗並非因為他們而出現。它昨天傍晚才開始拓展，整塊伊西立安昨晚都已籠罩在黑影下。我覺得魔王長久以來都計劃對我們發動攻擊，而在旅行者們離開我之前，就已經訂下攻擊時刻了。」

甘道夫來回踱步。「兩天前的早上，近三天的路程！你們分開的地點有多遠？」

「直線距離大約二十五里格。」法拉米爾說，「但我沒辦法來得更快。昨天傍晚我在凱爾安卓斯[2]過夜，那是我們在大河北方駐守的長島，這一側河岸也備有馬匹。當黑暗逼近時，我就知道得立刻動身，所以我和其他能騎馬的三人趕來這裡。我把剩餘的部隊派到南方，去加強奧斯吉力亞斯渡口的駐軍。我希望我沒有犯錯？」他望向他父親。

「犯錯？」迪耐瑟叫道，雙眼突然綻放凶光。「你為什麼要問？那些人聽從了你的指令。還是你想問我如何評斷你的所有行為？你在我面前表現得低聲下氣，但你已經無視我的意見很久了。看吧，你和往常一樣伶牙俐齒。但難道我沒發現你的眼睛老是盯著米斯蘭迪爾看，想知道你說得好或洩漏太多了嗎？他一直以來都掌握了你的心。

「我的兒子呀，你父親老了，但還沒有失去理智。我仍然耳聰目明，而也能料到你稍微提到或沒說的部分。我知道許多謎題的答案。唉，可惜波羅米爾了！」

「如果我的作為使你不悅，父親，」法拉米爾平靜地說，「我希望在做出這麼重大的決定前，我能先得知你的意見。」

「這會改變你的決定嗎？」迪耐瑟說，「我想，你還是會那樣做。我很了解你。你總是想表顯得慷慨尊榮，像古代君王般溫和而優雅。如果是坐擁權力與和平的王族，或許就適合如此。但在危急時刻，溫情或許只會換來死亡。」

「就這樣吧。」法拉米爾說。

「就這樣吧！」迪耐瑟吼道，「但送命的不只是你，法拉米爾大人，還有你父親，與你所有人民。既然波羅米爾已經不在，你就得負責保護他們。」

「那你希望，」法拉米爾說，「我和他的角色互換嗎？」

「對，我的確這麼希望。」迪耐瑟說，「因為波羅米爾對我忠心耿耿，也不受巫師擺佈。他會記得他父親的需求，也不會白白浪費命運的贈禮。他可能會為我帶來大禮。」

法拉米爾的自制力短暫瓦解。「父親，我想請你記好，為何在伊西立安的是我，而不是他。不久之前，你的意見至少有一次生效了。把那件任務交給他的，就是城主。」

「別攪動我種下的苦果！」迪耐瑟說，「我不是在許多夜裡嘗到了這苦果，還料到更

2 譯注：Cair Andros，在辛達林語中意指「長沫之船」。

糟的狀況仍舊潛藏在暗處嗎？現在我的確察覺危機了。真希望事情的發展不同！這東西早該來到我手中！」

「冷靜下來！」甘道夫說，「波羅米爾不可能把它帶來給你。他已經死了，也死得其所。願他安息！但你瞞騙了自己。他會伸手奪走這東西，並隨之墮落。他會占據這東西，而當他回來，你就認不出你兒子了。」

迪耐瑟的臉變得嚴峻而冰冷。「你發現波羅米爾比較難控制，不是嗎？」他輕聲說道，「但身為他父親的我說，他會把它帶來給我。也許你很睿智，米斯蘭迪爾，但儘管你老謀深算，卻無法料到一切。有些建議並非來自巫師的詭計或傻子的草率之舉。在這件事上，我擁有比你預料中更多的學識與智慧。」

「那你覺得該怎麼做？」甘道夫說。

「我清楚不該犯下兩件愚行。使用這東西非常危險。在此時此刻，讓無知的半身人帶著它進入魔王的地盤，就像你和我這個兒子所做的，都是瘋狂之舉。」

「那迪耐瑟大人會怎麼做？」

「兩者皆非。但我絕對不會光憑傻子的希望，就讓這東西陷入危機，如果魔王重拾他失去的這項寶物，就會害我們一敗塗地。不，該把它藏在漆黑的深處。除非在最緊迫的時刻，不然不能使用它——而是讓它遠離他的魔掌，直到他取得最終勝利，那死去的我們就不需操心之後的事了。」

「大人，你仍然只想到剛鐸。」甘道夫說，「但世上還有其他人與生靈，也還有未來。

至於我，我甚至同情他的奴隸。」

「如果剛鐸淪陷，那其他人又該到何處尋求協助？」迪耐瑟回答，「如果我把這東西藏在這座要塞深處的寶庫，我們就不須在黑暗下顫慄地發抖，還擔心最糟糕的情況，而我們的計畫也不會受到干擾。如果你不信任我能通過試煉，你就太不了解我了。」

「無論如何，我確實不信任你。」甘道夫說，「如果我信任你，早就能把這東西送來給你保管，我和其他人就能免去不少麻煩了。聽到你說這番話後，我就更不信任你了，我也不信任波羅米爾。不，別動怒！在這件事上，我也不信任我自己，就算是自由贈與的禮物，我也拒絕了這東西。你意志堅強，也還能在某些事務上控制自己，迪耐瑟。但如果你收到這東西，它就會毀了你。假若將它埋在敏多陸因山底深處，隨著黑暗增長，它依然會腐蝕你的心智，我們隨後便會迅速碰上更糟糕的狀況。」

在那一刻，迪耐瑟的雙眼在面對甘道夫時再度綻放精光，皮聘也再次感受到兩人之間的緊張氣氛。他們的目光如同刀劍般來回交鋒，在決鬥時閃動刀光劍影般的光芒。皮聘顫抖起來，害怕兩人隨時會拔刀相向。但迪耐瑟忽然放鬆下來，態度再度變得冰冷。他聳聳肩。

「如果我有！如果你有！」他說，「這種話語和假設毫無用處。它已經進入邪影之中，只有時間能顯現它和我們會遭逢什麼樣的命運。時間不會太長。在剩餘的時間中，讓魔王的所有敵人都以自己的方式合作，並保持希望，而在希望湮滅後，還擁有能自由死去的膽量。」他轉向法拉米爾，「你覺得奧斯吉力亞斯的駐軍如何？」

「不夠強。」法拉米爾說，「如我所說，我已經派伊西立安的部隊去加強它了。」

「我想還不夠。」迪耐瑟說，「第一波攻勢就會落在那裡。他們需要強悍的將領。」

「那裡和其他許多地方都需要。」法拉米爾說，並嘆了口氣。「太可惜了，我的兄長，我也深愛著他！」他站起身。「我可以告退嗎，父親？」接著他晃了一下，倚靠在他父親的椅子上。

「我看得出你很累了。」迪耐瑟說，「我聽說，你快馬加鞭地騎了很遠的路，空中還有邪影追殺。」

「我們別提那件事吧！」法拉米爾說。

「那就別提了。」迪耐瑟說，「去休息吧。明天的需求將更加嚴苛。」

所有人隨即向城主告退，並盡快前去休息。外頭毫無星辰一片漆黑，如同甘道夫此刻的心境，身旁的皮聘拿著小火炬一同回到住處。直到他們關上門後，也沒有交談。最後皮聘牽起了甘道夫的手。

「告訴我，」他說，「有希望嗎？我是指對佛羅多而言，至少大多是指佛羅多。」

甘道夫把手擺在皮聘頭頂。「從來沒有多少希望。」他回答，「剛剛才有人告訴我，只不過是傻子的希望。而當我聽到基力斯昂戈時——」他停了下來並走到窗口旁，彷彿雙眼能穿透東方的陰影。「基力斯昂戈！」他低語道，「我想知道，為何要走那條路？」他轉過身。「就在剛剛，皮聘，當我聽到那名稱時，內心幾乎就幾乎要絕望了。但老實說，我相信法拉米爾帶來的消息中有點希望。我們的敵人顯然終於點燃戰火，並在佛羅多還是自由身時邁出了第一步。所以在隨後的許多天內，他的眼睛將四處打量，並遠離他的地盤。但是，皮聘，我從遠方感覺到他的倉促與恐懼。他太快出手了。有某種事情發生，逼他不得不行動。」

甘道夫站著沉思半晌。「也許，」他低語道，「也許就連你的愚行都幫上忙了，小子。讓我想想：五天前，他發現我們推翻了薩魯曼，也拿走了晶石。然後呢？它對我們派不上用場，至少無法在他知情的狀況下使用。啊！我很好奇。是亞拉岡嗎？他的時刻即將到來。他的內心強悍而堅定，皮聘。大膽的他下定決心，自行做出判斷，並願意在危急時刻承受莫大風險。這可能就是原因。他或許就是為了這點，而使用晶石在魔王面前現身，向對方發出挑戰。我想可能如此。哎，直到洛汗騎士抵達前，我們都無法得知答案，只希望他們別來得太遲。前方還有一段苦日子。趁能睡時快睡吧！」

「但是……」皮聘說。

「但是什麼？」甘道夫說，「今晚我只允許一個『但是』。」

「咕嚕。」皮聘說，「他們怎麼會帶上他，甚至還跟隨他？我也看得出法拉米爾和你一樣不喜歡他帶他們去的地方。出了什麼問題？」

「我現在無法回答這點。」甘道夫說，「但我心中猜到在一切結束前，佛羅多和咕嚕將會聚首。狀況好壞難辨。但我今晚不會提基力斯昂戈的事。我擔心的是背叛，是那悲慘生物的背叛。但只能憑局勢自由發展了。我們得記好，叛徒也許會背叛自己，並做出他意料之外的好事。有時的確會出現這種狀況。晚安了！」

隔天早晨如褐色黃昏般到來，原本因法拉米爾歸來而暫時振奮的人心，又再度陷入了低迷。那天沒人看到翼魔影，但城市高空中時時會傳來微弱的叫聲，許多聽見的人則驚愕地呆站原地，心地較脆弱的人則會隨之畏縮哭泣。

而法拉米爾又離開了。「他們不讓他休息片刻。」有些人嘀咕道，「城主把他兒子逼得太緊了，現在法拉米爾得背負兩人的責任，除了他自己的職責外，還加上不會回來那人的任務。」人們總會望向北方，問道：「洛汗騎士在哪？」

其實，法拉米爾並非自願離去。但城主是議會中的領袖，也不打算對他人低頭。那天清晨，議會成員就受到召集。所有將領都同意，南方的威脅迫使他們的軍力不足以主動發動攻擊，除非洛汗騎士抵達。在此同時，他們得守住城牆並耐心等待。

「但是，」迪耐瑟說，「我們不該輕易捨棄外圍防禦，畢竟也耗費了大量人力修築拉馬斯城牆。魔王必須為跨越大河付出慘痛代價。為了攻擊王城，他無法從凱爾安卓斯北邊渡河，因為當地滿布沼澤。而由於大河的寬度，他也無法從南邊走萊班寧渡河，因為那需要大量船隻。他會將主力對準奧斯吉力亞斯，像波羅米爾之前阻礙他時一樣。」

「那只不過是場測試。」法拉米爾說，「今天我們可能會使魔王在渡河時經歷超出我們十倍的傷亡，卻依然後悔與之交戰。比起我們失去一支部隊，他更能負擔喪失一批大軍。而如果他成功渡河，撤回我們遠方駐軍的過程也危機重重。」

「那凱爾安卓斯呢？」親王問道，「如果要防衛奧斯吉力亞斯，就也得防禦那座島。別忘了我方左翼的危險。洛希人可能會來，也可能不會。但法拉米爾告訴我們說，有大批軍力逼近黑門。可能會有不只一支大軍從黑門出發，並攻擊一個以上的通道。」

「戰爭中總得冒險。」迪耐瑟說，「凱爾安卓斯已有駐軍，目前也沒辦法派遣援兵過去了。但我不願輕易交出大河和帕蘭諾平原——只能看在場有沒有將領仍有勇氣執行主上的命令。」

所有人陷入沉默。但最後法拉米爾說：「我不反對你的命令，父親。既然你失去了波羅米爾，如果你下令，我就會代替他並盡我所能。」

「我下令如此。」迪耐瑟說。

「那就再會了。」法拉米爾說，「但如果我平安歸來，就請對我改觀吧！」

「那得看你回來時的狀況。」迪耐瑟說。

在法拉米爾東行前，甘道夫是最後向他說話的人。「別輕易拋棄你的性命。」他說，「除了戰爭以外，這裡還有其他事需要你。你父親仍然愛你，法拉米爾，在一切塵埃落定前，他會想起來的。再會了！」

於是法拉米爾大人再度出發，也帶上了自願前去、或能調派至此的人力。有些人從城牆上透過陰霾望向城市遺跡，也想知道那裡發生了什麼事，因為他們什麼也看不見。其他人則如往常般望向北方，估算著從此地到洛汗的希優頓之間的距離。「他會來嗎？他會記得我們的古老盟約嗎？」他們說。

「對，他會來的。」甘道夫說，「即便他來得太遲。但想想看！紅箭最快也在兩天前才能送到他手上，此處到伊多拉斯還有很長一段路。」

入夜後才傳來了新消息。有個人急促地從渡口邊前來，說有批大軍從米那斯魔窟出動，已逼近了奧斯吉力亞斯。南方來的軍團也加入了這批大軍，他們是殘酷魁梧的哈拉德人。「我們也得知，」信差說，「黑統帥[3]再度率領了軍隊，而對他的畏懼已瀰漫到大河對岸。」

隨著噩耗到來，皮聘來到米那斯提力斯的第三天就此結束。有些人前去休息，因為已沒人認為連法拉米爾都能長期守住渡口。

隔天，儘管黑暗已完整覆蓋天空，也不再變深，並沉重地壓抑人心，人們也感到恐懼莫名。噩耗很快就再度傳來。魔王已經順利度過了安都因河。法拉米爾撤退到帕蘭諾平原的城牆，將他的手下聚集到主道堡壘；但敵人的數量比他的人手多了十倍。

「如果他成功跨越帕蘭諾平原，敵軍就會緊追在他身後。」信差說，「他們已為渡河付出慘痛代價，但依然不如我們的預期。對方的計畫非常完善。他們顯然已在東奧斯吉力亞斯祕密建造了大量木筏與平底船。他們如同甲蟲般大舉殺來，但擊敗我們的是黑統帥。就連他前來的謠言，都很少有人能忍受。他自己的手下也畏懼他，也會在他一聲令下就殺害自己。」

「那麼比起此處，那裡就更需要我。」甘道夫說，並立刻策馬離開，他身上的微光也消失在視線中。在那一整晚，皮聘都毫無睡意地獨自站在城牆上，遙望著東方。

＊＊＊

當日出的鐘聲才剛響起，在黯淡的黑暗中顯得十分諷刺時，他就看到遠方出現火光，光芒來自帕蘭諾平原城牆所在的朦朧地點。哨兵大聲叫喊，王城中的所有人便立刻集合。外頭不時會浮現紅色閃光，人們也能逐漸從沉悶的空氣中聽到隆隆低響。

「他們攻陷了城牆！」人們喊道，「他們在牆上炸出缺口了。敵人要來了！」

「法拉米爾在哪？」貝瑞剛叫道，「別說他已經死了！」

甘道夫帶來了第一波消息，他和少數騎士在早晨過了一半時護送一列馬車進城。裡頭塞滿了傷者，全是從主道堡壘的廢墟中救出的人。他立刻去見迪耐瑟。城主坐在白塔大殿頂端高處的房間中，皮聘待在他身旁。他漆黑的眼珠專注地從黯淡的窗口往北方、南方和東方望去，彷彿想看穿包圍他周遭的末日陰影。他最常瞭望北方，有時也會停下片刻，似

——

3 譯注：Black Captain，巫王的稱號之一。

乎能透過某種古老技術，聽到遠方平原上的隆隆馬蹄聲。

「法拉米爾來了嗎？」他問。

「還沒有。」甘道夫說，「但當我離開時，他還活著。他決定要與後衛軍力待在一起，以免撤離帕蘭諾平原的過程潰敗。也許他能讓人馬堅持下去，但我不太覺得能成功。他面對的敵人過於強大。我擔心的對象已經來了。」

「不——不是黑暗魔君吧？」皮聘叫道，在恐懼中忘卻了自己的身分。

迪耐瑟發出苦澀的笑聲。「不，還沒有，皮瑞格林先生！只有在徹底獲勝後，他才會前來嘲弄我。他利用其他人作為武器。所有睿智的偉大君主都會這麼做，半身人先生。不然我為何要坐在自己的高塔中沉思、觀察和等待，甚至還派我的兒子們上戰場呢？我仍然能使用武器。」

他站起身並掀開黑色長斗篷，看啊！他在底下穿著鎖子甲，還佩戴了長劍，劍刃藏在黑銀交錯的劍鞘中。「多年來，我行走與睡覺時都全副武裝。」他說，「以免身體因年紀而變得癱軟虛弱。」

「但如今，巴拉多之王手下最邪惡的大將已經攻占了你的外圍城牆。」甘道夫說，「他是遠古的安格馬巫王，妖術師，戒靈，與納茲古之王，如同索倫手中的恐懼之矛，是帶來絕望的魔影。」

「那麼，米斯蘭迪爾，你已碰上了對手。」迪耐瑟說，「對我而言，我早就知道誰是邪黑塔大軍的首腦了。你回來就只為了說這些嗎？還是你因為鬥不過對方，而逃之夭夭呢？」

皮聘顫抖起來，深怕甘道夫會勃然大怒，但他並不需要害怕。「有可能吧。」甘道夫輕聲回答，「但我們的試煉尚未到來。假若古老的預言屬實，那他就不會死於凡夫俗子之手，智者們也不清楚他的命運為何。[4]無論如何，這名絕望統帥[5]還沒有向前推進。他反而照你剛提的方式，從後方驅策手下發狂的奴隸前進。

「不，我是來護送還能接受治療的傷者的，因為拉瑪斯圍牆已有大量裂口，魔窟大軍很快就會從許多地點入侵。我主要是來告知這件事。平原上很快就會發生戰鬥。必須準備好一支突擊隊。成員必須是騎士。他們是我們唯一的希望，因為敵人只有一項弱點：他手下的騎士不多。」

「我們也只有少數騎士，洛汗現在能及時出現就好了。」迪耐瑟說。

「我們很可能會先見到新的來客。」甘道夫說，「凱爾安卓斯的守軍已經抵達我們這裡了。島嶼已經淪陷。另一支軍隊從黑門出發，從東北方過來。」

「米斯蘭迪爾，有些人控訴你喜歡捎來噩耗。」迪耐瑟說，「但對我來說，這已經不是新消息了，昨天入夜前，我就已經得知這件事。至於突擊隊，我也已經思考過了。我們

4 譯注：此預言為葛羅芬戴爾所說，參見附錄A「剛鐸與安納瑞昂的繼承人」。

5 譯注：Captain of Despair，巫王的稱號之一。

下去吧。」

時間慢慢過去。城牆上的哨兵終於看見撤退而來的外圍部隊。幾批疲倦的傷者雜亂無章地率先進城，有些則彷彿遭受追趕般地慌亂奔跑。東方遠處閃動著火光，火焰顯然也已從多處跨過平原。房屋與穀倉起火燃燒。許多小型火舌從許多地點延燒過來，蜿蜒地穿過陰霾，匯集到從王城大門通往奧斯吉力亞斯的寬闊大路。

「是敵軍。」人們低語道，「圍牆已經陷落。他們鑽過破口進來了！看來他們還帶了火炬。我們的同胞呢？」

此時已經逼近傍晚，天色變得相當昏暗，就連主堡上目光銳利的人都難以看清平原上的狀況，只能看到不斷增長的火勢，以及長度與速度都逐漸增加的火舌。最後，在離王城不到一哩外的距離，有批較為整齊的人群出現在視野中，他們沒有奔跑，依然維持著隊形前進。

哨兵們屏息以待。「法拉米爾一定在那。」他們說，「他能統率人心與馬匹。他趕得回來的。」

撤退的部隊現在位於不到兩弗隆外的位置。有一小批騎士從後方的陰霾中疾馳而來，他們是後衛軍力僅存的成員。他們再度走投無路地轉身，面對襲來的火線。有股凶狠叫聲忽然響起。敵軍的騎士們衝了上來。火線化為流動的火潮，那是攜帶火炬的成排歐克獸人，以及打著赤紅旗幟的南方人，他們以刺耳的語言叫囂，向撤退的軍力簇擁而上。隨著一股尖銳叫聲，翼魔影們便從黯淡的天空撲下，納茲古正往下殺來。

撤退中的士兵們慌亂逃竄。人們已經分散開來，驚慌失措地四處奔逃，拋下了他們的武器，一面恐懼地放聲尖叫，並縮倒在地。

接著主堡響起一陣喇叭聲，迪耐瑟終於派出突擊隊。他們在大門陰影與高聳的城牆下守候他的信號，這些是王城中僅存的騎士。他們隊形緊密地快速向前奔馳，大喊一聲便衝了出去。城牆上也傳來呼應的叫聲，因為在戰場最前方的，正是多爾安羅斯的天鵝騎士們，帶著碧藍旗幟的親王帶頭衝刺。

「安羅斯為剛鐸出擊！」他們大喊，「安羅斯助法拉米爾一臂之力！」

他們如同迅雷般衝破撤退士兵兩側的敵軍，但有名騎士超越了所有人，如草原強風般飛快。影鬃背負著他，再度揭露此人閃爍的身影，一道光輝從他舉起的手中綻放而出。

納茲古高聲尖鳴並掉頭而去，因為它們的統帥尚未前來挑戰他敵人的白焰。急於屠殺獵物的魔窟大軍，出乎意料之外地在狂奔時遭到襲擊，並如同狂風中的煙火般四散開來。外圍部隊歡呼一聲，便轉身痛擊追兵。獵人頓時成了獵物。撤軍的士兵們反而大開殺戒。戰場上滿是遭到劈砍的歐克獸人與人類，掉到地上的火炬則散發出臭味，裊裊黑煙也往上飄去。騎兵們繼續前進。

但迪耐瑟不讓他們走太遠。儘管敵軍受挫，目前也稍作撤退，但大規模軍力仍舊從東方湧來。喇叭聲再度響起，這是撤退的訊號。剛鐸的騎兵們停下腳步。他們身後的外圍部隊重新集合。他們步伐穩定地回城。眾人抵達王城大門，並自豪地進門。王城人民驕傲地看著他們並歡呼，但內心依然擔憂不已。因為兵力目前已嚴重減少。法拉米爾失去了三分之一的人手。他又在哪裡呢？

他最後才進城。他的手下走進城門。騎兵們也回到王城，多爾安羅斯的旗幟與親王殿後。騎在馬上的他，懷中抱著族人的軀體，那是在戰場上被發現的迪耐瑟之子法拉米爾。

「法拉米爾！法拉米爾！」人們喊道，街頭上飄蕩著哭聲。但他沒有回應，人們則將他抬到通往主堡的蜿蜒道路上，前去見他父親。當納茲古躲開白騎士的攻擊時，就射出了一支致命飛箭，而正和騎馬的哈拉德大將決鬥的法拉米爾，則中箭倒地。多虧了多爾安羅斯戰士們的衝鋒，才使地上的他免於遭到南方的紅色刀劍斬殺。

印拉希爾親王送法拉米爾去白塔，並說：「您的兒子在立下大功後回來了，主上。」隨後他講述了自己所見的一切。迪耐瑟起身注視著兒子的臉，並沉默不語。他要手下在房間中備床，將法拉米爾放上床後，就讓他們離開。他獨自走上白塔頂端下的祕室，而此時許多抬頭望向塔頂的人則發現，有道蒼白光線在狹窄的窗口間閃動，並隨即消失。當迪耐瑟再度下樓時，就一語不發地坐在法拉米爾身旁，但城主面容憔悴，看起來比他兒子更接近死亡。

王城終於遭到周圍環伺的敵人圍攻了。敵軍已攻破拉瑪斯圍牆，整座帕蘭諾平原也受到魔王掌控。在大門關上前，從北向道路逃來的人們捎來了城牆外的最後消息。他們是從安諾瑞恩和洛汗伸向鎮區的道路上的剩餘守軍。不到五天前讓甘道夫和皮聘通行的印戈率領著他們，當時太陽依然高掛空中，早晨也還充滿希望。

「沒有洛希人的任何消息。」他說。「洛汗不會來了。就算他們抵達，也幫不上忙。我們聽說的大軍已經抵達，據說是從凱爾安卓斯走大河的水路過來。兵力十分強大，有邪眼旗下的歐克獸人軍團，還有無數人類部隊，那是我們沒見過的新民族。他們的身材不高，但結實又陰沉，蓄著如同矮人的鬍鬚，並手握巨斧。我們猜測，他們來自遼闊東方的野蠻地帶。他們占據了北向道路，許多人也已進入安諾瑞恩，洛希人無法趕來了。」

大門緊緊關上。城牆上的哨兵整晚都聽到在外頭肆虐的敵人發出的噪音，對方正在焚燒原野與樹木，並劈砍在外頭發現的任何人，不論是死是活。在黑暗中無法估算已經渡河的敵軍數量，但當晨曦——或該說是早晨朦朧的陰影籠罩大地時，人們就發現即便是夜晚的恐懼，也沒有讓他們錯估敵軍數量。平原上滿是黑壓壓的部隊，而從肉眼能在黑暗中看見的範圍看來，受到包圍的城市四周豎起了黑色或深紅色的營帳，看來如同蔓生的骯髒真菌。

歐克獸人們忙如螻蟻般地挖掘深邃的壕溝，並將之圍成巨大的圓圈，位置剛好在城牆的射擊範圍外。完工時，每道壕溝中就燃起了烈火，但沒人看見敵軍是否用某種技術或妖法點燃火焰。工程持續了一整天，而米那斯提力斯的居民們只能作壁上觀，無力避免這一切。當每條壕溝完成時，人們就看到巨大的馬車抵達。很快就有更多敵軍部隊設立起用於投擲彈藥的巨型攻城武器，而每支部隊都躲在一條壕溝後方。王城城牆上沒有任何夠大的投石器能夠攻擊遠方，或阻止對方的行動。

人們起初哈哈大笑，也不太畏懼這種攻城器具。因為王城的主城牆高聳且厚度驚人，是努曼諾爾的勢力與技術因流亡而衰退前所建。它的外層如同歐散克塔般堅硬黝黑而光滑，不會受到鋼鐵或火焰所傷，除非遭到某種將大地撕裂的震動襲擊，否則城牆無堅不摧。

「不，」眾人說，「除非無名者親自前來，但只要我們還活著，就連他也無法進入此地。」但有些人回應道：「只要我們還活著？能活多久？他有種自從太初時就擊垮了許多要塞的武器：飢餓。道路已遭到截斷。洛汗不會來了。」

但攻城武器沒有向固若金湯的城牆浪費彈藥。指揮這場魔多之王對抗最強敵人之戰的主事者，並非尋常土匪或歐克獸人酋長。指引一切的，是充滿惡意的力量與心智。當大型投石器設置完成後，隨著敵軍的諸多叫嚷、繩索與絞盤發出的嘎吱聲，投石器便開始將彈藥拋上驚人高度，飛到城垛高空，再砰地一聲落入王城第一圈城池中。當許多彈藥落下時，因某種祕密技術而起火燃燒。

城牆後方很快就燒起大火，所有能抽身的人都忙著澆熄在多處燃起的火舌。在掉落的大型投射物中，還參雜了另一種破壞力較低，但更為駭人的小型彈藥。這些沒有起火的圓形小物體滾落到大門的街道，但當人們跑去調查那些東西的底細時，就大聲尖叫或哭泣。因為敵軍正將所有在奧斯吉力亞斯、拉馬斯圍牆或平原上戰死士兵的頭顱扔進王城。它們令人不忍直視，因為有些頭顱遭到壓碎而血肉模糊；有些則受到殘忍的劈砍；但有些頭顱還有依稀能辨的特徵，也似乎曾在痛苦中死去。所有頭顱都被烙上無瞼魔眼的汙穢標記。但儘管這些頭顱遭受嚴重毀損，也經常有人發現自己認識的臉孔，對方曾自豪地全副武裝，或是耕田，或是假日中在綠谷間的山丘上騎馬。

人們對聚在大門前的無情敵人徒勞無功地揮拳咒罵。敵軍毫不在乎，也聽不懂西方人類的語言，並用如同野獸與食腐鳥類的刺耳聲音叫嚷。米那斯提力斯很快就沒剩下多少人有心力能挺身抵抗魔多大軍了。因為邪黑塔之王還有另一項比飢餓更快生效的武器：憂慮與絕望。

納茲古再度來襲，而隨著它們的黑暗魔君發動全力，它們傳達出他意志和惡意的叫聲，如今則飽含邪惡與恐懼之力。它們在王城上空盤旋，如同等待享用人肉的禿鷹。它們飛到視野與射擊範圍外，但它們從未離去，致命的叫聲也劃破了空氣。隨著每股尖叫，它們變得更令人難以忍受。最後，當無形的威脅飛過頭頂時，就連最堅強的人都會蜷縮在地，或是呆立原處，讓武器從無力的手中掉落，黑暗則同時竄進他們的內心，使人們不再想到戰爭，只想躲藏和逃竄，並墮入死亡深淵。

在這黑暗的日子中，法拉米爾都躺在白塔房間裡的床鋪，滯留在嚴重高燒中。有些人說他即將死去，而城牆與街道上的人們很快就對此交頭接耳。他父親沉默地坐在他身邊，只是盯著自己的兒子，不再思考該如何防禦。

就連身陷烏魯克族魔掌的皮聘，都沒有見過如此絕望的時刻。他的職責是隨侍在城主身邊，看似遭到遺忘的他，則聽命守候在黯淡的房間門邊，盡量控制自己的恐懼。而當他在旁觀察時，就覺得迪耐瑟在他面前頓時老化，彷彿對方驕傲的心中有某種東西斷裂開來，那嚴厲的意志也已四分五裂。或許是悲傷和懊悔帶來了這種下場。他看到那一度嚴峻的臉孔流下淚水，這比對方的怒氣更令人難以承受。

「別哭，主上。」他結巴地說道，「或許他會康復的。您問過甘道夫嗎？」

「別用巫師來安慰我！」迪耐瑟說，「那傻子的希望落空了。魔王找到它了，現在他的力量已經變強。他看穿了我們的所有思緒，我們所做的一切都會失敗。

「我派我的兒子前去面對不必要的危機，卻沒有對他表達一絲謝意或祝福，現在他倒在這裡，劇毒在他的血管中流竄。不，不，無論戰爭有什麼變化，我的血脈都已終結了，就連宰相家族也面臨失敗。卑賤的民族將統治人類王族的最後遺族，他們將躲在山丘中，直到所有人都遭到捕捉。」

人們來到門口呼喚城主。「不，我不下去。」他說，「我必須留在我兒子身旁。他在死前或許還會說話。時間已近。隨你們聽誰的命令吧，聽那個灰袍傻子的也行，他的希望已經落空了。我要留在這裡。」

於是甘道夫接掌了指揮剛鐸王城最後防衛戰的任務。無論他來到何處，都會使人士氣大振，翼魔影也會從他們的記憶中消失。他毫無倦意地從主堡前往大門，並在城牆上由北到南奔走。穿戴明亮鎖子甲的多爾安羅斯親王與他同行。因為他和騎士手下們仍然散發出努曼諾爾王族的氣度。看見他們的眾人低聲說道：「古老的故事說得沒錯，那些人的體內果然流著精靈之血，因為寧蘿黛爾的人民許久以前曾居住在那一帶。」有人會在黑暗中唱起寧蘿黛爾之詩中的詩句，或是來自安都因河谷的其他遠古歌曲。

但是，當他們離開時，黑影就再度襲上人們心頭，使他們的內心感到冰冷，剛鐸的勇氣也再度化為烏有。眾人緩緩從黯淡的恐懼之日，跨入絕望的黑夜中。火焰在王城第一環城池中肆無忌憚地蔓延，外層城牆的守軍也已有多處被切斷後路。很少有人忠誠地留在崗位上，大多都已逃到第二層城門後了。

戰場後方遠處的大河上已迅速搭建了橋梁，成天都有更多軍力與戰爭器械渡河而來。午夜時，敵軍終於發動攻勢。前鋒透過起火壕溝間的蜿蜒通道前進，他們逐步逼近，無視於自身的損傷，成群結隊地踏進城牆上弓箭手的射程。但現在的確剩下太少守軍，無法對敵軍造成過大的損傷，但火光仍為剛鐸一度引以為傲的弓箭手們照亮了目標。察覺王城的士氣已經下降後，不見蹤影的統帥便派出了主力。在奧斯吉力亞斯建造的攻城塔緩緩在黑暗中前進。

＊　＊　＊

信使再度來到白塔的房間，皮聘則讓他們進房，因為他們捎來緊急消息。迪耐瑟慢慢把頭轉離法拉米爾的臉孔，沉默地看著他們。

「王城第一環城池起火了，主上。」他們說，「您的指令是什麼？您還是城主與宰相，並非所有人都會跟隨米斯蘭迪爾。人們正逃離城牆，因此已無人防守城牆。」

「為什麼？那些蠢蛋為何要逃？」迪耐瑟說，「最好趕緊燒死，因為火焰將吞沒我們。回你們的火堆去吧！至於我呢？我要去我的火葬堆了。到我的火葬堆去！迪耐瑟和法拉米爾沒有陵墓。沒有陵墓！我們將不在死亡中長眠。我們會如同西方船隻來臨前的蠻王般死於火中。西方已經失敗了。滾回火裡去吧！」

信使們沒有鞠躬或答覆，隨即轉身逃跑。

迪耐瑟站起身，放開手中法拉米爾炙熱的手。「他已經燒起來了。」他悲傷地說，「他靈魂的殿堂已然崩塌。」他慢慢走向皮聘，往下注視對方。

「再會了！」他說，「再會了，帕拉丁之子皮瑞格林！你的任期很短，現在也已來到盡頭。我解除你的職務，離開吧，去找適合你的死法。隨你想和誰一起死都行，就算是用愚行害你送死的朋友也可以。叫我的僕人來，然後離開。再會！」

「我不會道別，主上。」皮聘跪下說道。接著他忽然又表現得像個哈比人，站起身並注視老人的雙眼。「容我告退，先生。」他說，「因為我的確很想見甘道夫。但他不是傻子，直到他對生命感到絕望前，我也不會尋死。但只要您還活著，我就不想放棄我的誓言與對您的服務。如果敵人最後來到主堡，我希望能待在這裡，與您並肩挺立，或許這才配得上您賜給我的武裝。」

「隨你的意吧，半身人先生。」迪耐瑟說，「但我的性命已經結束了。叫我的僕人來！」他隨後轉回身看法拉米爾。

皮聘離開他並喚來僕人們，對方也應聲前來，那是六名強壯俊美的家臣，但他們對命令發起抖來。迪耐瑟語氣平靜地要他們在法拉米爾的床上擺放溫暖的棉被，再抬起床鋪。他們照做，並把床搬出房間。他們緩緩行走，盡可能不干擾發燒的男子。彎腰拄著拐杖的迪耐瑟則跟上他們，皮聘跟在最後。

他們離開白塔，彷彿要前往黑暗中的葬禮，而低垂的雲層底下則閃動紅光。他們緩緩跨越大庭院，並在迪耐瑟一聲令下時停在枯樹旁。

除了王城下層的戰火喧囂外，周圍一片死寂，他們也聽到水滴從枯枝上落進漆黑池子中的悲哀聲響。人們隨即穿過主堡城門，當他們經過時，守衛們便訝異而難過地盯著他們看。他們轉向西方，最後來到第六環城池後側城牆的一道門口。它名叫梵和倫[6]，因為除了舉行葬禮時，這道門總是緊閉，也只有城主能使用這條路，或是攜帶了墳墓象徵物、並負責照料亡者陵墓的人才能進去。門後的蜿蜒道路往下繞了許多彎，抵達敏多陸因山的懸崖陰影下的狹窄地帶，已故君王和他們宰相的陵寢就位於此地。

6 譯注：Fen Hollen，在辛達林語中意指「緊閉大門（Closed Door）」。

有個守門人坐在路旁的小屋中，眼帶畏懼地手持提燈走來。在城主的命令下，他打開門鎖，並沉默地把門推開。人們穿過門口，也從他手中接過提燈。古老牆壁和柱廊之間往上攀升的道路在搖曳的燈光下出現。當眾人緩慢往下走時，腳步聲便在路上發出回音，直到他們終於抵達位在蒼白圓頂與故人雕像之間的默街拉斯狄南，並進入宰相陵墓，再放下他們的重擔。

皮聘不安地環顧周遭，發現自己身在建有拱形屋頂的寬闊廳堂中，當小提燈向陰暗的牆壁投射光芒時，屋內看起來就蒙上了龐大陰影。他能模糊地看到成排的大理石桌，每張桌子上都擺了沉睡的軀體，它們疊起雙手，頭部靠在石枕上。但附近有張寬大石桌上空無一物。隨著迪耐瑟示意，眾人便將法拉米爾擺在他父親身旁，並用同一張被單蓋住他們，再如同病榻旁的哀悼者般低頭站在一旁。此時迪耐瑟用低沉的聲音開口。

「我們將在此等候。」他說，「但不需找防腐師來。將能迅速燃燒的木柴送來，再把木柴擺在我們周圍和下方，之後再淋上油。當我下令時，你就將火炬丟進柴堆。照我的命令行事，別再和我說話了。再見！」

「我就此告退，主上！」皮聘說，並轉身驚恐地逃離陵墓。「可憐的法拉米爾！」他心想，「我得找到甘道夫。可憐的法拉米爾！比起淚水，他更需要醫藥。噢，我該上哪找甘道夫？我猜他身陷戰局，也沒時間應付瀕死之人或狂人。」

他在門口轉向其中一名留守的僕人。「你的主上無法控制自己了。」他說，「走慢點！只要法拉米爾還活著，就別帶火來這裡！直到甘道夫過來前，什麼都別做！」

「誰是米那斯提力斯之主？」男子回應道，「是迪耐瑟大人或灰袍浪人？」

「除了灰袍浪人外，可能沒有別人了。」皮聘說，並盡快往回跑上蜿蜒山道，衝過訝異的守門人身旁，再跑出門外，直到他逼近主堡城門。當他經過時，哨兵喊住了他，他則認出貝瑞剛的嗓音。

「你要跑去哪，皮瑞格林先生？」他叫道。

「去找米斯蘭迪爾。」皮聘回答。

「城主的差事想必急迫，我也不該阻止。」貝瑞剛說，「但可以的話，請盡快告訴我：究竟發生了什麼事？大人去哪了？我才剛上哨，但我聽說他前往緊閉大門，面前的人們還扛著法拉米爾。」

「對，」皮聘說，「他去了默街。」

貝瑞剛低頭掩飾淚水。「人們謠傳他快死了。」他嘆了口氣，「現在他真的過世了。」

「不，」皮聘說，「還沒有。我想就算是現在，都還能避免他喪命。但貝瑞剛，城主在城市淪陷前已經先墮落了，他變得瘋狂又危險。」他迅速講述了迪耐瑟的古怪言行，「我必須立刻找到甘道夫。」

「那你就得到底下的戰場去了。」

「我知道。城主允許我離開。但貝瑞剛，如果可以的話，就想辦法阻止任何壞事發生！」

「除了執行他的命令外，城主不允許穿黑銀制服的人為了任何理由離開崗位。」

「這個嘛，你必須在命令與法拉米爾的性命之間作抉擇。」皮聘說，「至於命令，我想你面對的是個狂人，不是城主。我得走了。我會盡快回來。」

他向下狂奔，跑向外層城市。逃出火場的人們跑過他身旁，有些人在看到他的制服時還轉身叫嚷，但他毫不在意。最後他衝過第二大門，門外的大火已延燒到城牆之間。但周圍出奇地寂靜。他聽不到任何戰鬥中的噪音與叫囂，或是武器的鏗鏘撞擊聲。忽然間，一股駭人的尖叫響起，使他嚇了一跳，隨之而來的是迴音繚繞的低沉撞擊聲。皮聘強迫自己抵抗幾乎使自己跪下的內心驚懼，並繞過通往王城大門後方寬闊廣場的轉角。他立刻止步。他找到甘道夫了，但他往後退縮，怯懦地躲進陰影中。

＊＊＊

自從午夜開始，主要攻勢便猛烈進行。鼓聲隆隆響起。來自南北的敵軍部隊逼近城牆。斷斷續續的紅光下，出現了如同移動屋舍般的巨獸——哈拉德的猛瑪，牠們在火焰中拖著攻城巨塔與投石機前進。但他們的統帥毫不在乎士兵的作為或死傷人數。他們的目的只是要測試守軍的力量，並讓剛鐸人在多處奔走。他將對大門發動最猛烈的攻勢，以鋼鐵打造的城門也許堅固，也有高塔與固若金湯的石造堡壘守護，但它就是關鍵，是堅不可摧的高牆中最脆弱的位置。

鼓聲震天價響。烈火為之高漲。大型攻城器具在平原上前進，中間則有座如同樹幹的巨大破城錘，長度有一百呎，並在堅固的鐵鍊上搖晃。魔多的黑暗鐵匠鍛造廠花了很長的時間打造它，而它以黑鋼鑄造成的醜惡頭部，則擁有惡狼般的輪廓，上頭布下了毀滅萬物的魔咒。他們將它命名為葛龍德，用於紀念古代的地府之錘[7]。巨獸拖行著它，歐克獸人們圍繞著它，走在後頭的高山食人妖則負責揮動它。

但大門周圍的防禦依然穩固，多爾安羅斯的騎士們與最堅毅的守軍們仍舊死守崗位。箭矢如大雨般落下，攻城塔隨之倒塌，或忽然如火炬般燃起。大門兩側的城牆前橫屍遍野，但更多敵人湧了上來，彷彿受到瘋狂所驅策。

葛龍德緩緩前進。它的框架起不了火，而拖行它的巨獸也經常發狂，踩死周遭不計其數的歐克獸人護衛，牠們的屍體則會被扔到一旁，由其他士兵替補牠們的位置。

葛龍德緩緩前進。狂野的鼓聲隆隆作響。一個醜陋的形體出現在屍山上——那是名身形高大的騎士，頭戴兜帽，身上披著黑色斗篷。他慢慢踏過死屍，並策馬向前，無視於任何飛箭。他停下並舉起一把蒼白長劍。當他舉劍時，恐懼便籠罩住守軍與敵軍雙方。人們垂下了手，沒有人敢拉響弓弦。那一刻，萬籟俱寂。

鼓聲隆隆響起。巨手用力將葛龍德往前推。它抵達了大門。它猛然一撞。一股雲中雷

---

7 譯注：Hammer of the Underworld，魔高斯在第一紀元與精靈王芬國榜決鬥時使用的釘頭錘，便名為葛龍德。

鳴般的低沉撞擊聲響徹王城。但以鋼鐵打造的門板抵擋了這波衝擊。

接著黑統帥在馬鐙上挺直身子，以駭人的聲音大喊，用某種世人早已忘卻的語言說出恐怖咒語，企圖撕裂人心與岩石。

他喊了三次。巨型破城錘也撞了三下。到了最後一下時，剛鐸大門猛然碎裂。它彷彿因某種爆炸咒語而裂成碎片，門口出現雷電般的眩目閃光，門板的碎片盡數落到地上。

納茲古之王踏入門口。他在遠方的火焰前顯得漆黑高大，化為瀰漫絕望氣息的莫大威脅。納茲古之王踏入王城，穿越從來沒有敵人經過的拱門，眾人則在他面前奔逃。

只有一人紋風不動。騎著影鬃的甘道夫，沉默而堅毅地守候在大門前的廣場上。在世上的自由馬匹中，只有影鬃能忍受這股恐懼，如同拉斯狄南的雕像般不動如山。

「你不能進來。」甘道夫說，龐大陰影也停了下來。「滾回等待你的深淵！滾回去！墮入守候你與你主人的虛無。離開！」

黑騎士掀開兜帽，看呀！他頭戴王冠，但底下沒有肉眼可見的頭顱。王冠與碩大的漆黑肩膀之間閃著赤紅火光。他無形的口中發出致命的笑聲。

「老笨蛋！」他說，「老笨蛋！這是屬於我的時刻。你難道看不出自己的死期嗎？受死吧，咒罵已無用武之地！」說完，他就高舉佩劍，刀鋒上則迸出火焰。

甘道夫沒有移動。就在此時，在王城後方的某個庭院中，有隻公雞發出啼叫。牠的叫聲尖銳響亮，無視於巫術或戰爭，只為了迎接死亡黑影頂空中的黎明晨曦。

彷彿作為回應的，是遠方傳來的另一股聲音。號角聲，號角聲，號角聲。幽暗的敏多陸因山傳來微弱的號角回音。來自北方的大號角正狂野地發出巨響。洛汗終於抵達。

第五章——洛希大軍長征

天色一片漆黑，當梅里裹著毛毯躺在地上時，便什麼都看不見。但儘管夜色沉悶無風，他周遭的樹林仍發出輕微的歎息。他抬起頭，接著他又聽到了那股聲音：蔥鬱的山丘與山坡上傳來微弱的鼓聲。震動聲會突然停止，並在某個時間點再度響起，有時較近，有時則較遠。他想知道哨兵有沒有聽到這些聲響。

他看不見他們，但他清楚周圍全是洛希人部隊。他能在黑暗中聞到馬匹的氣味，也能聽見牠們的動靜與在積滿落葉的地面上發出的輕柔踏步聲。大軍在艾廉納赫烽火台周圍的樹林中紮營，那是矗立在卓雅丹森林漫長山脊上的高丘，森林則位在東安諾瑞恩的大道旁。

儘管十分疲憊，梅里卻無法入睡。他已連續騎了四天的馬，而逐漸變深的陰霾則緩緩壓迫他的心頭。他開始質疑自己起初為何這麼想來，當時他能用上各種理由，甚至是他王上的命令，以便讓自己留下。他也想知道老國王是否知道自己的命令遭到違背，也感到生氣。或許不知道吧。鄧赫姆和艾夫赫姆之間似乎有某種默契，艾夫赫姆是指揮他們馬隊的元帥。他和他的手下忽視梅里，如果他開口的話，也假裝沒聽見他。他彷彿只是鄧赫姆帶的另一個袋子。鄧赫姆無法讓他安心，因為他從不跟任何人交談。梅里感到渺小多餘又寂寞。當前的氛圍十分緊張，大軍也身陷危機之中。他們離米那斯提力斯環繞鎮區的外牆，只有不到一天的路程。偵查兵已經往前方出發。有些人還沒回來。其他趕回去的人報告說，已有敵人駐守在道路上。有批敵軍駐紮在阿蒙丁以西三哩外的路上，有些人類部隊則沿著道路前進，目前在三里格外。歐克獸人在道路旁的山丘與樹林間遊走。國王與伊歐墨則在夜色中開會研討對策。

梅里想找人說話，也想到皮聘。但那只使他感到更不平靜。可憐的皮聘，寂寞又畏懼地待在龐大石城裡。梅里希望自己是個像伊歐墨一樣的魁梧騎士，能夠吹響號角，並策馬衝去援救他朋友。他坐起身，傾聽再度響起的鼓聲，聲音已經變得更近了。他隨後聽見低語聲，也看到半遮的朦朧提燈經過樹林間。附近的人們開始在黑暗中遲疑地移動。

一個高大身影站起身，並因為他而絆倒，一面咒罵著樹根。他認出了艾夫赫姆的嗓音。

「我不是樹根，先生。」他說，「也不是袋子，而是個全身瘀青的哈比人。作為補償，你至少可以告訴我現在發生了什麼事。」

「在這該死的黑暗中，什麼都看不清楚。」艾夫赫姆回答，「但王上傳來指示，要我們整裝待發，動員令隨時可能到來。」

「敵軍要來了嗎？」梅里憂心地問，「那是他們的鼓聲嗎？我開始覺得那是自己的幻想，因為似乎沒人注意那些聲音。」

「不，不，」艾夫赫姆說。「敵軍位在道路上，不在山丘間。你聽到的是沃斯人[1]，也就是森林野人。這是他們從遠處互相溝通的方式。據說他們依然住在卓雅丹森林。他們是古老時代的遺族，人數稀少且行蹤神祕，如同動物般野蠻又小心翼翼。他們不與剛鐸或驃騎國開戰，但現在他們因黑暗與歐克獸人的到來而感到不安。他們擔心黑暗年代即將重現，這點也很可能發生。我們得慶幸他們沒有狩獵我們，因為據傳他們會使用毒箭，他們在林中的身手也無人能比。但他們前來向希優頓效力，當下有位酋長正要去見國王，火光就是往那裡去了。我只聽說了這些事。現在我得去執行吾王的命令了。打點好自己，袋子先生！」他隨即消失在陰影中。

梅里並不喜歡提到野人和毒箭的這番話，但除此之外，他心頭也壓著一股沉重的恐懼感。等待令人難以忍受。他很想知道究竟會發生什麼事。他起身並在最後一只提燈消失在樹林間前，謹慎地快步追了過去。

他隨後來到一處開闊空間，大樹下有座為國王搭建的小帳篷。樹枝上掛了只頂端加蓋的大提燈，往底下投射出蒼白光圈。希優頓與伊歐墨坐在裡頭，他們面前的地面坐了個身型矮胖的人，他的皮膚如同古老岩石般粗糙，稀疏鬍鬚如同乾燥苔蘚般掛在他突起的下巴上。他腿短而雙臂粗壯，身材厚實，只在腰間穿戴了些青草。梅里覺得在某個地方看過他，並忽然想起登哈格的普克人。其中一座舊石像彷彿在此獲得生命，又或許他的直系先祖，就是無盡歲月前的工匠所使用的範例。

當梅里悄悄靠近時，周圍一片靜默，接著野人開口說話，似乎在回應某個問題。他的嗓音低沉粗啞，但讓梅里備感訝異的是，他說的居然是通用語，不過說得結結巴巴，其中還混雜了粗野的用語。

「不，馬民之父，」他說，「我們不打架。只打獵。在森林中獵哥剛[2]，討厭歐克獸人。你們也討厭哥剛。我們盡力幫忙。野人長了耳朵和眼睛，知道所有路線。在石屋出現前，野人就住在這裡，比從水裡出來的高大人類更早。」

「但我們需要戰爭中的支援。」伊歐墨說，「你和你的族人要如何幫助我們？」

「帶消息來。」野人說，「我們從山丘間往外看。我們爬上高山再往下看。石城已經封閉。城外燒著火，現在裡面也起火了。你們想去那裡嗎？那你們就得快點。但哥剛和人類都在遠方，」他用粗短的手臂往東一揮，「待在馬道上。人數很多，比馬民更多。」

「你怎麼知道？」伊歐墨說。

老人扁平的臉和漆黑的眼珠不動聲色，但他的聲音充滿了不悅。「野人狂野而自由，但不

1　譯注：Woses，洛汗語中「森林老人」的現代型態，卓雅丹在辛達林語中便代表「沃斯人」。
2　譯注：gorgûn，沃斯人對歐克獸人的稱呼。

是孩童。」他回答，「我是大酋長剛布理剛。我數了很多東西：天空中的繁星，樹上的葉片，和黑暗中的人。你們有六千人。他們的數量更多。誰會打贏大戰？石屋周圍還有更多人。」

「哎呀！他說得太準確了。」希優頓說，「我們的偵查兵說，敵軍在道路上設下了壕溝和木樁。我們無法以突襲方式趕跑他們。」

「但我們得盡快趕去。」伊歐墨說，「孟登堡起火了！」

「讓剛布理剛說完！」野人說，「他不只知道一條路。他會帶你們走沒有坑洞、也沒有哥剛的路，只有野人和動物會走。當石屋人更強大時，曾經鋪過許多路。他們切割山丘，像是切割獸肉的獵人。野人覺得他們拿石頭當食物。他們搭大馬車穿過卓雅丹到瑞蒙[3]去。他們不再去了。人們遺忘了道路，但野人沒忘。它繞過山丘，伸到山丘後頭，現在依然留在野草和樹木底下，在瑞蒙後方一路伸到丁[4]，再繞回馬民的道路盡頭。野人會帶你們看那條路。然後你們可以殺掉哥剛，用亮鐵趕走壞黑暗，野人就能回去睡在森林裡。」

伊歐墨和國王用自己的語言交談。最後希優頓轉身面對野人。「我們會接受你的提議，」他說，「儘管拋下了後頭的敵軍，又有什麼關係？如果石城淪陷，我們就不需返鄉了。如果它得救，那歐克獸人大軍就會遭到截斷。如果你說的話屬實，剛布理剛，那我們就會送你豐厚的獎賞，你也將永遠擁有驃騎國的友誼。」

「死人不是活人的朋友，也不會送他們禮物。」野人說，「但如果你們在黑暗後生還，就放野人獨自待在森林中，別再把他們當野獸一樣獵捕了。剛布理剛不會帶你們走進陷阱。他會與馬民之父一起走，如果他帶你們走錯路，你們就殺了他。」

「就這樣決定了！」希優頓說。

「要花多久才能避開敵軍，並回到道路上？」伊歐墨問，「如果你要引導我們，我們就得以步行速度前進，我也相信道路很窄。」

「野人用腳走得很快。」剛布理剛說，「遠方石車谷的道路夠讓四匹馬通行。」他往南揮手，「但開頭和盡頭都很窄。野人可以在日出到中午之間從這裡走到丁。」

「那我們就得給先鋒至少七小時的時間。」伊歐墨說，「但所有人大約要十小時才能通過。可能會有出乎意料的狀況阻礙我們，而如果我們的軍隊感到疲憊，當我們從山丘中離開時，就得花上很久時間才能再度整頓兵馬。現在是什麼時刻？」

「誰知道？」希優頓說，「現在只剩下黑夜了。」

「到處都暗，但夜晚沒有遮蔽一切。」剛說，「當太陽上山時，就算她藏起身影，我們也能感受到她。她已經爬上東方山脈了。黎明出現在天空了。」

「那我們就得盡快出發。」伊歐墨說，「即便如此，我們也無法在今天抵達剛鐸。」

---

3 譯注：此處指明瑞蒙山丘。

4 譯注：此處指阿蒙丁山丘。

梅里沒有繼續聽下去，而是溜回去準備迎接動員令。這是大戰前的最後一個階段了。他不認為有許多人能倖存。但他一想到皮聘與米那斯提力斯的烈火，就壓下了自身的畏懼。

那天的情況順利，眾人也沒有看到或聽見等待攔截他們的敵軍製造的跡象。野人派出一批機警的獵人，所以沒有歐克獸人或間諜會得知山丘中的動靜。隨著他們逼近遭到圍攻的城市，天色變得更加朦朧，成排的騎士們如同人與馬的黑影般悄悄移動。每支部隊都有一名野人率領，但老剛走在國王身邊。起初的速度比預料中慢，因為騎士們得花時間走路和牽馬，並在他們營地後長滿林木的山脊上找尋通路，走進隱匿的石車谷。當騎士們來到阿蒙丁東側外的寬闊灰暗樹林時，下午已即將結束，這座樹林遮蔽了從納多爾延伸到阿蒙丁、往東西兩邊延伸而去丘陵之間的龐大開口。無人記得的古老馬車道穿過這座開口，再回到從王城穿過安諾瑞恩的主要馬道。但經歷了數百年後，樹林已占據了這條路，它也消失在無盡歲月累積的落葉下。但樹林為騎士們提供了進入戰場前的最後遮蔽。他們遠方就是道路與安都因河平原，東南方的山坡則荒蕪崎嶇，因為糾葛的丘陵地帶已與彼此匯集，並逐漸爬升，一路延伸到敏多路因山的山肩。

先鋒部隊停下腳步，後頭的部隊則從石車谷的低谷中緩緩走出，並前往灰暗樹林下的紮營處。國王召集將領們前來開會。伊歐墨派出了偵查兵前去調查路況，但老剛搖了搖頭。

「派馬民沒有幫助。」他說，「野人已經觀察過能在髒空氣中看到的東西了。他們很快就會來此向我報告。」

將領們來了，普克人般的其他身影也謹慎地走出樹林，他們和老剛非常相似，使梅里難以分辨他們。他們用古怪的嘶啞語言對剛說話。

剛隨即轉向國王。「野人說了許多事。」他說，「首先，小心點！離丁一小路程的營地還有很多人。」他用手臂揮向漆黑的烽火台。「但從這裡到石民的新圍牆之間看不到人。很多人在牆邊忙碌。圍牆已經倒下了，哥剛用大地之雷和黑鐵棍推倒了牆。牠們毫無戒備，也沒有觀察四周。牠們以為盟友看好了所有道路！」說到這裡，老剛便發出奇異的呼嚕聲，他似乎正在大笑。

「好消息！」伊歐墨喊道，「希望在黑暗中再度綻放光芒。魔王的詭計經常反過來幫助我們。該死的黑暗為我們提供掩護。而現在，為了摧毀剛鐸並讓它四分五裂，他的歐克獸人已經解決了我最大的憂慮。外牆原本會阻擋我們很久。如果我們能通過那裡，就能一路抵達目的地了。」

「我再度感謝你，來自森林的剛布理剛。」希優頓說，「感謝你的情報與指引，祝你好運！」

「殺死哥剛！殺死歐克獸人！沒有其他話能讓野人更高興了。」剛回答，「用亮鐵趕走髒空氣和黑暗！」

「我們正是為此前來。」國王說，「也將盡力而為。但到了明天，我們才會得知成果。」

剛布理剛蹲下身子，用粗糙的額頭觸碰泥土，以示道別。接著他起身作勢離開。但他忽然站起身，如同嗅到怪異味道的林間動物般抬頭一看。他的眼中綻放精光。

「風向變了！」他叫道，話一說完，他和族人們一眨眼間便消失在黑暗中，再也沒有任何洛汗騎士看到他們。不久後，東方遠處就再度傳來微弱的鼓聲。儘管野人看似怪異而粗鄙，但大軍中沒人質疑他們的忠誠。

「我們不需要指引了。」艾夫赫姆說，「因為大軍中有些騎士曾在和平時期中去過孟登堡。我是其中之一。等我們抵達道路時，它便會往南彎，而在我們抵達鎮區圍牆前，還有七里格的路程得走。那條路兩側大多位置都長有青草。剛鐸信使認為那段路能讓他們全力衝刺。我們或許能在不引人注意的狀況下，在上頭趕路。」

「既然我們得面對惡戰，也需要力氣，」伊歐墨說，「我提議現在就休息，並在入夜前出發，這樣當我們明天抵達平原時，就能在天色夠亮或王上下令時動身。」

國王同意這點，將領們也就此離開。但艾夫赫姆很快就回來了。「偵查兵在灰森林外什麼也沒發現，王上。」他說，「除了兩個人以外：兩個死人和兩匹死馬。」

「所以呢？」伊歐墨說，「怎麼了？」

「是這樣的，主上：他們是剛鐸信使，其中一人或許是赫剛。至少他手中還握著紅箭，但他的頭遭到砍下。還有一件事：從附近的跡象看來，當他們死亡時，似乎正往西逃。就我看來，當他們回去時，便發現敵人已經占領外牆，或正在攻擊它。如果他們照習慣從哨站使用新馬的話，那就是兩天前的事。他們無法抵達王城後又掉頭回來。」

「唉呀！」希優頓說，「那迪耐瑟就沒有聽說我們的消息，也以為我們不會過去。」

「『十萬火急時不該耽擱，但遲到總比不出現好。』」伊歐墨說，「也許這次古諺將史無前例地成真。」

＊＊＊

此時仍是夜晚。洛汗大軍在道路兩側沉默地行進。道路繞過敏多路因山外圍，並轉向南方。在近乎筆直的遠方，黑暗的天空下正閃動紅光，下方高山的輪廓也顯得幽暗。他們正逐漸逼近帕蘭諾平原的拉瑪斯圍牆，但白日尚未到來。

國王位於先鋒部隊中央，家臣環繞在他身邊。後方是艾夫赫姆的馬隊，梅里注意到鄧赫姆離開了自己的位置，並在黑暗中穩穩向前，直到終於跟上國王護衛的後方。大軍停了下來。梅里聽到前方輕柔的交談聲。幾乎抵達圍牆的偵查騎士已經回來了。他們去見國王。

「大火四處延燒，王上。」一人說，「整座王城周圍都起了火，平原上滿是敵人。但所有敵軍似乎都已經前去發動攻擊了。根據我們的猜測，外牆邊只剩下少數敵人，他們也正忙於破壞城牆，對周圍毫無警覺。」

「您記得野人說的話嗎，王上？」另一人說，「在和平時期中，我住在大高原上。我名叫威法拉[5]，空氣也為我捎來了情報。風向已經改變了。南方傳來一股清風，風中有大海的氣味，不過十分微弱。早晨會捎來新消息。當您穿過圍牆時，黎明就會出現在濃煙上空了。」

5 譯注：Widfara，在古英文中意指「遠行者」。

「如果你說得沒錯，威法拉，就願你在今日之後安享天年！」希優頓說。他轉身面對周圍的家臣，並用清亮的嗓音開口說話，使許多在第一支馬隊中的騎士們也聽見他的話語：「時刻已到，驃騎國騎士們，伊洛子孫們！敵軍與烈火就在眼前，你們的家園也遠在後頭。但是，儘管你們在異鄉作戰，獲得的榮譽卻將永遠屬於你們。你們已立下誓言，現在履行你們的承諾，守護王上、國土與友誼！」

人們用長矛擊打盾牌。

「伊歐墨，吾子！你率領第一支馬隊。」希優頓說，「它將跟隨中央的國王旗幟。艾夫赫姆，當我們通過圍牆時，就帶你的部隊到右翼。葛林波德將帶他的部隊前往左翼。讓後方其他部隊盡可能跟隨這三支帶頭的馬隊。攻擊敵軍的群聚處。我們無法擬定其他計畫，因為我們還不曉得平原上的狀況。去吧，別懼怕黑暗！」

先鋒部隊盡力迅速出動，因為無論威法拉口中的改變為何，天色也依然幽暗。梅里坐在鄧赫姆後頭，用左手緊抓對方，再試圖用另一隻手鬆開劍鞘中的佩劍。他感受到老國王話中的苦澀真相：「你又能在大戰中做什麼呢，梅里雅達克？」「只能這樣吧，」他心想：「拖累某個騎士，並希望自己能待在座位上，別被疾馳的馬蹄踩死！」

從這裡到外牆只有接近一里格的距離。大軍很快就抵達了城牆，對梅里來說太快了。那頭傳來慌張的喊叫，也爆發了短兵相接，但過程十分短暫。忙於破壞圍牆的歐克獸人數量稀少，也備感震驚，牠們迅速遭到殺害或驅趕。但國王在拉瑪斯圍牆的北門遺跡前再度止步。第一支馬隊停在他身後與周遭兩側。鄧赫姆緊跟在國王附近，不過艾夫赫姆的部隊位在右翼。葛林波德的手下們轉彎繞過圍牆上的大裂口，往東方前進。

梅里從鄧赫姆後頭窺探。或許在十哩多外的遠方，出現了熊熊大火，但在火勢與騎士之間，有數道形成彎月狀的火舌，最近的位置不到一里格遠。他無法清楚看出陰暗平原上的狀況，也還看不見可能出現的晨曦，而無論風向有沒有改變，他都感覺不到。

洛汗大軍沉默地進入剛鐸平原，騎士們緩慢但穩定地踏上原野，如同從人們以為穩固的河堤上的裂口湧入的潮水。但黑統帥的意志全然聚焦在淪陷的城市上，也還沒有收到消息讓自己察覺計畫出現了缺失。

過了一陣子後，國王率領他的手下往東走了一小段路，來到攻城戰火線與外圍平原之間。仍然沒人前來迎敵，希優頓也還沒有放出信號。最後他再度停下腳步。王城現在更靠近了。空氣中飄盪著燃燒味與死亡陰影。馬匹們忐忑不安。但國王一動也不動地坐在雪鬃上，注視著米那斯提力斯的劫難，彷彿痛苦或恐懼猛然襲上他心頭。他的身形似乎萎縮，遭受歲月的打壓。梅里自己也彷彿覺得恐懼或遲疑攫住了自己，他的心緩慢跳動。時間似乎不穩定地停滯。他們太遲了！遲到比永不出現更糟！或許希優頓即將退縮，要垂下老朽的頭，轉身躲回山丘中。

忽然間，梅里感覺到了，那是股顯而易見的變化。風吹上了他的臉！陽光正在閃爍。

在遙遠的南方，可以看到雲層的模糊灰色形體，正逐漸翻騰飄移，雲層後方就是晨曦。

但一道閃光在此時出現，如同從王城地底竄出的雷電。在那電光石火的一瞬間，遠方的城市以黑白身姿矗立，最頂端的高塔宛如閃爍尖針。而當黑暗再度落下時，原野上就傳來一陣砰然巨響。

聽到這聲音，國王駝背的身體便猛然挺直。他再度顯得高大而驕傲。他在馬鐙上起身，並高聲呼喊，從未有人聽過凡人發出如此響亮的叫聲：

奮起，奮起，希優頓的騎士們！
危難當前，烈火屠殺！
長矛震盪，堅盾碎裂，
日出之前，迎接揮劍之日，血紅之日！
前進，前進！騎向剛鐸！

說完，他就從掌旗手古斯拉夫那取來龐大號角，並用力吹奏起來，力道猛烈地使號角迸裂。所有號角頓時同聲響起，洛汗號角此時吹奏出的聲響，如同掃過平原的風暴，和山間的驚天雷鳴。

前進，前進！騎向剛鐸！

國王猛然對雪鬃大呼一聲，駿馬便拔腿奔馳。他身後的旗幟在風中飄揚，旗上的白馬站在綠原上，但國王已衝到旗幟前方。家臣們在他身後如雷火般疾馳，但他總是位在他們前端。伊歐墨往那騎去，頭盔上的白色馬尾隨著他的動作飄動，第一支馬隊的前鋒如同湧上岸邊的滔天巨浪般怒吼，但沒人追過希優頓。他看似發狂，或是體內重新燃起了先人的戰鬥狂熱。騎在雪鬃上的他如同古代神明，在創世之初，偉大的歐羅米[6]也曾在維拉的大戰中如此出征。他亮出黃金盾牌，看呀！它如同太陽般閃閃發光，神駒白腳下的綠草也綻放光芒。晨曦已至，陽光與海風一同到來，黑暗隨之消散，魔多大軍哀號遍野，內心滿懷恐懼，他們四處奔逃，震怒的馬蹄則踏過他們的軀體。洛汗全軍吶喊戰歌，在斬殺敵人的同時高聲歌唱，他們因戰鬥而狂喜，騎士們優美而駭人的歌聲甚至飄進了王城。

—

6 譯注：歐羅米在維拉中是狩獵邪物的獵人，同時也熱愛馬匹與獵犬。

第六章——
帕蘭諾平原戰役

但率軍對剛鐸進行攻擊的並非歐克獸人酋長或土匪。黑暗瓦解得太快，在他的主人安排的時刻前就已消散——命運當下背叛了他，世界也掉頭過來對抗他。當他伸出魔掌想奪取勝利時，勝利反而從他的指間溜走。但他的力量仍然強大。指揮部隊的他，依然大權在握。他是國王，戒靈，納茲古之王，他擁有許多武器。他離開大門，並旋即消失。

驃騎王希優頓抵達了從大門通往大河的道路，並轉向不到一哩外的王城。他稍微放慢速度，尋覓著新敵人，他的騎士們則來到他身邊，鄧赫姆也與他們同行。在前方較靠近城牆的位置，艾夫赫姆的人馬正在攻城器具間左右砍殺，將敵人推入火坑中。騎士們幾乎占據了整個北半部帕蘭諾平原，那裡的營帳起火，歐克獸人如同逃離獵人的獵物衝向大河；洛希人則四處馳騁。但他們還沒有終止攻城戰，也尚未攻到大門。許多敵人站在大門前，另一半平原也還有其他部隊仍未遭到擊敗。哈拉德人的主力位在道路以南遠方，他們的騎士聚集在酋長的旗幟下。他往外觀望，在逐漸明亮的天色中看到了國王的旗幟，位置在戰場前方，對方身邊的人數也不多。他感到滿腔怒火並大喊一聲，再張開他描繪了紅底黑蛇的旗幟，就帶著手下策馬衝向繡有白馬與綠地的旗幟。南方戰士抽出彎刀時，看來宛如星光閃爍。

希優頓察覺到他，不願坐以待斃，他向雪鬃下令，並直接衝向對方。雙方交會時的氣勢磅礡驚人。但北方人的怒火更為炙熱，騎士們也更善於使用長矛。儘管他們人數較少，卻如燒過森林的火柱般殺得南方人片甲不留。襄格爾之子希優頓衝進敵陣，當他擊殺對方的領袖時，長矛便為之顫動。他拔劍出鞘，策馬衝向敵方旗幟，一把砍倒了木桿與旗手，黑蛇就此落地。此時，剩餘倖存的南方騎兵紛紛掉頭逃跑。

但在國王的光榮時刻中，他的金盾忽然變得黯淡。天空中的嶄新陽光遭到遮蔽，黑暗籠罩他的周遭，馬匹慌亂地尖叫。牠們將騎士們從馬鞍上拋下，使他們摔到地上。

「跟上我！跟上我！」希優頓大喊，「伊洛一族奮起！別懼怕黑暗！」但雪鬃驚恐地用後腳直立，在半空中掙扎，並隨著尖鳴往側邊倒下，有支黑箭擊中了牠。國王倒在牠的身軀之下。

龐大黑影如同飄落的烏雲般下降。看呀！那是隻有翼生物，如果牠是鳥，那就比世上所有鳥類都還巨大。牠全身赤裸，身上一根羽毛也沒有，寬闊的翼膜如同尖銳指爪尖的皮翼，還散發出難聞的腥味。也許牠是來自太古世界的生物，這種族依然存活在明月下受人遺忘的冰冷山區中。牠們存活至今，在醜惡的巢穴裡養育這最後的邪惡子嗣。黑暗魔君收下了牠，並用腐肉餵養，直到牠的體型遠遠超越了其他飛行生物。魔王將牠賜給僕人擔任座騎。牠逐漸降落，收起指間的膜翼，並發出嘶啞的尖叫，隨即停駐在雪鬃的軀體上，利爪扎進血肉，赤裸無毛的長頸往下伸去。

有個充滿威脅的高大身影坐在牠上頭，對方身穿黑袍。他戴了頂鋼製王冠，但王冠與長袍之間空無一物，只浮現出可怖的雙眼閃光——他是納茲古之王。他回到空中，在黑暗消散前喚來他的坐騎，現在他再度歸來，不僅帶來毀滅，也將希望化為絕望，並將勝利扭轉為死亡。他拿著一把巨型釘頭錘。

但希優頓並沒有完全遭人遺忘。他的家臣騎士們戰死在他周圍，或是因坐騎的癲狂而被載到遠處。但依然有一人站在原地，那是年輕的鄧赫姆，他的忠誠壓制了恐懼。他淚流不止，因為他將王上視為父親。在衝鋒過程中，他身後的梅里並沒有受傷，直到魔影降臨，溫德佛拉驚恐地拋下他們，並狂野地衝向平原。梅里像暈眩的動物般在地上爬行，心中的莫大恐懼也使他感到盲目又作嘔。

「國王的手下！國王的手下！」他的內心呼喊道，「你得留在他身旁。你說過，他對你有如父親。」但他的意志沒有回應，身體也顫抖不已。他不敢睜眼或抬頭。

接著，他彷彿從幽暗的內心中聽到鄧赫姆開口說話，但那股嗓音聽來十分奇怪，使他回想起自己認得的另一個嗓音。

「離開，汙穢的丁墨妖魂[1]，死屍之王！別打擾死者的安息！」

有股冰冷的嗓音做出回應：「別擋在納茲古與他的獵物之間！否則他將不會殺害你。他將把你帶到無窮黑暗外的悲歎廳堂，讓你的血肉遭到吞噬，你顫抖的心靈也將赤裸裸地暴露在無瞼魔眼下。」

刀劍出鞘時的聲音響亮無比。「隨你動手，但我會盡全力阻止你。」

「阻止我？你這蠢貨。沒有凡夫俗子能阻止我！」

梅里隨即聽到當下最怪異的聲音。鄧赫姆似乎大笑起來，清亮的嗓音如同鋼鐵的敲擊聲。「但我並非凡夫俗子[2]！你眼前的是一介女子。我是伊歐蒙德之女伊歐玟。你擋在我與吾王和至親之間。如果你並非不死之身，就立即離開！無論你是活人或邪惡亡靈，如果你敢碰他，我都會對你痛下殺手！」

---

1 譯注：dwimmerlaik，在洛汗語中代表「死靈術造物」或「鬼影」。中古英文中的 dweomer 代表「幻術」，laik 或 loc 字尾則象徵「儀式」或「遊玩」。在丁墨柏格山（Dwimorberg）或丁墨登（Dwimordene）等洛汗語詞彙中，都能看到意指「鬼影」的 dwimmer 字根存在。

2 譯注：此處原文為 living man，man 在英文中同時象徵男人與人類，托爾金在此利用文字遊戲的方式，讓身為女人的伊歐玟與哈比人梅里挑戰戒靈王。

有翼生物對她尖聲嚎叫，但沉默的戒靈沒有回答，彷彿忽然陷入疑慮。訝異在那一瞬間征服了梅里的恐懼。他睜開雙眼，黑暗頓時消失。巨獸離他只有幾步之遙，牠的周圍似乎黯淡無光，戒靈王如同絕望黑影般聳立在牠身上。他稱為鄧赫姆的女子站在他們左側一小段距離外。但守住她祕密的頭盔已經落下，在解除束縛後，她閃著淡金色光澤的亮麗秀髮便灑落在雙肩上。她灰如海水般的眼珠露出堅毅的威嚇眼神，但臉頰上滿是淚水。她握著一把劍，並舉起盾牌抵擋她敵人雙眼帶來的恐懼感。

她是伊歐玟，也是鄧赫姆。梅里的心中閃過一段回憶，是他離開登哈格時看到的那張臉——那是張在絕望中赴死的臉龐。他的心中充滿同情與訝異，他種族遲來的勇氣也逐漸甦醒。美麗而急切的她，不該就這麼死去！至少她不該在無人幫助的狀況下獨自喪命。

他們敵人的臉沒有轉向他，但他仍然不敢移動，深怕對方的惡毒目光會落在他身上。他開始極為緩慢地爬到一旁，但對面前女子感到疑慮、且心懷惡意的黑統帥而言，他只像條躲在泥巴裡的小蟲。

巨獸忽然拍動醜惡的翅膀，揮出的強風腥臭難聞。牠再度躍入空中，並迅速向伊歐玟俯衝而下，企圖用尖喙與利爪發出攻擊。

她依然沒有感到怯懦。她是洛希人之女，也是王者後裔，儘管身形瘦弱，卻如同鋼刃般堅毅，美麗而駭人。她迅速揮下一劍，動作熟練而致命。她一刀砍斷巨獸伸長的脖子，對方的頭顱則如同石頭般掉落。當龐大的屍體向下倒去，巨翼也往外伸展，並撞上地面時，她往後一跳。隨著牠落地，陰影便就此消散。光芒灑落在她周圍，她的頭髮在黎明中閃閃發光。

殺意騰騰的高大黑騎士從屍骸中站起身，身形遠遠高過她。他發出滿懷恨意的尖叫，叫聲如同劇毒般使耳朵感到刺痛，他用力揮下釘頭錘。她的盾牌頓時四分五裂，手臂也隨之骨折，頓時跪倒在地。他如同烏雲般向她屈身，雙眼放出凶光，舉起釘頭錘，準備揮出致命一擊。

但他忽然往前摔倒，還發出痛苦的叫聲，攻擊也偏離了目標，使武器擊中地面。梅里從後頭用劍刺中了他，刀尖撕裂了黑色斗篷，插進鎖子甲底下，並刺穿了他壯碩膝蓋下的肌腱。

「伊歐玟！伊歐玟！」梅里喊道。當對方魁梧的雙肩在她面前下跌時，她隨即蹣跚地費勁起身，用上最後一絲力氣，將她的劍刺進王冠與斗篷間的空隙。劍刃破裂成諸多碎片。王冠鏘的一聲滾到旁邊。伊歐玟則倒向她戰敗的敵人。但看呀！斗篷和鎖子甲中空無一物。這些殘破的衣著散落在地，顫動的空氣中也傳出一陣淒厲尖叫，並逐漸化為尖銳哀號，與輕風一同散去，成為虛無飄渺的微小聲音，接著消失殆盡，再也沒有出現在這紀元的世上。

哈比人梅里雅達克站在死者之間，如同陽光下的貓頭鷹般眨著眼，因為淚水使他難以視物。他透過霧氣般的淚水望向伊歐玟秀美的頭髮，倒在地上的她毫無動靜。他轉頭看著國王的臉龐，對方在光榮時刻中頹然殞落。痛苦難耐的雪鬃已經滾離了他的身軀，但牠已成了害死主人的凶手。

梅里俯身，抬起並親吻對方的手。希優頓睜開眼睛，雙眼看來十分澄澈，他費勁地用平靜的語氣開口。

「再會了，霍比特拉先生！」他說，「我的身體受了重傷。我要去見祖先們了。即便在列祖列宗之間，我也不會蒙羞。我擊倒了黑蛇。這是嚴酷的早晨，卻帶來了欣喜的一天，以及金碧輝煌的日落！」

梅里說不出話，並再度流下淚來。「原諒我，王上。」他最後說道，「我違背了你的命令，但除了在我們離別時哭泣外，卻什麼也沒為您做。」

老國王露出微笑。「別難過！我原諒你。勇氣不該受到否定。幸福地活下去吧，當你寧靜地抽菸斗時，就想想我！我永遠無法照承諾和你一起坐在梅杜賽德，或是聽你的藥草知識了。」他閉上眼睛，身旁的梅里則低下頭。他隨即又開了口，「伊歐墨在哪？我的視力已逐漸黯淡，在我離世前，我想見他。他得接替我成為國王。我也要送口信給伊歐玟。她，她不願讓我離開她，但我再也見不到比女兒更親愛的她了。」

「王上，王上。」梅里哽咽地開口說，「她在……」但此時傳來一陣激烈騷動，他們周遭也響起號角與喇叭聲。梅里環視周遭。他忘掉了戰局以及全世界，以及自從國王落地後過了幾小時，但事實上其實只過了短暫的一陣子。他發現在即將展開的大戰中，他們正身處核心地帶。

新一波敵軍正加速從大河邊的道路趕來，而魔窟軍團也從城牆下殺來。哈拉德步兵從南方平原上前來，前方則有騎士打頭陣，而揹負戰塔的巨大猛瑪則聳立在他們身後。但在北方，戴著白尾頭盔的伊歐墨正率領著洛希人大軍前鋒，他再度集結了部隊，王城中的守軍也走出大門，多爾安羅斯的銀色天鵝旗幟在前方飄揚，驅走大門邊的敵人。

在那一瞬間，梅里心中閃過思緒：「甘道夫在哪？他不在這裡嗎？他不能救國王和伊歐玟嗎？」但此時伊歐墨快馬加鞭地趕過來，身後跟隨著倖存並重新安撫馬匹的家臣們。他們訝異地看著倒在地上的巨獸屍骸，坐騎們也不願靠近。但伊歐墨從馬鞍上跳下，當他來到國王身邊，並沉默地站在一旁時，心中便感到悲憤交加。

其中一名騎士從死去的掌旗手古斯拉夫手中拿起國王的旗幟，並將之舉起。希優頓緩緩睜開眼睛。看到旗幟後，他便示意將旗幟交給伊歐墨。

「參見驃騎王！」他說，「騎向勝利吧！為我向伊歐玟道別！」他就此離世，不曉得伊歐玟就倒在自己附近。站在附近的人哭喊道：「希優頓王！希優頓王！」

但伊歐墨對他們說：

別太過悲傷！偉人已逝，
遭逢終曲。直到堆起他的墳塚，
女人們才將啼哭。戰爭正呼喚我們！

但當他說話時，自己也流下淚來。「讓他的騎士們留在這裡。」他說，「將他的遺體從戰場上光榮地送走，以免戰局傷到他！對，也帶走其餘倒在這裡的國王手下。」他環視死者，回想著他們的名字。忽然間，他看見了地上的妹妹伊歐玟，認出她來。他呆站原地半晌，如同在吶喊時遭到飛箭射穿心臟。他的臉變得慘白，心中燃起了冰冷的怒火，使他好一陣子說不出話來。他陷入了發狂的狀態。

「伊歐玟，伊歐玟！」他最後喊道，「伊歐玟，妳怎麼會在這裡？這是怎麼回事？死亡，死亡，死亡！死亡吞噬我們！」

他毫不聽勸，也不等待王城士兵接近，就直接策馬回到大軍前鋒，並吹響號角，高聲下令發動攻擊。他響亮的嗓音在戰場上迴盪：「死亡！騎吧，騎向毀滅與世界末日！」

大軍頓時前進。但洛希人不再歌唱。他們同聲高喊「死亡」，如同巨浪般加快速度，掃過戰死的國王身邊，往南方轟轟烈烈地殺去。

哈比人梅里雅達克依然站在原地，眨著滿是淚水的眼睛，也沒人和他交談。的確，似乎完全沒人理會他。他拂去淚水，俯身撿起伊歐玟給他的綠盾，再揹起盾牌。接著他找尋自己拋下的劍，因為在發動攻擊時，手臂便感到麻木，現在也只能使用左手了。看呀！他的武器就在地上，但刀刃正如落入火堆中的枯枝般冒著煙。他眼睜睜地看著它逐漸萎縮，最後化為虛無。

西陸打造的古墓岡之劍就這樣從世上消失。但多年前在北方王國緩緩打造出它的工匠，想必會非常慶幸。當時杜納丹人仍年輕氣盛，而他們敵人的首腦正是恐怖的安格馬王國與它的巫王。就算是更強大的人，也從未用其他刀劍造成如此嚴重的傷害，切斷了不死邪靈的筋肉，並破解將他的無形肌腱連結到他意志的魔咒。

人們抬起國王，並將斗篷擺在以長矛權充的桿子上，作為臨時擔架，以便將他搬向王城，其他人溫柔地舉起伊歐玟在國王身後。但他們還無法將國王的家臣從戰場上運走，因為有七名國王的衛士倒在地上，他們的領袖狄歐溫也在其中。於是人們將他們擺在遠離敵人與妖獸的位置，並在他們身邊周圍插滿長矛。當一切結束之後，人們就回來並生起大火，焚毀了妖獸的屍首。眾人為雪鬃挖了墳，在墓碑上用剛鐸與驃騎國的語言刻下銘文：

葬送主人之忠僕，
輕盈駿馬，敏捷雪鬃。

雪鬃墓上的野草長得又綠又長，但妖獸遭到焚毀的地面自此則永遠焦黑荒蕪。

梅里緩慢而悲傷地走在搬運者旁，不再理會戰局。他疲憊而痛楚纏身，四肢也彷彿因寒意而顫抖。海上吹來了一陣大雨，萬物似乎都為希優頓和伊歐玟落淚，用灰色的淚水澆熄了王城火勢。他彷彿透過霧氣看到剛鐸的士兵逼近。多爾安羅斯親王印拉希爾騎了過來，並在他們面前勒馬止步。

「你們搬了什麼重擔，洛汗人？」他喊道。

「希優頓王。」他們回答，「他駕崩了。但伊歐墨王已經前去作戰，他頭盔上的白色馬尾在風中飄揚。」

親王下了馬，並在擔架旁下跪，向遠征而來的國王致敬，他也落下淚來。當他起身時，便訝異地望向伊歐玟。「這是個女子吧？」他說，「就連洛希人女子都來助我們一臂之力了嗎？」

「不！只有一位。」他們回答，「她是王女伊歐玟，伊歐墨的妹妹。直到現在，我們才得知她一同前來，也對此感到懊悔。」

儘管對方的臉龐蒼白冰冷，但親王注意到她的美貌，並在屈身仔細觀察她時碰觸她的手。「洛汗人！」他喊道，「你們之間沒有醫生嗎？她受傷了，也許即將送命，但我覺得她還活著。」他將打磨得光亮的臂甲移到她的冰冷雙唇前，甲冑上頭頓時浮現了難以分辨的一小股霧氣。

「得快點行動。」他說，並派人快馬加鞭地回到王城求救。但他對亡者深深鞠躬，向眾人道別，並再度上馬返回戰場。

此時帕蘭諾平原上的戰火愈演愈烈，兵刃相接的鏗鏘聲逐漸高漲，人聲叫喊與馬匹嘶鳴也參雜其中。號角與喇叭紛紛響起，猛瑪則在衝入戰場時發出嘶吼。在王城南方城牆下，剛鐸的步兵正與仍然大舉聚在此處的魔窟軍團交戰。但騎士們往東騎去支援伊歐墨，包括掌鑰人高大胡林、洛薩納赫之主、綠丘的赫路因與俊美的印拉希爾親王，他的手下則隨侍在他身邊。

他們對洛希人的援助並沒有來得太快，因為伊歐墨的運氣已然逆轉，他的怒火也危害了自己。他猛烈的攻勢徹底擊敗了敵軍前鋒，他麾下的大批騎士殺過南方人的陣列，擊倒對方的騎兵，並踩死敵營的步兵。但只要猛瑪出現，馬匹就不願前進，反而畏懼地逃竄。沒人敢對抗這些巨獸，如同防禦塔般矗立在戰場上，哈拉德人在牠們周圍聚攏。當洛希人發動攻擊時，光是哈拉德人的人數就比他們多出三倍，狀況也迅速惡化，因為新的軍力正從奧斯吉力亞斯湧入平原。他們為了洗劫王城與擄掠剛鐸而集結，並等候統帥的呼喚。此時他已經遭到摧毀，但魔窟副官高斯莫已派這些兵力加入戰局。其中包括攜帶利斧的東方人、坎德的法瑞亞格人、和身穿紅衣的南方人，以及來自遠哈拉德的黑人，他們的長相如同白眼紅舌的混血食人妖。有些兵力迅速趕到洛希人後方，其他部隊則鎮守西方，以阻擋剛鐸軍力，防止對方與洛汗會合。

當剛鐸的運氣開始逆轉，人們的希望也逐漸動搖時，王城中傳出一陣新的叫聲。當下時值上午，四周颳起一陣大風，雨水也往北方飄去，太陽則綻放強光。在澄澈的空氣中，城牆上的哨兵在遠方看到全新的恐怖光景，心中最後一絲希望也灰飛煙滅。

從安都因河在哈隆德的轉彎處，王城中的人能看到下游幾里格外的景象，而目光銳利的人則能觀察到逼近的船隻。當他們往那方向望去，便絕望地大叫，在波光粼粼的河水上，他們見到了順風而上的黑色艦隊，其中包括大型帆船，與設有許多船槳的大船，上頭的黑帆在微風中鼓起。

「昂巴海盜！」人們大喊，「昂巴海盜！快看！昂巴海盜來了！所以貝爾法拉斯已經淪陷，伊瑟和萊班寧也失守了。海盜來攻擊我們了！這是末日的最後一擊！」

由於沒人在王城中發號施令，因此有些缺乏紀律的人便衝向警鐘，讓鐘聲大作，有些人則以喇叭吹起象徵撤退的信號。「回到城裡來！」他們喊道，「回到城裡來！在遭到包圍前，先回來城裡！」但吹拂船隻的強風吹散了他們的叫喊。

洛希人大軍不需要警告。他們自己就能清楚看到黑帆。因為伊歐墨離哈隆德已不到一哩，而第一波敵人擋在他和港口之間，新的敵人從後頭殺來，將他和親王的部隊分離開來。他望向大河，心中的希望也盡數消散，原本得到他祝福的風，現在卻使他感到災禍臨頭。但魔多大軍士氣大增，心中燃起嶄新的慾望與怒火，並高聲叫嚷著向前衝刺。

伊歐墨的內心變得嚴肅，內心也再度緩和下來。他下令吹響號角，讓能過來的所有人向他的旗幟聚集。他打算要在最後豎起巨型盾牆，並在此徒步作戰，直到所有人盡數戰死，儘管西方將不再有人記得最後的驃騎王，也要在帕蘭諾平原上做出可歌可泣的壯舉。於是他登上一座翠綠丘陵，在那插下他的旗幟，白馬旗便在風中擺盪。

不再質疑，遠離黑暗，面對日出，
我在陽光下高歌，拔劍出鞘。
我騎向希望盡頭，心碎不已。

為了怒火，為了毀滅，與血紅暮色前進！

他說出這番話，但他一邊說一邊大笑，心中再度萌生殺意。他依然毫髮無傷，年紀尚輕，也身為國王，他是剽悍民族的王者。看呀！即便因絕望而失笑時，他再度望向黑船，並對它們高舉劍刃。

此時他大吃一驚，也感到雀躍無比。他在陽光下把劍拋上高空，並在接住劍柄時高聲歌唱。眾人隨著他的目光望去，並看到最前方的船隻展開了一面大旗，當船隻轉向哈隆德時，強風便讓旗幟顯露在眾人面前。上頭繡了一株白樹，那是剛鐸的徽記——白樹周圍環繞七星，頂端有只高聳王冠，那是已有多年沒有任何王族使用過的伊蘭迪爾家徽。星辰在陽光下閃爍，因為愛隆之女亞玟用寶石做出它們。陽光下的王冠耀眼奪目，它是以祕銀和黃金打造出的紋章。

亞拉松之子亞拉岡就此從亡者之道抵達，乘著海風來到剛鐸王國，他是伊力薩，伊西鐸的繼承人。狂喜的洛希人大軍歡聲雷動，紛紛揮舞刀劍，王城則以美妙的喇叭聲與鐘響呼應了這股喜悅與驚奇。魔多大軍嚇得目瞪口呆，他們自己的船隻居然滿載敵人，對他們來說簡直形同巫術。恐懼攫住他們的內心，他們深知已受到命運之潮背棄，死期也近在眼前。

多爾安羅斯的騎士們從東方驅趕面前的敵人，包括半食人妖與法瑞亞格人，和痛恨陽光的歐克獸人。伊歐墨從南方趕來，敵人們在他面前奔逃，並遭到兩側軍力夾擊。人們從船隻跳到哈隆德碼頭上，如同風暴般橫掃一切。列葛拉斯、手握戰斧的金力和掌旗的赫爾巴拉德，以及頭戴星石的伊萊丹與伊洛赫，還有手勁穩健的杜納丹人北方遊俠，他們率領來自萊班寧、拉密頓和南方封地的人民前來。但亞拉岡手持宛如新生烈火般的西方之焰安督瑞爾帶頭衝刺，重鑄的納希爾一如古代致命無比，他額上佩戴著伊蘭迪爾之星[3]。

伊歐墨和亞拉岡終於在戰場中央會面，他們倚靠在劍上，興高采烈地注視彼此。

「儘管魔多大軍擋在我們之間，但我們就此重逢。」亞拉岡說，「我不是在號角堡說過了嗎？」

「你的確說過，」伊歐墨說，「但希望經常落空，我也不曉得你能預見未來。但意料之外的幫助更令人欣喜，也從來沒有朋友如此愉快地相見。」他們緊握彼此的手。「也太及時了。」伊歐墨說，「你來得沒有太快，我的朋友。我們已經遭遇了莫大損失與悲劇。」

「那在談這些事前，我們就先報仇吧！」亞拉岡說，他們則一同策馬回到戰場。

他們仍然打了漫長的硬仗，因為南方人膽大凶悍，在絕望時也愈戰愈勇。東方人身強體壯、身經百戰，也絕不讓步。他們仍然四處聚集在起火的屋舍或穀倉前，或在丘陵或土丘上，城牆下或平原上，直到這天結束時，他們依然浴血奮戰。

太陽最後終於落到敏多陸因山後，讓整座天空顯露大火般的赤紅，使丘陵和高山如同染上了鮮血。大河上閃動火光，暮色下的帕蘭諾平原野草也化為猩紅。剛鐸平原上的大戰終於在此時結束，拉瑪斯圍牆內也沒有任何敵人倖存。除了逃跑或淹死在大河紅浪中的士兵外，所有敵軍都已遭到殺害。很少有人往東回到魔窟或魔多，哈拉德人的國度也只聽聞來自遠方的故事，那是關於剛鐸怒火的恐怖傳言。

3

譯注：Star of Elendil，原名伊蘭迪米爾（Elendilmir），是鑲嵌在祕銀繫帶上的星形白色寶石。《未完成的故事》中的篇章〈金花沼地災難〉描述了第一顆伊蘭迪米爾原本來自努曼諾爾，屬於塔爾—伊蘭迪爾王（Tar-Elendil）的女兒西兒瑪麗安（Silmariën）。當伊西鐸在金花沼地遭到歐克獸人襲擊時，便帶著魔戒與伊蘭迪米爾逃跑。當遺失魔戒的他在河水中起身時，在河邊負責守望的歐克獸人，就因伊蘭迪米爾的光芒而嚇得對他射出毒箭，使伊西鐸命喪該處。日後當薩魯曼在金花沼地找尋至尊魔戒時，手下便尋獲了伊蘭迪米爾與伊西鐸的遺骨。

亞拉岡在此處佩戴的是第二顆伊蘭迪米爾，由裂谷的精靈工匠為伊西鐸之子瓦蘭迪爾所製，並與安努米納斯權杖（Sceptre of Annúminas）成為北方王國的王室象徵。在亞爾諾陷落後，這顆伊蘭迪米爾則被保存在裂谷。

魔戒之戰結束後，伊力薩王下令重整歐散克塔，並將遠望晶石再度安置於塔上。在金力的幫助下，伊力薩在塔中的一只鐵箱中尋獲了第一顆伊蘭迪米爾。日後伊力薩只在北方王國的重要日子中會佩戴第一顆伊蘭迪米爾，其餘時間仍戴著家傳的第二顆寶石。但人們在塔中找不到伊西鐸的骨骸。薩魯曼或許早已輕蔑地將遺骨拋進熔爐中焚毀。

* * *

亞拉岡、伊歐墨和印拉希爾騎馬回到王城大門，他們已疲憊得無法感到喜悅或悲傷。這三人毫髮無傷，因為命運眷顧著他們，他們的武功也絕非等閒，當他們火冒三丈時，也沒人敢迎擊或注視他們的臉龐。許多傷者與死者倒在平原上。當佛龍下馬獨自作戰時，就遭到斧頭砍死。當墨頌德河的杜伊林和他兄弟攻擊猛瑪，率領手下靠近射擊巨獸的眼睛時，對方便踩死了他們。白膚赫路因再也無法返回皮納斯蓋林，葛林波德也不能回到葛林斯雷德，沉穩的赫爾巴拉德也無法回到北境。無論是知名大將或無名小卒；是將帥或士兵，都已在此殞落。沒有人知道這場慘烈大戰中的詳細死傷數。多年後，一名洛汗詩人在歌謠中提到孟登堡墓塚：

我們聽聞丘陵間的號角聲響，
刀劍在南方王國中閃閃發亮。
良駒奔赴石國[4]
如同清晨微風。戰火燃起。
襄格爾之子希優頓殞落此地，
永不歸返北方平原
與黃金殿堂與綠原，

他是大軍之主。哈汀與古斯拉夫，
敦赫雷與狄歐溫，強悍的葛林波德，
希爾法拉與希魯布蘭德，霍恩和法斯翠德，
在異鄉奮戰而死。
他們與同袍們長眠於孟登堡墓塚，
皆為剛鐸領主。
白膚赫路因無法回到海濱丘陵，
老佛龍無法回到繁花河谷
凱旋返回他的故鄉雅納赫，
魁梧的弓箭手，
德魯芬與杜伊林
再也不會歸返山影下的墨頌德河幽深沼澤。
死亡在清晨到來，
王族在長日將盡時逝去。他們沉眠在
大河旁的剛鐸草原下。

4 譯注：Stoningland，洛汗對剛鐸的稱呼。

銀光怒濤灰如淚，
赤紅河水漸流逝。
夕陽下的浪花化為血紅，
烽火群山在暮色下燃燒，
拉瑪斯埃霍的露珠鮮紅如血。

第七章——

迪耐瑟的火葬堆

當大門邊的黑影撤退時，甘道夫依然動也不動地坐在原處。但皮聘站起身，彷彿重擔從身上消失。他起身聆聽號角聲，覺得這股聲響似乎帶來了使他心碎的喜悅。日後當他聽到遠方傳來號角聲時，總會忍不住流下淚來。但他的任務忽然躍上心頭，使他往前奔去。此時甘道夫動了起來，並向影鬃開口，準備衝出大門。

「甘道夫，甘道夫！」皮聘叫道，影鬃也停下腳步。

「你在這做什麼？」甘道夫說，「王城中的法條不是規定，除非主上允許，不然身穿黑銀制服的人得留在主堡中嗎？」

「他允許了。」皮聘說，「他派我離開。但我很害怕。上頭可能會發生糟糕的事。我覺得城主瘋了。我怕他會殺了自己，也殺掉法拉米爾。你不能做些什麼嗎？」

甘道夫往敞開的大門外看，也聽見戰場上逐漸高漲的吶喊。他緊緊握起手。「我必須走了。」他說，「黑騎士已經到來，他還會為我們帶來災禍。我沒有時間了。」

「但法拉米爾！」皮聘喊道，「他還沒死，如果沒人阻止那些人，他們就會把他活活燒死。」

「活活燒死？」甘道夫說，「這是怎麼回事？快說！」

「迪耐瑟去了陵墓，」皮聘說，「他帶上法拉米爾，還說我們都得被燒死，他也不願等待，也命令手下搭了火葬堆，要在上頭燒死自己和法拉米爾。他已經派人去拿柴薪和油了。我告訴貝瑞剛，但我怕他不敢離開崗位，他負責站哨。他又能做什麼？」皮聘一口氣說完事情經過，並用顫抖的雙手觸碰甘道夫的膝蓋。「你沒辦法救法拉米爾嗎？」

「也許可以，」甘道夫說，「但如果我救他，其他人恐怕就會死。唉，既然沒有其他人能幫助他，我就得去了。但這件事將帶來悲劇。就算在我們的要塞中心，魔王也能襲擊我們，因為他的意志正在左右一切。」

下定決心後，他便迅速動身，他一把抓起皮聘，把對方放在自己前面，並說了句話要影鬃掉頭。他們喀噠作響地爬上米那斯提力斯的街道，戰場上的叫囂則落在身後。四處都能看到擺脫絕望與恐懼的人們，眾人抓起武器，並爭相對彼此呼喊。「洛汗來了！」將領們喊道，部隊也正在集結，許多人已往大門出發。

他們碰上印拉希爾親王，他則呼喚他們：「你要上哪去，米斯蘭迪爾？洛希人正在剛鐸平原上作戰！我們必須召集所有軍力。」

「你需要所有人手。」甘道夫說，「趕緊動身。我會盡快過去。但我現在有急事得找迪耐瑟大人，不得拖延。當城主不在時，先接掌指揮！」

他們繼續上路，而當他們靠近上坡的主堡時，就感到風吹拂自己的臉孔，也察覺到遠方的晨曦光芒，南方的天空正逐漸變亮。但這無法為他們帶來太多希望，因為他們不清楚前方發生了哪些災禍，也擔心自己來得太遲。

「黑暗逐漸散去，」甘道夫說，「但深影仍然籠罩著王城。」

他們在主堡大門邊沒看到守衛。「那貝瑞剛已經走了。」皮聘說，心中燃起了一絲希望。他們轉身加速沿著道路前往緊閉大門。門口大張，守門人倒在門前。他已遭到殺害，有人奪走了他的鑰匙。

「這是魔王的伎倆！」甘道夫說，「他喜愛這種行為，盟友之間的衝突，和人心忠誠間的矛盾。」他下馬並要影鬃回到馬廄。「吾友，」他說，「你我早該前往戰場，但其他事情拖住了我。但聽到我呼喚的話，就趕緊過來！」

他們穿越門口，順著陡峭的臺階往下走。天色越發明亮，道路旁的高柱與雕像便如同灰色幽魂般緩緩飄過。

死寂忽然間遭到劃開，他們聽見底下傳來叫喊與刀劍的鏗鏘敲擊聲，自從王城建成後，就沒人在這座聖地聽過這種聲音了。最後他們抵達拉斯狄南，並快步趕向宰相陵墓，它的雄偉圓頂矗立在微光下。

「住手！住手！」甘道夫喊道，並衝向門前的石階。「停止這種瘋狂行為！」

迪耐瑟的僕人們手中握著刀劍與火炬，但身穿護衛隊黑銀制服的貝瑞岡，則站在門廊最頂端的石階上，不讓對方進門。已經有兩人死在他的劍下，讓聖地染上他們的鮮血。其他人咒罵著他，責罵他背叛了主上。

當甘道夫與皮聘跑向前時，就聽到陵墓中傳來迪耐瑟的叫聲：「快點，快點！照我的命令做！給我殺了這叛徒！難道我得親自動手嗎？」此時貝瑞剛用左手擋住的門被扭了開來，高大陰森的城主站在他身後，對方眼中閃著如同火焰的凶光，手中的長劍已經出鞘。

但甘道夫奔上臺階，人們則從他身邊退開，並摀住他們的眼睛。因為他的到來如同暗處的一道白光，而他勃然大怒。他舉起手，千鈞一髮之際，迪耐瑟的劍便從對方手中飛出，落入室內遠處的黑影。迪耐瑟驚訝地在甘道夫面前後退。

「這是怎麼回事，大人？」巫師說，「陵墓並非活人該來的場所。大門前已經戰火連綿時，為何有人會在這座聖地打鬥？還是我們的敵人已來到拉斯狄南了？」

「剛鐸領主何時需要聽你的命令了？」迪耐瑟說，「難道我不能指揮自己的僕人嗎？」

「你當然可以。」甘道夫說，「但當你的行為化為瘋狂暴行時，別人就可能反對你的想法。你的兒子法拉米爾在哪？」

「他躺在裡頭。」迪耐瑟說，「他已經燒起來了。他們焚燒了他的血肉。但火舌即將吞噬一切。西方已經戰敗了。它將陷入大火，萬物也將迎來終結。灰燼！只剩下風中的灰燼與濃煙！」

甘道夫看清了他的瘋狂舉止，也擔心他已經做出了某些惡行，因此甘道夫大步向前，貝瑞剛與皮聘跟在他身後，迪耐瑟則退到一旁，站在室內的石桌旁。但他們發現仍因高燒而囈語的法拉米爾躺在桌上。桌下與周圍堆滿大量柴薪，上頭沾滿了油，就連法拉米爾的衣著與被單都沾上油漬，但火焰還沒有觸及油料。此時甘道夫揭露了隱藏在體內的力量，如同他潛伏在灰色斗篷下的光芒。他躍上柴薪，輕盈地抱起病人再跳下來，並捧著他走向門口。但當他走去時，法拉米爾發出呻吟，在夢中呼喚他的父親。

迪耐瑟如同從沉思中回神的人般嚇了一跳，眼中的凶光頓時淡去，他也哭了出來。他說：「別帶走我兒子！他在呼喚我。」

「他是呼喚了。」甘道夫說，「但你還不能碰他。因為他必須在鬼門關前尋覓治療，也可能無法尋得。你的職責，則是到外頭參與你城市的戰爭，也許死亡正在等待你。你心裡也清楚這點。」

「他不會醒了。」迪耐瑟說，「戰鬥徒勞無功。我們為何得想活更久？我們為何不該並肩死去？」

「剛鐸宰相，你無權決定自己的死期。」甘道夫回答，「只有受到黑暗力量宰制的蠻族君王，才會在驕傲與絕望中自盡，並謀害自己的親人，以便讓自己的死變得好受。」他穿過門口，帶法拉米爾離開陵墓，並將他擺在自己帶來位於前廊的擔架上。迪耐瑟跟著他，全身顫抖地站立，思念地看著自己兒子的臉龐。有那一瞬間，當眾人沉默不語地注視內心正在掙扎的宰相時，他便感到動搖。

「來吧！」甘道夫說，「我們需要幫手。你還有很多事能做。」

迪耐瑟忽然哈哈大笑。他再度驕傲地挺直身子，迅速回到桌邊，從枕頭邊取出了某個物體。他來到門口，並掀開蓋住那東西的布，看呀！他的雙手捧著一顆帕蘭提爾。當他舉起晶石時，望向晶石的人們便發現內部開始產生火光，使城主瘦削的臉龐彷彿受到赤焰所照亮，他的臉也似乎以岩石雕成，在黑影下顯得線條銳利，散發出尊貴驕傲的可怕氣息。他的雙眼發出晶光。

「驕傲與絕望！」他喊道，「你以為白塔的雙眼瞎了嗎？不，我見過的東西遠比你多出太多了，灰袍蠢貨。你的希望只不過是無知而已。投身治療吧！去作戰吧！無濟於事。你或許能在戰場上得到僅僅一天的勝利。但沒人能擊敗那股已然崛起的力量。它的魔掌僅僅只有一根指頭觸碰到這座王城。整個東方都已蠢蠢欲動。即便是現在，為你帶來希望的海風也已落空，反而從安都因河送來一批黑帆艦隊。西方已經落敗。不願為奴的人，現在就該離開了。」

「這種想法自然會讓魔王顯得勝券在握。」甘道夫說。

「那就繼續抱持希望吧！」迪耐瑟大笑道，「難道我不清楚你的心思嗎，米斯蘭迪爾？你打算接掌我的地位，並在幕後掌握北方、南方或西方的每座王位。我看穿了你的想法和策略。難道我不曉得，你指示這個半身人保持緘默嗎？你把他帶來，就為了讓他當我房裡的間諜。但在我們的交談中，我已經得知了你所有同伴的名稱和目的。好呀！你用左手將我當作抵抗魔多片刻的盾牌，再用右手帶來取代我的這名北方遊俠。

「但我告訴你，甘道夫．米斯蘭迪爾，我不會當你的工具！我是安納瑞昂家族的宰相。

我不會下台當篡位者的老管家。就算我相信他宣稱的家世，他也仍來自伊西鐸的血脈。我不會對這種凋零家族的最後一員低頭，他們早就失去王權與尊嚴了。」

「那如果照你的意思，」甘道夫說，「你會做出什麼決定？」

「我會讓一切維持得一如我往昔的一生。」迪耐瑟回答，「如同我先人度過的歲月：平靜地擔任這座王城的城主，並把我的位子傳給兒子，他則能主宰自己，不會受到巫師的控制。但如果命運不允許我這麼做，那我就什麼都不要：我不要屈辱的人生，也不要得到遭到削弱的敬愛與榮譽。」

「我認為，忠誠地交出治權的宰相，得到的敬愛與榮譽並不會減少。」甘道夫說，「當你兒子尚未辭世前，至少你不該奪走他的選擇。」

聽到這裡，迪耐瑟的雙眼再度綻放凶光，他把晶石夾在腋下，並抽出一把刀子，走向擔架。但貝瑞剛一個箭步衝向前，擋在法拉米爾身前。

「好啊！」迪耐瑟喊道，「你已經偷了我兒子一半的愛。現在你也偷了我屬下的心，使他們終於完全奪走我的兒子。但對於我自己的死期，至少你無法左右我的決定。」

「過來！」他對他的僕人叫道，「如果你們不全是叛徒，就給我過來！」兩人快步向他跑上石階。他迅速從一人手中搶過火把，並衝回陵墓內。在甘道夫來得及攔住他前，他就將火把扔向柴薪，火舌頓時劈啪作響地升起。

迪耐瑟隨即跳到桌上，在火焰與濃煙的包圍中站立，他拿起腳邊象徵宰相的權杖，用膝蓋將它折斷。他把碎片扔進烈焰中，並躺在桌上，用雙手扣住胸口上的帕蘭提爾。據說，此後如果有人望進那顆晶石，除非擁有足以扭轉它的強大意志力，否則就只會看到在火中萎縮的兩隻老手。

甘道夫哀傷而驚恐地把臉轉開，並關上大門。他沉思了半晌，沉默地站在門檻上，而外頭的其他人則聽到室內傳來的劇烈燃燒聲響。迪耐瑟發出一聲大叫，之後就再也沒有發出聲音，再也沒有任何凡人見過他了。

「艾克賽里昂之子迪耐瑟就此離世。」甘道夫說。他隨即轉向訝異地站在周遭的貝瑞剛與城主的僕人。「你們熟知的剛鐸也已逝去，無論如何，過往的時代都結束了。這裡發生了惡行，但放下你們之間的敵意吧，因為那是魔王意志的作為。你們全都不知情地陷入複雜羅網。但想想吧，你們這些城主的僕人，要不是因為貝瑞剛的背叛，你們的盲從早就會害白塔將軍法拉米爾一同死在火中。

「把在此送命的同袍從這個悲哀的地方帶走。我們則會帶剛鐸宰相法拉米爾去他能安眠的地方，或任命運安排讓他死去。」

甘道夫與貝瑞剛抬起擔架，將他運向醫療院，皮聘則低著頭跟在後頭。但城主的僕人們如同嚇破膽般呆望著陵墓，當甘道夫來到拉斯狄南盡頭時，後方就傳來巨響。他們回頭一看，發現陵墓的圓頂碎了開來，濃煙也從中飄出。接著轟隆一聲，石材便摔入火焰之中；但火舌依然毫不止息地在廢墟中搖曳閃動。僕人們這才害怕地逃跑並跟上甘道夫。

最後他們回到了宰相大門，貝瑞剛則難過地看著守門人。「我將因這件事抱憾終身。」他說，「當時我非常著急，他也不願聽我說，而是對我拔劍。」他拿出從死者身上搶來的鑰匙，關閉並鎖上了門。「該把鑰匙交給法拉米爾大人了。」他說。

「城主缺席的期間，多爾安羅斯親王會負責指揮坐鎮。」甘道夫說，「但既然他不在這裡，我就得接下這職責。我命你看管這把鑰匙，直到王城再度恢復秩序。」

他們終於進入王城的高層城池，並在陽光下前往醫療院。這些秀美建築是為了照顧重病患者所獨立建造，但現在它們則用於照料在戰爭中受傷或瀕死的人。位在第六環城池的它們離主堡城門不遠，位置靠近南側城牆，周圍有座花園和種滿樹木的草地，這是王城中唯一的綠地。這裡住了幾個被允許留在米那斯提力斯的女子，因為她們擅長治療，或是負責協助醫生們。

當甘道夫和他的同伴們搬著擔架來到醫療院主門時，就聽到大門前的平原傳來一聲尖叫，淒厲的叫聲飄入空中，並隨風消散。那股叫聲恐怖異常，使得眾人呆立原地片刻，但當它散去時，人們的內心卻忽然升起了一股希望，自從黑暗從東方出現後，他們就沒有這種感覺了。眾人覺得陽光似乎變得明亮，太陽也鑽出了雲層。

甘道夫的神情顯得肅穆哀傷，他要貝瑞剛和皮聘送法拉米爾進醫療院去，再獨自走到附近的城牆邊。如同潔白雕像的他，站在清晨的太陽下往外看。他用銳利的眼力見證了戰場上發生的一切，而當伊歐墨離開戰線前鋒，站在倒在地上的其他人身邊時，他嘆了口氣，並再度披起斗篷，離開了城牆。當貝瑞剛和皮聘走出來時，就發現他站在醫療院門口沉思。

他們注視著他，而他沉默了好一陣子。最後他開了口。「朋友們，」他說，「以及這座城市和所有西方地區的居民！剛剛發生了令人悲傷和雀躍的事。我們該哭泣或欣喜呢？敵軍的統帥已出乎意料地遭到摧毀，你們剛聽到的就是他絕望的最後尖叫。但他造成了悲劇後才離世。要不是因為迪耐瑟的瘋狂，我就能阻止那件事。魔王的影響力已變得無遠弗屆！唉！但我終於明白他的意志是如何進入王城核心了。

「儘管宰相們認為這是他們保管的機密，但在很早以前，我就已經猜到白塔中至少保存了七顆遠望晶石之一。在他理智尚存的時期中，迪耐瑟不敢使用它對抗索倫，因為他清楚自身力量的極限。但他喪失了智慧，隨著王國的危機漸長，恐怕使用了晶石，也遭到欺瞞。我猜，自從波羅米爾離開後，他就過於頻繁地觀看晶石。他的意志力太過強韌，不會屈服於邪黑塔，但他只會看到黑暗勢力允許他見到的光景。他取得的資訊肯定對他有益，但他眼中魔多的強大軍力，使他逐漸感到絕望，最後也害他崩潰。」

「我明白某件怪事了！」皮聘說，而當他開口時，那段回憶便使他打起冷顫。「城主離開了法拉米爾臥病在床的房間，而當他回來時，我覺得他變得老邁又憔悴。」

「當人們將法拉米爾送進白塔時，我們有許多人都看到塔頂的房間冒出奇異亮光。」貝瑞剛說，「但我們之前就看過那道光了，王城中也早有傳言，據說城主有時會與魔王的意念搏鬥。」

「唉！那我猜得沒錯。」甘道夫說，「索倫的意志藉此進入了米那斯提力斯，我也因此遭受耽擱。現在我還是得待在這裡，因為我很快就得照顧法拉米爾以外的人了。

「我必須下去見進城的人。我在戰場上看見了令我心碎的光景，或許還有可能發生更糟糕的悲劇。和我來吧，皮聘！至於你，貝瑞剛，你得返回主堡，把剛剛發生的事告訴護衛隊長。恐怕他必須將你從護衛隊中除籍，但告訴他，如果他願意聽我的建議，就該派你到醫療院，擔任將軍的護衛與僕人，並在他甦醒時隨侍在側——前提是他再度甦醒。因為你，他才逃脫火舌。去吧！我很快就會回來。」

語畢，他就轉身帶皮聘走向下層城市。當他們快步趕路時，微風帶來了灰濛的雨水，火勢也逐漸熄滅，他們面前則升起了一股濃煙。

第八章——醫療院

當眾人走進米那斯提力斯破損的大門時，梅里滿是淚水與倦意的眼中便彷彿升起了霧氣。他不太在意周遭的慘況與死屍。空氣中瀰漫著火焰、煙霧與臭氣。因為有許多攻城武器害死者遭到焚毀或扔進火坑，大量南方巨獸也橫屍遍野，部分遭到焚燒，或遭到石彈擊殺，或是因墨頌德河的英勇弓箭手射穿眼睛而死。雨勢已經停歇了一段期間，陽光也在頭頂閃爍；但一股臭味依然籠罩著下層城市。

人們正奮力清除大戰留下的殘骸，大門中也有人帶著擔架走出來。他們溫柔地將伊歐玟擺在柔軟的枕頭上，但他們用張巨大金布蓋住了國王的遺體，並在他身邊拿著火炬，在陽光下顯得光芒黯淡的火焰則在風中搖曳。

希優頓與伊歐玟就此抵達剛鐸王城，所有見到他們的人也脫帽鞠躬，他們穿越了焦黑城池中的灰燼與煙霧，順著石砌道路向上爬。梅里覺得上坡路程似乎經歷了整個世紀，是惡夢中沒有意義的旅程，一路延伸到無法記住的模糊盡頭。

他前方的火炬光芒緩緩閃動並熄滅，他則在黑暗中行走。他心想：「這是通往墳墓的隧道，我們將會永遠待在裡頭。」但某個活人的聲音忽然飄進他的夢中。

「喂，梅里！感謝老天，我找到你了！」

他抬頭一看，眼前的霧氣便稍微消散。皮聘就在他面前！他們在窄巷中面對彼此，但巷裡只有他們兩人。他揉揉眼睛。

「國王在哪？」他說，「伊歐玟呢？」接著他癱軟下來，並坐在門階上，再度開始啜泣。

「他們已經上主堡去了。」皮聘說，「我想你一定是邊走邊睡著了，還轉錯了彎。當我們發現你沒和他們待在一起時，甘道夫就派我來找你。可憐的梅里！看到你真讓我開心！但你累壞了，我不會再煩你。但先告訴我，你有沒有受傷？」

「沒有。」梅里說，「哎，不，我覺得沒有。但自從我刺他後，皮聘，就沒辦法使用右臂。我的劍也像柴薪一樣燒掉了。」

皮聘的表情變得擔憂。「這個嘛，你最好盡快和我來。」他說，「我希望我能背你。你不適合再走下去了。他們根本不該讓你走路，但你得諒解他們。王城裡發生了許多可怕的事，梅里，因此從戰場上回來的一個可憐哈比人很容易遭到忽視。」

「遭到忽視不盡然不好。」梅里說，「我當時才——不，不，我不敢提。幫幫我，皮聘！一切又變暗了，我的手臂好冷。」

「靠在我身上，梅里！」皮聘說，「來吧！一步一步走。目的地不遠了。」

「你要埋葬我嗎？」梅里說。

「不，才不是！」皮聘說，他想讓聲音變得爽朗，但他的心中滿懷恐懼與同情。「不，我們要去醫療院。」

他們離開第四環城池中的高聳房屋與外牆，再度踏上通往主堡的主街。他們一步步前進，梅里則如同昏睡般搖晃並低語。

「我永遠無法把他送上去。」皮聘心想，「沒人能幫我嗎？我不能把他留在這裡。」此時使他震驚的是，有個男孩從後頭跑來，而當他經過時，皮聘就認出了貝瑞剛之子伯吉爾。

「哈囉，伯吉爾！」他喊道，「你要去哪？真高興看到你還活著！」

「我在幫醫生們跑腿。」伯吉爾說，「我不能待下來。」

「別留下！」皮聘說，「但告訴上頭的人說，我這裡有個從戰場回來的哈比人傷患，就是你們說的佩里安人[1]。我不認為他能走遠。如果米斯蘭迪爾在的話，他會很高興能收到這條口信的。」伯吉爾繼續往前跑。

「我最好留在這等。」皮聘心想。所以他將梅里輕放在陽光下的路面，並坐在他身旁，將梅里的頭擺在自己腿上。他溫柔地感受對方的身體與四肢，再握住他朋友的手。右手感覺起來十分冰冷。

不久甘道夫便親自來找他們。他向梅里俯身，撫摸對方的前額，接著他小心地抱起梅里。「人們該讓他備受光榮地進入這座城市。」他說，「他沒有辜負我的信任，如果愛隆沒接受我的意見，那你們倆就都不可能來此，這一天的悲劇就會變得更加慘痛了。」他嘆了口氣，「我手中又多了一項責任，戰局也仍危機四伏。」

於是法拉米爾、伊歐玟與梅里雅達克終於躺在醫療院的病床上，該處的人員也妥善照顧他們。儘管在近代，所有學識都已逐漸凋零，但剛鐸的醫術仍然優異超群，精於治療各類創傷，以及大海以東的凡人容易染上的病症，除了年老以外的問題。他們對此沒有解藥，而他們當代的壽命也已減短到與其他人類無異，精力充沛地活到一百年的人也已變得罕見，只出現某些血統較為純正的家族中。但現在他們的技術與知識已碰到瓶頸，因為有許多病患得到某種無法治癒的疾病，他們將之稱為黑影病，因為源頭正是納茲古。罹患此病的人，會慢慢陷入更加深沉的夢境，再沉默地變得全身冰冷，隨後死亡。而對照料病患的人而言，這種病症在半身人與洛汗王女身上最為嚴重。他們在早晨有時會開口，並在夢中咕噥。照顧者仔細傾聽他們說的話，希望能更了解他們的傷勢。但他們很快就陷入黑暗，而當太陽西下時，他們的臉孔就蒙上一層灰影。法拉米爾則高燒不退。

甘道夫關切地在病人間來回奔波，也得知了照顧者們聽到的所有內容。這一天就此過

---

1 譯注：perian，哈比人在辛達林語和昆雅語中的名稱。複數為 periain，集體名稱則為 Pheriannath，可在「半身人王子」（Ernil i Pheriannath）中觀察到此字。

去，而外頭的大戰則繼續進行，不只逆轉了希望，也帶來了奇異風聲；但甘道夫仍然在此等待與觀察，沒有離開；直到最後血紅的夕陽占滿了天空，暮光則透過窗口灑落在病人慘白的臉上。站在周圍的人覺得，他們在陽光下的臉孔恢復了柔和的血色，彷彿正逐漸痊癒，但那不過是虛假的希望。

醫療院中年紀最大的女子名叫優瑞絲[2]，她望向法拉米爾英俊的臉龐，並哭了出來，因為所有人民都十分愛戴他。她說：「如果他離世，就太可惜了！真希望剛鐸如同古代般有國王！古諺說：『王之手乃醫者之手。』如此就能得知國王的身分。」

站在一旁的甘道夫說：「人們將永遠記得妳說的話，優瑞絲！因為這話中帶有希望。也許國王確實回到了剛鐸，妳沒聽說王城中的奇異傳聞嗎？」

「我太忙了，沒時間理會外頭的叫囂。」她回答，「我只希望那些嗜殺的妖魔不要進來醫療院打擾病患。」

甘道夫急忙離開，天空中的火光也早已消退，冒著煙的丘陵逐漸從視野中消失，灰暗的傍晚則逐漸籠罩平原。

當太陽落下時，亞拉岡、伊歐墨和印拉希爾便率領將帥與武士們逼近王城，而當眾人抵達大門時，亞拉岡便說：

「看看那烈焰般的落日！這是許多事物結束和殞落的象徵，世界的局勢也即將改變。但宰相統治了這座王城與王國多年，我擔心如果不請自來地入城，就可能引發疑慮與爭論，當這場戰爭還沒結束時，不該發生這種狀況。直到我們或魔多其中一方即將勝利前，我都不會入城或做出宣告。人們該把我的帳篷搭在平原上，我會等待城主迎接。」

但伊歐墨說：「你已經舉起王者大旗，也亮出了伊蘭迪爾家族的徽記。你要讓別人質疑這些證據嗎？」

「不。」亞拉岡說，「但我認為時刻未到，我也不願意與魔王與他僕人外的對象進行抗爭。」

印拉希爾親王說：「如果身為迪耐瑟大人親戚的我能在此事上提供建議的話，大人，您的話語聽來十分睿智。他意志堅強而驕傲，但年事已高。自從他的兒子負傷後，他的情緒就變得怪異無常。但我不願意讓您像乞丐般待在門邊。」

「不是乞丐。」亞拉岡說，「該說是不適應王城與石屋的遊俠領袖。」他下令收起他的旗幟，也取下了北方王國之星[3]，將它交給愛隆之子們保管。

印拉希爾親王與洛汗的伊歐墨隨後離開他，並穿越王城與人民的騷動，一路策馬前往

---

2 譯注：Ioreth，在辛達林語中意指「老婦」。

3 譯注：Star of the North Kingdom，即為伊蘭迪爾之星。

主堡。他們來到塔殿想找尋宰相。但他們發現他的座位上空無一人，驃騎王希優頓則躺在臺座前的華麗大床上，床邊擺了十二支火把，還佈署了十二名由洛汗與剛鐸的武士組成的護衛。床上有綠色和白色的掛毯，而國王身上的寬闊金色被單則拉到他胸前，他出鞘的劍擺在上頭，他的盾牌則擺在腳邊。火炬的光芒在他的白髮上如噴泉中的陽光閃爍，但他的臉孔俊美而年輕，臉上有股年輕人所缺乏的平靜，他彷彿只是睡著了。

當他們在國王身邊沉默地站了一會後，印拉希爾便說：「宰相在哪？米斯蘭迪爾又在哪？」

其中一名守衛回答：「剛鐸宰相在醫療院中。」

但伊歐墨說：「我妹妹王女伊歐玟呢？她理應躺在國王身旁，享有同等禮遇吧？他們把她放到哪去了？」

印拉希爾說：「但當他們送王女伊歐玟過來時，她還活著。你不曉得嗎？」

伊歐墨心中忽然浮現出乎意料的希望，而憂慮也隨之浮現，因此他二話不說，就迅速轉身離開大殿，親王也隨他離去。當他們出去時，暮色已經落下，繁星也出現在天空中。甘道夫和某個身披灰色斗篷的人走了過來，眾人則在醫療院前會面。他們向甘道夫打招呼，並說：「我們要找宰相，人們說他待在這座診療所中。他受傷了嗎？王女伊歐玟又在何處？」

甘道夫回答：「她躺在屋裡，還沒有離世，不過正瀕臨死亡。但正如你們所得知，法拉米爾大人遭到毒箭射傷，現在也成為宰相了。因為迪耐瑟已經離世，他的陵墓也已化為灰燼。」當眾人聽完他口中的故事時，便感到又驚又悲。

但印拉希爾說：「剛鐸與洛汗在同一天失去君主，讓勝利少了喜悅，代價也十分慘痛。伊歐墨統治著洛希人。在此同時，誰又該治理王城？我們現在不該請來亞拉岡大人嗎？」

身披斗篷的男子開口說道：「他來了。」當他踏進門邊吊燈的光芒下時，他們這才發現對方就是亞拉岡，他將羅瑞安的灰色斗篷披在鎖子甲外，除了格拉翠兒的翠綠寶石，他沒有佩戴其他飾物。「我來是因為甘道夫懇求我這樣做。」他說，「但目前我只是亞爾諾杜納丹人的領袖，多爾安羅斯之主此時該管理王城，直到法拉米爾甦醒。但我建議讓甘道夫在接下來的日子和與魔王交戰時領導我們。」眾人都同意了。

甘道夫說：「我們別繼續待在門邊，時間非常緊迫。我們進去吧！亞拉岡的到來，才會讓醫療院中的病人得到希望。剛鐸的睿智女子優瑞絲說過：『王之手乃醫者之手，如此就能得知國王的身分。』」

於是亞拉岡率先進屋，其他人則隨後跟上。門邊有兩名身穿剛鐸制服的守衛：一人身材魁梧，另一人的高度則僅接近男童。當他看到他們時，便又驚又喜地高聲叫嚷。

「快步客！太棒了！你知道嗎，我一開始就猜到是你在黑船上了。但大家都嚷著『海盜』，沒人聽我說話。你是怎麼辦到的？」

亞拉岡哈哈大笑，並握住哈比人的手。「見到你真好！」他說，「但現在沒時間分享旅行故事了。」

但印拉希爾對伊歐墨說：「我們得這樣對我們的國王說話嗎？也許他在加冕時會使用別的名號！」

亞拉岡聞言後轉身說：「沒錯，因為在古代語言中我是精靈寶石伊力薩，與復興者恩文雅塔。」他從胸前舉起綠寶石，「但如果我建立家族，那快步客就會是它的名稱。在高等語言中，它聽起來不會那麼糟，我與我的繼承人都將使用泰爾康塔[4]的名號。」

說完，眾人便走進醫療院。當他們走向病患接受治療的房間時，甘道夫就說起了伊歐玟與梅里雅達克的事蹟。「我在他們身邊站了很久，」他說，「剛開始他們在夢中說了不少話，之後才陷入致命的黑暗中。我也能看到許多遙遠的事。」

亞拉岡先去找法拉米爾，再探視王女伊歐玟，最後才看梅里。當他看過病人們的臉孔和傷勢後，就嘆了口氣。「我得盡力用上所有力量與醫術。」他說，「真希望愛隆在此，因為他是我族中最年長的成員，醫術也更高強。」

發現他悲傷而疲憊的伊歐墨則說：「但你得先休息，也至少吃點東西吧？」

但亞拉岡回答：「不，為了這三人，也主要對法拉米爾而言，快沒時間了。我們需要全力以赴。」

他喚來優瑞絲並說：「醫療院中有治療用的藥草嗎？」

「有的，大人。」她回答，「但為了所有需要它們的人而言，我覺得存量不夠。但我不曉得該去哪找更多藥草，因為在這些悽慘的日子裡，一切都出了錯，到處起火，能跑腿的孩子也變少了，所有道路也無法通行。哎，已經有很多天沒人從洛薩納赫運貨到市集來了！但我們盡力使用僅有的物資，我相信大人也明白這點。」

「等我看到時，就會做出判斷。」亞拉岡說，「還有一項東西也很短缺，就是說話的時間。妳有阿夕拉斯嗎？」

「我不曉得，大人。」她回答，「至少我不認得那名稱。我會去問藥草師，他知道所有古名。」

「也有人叫它王之葉[5]。」亞拉岡說。「也許妳聽過那名稱，因為當今的鄉下人都這樣稱呼它。」

「噢，是它啊！」優瑞絲說，「哎，如果大人早說，我就能把答案告訴您了。不，我確定我們沒有。我從來沒聽說它有任何療效。當我和姐妹們在山裡碰上它時，我也會對她們說：『王之葉，』我說，『真是怪名字，我真想知道它為何叫這種名稱。如果我是國王，就會在花園中種更亮麗的植物。』不過，捏碎它的葉片後，氣味的確很甘美，不是嗎？我不確定該不該用甜美來形容它，或許舒暢更恰當吧。」

「確實舒暢。」亞拉岡說，「好了，女士，如果妳敬愛法拉米爾大人，如果王城中還

4　譯注：Telcontar，在昆雅語中的意思即為「快步客」。

5　譯注：kingsfoil，foil 字尾含有古法語中的「葉片」之意。

有葉子，就用妳嚼舌根的速度，趕緊去找王之葉來。」

「如果沒有，」甘道夫說，「我就會騎馬載優瑞絲去洛薩納赫，她得帶我到森林裡去，但不是去見她姐妹。影鬃會讓她瞧瞧什麼叫十萬火急。」

當優瑞絲離開後，亞拉岡就要其他女子把水煮熱。接著他握住法拉米爾的手，再把另一隻手擺在病人的前額上。額頭上滿布汗珠，但法拉米爾沒有移動或做出任何反應，也幾乎沒有呼吸。

「他幾乎要耗盡體力了。」亞拉岡轉身對甘道夫說，「但這並不是因為傷勢所造成的狀況。你瞧！傷口已經在癒合了。如果照你的猜測，他是遭到納茲古的某種箭矢所傷的話，他那晚就會過世。我猜，這是某種南方弓箭造成的傷口。是誰把箭頭拔出來的？有留著那支箭嗎？」

「是我拔的，」印拉希爾說，「我也為傷口止了血。但我沒有留下那支箭，因為我們還有很多事得做。我記得，那是南方人慣用的箭。但我相信它來自上空的魔影，不然就無法解釋他的高燒與症狀了；因為他的傷口不深，也不致命。你該怎麼解讀這件事呢？」

「因為疲憊，他父親情緒所造成的悲傷，還有傷勢，而最嚴重的主因則是黑暗氣息。」亞拉岡說，「他是個意志堅強的人，因為當他前往外圍城牆作戰時，就已經逼近魔影下了。即便當他努力捍衛前哨時，黑暗肯定也已緩緩襲上他心頭。如果我早點來此就好了！」

此時藥草師走了進來。「大人想要鄉里居民口中的王之葉，」他說，「也就是高等語言中的阿夕拉斯，而對懂維林諾語的人而言……」

「我知道名稱。」亞拉岡說，「我不在乎你叫它埃夕雅亞拉尼恩或王之草，只要你有這種植物就好。」

「求您饒恕，大人！」男子說，「我明白您飽讀詩書，不只是一介將領而已。但可惜了，大人，在照料傷患與病患的醫療院中，我們並沒有這種東西。我們不曉得它有任何療效，或許只能淨化髒空氣，或是驅除沉重感。當然了，除非您想起古代歌謠，我們的優瑞絲等女子們仍會無知地唱起這種歌。

當黑暗氣息吹來，
死亡黑影逐漸增長，
所有光明都散去時，
來吧，阿夕拉斯！來吧，阿夕拉斯！
瀕死者的生命，
就來自王之手！

「恐怕這只是老婦回憶中的打油詩。如果它具有意義，我也只能讓您自行判斷了。但老年人仍會把這種藥草泡進熱水中，以治療頭痛。」

「以國王之名，快去找不太懂學問、卻更有智慧的老人，問問他們家中有沒有這種藥草！」甘道夫大叫。

亞拉岡跪在法拉米爾身旁，把一隻手擺在對方的額頭上。旁觀者們覺得他正陷入苦戰。亞拉岡的臉因疲倦而變得慘白，他也不時呼喚法拉米爾的名字，但叫聲逐漸變得微弱，彷彿亞拉岡自己正逐漸離開眾人，漫步在遠方的某處幽谷中，呼喚某個迷失的對象。

最後伯吉爾跑了進來，他帶了用布包住的六塊葉片來。「這是王之草，大人。」他說，「但恐怕已經不新鮮了。這是至少兩週前摘下的葉子。我希望這還有效，大人？」望向法拉米爾時，痛哭流涕。

但亞拉岡露出微笑。「有效的。」他說，「最糟的狀況已經結束了。安心地留下吧！」他拿起兩片葉子，將它們擺在手上，並對它們吹了口氣。隨後他捏碎葉片，房內立刻瀰漫起清新氣味，彷彿空氣本身已欣喜地甦醒。他隨即把葉片拋入人們送來盛有熱水的碗中，眾人的心情便頓時開朗起來。當每個人聞到清香時，就彷彿想起轉瞬即逝的回憶，與壯麗世界某處的晴朗春陽。但亞拉岡精神抖擻地起身，當他把碗移到法拉米爾陷入睡夢中的臉龐前，眼中便流瀉笑意。

「哎呀！有誰猜得到這種事？」優瑞絲對身旁某位女子說，「這種藥草比我想得還有效。它讓我想起年輕時聞過的伊姆洛斯梅露伊[6]玫瑰，王城找不到更棒的味道了。」法拉米爾忽然動了起來，並睜開雙眼，望向對自己俯身的亞拉岡。他眼中亮起了飽含理解與敬愛的光芒。「王上，你呼喚了我。我來了。國王有何指示？」
「別在黑影中行走，醒來吧！」亞拉岡說，「你很疲倦了。休息一下，再吃點東西；等我回來時，就做好準備。」
「遵命，王上。」法拉米爾說，「當王者回歸，又有誰會慵懶度日呢？」
「暫此一別！」亞拉岡說，「我必須去見其他需要我的人。」於是他與甘道夫和印拉希爾離開病房，但貝瑞剛和他的兒子留了下來，也無法壓抑他們的喜悅。當皮聘跟上甘道夫並隨手關門時，就聽到優瑞絲的驚呼：
「國王！妳有聽到嗎？我是怎麼說的？我說了醫者之手。」醫療院中很快就流出傳言，說國王的確來到他們之中，並在戰後帶來了治療，風聲則迅速傳遍了王城。
但亞拉岡來到伊歐玟身邊，並說：「她遭受過嚴重損傷與重擊。骨折的手臂已經得到精良的醫術治療，如果她有生存意志的話，手臂遲早就會康復。受傷的持盾的手臂，但主要的傷害則來自持劍手臂。儘管那條手臂沒有骨折，但似乎毫無生機。
「唉！因為她碰上了超越她心靈與軀體的敵人。那些持械對抗這種敵人的人，必須擁有比鋼鐵更堅毅的心智，才不會遭到恐懼擊垮。由於邪惡的宿命，才使她阻擋在他面前。

——

6　譯注：Imloth Melui，在辛達林語中意指「甘美花谷」。

因為她是個秀美的女子，也是王室中最美麗的女人。但我不曉得該如何提及她。當我首度注視她，並察覺她的鬱悶時，便覺得自己彷彿看到了一朵挺直而驕傲的白花，如同百合般優美，卻不曉得自己性質剛毅，如同精靈工匠用鋼鐵打造的作品。也許是寒霜使這朵花的汁液結冰，使它變得苦澀而甘美，外形依然優美，但已身負重傷，即將落地而亡。她的病症早在今天之前就出現了，不是嗎，伊歐墨？」

「你問我這件事，讓我感到很訝異，大人。」他回答，「因為我認為你在這件事上並沒有責任。但我不曉得我妹妹伊歐玟在首度見到你之前，曾遇上任何寒霜。在蛇信掌權與國王遭到蠱惑的時期，她心裡滿懷擔憂與恐懼，也會把想法告訴我。她也在逐漸高漲的恐懼中照顧著國王。但那並沒有讓她遭遇這種結局呀！」

「我的朋友，」甘道夫說，「你有馬匹、戰功與能自由馳騁的平原。但出生在女性身體中的她，擁有至少能與你相比的靈魂與勇氣。但她注定要服侍自己敬愛如父的老人，並看著他逐漸凋零。對她而言，自己扮演的角色似乎比他倚靠的枴杖更加屈辱。

「你覺得蛇信只毒害了希優頓的雙耳嗎？『糟老頭！伊洛家族算什麼？不過像座破茅屋，土匪在臭氣沖天的屋子裡喝酒，他們的野小孩則和狗群在地上廝混。』你先前沒聽過這些話嗎？蛇信的導師薩魯曼說過這種話。但我相信蛇信曾在家中用更狡猾的方式包裝了這番話。大人，如果你妹妹對你懷抱的愛，以及肩負責任的內心，都沒有阻止她雙唇的話，你或許就會聽到她吐露這類話語。但誰知道當她在苦澀的夜裡獨自對黑暗開口時，會說出什麼？她生活中的一切似乎正在萎縮，屋舍的牆壁也緊緊包圍她，如同束縛野生動物的牢籠。」

伊歐墨陷入沉默，並注視著他妹妹，彷彿在重新審視他們過往經歷的生活。但亞拉岡說：「我也觀察到你眼中的狀況了，伊歐墨。見到如此美麗勇敢的女子表現愛情，自己卻無法以愛回報時，很少有其他苦難能帶來更深刻的痛苦與恥辱。自從我在登哈格拋下絕望的她，並前往亡者之道後，悲傷與同情便如影隨形地跟著我。在那條路上感到的恐懼，全然無法與對她的憂心比擬。但伊歐墨，我告訴你：她對你的愛，比對我更為真實。她愛你，也了解你；但在我身上，她愛的只是陰影與想像，是對榮譽、壯舉與遠離洛汗國度的期盼。

「我或許擁有能治癒她身體的能力，也能將她從死亡幽谷中喚回人間。但甦醒的她，究竟會體驗到希望、遺忘或絕望，我就不得而知了。如果是絕望，那她就會死去，除非她得到我無法帶來的其他治療方法。唉！她的壯舉已讓她躋身於知名女王之間了。」

亞拉岡俯身注視她的臉龐，那張臉確實如百合般潔白，也冷若冰霜，如岩石般肅穆。但他彎腰親吻她的額頭，並輕柔地呼喚她，說道：

「伊歐蒙德之女伊歐玟，醒醒！妳的敵人已經離世了。」

她沒有動靜，但她開始深深地呼吸，白色被單下的胸口也逐漸起伏。亞拉岡再度撕碎兩塊阿夕拉斯葉片，將它們拋進冒著蒸氣的水中。他用水擦洗她的前額，她冰冷麻木的右臂則擺在被單上。

接著，無論是亞拉岡的確擁有某種被遺忘的西陸異能，抑或是他對王女伊歐玟的話語產生效力，當藥草的甘甜味在病房內飄散時，站在周圍的人都似乎感到窗口吹來一陣清風。風中沒有氣味，而是乾淨舒爽的空氣，彷彿從未有任何生物吸過這股氣息，它則從繁星穹頂下的積雪高山吹來，或是來自受到海浪沖刷的遙遠銀岸。

「醒醒，伊歐玟，洛汗王女！」亞拉岡又說了一次，並握住她的右手，感到溫暖的生命力再度回到她手中。「醒醒！暗影已逝，黑暗也消散了！」接著他把她的手放進伊歐墨手中，隨即後退。「叫她！」他說，並沉默地離開房間。

「伊歐玟，伊歐玟！」伊歐墨熱淚盈眶地說。但她睜開眼睛說：「伊歐墨！好令人高興！人們說你被殺了。不，那只是我夢中的黑暗呢喃。我做夢多久了？」

「不久，妹妹。」伊歐墨說。「但別再想了！」

「奇怪，我感到很累。」她說。「我得休息一下。但告訴我，驃騎王怎麼了？唉！別告訴我那只是場夢，因為我知道那是事實。他如同預料中般辭世了。」

「他辭世了。」伊歐墨說，「但他要我向比她女兒更親的伊歐玟道別。他現在備受尊崇地躺在剛鐸主堡中。」

「太令人難過了。」她說，「但這也比我在這黑暗時期中的希望更美好，伊洛家族似乎原本將落到比牧羊人小屋更卑微的地位。國王的半身人隨從呢？伊歐墨，你該任命他為驃騎國的騎士，他太英勇了！」

「他躺在這座醫療院附近，我會去見他。」甘道夫說，「伊歐墨會待在這裡一陣子。但直到妳痊癒前，別提到戰爭或悲劇的事。看到妳這位英勇女子恢復健康與希望，真是令人大喜過望！」

「恢復健康嗎？」伊歐玟說，「也許吧。至少當還有戰死騎士空出來的馬鞍時，我就能上馬征戰。但恢復希望？這我就不曉得了。」

甘道夫和皮聘來到梅里的房間，並發現亞拉岡站在床邊。「可憐的梅里！」皮聘叫道，並跑到床邊，因為他覺得他朋友的氣色變得更差、也更慘白，彷彿多年來的悲愴都落在他身上。皮聘忽然感到一陣恐懼，認為梅里會死。

「別害怕。」亞拉岡說，「我及時抵達，也把他喚回來了。他現在疲憊又難過，也受到和王女伊歐玟一樣的創傷，因為他膽敢攻擊那可怕的邪靈。但我能治癒這些傷勢，畢竟他的精神強健又歡快。他不會遺忘自己的悲傷，但那也不會使他感到陰鬱，反而會教導他智慧。」

亞拉岡把手擺在梅里頭上，用手輕撫棕色鬈髮，再碰觸眼瞼，並呼喚對方的名字。當阿夕拉斯的香氣如同果園清香，與滿是蜜蜂的花園內的石楠花氣味飄過房內時，梅里便忽然醒來，並說：

「我餓了。現在幾點？」

「晚餐時間已經過了。」皮聘說，「但我想，如果人們允許的話，我應該可以幫你帶點東西來。」

「他們當然會允許。」甘道夫說，「只要米那斯提力斯有，人們就會準備好這名洛汗騎士想要的任何東西，他在此地已經威名遠播了。」

「很好！」梅里說，「那我想先吃晚餐，之後再抽菸斗。」此時他的臉蒙上陰霾。

「不，不要菸斗。我不覺得我會再抽菸了。」

「為什麼不抽？」皮聘說。

「這個嘛，」梅里緩緩回答，「他死了。我想起了一切。他說他很抱歉，永遠無法和我聊藥草知識了。那幾乎是他說的最後一件事。我永遠無法在不想到他的狀況下抽菸了，那天呀，皮聘，當他騎馬來到艾森格時，還彬彬有禮呢。」

「好好抽菸，並想起他吧！」亞拉岡說，「因為他擁有溫柔心胸，也是個守承諾的偉大國王。他也從陰影中起身，面對最後一次美麗陽光。儘管你向他效力不久，但這到你這輩子結束，都會是段令人開心且充滿榮譽感的回憶。」

梅里露出微笑。「好吧，」他說，「如果快步客會提供必要工具的話，我就會邊抽菸邊想他。我背包裡有些薩魯曼最棒的菸草，但我就不知道背包在戰鬥中發生什麼事了。」

「梅里雅達克先生，」亞拉岡說，「如果你認為，我跋涉過高山與剛鐸國境，還穿過烈火與刀劍，就為了帶菸草給弄丟行囊的粗心士兵，那你就搞錯了。如果你找不到背包，那就得去問這座醫療院的藥草師。他會告訴你，他不曉得你想要的藥草有什麼療效，但它的俗稱是西民草，貴族則叫它蓋倫納斯，還有其他更深奧語言中的名稱，之後再補充幾句他不懂的歌詞，這才會遺憾地告訴你說，醫療院中沒有這種草，再讓你好好思考語言的歷史。我現在也得這樣做。因為自從我離開登哈格後，就沒有睡過這種床，而自從黎明前的黑暗，我就沒吃東西了。」

梅里抓住並親吻他的手。「真抱歉！」他說，「趕快走吧！自從在布理那晚，我們就為你帶來麻煩。但我們的族人習慣在這種時候說些輕鬆的話，也不太會說出心底真話。我們擔心會說太多。當笑話變得不合時宜時，這就使我們說不出正確的話來。」

「我清楚得很，不然我就不會用同樣的方式回應你了。」亞拉岡說，「願夏郡永不凋零！」他親吻梅里後就走了出去，甘道夫也和他一起離開。

皮聘留了下來。「有任何像他的人嗎？」他說，「當然了，甘道夫除外。我想他們一定是親戚。親愛的傻子，你的背包就在床邊，當我見到你時，你就揹著背包。他當然早就看到了。總之，我還有點自己的菸草。來吧！這是長底葉。把菸斗裝滿，我要去找點食物。之後我們就放鬆點吧。天啊！我們圖克家和烈酒鹿家，可不能身居高位太久。」

「不行，」梅里說，「我不行。至少還不行。但皮聘，至少我們能看見偉人，並紀念他們。我想，最好先愛你適合愛的東西。你得從某個地方開始，並埋下自己的根，夏郡的土壤也很深。但世上還有更深更高的事，要不是這些事，就連一個老爹都無法打點自己的花園，無論他知不知道這些事的存在。我很高興，自己稍微了解這些事了。但我不曉得自己幹嘛這樣說話。葉子在哪？如果我的菸斗沒斷，就把它從背包拿出來。」

亞拉岡和甘道夫去見醫療院的院長，他們也向他建議，讓法拉米爾與伊歐玟待在院內，在隨後數天中繼續細心照顧他們。

「王女伊歐玟，」亞拉岡說，「很快就會想下床離開，但如果可以，就不該允許她這樣做，至少得等十天過去。」

「至於法拉米爾，」甘道夫說，「他很快就得知道他父親過世的消息。但別把迪耐瑟完整的瘋狂事蹟告訴他，直到他康復並得執行職責後再說。注意別讓當時在場的貝瑞剛和佩里安人把這些事告訴他！」

「該怎麼處置另一個由我照顧的佩里安人梅里雅達克呢？」院長說。

「他明天很可能就能稍微起床了。」亞拉岡說，「他想的話，就讓他這樣做。他可以在朋友照顧下稍微散步。」

「他們真是厲害的民族。」院長點頭說，「我想，他們的體質十分強悍。」

許多人已經聚集到醫療院門口看亞拉岡，也跟在他身後。當他終於用過餐後，人們便前來懇求他醫治因傷勢而身陷危機、或受到黑影影響的親友。亞拉岡便起身出門，他也派人叫愛隆之子們過去，三人便忙碌到深夜。王城內傳遍了風聲：「國王真的歸來了。」由於他佩戴的綠寶石，使他們稱他為精靈寶石，因此在他出生時有人預言他將得到的名號，便由他的人民們為他冠上。

當他無法繼續工作時，就披上斗篷並溜出王城，在黎明前回到他的帳篷小睡。到了早晨，多爾安羅斯描繪了天鵝般白船漂在藍色海水上的旗幟，便在白塔上飄揚。人們抬頭一看，想知道國王的到來是否只是一場夢。

第九章——

最後的爭論

早晨在大戰隔天到來，天空飄著白雲，微風也往西吹去。列葛拉斯與金力一大早就出了門，他們也要求進入王城上層，因為他們很想見梅里和皮聘。

「知道他們還活著真好。」金力說，「他們害我們費盡千辛萬苦橫跨洛汗，我可不願意白費那些努力。」

精靈與矮人一同進入米那斯提力斯，看到他們路過的人們則嘖嘖稱奇，因為列葛拉斯的臉龐俊美得超脫凡世，當他走在晨光中時，以澄澈的嗓音唱起了精靈歌謠。金力走在他身邊，一面捻著鬍鬚並盯著周圍看。

「這裡有些不錯的石造工事。」他在望向牆面時說道，「但有些部分不那麼優異，街道的設置也能加強。當亞拉岡登基時，我就會向他提供孤山石匠的服務，我們也會讓這裡成為值得驕傲的城市。」

「他們需要更多花園。」列葛拉斯說，「這些房屋死氣沉沉，也沒有多少開朗生機。如果亞拉岡登基，森林之民就會就會為他帶來婉轉歌唱的飛鳥，與不會死去的樹木。」

最後他們碰上了印拉希爾親王，列葛拉斯望向他並深深鞠躬，因為他發現對方的確是體內流著精靈之血的人。「你好，主上！」他說，「在寧蘿黛爾的人民離開羅瑞安森林後，已經過了許多年，但我看得出並非所有人都從安羅斯港口渡海西行。」

「我故鄉的歷史確實這麼說。」親王說，「但當地已經很久沒有人見過美麗種族了。居然能在悲傷戰亂之間看到其中一員，也讓我感到驚奇。你們想找什麼？」

「我是與米斯蘭迪爾從伊姆拉翠出發的九名同伴之一，」列葛拉斯說，「我和這位矮人朋友與亞拉岡大人一同前來。但我們現在想見我們的朋友梅里雅達克和皮瑞格林，聽說他們正受到你們的看管。」

「你們會在醫療院中找到他們，讓我帶你們去。」印拉希爾說。

「派人帶我們去就夠了，大人。」列葛拉斯說，「因為亞拉岡有口信要給你。此時他不願再度進入王城。但將領們得立刻開會，他也請求你和洛汗的伊歐墨能盡快去他的帳篷。米斯蘭迪爾已經在那了。」

「我們會過去的。」印拉希爾說。他們彬彬有禮地道別。

「那位貴族氣宇不凡，也是位勇將。」列葛拉斯說，「如果剛鐸在凋零時代中還有這種人物，那它的全盛期必然光榮無比。」

「首批建築中的良好石造工藝肯定也比較老舊。」金力說，「人類展開的事物總是如此：在春天遭逢冰霜，夏天則有疾病肆虐，最後也無法發揮完整潛力。」

「但他們總會留下後代。」列葛拉斯說，「子孫們潛藏在塵土中，並在出乎意料的時刻與地點再度崛起。人類的事蹟將超越我們，金力。」

「但我猜，最後這不過只是臆測而已。」矮人說。

「精靈也不曉得答案。」列葛拉斯說。

說完，親王的僕人就過來帶他們前往醫療院。他們則在那裡的花園找到他們的朋友，並愉快地重逢。眾人散步聊天了一陣，在王城微風徐徐的城池高處，享受著片刻寧靜，並在陽光中休息。當梅里感到疲憊時，他們便走到城牆上坐下，身後則是醫療院的草皮。他們面前南方的安都因河在太陽下閃閃發光，它緩緩流出列葛拉斯的視野之外，流入萊班寧和南伊西立安的廣闊平原和綠色薄霧中。

列葛拉斯陷入沉默，其他人聊著天，他則望向太陽彼端，此時他看到白色海鳥在大河上拍打翅膀。

「看呀！」他喊道，「是海鷗！牠們飛到內陸深處了。對我而言，牠們不僅神奇，也讓我的內心感到不安。在我們來到佩拉吉爾前，我一生從未見過牠們，而當我們前往船艦上的大戰時，我就聽到牠們從空中傳來的鳴叫。我隨即止步，遺忘了中土世界的戰火，因為牠們的叫聲讓我想起了大海。大海！唉！我還沒有看過它。但在我族全員心底深處，都保有對海洋的渴望，攪動這種想法十分危險。唉！就是因為海鷗。我在山毛櫸或榆樹下將再也無法感到平靜。」

「別這樣說！」金力說，「中土世界還有無數事物可看，也還有重要工作。如果所有美麗種族都前往灰港岸，被迫留在這裡的人就得面對更黯淡的世界了。」

「黯淡又無趣！」梅里說，「你千萬別去灰港岸，列葛拉斯。總會有大大小小的人，甚至還會有幾個和金力一樣睿智的矮人會需要你。至少，我希望是這樣。但我不知怎地覺得，這場戰爭中最糟的狀況還沒發生。我真希望一切已經徹底結束了！」

「別這麼陰沉！」皮聘叫道，「太陽還很明亮，我們也至少能相處一兩天。我想聽你們所有人的故事。來吧，金力！你和列葛拉斯今天早上已經提過你們和快步客的奇異旅程好幾次了。但你還沒告訴我任何關於那趟路的事。」

「太陽也許在此耀眼。」金力說，「但我不願回想起某些關於那條路的黑暗回憶。如果我早知道有什麼東西在前方等待，無論是為了哪種友誼，我都不願踏上亡者之道。」

「亡者之道？」皮聘說，「我聽過亞拉岡提起那條路，也想知道他的意思。你不願意告訴我們多一點消息嗎？」

「不大願意。」金力說，「因為我在那條路上蒙羞。葛羅音之子金力，曾一度認為自己比人類更強悍，在地底也比任何精靈更勇敢。但我在兩邊都失敗了，也僅靠亞拉岡的意志，才讓我繼續走在那條路上。」

「以及對他的敬愛。」列葛拉斯說，「所有認識他的人，都以自己的方式敬愛他，就連那位冷若冰霜的洛希人女子也是。梅里，在你抵達前的清晨，我們離開登哈格，而恐懼攫住了眾人，因此除了現在負傷躺在底下醫療院中的王女伊歐玟外，沒人願意目送我們離開。那場離別令人哀傷，見證一切的我也感到難過。」

「唉！我只想到自己。」金力說，「不！我不會談那場旅程。」

他安靜下來，但皮聘與梅里對新知十分好奇，列葛拉斯最後說道：「為了滿足你們，就讓我來告訴你們吧。我並不感到害怕，也不畏懼人類的鬼影，對我而言，它們無力又脆弱。」

他迅速講述起山脈下的鬧鬼道路，以及在伊瑞赫的陰森集結，和從當地到安都因河上的佩拉吉爾展開的長征，路途總共有九十三里格。「我們從黑石開始走了四天四夜，接近第五天時才走完。」他說，「在魔多的黑暗中，我的希望反而逐漸高漲。因為在那股陰霾中，幽影大軍似乎變得更加強大，看起來也更駭人。我看到有些鬼魂騎著馬匹，有些則徒步前進，但所有幽魂都以同樣的高速行動。它們默不作聲，但眼中發出一股光芒。它們在拉密頓的高地上追過了我們的馬匹，並掠過我們周圍，如果亞拉岡沒有喝止它們，它們可能就會遠離我們了。

「他一聲令下，就使它們撤退。『就連人類的鬼影都遵從他的意志。』我心想。『它們遲早會執行他的命令！』

「我們在陽光下前進，而當黎明不再的那天到來，我們依然繼續行進，並渡過基瑞爾河和凜洛河[1]。第三天，我們來到吉爾萊恩河[2]河口上游的林赫[3]。拉密頓的居民在此地渡

---

1. 譯注：Ringló，由辛達林語中的 ring（冷冽）和 ló（沼地）字根組成。
2. 譯注：Gilrain，由辛達林語中的 gil（火花）和 RAN（流浪）字根組成。
3. 譯注：Linhir，在辛達林語中意指「美麗溪流」。

口對抗來自順流而上的昂巴和哈拉德邪惡軍團。但當我們抵達時，守軍與敵軍雙方都停止作戰並逃之夭夭，喊著亡靈之王來襲了。只有拉密頓之主安格柏[4]敢面對我們，亞拉岡則要他集結民眾，等灰影大軍[5]經過後，如果他們敢的話，就隨後跟上。

「『伊西鐸的繼承人在佩拉吉爾會需要你們。』他說。

「於是我們渡過吉爾萊恩河，但亞拉岡很快就挺直身子說：『看呀！米那斯提力斯已經遭到攻擊了。恐怕在我們抵達當地前，可能就會淪陷。』於是我們在夜晚結束前再度上馬，全力策馬跨越萊班寧平原。」

列葛拉斯停下並嘆氣，他把目光轉向南方，並輕聲唱道：

銀色溪水從凱洛斯河流向伊魯依河，
在萊班寧綠原上流淌！
當地綠草如茵，海風徐徐，
白色百合隨風搖曳，
馬洛斯花[6]與埃弗林花[7]的金色花冠，
在萊班寧的綠原，
隨著海風飄盪！

「我族的歌謠中形容那帶平原綠草如茵，但此時天色黯淡，我們面前的灰色荒原則處在黑暗中。眾人跨越寬闊的土地，不經意地踏過花草，追了敵軍一天又一夜，直到我們終於抵達大河邊的目的地。

「此時我心想，我們已逼近了大海。黑暗中的水域十分寬廣，無數海鳥也在岸邊鳴叫。唉，那海鷗的尖鳴！夫人不是告訴過我，要我小心牠們嗎？現在我已忘不了牠們。」

「我則完全沒理會海鷗。」金力說，「因為我們終於急切地抵達戰場了。昂巴的主力艦隊停泊在佩拉吉爾，其中有五十艘巨艦與無數小船。我們追趕的許多敵人心懷畏懼地抵達了前方的港口，有些船隻已經離港，企圖逃往大河下游，或是抵達遠方沿岸，許多較小的船隻也起了火。但被逼到河邊的哈拉德人轉過身來，在絕望中變得凶猛無比。當他們望向我們時，便大笑出聲，因為他們仍有壯盛軍容。

「但亞拉岡停下腳步，高聲喊道：『來吧！我以黑石之名呼喚你們！』待在後方的幽影大軍終於如灰潮般湧了上來，掃過面前的一切。我聽到微弱的叫聲，以及模糊的號角聲，

---

4 譯注：Angbor，在辛達林語中意指「鐵拳」。

5 譯注：Grey Host，指幽影大軍。

6 譯注：mallos，在辛達林語中意指「金花」。

7 譯注：alfirin，辛貝敏奈的辛達林語名稱。

還有無數遙遠的說話聲——聽起來像是許久以前的黑暗年代中世人已遺忘的戰爭傳來的回音。它們抽出蒼白的刀劍，但我不曉得那些刀刃是否還能傷人，因為亡者不需要恐懼以外的武器。沒人能抵擋它們。

「它們湧上每艘靠近的船隻，再跨越水面，進入下錨的船上；所有水手都嚇得肝膽俱裂，並立刻跳下船，只剩下被鍊在槳上的奴隸無法脫身。我們魯莽地殺向奔逃的敵軍，直到我們抵達岸邊。亞拉岡往每艘留下來的船上各派了一名杜納丹人過去，他們則安撫了仍待在船上的俘虜，並要對方放下恐懼，也讓對方重獲自由。

「在那黑暗的一天結束前，已經沒有任何敵人留下來對抗我們了。所有人都已淹死，或逃向南方，希望能步行回到自己的故鄉。令我感到又驚又喜的是，魔多的計畫居然會遭到這種帶來恐懼與黑暗的死靈所阻撓。它的武器反撲了自己！」

「的確很不尋常。」列葛拉斯說，「當時我望向亞拉岡，並想到如果他占有魔戒，肯定會成為意志力強大而駭人的王者。魔多對他的畏懼可不是空穴來風。但索倫無法理解他的高貴性格。難道他不是露西安的子孫嗎？就算經過亙古歲月，她的血脈也永不斷絕。」

「矮人無法看出那種未來。」金力說，「但亞拉岡那天的確氣宇非凡。天啊！他掌握了整批黑色艦隊，並收下了最大型的船艦，再隨即登船。他要手下吹響從敵人手中奪來的喇叭，幽影大軍便撤回岸上。它們沉默地站立，除了眼中倒映出的燃燒船隻火光外，很難看見它們的身影。亞拉岡大聲地對亡者們喊道：

「『聽好伊西鐸繼承人所說的話！你們已經履行了諾言。回去，別再打擾山谷了！離開並安息吧！』

「亡靈之王此時站到大軍前，折斷了自己的長矛，並將之拋下。他隨即深深鞠躬，並轉身離開。整批灰影大軍迅速撤退，如同突然遭到強風吹散的霧氣般消失。我覺得自己彷彿從夢中醒了過來。

「當晚我們趁其他人仍在忙碌時休息。有許多戰俘得到解放，有很多重獲自由的奴隸先前曾是遭到敵軍俘虜的剛鐸人民。外頭很快就來了很多來自萊班寧和伊瑟的人，拉密頓的安格柏則帶來了他能找到的所有騎士。既然對亡者的恐懼已經消失，他們便前來協助我們，並親眼見證伊西鐸的繼承人，因為那名號的傳言已如同星火般傳遍了黑暗。

「那差不多就是我們故事的結尾。眾人在那天傍晚與夜裡打造了許多船隻，艦隊也在早上離開。那似乎已經是很久以前的事了，但其實只發生在昨天日出前的清晨而已，也是我們離開登哈格的第六天。但亞拉岡依然擔心時間太短了。

「『從佩拉吉爾到哈隆德碼頭有四十二里格的距離。』他說，『但我們得在明天抵達哈隆德，不然就會一敗塗地。』

「船槳現在由自由人民操縱，他們也堅定地努力划船。但我們仍緩緩航向大河上游，因為我們正逆流而上，儘管南方的水流並不快，但我們沒有風的輔助。儘管我們在港口獲勝，但要不是列葛拉斯忽然大笑，我的心可能就會變得十分沉重。

「『揚起鬍鬚吧，都靈之子！』他說，『俗話說：困境生希望。』但他不願明說自己在遠方看到了什麼希望。當夜色到來時，黑暗就隨之變深，我們的內心也急切無比，因為我們在北方的雲層下看見一道紅光，亞拉岡則說：『米納斯提力斯起火了。』

「但到了午夜，我們便得到了新希望。擅長航海的伊瑟人民望向南方，並提到海邊吹來了新的微風。在日出前，船上的桅杆便張起了風帆，我們的速度也開始加快，直到黎明使船首的水沫變白。於是，情況如你們所知，在日出後第三個小時，我們乘著微風與明亮的太陽抵達，並在戰場上張開了大旗。無論之後會發生什麼事，那天都是個偉大的時刻。」

「無論之後有什麼狀況，都不會減低壯舉的價值。」列葛拉斯說，「就算剛鐸日後無人將這事蹟編成歌謠，也無損於橫跨亡者之道這件壯舉。」

「這是可能會發生的結局。」金力說，「因為亞拉岡與甘道夫的表情非常嚴肅。我很好奇他們在底下的帳篷裡討論什麼。像梅里一樣，對我而言，我希望隨著我們的勝利，戰爭已經結束了。但無論還得做什麼，為了孤山人民的榮譽，我都希望參與其中。」

「我也代表了巨森[8]的人民，」列葛拉斯說，「也為了對白樹之王的敬愛。」眾同伴隨後陷入沉默，但過了一陣子後，坐在高處的他們便開始沉思，將領們則持續爭論。

當印拉希爾親王離開列葛拉斯與金力後，他便立刻派人去找伊歐墨。兩人一同走下王城，來到亞拉岡設在平原上的帳篷，地點離希優頓王辭世的位置不遠。他們在此與甘道夫、亞拉岡和愛隆之子們討論。

「諸位大人，」甘道夫說，「請聽剛鐸宰相死前所說的話：『或許能在戰場上得到僅僅一天的勝利，但你無法擊敗那股已然崛起的力量。』我並不是要你們和他一樣陷入絕望，而是希望你們好好思考這番話中的真相。

「遠望晶石不會撒謊，就連巴拉多之王都無法讓它們這麼做。他或許能憑自己的意志，決定該讓較為弱小的意志看到哪些，或讓對方誤會眼中景象的意義。無論如何，當迪耐瑟看到魔多為了對付他而集結的大軍，以及即將聚集的更多兵力時，他確實看見了真相。

「我們的軍力幾乎不足以擊退第一波攻勢。下一波的規模將會更浩大。和迪耐瑟所想的一樣，這場戰爭最終並沒有希望。無論你們留在此處面對一波又一波的攻城戰，或在大河對岸遭到擊敗，都無法透過武力取勝。你們只有一項不祥的選擇，謹慎心態則會讓你們強化旗下的要塞，並在那等待敵軍來襲。藉此，你們在淪陷前還能苟延殘喘一小段時間。」

「那你要我們撤退到米那斯提力斯，或是多爾安羅斯或登哈格，像是面臨漲潮卻在蓋沙堡的孩子們嗎？」印拉希爾說。

「那稱不上新的提議。」甘道夫說，「在迪耐瑟的統治下，你們不是已經做過這種事了嗎？不！我認為這是謹慎之舉。我不建議你們謹慎行事。我說我們無法透過武力取勝。我仍然希望能取勝，但不是透過武力。這一切計畫的中心就是力量之戒，它是巴拉多的基礎，也是索倫的希望。

8 譯注：Great Wood，幽暗密林的原名為巨綠森。

「就我們與索倫的困境而言，諸位大人，你們都已曉得這東西的事了。如果他重拾魔戒，你們的戰功便將付之一炬，他也將迅速取得徹底勝利，沒人能預測他的統治將在何時結束。如果它遭到摧毀，他就會徹底潰敗，沒人能預測他何時將再度崛起。他將失去從誕生時就擁有的天生力量，而透過那股力量所製作或展開的一切，都將土崩瓦解，他也將永遠蒙受傷害，並化為虛無飄渺的惡靈，在陰影中不斷啃噬自我，卻無法再度得到肉身。世上的一大邪魔將從此消失。

「未來或許還會出現其他邪惡勢力，因為索倫僅僅是個僕人或使者。但我們的責任不是掌控世界的所有潮流，而是挽救我們身處的時代，除去我們已知世界中的邪惡，讓未來的人民能生活在乾淨的世界上。我們不該宰制他們將經歷的波濤。

「索倫明白這一切，也清楚有人尋獲了他失去的珍寶；但他還不曉得它在哪，至少我們希望如此。因此現在他滿心疑惑。如果我們找到了這東西，那我們之中就有能夠使用它的人。他也明白這點。亞拉岡，你已經用歐散克石現身在他面前了，我猜得沒錯吧？」

「在我離開號角堡前，就那麼做了。」亞拉岡說，「當時我想時間已到，晶石也是為了這點而來到我手上。魔戒持有者當時從勞洛斯瀑布往東走了十天，而我想，得引索倫之眼離開他的國度。自從他回到邪黑塔後，就太少受到挑戰了。不過，如果我預測到他有多快會回以攻勢，或許我就不敢現身了。我幾乎沒時間趕來幫助你們。」

「但怎麼會這樣？」伊歐墨說，「你說，如果他擁有魔戒，一切就徒勞無功。如果我們有魔戒的話，他為何不覺得攻擊我們將功虧一簣？」

「他還不確定，」甘道夫說，「他培植自身勢力的方式，並不是像我們一樣，只是等待敵人準備完成。我們也無法在一天內就學會駕馭它的全力。一次只能有一個主人使用它，無法讓多人共享。他會注意敵人起內鬨的時機，等我們之中的強大成員之一成為魔戒之主，並擊垮其他人。等到那時候，只要他的速度夠快，魔戒就可能會幫助他。

「他正在觀察。他見到也聽到許多風聲。他的納茲古仍在附近。它們在日出前飛越這座平原，不過沒有多少疲勞和熟睡的人們察覺到它們。他研究著各種跡象——奪走他寶物的古劍再度受到重鑄；命運之風輔助我們；首波攻勢也遭逢意料之外的挫敗；加上他的強大將領已遭到殺害。

「當我們在此討論時，他的疑心便逐漸增強。他的邪眼正專注地望向我們，幾乎無視於其他事物。所以我們得維持這種狀況。這就是我們的希望。因此，以下就是我的諫言：我們沒有魔戒。無論是出自智慧或愚昧，在它摧毀我們前，我們已將它送去摧毀了。沒有它，我們就不能靠武力擊敗他的勢力。但我們得不計一切代價，讓他的邪眼遠離他真正的危機。我們無法靠武力取勝，但我們能靠武力，讓魔戒持有者得到唯一的機會，儘管它脆弱無比。

「既然亞拉岡已經出手，我們就得繼續行動。我們必須逼索倫進行最後一擊。我們必須喚出他的最後軍力，讓他淨空自己的領土。我們必須立刻出外迎戰他。儘管他的魔掌將擄獲我們，我們依然得成為誘餌。抱持著希望與貪婪的他，會咬下這分誘餌，因為他會認為，自己在這種輕率行為中察覺到新的魔戒之王心中的驕傲。他會說：『好！他太快嶄露頭角，也太快出手了。讓他過來吧，我會把他困在無法脫身的陷阱中。我會在那殲滅他，而他在傲慢中奪走的東西，將永遠回到我手上。』

「我們必須明目張膽地勇敢踏入陷阱，但對自己無法保持太多希望。諸位大人，我們可能將在遠離生人國度的地方，在惡戰中徹底失去性命。因此就算巴拉多遭到推翻，我們也不會活著看到新時代。但我認為，這是我們的責任。寧可這麼做，也不要坐以待斃——如果我們待在這裡，那就是必然的結局；我們如此死去時將會知道，未來不會出現任何新時代了。」

眾人沉默了片刻。最後亞拉岡開了口，「既然我已經出手，就會繼續行動。我們已經來到緊要關頭，希望與絕望也只有一線之隔。動搖便會帶來失敗。我們別拒絕甘道夫的諫言，他長年來為對抗索倫所付出的努力，終於迎來了最終考驗。如果沒有他，一切早已徹底潰敗。不過，我還沒有資格對任何人下令。讓其他人自由選擇吧。」

伊洛赫說：「我們為此從北方前來，也為我們的父親愛隆從北方帶來同樣的提議。我們不會掉頭。」

「至於我，」伊歐墨說，「我不了解這些艱深的事，但我也不必懂。我清楚吾友亞拉岡拯救了我與我的人民，因此當他呼喚時，我就會幫助他，知道這點就夠了。我加入。」

「而至於我，」印拉希爾說，「無論他承不承認，我都將亞拉岡大人視為王上。他的願望對我而言就是指令。我也加入。但我目前暫代剛鐸宰相的職務，也得先考量國內人民。對某些事而言，還是得抱持謹慎態度。因為我們得為所有好壞的可能性做足準備。也許我們會獲勝，如果這點有希望，就必須保護剛鐸。我不願在凱旋歸來時，卻看到王城變為廢墟，國境遭到敵人擄掠。洛希人也告訴我們，我國北方還有批軍隊尚未遭到摧毀。」

「說得沒錯。」甘道夫說，「我不建議你們拋下無人防守的王城。我們派往東方的軍力不需要大到能重擊魔多，規模只要大到能發出挑戰就行。軍隊也得盡快行動。因此我得問各位將領：在最短兩天內，我們能召集多少兵力出發？他們也得是清楚自身危機，也自願前去的勇士。」

「所有人都很疲憊，輕重傷者也為數眾多。」伊歐墨說，「我們也損失了大量馬匹，這令人難以承受。如果我們得盡快動身，我可能僅能派出兩千人，也得留下兩千人防衛王城。」

「我們不止得考量在這座平原上作戰的人。」亞拉岡說，「既然海岸上已經沒有敵人，新的軍力便正從南方領地趕來。兩天前，我派四千人從佩拉吉爾走洛薩納赫過來，無懼的安格柏正率領著他們。如果我們過兩天出發，在我們離開前，他們就會逼近此地了。而且，我已命令許多人拿任何可用的船隻順著大河前來上游。乘著這股風，他們便會迅速抵達，也的確有許多船隻抵達哈隆德了。我認為，我們能帶七千名騎兵與步兵出發，卻還讓王城得到比攻擊開始前更多的守軍。」

「大門已毀，」印拉希爾說，「現在該去哪找人重建大門？」

「伊瑞柏的丹恩王國擁有這種技術。」亞拉岡說，「如果我們沒有斷送希望，之後我就會派葛羅音之子金力請來孤山的工匠。但人們比大門更有用，如果人們遺棄大門，那就沒有任何門口能阻擋魔王了。」

將領們的爭論就此結束：從那天算起，他們得在兩天後的早晨盡量帶著七千人出發。由於他們即將前往邪惡國度，因此這批軍力中的大多人得是步兵。亞拉岡必須從他在南方找來的人中招募兩千人；印拉希爾得找來三千五百人；伊歐墨會帶上五百名沒有馬匹、但能作戰的洛希人，他自己會率領五百名精銳騎士。還得找來另外五百名騎兵；愛隆之子們、杜納丹人和多爾安羅斯武士也將加入其中，總共有六千名步兵和一千名騎兵。但在洛希人仍有馬匹、也能作戰的主力中，艾夫赫姆得帶三千人去西道阻擋安諾瑞恩的敵軍。探子們立刻快馬加鞭地去北方收集消息，也向東前往奧斯吉力亞斯和通往米那斯魔窟的路。

當他們估算所有兵力，並考量自己的旅程和該走的路線後，印拉希爾便忽然大笑出聲。

「想當然，」他喊道，「這是剛鐸史上最偉大的長征。我們得率領七千名騎兵攻擊黑境的高山與堅不可摧的大門，人數卻僅僅等於全盛期的大軍先鋒部隊！就像個拿著綠柳弓弦威脅裝甲武士的孩子！米斯蘭迪爾，假若黑暗魔君如你所說的知道這一切，與其感到畏懼，他不會反而露出微笑，用小指把我們當成想叮他的蒼蠅般捏死嗎？」

「不，他會想困住蒼蠅，再拔掉毒針。」甘道夫說，「我們之中也有些人能與上千名裝甲武士匹敵。不，他笑不出來。」

「我們也不該笑。」亞拉岡說，「如果這是玩笑，就艱澀得太不有趣了。不，這是重大危機中的最後一步棋，也會為雙方的棋局畫下休止符。」他抽出安督瑞爾，讓它在陽光下閃閃發亮。「直到最後戰役結束前，你都不該再度入鞘。」

第十章——黑門開啟

兩天後，西方大軍在帕蘭諾平原上集結。歐克獸人和東方人部隊已經撤離安諾瑞恩，但在遭到洛希人擊敗後，他們便做鳥獸散，不多做抵抗便逃向凱爾安卓斯。摧毀了那項威脅，新兵力也從南方抵達後，王城就得到了足夠的守軍。偵查兵報告說，道路以東到殞落王者十字路口都沒有敵人。一切都已準備好面對最後決戰了。

列葛拉斯和金力將再度和亞拉岡與甘道夫同行，亞拉岡與甘道夫則和杜納丹人與愛隆之子們待在前鋒。但讓梅里羞愧的是，他無法和他們一起去。

「你不適合這趟旅程。」亞拉岡說，「但別感到羞愧。就算你在這場戰爭中沒有新的表現，也已經得到莫大榮譽了。皮瑞格林將代表夏郡人前去，別不讓他面對危機，儘管命運讓他目前表現得很好，他也還比不上你的功績。但老實說，現在所有人都面臨了同樣的危機。我們或許會在魔多大門前面臨可怕結局，假若我們確實失敗，那無論黑潮在此地或他處碰上你，你也將碰上最後一戰。再會了！」

於是梅里沮喪地望著大軍離開。心情同樣低落的伯吉爾和他待在一起，因為他父親得率領一支王城部隊前去。直到貝瑞剛的案件得到判決前，他無法再度加入衛隊。身為剛鐸士兵的皮聘也待在那支部隊中。梅里能在不遠處看到他，嬌小但挺直的身影走在米那斯提力斯的高大人民之間。

最後喇叭響起，軍隊也開始移動。一兵一卒、一隊接著一隊，眾人轉身往東動身。在他們消失在視野中，走向前往主道的大道許久後，梅里依然站在原地。早晨的太陽在長矛與頭盔上的最後一絲閃光已經消失，他仍心情沉重地低頭待在原處，感到孤單而孑然一身。他在乎的所有人都已踏入籠罩遙遠東方天空的陰霾，他心中也不抱持多少能與他們重逢的希望。

絕望心情似乎喚起了他手臂上的痛楚，他也感到虛弱而老朽，陽光則顯得薄弱。伯吉爾的碰觸讓他回過神來。

「來吧，佩里安人先生！」男孩說，「我看得出你還很痛苦。我扶你回去找醫生吧。但別擔心！他們會回來的。米那斯提力斯的人民永遠不會失敗。現在他們還有了精靈寶石大人，以及護衛隊的貝瑞剛。」

軍隊在早晨前來到奧斯吉力亞斯。所有能調度到當地的工人與工匠都忙碌不已。有些人正在加強敵軍製造的渡船與浮橋，對方在撤退時摧毀了一部分船隻。有些人在收集物資與戰利品，大河對面東岸的其他人則正忙著搭建防禦工事。

前鋒部隊穿過舊剛鐸的廢墟，再度過寬闊的大河，再走上剛鐸全盛期時所建、從雄偉的日之塔[1]通向高大的月之塔的漫長直路，後者則成為了邪惡谷地中的米那斯魔窟。他們在奧斯吉力亞斯外五哩的位置止步，結束了第一天的行程。

但騎士們繼續前進，在傍晚前抵達了十字路口和龐大樹圈，周遭一片死寂。他們沒發現任何敵人的跡象，也沒聽到叫聲或呼喚聲，路上的岩石與樹林間也沒有飛出箭矢，但當他們前進時，周圍虎視眈眈的感覺便逐漸增強。樹木與石塊、青草與葉片似乎都在豎耳傾聽。黑暗已經消散，西方遠處的夕陽已落入安都因河谷，而藍天中的群山白峰則泛起紅色光澤；但黑影與陰霾仍舊籠罩伊費爾杜亞斯。

亞拉岡在樹圈中的四條道路旁都安排了吹號手，他們則吹起響亮的尖鳴，而傳令官們大喊：「剛鐸諸侯已經歸來，並收回屬於他們的土地。」他們將石像頂端由歐克獸人擺上的醜惡頭部推了下去，石塊碎得四分五裂；老國王的首級則再度回到原位，頭上還頂著白色與金色的花朵。人們費勁地清洗並刮去歐克獸人在石像上留下的汙穢痕跡。

此時在眾人的爭論中，有些人認為該先攻擊米那斯魔窟，如果他們能夠奪下該城，就

1 譯注：Tower of the Sun，指米那斯提力斯。

該將它徹底摧毀。「也許，」印拉希爾說，「從那裡通往上方隘口的道路，或許會是比北方大門更容易進攻黑暗魔君的途徑。」

但甘道夫極度反對這點，一來是因為潛伏在山谷中的邪惡力量，那會使活人的心智化為瘋狂與恐懼，二來是由於法拉米爾先前帶來的消息。如果魔戒持有者走上那條路，那他們就不該將魔多邪眼引到該處。所以當大軍隔天走上來時，他們便在十字路口設下重兵進行防禦，以免魔多派出軍力跨越魔窟隘口，或從南方召來更多兵馬。他們大多挑選了熟知伊西立安地形的弓箭手，這批部隊會躲在道路交會處的森林與山坡上。但甘道夫與亞拉岡策馬和先鋒部隊前往魔窟谷的入口，觀察那座邪惡城市。

它漆黑而毫無生機，因為住在當地的歐克獸人與魔多妖物都已戰死，納茲古也不在此處。但山谷的氛圍充滿了恐懼與敵意。眾人隨即破壞了邪惡的橋梁，並在令人生厭的平原上升起赤紅烈焰，並就此離開。

隔天，在他們離開米那斯提力斯的第三天後，大軍便開始順著道路往北行進。從十字路口走向魔拉儂有數百哩的距離，也沒人曉得一路上會發生什麼事。他們毫不掩飾但小心翼翼地前進，道路前方還有騎馬的偵查兵，兩側則有其餘步兵，特別是在東側。因為此處有漆黑的樹叢，還有崎嶇的峽谷與峭壁，伊費爾杜亞斯的險峻長坡在後頭逐漸攀升。天氣似乎相當晴朗，風向也穩穩地往西吹，但飄浮在黯影山脈上空的陰霾與霧氣依然紋風不動；山區後頭有時還會升起濃煙，在高空中的強風中飄盪。

甘道夫經常下令人們吹響喇叭，傳令官們也會喊道：「剛鐸諸侯駕到！離開此處，並歸還國土！」但印拉希爾說：「別說『剛鐸諸侯』。說『伊力薩王』。即便他還沒登基，那也是事實，如果傳令官使用那名號，就會讓魔王產生更多疑慮。」此後傳令官便一天三次宣告伊力薩王的到來。但沒人呼應挑戰。

不過，當他們看似在平靜中前進時，軍隊中從將領到步兵的心情都非常沉重，而隨著眾人一步步往北方前進，內心的不祥預感也逐步增長。在他們離開十字路口的第二天結尾時，他們才碰上第一波攻勢。有批歐克獸人和東方人企圖突襲他們的前鋒部隊，而此處就是法拉米爾阻擋哈拉德人的地點，道路也穿過了向外突出的東方丘陵區。但西方將領們早已得到偵查兵的警告，馬伯龍率領了這些來自伊西立安的精銳士兵；伏兵反而遭到圍攻。因為騎士們往西邊繞了遠路，從敵軍側面與後方進行夾擊，並摧毀了對方，或將敵軍向東趕入丘陵區。

但勝利並沒有使將領們感到寬心。「這只是個假象，」亞拉岡說，「我想此舉的主要目的，是誤導我們對魔王弱點的猜測，而不是極力打擊我們。」而從那天傍晚開始，納茲古就前來觀察大軍的一舉一動。它們依然飛在高空中，只有列葛拉斯能看到它們，但人們感覺得到它們的存在，因為黑影變得深沉，陽光也稍微減弱。儘管戒靈沒有向敵軍俯衝，也保持沉默，沒有發出任何叫聲，但眾人仍無法甩掉它們帶來的恐懼。

時間逐漸過去，絕望的旅程也繼續下去。在離開十字路口的第四天，從米納斯提力斯出發後的第六天，他們終於抵達了生靈世界的盡頭，開始邁向基力斯哥葛隘口大門前的荒原。他們看得見往北方和西方的艾明穆伊延伸而去的沼澤與沙漠。這些地帶十分荒涼，眾人也感受到莫大恐懼，使得軍隊中有些成員喪失了勇氣，他們也無法繼續往北方行走或騎馬了。

亞拉岡看著他們，眼中沒有怒氣，反而流露出憐憫。這些人是來自洛汗的年輕人，他們的故鄉是遙遠的西佛德，其中也有洛薩納赫的農民。對他們而言，從小魔多就是個不祥名號，也毫無真實感，只是不存在於他們單純生活中的傳說。現在他們如同惡夢成真的人般行走，也不懂這場戰爭的意義，或命運為何讓他們遭遇這種下場。

「離開吧！」亞拉岡說，「但保有你們的尊嚴，也別逃跑！你們也能嘗試另一項任務，不需感到羞愧。往西南方走，直到你們抵達凱爾安卓斯，如果那裡和我想的一樣仍然受到敵人掌控，就盡可能奪回那座島；好好守住它，讓它成為剛鐸和洛汗最後的防線！」

有些人因他的憐憫而擊潰了自身的恐懼，並繼續前進；其他人則產生了新希望，因為得知自己能應付的英勇任務，並就此離開。由於許多人已經留在十字路口，因此當西方將領終於抵達黑門挑戰魔多的勢力時，兵力已不到六千人了。

＊　＊　＊

他們緩緩前進，隨時認為會有人呼應自己的挑戰，眾人也聚集起來，因為從軍團主體派出偵查兵或小型部隊，只不過是浪費人力。從魔窟谷離開第五天入夜時，他們便紮了最後一次營，並用能找到的枯木與石楠花在周圍生火。他們清醒地度過了夜晚，也察覺到有許多身形隱密的東西在周圍徘徊遊走，還聽見狼嚎聲。風已停了下來，空氣似乎靜止不動。他們看不太到多少景象，儘管萬里無雲，盈月也已經出現了四天，大地正冒出濃煙，讓魔多迷霧遮蔽了白色彎月。

氣溫逐漸變冷。當早晨到來時，就再度吹起了風，而現在的風則自北方吹來，很快就化為冰冷刺骨的微風。在夜晚出沒的東西都已消失，大地看似空無一物。在北方骯髒的地洞中，出現了礦渣堆、碎岩與燒焦的土壤，這是魔多的爪牙留下的廢料。但基力斯哥葛的雄偉壁壘在南方更近的位置隆起，黑門則位在壁壘中央，兩座高聳漆黑的牙之塔矗立在兩旁。在最後一趟路程中，將領們在古道向東轉前離開道路，避開了潛伏在丘陵間的危機，因此他們從西北方逼近魔拉儂，如同先前的佛羅多。

黑門冷峻拱門下的兩座大型鐵製門板緊閉著。城垛上空無一人。周圍寂靜但瀰漫著緊張氛圍。眾人終於碰上了愚行的結局，淒涼的大軍站在清晨灰濛濛的陽光下，即便他們帶來強而有力的攻城器具，魔王也僅有能守住大門與城牆的兵力，他們仍無法抱持希望攻擊這些高塔與城牆。但眾人清楚，魔拉儂周圍的山丘與岩石之間躲滿了敵人，遠方漆黑隘口中的洞穴與隧道也滿是邪物。當他們站立於此，發現所有的納茲古聚集起來，如同禿鷹般在牙之塔上方盤旋，眾人明白對方在監視他們。但魔王依然按兵不動。

他們別無選擇，只能扮演好自己的角色。因此亞拉岡盡力部署了軍力，他們站在兩座滿是焦石和土壤的巨丘上，這是歐克獸人多年來堆起的造物。他們面前有座以腐泥和臭池組成的龐大沼澤，如同護城河般擋在魔多前。當一切佈局完成後，將領們便策馬前往黑門，還有大批騎兵護衛、大旗、傳令官與吹號手隨行。甘道夫擔任先鋒，加上亞拉岡與愛隆之子們，還有洛汗的伊歐墨，以及印拉希爾；列葛拉斯、金力和皮瑞格林也受命前去，讓魔多的所有敵人都擁有見證者。

他們來到魔拉儂旁，展開旗幟並吹響喇叭。傳令官們站了出來，往魔多城垛高喊。

「出來！」他們大喊，「黑境之王立刻現身！他將接受正義的制裁。他向剛鐸掀起不義戰爭，還強取剛鐸國土。剛鐸之王要求他彌補自己的過錯，並永遠離開。出來！」

周圍一片死寂，城牆與大門也沒有傳出任何回應。但索倫早已安排周全，也打算在痛下殺手前，先殘忍地玩弄這些鼠輩。於是，當將領們準備掉頭時，死寂便戛然而止。山中傳來如雷作響的漫長鼓聲，接著則響起使岩石顫動、耳膜刺痛的尖銳號角聲。黑門的大門隨即鏘的一聲打開，其中走出了來自邪黑塔的使節團。

隊伍前方有個高大邪惡的身影，對方騎在一匹黑馬上，但難以分辨那是否為馬。牠龐大而醜陋，臉孔如同駭人的面具，比起頭顱，看起來更像是骷髏，眼窩與鼻孔中都燃燒著火焰。騎士身穿一襲黑袍，頭頂戴著黑色高盔；但這並非戒靈，而是活人。他是巴拉多塔的上尉，也沒有任何故事記載他的名諱，因為他早已忘卻了自己的名字，他開口說道：「我是索倫之口。」但據說他是個叛徒，原本來自名為黑努曼諾爾人的民族。在索倫掌權的年代，他們在中土世界建立居所，並敬拜索倫，因為他們仰慕邪惡的知識。當邪黑塔再度崛起，他就加入其麾下，也由於他的狡猾，使他更討魔王的歡心。他習得了強大的妖術，也深知索倫的心思，他也比任何歐克獸人更殘酷。

他騎馬走了出來，身後只有一小批身著黑衣的士兵，還帶了一面黑色旗幟，上頭有紅色的邪眼徽記。他停在離西方將領幾步之遙的位置，上下打量他們，並哈哈大笑。

「這批烏合之眾中有人有權和我交涉嗎？」他問，「或聰明到聽得懂我說的話嗎？絕對不是你！」他嘲諷道，一面輕蔑地轉向亞拉岡。「只靠片精靈玻璃，或是這種暴民，是當不了國王的。嘿，跟山賊比起來沒什麼兩樣！」

亞拉岡一語不發，僅僅注視著對方的眼睛，並在一瞬間以目光與彼此抗衡；但儘管亞拉岡沒有移動或向武器伸手，對方卻畏縮後退，彷彿遭到武力威脅。「我是傳令官與大使，不該遭受攻擊！」他叫嚷道。

「有這種法律的地方，」甘道夫說，「大使就該客氣點。但沒人威脅你。直到你的任務結束前，都不需要害怕我們。但除非你的主人產生新的智慧，不然包括你在內的所有僕人都身陷危機。」

「哎呀！」使者說，「那閣下就是發言人囉，老灰鬍？我們不是經常聽說過你的事嗎？閣下總是東奔西跑，躲在安全的距離外設想詭計。但這次閣下把鼻子探得太遠了，甘道夫先生。你可以瞧瞧，在索倫大君腳下編織愚蠢羅網的人，會碰上什麼下場。我受命帶東西給閣下看——這是為閣下所特別準備的東西，就看閣下敢不敢來。」他向其中一名護衛示意，對方則帶著用黑布包裹的物體走向前。

使者解開包裹，而使在場將領震驚而絕望的是，他先拿起山姆佩戴的短劍，再拿出裝有精靈別針的灰色斗篷，最後則是佛羅多的祕銀鎖子甲，外頭還包著他破爛的衣物。眾人彷彿眼前一黑，在那沉默的一瞬間，世界彷彿停滯不動，但他們的內心已死，最後一絲希望也隨之破滅。站在印拉希爾親王身後的皮聘衝向前，口中發出悲傷的慘叫。

「安靜！」甘道夫嚴厲地說，一面把他推回去。但使者大笑出聲。

「你還帶了另一隻小鬼來！」他叫道，「我實在猜不到你覺得他們能派上什麼用場，但把他們當間諜送進魔多，比你慣用的蠢招術還糟。不過，我很感謝他，因為這傢伙顯然見過這些東西，你也不可能否認了。」

「我不想否認。」甘道夫說，「沒錯，我認識他們與他們的所有歷史，而儘管你口出穢言，邪淫的索倫之口，你也不懂他們的來歷。但你為何帶來這些東西？」

「矮人甲冑、精靈斗篷、墮落西方的刀劍和骯髒鼠輩居住的夏郡——不，別嚇到！我們早就知道它的事了——這些全是陰謀的證據。好了，也許攜帶這些東西的對象，是你們不願失去的人，也可能有別種狀況：或許是你們的至親？假若如此，就趕緊用你們殘存的一丁點智慧思考。索倫不喜歡間諜，他的命運也取決於你們的選擇。」

沒人回答他，但他看到眾人蒼白的臉色與眼中的恐懼，便再度大笑，認為他的計畫進行得很順利。「很好，很好！」他說，「我看得出他對你們的重要性。還是說，你們不希望他的使命失敗？確實失敗了。他也將緩緩承受多年的凌虐，我們在巨塔中有伎倆能好好對付他，他也永遠不會獲釋，除非他變得面目全非，這時他才會回到你們身邊，你們就能見證自己造成的後果。這點勢在必行，除非你們接受吾王的條件。」

「講出條件。」甘道夫語氣穩定地說，但附近的人看得出他臉上的痛苦神情，他顯得像個佝僂老者，正面對著最終潰敗。他們毫不質疑他會接受條件。

「條件如下，」使者說，並在掃視他們時露出微笑。「剛鐸的烏合之眾和受騙的盟友必須立刻撤回安都因河對岸，也得先立誓，永不公開或祕密攻擊索倫大君。安都因河以東的地區將永遠專屬索倫。安都因河以西，遠至迷霧山脈和洛汗隘口的地區，都將成為魔多的從屬地，當地人民不得攜械，但能自由管理自己的事務。但他們得協助重建自己胡亂摧毀的艾森格，該地也將屬於索倫，他的大將會駐守在那——不是薩魯曼，而是更值得信賴的對象。」

他們望向使者的雙眼，並看出了他的心思。他將成為那名大將，並掌控整個西方，他會是統治他們的暴君，眾人則是他的奴隸。

但甘道夫說：「為了一名僕人而開出這麼多條件，未免太過分了：你的主人居然想換取得打上許多硬仗，才能取得的領土？還是剛鐸的戰場摧毀了他作戰的希望，因此他只好討價還價？如果我們確實重視這名囚犯，我們怎能確定背叛大師索倫會信守承諾？這名囚犯在哪？把他帶來交給我們，我們或許就會考量這些條件。」

如同與致命敵人鬥劍的甘道夫，專注地注視對方，而在那瞬間，使者似乎不知所措，但他迅速笑出聲來。

「別傲慢地對索倫之口耍嘴皮子！」他叫道，「你想要證據！索倫什麼都不會給。如果你想懇求他大發慈悲，就得先照他的要求做。這些就是他的條件。不接受就別談了！」

「我們只接受這些！」甘道夫忽然說道。他拋開自己的斗篷，一道白光便如同利劍般灑向暗處。邪惡的使者在他高舉的手前畏縮，甘道夫則過去奪走了那些東西：鎖子甲、斗篷與短劍。「我們收下這些東西，以紀念我們的朋友。」他喊道，「但至於你的條件，我們完全拒絕。給我滾，因為你的使命已經結束，死期也不遠了。我們來這裡，並不是為了和不可信賴的惡徒索倫交涉，更別提跟他的奴隸談了。滾！」

魔多的使者再也笑不出來。他的臉因驚懼與怒氣而扭曲，如同某隻野獸企圖撲向獵物，卻遭到棍子毆打口鼻。他怒火中燒，嘴巴也流出唾沫，喉中擠出不成言語的憤怒呼嚕聲。但他望向將領們凶狠的臉龐與充滿殺意的眼睛，恐懼便蓋過了他的怒氣。他高聲一叫，並轉身躍上坐騎，和隨扈瘋狂地衝回基力斯哥葛。但當他們逃竄時，他的士兵們便吹起號角，發動安排已久的信號，在他們抵達大門前，索倫就展開了他的陷阱。

鼓聲隆隆響起，火焰也隨之躍出。黑門的龐大門板往外敞開。門口湧出了一批大軍，如同閘門打開時灌入的洪水。

將領們再度上馬並騎了回去，魔多大軍則發出嘲諷的叫喊。塵埃飄入空中，附近走出了一批東方人軍隊，他們躲藏在遠方另一座高塔伊瑞德里蘇依的陰影中。魔拉儂兩側的山丘上湧出無可計數的歐克獸人。西方大軍遭到圍堵，而他們駐守的灰丘周圍很快就擠滿敵人，遠遠超出他們上百倍的兵力將他們包圍在敵軍大海中。索倫以鋼顎咬住了誘餌。

亞拉岡沒有多少時間布陣。他和甘道夫站在其中一座丘陵上，描繪白樹與七星的美麗大旗在上頭絕望地飄揚。另一座丘陵上則矗立著洛汗與多爾安羅斯的白馬與銀天鵝旗幟。每座丘陵周圍都擺出了面對外圍的長矛與利劍。但朝向魔多第一波攻勢的前方，左翼有愛隆之子們和杜納丹人，右翼則有印拉希爾親王與多爾安羅斯魁梧俊美的武士，以及衛戍之塔中挑選出的精銳。

冷風蕭瑟，號角高響，飛箭也呼嘯作響；但魔多的烏煙瘴氣已遮蔽了升向南方的太陽，它在充滿威脅感的迷霧中微微發亮，透出陰鬱的暗紅色光芒，彷彿象徵長日將盡，或是光明世界的末日。納茲古從集結的黑暗中飛出，用冰冷的叫聲喊出帶來死亡的話語。一切希望已成泡影。

當皮聘聽見甘道夫拒絕對方條件，任憑邪黑塔凌虐佛羅多時，他便驚恐地低下頭。但他已控制住自己，站在貝瑞剛身邊，和印拉希爾的手下待在剛鐸軍團前鋒。他寧可快速死去，離開痛苦的生命，因為一切都已破滅。

「我真希望梅里在這裡。」他聽到自己這麼說，而當他眼看敵軍來襲時，腦筋便竄過千頭萬緒。「哎呀，哎呀，我終於比較了解可憐的迪耐瑟了。梅里和我或許能一同死去，既然我們都得死，何不一起死呢？這個嘛，既然他不在這裡，我就希望他能遇上更輕鬆的結局。但現在我得盡力而為了。」

他抽出劍，並望向刀刃，和上頭交錯的紅金花紋。努曼諾爾優美的文字如同火焰般在刀鋒上閃爍。「這把劍就是為此刻而做。」他心想，「如果我能用它砍死那個邪惡的使者，那我就幾乎能和梅里平起平坐了。好吧，在一切結束前，我會用它砍倒一些禽獸。我真希望能再看到涼爽的陽光和綠草！」

當他思忖時，第一波攻勢就撞上他們。因丘陵前的沼澤而止步的歐克獸人，開始往守軍射箭。但一大批從哥葛洛斯冒出的丘陵食人妖從牠們後頭大步走來，如同野獸般吼叫。牠們比人類更為高大壯碩，或許只穿著緊身鱗甲，抑或那就是牠們醜陋的外皮。牠們佩戴了大型黑色圓盾，粗糙的手中也握著沉重的巨錘。牠們魯莽地躍進水池，並涉水渡沼，一面高聲大吼。食人妖如同風暴般襲上剛鐸陣線，毆打著人們的軍盔與頭部、手臂和盾牌，如同捶打熱鐵的鐵匠。皮聘身旁的貝瑞剛被打倒在地，而擊倒他的巨大食人妖頭目則向他彎腰，並伸出利爪；這些魔物會把扔到地上的獵物喉嚨給咬斷。

皮聘立刻往上一刺，西陸利刃便刺穿硬皮，深深插進食人妖的內臟，黑血頓時噴湧而出。牠往前倒下，如同落石般猛烈撞下，壓住身下的所有人。皮聘感到一陣漆黑與惡臭，和沉重的痛楚，意識也逐漸墮入黑暗。

「結局和我猜的一樣。」他在意識消散前心想。在他失去意識前，他在內心笑了一下，因終於擺脫所有疑慮與恐懼，而幾乎感到開心。當他逐漸變得迷茫時，就聽到了說話聲，那些聲音似乎用某種受人遺忘的語言在上空呼喊：

「巨鷹來了！巨鷹來了！」

在那一瞬間，皮聘的意識停滯下來。「比爾博！」他想道，「不對！那是他很早、很早以前的故事。這是我的故事，現在也要結束了。再見！」他的意識隨即消散，雙眼也什麼都看不見了。

第六卷

第一章——

基力斯昂戈之塔

山姆痛苦地從地上起身。有一瞬間，他不曉得自己在哪，接著所有痛苦與絕望都回到了他心中。他處在歐克獸人要塞下層門口外的深邃黑暗中。它的銅製大門緊閉如初。當他撞上門板時，肯定昏了過去，他不曉得自己在那躺了多久。那時他氣急敗壞，內心焦慮而憤怒；現在則發冷地全身打顫。他悄悄爬到門邊，把耳朵貼到門板上。

他能聽到裡頭遠方傳來微弱的歐克獸人叫囂聲，但牠們很快就停止喊叫，或遠離他的聽力範圍，一切再度陷入寂靜。他的腦袋感到疼痛，眼睛也在黑暗中看到鬼影般的光點，但他奮力穩住自己，並費勁地思考。他顯然無法透過那道大門進入歐克獸人要塞。他或許得等上很多天，這道門才會打開，而他也無暇守候了——時間極度寶貴。他再也不對自己的責任抱持疑慮，他必須救出主人，或在過程中送命。

「我比較可能丟掉小命，那簡單多了。」他陰沉地對自己說，並將刺針收入劍鞘，再轉身離開銅門。他在黑暗中沿著隧道緩緩摸索，也不敢使用精靈星光。而當他前進時，試圖拼湊起自從佛羅多和他離開十字路口後的事件。他想知道現在的時間。他猜，可能即將展開新的一天了吧，但他也算不出天數。他待在黑暗之地，世界上的日子似乎早已受到遺忘，所有踏進此地的人也已消失在記憶中。

「我想知道大家會不會想到我們。」他說，「他們又遭遇了什麼事呢？」他向眼前的天際微微揮手，但因為回到了屍羅的隧道，他正朝向南方，而非西方。在外頭的西方世界，已經快要逼近夏郡曆法中的三月十四日中午了；此時亞拉岡正率領黑色艦隊從佩拉吉爾出發，梅里則與洛希人沿著石車谷前進，米那斯提力斯則燃起大火，皮聘也正目睹迪耐瑟眼中逐漸高漲的瘋狂。但在一切憂慮與恐懼中，他們的朋友們卻經常想到佛羅多與山姆。沒有人遺忘他們。但他們遠在天邊，思念也無法幫助哈姆法斯特之子山姆懷斯，他徹徹底底地孤身一人。

＊＊＊

最後他回到了歐克獸人通道的石門，仍然無法找到擋住門口的門鎖或門閂，於是他像之前一樣爬了過去，並輕輕落到地上。接著他小心翼翼地前往屍羅隧道的出口，巨網的殘餘絲線仍在冷空氣中飄盪、搖曳。在經歷身後可憎的黑暗後，山姆覺得空氣似乎十分冷冽，但吸入後他便感到精神為之一振。他小心地爬了出去。

周圍籠罩著不祥的寂靜。朦朧的天光看似黯淡的白日盡頭暮色。從魔多升起並往西飄去的龐大蒸氣，低空掠過頭頂，浩瀚的雲霧下方已再度亮起了暗紅色的光澤。

山姆抬頭望向歐克獸人塔，狹窄的窗口則忽然亮起如小紅眼的光芒。他想知道那是不是某種信號。在怒氣與焦慮下，他曾暫時忘卻對歐克獸人的恐懼，此刻這種感覺已再度復甦。在他看來，自己只有一條路線可走——他得嘗試前往駭人高塔的主要入口，但他的雙膝虛弱無力，也察覺到自己正在發抖。他把目光從面前的高塔和裂口上的尖角移開，強迫不情願的雙腳遵從自己，並豎耳傾聽周遭，再緩緩窺探道路旁岩石間的濃密黑影，並往回走去，經過佛羅多倒下的位置——屍羅的臭味依然瀰漫在該處。接著他往上坡走，直到再度站在自己戴上魔戒、目睹夏格拉部隊經過的裂隙。

他在此止步並坐下，當下無法繼續前進。他覺得，如果跨越隘口頂端，並往魔多之境確切踏出一步，就無法逆轉了，他將永遠無法回去。在不清楚目標的狀況下，他抽出魔戒並再次戴上它。他立即感受到它的沉重負擔，也再度察覺魔多之眼的惡意，但那股意念已變得更為強大緊湊。它正四處搜索，試圖看穿自己為了防禦而製造的黑影，而當它陷入不安與狐疑時，那股黑影反而阻礙了它。

如同先前的狀況，山姆發現他的聽力變得更加敏銳，但眼中的世界萬物卻變得朦朧、模糊。通道的崎嶇岩壁顯得蒼白，彷彿他透過霧氣看到一切，但他能聽到悲慘的屍羅在一段距離外發出的氣泡聲，也聽見刺耳又清晰的叫喊聲與金屬撞擊聲，彷彿來自附近。他猛地站起身，把自己靠在道路旁的岩壁上。他很慶幸有魔戒，因為又出現一批行進中的歐克獸人了。剛開始，他是這樣想的。但他忽然明白情況並非如此，是他的聽力騙過了自己，歐克獸人的叫聲來自塔上，塔頂的尖角當前正坐落於他的頭頂，位在裂口左側。

山姆發起抖來，並嘗試強迫自己移動。顯然發生了某種不祥事件。也許儘管上級發布了命令，歐克獸人的殘忍天性仍舊宰制了牠們，使牠們凌虐起佛羅多，甚至是野蠻地將他劈成碎片。他仔細傾聽，當他這麼做時，心中便燃起一絲希望。狀況明確無比：塔中正在發生打鬥，歐克獸人肯定起了內鬨，夏格拉和哥巴葛也打起來了。儘管他的臆測只帶來一丁點希望，也足以使他振作精神了。可能還有機會。他對佛羅多的愛蓋過了其他思緒，忘卻了身邊危機的他，大聲喊道：「我來了，佛羅多先生！」

他往前衝向上坡通道，並跨過它。道路隨即左轉，並陡峭地往下伸。山姆踏進了魔多。

可能是由於打從心底產生某種危險預感，他脫下魔戒，但他以為只是因為自己想看得清楚點。「最好瞄一眼最糟的情況。」他咕噥道，「在霧氣中打轉一點幫助也沒有！」

他眼前的土地荒蕪而淒涼。伊費爾杜亞斯山脊在他雙腳前方形成巨崖，筆直地往下探入深谷，再次於遠方攀起形成另一座較矮的山稜。形如尖牙的銳利岩壁在崎嶇的邊緣突起，黑色的輪廓在山後的紅光中十分顯眼——那是陰森的魔蓋[1]，是這片土地的內側山脈屏障。

1 譯注：Morgai，在辛達林語中意指「黑屏障」。

幾乎在它遠方的一直線外，散布著微小火光的寬闊黑湖般平原彼端，有股耀眼的火光。該處升起了直達天際的濃煙，底下則透著朦朧紅光，頂端與籠罩整座邪惡之地的翻騰天頂合而為一。

山姆正注視著烈火之山歐洛都因。遍布塵埃的火山錐底下遠處的核心會變得滾燙，並隨著呼嚕巨響從山壁上的裂隙噴出熔岩流。有些岩漿會順著龐大渠道流向巴拉多；有些則蜿蜒流入崎嶇平原，直到岩漿冷卻下來，化為飽受摧殘的大地吐出的龍形紋路。山姆在這艱苦的一刻看到了末日火山，它的光芒遭到伊費爾杜亞斯的高峰阻擋，使得從西方取道而上的人無法看到火光，此刻紅光照拂在險峻岩壁上，彷彿沾染了鮮血。

山姆驚愕地站在那駭人的光芒下，往左望，完整的基力斯昂戈之塔就在眼前——先前從另一側看到的尖角，只是它頂端的塔樓。它面東的雄偉三層建築矗立在下方山壁上，背對後方的巨崖，稜角分明的高塔從崖壁上突出，隨著高度節節縮減量體，做工精巧的險峻塔壁面朝東北與東南。離山姆此刻位置兩百呎下的最低樓層周圍，有座環繞狹窄庭院的城牆。它靠近東南側的大門向寬敞的道路敞開，外層矮牆建在懸崖邊緣上，直到矮牆轉向南方，蜿蜒地深入黑暗之中，連結到來自魔窟隘口的道路。這條路隨即穿過魔蓋間的鋸齒狀裂口，進入哥葛洛斯平原，再伸向巴拉多。山姆身處的狹窄上層道路順著階梯與陡峭臺階，迅速向下匯入靠近塔門邊高牆下的主要幹道。

當他盯著這光景時，山姆便忽然吃驚地明白，這座要塞不是為了防止敵人進入魔多所建，而是為了將他們關在裡頭。它的確是剛鐸多年前的建物之一，是伊西立安防線的東方前哨，建造於最後同盟之後，當時西陸人類企圖監視索倫的邪惡地盤，因為他手下的邪惡生物仍舊棲息於此。但如同兩座牙之塔納霍斯特[2]和卡霍斯特[3]，此處的警備同樣懈怠下來，叛徒則將這座塔交給戒靈之王，使它多年來都深陷邪物的掌控。自從返回魔多後，索倫便覺得高塔十分有用，因為他的僕人稀少，但握有眾多因恐懼而臣服的奴隸，而這座高塔昔日的主要目的就是防止逃離魔多。但假若有敵人輕率地企圖由此祕密潛入魔多，那它也能提供不眠的防禦，對付任何躲過魔窟與屍羅防線的人。

山姆發現，要爬下那些滿是孔洞的塔壁，再穿過虎視眈眈的大門絕非易事。就算他辦到了，也無法踏上遠方有重兵駐守的道路。就連紅光無法觸及的深邃黑影，都無法幫他阻擋能在黑暗中視物的歐克獸人太久。儘管那條路似乎毫無希望，他的任務現在已變得更加困難，他不只得成功避開大門，還得獨自進入其中。

他的思緒轉移到魔戒上，但無法因此安心，只帶來了恐懼與危險。當他一看到在遠方熊熊燃燒的末日火山，就察覺到身上的重擔起了變化。當它靠近在古代鑄造自己的龐大熔

2　譯注：Narchost，在辛達林語中意指「狠咬堡」。

3　譯注：Carchost，在辛達林語中意指「尖牙堡」。

爐時，魔戒的力量就大幅增長，很快就變得更加剽悍，除非擁有超群的意志力，否則無法馴服它。當山姆站在那時，即便他沒有戴上魔戒，只是將它掛在脖子上的鏈子，他卻感到自己的身形變大，彷彿被龐大而扭曲的黑影所包覆，形成陰森的龐然威脅停駐在魔多群山上。他感覺從現在起，自己只有兩個選擇：捨棄魔戒，但這會使他受盡折磨；或是占有魔戒，並挑戰遠方暗影谷地中端坐黑暗要塞的勢力。魔戒正在誘惑他，啃噬著他的意志與理性。他心中升起了狂放的幻想，看到了勇者山姆懷斯，本紀元的英雄，手拿火焰劍，踏過漆黑的大地，大軍也聽他號令殺向巴拉多。接著所有雲層往後翻騰，白日也閃爍光芒，而在他一令之下，哥葛洛斯谷地便成為繁花盛開、樹木結實纍纍的花園。他只需要戴上魔戒，將它占為己有，這一切就會成真。

在那試煉時刻中，正是他對主人的愛幫助他穩住心頭，但在內心深處，自己的哈比人思維依然沒有遭到打壓。他打從心裡明白，即便這種幻覺不僅僅是會背叛他的招數，自己也沒有能承受這種負擔的能耐。他這名自由園丁只需要一小座花園，而不是整個國家。他想使用自己的雙手工作，而不是指揮其他人動手。

「總之，這些想法都只是花招。」他對自己說，「在我反應過來前，他就會逮到我了；在魔多戴上魔戒，他很快就會發現了。唉！簡直如履薄冰。當隱形正好派上用場時，我就不能使用魔戒了！如果我能走得更遠，每一步的負擔愈來愈沉重。該怎麼辦呢？」

他並沒有陷入疑惑。他清楚自己得走到大門，不能再拖了。他聳聳肩，彷彿要甩去陰霾和幻想，並開始往下坡走。每邁出一步，他彷彿都逐漸萎縮。他還沒走遠，就再度縮回渺小又害怕的哈比人。他穿過高塔底下的牆壁，就連他沒有魔戒協助的雙耳，都能聽到叫囂與打鬥聲，似乎從外牆後方的庭院傳來。

當山姆在路上走到一半時，有兩個歐克獸人從漆黑的門口跑到紅光下。牠們沒有轉向他，往主要幹道奔去，但當牠們奔跑時卻絆倒在地，一動也不動地躺著。山姆沒有看到箭矢，但他猜是待在城牆上或躲在大門陰影中的敵人射死了歐克獸人。他繼續前進，緊貼著左側牆壁。他抬頭一看，就發現不可能爬上岩牆。石造結構往上升了三十呎，上頭沒有裂隙或突起，懸垂的結構如同顛倒的階梯。大門是唯一的通路。

他繼續悄悄前進，邊走邊想有多少歐克獸人與夏格拉同住在塔中，哥巴葛手下又有多少人？如果牠們在爭論，原因又是什麼？夏格拉的部隊約有四十人，哥巴葛的手下則有兩倍多，但夏格拉的巡邏兵自然只是部分的駐軍。幾乎可以確定的是，牠們正為了佛羅多與戰利品爭吵。山姆止步片刻，因為他突然想通，彷彿親眼見到了實況。祕銀鎖子甲！當然了，佛羅多穿著它，牠們也會想找到它。根據山姆從哥巴葛口中聽到的話，對方很想要那套鎖子甲。但邪黑塔的命令當下是佛羅多唯一的保護，如果那些命令遭到忽視，佛羅多就可能隨時送命。

「來吧，你這可悲的懶惰蟲！」山姆對自己喊道，「趁現在！」他抽出刺針，並衝向敞開的大門。但正當他準備通過雄偉拱門時，感受到一陣衝擊：彷彿他撞上了某種類似屍羅吐出的隱形巨網。他看不到任何障礙物，但有某種比他的意志更堅韌的東西擋住了去路。

他四處觀望，隨即在大門的陰影中看到了兩座監視者。

它們像是端坐在王位上的巨型雕像。每座雕像都有三個連結起來的身體，三顆頭顱分別朝向外側、內部與門口。頭顱上有禿鷹般的臉孔，利爪般的雙手則擺在龐大的膝蓋上。它們似乎是用巨岩雕刻而成，儘管無法動彈，但具有感知能力——有某種保持戒備的邪靈棲息在它們體內。它們能辨識敵人。無論是有形或無形之物，都無法悄悄通過，它們會阻止他進入或脫逃。

山姆鼓起勇氣再度往前衝，但又猛地停下腳步，彷彿胸口和頭部挨了一拳。接著，由於他無計可施，便大膽地順著內心忽然浮現的念頭，緩緩抽出再高舉格拉翠兒的星瓶。它的白光迅速亮起，漆黑拱門下的陰影也隨之消散。怪物般的監視者冰冷、靜止地坐在原處，醜惡型態盡顯眼前。在那一刻，山姆在它們的黑石眼珠中瞥見了一抹邪光，其中蘊含的惡意使他嚇得退縮。但他漸漸感到對方的意志崩潰瓦解，化為畏懼。

他衝過它們身旁，但當他奔跑過去，並將星瓶塞回胸前時，猛然察覺對方再度提升了警戒，如同後方砸下了一根鋼條。雕像邪惡的頭顱發出了高亢淒厲的叫聲，在他面前的高聳牆壁間不斷迴盪。在上頭遠方，響起了如同回應訊號般的刺耳鐘聲。

「糟了！」山姆說，「我按了門鈴！好吧，不管是誰都來吧！」他叫道，「告訴夏格拉隊長說，偉大的精靈戰士來了，還帶了他的精靈劍！」

周圍沒有回應。山姆向前走去，刺針在他手中閃動藍光。庭院陷入深影中，但他看得出路上橫屍遍野。有兩個歐克獸人弓箭手倒在他腳邊，背上插著刀子。遠方還有更多形體，有些獨自倒下，彷彿遭到砍倒或射殺。其他人倆倆倒下，也仍緊抓彼此，在刺殺、勒脖和啃咬的歷程中死去。石頭上沾滿了黑血。

山姆注意到兩種制服，一種標有紅眼徽記；另一種則有遭到駭人的死神臉龐破壞的明月。但他沒有停下來仔細觀察。庭院對面的塔底大門半開，門中透出紅光，有個歐克獸人大塊頭死在門檻上。山姆衝過那具屍體跑進門內，接著他不知所措地往裡頭窺探。

回音繚繞的寬闊通道從門口通往山壁。牆壁支架上的火把照亮室內，但遙遠的盡頭則消失在黑暗中。他能在這一側附近看到其他門口與開口，但除了倒在地上的兩三具屍體外，裡頭空無一人。從隊長們的對話中，山姆得知無論死活，都最可能會在頂端高處的房間內找到佛羅多。但他或許得找一整天，才能找到通路。

「我猜，是靠近後頭的位置吧。」山姆咕噥道，「整座塔似乎往後爬升。總之，我最好跟著這些火光。」

他走下通道，速度緩慢、舉步維艱。恐懼再度攫住了他。周遭沒有別的聲音，唯獨他的腳步聲，腳步聲彷彿放大成回音，如同巨掌拍打岩石的聲響。屍體，空蕩，在火把的光線下彷彿滴著血的溼冷黑牆，他害怕潛伏在門口或黑影中的敵人會突然殺死自己。他的腦海中不斷徘徊著大門虎視眈眈的惡意。這一切遠超過他所能承受的程度了。他寧可打上一架——一次當然別太多敵人，也不想面對這種恐怖的不確定感。他強迫自己想到佛羅多，對方可能在這個駭人場所痛苦地遭到綑綁，或已經死去。他繼續前進。

他走到火光遠處，幾乎抵達通道盡頭的拱門，而如同他所猜測，這就是下層出口的內側，此時上頭傳來一陣可怖的尖叫。他暫時不動，接著聽到腳步聲跑來，有人正十萬火急地從頭頂的樓梯上衝下來。

他的意志力變得薄弱緩慢，來不及阻止自己的手。他的手拉住鏈子，並握緊魔戒。但山姆沒有戴上它，因為當他在胸口前緊抓戒指時，就有個歐克獸人踉蹌地跑下來。牠從右邊的漆黑開口跳出，並直接衝向他。當牠離山姆不到六步之遙時，抬頭看見了他，山姆能聽見牠急促的氣息，也看到牠充血雙眼中的眼神。牠嚇得停下腳步。牠看到的，並非試圖握緊佩劍的驚懼小哈比人；牠看到了魁梧沉默的身影，灰影包覆著對方，這身影背後則有光芒搖曳。它一手握劍，劍刃的光輝使牠感到刺痛，另一手則緊握在胸前，但其中卻隱藏了某種無以名狀的強大威脅。

歐克獸人蹲低片刻，接著害怕地哀鳴一聲，轉身沿原路奔逃。當敵人出乎意料地夾著尾巴拔腿就跑，山姆感到前所未有地興奮。他大叫一聲，追了上去。

「沒錯！精靈戰士來了！」他叫道，「我來了。最好帶我上去，不然我就剝了你的皮！」

但歐克獸人待在自己的老巢，身手矯健又吃飽喝足。山姆是外來者，飢腸轆轆又疲倦。階梯高聳陡峭而迂迴，山姆開始喘起氣來。歐克獸人逃出視野外，現在也只能微弱地聽到牠向上攀爬時發出的腳步聲。牠時時發出叫喊聲，回音則在牆壁之間迴盪。但一切聲響都緩緩止息。

山姆奮力跋涉。他覺得自己踏在正確的道路上，精神也振奮不少。他拋開魔戒並繫緊腰帶。「好啊，好啊！」他說，「如果牠們都這麼討厭我和我的刺針，情況就可能比我想像得更好。總之，夏格拉、哥巴葛和其他傢伙好像已經幫我解決麻煩了。除了那個嚇破膽的小鼠輩外，我敢說這裡已經沒有活人了！」

此時他突然停下腳步，彷彿頭部撞上了石牆。他剛那番話的意義狠狠擊中他的心。沒有活人了！是誰發出那股嚇人的尖叫？「佛羅多，佛羅多！主人！」他邊啜泣邊喊道，「如果牠們殺了你，那我該怎麼辦？好吧，我還是來了，我得到最頂樓去看看狀況。」

他一步步向上爬。除了偶爾出現在轉角的火炬外，塔中一片漆黑，而有些開口則通往塔中的更高層。山姆嘗試計算臺階，但過了兩百階後，他就算錯了。他正安靜地移動，因為他覺得自己能聽見上頭某處傳來交談聲，倖存的鼠輩似乎不止一隻。

當他覺得自己再也喘不過氣，也無法再迫使膝蓋彎曲時，階梯就立刻來到盡頭。他一動也不動地站著。說話聲現在響亮又靠近。山姆往四周窺探，他已經爬到塔樓最高的第三樓層的平坦屋頂了——空間開闊，直徑約有二十碼，外頭建有矮牆。階梯上是屋頂中央的小型圓頂房間，低矮的大門朝東西向開口。山姆往東能看到底下廣闊而黯淡的魔多平原，以及在遠方燃燒的高山。它的深谷中湧現新的動靜，岩漿流則燃起熊熊火光，就連在數哩外，赤紅的火光都照亮了塔頂。矗立在這座高庭後方的雄偉塔樓基座擋住了面向西方的視野，它的尖角則比周圍山丘的頂峰更高。光芒在細縫般的窗口中閃爍。它的大門離山姆不到十碼，門口敞開但十分陰暗，談話聲從裡頭的陰影傳出。

剛開始山姆沒有仔細聽，他往東側大門踏了一步並四處打量。他隨即發現上頭的戰況最為激烈。整座廣場塞滿了死掉的歐克獸人，或是牠們七零八落的頭顱和斷肢。周圍瀰漫著死亡惡臭。一股嘶吼聲害他嚇得躲回藏身處，隨後又響起了撞擊聲與叫喊。有個歐克獸人憤怒地高聲叫嚷，他則立刻認出了那股刺耳粗魯又冰冷的嗓音——說話的是高塔將領夏格拉。

「你說你不再去嗎？去你的，史納加，你這癟三！如果你覺得我傷重到可以無視我，就大錯特錯了。過來，我要把你的眼睛擠出來，就像我剛對拉德巴格所做的一樣。等到有新兵來，我就會對付你，我會把你送去給屍羅。」

「他們才不會來，除非你死了。」史納加乖戾地說，「我曾告訴過你兩次，哥巴葛的走狗先抵達大門，我們的人則完全沒逃出去。拉格杜夫和馬茲蓋許衝出門外，但有人射中牠們。我從窗戶看到了，我告訴你。牠們是最後一批人。」

「那你就得走。我必須留在這裡。但我受傷了。那該死的叛徒哥巴葛最好滾進黑坑[4]去！」夏格拉發出一長串咒罵，「我給了牠更好的東西，但那個人渣用刀刺我，之後我掐死了牠。你得上路，不然我就吃了你。一定得送消息去路格柏茲，不然我倆就準備去黑坑了。你躲在這裡也逃不掉的。」

「我才不要再下樓，」史納加吼道，「無論你是不是隊長都一樣。不！別碰你的刀子，不然我就會往你肚子射箭。等到上面聽說這裡的事，你就別想當隊長了。我為高塔對抗過那些骯髒的魔窟鼠輩，但你們兩個厲害的隊長捅出了大簍子，為了戰利品搶成一團。」

「你說夠了。」夏格拉嘶吼道，「我有命在身。是哥巴葛先開始的，他想偷那件漂亮的鎖子甲。」

「哼，你可真高尚呀，老跟他唱反調。他的腦袋比你清楚多了。他跟你說過不只一次，最危險的間諜還在外頭，你也不聽勸告。我告訴你，哥巴葛說對了。附近有個厲害戰士，要不是該死的精靈，就是卑鄙的塔克人[5]。我告訴你，他要來了。你聽到鐘聲了。他躲過監視者了，塔克人才幹得出這種事。他來到樓梯上了。直到他離開前，我都不要下去。就算你是納茲古，我也不去。」

「是這樣嗎？」夏格拉大叫，「你想做啥就做啥，是嗎？等他一來，你就會拋下我嗎？不，你不准走！我會先在你肚子上開幾個洞。」

較為矮小的歐克獸人從塔樓門口逃了出來。夏格拉跟在牠身後，牠是個高大的歐克獸人，當牠駝背奔跑時，長臂觸及地面。但一隻手臂狀似癱軟，似乎正在流血；另一隻手臂則抱著一大只黑布包裹。當牠經過時，躲在樓梯門口後的山姆在紅光下瞥見牠凶惡的臉孔，

---

4 譯注：Black Pits，巴拉多底下的地牢。

5 參見附錄F—一〇六五頁

彷彿遭到利爪劃傷而沾滿鮮血。牠突出的獠牙滴下唾液，嘴巴則如野獸般怒吼。

在山姆看來，夏格拉在屋頂上追逐史納加，直到矮小的歐克獸人叫了一聲並躲過對方，再逃回隧道中，隨即消失。夏格拉停下腳步。山姆從東門中看到矮牆旁的牠不住喘氣，左手的爪子虛弱地張張合合。牠把包裹放在地上，用右手抽出血紅長刀，往上頭吐了口痰。牠走到矮牆邊傾身，望向下方遠處的外側庭院。牠喊了兩次，但沒有任何回應。

忽然間，當夏格拉在城垛旁俯身，並背對屋頂時，山姆驚訝地發現，其中一具倒在地上的屍體正在移動。牠緩緩爬行著，伸出一隻手，抓住了包裹。牠蹣跚地起身，另一隻手握了寬頭長矛，上頭還有折斷的短柄。牠擺出突刺的姿勢，但在千鈞一髮之際，牠的牙關中吐出一股嘶嘶聲，彷彿因痛楚或仇恨而倒抽的涼氣。夏格拉迅雷不及掩耳地閃到一旁，扭轉身子，再把刀子插進敵人的喉嚨。

「逮到你了，哥巴葛！」他喊道，「還沒死透，是嗎？好吧，我來把事情辦完。」牠躍向倒地的軀體，火冒三丈地用力踩踏，三不五時也俯身用刀子又刺又砍。終於感到滿意的牠，仰頭發出恐怖的粗野勝利戰吼。接著牠舔著刀子，再用牙齒咬住，抓起包裹後就大步奔向附近的樓梯門口。

山姆無暇思考。他或許能從另一道門溜走，但很難不讓對方看見。他也無法躲這個醜陋的歐克獸人太久。他盡力做出當下最佳的決定。他衝了出去，大喊一聲面對著夏格拉。他不再握著魔戒，但它依然在此，這股隱藏的力量壓迫著魔多的奴隸。他的手中還握有刺針，鋒芒如同可怕的精靈國度中的殘忍繁星刺痛著歐克獸人的雙眼。夏格拉無法同時打鬥並保有牠的寶物。牠停了下來，呲牙咧嘴地低吼。接著牠再度用歐克獸人的方式跳到一旁，而當山姆衝向牠時，牠把沉重的包裹當作盾牌與武器，將它用力甩向敵人的臉上。山姆蹣跚地跌倒，在他回神之前，夏格拉衝往側邊的樓梯。

山姆咒罵著跑在他身後，但他沒有走遠。他心中再度浮現關於佛羅多的思緒，並想起另一個歐克獸人已經返回塔樓。他面臨了另一項可怕的選擇，也沒時間思考。如果夏格拉逃跑，就會迅速找救兵再回來。但如果山姆追逐牠，另一個歐克獸人就可能會在上頭做出可怕的行為。總之，山姆都可能追丟夏格拉，或遭到牠殺害。他迅速轉身並跑回樓梯上。「我想，八成又做錯了。」他歎道，「但無論之後發生什麼事，我都得先去塔頂。」

底下遠處的夏格拉躍下樓梯，穿過庭院並衝出大門，帶著牠寶貴的重擔。如果山姆能看到牠，並得知對方的脫逃所帶來的可怕後果，就可能會嚇得縮起身子。但現在他打定主意，要進行最後一段搜索。他小心翼翼地來到塔樓門口並走進去。裡頭伸手不見五指，但他的眼睛很快就注意到右側出現的朦朧微光。它來自通往另一道樓梯的開口，內部幽深狹窄，似乎順著圓形外牆內部，蜿蜒延伸到塔樓上。有根火把在上頭某處閃爍發光。

山姆躡手躡腳地往上爬。他來到忽明忽暗的火把旁，火把安在他左邊的門口上方，這座門正對面朝西方的細長窗孔。這就是他和佛羅多在底下的隧道口看到的紅眼。山姆快步穿過門口，跑到第二層樓，心裡害怕隨時會遭到攻擊，並感到有手指從後頭掐住喉嚨。他隨後來到一扇面東的窗戶，還有另一扇頂上有火炬的門，通往塔樓中央。門口敞開著，通道中除了火炬微光外一片漆黑，外頭的紅光則從細長窗孔中滲入。但樓梯在此終止，不再向上攀升。山姆悄悄走進通道中。兩側都有低矮的門，兩扇關閉的門都上了鎖。塔內毫無聲音。

「是死路。」山姆咕噥道，「我還一路爬了上來！這不可能是塔頂。但我現在該怎麼辦？」

他跑回底下的樓層並試圖開門，門板紋風不動。他又跑上樓，臉上開始流下汗水。他覺得就連每分鐘都十分寶貴，但時間不斷流逝，他卻無能為力。他再也不在乎夏格拉、史納加或其他歐克獸人了。他只想找到他主人，就算僅僅看他的臉一眼、或碰他的手一下都好。

最後，疲憊的他終於感到潰敗，就坐在走道樓層下的臺階上，把頭垂進雙手中。周圍陷入駭人的死寂。當他抵達時就已近乎燒盡的火炬，劈啪作響後頓時熄滅；他覺得黑暗如同潮水般包覆住自己。此時使他訝異的是，在他漫長旅程與哀傷情緒的茫然盡頭，由於心中產生了某種說不上的感覺，山姆輕聲唱起了歌。

他的嗓音在冰冷黑塔中聽起來虛弱而不住顫動，沒有任何歐克獸人會把絕望而疲勞的哈比人嗓音，誤認為精靈貴族的清澈歌聲。他低聲唱出夏郡的古老童謠，加上比爾博先生的歌謠片段，這些歌曲如同老家鄉野般的畫面般竄過他的腦海。他心中忽然萌生出嶄新力量，聲音也逐漸變得高亢，他口中則不自禁吐露出適合這曲調的詞語。

日下西方大地
春花繁榮盛開，

花園錦簇，河水流淌，
　雀鳥高鳴。
在無雲夜晚，
　山毛櫸樹隨風搖曳，
精靈繁星宛如潔白珠寶
　灑落如髮樹梢間。
我待在旅程盡頭
　深埋無垠黑暗，
超越世間眾塔，
　與陡峭高山，
太陽高懸陰影上，
　群星永居蒼穹。
我不願說白日已盡，
　也不向星辰道別。

「超越世間眾塔，」他再度開口，接著猛然停下。他彷彿聽見有微弱的聲音回應自己。但現在他什麼都聽不到。對，他聽得見某種聲響，但並非人聲。腳步聲正逐漸接近。上頭的通道中悄悄打開了一扇門，絞鍊則嘎吱作響。山姆蹲下來偷聽。門板隨著悶響關上，隨即出現了歐克獸人的嘶吼聲。

「喂！上面的傢伙，你這死老鼠！給我閉嘴，不然我就來教訓你。你聽到了嗎？」

樓上沒有回答。

「好吧。」史納加吼道，「但我還是要來看看你在搞什麼鬼。」

絞鍊再度響起嘎吱聲，從通道門檻旁的角落窺探的山姆，看到從打開的門口飄出的閃光，歐克獸人模糊的身影隨即走了出來——牠似乎帶著梯子。山姆忽然明白了，得透過通道屋頂上的活板門，才能抵達塔頂的房間。史納加將梯子往上伸，再穩住它，爬出視野之外。山姆聽到拉開門閂的聲音。接著他聽到那醜惡的嗓音再度開口。

「安靜躺好，不然你就等著瞧！我猜，你活不了多久，但如果你不想從現在就開始玩完，就閉上你的臭嘴，聽懂了嗎？給我記好了！」隨後響起了鞭子的劈啪聲。

山姆頓時火冒三丈。他跑上前去，像貓般輕巧地爬上梯子。他的頭從一座大型圓房的地板中心冒了出來。屋頂掛了盞紅色吊燈，西側窗孔高聳烏黑。有東西躺在窗口下牆邊地板上，但有個漆黑的歐克獸人身影站在一旁。牠再度舉起鞭子，但那一鞭從未落下。

山姆大喊一聲便衝過地板，手中握著刺針。歐克獸人轉過身來，但在牠動手前，山姆就砍斷了牠持鞭的手。歐克獸人因疼痛與恐懼而尖聲嚎叫，同時焦急地一頭衝向他。山姆的下一劍揮了空，失去平衡的他往後摔倒，並在歐克獸人撞到自己時緊抓對方。在他起身前，就聽見叫聲與撞擊聲。慌亂的歐克獸人因梯子頂端而絆倒，往打開的活板門口掉了下去。山姆不做多想。他衝向縮在地上的身影。那是佛羅多。

他全身赤裸，彷彿昏厥般倒在一團破布上。他舉起雙臂護住頭部，身上還有條難看的鞭痕。

「佛羅多！佛羅多先生，親愛的！」山姆叫道，淚水幾乎使他無法視物。「是山姆，我來了！」他半抬起他主人的身子，把對方擁入懷裡。佛羅多睜開他的雙眼。

「我還在做夢嗎？」他低聲說道，「但其他夢太可怕了。」

「你沒有做夢，主人。」山姆說，「是真的。是我呀。我來了。」

「我不敢相信。」佛羅多緊抱住他說，「有個拿鞭子的歐克獸人，然後就變成山姆了！所以當我聽到底下的歌聲，還想回答時，沒有在做夢嗎？那是你嗎？」

「沒錯，佛羅多先生。我幾乎要放棄希望了。我找不到你。」

「嗯，你找到了，山姆，親愛的山姆。」佛羅多說，他躺在山姆溫柔的懷裡，並閉上雙眼，如同當心愛的嗓音或手掌驅趕走夢魘時，才終於能休息的孩子。

山姆覺得他能永遠幸福地這樣坐著，但他無法這麼做。光找到主人還不夠，他還得嘗試拯救對方。他親吻佛羅多的前額。「來吧！醒醒，佛羅多先生！」他說，試著讓自己的語氣如同在夏日清晨拉開袋底洞窗簾時般輕快。

佛羅多嘆氣並坐起身，「我們在哪？我是怎麼到這裡來的？」他問。

「現在沒時間說故事了，我們先去別的地方吧，佛羅多先生。」山姆說，「但你待在某座塔頂，在歐克獸人逮到你前，我們在底下的隧道旁看過這座塔。我不曉得那是多久以前的事了。我猜，應該有超過一天。」

「這麼短嗎？」佛羅多說，「感覺像是好幾週。等有機會，你一定得把整件事告訴我。有東西打中我，不是嗎？我陷入黑暗和惡夢中，醒來時才發現清醒的狀況更糟。我周遭全是歐克獸人。我想，牠們剛把某種可怕的滾燙飲料倒進我喉嚨裡。我的腦袋清楚了點，但我又痛又累。牠們搶走了我身上所有東西，還有兩個大漢來審問我，問到我都快瘋了，牠們站在我面前低頭訕笑，一面把玩牠們的刀子。我永遠不會忘記牠們的魔爪和眼睛。」

「如果你談到牠們，就忘不掉了，佛羅多先生。」山姆說，「如果我們不想再見到牠們，就越快動身越好。你能走路嗎？」

「對，我能走路。」佛羅多說，邊緩緩起身。「我沒受傷，山姆。只是我覺得很累，我這裡也痛。」他把手擺到脖子後方，靠近左肩上方的位置。他站起身，山姆則覺得火焰彷彿包裹了他全身——他赤裸的皮膚在頂端的燈火下，顯得一片鮮紅。

「這樣好多了！」他說，他的精神稍微振作，「當我自己待在這裡時，不敢移動，不然其中一個守衛就會過來。直到叫囂和打鬥展開。我想，那兩個大漢吵了起來。是為了爭奪我和我的東西。我害怕地躺在原地。之後一切變得非常安靜，感覺反而更糟。」

「對，牠們似乎起了爭執。」山姆說，「這裡一定有幾百個骯髒的歐克獸人。對山姆．甘吉而言，有點太難處理了。但牠們已經自相殘殺過了。運氣很好，但直到我們離開這裡前，都沒時間為此寫首歌。現在該怎麼做？你不能光溜溜地走入黑境，佛羅多先生。」

「牠們奪走了一切，山姆。」佛羅多說，「我身上的一切。你明白嗎？一切！」他再度低頭癱倒在地，他頓時明白了自己說的話突顯的意義，心中也陷入絕望。「任務失敗了，山姆。就算我們離開這裡，也逃不出劫難。只有精靈能逃走。遠遠地離開中土世界，渡過大海。也許連大海都擋不住邪影的影響。」

「不，不是一切，佛羅多先生。任務也還沒失敗。我帶走它了，佛羅多先生，不好意思。我保管著它。它現在掛在我的脖子上，也真的很重。」山姆摸索著魔戒和鏈子，「但我猜你得把它拿回去了。」到了這一刻，山姆對交出魔戒感到猶豫，不大願意讓他主人再度承受重擔。

「你帶著它？」佛羅多驚呼，「你把它帶在身上嗎？山姆，你太厲害了！」接著他的語氣迅速產生古怪變化。「把它給我！」他叫道，邊站了起來，並伸出一隻顫抖的手，「立刻把它給我！你不能占有它！」

「好啦，佛羅多先生。」山姆驚訝地說，「它在這裡！」他緩緩抽出魔戒，把鏈子繞過頭部。「但你已經在魔多了，先生。等你出去時，就會看到烈火之山了。你會發現魔戒現在非常危險，帶起來也很沉重。如果太艱困的話，也許我可以和你一起承擔它？」

「不，不！」佛羅多大叫，並把魔戒和鏈子從山姆手中一把搶走。「不，你別想，你這小偷！」他喘著氣，充滿恐懼與敵意的雙眼緊盯著山姆。忽然間，將魔戒緊握在拳頭中的他，頓時驚愕地呆站原地。他眼前的迷霧似乎散去，他用手拂過疼痛的額頭。那股醜陋的影像對他來說倍感真實，使負傷又滿心畏懼的他著了魔。他眼前的山姆又化為歐克獸人，這個眼神貪婪又垂涎三尺的小怪物，正心懷不軌地對他的寶物出手。但幻覺已經消失了。

山姆跪在他面前，臉龐因痛苦而扭曲，彷彿他的心被刺了一劍，他的雙眼也湧出淚水。

「噢，山姆！」佛羅多喊道，「在你做過這一切後，我說了什麼？我做了什麼？原諒我！是因為魔戒的可怕力量。我好希望從來沒有人找到它過。但別管我了，山姆。我必須背負這項重擔到盡頭。這點無法改變。你不能擋在我與這宿命之間。」

「沒關係，佛羅多先生。」山姆說，一面用袖子抹抹眼睛。「我懂。但我還是幫得上忙，不是嗎？我得讓你離開這裡。現在就得走！但首先，你需要衣服和裝備，然後吃點東西。衣服是最簡單的部分。當我們還待在魔多時，最好就打扮得像魔多的居民，而且也別無選擇了。恐怕你得穿歐克獸人的衣服，佛羅多先生。我也得穿。如果我們一起走，就最好穿得一樣。先套上這個！」

山姆鬆開他的灰色斗篷，把它披在佛羅多的雙肩上。接著他解下背包，把它擺在地上。他把刺針從劍鞘中抽出。刀鋒上幾乎沒有一絲光芒。「我忘了這個，佛羅多先生。」他說，「不，牠們沒有搶走一切！如果你記得的話，你把刺針和夫人的星瓶借給我了。我還保管著它們。但再借我一下，佛羅多先生。我得去看看能找到什麼。你待在這裡吧。稍微走一下，讓你的腿放鬆。我不會拖太久。我不需走太遠。」

「小心點，山姆！」佛羅多說，「動作快！附近可能還有生還的歐克獸人在伺機等待。」

「我得冒險。」山姆說。他走到活板門邊，並溜下梯子。他的腦袋立刻再度出現，他將一把長刀扔到地板上。

「這裡有些可能幫得上忙的東西。」他說，「那個鞭打你的歐克獸人死了。看起來牠一急就摔斷脖子了。如果可以的話，就把梯子拉上去，佛羅多先生。直到你聽到我喊出密語前，也別把梯子放下來。我會說『埃兒碧瑞絲』。那是精靈會說的字眼。沒有歐克獸人會說那種話。」

佛羅多坐了半晌，並不住打顫，心裡浮現一波又一波的畏懼。接著他起身並用灰色斗篷包住自己，並開始來回踱步，打探著他牢房的每個角落。

時間並不久，不過恐懼使他覺得至少過了一小時，他才聽到山姆的嗓音從底下輕輕傳來：「埃兒碧瑞絲，埃兒碧瑞絲。」佛羅多放下輕盈的梯子。喘著大氣的山姆爬了上來，頭上還頂著一大只包裹。他碰的一聲放下布包。

「快點，佛羅多先生！」他說，「我花了點時間找尋小到能讓我們穿上的東西。我們得勉強湊合了。但我們動作得快點，我沒碰到任何活著的東西，也什麼都沒看見，但我不太放心。我覺得有東西在監視這裡。我無法解釋，但我覺得，好像有那幫可怕的飛行騎士之一在附近，躲在沒人看得見它的黑暗之中。」

他打開包裹，佛羅多作噁地看著內容物但束手無策，他得穿上這些東西，不然就得裸體了。裡頭有些用骯髒獸皮縫製的毛茸茸長褲，還有髒皮革做的上衣。他穿上了這些衣物，上衣外頭套了件堅韌的鎖子甲，這對標準體型的歐克獸人而言太短，對佛羅多而言則太長、太重。他在鎖子甲外繫上腰帶，腰帶上掛有短鞘，插了把寬刃劍。山姆帶來了好幾只歐克獸人頭盔。其中一只的尺寸恰好適合佛羅多，那是頂裝有鐵緣的黑帽，鳥喙狀的鼻甲上方覆蓋皮革的鐵圈，則用紅漆畫上了邪眼。

「魔窟的東西和哥巴葛的裝備尺寸比較適合，品質也比較好。」山姆說，「但我猜，經歷這裡發生的事後，最好別帶他的東西進魔多去。好啦，這樣就行了，佛羅多先生。我敢斗膽說，你看起來像個完美的小歐克獸人——如果我們能用面罩遮住你的臉，讓你有長一點的手臂，再讓你彎著腿的話，或許就成功了。這能遮蔽一些破綻。」他把黑色大斗篷披在佛羅多肩上。「你準備好了！我們出發時，你就帶上一面盾牌吧。」

「那你呢，山姆？」佛羅多說，「我們不是該做相同的打扮嗎？」

「這個嘛，佛羅多先生，我想了很久。」山姆說，「我最好別把自己的東西留下來，但我們也沒辦法毀了它們。我也不能把歐克獸人的鎖子甲套在衣服外面，對吧？我只能把東西遮起來。」

他跪下並小心地折起他的精靈斗篷。斗篷出奇地成了一小卷布。他把斗篷塞進地板上的背包。他站起身並背起行囊，在頭上戴了頂歐克獸人頭盔，再把另一件黑斗篷披在肩上。「好了！」他說，「這樣我們就差不多相似了。我們得走了！」

「我沒辦法一路跑出去，山姆。」佛羅多露出一抹苦笑說道，「我希望你打聽過路上哪裡有旅店了？還是你忘了食物和飲水的事呢？」

「天啊，我真的忘了！」山姆說。他焦慮地吹了聲口哨，「天啊，佛羅多先生，但你害我感到又餓又渴！我不曉得上次吃喝東西是什麼時候了。為了找你，害我都忘了。但讓我想想！上次我檢查時，身上還有足夠的旅途麵包，還有法拉米爾將軍給我們的食物，只要節省點，就能讓我走上好幾週的路。但我的瓶子已經完全空了。之前也不夠兩人喝。歐克獸人不會吃喝嗎？還是牠們只靠髒空氣和毒素就可以維生了？」

「不，牠們會吃喝，山姆。培育出牠們的邪影只能扭曲事物，無法創造，它做不出屬於自己的新東西。我不覺得它能賦予歐克獸人生命，只會傷害與扭曲牠們。如果牠們想存活，就得和其他生物一樣過活。在逼不得已的狀況下，牠們會喝髒水和吃腐肉，但不會吃毒素。牠們餵過我了，所以我的狀況比你好。這附近一定有食物和飲水。」

「但沒時間找了。」山姆說。

「嗯，狀況比你想的好一點。」佛羅多說，「當你離開時，我碰上了不錯的運氣。牠們的確沒有拿走所有東西。我在地上的破布裡找到了我的糧食袋。牠們當然翻找過。但我猜牠們不喜歡蘭巴斯的外型和氣味，比咕嚕更討厭。它已經裂成好幾塊，有些還被踩碎，但我把碎片收集起來了。這不會比你剩下糧食少太多。但牠們拿走了法拉米爾的食物，也砍破了我的水瓶。」

「好吧，也只能這樣了。」山姆說，「這些足夠讓我們上路了。但水是另一個問題。但好了，佛羅多先生！我們走吧，不然就算有一整座湖的水，對我們都沒幫助！」

「除非你先喝一口，山姆。」佛羅多說，「我不會妥協。來，吃了這塊精靈糕餅，再喝掉你瓶子裡剩下的水！整件事沒什麼希望，所以擔心明天也沒用。可能根本不會有明天。」

他們終於啟程了。兩人爬下梯子，山姆則把梯子擺在摔死的歐克獸人蜷曲的遺體旁的通道上。樓梯一片漆黑，但屋頂上仍看得到火山的光芒，不過光澤已化為暗紅。他們拿起兩面盾牌以完成喬裝，並繼續前進。

他們走下漫長的樓梯。兩人重逢的塔樓房間落在腦後，此刻顯得十分舒適。他們再度走入空曠處，恐怖氛圍也隨著牆壁蔓延。基力斯昂戈之塔中的所有人或許都已死亡，但裡頭依舊瀰漫著恐懼與邪惡氣息。

最後他們來到通往外圍庭院的門口，並停下腳步。光是從他們的位置，都能感受到監視者的惡意傳到自己身上，對方沉默的黑色形體矗立在大門兩側，魔多的火光也微微由此透出。當他們繞過散落一地的屍首時，每一步都變得更為艱辛。而在他們抵達拱門前，就被迫停下腳步。再踏出半步，都會對意志力與四肢帶來痛楚與疲倦。

佛羅多無力面對這種戰鬥，癱倒在地。「我走不下去了，山姆。」他咕噥道，「我要暈倒了。我不曉得自己出了什麼問題。」

「我曉得，佛羅多先生。撐著點！大門到了。那裡有些鬼東西。但我之前通過了，現在也要出去。不可能比之前還危險的。走吧！」

山姆又抽出格拉翠兒的精靈星瓶，彷彿為了獎勵他的毅力，並讓他做出諸多壯舉的哈比人忠誠棕手大放異彩，星瓶忽然發出強光，使如同閃電的炫目強光照亮了整座陰暗的庭院，但光芒穩定維持，沒有消失。

「*Gilthoniel, A Elbereth!*」山姆喊道。他不曉得這麼做的原因，但他的思緒忽然飄回夏郡的精靈，還有在樹林中趕走黑騎士的歌曲。

「*Aiya elenion ancalima!*」佛羅多在他身後喊道。

監視者的意志如同繩索般忽然斷裂，佛羅多與山姆向前絆了一跤。兩人隨後拔腿就跑，穿過大門和王座上眼睛閃爍的巨像。一陣破碎聲響了起來，拱門的楔石幾乎砸在他們腳後，上頭的牆壁也應聲碎裂，摔落在地。他們在千鈞一髮之際及時逃脫。有個警鐘鏗鏘作響，監視者也發出駭人尖鳴。上空遠方的黑暗傳來回應。某個長有翅膀的身影瞬間從漆黑的天空落下，隨著一聲淒厲的尖叫，劃破了周圍的雲層。

第二章——邪影國度

理智尚存的山姆，及時把星瓶塞回胸口。「快跑，佛羅多先生！」他喊道，「不，不是那條路！牆邊有懸崖。跟著我！」

他們順著大門外的道路逃竄。跑了五十步後，他們在懸崖突起的底部急轉彎，就此離開了高塔的視野。他們暫時脫逃了。兩人縮在岩石邊喘息，此時他們忽然嚇得緊抓胸口。納茲古停駐在破損大門旁的城牆上，發出令人喪膽的尖叫。回音在懸崖中不住迴盪。

他們驚恐地蹣跚前進。道路很快就再度猛地往東轉，讓他們在可怕的一瞬間暴露在高塔的視線範圍內。當他們快步跑過這路段時，往回一看，發現了城垛上的龐大黑色形體。接著兩人向下奔向某處高聳岩牆之間的裂口，陡峭的路面則往下坡匯入魔窟路。他們抵達了道路匯集處。周圍仍然沒有歐克獸人的跡象，也沒有聲音回應納茲古的叫聲，但他們清楚這段死寂不會持續太久，狩獵隨時都會展開。

「這樣不行，山姆。」佛羅多說，「如果我們是真的歐克獸人，就該衝回高塔，而不是逃跑。我們遇上的頭一批敵人就會看穿我們。我們得想辦法離開道路。」

「但我們辦不到。」山姆說，「我們沒有翅膀。」

伊費爾杜亞斯的東側山壁十分險峻，形成幽深谷地上的峭壁與山崖，谷地擋在他們和內側山脊之間。在道路匯集處一小段距離外的另一道斜坡後，有座石橋橫跨深谷，讓道路伸向魔蓋的崎嶇山坡和狹谷。佛羅多和山姆焦急地拔腿衝向橋梁，但他們還沒抵達盡頭，就又聽到了騷動聲。他們身後遠方的基力斯昂戈之塔聳立在山壁高處，石磚散發出黯淡的反光。它再度響起刺耳鐘聲，再轉為震耳欲聾的高聲鐘響。有人吹響了號角，橋梁盡頭遠方也傳來了呼應的叫嚷。佛羅多與山姆位在遠離歐洛都因黯淡紅光的漆黑深谷中，無法看到前方的境況，但他們已經聽到鐵鞋發出的腳步聲，路上也傳來急速的馬蹄聲。

「快，山姆！我們得往下躲！」佛羅多叫道。他們急忙跑到橋梁的矮牆旁。幸好他們已不必再擔心落入深淵，因為魔蓋的山坡已幾乎升到道路的高度。但天色太黑，使他們猜不出懸崖的深度。

「哎，只能這樣了，佛羅多先生，」山姆說，「再見！」

他放開手。佛羅多跟上他。當他們滑落時，聽到騎士的馬蹄聲呼嘯奔過橋梁，歐克獸人的腳步聲則緊追在後。但如果山姆膽子夠大，就會大笑出聲。儘管哈比人們擔心會一頭撞到看不見的岩石，但他們卻在不到十二呎的坡壁下落地，碰的一聲撞上出乎意料的東西——一團多刺的灌木叢。山姆毫無動靜地躺著，輕輕吸吮遭到劃傷的手。

當馬蹄聲與腳步聲經過後，他就冒險吹了口哨。「老天呀，佛羅多先生，我不曉得魔多還有東西生長！但如果我早知道，可能就會預料到這種植物。這些荊棘感覺起來肯定有一呎長，它們刺穿了我身上所有東西。真希望我有穿那套鎖子甲！」

「歐克獸人的鎖子甲沒辦法抵禦這些荊棘。」佛羅多說，「就連皮革背心也沒用。」

他們吃力地鑽出樹叢。尖刺與荊棘如鐵絲般堅韌，也像鉤爪般難纏。在順利鑽出前，兩人的斗篷都已破損不堪了。

「我們往下走吧，山姆。」佛羅多悄聲說道，「我們得迅速走下山谷，然後盡快往北轉。」

外頭的世界快要天亮了，而在魔多陰霾的遠方，太陽正攀上中土世界的東緣；但此處仍然如黑夜般幽深。火山變得平靜，火焰也已熄滅。紅光從山崖上消失。自從他們離開伊西立安後就不斷吹拂的東風，現在似乎已經停歇。兩人緩慢痛苦地往下爬，鑽進無法視物的黑影間，在岩石、荊棘與枯木之間摸索跌撞，直到他們無法繼續向下坡走。

最後他們停了下來，並肩坐在一起，背靠著一塊大石。兩人都已汗流浹背。「如果夏格拉給我一杯水，我就會握他的手。」山姆說。

「別說這種話！」佛羅多說，「那只會讓事情變糟。」接著他暈眩而疲勞地伸展自己的身體，有好一陣子沒有開口。最後他又奮力起身。他訝異地發現，山姆居然睡著了。「醒醒，山姆！」他說，「來吧！我們該出發了。」

山姆爬了起來。「哎唷！」他說，「我一定打盹了。我已經很久沒睡了，佛羅多先生，我的眼睛剛剛自己閉了起來。」

＊　＊　＊

佛羅多目前負責帶路，盡他所能地走向北方，踏在深谷底部密集的石塊與巨石間。但他忽然又停下腳步。

「這樣不行，山姆。」他說，「我辦不到。我指的是這件鎖子甲。現在的我沒辦法穿。當我疲累時，就連我的祕銀甲都似乎變重。這件盔甲重多了。而且它有什麼用？我們沒辦法殺出一條血路。」

「但我們或許得打上幾場架。」山姆說，「這裡還有刀子和到處亂飛的箭矢。再說，咕嚕也還沒死。我不敢想到只有一層皮革擋在你和黑暗中的尖刀之間。」

「聽好了，親愛的山姆。」佛羅多說，「我很累，也精疲力盡了，心裡一點希望都不剩。但只要我還能動，就得繼續嘗試前往火山。魔戒的負擔已經夠大了。這種額外重量快壓死我了。我得脫下它。但別覺得我不感激你。我不敢想像你從屍體中幫我找來它時經歷的可怕麻煩。」

「別提了，佛羅多先生。祝福你！如果可以的話，我就背你。我們走吧！」

佛羅多放下斗篷，並脫掉鎖子甲，隨手將它拋掉。他顫抖了一下。「我需要溫暖的東西。」他說，「天氣要不是變冷，就是我感冒了。」

「你可以穿我的斗篷，佛羅多先生。」山姆說。他解下背包，再取出精靈斗篷。「這樣如何，佛羅多先生？」他說，「你把歐克獸人的破布包在身上，然後在外頭繫上帶子。這樣就能把斗篷套在外面。看起來不太像歐克獸人的穿著，但能讓你保暖，我猜比起其他裝備，它也能把你保護得更好。這是夫人的作品。」

佛羅多接過斗篷並繫上別針。「好多了！」他說，「我覺得輕盈多了。現在我可以出發。但這股濃密黑暗似乎已滲進我心中。當我躺在牢房中時，山姆，我就試著回想烈酒河和林尾，以及流過哈比屯磨坊的小河。但我現在想不起它們的景象了。」

「好了，佛羅多先生，這次換你講起水了！」山姆說，「如果夫人能看到或聽到我們的話，我想對她說：『夫人陛下，我們只想要光和水。不好意思，但清水和陽光比任何珠寶更棒。』但這裡離羅瑞安太遠了。」山姆嘆了口氣，往伊費爾杜亞斯揮了一下手，那座山脈看起來像黑暗天空下另一層更陰暗的黑色形體。

他們再度動身。當佛羅多停下來時，兩人還沒走遠。「我們頭頂有個黑騎士，」他說，「我感覺得到。我們最好別動一陣子。」

他們躲在一座大石下，面朝西方坐下，有半晌都沒有說話。接著佛羅多放鬆地嘆了口氣。「它走了。」他說。他們站起身，接著兩人都驚訝地往外看。在他們左邊的南方遠處，天空逐漸變灰，雄偉山脈的頂峰與高處的山脊開始化為漆黑的形體。它們後頭的光芒逐漸變亮，緩緩向北邊蔓延。高空中正發生戰鬥。魔多翻騰的雲層遭到驅退，因為活人世界颳來一股強風，吹碎了此地烏雲的邊緣，也將濃煙吹向黑暗故土。在凝重的雲層逐漸掀開的下緣，朦朧的光線透進魔多，如同照入牢房陰森窗口的晨光。

「快看，佛羅多先生！」山姆說，「看看那裡！風向變了。有事情發生了。他無法讓一切都順自己的意。他的黑暗在外頭的世界瓦解了。我真希望能看到外頭的情況！」

當時是三月十五日清晨，安都因河谷高空中的太陽，正升到東方暗影之上，西南風也正徐徐吹拂。瀕死的希優頓倒在帕蘭諾平原上。

當佛羅多與山姆向外展望時，光芒邊緣灑遍了伊費爾杜亞斯的輪廓，他們隨即看到一個從西方高速出現的形體。剛開始那只是山頂閃爍光帶上的黑點，但它逐漸成長，直到它如同閃電般竄入黑暗的雲層，並飛進他們頭頂的高空。當它掠過時，發出一陣淒厲的慘叫，那是納茲古的叫聲。這股叫聲不再使他們感到畏懼，那是蘊含了悲苦與絕望的尖叫，為邪黑塔捎來了噩耗——戒靈之王碰上了它的末日。

「我跟你說了什麼？有事情發生了！」山姆喊道，「夏格拉說：『戰爭進行得很順利。』但哥巴葛不太確定。牠也沒說錯。局勢扭轉了，佛羅多先生。你還沒感覺到希望嗎？」

「不，沒有多少，山姆。」佛羅多歎道，「那裡離山脈太遠了。我們要往東走，不是往西。我也好累。魔戒很重，山姆。我開始無時無刻都在心裡看到它了，像是龐大的火輪。」

山姆才剛上揚的士氣立刻煙消雲散。他擔憂地注視他主人，並牽起對方的手。「來吧，佛羅多先生！」他說。「我得到想要的一個東西了：一點亮光。正足以幫助我們了，但我猜這也很危險。再試著走點路，我們就躲起來休息。但先吃點東西吧，吃些精靈的食物，它能讓你的心情好轉。」

＊　＊　＊

兩人共享了一塊蘭巴斯，並用乾渴的嘴巴盡量咀嚼食物，隨後繼續跋涉。儘管天色不過如同灰暗的暮色，但已足以讓他們觀察到正位在山脈間的深谷之中。它的坡度緩緩往北爬升，底部則是已乾涸的河床。他們在滿布礫石的河道遠方看到一條繞到西側山崖底部的偏僻道路。假若他們知道，就能快點趕來這條路，它在橋梁西側盡頭離開了主要的魔窟路，順著岩石間雕出的漫長階梯抵達山谷底部。巡邏兵或信差使用這條路，快速抵達北邊的小型哨站和要塞，它們位於基力斯昂戈與艾森口[1]之間，此峽口正是卡拉赫安格倫[2]。

對哈比人而言，走這條路危機重重，但他們需要速度。佛羅多也覺得他無法承受在巨石間辛苦跋涉，或在魔蓋毫無道路的谷地中蹣跚前進。他認為，追捕他們的人或許最不會料到他們居然往北走。獵人們最有可能先仔細搜索向東或回到西邊的路線。只有當他抵達高塔北邊時，才會打算轉彎並找到前往東方的道路，踏上旅程最後一段艱辛路程。於是他們跨越乾涸的河床，走上歐克獸人的道路，並沿著這條路走了一陣子。兩人左方的山崖向外伸出，因此從懸崖頂端看不見他們；但通道四處轉彎，每次碰到轉角，他們都會緊抓劍柄，並小心翼翼地前進。

天色並沒有變亮，歐洛都因仍冒出濃煙，因吹來的風而往上飄去，昇得越來越高，直到它抵達比強風更高的空域，並擴張成難以測量的龐大烏雲，中央的煙柱從他們視野外的黑影中向上隆起。當他們走了一個多小時後，聽到一股使他們停下腳步的聲音。那聲音令人不敢置信，卻也千真萬確。是滴水聲。水從左側的溝壑緩緩滴下，溝壑本身細小而狹窄，看似彷彿有某只巨斧劈開了黑崖。這些水可能是飄自日下大海的最後幾滴雨水，卻不幸地落在黑境群山上，並徒勞無功地流入塵土中。它像是岩縫中的細小溪流，流過道路再向南流去，迅速消失在乾枯的石塊間。

山姆衝向水流。「如果我再度見到夫人，就要告訴她這件事！」他喊道，「先是光，現在則是水！」他隨即停了下來。「讓我先喝，佛羅多先生。」他說。

「好呀，但空間夠讓兩人一起喝。」

1 譯注：Isenmouthe，isen 在古英文中意指「鐵」，mouthe 則是 mouth（嘴／口）的變形。此處的古英文並不代表洛汗語，而是更古老的西方語。托爾金認為可維持音譯或意譯兩個字根之一，此處保留「艾森」（與艾森格相同）的音譯，mouthe 則意譯為「口」。

2 譯注：Carach Angren，在辛達林語中的意義與艾森口相同，皆為「鐵口」。

「我不是那個意思。」山姆說，「我是說，如果水有毒，或是有某種會迅速顯示出問題的東西，那最好就先發生在我身上，別害到你，主人，希望你理解。」

「我懂。但我想，我們該一起碰碰運氣，山姆，或者該說是好運。不過如果它很冷的話，就小心點！」

水質涼爽但不冰，還有種令人不適的味道，嘗起來苦澀還有油味——如果他們待在老家，就會這麼說。在這裡，它簡直美味無比，使他們放下了恐懼或謹慎。他們喝了個飽，山姆則裝滿了他的水瓶。之後佛羅多感到舒適了點，他們則繼續走了好幾哩，直到路面變寬，旁邊也出現一道粗糙岩壁，使他們得知自己正逼近另一座歐克獸人的要塞。

「我們得在這裡轉彎，山姆。」佛羅多說，「我們也必須往東轉。」當他注視山谷對面的陰暗山脊時，就嘆了口氣。「我只剩下能去上頭找個洞的力氣了。然後我就得休息一下。」

河床目前位在道路下方一段距離外。他們爬到底下，並開始跨越那條路。讓兩人訝異的是，他們碰上從山谷高處某個源頭流下的細流匯集而成的漆黑水池。魔多外圍邊緣的西側山脈下，有塊荒蕪的地區，但它尚未完全失去生命力。這裡仍有扭曲堅硬而苦澀的植物生長，奮力地維持自己的性命。在山谷另一側的魔蓋谷地中，長有矮小的樹木，灰色的粗糙草叢則生長在石塊間，上頭長滿了乾癟的苔蘚，到處都長滿了蔓生的刺藤。有些藤蔓上長有長而尖的刺，有些則長了如同刀刃般鋒利的倒鉤。去年陰沉萎縮的葉片掛在上頭，在淒涼的風中沙沙作響，但遭到蟲蛀的花苞才稍微打開而已。棕色、灰色與黑色的蒼蠅，發出嗡嗡聲並四處螫咬，身上如同歐克獸人般有紅眼型的斑點。大量飢餓的蚊蚋則在荊棘叢頂端舞動。

「歐克獸人的裝備一點用都沒有。」山姆揮著雙臂說，「真希望我有歐克獸人的皮！」

最後佛羅多走不動了。他們爬上了狹窄傾斜的山溝，但在能看到最後一座崎嶇山脊前，他們還有很長一段路得走。「我得休息了，山姆，看看能不能睡一下。」佛羅多說。他環顧周遭，但就連動物也無法在這座荒蕪國度找到藏身處。最後，精疲力盡的他們躲到一圈荊棘下，它看起來如同掛在低矮岩壁上的毛氈。

他們坐了下來，並盡量準備了一頓餐點。兩人將珍貴的蘭巴斯留到未來的苦日子吃，並吃了山姆袋子中由法拉米爾準備的半數糧食：果乾與一小塊醃肉。他們也啜飲了點水，稍早從山谷中的水池喝了些水，但已再度感到口渴。魔多的空氣中有種苦味，讓他們口乾舌燥。當山姆想到水時，就連他飽滿的士氣都隨之消散。離開魔蓋後，還得跨越可怕的哥葛洛斯。

「你先睡吧，佛羅多先生。」他說，「天色又變黑了。我想今天差不多要結束了。」

佛羅多嘆了口氣，在山姆說完話前，他就幾乎立刻睡著。山姆努力抗拒著自身的倦意，也握住了佛羅多的手，並沉默地坐在原處，直到深夜降臨。最後，為了讓自己保持清醒，他便爬出藏身處，並向外觀望。大地似乎瀰漫著嘎吱聲與碎裂聲，以及各種不祥的聲響，但周圍並沒有人聲或腳步聲。在西方的伊費爾杜亞斯上空高處，夜空仍顯得朦朧黯淡。在片刻之間，山姆從山脈頂端某塊暗岩上破碎的雲層間，看到了一顆閃爍白星。當他從荒涼的大地中抬頭仰望時，它的美便震懾了他的內心，內心也重拾希望。一股清冷箭矢般的念頭竄入他的心頭——稍縱即逝的邪影終究顯得微不足道，而世上仍有它遙不可及的光明與崇高之美。先前他在塔中所唱的歌象徵反抗，而非希望，因為當時他只想到自己。他的命運，甚至是他主人的命運，在一瞬間都不再使他心煩。他爬回荊棘叢中並在佛羅多身旁躺下，放下所有畏懼之後，他便安心地陷入沉眠。

他們手牽著手一同醒來。山姆幾乎感到精神充沛，準備好面對新的一天，但佛羅多嘆了口氣。他睡得並不安穩，夢境遍布火焰，甦醒後也無法讓他感到安心。但睡眠並非全無療效，他感到體力飽滿，更能背負重擔往前再走一段路。他們不曉得當下的時間，也不清楚自己睡了多久，吃過少許食物、喝了口水後就往山溝上坡走去，直到溝壑的盡頭出現滿是亂石堆的陡坡。最後一點生機也在此停止奮鬥，魔蓋的頂端片草不生，如同板岩般荒涼粗糙。

梭巡並打探了好一陣子後，他們才發現一條可供攀爬的道路，在奮力爬行了近一百呎後，他們終於爬上了頂端。兩人抵達兩座峭壁間的裂口，穿過此處後，他們發現自己位在魔多的最後屏障邊緣。在他們腳下一千五百呎外的崖底，內平原正綿延不絕地往視野外的模糊陰霾伸去。此時的風從西方吹來，厚重的雲層在高空中向東飄去；但只有一抹灰光灑落在哥葛洛斯的不毛平原上。煙霧籠罩地面，並沉入窪地，大地的裂隙則冒出瘴氣。

至少在四十哩外的距離，他們看到了仍在遠方的末日火山。它的山腳矗立在滿布塵埃的荒地上，宏偉的火山錐升至高空，冒著濃煙的峰頂則籠罩在雲霧之中。它的烈火現在顯得黯淡，整座山彷彿陷入昏睡，如同沉眠野獸般危險而充滿威脅。它的後方隆起了一股龐大陰影，彷彿雷雲般散發不祥氣息，那是矗立在灰燼山脈[3]從北蔓延而下的漫長山嘴上的巴拉多周圍的煙霧。黑暗勢力正沉思熟慮，邪眼則觀望內心，思索帶來疑慮與危險的消息。它看到了明亮的劍刃，和散發王者氣息的嚴肅臉孔，因此有好一陣子，它完全不考量其他事。雄偉要塞中的諸多大門與高塔，都包覆在憂心忡忡的陰霾中。

佛羅多與山姆注視著這座令人生厭的土地，心中夾雜著厭惡與訝異。在他們和冒煙的高山之間，以及火山北方、南方周圍，似乎盡是遭到灼燒的死寂荒漠。他們想知道，這座國度的統治者要如何餵養他的奴隸和軍隊？但他確實坐擁大軍。在他們的視線範圍中，有營地出現在魔蓋邊陲與南方地區，有些搭滿帳篷，有些則如同井然有序的小鎮。後者中最大的營地就在他們底下。它位在平原不到一哩外的地點，如同昆蟲的巨型巢穴般擁擠，裡頭有擠滿小屋與單調低矮長屋的淒涼街道。人們在營地周圍來來去去，有條寬敞道路由此處向東南方與魔窟路匯集，路上則有數排渺小的黑色身影正快步行進。

「我不喜歡這種景象。」山姆說，「我覺得幾乎沒希望了——不過有這麼多人的地方，一定有水井，還有食物。而且這些是人，不是歐克獸人，除非我的眼睛出了毛病。」

3 譯注：Ashen Mountains，辛達林語名稱為伊瑞德里蘇依。

他和佛羅多都不曉得，這座廣闊國度在南方有大型奴工場，地點在火山煙霧遠方的諾南湖[4]幽深悽愴的湖水旁。他們也不清楚通往東方和南方從屬地區的大道，邪黑塔的士兵們從這些地方送來裝滿物資、戰利品與新奴隸的馬車。礦坑與熔爐位於北方區域，為了計劃已久的戰爭而集結的軍力也駐紮於此。軍隊如同棋盤上的棋子移動的黑暗勢力，正將它們聚集到一處。它的第一波攻勢，也就是它的勢力的第一波觸手，已在西方戰線上的南北端遭受挫敗。它暫時撤回部屬，並調來新的兵力，讓他們在基力斯哥葛集結，準備好揮出復仇的一擊。如果它的目的是防衛任何人逼近火山，軍力也綽綽有餘。

「好吧！」山姆繼續說，「無論他們得吃什麼或喝什麼，我們都弄不到。我看不到通往底下的路。就算我們下去，也無法穿越滿是敵人的開闊地帶。」

「我們還是得試試看。」佛羅多說，「和我的預期差不了多少。我從不覺得能通過。我看不出這種方式有什麼希望。但我還是得盡力而為。目前的重點，就是得盡量別讓敵人逮到。我想，我們還是得往北走，看看平原上較狹窄的地方狀況如何。」

「我猜都一樣吧。」山姆說，「當地形變窄時，歐克獸人和人類就會靠得更近了。你等著瞧吧，佛羅多先生。」

「如果我們能走那麼遠，那我八成就會知道了。」佛羅多說，並隨即轉身。

他們很快就發現，根本不可能沿著魔蓋的山峰或更高的地形繼續行走，此地沒有道路，也遍布深谷。最後他們被迫走回先前爬上的山溝，找尋順著山谷延伸的道路。這條路十分艱辛，因為兩人不敢跨越道路走到西側。走了一哩多後，他們發現之前猜測近在咫尺的歐克獸人要塞，就位在山崖底部的洞穴中，洞口外矗立著一道圍牆和幾座石屋。附近沒有動靜，但哈比人們仍小心翼翼地潛行，盡量靠近生長在舊河床兩側的濃密荊棘叢。

他們又走了兩三哩，歐克獸人的要塞便消失在他們身後，但他們還來不及喘氣，就聽見了歐克獸人刺耳嘈雜的說話聲。他們趕緊躲到棕色矮灌木叢後。聲音越來越近。兩個歐克獸人隨即出現在視野中，其中一個身穿破爛褐衣帶著角弓，牠屬於矮小的黑皮膚品種，大力嗅聞的鼻孔撐得很寬，顯然是某種追蹤者。另一個則是高大的歐克獸人戰士，就像是夏格拉部隊中的成員，身上佩戴著邪眼徽記。牠也背了把弓，還帶著寬頭短矛。牠們一如往常地爭執，而由於來自不同種族，牠們便以自己的方式使用通用語。

矮小的歐克獸人在離哈比人們不到二十步的位置停下。「啊！」牠低吼道，「我要回家了。」牠指向山谷後頭的歐克獸人要塞。「用我的鼻子聞這些石頭一點用也沒有。我說呀，根本沒剩下任何蹤跡了。為了讓路給你，我追丟了氣味。我告訴你，它進去丘陵間了，不是順著山谷。」

「你沒什麼用吧，抽鼻子的小傢伙？」高大的歐克獸人說，「我想，眼睛比你流鼻涕的鼻子要強多了。」

———

4 譯注：Lake Núrnen，即為諾南內海。

「那你用眼睛看到啥了？」對方罵道，「該死！你連自己要找什麼都不曉得。」

「那該怪誰？」士兵說，「不是我的問題，是上級的命令。剛開始他們說是穿明亮盔甲的精靈，後來又說是某種矮人，後來又變成一群叛亂的烏魯克族；或者全都有吧。」

「啊！」追蹤者說，「他們沒頭緒啦，就是這樣。如果我聽到的消息是真的，那我猜有些頭目也要丟掉小命了；高塔遭到洗劫，幾百個你們這種小子都死了，還有個囚犯脫逃。如果你們戰士就是這樣辦事的話，難怪戰場會傳來壞消息。」

「誰說有壞消息？」士兵叫道。

「啊！誰說沒有？」

「叛賊才會說這種話，如果你不閉嘴，我就宰了你，懂嗎？」

「好啦，好啦！」追蹤者說，「我不說了，繼續想吧。但這跟那個黑傢伙到底有什麼關係？就是那個雙手啪啪作響的傢伙？」

「我不知道。也許沒什麼關係吧。但我敢說那傢伙四處打探，絕對不安好心。該死的傢伙！他一從我們手中溜掉，上頭就下令說要盡快活捉他。」

「嗯，我希望他們逮到他，再好好折磨他一番。」追蹤者吼道，「他弄亂了剛剛那裡的氣味，還碰了他找到的那件鎖子甲，在我到達前，他就已經在那裡到處踏步了。」

「這救了他的命。」士兵說，「哼，我知道上級要抓他前，就從五十步外往他背後放箭，但他跑掉了。」

「該死！你沒打中他。」追蹤者說，「一開始你亂射箭，結果你跑得太慢，然後你還找來可憐的追蹤者。我受夠你了。」牠大步跑開。

「你給我回來，」士兵大叫，「不然我就要檢舉你！」

「向誰檢舉？不是找你寶貝的夏格拉吧。他不可能再當隊長了。」

「我會把你的名字和編號交給納茲古。」士兵說，邊把嗓音壓低成嘶嘶氣音，「它們之一現在管理了高塔。」

對方停了下來，嗓音中滿是恐懼與憤怒。「你這打小報告的傢伙！」牠大喊，「你辦不好自己的差事，甚至還不挺自己人。滾去找你骯髒的尖叫鬼吧，它們最好把你身上的肉凍得全掉下來！前提是，敵人沒先逮到它們。我聽說他們已經宰了納茲古老大，希望是真的！」

高大的歐克獸人抓起長矛，並隨後追去。但追蹤者衝到一座石塊後，在對方跑來時對準牠的眼睛放箭，牠則應聲倒地。追蹤者便跑向山谷另一頭，消失得無影無蹤。

哈比人們沉默地坐了一陣子。最後山姆動了起來。「好吧，我覺得這很不錯。」他說，「如果這種友善態度傳遍魔多，我們就能省下一半的麻煩。」

「安靜點，山姆。」佛羅多低聲說道，「附近可能還有其他人。我們顯然僥倖逃過一劫，追捕行動也比我們預期得更急迫。但那就是魔多的精神，山姆，所有故事都這麼描述牠們自處時的行為。但你別抱太大希望。牠們遠遠更痛恨我們。如果那兩人看到我們，就會放下爭端，直到我倆都送命。」

隨即又是另一陣漫長沉默。山姆再度開口，但這次的音量很小，「你有聽到牠們口中的『那傢伙』嗎，佛羅多先生？我早告訴你說咕嚕還沒死了，不是嗎？」

「對，我記得。我也好奇你是怎麼知道的。」佛羅多說，「哎，來吧！直到天色變黑前，我想我們最好先別出發。你該把自己知道的事告訴我，還有之前的所有經歷。但最好小聲點說。」

「我試試看。」山姆說，「但當我想到臭傢伙時，就氣得想大叫。」

哈比人們坐在荊棘叢的掩護下，魔多晦暗的天色則緩緩化為漆黑無星的夜空。山姆在佛羅多耳邊說起咕嚕狡猾的攻擊，屍羅的恐怖，以及他自己與歐克獸人周旋時的冒險。當他說完時，一語不發的佛羅多便緊緊握住山姆的手。最後他動起身子。

「嗯，我想我們該繼續走了。」他說，「我想知道牠們還得花多久才會逮到我們，而這些苦難和偷偷摸摸的行動就全都白費了。」他站起身。「外頭很黑，我們也不能用夫人的星瓶。幫我保管它，山姆。除了我的雙手，我已經沒有別的地方能收納它了，但在這種伸手不見五指的黑夜中，我也得用雙手來探路。不過，我把刺針送給你。我已經有歐克獸人的劍了，但我不認為自己會再揮出任何一刀了。」

在夜間毫無通道的土地上行動，不只困難重重，還深具危險。但隨著時間過去，兩名哈比人仍沿著崎嶇山谷的東側邊緣緩緩向北跋涉。當灰色的陽光灑向西側高山時，山脈彼端的大地已經日出多時了；此時他們再度躲了起來，並輪流小睡。清醒時的山姆滿腦子都是食物。最後，當佛羅多醒來並提到食物，正準備走下一趟路時，山姆就問了最使他煩心的問題。

「不好意思，佛羅多先生，」他說，「但你知道還得走多遠嗎？」

「不，我不太清楚，山姆。」佛羅多回答，「在我離開裂谷前，我看過一分在魔王返回此地前所製作的魔多地圖，但我只有模糊印象。我記得最清楚的是，西側山脈和北側山脈的山腳，在北邊某處精準地交會。離高塔外那座橋至少有二十里格的距離。從那裡過去應該不錯。但當然了，如果我們抵達那裡，就離火山更遠了，大概有六十哩吧。我猜我們已經從橋梁往北走了大概十二里格。就算一切順利，我也很難在一週內抵達火山。山姆，我很怕負擔會變得很重，而當我們靠近目的地時，我也會走得更慢。」

山姆嘆了口氣。「和我擔心的一樣。」他說，「好吧，除了水以外，我們也得吃少一點，佛羅多先生，或是得走快一點，至少當我們還在這座山谷裡時得這樣。再吃一口，精靈旅途麵包以外的糧食就用光了。」

「我會嘗試走快一點，山姆。」佛羅多說，邊深吸一口氣，「來吧！我們繼續走！」

天色還沒完全變黑。他們繼續前進，一路走到入夜。隨著他們疲憊的步伐，時間逐漸逝去，兩人也只簡短停下幾次。看到黑影邊緣下透出一丁點灰色微光時，他們便躲進外凸岩石下的幽暗窪地。

陽光慢慢增強，直到天色變得比之前更清晰。西方吹來的強風已將魔多的濃煙從高空吹散。不久，哈比人們就能看出周圍幾哩內的地形。山脈與魔蓋之間的溝壑在爬升時逐漸縮小，內側山脊現在也成了伊費爾杜亞斯陡峭山壁上的岩架；但它往東方的哥葛洛斯直直落下。前方的河道來到布滿碎石的盡頭，因為山脈主幹中伸出一座荒蕪的高聳山腳，如同城牆般向東伸去。灰暗多霧的伊瑞德里蘇依北方山區則伸出一條長支脈與它相接，兩座山腳的末端間有座狹窄隘口：卡拉赫安格倫，也就是艾森口。烏頓的深谷則位在隘口彼端。在魔拉儂後的谷地中，充滿魔多的僕人為了防衛國土黑門所打造出的隧道與軍械庫。他們的主上正在此地集結大批兵馬，準備迎擊來襲的西方將領。外伸的山腳上蓋有堡壘與高塔，還燒起了守望用的火堆。隘口間建了一座土牆，還挖了一道深溝只能由一座橋梁通過。

往北幾哩外，西側山腳從主脈分叉而出的稜角高處，矗立著古老的杜爾桑城堡[5]，它是聚集在烏頓谷地的諸多歐克獸人要塞之一。他們在逐漸變亮的天色中能看到某條路從杜爾桑蜿蜒地伸來，直到離哈比人們一兩哩外的地點向東轉，並順著山腳坡壁上的岩架往前，再探進平原中，一路前往艾森口。

當哈比人們觀望時，他們覺得往北走的路程毫無用處。他們右側的平原瀰漫著朦朧霧氣，兩人也看不到營地或行進的士兵；但那塊地區完全暴露在卡拉赫安格倫的堡壘群視線下。

「我們碰上死路了，山姆。」佛羅多說，「如果我們繼續前進，就只會抵達那座歐克獸人塔，但唯一能走的道路，就是從那座塔延伸過來——除非我們掉頭回去。我們不能往西爬上坡，或是往東朝下坡走。」

「那我們就得走那條路了，佛羅多先生。」山姆說，「我們得碰碰運氣，希望運氣在魔多還有效。與其在附近繞圈，或試圖掉頭，我們乾脆直接向敵人投降好了。我們的糧食撐不下去了。我們必須全力衝過去！」

「好吧，山姆。」佛羅多說，「帶路吧！只要你心裡還有希望就好。我已經耗盡希望了。但我衝不了，山姆。我只能慢慢在後頭跟著你。」

「在你繼續走之前，你得先補充睡眠和食物，佛羅多先生。盡量多吃多睡吧！」

他把水交給佛羅多，也多給了他一片旅途麵包，並用自己的斗篷為主人做了顆枕頭。佛羅多已精疲力竭，無法對此爭辯，山姆也沒告訴他說，他剛喝掉了兩人的最後一滴水，也吃光了山姆和他自己的食物。當佛羅多入睡時，山姆傾身聆聽他的呼吸聲，並掃視他的臉龐。纖瘦的臉上滿是皺紋，但在睡夢中看起來滿足而毫無畏懼。「好吧，就這樣了，主人！」山姆咕噥道，「我得離開你一下，希望運氣眷顧我們。我們需要水，不然就無法前進了。」

山姆悄悄爬出去，並以哈比人獨有的戒心悄悄在岩石間奔跑，抵達底下的河道，再順著它往北走了段距離，直到他抵達一處岩階。泉水在多年前肯定由此往下流，形成一座小瀑布。現在一切都顯得乾燥而寂靜，但山姆不願受到絕望宰制，就彎下身子仔細傾聽，而使他喜出望外的是，自己居然聽見了水滴聲。他往上攀爬了幾處岩階，並發現山坡中流出一條黯淡小溪，填滿了一座小水池，並從池中湧出，消失在荒涼的岩石間。

5 譯注：Durthang，在辛達林語中意指「黑暗壓迫」。

山姆嘗了點水，味道似乎還行。接著他喝了一大口，並裝滿瓶子，再轉身回去。此時他瞥見某個黑影般的形體掠過了佛羅多藏身的岩石附近。他壓下自己差點脫口而出的叫喊，並躍下泉水邊，全力衝刺，跳過一塊塊石頭。那是難以察覺的謹慎生物，但山姆對他的身分毫無疑慮——他早就想掐住對方的脖子了。但他聽到山姆的動靜，並迅速溜走。山姆覺得自己匆匆瞥見那東西最後一眼，在對方彎腰消失前，還從東方懸崖邊回頭觀望。

「哎，運氣沒辜負我。」山姆咕噥道，「真是千鈞一髮！有上千名歐克獸人在附近還不夠嗎？那個壞蛋居然還跑來搞鬼？我真希望他被射死！」他在佛羅多身旁坐下，沒有喚醒對方，但他自己也不敢入睡。最後當他覺得眼睛即將合上，也明白自己無法繼續保持清醒時，就輕輕叫醒佛羅多。

「咕嚕恐怕又在附近出沒了，佛羅多先生。」他說，「至少，如果那不是他，那就有兩個他了。我去附近找水，回來時發現他在附近徘徊。我覺得我們兩個一起入睡不安全，但不好意思，我沒辦法繼續張開眼皮了。」

「老天祝福你，山姆！」佛羅多說，「躺下來換你睡吧！但我寧可遇到咕嚕，也不想碰到歐克獸人。總之，他不會把我們交給牠們——除非對方逮到他自己。」

「但他可能會自己動手搶劫和殺人。」山姆低吼道，「抱持警戒，佛羅多先生！瓶子裡裝滿了水。喝光它吧。當我們出發時，可以再把它裝滿。」說完，山姆就陷入昏睡。

當他醒來時，天色已再度變暗。佛羅多背靠岩石坐著，但他睡著了。水瓶已經變空。

附近沒有咕嚕的蹤影。

魔多的黑暗再度出現，高處的守望火堆燒得赤紅，此時哈比人開始動身，踏上旅程中最危險的部分。他們先走到小泉水邊，再謹慎地向上攀爬，並抵達道路往東轉向二十哩外艾森口的位置。這不是寬敞的道路，邊緣也沒有城牆或護牆，而當它通過險峻懸崖時，邊緣的深淵就變得越來越深。哈比人們聽不到任何動靜，而聆聽了一陣子後，他們就穩穩地往東走。

經過約十二哩後，他們停下腳步。道路後方的一小段路稍微偏向北方，他們剛剛經過的彎道現在也從視野中消失。這引發了問題。他們休息了幾分鐘，接著繼續前進。但他們還沒踏出幾步，忽然在死寂的夜裡聽見兩人暗暗畏懼的聲響：行進中的腳步聲。聲音離他們還有段距離，但當他們回頭時，就看到火炬閃光繞過半哩外的彎道，移動得十分快速，快到就算佛羅多順著道路往前跑，也躲不開對方。

「我就是擔心這點，山姆。」佛羅多說，「我們想仰賴運氣，它卻讓我們失望了。我們被困住了。」他慌張地望向險峻的岩壁，古代的築路工曾在他們頭頂數尋開鑿。他跑到另一側，望向邊緣下的漆黑深淵。「我們終於被困住了！」他說。他在岩牆下癱軟地坐下，低下頭來。

「看起來是這樣。」山姆說，「哎，我們只能等著瞧了。」說完，他就坐在山崖陰影下的佛羅多身邊。

兩人不需要等太久。歐克獸人正大步行進。最前排的成員手持火把。牠們走上前來，黑暗中的紅焰迅速變得明亮。山姆低下頭，盼望當火把抵達身旁時，能遮蔽他的臉孔，他也把盾牌擺在他們的膝蓋前。

「如果牠們忙著趕路，就會忽視幾個疲勞的士兵，繼續往前走！」他心想。

對方似乎就是如此。排頭的歐克獸人喘著氣大步經過，一面低垂著頭。牠們是較矮小的品種，不情願地遭到驅策前往參與黑暗魔君的戰爭。牠們只想結束行軍，並逃離鞭子。有兩名高大凶悍的烏魯克獸人在牠們身邊來回奔跑，揮舞鞭子並高聲叫罵。成排的部隊連續通過，顯眼的火光也已移向前方一段距離外，山姆屏住氣息。一半以上的隊伍已經離開了，忽然間，其中一名驅策奴隸的歐克獸人瞥見路旁的兩個人影。牠向他們甩了下鞭子，並大喊：「嘿，你們兩個！起來！」他們沒有回答，他則大喊一聲，要整批部隊停下來。

「快點，你們這些懶鬼！」牠喊道，「沒時間偷懶了。」牠向他們踏出一步，而即使在黑暗中，牠依然認出了他們盾牌上的徽記。「是逃兵嗎？」牠吼道，「還是想逃？你們所有人昨天傍晚前就該進烏頓去了。你們清楚這點。給我歸隊，不然我就要檢舉你們的編號。」

他們奮力起身，並繼續駝著背，如同腳痠的士兵般跛行，慢吞吞地走向隊伍末端。「不對，不要去後面！」奴隸監督人喊道，「往前移三排。留在那裡，不然等我過去，你們就有苦頭吃了！」牠用長鞭在他們頭頂打得劈啪作響，接著又啪的揮了一鞭，再大叫一聲，讓部隊再度快步前進。

對可憐又疲憊的山姆已經夠慘了，但對佛羅多而言，根本是折磨，很快也化為夢魘。他咬緊牙關，試圖阻止自己的內心胡思亂想，並努力踏步。他周圍的歐克獸人的汗水惡臭使他作嘔，也開始因口渴而喘氣。眾人繼續往前走，他則專心吸氣，逼迫自己的雙腿持續移動。但他不敢想像自己會遭遇到哪種恐怖的命運。根本不可能在不被發現的狀況下逃跑，驅策隊伍的監督人不時來嘲笑他們。

「好啦！」牠笑道，一面鞭打他們的腿，「有鞭子就有動力了，懶鬼們。繼續走！我會讓你們嘗點甜頭，不過當你們在營地遲到時，就會吃更多鞭子了。這對你們才好。你們不曉得我們開戰了嗎？」

他們又走了幾哩，道路最後順著長坡進入平原，此時佛羅多開始耗盡力氣，意志力也大幅減弱，他向前一跌並絆倒。山姆焦急地試圖幫助並扶起他，但覺得自己也幾乎走不下去了。他知道一切隨時都會結束，他的主人會昏厥或倒地，其他人就會發覺他們的身分，所有努力也將化為泡影。「我要砍了那個趕奴隸的傢伙。」他想道。

而當他把手放上劍柄時，發生了出乎意料的事。他們已經走上平原，並逐漸逼近烏頓入口。在入口前一段距離外橋墩盡頭的大門前，來自西方與其他南方的道路和來自巴拉多的通路匯集起來。士兵們沿著所有道路移動，因為西方將領即將來襲，黑暗魔君也將他的軍力派向北方。於是在城牆上火堆光芒外的黑暗中，剛好有好幾支部隊一同抵達道路匯集處。當每支部隊試圖率先闖進大門，並結束行軍時，就立刻響起了震天叫囂。儘管監督人們叫嚷揮鞭，人群中依然爆發了混戰，還有人抽出刀劍。一支來自巴拉多的重武裝烏魯克獸人撞上杜爾桑隊伍，讓眾人陷入混亂。

　　儘管因痛楚與倦意感到頭暈目眩，山姆依然回過神來，並抓緊機會，迎面倒向地上，邊抓著佛羅多一起倒下。歐克獸人們咒罵著摔在他們身上。哈比人們緩緩用手和雙膝爬出騷動，直到不受注意的他們溜進道路遠端邊緣之外。該處的路緣很高，讓部隊領袖能在黑夜或霧氣中進行領導，此處比開闊平地高了幾呎。

　　他們一動也不動地躺了半晌。天色太暗，就算附近有遮蔽處，他們也找不到；但山姆覺得他們至少該遠離幹道，也得躲避火光所及的範圍。

　　「來吧，佛羅多先生！」他悄聲說道，「再爬一下，你就可以休息了。」

　　佛羅多使出最後一股力氣，用雙手撐起身子，並奮力走了約二十碼的距離。接著他鑽進意外出現在兩人面前的深坑，像具屍體般倒在裡頭。

第三章——
末日火山

山姆把他破爛的歐克獸人斗篷攤在主人頭部底下，再用羅瑞安的灰袍蓋住他們倆。此時他的思緒飄向那優美的地區和精靈，也希望他們親手編織的布料，或許能夠在恐怖荒原遮掩他們。當部隊穿過艾森口時，他聽到對方的打鬥聲與叫囂逐漸散去。在諸多軍團交雜在一起的混亂中，似乎沒有人發現他們失蹤，至少目前還沒。

山姆啜飲了一口水，並要佛羅多也喝點，而當他主人稍微恢復後，他就給佛羅多一整片珍貴的旅途麵包，要對方吃下去。接著，疲憊到感覺不到過多恐懼的他們便躺了下來。斷斷續續地小睡片刻，因為兩人的汗水使他們感到冷冽，堅硬的岩石戳痛了皮膚，他們也發起抖來。從北方的黑門呼嘯地飄來一陣冷空氣，透過基力斯哥葛傳了過來。

灰濛濛的陽光在早晨再度出現，西風仍舊在高空吹拂，但在黑境群山後的礫石上，空氣近乎靜滯，寒冷卻又沉悶，了無生氣而顯得昏黃。附近的道路上毫無動靜，但山姆害怕北方不到一弗隆外的艾森口城牆上虎視眈眈的守軍目光。火山如同巨影般矗立在東南方。山頂冒出濃煙，昇上高空的煙霧往東飄去，綿延不絕的雲層則順著山坡飄下，擴展到整座國度上。東北方幾哩外灰燼山脈的山麓宛如肅穆灰色幽魂般聳立，後頭煙霧繚繞的北方高山則看似遙遠的雲朵，不比低垂的天空灰暗多少。

山姆嘗試猜測距離，以及他們該走哪個方向。「看起來大概有五十哩。」他陰鬱地咕噥道，一面盯著險峻的火山，「在佛羅多先生這種狀況下，本來要花一天的路程，現在可能得花一週。」他搖搖頭，當他思考時，心中便緩緩浮現一股陰森的新念頭。他堅毅的內心從未長期失去希望，直到現在，他才認真思索兩人能否回家的問題。但他終於明白了苦澀的真相，在最好的情況下，他們的存糧能供他們抵達目的地。而當任務完成時，他們就會面對孤苦無依的終曲，毫無食物的兩人將困在可怕沙漠的中央。他們回不了家了。

「所以，這就是我一開始覺得要做的事，」山姆心想，「幫助佛羅多先生邁出最後一步，然後和他一起送死嗎？好吧，如果責任如此，那我也得照做。但我很想再看臨水一眼，也想見蘿西．柯屯[1]和她的兄弟們，以及老爹和金盞花[2]。如果根本沒有回家的希望，我就想不出甘道夫為何會派佛羅多先生踏上這場任務。當他死在墨瑞亞後，一切就出錯了。我真希望他還活著。他一定能做點什麼。」

但當山姆心中的希望熄滅，或看似消逝時，卻反而催生出了新的動力。當他打定主意後，山姆樸實的哈比人臉孔就轉為嚴肅，神情也近乎嚴謹，他的四肢感到一陣戰慄，彷彿自己化為以石頭和鋼鐵打造的生物，連絕望、倦意或無盡的荒蕪大地，都無法使他退縮。

胸懷全新責任感的他，將目光轉回附近，思索接下來的去向。隨著天色漸亮，他驚訝地發現，從遠處看來寬闊的平原，其實破碎而崎嶇。整座哥葛洛斯平原的表面遍佈巨坑，彷彿當它還是柔軟泥灘時，就遭到大量箭矢與巨石攻擊。最巨大的坑洞邊緣堆了礫石堆，寬闊的裂縫從洞口往四面八方散去。他們能夠在這座地區四處躲藏，只有最有警覺心的人才看得見。至少對強壯而不需趕路的人而言，足以辦到這點。對又餓又累還得在生命結束前走漫長路途的人來說，狀況看起來並不好。

想到這一切的山姆，回到了主人身邊。他不需要叫醒對方，佛羅多睜眼躺著，盯著多雲的天空。「嘿，佛羅多先生，」山姆說，「我四處打探過了，也想了一下。路上什麼都沒有，我們也最好趁有機會時趕快走。你辦得到嗎？」

「我可以。」佛羅多說，「我必須辦到。」

---

1 譯注：Rosie Cotton，Cotton 此字由「cot」（小屋）和字尾「-ton」（鎮）組成，托爾金建議採意譯，但由於 Cotton 本身是常見的英文姓氏，因此此處採用與哈比屯類似的音譯加意譯方式翻譯。

2 譯注：Marigold，托爾金要求意譯此出自花名的名字。金盞花是山姆最小的妹妹，名字中的「gold」（金）顯示山姆的家族中有白膚族的血統。

當他們一動身，爬進不同的坑洞中時，快步衝到能找到的掩護處後方，但兩人總以斜向前進，前往北方山脈的山麓。但當他們行走時，極東的道路跟在他們身後，直到它延伸到山脈外圍，探向前頭遠方的一大堵黑影。沒有人類或歐克獸人走在這條灰暗的長路上，因為黑暗魔君已幾乎完成軍力調度，就連在他自己國度的要塞中，他也尋求黑夜的遮掩，擔心世界局勢已對他不利，強風也吹亂他的煙幕，而和穿過高山屏障的大膽間諜有關的消息，則使他忐忑不安。

當哈比人們疲憊地停下腳步時，才只走了幾哩路。佛羅多幾乎耗盡了精力。山姆發現他無法再以這種方式前進——一路俯身爬行，有時緩慢地找出令人存疑的路線，有時又跌撞地奔跑。

「趁天色還亮，我要回道路上去，佛羅多先生！」他說，「又得信任運氣了！上次它差點辜負了我們，還好後果沒有太糟。我們再走幾哩，就可以休息了。」

他冒的風險比預料中更高，但佛羅多的注意力全擺在自己的重擔與內心的掙扎，因此無力反駁，也幾乎無法在意。他們爬上道路並繼續跋涉，踏上通往邪黑塔的荒涼道路。但好運眷顧了他們，而在那天剩下的時間中，他們都沒有碰上任何移動的生物，入夜時，兩人則消失在魔多的黑暗中。整座國度都因即將到來的風暴而屏息以待，因為西方將領已通過了十字路口，並在伊姆拉德魔窟的致命原野中放了火。

於是絕望的旅程繼續前進，魔戒往南移動，王者旗幟則朝北行進。對哈比人們而言，每一天和每一哩路都比先前更難熬，他們的精力逐漸耗盡，周遭環境則變得更加嚴峻。他們在白天沒有碰上任何敵人。有時在夜裡，當他們在路邊某個隱蔽處中躲藏或不安地打盹時，就會聽到叫聲和許多腳步聲，或是疾馳的坐騎發出的馬蹄聲。但比這一切危機更糟的，則是在他們行進時逐漸逼近的恐怖威脅：黑暗力量駐足守候，在它王座周圍的黑暗雲幕後，在不眠的惡意中沉思。它越來越近，也越趨深沉，如同在世界末日現身的黑夜高牆。

恐怖的夜晚終於到來，當西方將領逼近生人國度的盡頭時，兩名流浪者也面臨了心灰意冷的時刻。他們逃離歐克獸人後，已經過了四天，他們度過的時間，彷彿成為逐漸黯淡的夢境。在最後這天裡，佛羅多沒有說話，只是彎腰行走，腳步經常顯得蹣跚，彷彿雙眼已看不見前方的道路。山姆猜測，在他們承受的苦楚中，就屬魔戒逐漸增加的重量最難熬，對身體帶來負擔，也折磨心靈。山姆擔憂地注意到，他的主人經常舉起左手，彷彿要抵擋某種攻擊，或是遮蔽畏縮的雙眼，以避開企圖找尋他們的駭人邪眼。有時佛羅多的右手會伸到胸前緊抓，再隨著他回神而緩緩收回。

當黑夜回歸時，佛羅多便坐了下來，將頭部靠在雙膝間，他的雙臂虛弱地垂到地上，雙手則虛弱地扭動。山姆看著他，直到夜色籠罩他們倆，兩人甚至看不到彼此。他想不出該說什麼，陰沉的思緒襲上心頭。至於他自己，儘管感到疲倦、內心也蒙上恐懼陰影，但他還有些體力。少了蘭巴斯的營養，他們早就會倒地而死。它無法滿足食慾，有時山姆心中充滿了關於食物的記憶，也渴望簡單的麵包與肉。但這種精靈旅途麵包有種效力，當旅行者只靠它維生，不和其他食物混食的話，它的效力就會增強。它能滋養意志力，也賦予承受壓力的耐力，讓食用者以超出凡人能耐的方式控制肌肉與四肢。他們沒辦法繼續走這條路了，因為它往東伸向龐大的邪影，但火山當前在他們右邊隆起，幾乎正好位在南方，他們也得轉向它了。但火山前方還有塊廣闊的不毛之地，上頭濃煙密布，也滿布塵埃。

「水，水！」山姆咕噥道。他十分克制自己，而他乾渴口腔中的舌頭顯得又厚又腫，儘管他謹慎行事，他們現在卻已不剩多少水了，也許他的水瓶仍然半滿，又或許還有好幾天得走。如果他們不敢走歐克獸人的路，那物資很早以前就會耗盡了。道路上每隔一段長距離都設有貯水槽，供急於在缺水區域趕路的部隊使用。山姆在其中一個貯水槽中找到了一些髒水，儘管歐克獸人汙染了水質，但仍然能供緊迫的他們使用。但那是一天前的事了。已經沒有任何希望了。

最後因憂心而感到疲累的山姆，終於產生了睡意，並決定等到早上再操心；他無法繼續思考了。夢境和清醒，不安地彼此交錯。他看到如同狡猾眼睛的亮光，還有鬼鬼祟祟的黑色形體，也聽到彷彿來自野獸的叫聲，或是受虐生物的痛苦哀號。當他驚醒時，發現世界陷入一片漆黑，身邊也只有空蕩蕩的黑暗。只有一次，當他站起身驚慌地四處張望時，才覺得儘管他已清醒，也還能看到像是眼睛般的蒼白光線，但它們很快就消失了。

恐怖的夜晚緩慢且不情願地結束。隨後出現的陽光十分模糊，因為當他們更靠近火山時，空氣就變得更混濁，邪黑塔中飄出索倫自我包覆的黑影迷霧。佛羅多一動也不動地躺在地上。山姆站在對方身旁，也不太願意開口，但他深知自己心裡的話：他必須刺激主人的意志，使佛羅多再度起身。最後，他俯身並輕撫佛羅多的前額，在對方耳邊開口。

「醒醒，主人！」他說。「該走了。」

彷彿因突如其來的鐘聲而驚醒，佛羅多迅速起身，並往南邊看。當他望向火山和荒漠時，再度感到畏縮。

「我辦不到，山姆。」他說，「這東西好重，好重。」

山姆在他開口前，就知道這種要求毫無幫助，這些話也比較可能帶來傷害，但儘管他心懷同情，卻無法保持沉默。「那就讓我幫你分擔一點，主人。」他說，「你知道，只要我還有力氣，就願意也樂意這麼做。」

佛羅多眼中浮現出狂野的精光。「別過來！別碰我！」他喊道，「我說過，這屬於我。別過來！」他的手移到劍柄上。但他的語氣迅速改變。「不，不，山姆。」他哀傷地說，「但你得理解。這是我的重擔，也沒人能背負它。已經太遲了，親愛的山姆。你沒辦法再這樣幫我了。我幾乎完全受制於它。我沒辦法捨棄它，假如你想搶走它，我一定會瘋掉。」

山姆點點頭。「我懂。」他說，「但我一直在想，佛羅多先生，我們可以拋下其他東西。為何不減輕一點負擔呢？我們得盡可能走直路。」他指向火山，「我們不必帶不見得用得上的東西。」

佛羅多再度望向火山。「不，」他說，「我們在路上不需要這麼多東西。到了盡頭時，就什麼都用不上了。」他拾起歐克獸人的盾牌，一把將它拋開，再扔掉他的頭盔。接著他解開灰色斗篷，鬆開厚重的腰帶，讓它和鞘中劍一起落到地上。他扯下破爛的黑色斗篷，任憑它飄走。

「好了，我不願再當歐克獸人了。」他喊道，「我也不會再攜帶華美或醜惡的武器。如果牠們想，就讓牠們逮到我吧！」

山姆也照做了，並放下他的歐克獸人裝備，取出背包中的所有東西。每件東西對他而言都變得十分難捨，或許只因為他一路帶它們經歷了這麼多苦難。最艱難的就是和他的廚具分開。一想到要拋掉廚具，他就變得熱淚盈眶。

「你記得那些兔肉嗎，佛羅多先生？」他說，「還有我們在法拉米爾將軍國度躲藏在溫暖的山坡底下，以及我們看到洪荒象的那天？」

「不，恐怕不記得，山姆。」佛羅多說，「至少，我知道這些事發生過，但我記不起它們。想不起食物，記不得水的觸感和風聲，也想不起樹木花草，回憶中也沒有月亮或星辰的畫面了。我赤裸裸地待在黑暗中，山姆，我和火輪之間已經沒有阻隔了。我開始能用肉眼看到它了，其他一切都逐漸消失。」

山姆走到他身旁，並親吻他的手。「那我們越快除掉它，就能越快休息了。」他結結巴巴地說，心裡找不出更好聽的話了。「講話治不好任何問題。」他咕噥道，並收集起他們決定丟棄的所有東西。他不願把它們扔在空蕩的曠野上，暴露在所有人的目光下。「骯髒鬼似乎撿走了那件歐克獸人鎖子甲，他別想多拿走一把劍。他的手光是空著就夠糟糕了。他也別想碰我的鍋子！」說完，他帶著所有的裝備到地面諸多裂隙之一，把它們往裡頭丟。他珍貴的鍋子落入黑暗時發出的鏗鏘聲，對他而言有如喪鐘。

他回到佛羅多身邊，再把他的精靈繩索切下一小段，充當主人的腰帶，把灰色斗篷緊緊綁在佛羅多腰間。他把剩餘的繩索細心捲好，把它放回背包。他身旁只放了剩餘的旅途麵包和水瓶，刺針也仍掛在腰帶上。胸口旁的上衣口袋裡則藏了格拉翠兒的星瓶，和她送給他的小盒子。

他們終於轉向火山，不再考量隱藏自己的蹤跡，只為了唯一的任務而壓抑疲勞與虛弱的意志力。在那悽涼日子的微光中，那座充滿戒心的國度就沒有多少生物能發現他們，除了近在咫尺的對象以外。在黑暗魔君的所有奴隸中，只有納茲古能警告他悄悄襲來的危機，這種危機渺小但不屈不撓，並且已深入了他戒備森嚴的國度中心。但納茲古與它們的黑翼都已前往境外進行其他任務。它們在遠方聚集，追蹤西方將領的行軍陣容，邪黑塔的思緒便聚焦在此。

山姆覺得，那天他主人似乎找到了新的力量，原因或許不只是他的重擔稍微減輕了重量。在起初的路程中，他們前進的進度比他盼望的更遠也更快。地形崎嶇而危機重重，但他們的進度優異，火山也越來越近。當時間逐漸流逝，朦朧的天色也迅速變暗時，佛羅多再度俯身，步伐也變得蹣跚，彷彿再度振作的努力已耗盡了他僅剩的精力。

當他們最後一次停下，他就癱軟在地並說：「我渴了，山姆。」接著就不再開口。山姆讓他喝了一口水，也只剩下一口水了。他自己沒有喝水，而當魔多的黑夜再度籠罩他們時，與水有關的回憶便貫穿他的思緒。他見過的每條溪流或泉水，無論曾流經翠綠柳蔭或在陽光下閃爍，都在他盲目的雙眼中折磨著他的內心。當他和喬利．柯屯、湯姆與尼布斯，以及他們的妹妹蘿西一起涉水走在臨水的小池中時，腳趾間感受到冰涼的泥巴。「但那是好多年前的事了，」他歎道，「也離這裡很遠。如果有路可以回家，也得先經過火山。」

他無法入眠，並在內心與自己展開爭執。「哎，好吧，我們幹得比你預期得好。」他堅定地說，「總之，起步時還不錯。我想在停下來前，我們已經走了一半路程。再走一天就行了。」接著他停下思緒。

「別傻了，山姆．甘吉。」他自己的聲音傳來回答，「他沒辦法再走一天，說不定連動都動不了。如果你把所有的水和大多食物都給他的話，你也走不久了。」

「我還可以走很遠，我會辦到的。」

「走去哪？」

「當然是去火山了。」

「但然後呢，山姆．甘吉，然後呢？當你抵達那裡時，又能做些什麼？他自己什麼都辦不到。」

山姆沮喪地發現，自己居然啞口無言。他完全不曉得答案。佛羅多沒對他提太多關於自己任務的事，山姆也只稍微知道，得想辦法把魔戒丟進火中。「末日裂隙。」他低聲說出在他心中浮現的老名字。「嗯，主人可能知道怎麼找到那裡，我就不曉得了。」

「你看吧！」那聲音回答，「一切全是白忙一場。他自己也這樣說了。你是個傻子，還繼續抱持希望和受苦。如果你沒這麼頑強，好幾天前早就可以一起躺著睡了。但你還是會死，或遇到更糟的下場。你乾脆躺下來放棄吧。你永遠爬不上山頂的。」

「就算我只剩下一身骨頭，也會爬上去。」山姆說，「就算會因此毀了我的背和內心，我也要把佛羅多先生背上去。所以別吵了！」

此時山姆感到腳下的地面傳來一股震動，也聽到或感覺到低沉轟鳴，如同遭到囚禁在地底的雷電。雲層下短暫亮起赤色火光，又隨即消失。火山同樣不得安眠。

他們前往歐洛都因的最後一趟路開始了，這也是遠超出山姆忍受程度的苦難。他全身感到痛苦，喉嚨也乾渴得連一口食物都無法下嚥。周圍依舊黑暗，也不只是因為火山冒出的濃煙。似乎有股風暴即將到來，東南方的幽暗天空下也閃現了雷光。最糟的是，空氣中瀰漫著煙霧。呼吸令人嗆得疼痛難忍，兩人也感到暈眩，使他們步履蹣跚，也經常跌倒。但他們的意志並沒有動搖，並繼續奮力向前。

火山逐漸變近，而當他們抬起沉重的頭時，山峰已盤據了他們的視野，雄偉的高山在他們面前隆起。那是座以灰燼、礦渣和燒焦的石塊構成的龐然大物，陡峭的火山錐升入雲端。在持續一整天的暮色結束、真正的夜色落下之前，他們已經跌跌撞撞地爬到山腳下了。

佛羅多喘了口氣，便跌坐在地。山姆在他身旁坐下，讓他訝異的是，儘管感到疲勞，卻覺得輕盈，腦袋似乎也清醒了點。他的內心不再掙扎。他清楚所有使他憂心的念頭，也不願受它們影響。他已下定決心，只有死亡會擊垮他。他不再想要或需要睡眠，反而充滿警覺。他明白所有危機已經來到終局，隔天將是末日，成敗就在此刻，也是最後一場奮鬥。

但它何時會到來？黑夜似乎無止無盡，逝去的每分鐘都落入過去，沒有帶來分毫改變。

山姆開始思考，第二股黑暗是否已經展開，使白晝不再出現？最後他摸向佛羅多的手。對方冰冷的手不住顫動——他的主人正在發抖。

「我不該抛下毯子的。」山姆咕噥道。躺下後，他試圖用雙臂與身體安撫佛羅多。他隨後陷入睡夢，任務最後一天的曙光則照耀在並肩倒臥的兩人身上。風在前一天就已停止，原本颳自西方，現在則從北方吹來，風速不斷增強。不見蹤影的太陽緩緩將陽光灑進哈比人身處的黑影中。

「好了！該努力最後一次了！」山姆說，一面奮力起身。他向佛羅多屈身，溫柔地搖醒他。佛羅多發出呻吟，他努力嘗試站立，但隨後又跌倒在地。他艱困地抬頭望向末日火山高處的漆黑斜坡，再可憐地用雙手向前攀爬。

山姆注視他，心裡愴然涕下，但乾燥刺痛的雙眼卻流不出淚水。「我說過就算毀了我的背，我也會背起他。」他低聲說，「我會這樣做！」

「來吧，佛羅多先生！」他叫道，「我沒辦法幫你承擔它，但我能背負你和它。快起來！來吧，親愛的佛羅多先生！山姆會載你一程。告訴我該往哪走，我就往那走。」

當佛羅多靠在他背上，雙臂無力地掛在他脖子邊，雙腿緊緊扣在他手臂下時，山姆就搖晃著起身。使他大感訝異的是，他覺得負擔很輕，原本擔心自己沒有力氣能背起主人，也以為會分擔魔戒的駭人重量。但情況並非如此。無論是因為佛羅多長久以來的痛苦、刀傷和毒刺傷害；以及悲傷、恐懼和無家可歸的流浪過程；或是由於在最後關頭得到的某種力量，使山姆毫不費勁地背起佛羅多。彷彿他是在夏郡的草皮或乾草地上玩遊戲時，把某個哈比人小孩扛在背上。他深吸一口氣，動身出發。

他們抵達火山山腳的北側稍微偏西，那裡的灰色山坡儘管地形破碎，但並不陡峭。佛羅多沒有說話，山姆則奮力攀爬，他沒有任何指引，只能盡力在耗盡力氣與意志力前向上爬。他不斷往高處爬，四處轉彎以便緩解坡度，也經常往前跌倒，最後則像背負重擔的蝸牛般往上爬行。當他的意志無法繼續驅策自己，四肢也癱軟無力時，他就止步並輕輕放下他主人。

佛羅多睜開雙眼並深吸一口氣。待在比底下繚繞翻騰的惡臭更高的位置，就讓呼吸變得輕鬆了點。「謝謝你，山姆。」他沙啞地低聲說道，「還得走多遠？」

「我不知道，」山姆說，「因為我不曉得我們該往哪走。」

他往後一看，接著四處觀望，這才對先前努力攀爬的成果感到訝異。陰森孤寂的火山看起來比先前還高。山姆發現，它並沒有比他和佛羅多爬上的伊費爾杜亞斯山路高。它龐大底部上錯綜複雜的肩狀結構，比平原高了約三千呎，上頭高聳的中央火山錐則多出了一半的高度，如同巨大的窯爐或煙囪，頂端則是凹凸不平的火山口。但山姆已經從基底向上爬了超過一半的高度，底下是模糊的哥葛洛斯高原，濃煙與黑影籠罩著這座大地。當他抬頭仰望時，如果他乾渴的喉嚨允許，他就會大叫一聲。因為他在頭頂的崎嶇突起處與山肩上，看到了一條小徑，或是道路。它像條隆起的腰帶般從西方攀升，長蛇般的路徑蜿蜒環繞火山，直到它繞出視野，並抵達東側火山錐底部。

山姆無法看見前方的道路，這裡正好是最低的位子，有座陡坡從他站立的地點向上升起。但他猜，如果他能努力再往上爬一點，他們就能抵達那條路。他心中燃起了一絲希望。他們或許能成功登頂。「嘿，那條路可能就是因此出現的！」他對自己說道，「少了它的話，我可能就覺得自己最後失敗了。」

這條路並不是為了山姆方便而出現。他不曉得自己正注視著從巴拉多通往火焰廳堂薩馬斯瑙爾[3]的索倫之路。它從邪黑塔的巨大西門伸出，度過深淵上的巨型鐵橋，再探入平原，隨後在兩座冒煙的深淵上延伸了一里格，就此抵達通往火山東側的漫長坡道。它由此由南到北不斷繞行廣闊的火山，最後爬升到火山錐上層高處，但依然與冒出濃煙的頂峰距離很遠。最後它抵達一座朝東的漆黑入口，入口朝向索倫要塞中受到陰影遮蔽的眼之窗。火山核心的動盪經常堵死或摧毀道路，但無數的歐克獸人總會再度修繕並清理它。

山姆深吸了一口氣。上頭有條路，但他不曉得該如何爬上那座山坡。首先，他得先放鬆痠痛的背部。他平躺在佛羅多身旁片刻。兩人都沒有開口。天色緩緩變亮，山姆忽然感到一股莫名的緊張。他彷彿感覺到呼喚：「現在，就是現在，不然就太遲了！」他振作精神並站起身。佛羅多似乎也感受到那股呼喚。他費勁地爬了起來。

「我可以爬上去，山姆。」他喘息道。

於是兩人如同灰色小蟲般一步步爬上山坡。他們抵達了道路，發現路面十分寬闊，上頭布滿碎石與灰燼。佛羅多爬上道路，而彷彿受某種衝動驅策的他，慢慢轉身面對東方。

索倫的黑影懸在遠方，但可能是因吹自外界的風，或是黑影中的龐然動盪，使厚重的雲層翻騰波動，並短暫分裂開來。他隨即看到，廣闊陰影中昇起了更加黑暗的輪廓，那是巴拉多塔頂端的險峻尖柱與鐵冠。它只在那瞬間顯露真身，有道紅色火光從至高處的窗口射向北方，那來自一顆銳利邪眼的妖光。暗影隨即再度併攏，恐怖的景象也就此消失。邪眼並沒有轉向他們，它正往北緊盯死守陣地的西方將領，將全心惡意都聚焦於該處，黑暗勢力也即將揮出致命一擊。看了那令人喪膽的一眼後，佛羅多便無力地倒下。他的手摸索著脖子上的鏈子。

山姆跪在他身旁。他聽到佛羅多微弱地幾乎無法聽見的聲音說道：「幫幫我，山姆！幫幫我，山姆！握住我的手！我沒辦法克制了。」山姆牽起他主人的雙手並將它們靠在一起，讓雙掌併攏，並親吻它。接著他溫柔地用自己的手握住那雙手。一股想法襲上他心頭：「他發現我們了！一切都完了，或是很快就完了。好了，山姆．甘吉，這就是一切的盡頭。」

他再度扶起佛羅多，把對方的雙手擺到自己的胸前，讓主人的雙腿在身旁擺盪。接著他低下頭，努力離開了向上攀升的道路。它並不如剛開始看來如此輕鬆。幸運的是，當山姆站在基力斯昂戈時，因火山動盪湧出的烈火主要往南坡與西坡流下，這一側的道路沒有

——

3 譯注：Sammath Naur，「火焰廳堂」（Chambers of Fire）為它的辛達林語意義。

堵塞。但它在許多位置都已崩塌或出現裂隙。在往東攀爬了一段時間後，它就在急轉彎處迅速繞回同方向，並往西延伸了一段距離。道路在路彎處深深切過一座古老岩塊，多年前它從火山的核心噴湧而出。因重擔而喘著氣的山姆繞過路彎，此時他從眼角瞥見某個東西從岩石上落下，像塊在他經過時崩解的小黑石。

某個重物忽然擊中他，使他猛地向前倒去，迫使他鬆開與主人緊緊相握的雙手。他立刻知道發生了什麼事，因為當他倒地時，耳中聽到了令他痛恨的嗓音。

「歹毒的主人！」他帶著嘶嘶聲說道，「歹毒的主人騙了我們，騙了史麥戈，咕嚕。他不能走那條路。他不能傷害寶貝。把它交給史麥戈，對，把它給我們！把它交給我們！」

山姆用力站起身，立刻拔劍，但他什麼也辦不到。咕嚕和佛羅多糾纏在一起，咕嚕正猛抓著他的主人，試圖碰到鏈子與魔戒。這可能是唯一能激起佛羅多內心殘存意志力的方式——企圖以暴力奪走寶物的攻勢。他忽然以山姆和咕嚕吃驚的怒氣回擊。即便如此，如果咕嚕自己沒有遭遇變化，事情或許也無法順利發展。無論寂寞又缺乏食物和飲水的他，究竟走過了哪些駭人道路，受到強烈慾望與恐懼驅使的他，身上都留下了可怕的痕跡。他是個骨瘦如柴、飢腸轆轆的淒慘生物，蠟黃的乾皮包住一身骨頭。他眼中綻放瘋狂的精光，但他先前的力氣已無法與他的惡意比擬。佛羅多甩開他，並顫抖著起身。

「退下，退下！」他喘息道，在胸前緊握著手，抓住皮衣遮蔽下的魔戒。「退下，你這鬼鬼祟祟的東西，別擋我的路！你的時刻已經結束了。你已經無法背叛或殺害我了。」

忽然間，如同先前在艾明穆伊的遮蔽下，山姆以不同的的方式看到了這兩名對手。其中一個蹲踞的身影，看來幾乎只是生靈的陰影，這生物徹底潰敗，內心卻充滿醜惡慾望和怒火；站在它面前的，是身穿白衣的嚴厲人影，心中已毫無憐憫，但胸前卻有一圈烈火。火焰中發出了威風凜凜的聲音：

「離開，別再干擾我！如果你再碰我，就會將自己投入末日之火中。」

蹲踞的形體往後退，猛眨的雙眼帶著恐懼，同時卻又散發出無可滿足的慾望。

幻覺隨即消失，山姆看到站起身的佛羅多把手擺在胸口，急促地喘氣，咕嚕則跪在他腳邊，往外攤開的雙手壓在地上。

「小心！」山姆叫道，「他會跳起來！」他大步向前，揮舞著他的劍。「快，主人！」他喘息道，「快走！快走！沒時間浪費了。我會對付他。快走！」

佛羅多望著他，彷彿正盯著遠方的人。「對，我得繼續走了。」他說，「再會了，山姆！終於來到了盡頭。末日即將降臨末日火山。再會！」他轉身離開，緩慢但直挺挺地踏上坡道。

「好了！」山姆說，「我終於可以對付你了！」他持劍衝向前，準備好作戰。但咕嚕沒有跳起來。他倒在地上嗚咽啜泣。

「別殺我們。」他哭著說，「別用殘酷的鋼鐵傷害我們！讓我們活下去，對，再活一下下就好。輸了！輸了！我們輸了！等寶貝不見了，我們就會死掉，對，化成塵土。」他用瘦弱的長指抓起道路上的灰燼。「塵土！」他嘶嘶叫道。

山姆的手動搖了。他的內心滿懷怒氣與惡劣的回憶。殺死這個不可信任的傢伙是正確之舉，他值得一死，這似乎也是唯一的安全做法。但內心深處有某種東西制止了他，他無法殺害這個倒在塵埃中的寂寞生物，對方可悲的一生已經徹底遭到摧毀。儘管只有短短一陣子，但他自己也背負過魔戒，現在也能略略猜出咕嚕飽受摧殘的身心靈所面對的痛苦，對方受到魔戒奴役，永遠無法在生活中找到平靜或安寧。但山姆無法用言語表達他的感受。

「噢，去死吧，你這臭傢伙！」他說，「滾開！別回來！我不相信你，也想狠狠踢你。但滾吧。不然我就會傷害你，對，用殘酷的鋼鐵傷害你。」

咕嚕四肢著地地起身，後退了好幾步，接著他轉過身，而當山姆往他踢出一腳時，他就沿著道路逃之夭夭。山姆沒有搭理他，忽然想起了自己的主人。他抬頭望向小徑，但無法看到對方。他盡快爬上那條路，如果他往回看，或許就會發現底下不遠處的咕嚕再度轉身，眼中散發出極致瘋狂的神色，迅速但謹慎地從後頭跟上，如同岩石間鬼鬼祟祟的陰影。

通道繼續爬升。它很快就再度轉彎，最後往東轉向火山錐上的一道開口，抵達了火山山壁上的幽暗門口，也就是薩馬斯瑙爾之門。遠方的太陽自南方昇起，穿過濃煙與迷霧，放出不祥的光芒，如同黯淡的紅色圓盤。但火山周圍的魔多如同寂靜的死亡地帶，沉沒在黑影中，等候著致命一擊。

山姆來到洞口，並往內窺探。裡頭漆黑炎熱，空氣中響起了低沉的轟隆聲。「佛羅多！主人！」他叫道。沒有回應傳來。他站在原地半晌，心臟因驚懼而快速跳動，接著他跨進門口。有道黑影跟隨著他。

剛開始他什麼都看不見。在他急需援助的時刻，他再次抽出格拉翠兒的星瓶，但瓶子在他顫抖的手中顯得蒼白冰冷，沒有往令人窒息的黑暗放出亮光。他來到了索倫國度的中心，與他古老勢力的熔爐，這是他在中土世界力量最強大的地點，其他力量在此無法生效。他害怕地在黑暗中邁出不穩定的步伐，接著有道紅光向上飛昇，擊中高聳的黑色頂壁。山姆這才發現他待在一座長洞或隧道中，一路通往冒煙的火山錐內。但在一小段距離前，有道裂口截斷了隧道的地面與兩側牆壁，紅色強光由此滲出，有時往上躍起，有時又沒入黑暗。而底下遠處則傳來巨響與騷動，彷彿有巨大的引擎正在震動運作。

光芒再度亮起，而在懸崖邊緣，恰好在末日裂隙旁，佛羅多站在那。他漆黑的身影面對強光，顯得緊張又僵直，彷彿已化為石像般毫無動靜。

「主人！」山姆喊道。

佛羅多動了一下，並用清亮的聲音開口，山姆從來沒聽過他的聲音變得如此清晰有力，也比末日火山的動盪巨響更加高昂，在頂壁與岩壁間迴響。

「我來了。」他說，「但我不願完成此行的目的。我不願意做這件事。魔戒是我的！」當他將戒指套上手指，他就忽然從山姆的視野中消失。山姆倒抽一口涼氣，但他沒有機會大叫，因為許多事同時發生了。

有東西從後頭用力擊中山姆，使他跌倒在地，摔到一旁，頭部撞上了崎嶇的地面，某個黑暗形體自身邊衝過。他一動也不動地躺著，在那瞬間，一切陷入黑暗。

而當遠方的佛羅多戴上魔戒，並公開占據它時，就連位在國度核心的薩馬斯瑙爾，巴拉多的黑暗勢力都為之動搖，邪黑塔從最深的地基到自豪的尖頂都發出顫動。黑暗魔君忽然察覺到他，他的邪眼穿越所有陰影，橫跨平原盯著他打造的門口。他瞬間明白自身的愚行，也終於理解敵人們的所有計畫。他頓時火冒三丈，但濃煙般的恐懼攫住他的心頭。他明白自己身陷千鈞一髮的致命危機。

他的意志拋下所有計畫以及由恐懼和背叛交織而成的羅網，也脫離了所有策略與戰爭。一股衝擊傳遍他的國度，使他的奴隸們感到畏縮，大軍也停止移動，將領們忽然變得群龍無首，失去了戰鬥意志，內心感受到動搖與絕望。主人遺忘了他們。宰制他們的黑暗勢力已將龐大的意志力聚焦在火山上。在他的召喚下，飛速比風更快的納茲古發出尖嗚，焦慮地掉頭轉向，它們拍打巨翼，往南飛向末日火山。

山姆爬了起來。他感到暈頭轉向，血液也從頭上滴進眼中。他向前摸索，並目睹了古怪而駭人的光景。深淵旁的咕嚕正和隱形敵人瘋狂地搏鬥。他前後搖晃，幾乎要跌下近在咫尺的懸崖；他拉回身子，落到地上，起身，又再度下墜。過程中他發出嘶嘶聲，但一句話都沒說。

下方的熊熊烈火向上高漲，紅光炯炯發亮，整座洞窟都充斥著強光與高熱。山姆忽然看到咕嚕修長的雙手向上伸到嘴邊，他的白牙閃動光澤，並用力一口咬下。佛羅多發出慘叫，便頓時現身，跪在深淵邊緣。但咕嚕發狂般地舞動，手中高舉戒指，戒圈中還套著一根手指。彷彿以烈焰鑄成的它閃閃發光。

「寶貝，寶貝，寶貝！」咕嚕叫道，「我的寶貝！噢，我的寶貝！」說完，當他的雙眼痴迷地盯著戰利品時，他踏偏了一步，並失去平衡，在崖邊稍作搖晃，就放聲尖叫並摔了下去。他最後一聲淒厲的「寶貝」從深淵傳來，他便就此消失。

周圍響起一陣滔天怒吼與轟鳴。火舌躍起並舔舐壁頂。震動聲化為驚天巨響，火山也為之搖動。山姆奔向佛羅多並扛起他，把他帶出門外。在薩馬斯瑙爾的漆黑門檻前，在魔多平原的高處，感到無比驚懼的他站在原地，忘卻了周遭的一切，如同石像般遙望遠方。

他短暫目睹翻騰的雲層，雲層中央有高聳如山的高塔與城牆，矗立在深坑高處的雄偉山頂王座上。廣場與地牢，如同懸崖般陡峭的漆黑牢房，以及敞開的精鋼大門。一切灰飛煙滅。高塔倒塌，高山坍落，城牆崩陷熔化，重重墜落地面。龐然濃煙與蒸氣往上飛升，直到它們如同巨浪般落下，紊亂的頂端往地面翻滾蠢動。最後，幾哩外的大地傳來聲響，並逐漸化為震耳欲聾的巨響與怒吼。地面搖動，平原起伏碎裂，歐洛都因也遭受撼動。火焰從它迸裂的頂端噴湧而出。天空綻放雷鳴與閃電。滔天黑雨如同鞭響般落下。隨著高過其他聲響的尖叫，納茲古急速衝入風暴中心，扯裂雲層，如同著火飛箭般疾馳，並在山丘與天空的滅世光景中萎縮，化為烏有。

「哎，這就是結尾了，山姆．甘吉。」他身旁的聲音說。那是蒼白而疲勞的佛羅多，但他已經回過神來，他眼中只剩下平靜，不再有壓力、瘋狂或恐懼。他的重擔消失了。夏郡愉快歲月中摯愛的主人回來了。

「主人！」山姆喊道，並跪了下來。在天崩地裂的那一刻，他只感到滿心狂喜。重擔已不復存在。他的主人獲得救贖，也恢復了自我和自由之身。此時山姆瞥見對方因傷流血的手。

「你可憐的手！」他說，「我沒東西能包紮它，或讓它舒服點。我寧可讓出自己的一整隻手。但他已經走了，永遠離開了。」

「沒錯。」佛羅多說，「但你記得甘道夫說的話嗎？『就連咕嚕也有某些事得做。』要不是他，山姆，我就無法摧毀魔戒。即便到了可怕的結尾，任務也差點就要失敗。我們原諒他吧！任務已經達成，一切都結束了。我很高興你和我待在一起。這是一切的盡頭，山姆。」

第四章——

柯麥倫平原

來勢洶洶的魔多大軍包圍了丘陵，西方將領彷彿陷入由敵軍組成的大海怒滔之中。太陽發出紅光，而在納茲古的飛翅下，死亡黑影籠罩了大地。沉默而嚴肅的亞拉岡站在他的旗幟下，看似陷入對過往或遠方事物的沉思。他的雙眼綻放出繁星般的光澤，在黑夜漸深時更顯耀眼。甘道夫站在丘頂，一襲白袍散發冷冽氣息，沒有陰影落在他身上。魔多的攻勢如同海浪般撞上遭到圍攻的丘陵，潮水般的叫囂聲與短兵相接的巨響此起彼落。

甘道夫的雙眼突然像是觀察到了某種跡象，使他產生動靜。他轉身望向北方，那裡的天空蒼白而清澈。接著他舉起雙手，以比戰場的喧囂更為宏亮的嗓音大喊：「巨鷹來了！」許多人也呼應地喊道：「巨鷹來了！巨鷹來了！」魔多大軍抬起頭來，對這跡象感到大惑不解。

風王關赫與牠的兄弟蘭卓佛[1]就此前來，牠們是北方巨鷹中最偉大的成員，也是古老的索隆多[2]最強大的後裔；在中土世界的年輕歲月中，索隆多曾在圍環山脈[3]的險峻高峰上築巢。來自北方群山的成批家臣在牠們身後翱翔，順著強風加快飛速。牠們直接撲向納茲古，從高空中猛地向對方俯衝而下，而當牠們掠過空中時，寬厚羽翼便發出宛如強風的拍擊。

但忽然聽到邪黑塔可怕呼喚的納茲古，立刻掉頭離去，消失在魔多的黑影中。此時，整批魔多大軍都為之顫抖，疑慮攫住了他們的內心，使他們停止大笑，雙手顫抖，四肢全都喪失了力氣。驅策他們前進，並使他們充滿仇恨與怒火的黑暗勢力產生動搖，意志也拋下了大軍。注視敵軍的眼睛時，他們就因為對方眼中的怒光而心生畏懼。

所有西方將領隨即高聲吶喊，因為身處黑暗的他們，內心反而燃起了嶄新的希望。剛鐸武士、洛汗騎士、北方杜納丹人與排列緊密的部隊殺出遭到圍攻的丘陵，驅趕著士氣動搖的敵軍，並用殺氣騰騰的長矛刺穿對方。但甘道夫舉起雙臂，再度以清亮的聲音大喊：

「停下腳步，西方人民！停下來等待！這是末日到來的時刻。」

當他開口時，腳下的大地便發出震盪。一股混雜火光的龐然黑暗迅速竄入蒼穹，飛到黑門高塔與山脈上空遠處。大地哀鳴顫動。牙之塔開始劇烈搖晃，並坍塌崩解。雄偉的城牆四分五裂，黑門也土崩瓦解。遠方傳來一陣天崩地裂般的轟隆巨響，時而模糊，時而強烈，並直上雲霄，回音不住繚繞。

「索倫的統治結束了！」甘道夫說，「魔戒持有者達成了他的任務。」當將領們往南注視著魔多國境時，就發現有股龐大黑影從雲層中隆起，堅不可摧的陰影閃動雷光，填滿了整片天空。它向世界揚起浩大身影，並向他們伸出一隻充滿威脅的巨手，型態駭人卻癱軟無力。當它伸向眾人頭頂時，一股強風便將它徹底吹散，使它不復存在，周圍隨即陷入一片寂靜。

將領們低下頭，而當他們再度抬頭時，看呀！他們的敵軍們正在逃竄，魔多的軍力也

---

1 譯注：Landroval，在辛達林語中意指「寬翼」。《中土世界歷史記》第十一冊《寶鑽之戰》（*The War of the Jewels*）的灰年史（The Grey Annals）中記載，關赫與蘭卓佛在第一紀元曾與索隆多前往安格班，營救帶走精靈寶鑽的貝倫與露西安。

2 譯注：Thorondor，第一紀元的中土世界鷹王。牠是維拉之王曼威的使者，在貝勒爾蘭看顧流亡的諸多精靈。當精靈王芬國梯遭到魔高斯殺害後，索隆多襲擊了魔高斯，並救走芬國梯的遺體，將之送往剛多林埋葬。其後也協助特剛守衛剛多林，並在剛多林陷落時協助逃亡的難民。索隆多也在貝倫與露西安逃離安格班時營救他們。在怒火之戰中，索隆多率領巨鷹，和埃倫迪爾一同對抗魔高斯的飛龍大軍。

3 譯注：Encircling Mountains，辛達林語名稱為艾寇瑞雅斯（Echoriath），是貝勒爾蘭的北方高山，其山谷環繞著精靈城市剛多林。

如同風中塵土般四散開來。當死亡降臨在蟻丘中掌握大權的腫脹蟻后身上時，螻蟻們就會毫無頭緒地四處亂跑，隨後虛弱地死去。而索倫的手下們，無論是歐克獸人、食人妖或受到法術控制的野獸，全都癲狂地四處奔逃；有些士兵殺死自己，或跳入深坑，或是哀嚎著躲回毫無希望的地洞與漆黑場所。但東方的魯恩人和南方的哈拉德人，親眼目睹戰爭陷入頹勢，以及西方將領的英姿與榮光。為邪惡勢力效力最久、關係也最久遠的人們，儘管痛恨西方，性格卻也驕傲而大膽，此時他們集結起來，準備進行絕望的最後一戰。但大多數人都已盡可能往東逃去，有些則拋下武器求饒。

甘道夫將指揮戰事的職責交給亞拉岡與其他王公貴族，並站在丘頂上高聲呼喚。巨鷹風王關赫朝他降落，並站在他面前。

「你載了我兩次，吾友關赫。」甘道夫說，「如果你願意，第三次結束就好了。比起當我先前的生命在基拉克基吉爾燃燒殆盡時，我不會重上多少。」

「我願意背負你到任何地點，」關赫回答，「就算你是用石頭做的也行。」

「那就來吧，讓你的兄弟與我們同行，再帶上你速度最快的同胞！我們需要飛得比風速更快，追過納茲古的黑翼。」

「北風正在吹拂，但我們能超越它。」關赫說。他背起甘道夫並急速往南飛去，蘭卓佛與年輕敏捷的梅奈多爾也與他同行。牠們飛越烏頓與哥葛洛斯，看到底下的大地四分五裂並陷入動蕩，面前的末日火山則噴湧出明亮的烈火。

「我很高興你和我待在一起。」佛羅多說，「這是一切的盡頭，山姆。」

「對，我和你待在一起，主人。」山姆說，一面把佛羅多受傷的手溫柔地擺在他胸前。「你也和我在一起。旅途已經結束了。但走了這麼遠的路後，我還不想放棄。這感覺不太像我，希望你明白。」

「或許我搞不懂，山姆。」佛羅多說，「但世間萬物就是如此。希望破滅。終曲來臨。我們也只有一點點時間能等了。我們迷失在毀天滅地的光景中，無法脫逃了。」

「嗯，主人，我們至少可以遠離這個危險的地方，這裡應該就是末日裂隙。可以吧？來吧，佛羅多先生，我們還是走下那條路吧！」

「好，山姆。如果你想離開，我就和你走。」佛羅多說，他們起身並緩緩走下蜿蜒的道路。當他們走向火山震盪的底部時，一股濃煙與蒸氣便從薩馬斯瑙爾湧出，山坡與火山錐裂了開來，巨量岩漿如同發出轟然巨響的緩慢瀑布般留下東側山坡。

佛羅多和山姆無法繼續前進了。他們迅速耗盡了最後一絲心力與體力。他們抵達了山腳一處由灰燼堆積成的小丘陵，但此地沒有任何出路了。在歐洛都因的爆發慘況中，它已成了座不久即將消失的島嶼。周遭的大地裂了開來，深溝中則飄出濃煙。他們身後的火山劇烈震動。山坡上出現龐大裂口。岩漿慢慢從長坡流向他們。兩人很快就會遭到吞沒。炙熱的灰燼從高處落下。

他們站了起來，山姆仍握著他主人的手，並輕撫它。他嘆了口氣。「我們踏進了很厲害的故事呀，佛羅多先生，不是嗎？」他說，「我真希望能聽到有人傳頌這篇故事！你覺得他們會這樣說嗎？『該來說九指佛羅多與末日魔戒的故事了！』每個人都會安靜下來，就像我們聆聽裂谷的精靈們講述獨臂貝倫[4]和寶鑽的故事時一樣。我真希望能聽聽這故事！我也想知道，當我們的橋段結束後，故事接下來會有什麼發展？」

但當他說話以便在最後一刻前驅離恐懼時，他的目光仍然飄向北方，注視著北風中央，望向遠方晴朗的天空；而逐漸增強的冷風，則吹散了黑暗與碎裂的雲朵。

關赫用能視千里的銳利眼睛看到他們，並乘著強風向下飛去，冒著巨大的危機在空中盤旋。有兩個矮小而寂寥的黑色身影，手牽手站在小丘陵上，他們腳下的世界正在搖晃並發出喘息，岩漿也逐漸迫近。當他看見他們並俯衝而下時，就發現他們倒了下去——或許是因為精疲力竭；也或許是由於煙霧與熱氣而無法呼吸；或是終於遭到絕望擊垮，不願直視死亡。

他們並肩躺在一起，關赫急速飛下，蘭卓佛與飛快的梅奈多爾也跟了上來。夢中的流浪者們全然不知遭逢了哪種命運，而巨鷹抓起他們，帶他們遠離黑暗與烈火。

當山姆甦醒時，便發現自己躺在柔軟的床上，但頭頂有輕輕搖晃的寬闊山毛櫸枝，陽光在新葉之間閃爍綠色與金色的光輝。空氣中飄著甘美的混合氣味。

他想起了那股味道：那是伊西立安的香氣。「天呀！」他想道，「我睡了多久？」這股氣味使他回想起自己在明亮山坡上點燃小火堆那天，而在那一瞬間，他完全想不起其他事。他伸了懶腰並深呼吸。「嘿，我做了好長的夢！」他咕噥道，「真高興能醒來！」他坐起身，發現佛羅多躺在他身旁平靜地沉睡，一隻手枕在後腦，另一隻手則擺在被單上。那是缺了中指的右手。

所有的記憶湧回他的腦海之中，山姆大叫：「那不是夢！那我們在哪？」

有個聲音輕柔地在他身後說道：「在伊西立安，你們受到國王的保護，他也在等候你們。」說完，身穿白袍的甘道夫就站到他面前，鬍鬚在葉片間的陽光下如白雪般閃爍。「好啦，山姆懷斯先生，你覺得怎樣？」他說。

但山姆目瞪口呆地躺了回去，在又驚又喜的那瞬間，他一句話也說不出口。最後他驚呼道：「甘道夫！我以為你死了！但我也以為我死了。所有悲劇都沒有發生嗎？世界發生了什麼事？」

「巨大的黑影已經離開了世界。」甘道夫說，接著他哈哈大笑，笑聲婉轉地如同音樂，或像流入乾枯大地的清水；而當聽到聲音時，山姆便覺得自己已經有無數日子沒有聽過如此純粹的歡快笑聲了。但他潸然淚下。接著，如同順著春風灑落的甜美雨水，以及在晴空

4 譯注：Beren One-Hand，逃離安格班時，貝倫與露西安遭到巨狼卡赫洛斯阻擋。貝倫以精靈寶鑽恫嚇巨狼，巨狼則一口咬斷了貝倫握著精靈寶鑽的手，日後貝倫便得名厄哈米恩（Erchamion），即為「獨臂」。

中露臉的太陽，他停止流淚，也開心地笑出聲來，並笑著從床上站起。

「我覺得怎樣？」他叫道，「這個嘛，我不曉得該怎麼說。我覺得——」他在空中揮著雙臂。「我覺得像是嚴冬後的春天，和灑在樹葉上的陽光。也像我聽過的喇叭、豎琴與所有歌曲！」他停下來並轉向他主人。「但佛羅多先生怎麼樣？」他說，「他可憐的手不是很可惜嗎？但我希望他沒有別的問題。他過了很辛苦的日子。」

「對，我沒有別的問題。」佛羅多說，他坐挺身子並笑出聲來。「我在等你時又睡著了，山姆，你這個貪睡蟲。我今天早上很早就醒來，現在也快接近中午了。」

「中午？」山姆說，一邊試著計算時間。「哪天的中午？」

「新年的第十四天。」甘道夫說，「你想的話，也可以說是夏郡曆法的四月八日。但在剛鐸，新年將永遠在索倫敗亡的三月二十五日開始，當天你們離開烈火，被送到國王身邊。他治療了你們，現在也正在等待你們。你們該去和他用餐。等你們準備好，我就會帶你們去見他。」

「國王？」山姆說，「什麼國王，他又是誰？」

「剛鐸之王與西國之主。」甘道夫說，「他已經收復了所有古代領土。他很快就會前往加冕，但他正在守候你們。」

「我們該穿什麼？」山姆說，因為他只看到他們在旅途上穿的破爛舊衣服，全都已整齊地摺好，擺在他們床邊的地上。

「你們在前往魔多時穿的衣服。」甘道夫說，「就連你們在黑境穿的歐克獸人舊衣，佛羅多，都該受到保存。沒有任何絲綢、甲冑或紋章能擁有更高的榮譽。但之後或許我可以找些別的服飾。」

接著他向他們伸手，他們則發現其中一隻手閃著光芒。「你拿的是什麼？」佛羅多喊道。「難道是——」

「對，我帶來了你們的兩個寶物。當你們獲救時，格拉翠兒夫人的禮物就放在山姆身上——有你的星瓶，佛羅多；還有你的盒子，山姆。你們會很高興能再度保管這些東西。」

當他們盥洗更衣，也吃過一點食物後，哈比人們跟著甘道夫走。他們離開先前躺在其中的山毛櫸林，並踏上在陽光下燦爛發光的長條綠色草皮，兩旁優雅樹木上長滿暗色葉片與猩紅色花朵。他們聽到身後傳來潺潺落水聲，有條溪從繁花盛開的河岸間流到他們面前，直到它流到草皮末端的綠林，再進入拱門狀的樹林，他們則能在其中看到遠方的水光。

當他們來到森林的開口，他們訝異地看到身穿明亮鍊甲的武士與身穿銀、黑的魁梧護衛站在那裡，眾人對他們備受禮遇，並對他們鞠躬。一股漫長的喇叭聲響了起來，他們穿過溪流旁成排的樹木。他們抵達一處寬敞綠地，遠方則有條銀光閃閃的大河，河中有座長滿樹林的長島，岸邊則停靠了許多船隻。但有批大軍站在他們身處的平原上，一排排的部

——

5　夏郡曆法中的三月（或稱理瑟月〔Rethe〕）有三十天。

隊在陽光下閃爍。而當哈比人們接近時，戰士們便拔劍出鞘，並搖晃長矛，號角和喇叭齊鳴，人們則以許多語言引吭高歌：

「半身人萬歲！讚美他們！

Cuio i Pheriain anann! Aglar'ni Pheriannath!

盛讚佛羅多與山姆懷斯！

Daur a Berhael, Conin en Annûn! Eglerio!

讚美他們！

Eglerio!

A laita te, laita te! Andave laituvalmet!

讚美他們！

Cormacolindor, a laita tárienna!

讚美他們！魔戒持有者們，盛讚他們的美名！」

佛羅多和山姆變得面紅耳赤，雙眼也流露出訝異神色，他們走向前並發現喧鬧的部隊間有三座安置在綠地上的寶座。右邊的座位後方飄揚著一張綠底旗幟，上頭描繪著一匹自由奔跑的白馬。左邊則有張藍色旗幟，旗上有隻在海上漂浮的銀色天鵝。但在中間最高的王位後方，則有張在微風中飄揚的大旗，上頭繡了生長在漆黑原野上的開花白樹，頂端則有閃爍的王冠和七顆明星。王座上坐了個身穿鍊甲的男人，他的膝上擺了把巨劍，但他沒有佩戴頭盔。他在他們走近時起身，儘管這名黑髮灰眼的貴族外型變得尊貴而充滿王者氣息，他們仍然認出他來。

佛羅多跑去見他，山姆則緊跟在後。「哎呀，這可真是太棒了！」他說，「如果這不是快步客，我就是還沒醒！」

「對，山姆，正是快步客。」亞拉岡說，「從布理開始的路途十分漫長，當時你還不喜歡我的長相吧？對我們所有人而言，都是漫漫長路，但你們走的是最黑暗的路。」

讓山姆訝異又大感困惑的是，他向他們倆鞠躬。他牽起兩人的手，佛羅多在右；山姆在左，並帶著他們走向王位，讓他們坐在上頭後，就轉向周圍的人馬與將領們，以宏亮的嗓音喊道：

「盛讚他們的美名！」

而當歡騰的叫喊高漲並再度停歇後，使山姆喜出望外的是，有位剛鐸吟遊詩人走上前來，跪下並懇請讓他歌唱。他說：

「聽好了！諸位王公貴族，騎士與勇士，崇高諸王，與剛鐸的俊美人民，洛汗騎士，愛隆之子，北方杜納丹人，精靈與矮人，以及所有西方的自由人民，請聽我高歌。我將為各位吟唱九指佛羅多與末日魔戒的故事。」

當山姆聽到這句話時，就開懷大笑並起身喊道：「太美好了！我的願望都成真了！」接著他淚如雨下。

大軍全員歡笑哭泣，在眾人的歡愉與淚水之中，吟遊詩人珠落玉盤般的澄澈歌聲上下起伏，人們則安靜下來。他有時用精靈語，有時使用西方語向眾人歌唱，直到他們的內心滿溢優美的字句，喜悅之情也溢於言表，痛苦與愉悅在他們的內心思緒中交錯，淚水也化為飽含至福的玉液。

最後，當正午的太陽落下，樹木的陰影也漸長時，他才打住歌聲。「盛讚他們的美名！」他說並跪下。亞拉岡隨後起身，大軍成員也站了起來，走向準備好的帳篷，在接下來的時間內飲酒作樂。

佛羅多和山姆被帶到一旁的營帳，在此換下了舊衣服，換上了乾淨的亞麻衣著；但人們備感敬意地摺好這些舊衣物，將它們擺到一旁。甘道夫走了過來，而讓佛羅多訝異的是，對方帶了他在魔多失去的佩劍、精靈斗篷和祕銀鎖子甲過來。甘道夫也為山姆帶來一套閃亮的鍊甲，他的精靈斗篷上的磨損也都經過修補。接著他在他們面前擺了兩把劍。

「我不想拿任何劍。」佛羅多說。

「今晚你至少該佩戴一把。」甘道夫說。

佛羅多拿起屬於山姆的短劍，在基力斯昂戈時，這把劍曾擺在他身旁。「我把刺針送給你了，山姆。」他說。

「不，主人！比爾博先生把它送給你了，這和他的銀甲是成對的。他不會想讓其他人穿的。」

佛羅多接受了，甘道夫則如同他們的隨從般，跪下為他們穿戴劍帶，再起身將銀冠擺上他們的頭頂。當他們打扮完成後，就前去參加大宴。他們和甘道夫一起坐在國王的大桌邊，周圍還有洛汗的伊歐墨王，以及印拉希爾親王和所有高階將領，金力和列葛拉斯也坐在此處。

但在默禱[6]後，有兩名看似隨從的人送來美酒供王公貴族們享用——一人身穿米那斯提力斯衛隊的銀黑制服，另一人則穿著白綠交雜的服裝。但山姆想知道，這麼年輕的孩子在軍隊中做什麼？當他們走近時，山姆忽然看清了他們，便驚呼道：

「嘿，快看，佛羅多先生！看這裡！那不是皮聘先生嗎？我該說是皮瑞格林．圖克先生，還有梅里先生！他們長得好高啊！天啊！但我看得出他們的故事比我們更多。」

「說得沒錯。」皮聘轉向他說，「等宴會結束，我們就來談談。同時呢，你可以問問甘道夫。他不太像以前一樣守口如瓶了，但比起說話，他現在更常大笑。目前梅里和我都很忙。我們分別是王城和驃騎國的武士，希望你們有看出來。」

最後這愉快的一天結束了，當太陽消失，渾圓的明月緩緩升到安都因河的霧氣上空時，月光在隨風飄動的樹葉間閃動，佛羅多和山姆則坐在伊西立安香氣中隨風低鳴的樹下。他

---

6 譯注：Standing Silence，在第四卷第五章〈西方之窗〉中，法拉米爾也進行過這種剛鐸人的餐前禮儀。

們和梅里、皮聘與甘道夫深談到半夜，之後列葛拉斯和金力也加入他們。佛羅多和山姆在那得知了不少關於在那不吉利的日子，當眾人在勞洛斯瀑布旁的帕斯蓋蘭分離後，護戒隊所碰上的所有事蹟。他們總有更多問題問，也得到了更多答案。

歐克獸人、會說話的樹、漫長的大草原、疾馳的騎士們、發光洞穴、白塔與金殿、大戰與航行的大船，這一切掠過山姆的腦海，使他大感震驚。但在這一切事蹟中，最使他感到訝異的就是梅里和皮聘的體型。他要他們和佛羅多與他自己背對背站著。他搔了搔頭。「我真不明白，你們這年紀怎麼會長大？」他說，「但事實擺在眼前，你們比原本高出了三吋，不然我就是矮人了。」

「你當然不是。」金力說，「但我不是說過嗎？如果凡人喝了恩特飲料，就別以為只會碰上一壺啤酒帶來的效果。」

「恩特飲料？」山姆說，「你又在講恩特樹人了，但我完全搞不懂那是什麼。哎，得花上好幾週，我們才能說完這些事！」

「確實要花好幾週。」皮聘說，「我們得把佛羅多鎖在米那斯提力斯的塔裡，讓他寫下一切。不然他會忘了一半的經歷，可憐的老比爾博可會大失所望。」

最後甘道夫站起身。「王之手乃醫者之手，親愛的朋友們。」他說，「但在他喚醒你們前，你們瀕臨了死亡邊緣；他得用盡全力，再讓你們陷入甜美的睡夢中，忘卻一切苦難。儘管你們已舒適地睡過漫長的一覺，現在也該再入睡了。」

「不只是山姆和佛羅多，」金力說，「你也是，皮聘。我愛你，可能只是由於你害我承受的痛苦，我永遠都不會忘記這件事。我也不會忘掉在最後一戰中在山丘上找到你的狀況。要不是因為矮人金力，你早就會戰死沙場了。我現在知道哈比人腳掌的模樣，就算那是屍山下唯一看得見的東西。當我把那具龐大屍體從你身上推開時，我很確信你死了。我差點扯掉自己的鬍鬚。自從你再度下床活動後，才過了一天。你該上床了。我也是。」

「至於我，」列葛拉斯說，「則會在此優美地區的樹林中走走，這對我來說就算是休息了。在未來的日子裡，如果我的精靈主上允許，我們有些族人就能搬來這裡；當我們遷來後，這裡將受到祝福一陣子。這一陣子可能是一個月，一輩子，或人類的一百年。但安都因河就在附近，安都因河通往了大海。到大海去！

到大海去，到大海去！白鷗高聲鳴叫，
微風徐徐，白浪滔天。
渾圓紅日往西落。
灰船，灰船，你聽到牠們的呼喚了嗎？
那是先我離去的族人呼喚。
我將離去，我將離開生育我的森林。
我族時光即將結束，盛世不再，

我將孑然一身，渡過大海。
最後海岸的長浪落下，
失落島嶼發出悅耳呼聲，
在埃瑞西亞，凡人無從尋覓的精靈家鄉，
此地樹葉永不飄落，正是我族永恆故鄉！」

列葛拉斯一面吟唱，一面走下丘陵。

其他人也隨即離去，佛羅多和山姆也回到床上就寢。他們早上起床時，心中則滿懷希望，也感到平靜；兩人也在伊西立安待了許久。因為大軍駐紮的柯麥倫平原[7]非常靠近漢納斯安農，夜裡也能聽見源自該處瀑布的河流發出的聲響，河水沖過岩石間的開口，在流經花團錦簇的草原後，匯入凱爾安卓斯島旁的安都因河潮水中。哈比人們四處遊走，造訪他們先前去過的地點。山姆也總是希望，或許能在森林的某處陰影或是密林中，瞥見龐大的洪荒象。當他得知有許多這種動物出現在剛鐸攻城戰中，但牠們都已遭到摧毀時，他就覺得這是一大損失。

「唉，我猜，我沒辦法同時待在每個地方。」他說，「但我好像錯過了很多事。」

在此同時，大軍準備返回米那斯提力斯。疲勞的人得到充沛休息，傷者也獲得治療。

有些人與殘存的東方人與南方人奮力交戰，直到所有敵軍遭到擊潰。最後，連進入魔多並摧毀當地北方要塞的部隊也都回來了。

但最後在接近五月時，西方將領再度出發；他們與所有人馬搭上船隻，從凱爾安卓斯順著安都因河往奧斯吉力亞斯航行。他們在此待了一天。隔天他們來到蒼鬱的帕蘭諾平原，並再度看見高聳的敏多陸因山下的白塔；這座剛鐸人民的王城，西陸的最後回憶，已穿越黑暗與烈火，迎接嶄新的一天。

眾人在平原中央搭設營帳，並等待早晨。當天是五月前夕，國王將隨著日出踏進他的王城大門。

—

7 譯注：Field of Cormallen，柯麥倫在辛達林語中意指「金圈」。

第五章——

宰相與國王

疑慮與恐懼籠罩了剛鐸王城。晴朗的天氣與明亮的太陽似乎正在嘲諷不抱持多少希望的人們，他們每天都等候著末日噩耗。他們的主上已死在火中，洛汗國王的遺體也擺在他們的主堡內，在夜裡前來的新國王已再度離開，前去對抗過於黑暗可怕的勢力。也沒有任何消息傳回。當大軍離開魔窟谷後，踏上山脈陰影下的北向道路後，就沒有信差回來，陰沉的東方也沒有出現任何風聲。

當將領們剛離開兩天後，王女伊歐玟便要照顧她的女人們送來衣物，她不顧眾人反對起身。當她們為她著裝，並將她的手臂掛在亞麻懸帶中後，她就去見了醫療院院長。

「大人，」她說，「我坐立難安，也沒辦法無所事事地繼續躺著。」

「王女，」他回答，「妳還沒有康復，我也受命得特別照顧妳。上級告訴我，妳還有七天不能離開床鋪。請妳回去。」

「我痊癒了。」她說，「至少身體痊癒了，除了我的左臂以外，我也讓它休息了。但如果我什麼都不能做，就會再度感到不適。沒有任何關於戰爭的消息嗎？女人們什麼都無法告訴我。」

「沒有任何消息。」院長說，「我們只知道大人們前往魔窟谷，人們說，來自北方的新將領是他們的領袖。他是位偉大的王族，也是醫者。讓我感到奇特的是，帶來治療的手居然也能持劍。這並非當前剛鐸的風俗，但如果古老傳說屬實，那這便一度曾是古風。但多年來，我們醫生都只能修補戰士製造出的傷口。不過就算少了他們，我們仍有很多事得做：世上已有夠多傷痛和不幸了，不需要用戰爭增加它們。」

「只需要一個敵人就能引發戰爭，而不是兩個，院長。」伊歐玟回答，「沒有劍的人，也仍能因劍而死。當黑暗魔君聚集兵力時，你還只想要剛鐸人民幫你蒐集藥草嗎？治好身體也並非總是好事。即便在劇痛中戰死沙場，也並非總是壞事。如果可以，在這種黑暗時刻下，我寧可選擇後者。」

院長注視著她。站在面前的她顯得高大，白淨臉孔上的雙眼炯炯有神，當她轉身注視他面對東方的窗外時，便緊握右手。他嘆了口氣並搖頭。暫停一下後，她便再度轉向他。

「沒有任何事能做嗎？」她說，「現在是誰在指揮王城？」

「我不太曉得。」他回答。「這種事並不在我的管理範圍。有個元帥率領洛汗騎士，我聽說胡林大人負責管理剛鐸人民。但法拉米爾大人理論上是王城宰相。」

「我可以在哪裡找到他？」

「在這棟屋子裡，王女。他受了重傷，但現在已正在康復中。但我不知道——」

「你不願意帶我去找他嗎？這樣你就會知道了。」

法拉米爾大人在治療院的花園中獨自漫步，陽光也讓他感到溫暖，也覺得生命力重新在血管中流動；但他的心情十分沉重，也總會望向東方的城牆外。走過來的院長呼喚他的名字，他轉身看見洛汗王女伊歐玟。他心中萌生了憐憫之情，因為發現對方身體負傷，而他清澈的目光也察覺了她的悲傷與不安。

「大人，」院長說，「這位是洛汗王女伊歐玟。她和驃騎王一同前來，也蒙受重傷，現在由我照料。但她並不滿意，也希望能與王城宰相談談。」

「別誤解他的意思，大人。」伊歐玟說。「讓我難過的，並不是缺乏照顧。對希望得到治療的人而言，沒有任何院所比這裡更優美了。但我不能無所事事地痴痴等待。我想壯烈地戰死沙場。但我還沒有死去，戰火也尚未停歇。」

法拉米爾示意後，院長便鞠躬離開。「妳想要我怎麼做，王女？」法拉米爾說，「我也是醫生們的囚犯。」他注視著她，由於容易受到憐憫影響，他便覺得對方深陷悲愁中的淒美觸動了自己的心。而注視著他的她，則看出對方眼中的肅穆溫和感，由於她出身戰士世家，使她明白沒有洛汗騎士能在戰鬥中與此人媲美。

「妳有什麼願望？」他又開口說道，「如果在我的能力範圍內，我會幫忙。」

「我希望你命令院長讓我離開。」她說，但儘管她的語氣仍然驕傲，內心卻感到怯懦，也首次質疑起自己。她猜這名嚴厲而溫和的魁梧男子，可能會以為自己只是恣意而為，像是缺乏穩定心智來進行無趣工作的孩子。

「我自己也受到院長的管理。」法拉米爾回答，「我也還沒接下掌管王城的權力。但假若我有權，也還是會聽他的意見，也不該在和他的專業有關的事務上違抗他，除非有重大需求。」

「但我不想要治療。」她說，「我想和我兄長伊歐墨一樣策馬參戰，或是如同希優頓王般帶著榮耀與平靜辭世。」

「即便妳有力氣，現在也來不及跟上將領們了。」法拉米爾說，「但無論我們有何意願，或許遲早都會戰死。假若趁還有時間，妳能照醫生所說的接受治療，就能以自己的方式面對終局。妳我都得耐心承受等待的時刻。」

她沒有回答，但當他望向她時，他便覺得對方心中稍微軟化，如同在首波微弱的春天跡象出現時融化的冰霜。她眼中流下一滴淚水，並順著她的臉頰流下，宛如閃爍的雨滴。她自傲的臉龐稍微低下。接著她平靜地對他說，但彷彿更像是自言自語：「但醫生們要我繼續在床上躺七天。」她說，「我的窗戶也不朝東。」她的語氣現在聽來像個悲傷的少女。

法拉米爾露出微笑，但他心中充滿了憐憫。「妳的窗戶不朝東嗎？」他說，「這可以解決。我會命令院長處理這件事。如果妳願意待在這座屋子裡接受我們的照顧，王女，並好好休息的話，妳就能任意在陽光下的花園中散步。妳也能眺望東方，我們的希望都已前往該處。妳也會看到我在這漫步思考，同樣注視著東方。如果妳願意和我談談，或有時和我一同散步，會讓我寬心不少。」

她抬頭並再度注視他的雙眼，蒼白的臉孔則浮現了血色。「我該如何讓你寬心呢，大人？」她說，「我也不願與活人交談。」

「妳想聽實話嗎？」他說。

「當然了。」

「那麼，洛汗的伊歐玟，我告訴妳：妳十分美麗。我們的山谷中長有鮮明亮麗的花朵，以及更為嬌美的女子。但我至今在剛鐸看過的花朵與女子，都比不過妳的美貌與悲愴。也許在黑暗降臨我們的世界前，只剩下短短幾天，而當它到來時，我希望能平靜地面對它；但當太陽依然高掛天空時，如果還能見到妳，我就會感到寬心。妳和我都遭遇過邪影之翼，同樣的手也將我們救了回來。」

「唉，別算上我，大人！」她說，「邪影仍然籠罩著我。別向我尋找慰藉！我是個女戰士，雙手也絕不溫柔。但我至少為此感謝你，讓我不需待在房裡。得到王城宰相的恩准後，我就會到外頭走走。」她對他鞠躬示意，並走回屋內。但法拉米爾繼續獨自在花園裡走了很長一陣子，目光也經常飄向房屋，而不是東側城牆。

當他回到房間時，便召來院長，也得知了所有關於王女伊歐玟的消息。

「但我相信，主上，」院長說，「你能從待在我們這的半身人口中聽到更多事。據說他和驃騎王一同長征，也與王女待到戰鬥結束。」

於是梅里被送去見法拉米爾，他們在這一天結束前促膝長談，法拉米爾也明白了許多事，甚至比梅里訴說的還深刻。他心想，自己已理解洛汗伊歐玟心中一部分悲傷與不安的原因了。在優美的暮色中，法拉米爾和梅里一同在花園內散步，但她沒有出現。

到了早上，當法拉米爾走出醫療院時，就看到站在城牆邊的她，身穿一襲白衣，在太陽下閃閃發光。他呼喚了她，對方則走下城牆，兩人漫步在草地上，或一同坐在綠樹下，有時沉默，有時交談。他們日復一日做著相同的事。院長從窗口望著他們，並感到欣喜，因為他是位醫生，也減輕了不少擔憂。肯定的是，儘管當時的人心充滿恐懼與壓力，他底下兩位病人卻日漸恢復了健康。

自從王女伊歐玟來找法拉米爾後，已經到了第五天；他們倆再度站在城牆上往外看。仍然沒有傳來任何消息，使所有人備感陰沉。天氣也不再明亮。氣溫變得寒冷。夜裡從北方吹來一股風，風勢還逐漸增強，但周圍的大地顯得灰暗淒涼。

兩人身穿暖和的衣物和沉重的斗篷，王女伊歐玟穿了如同夏夜深沉的藍色披風，上頭的褶邊與喉部都鑲有銀星。法拉米爾要人送來這件長袍，並把它套在她身上。當她站在他身旁時，法拉米爾便覺得她散發出美麗的王后風範。這件披風是為他母親所縫製，她是來自安羅斯的芬杜依拉絲，英年早逝，對他而言只是昔日的美好回憶，也為他的人生帶來第一股悲痛。對法拉米爾而言，她的袍子似乎適合伊歐玟的美麗與悲傷。

但穿著銀星斗篷的她發著抖眺望北方，注視著灰暗大地上空，望向冷風的中心，遠處的天空則顯得冷酷而澄澈。
「妳在找什麼，伊歐玟？」法拉米爾說。
「黑門不就在那裡嗎？」她說，「他不是該抵達那裡了嗎？自從他離開，已經過七天了。」
「七天。」法拉米爾說，「但如果我這樣說，就別因我感到不悅。他們為我帶來了喜悅與痛苦，我從來不曉得自己會有這種感受。見到妳讓我感到喜悅，至於痛苦，則源自對這段邪惡時期所感到的恐懼與疑惑，一切的確已陷入黑暗。伊歐玟，我不願讓世界在此終結，或這麼快就失去我發現的東西。」
「失去你發現的什麼東西，大人？」她回答，但她嚴肅地注視他，雙眼的神色顯得和善。「我不曉得在這期間，你能失去什麼新發現的東西。但來吧，我的朋友，我們別提這件事了！我們別說話吧！我站在某種可怕的邊緣，腳邊的深淵無比黑暗，但我看不出身後是否有光芒。因為我還不能轉身。我正在等待某種末日徵兆。」
「對，我們都在等待末日徵兆。」法拉米爾說。他們再也沒有說話，天色也逐漸轉暗，太陽則變得模糊，而王城和周圍地區全都陷入寂靜。聽不見風聲、人聲、鳥鳴、樹葉沙沙聲或他們自己的呼吸聲，就連他們的心跳聲都似乎止息。時間停了下來。
當他們站立時，儘管自己沒有發覺，但他們的手已緊握彼此。他們仍等候著自己不清楚的東西。接著他們隨即感到，遙遠山脈的山脊上空隆起了另一座漆黑高山，如同即將吞噬世界的巨浪般升起，周遭則閃動雷光。大地傳來一股震盪，他們也感到王城城牆為之顫動。一股如同歎息的聲音從周圍的大地飄起，他們的內心忽然再度開始跳動。

「這讓我想起努曼諾爾。」法拉米爾說，對自己居然開口說話感到驚奇。

「努曼諾爾？」伊歐玟說。

「對。」法拉米爾說，「也就是沉沒的西陸，以及淹沒綠地與山丘的黑浪，隨後則是無法逃脫的黑暗。我經常夢到它。」

「那你覺得黑暗即將來臨了嗎？」伊歐玟說，「無法逃脫的黑暗？」她突然靠近了他。

「不。」法拉米爾說，一面注視她的臉龐。「那只是內心的畫面。我不曉得發生了什麼事。我的理智告訴自己，莫大的邪惡已經降臨，我們身處世界僅剩的日子。但我的內心不認為如此，我的四肢也感到輕盈，心中也出現了不可否認的希望與喜悅。伊歐玟，伊歐玟，洛汗的白衣王女，在這一刻，我並不相信黑暗將會延續！」他俯身吻了她的額頭。

兩人站在剛鐸王城的城牆上，一股強風隨之颳起，讓他們的黑髮與金髮在空中交錯飄逸。黑影就此消失，太陽也掙脫雲霧，再現光明。安都因河的河水綻放銀光，人們在王城中所有房屋內歡欣高歌，因為他們心中充滿了無端浮現的狂喜。

在太陽離開正午不久，從東方飛來了一隻巨鷹，牠從西方之主們[1]那送來出乎預料的消息，並叫道：

唱吧，雅諾之塔的人民，

1 譯注：Lords of the West，維拉的別稱。

索倫的國度已從此敗亡，
　邪黑塔也遭到推翻。

歡唱吧，衛戍之塔的人民，
你們的警戒並非徒勞，
黑門已毀，
你們的國王已通過試煉，
凱旋歸國。

歡唱吧，西方之子們，
你們的國王將再度歸來，
他將與你們共處，
　直到永遠。

枯萎白樹將再度重生，
他將白樹栽於高處，
　王城永享盛世。

人民歡唱吧！

眾人便在王城所有街道上引頸高歌。

接下來的日子金碧輝煌，春夏交會並使剛鐸平原變得生機蓬勃。來自凱爾安卓斯的騎士快馬加鞭地捎來消息，王城則做好迎接國王的準備。梅里受到召集，並與運送物資的馬車前往奧斯吉力亞斯，在從那搭船到凱爾安卓斯。法拉米爾並沒有前往，因為他在痊癒後已接下了權柄與宰相身分，時間並不長，他的責任則是為即將取代他的人做準備。

儘管伊歐玟的兄長捎來信息，求她前來柯麥倫平原，但她也沒有前去。法拉米爾也對此感到好奇，但由於他忙於許多事務，便很少看到她。她仍住在醫療院中，並獨自在花園中漫步，她的臉色再度變得蒼白。在整座王城中，她似乎是唯一愁容滿面的人。醫療院院長對此感到擔憂，並對法拉米爾提起這件事。

法拉米爾隨即前來找她，他們也再度一同站在城牆上。他對她說：「伊歐玟，妳為何要留在這裡，卻不去凱爾安卓斯彼端的柯麥倫平原慶祝呢？妳兄長在那等妳。」

她說：「你不曉得嗎？」

他回答：「可能有兩種理由，但我不曉得哪個才對。」

她說：「我不想打啞謎。把話說清楚！」

「如妳所願，王女。」他說，「妳不願意去，是因為只有妳兄長找妳，而去見凱旋歸來的伊蘭迪爾繼承人亞拉岡大人，並無法讓妳感到開心。或是因為我不去，而妳仍想待在我身邊。或許兩者皆是，而妳或許無法從中做選擇。伊歐玟，妳不愛我嗎？或是不願愛我？」

「我希望得到另一人的愛。」她回答，「但我不願接受任何人的憐憫。」

「我明白。」他說，「妳想擁有亞拉岡大人的愛。因為他高貴英勇，妳也希望能贏得名聲與榮耀，並遠離凡俗事物。妳景仰他，就像景仰偉大將領的年輕士兵。因為他的確鶴立雞群，現在也成為世上最偉大的王者。但當他只給妳理解和憐憫時，除了英勇地戰死沙場外，妳寧可什麼都不要。看著我，伊歐玟！」

伊歐玟靜靜地注視法拉米爾許久，法拉米爾則說：「別輕視溫柔的心所賜予的憐憫，伊歐玟！但我要給妳的並不是憐憫。妳是個崇高而英勇的女子，也親自贏得了世人不會忘卻的盛名。我認為妳美若天仙，連精靈語都無法妥善描繪妳的美。我也愛妳。我曾一度同情妳的悲傷。但現在，即便妳毫無悲苦，心中沒有恐懼與憂傷，就算妳是幸福的剛鐸王后，我依然會愛妳。伊歐玟，妳不愛我嗎？」

此時伊歐玟改變了心意，或至少明白了對方的意思。她心中的嚴冬兀然遠去，陽光也灑落在她身上。

「我站在日之塔米那斯雅諾上，」她說，「看呀！邪影已不復存在！我也不再是女戰士，也不會與偉大的騎士們競爭，更不再享受殺戮戰歌。我會成為治療者，熱愛一切自然生靈。」她再度望向法拉米爾。「我不再想當王后了。」她說。

法拉米爾開心地笑了起來。「很好。」他說，「因為我並非國王。但如果洛汗的白衣王女願意，我就會娶她。假若她願意，就讓我們在更愉快的日子裡跨越大河，並住在優美的伊西立安，在那打造一座花園。如果白衣王女來到那裡，萬物必然會欣喜地生長。」

「那我得離開我的人民嗎，剛鐸人？」她說，「你願意讓你驕傲的同胞說：『居然有貴族馴服了北方的狂野女戰士！沒有努曼諾爾一族的女人可選了嗎？』」

「我願意。」法拉米爾說。他將她擁入懷中，並在陽光明媚的天空下吻了她，毫不在乎兩人在眾目睽睽下站在城牆高處。當他們走下城牆，並牽著手走向醫療院時，許多人確實看到了他們，以及他們身邊散發的光輝。

法拉米爾對醫療院院長說：「洛汗王女伊歐玟在此，她已經痊癒了。」

院長說：「那我就讓她離開，並向她道別，希望她永遠不再遭受傷痛與病魔所苦。我將她交給王城宰相照顧，直到她兄長歸來。」

但伊歐玟說：「我得到了離開的允許，卻想留下來。因為對我而言，這座醫療院已經成為最幸福的居所。」她繼續待在那裡，直到伊歐墨抵達。

王城中已準備就緒，也有大批人民從明瑞蒙，甚至是皮納斯蓋林與遙遠的海岸地區前來，因為風聲已傳遍了剛鐸國境；所有能前往王城的人都快馬加鞭地前來。王城中再度擠滿了女子與可愛的孩童，他們帶著鮮花返回家園。全國技藝最高超的豎琴手從多爾安羅斯前來，演奏古提琴、長笛與銀製號角的樂手也紛紛抵達，嗓音澄澈的歌手則從萊班寧的山谷中到來。

最後在某天傍晚，人們從城牆上看到平原上設立了營帳，而當眾人等待黎明時，城裡通霄燈火通明。當太陽在晴朗的早晨昇到東方群山上空，陰影便不再籠罩山區，城裡的鐘全數響起，所有的旗幟也在風中飄揚。位於主堡上白塔頂端的宰相旗幟，最後一次升上剛鐸高空，它在陽光下如同白雪般綻放銀光，上頭沒有任何圖案或徽記。

西方將領們率領大軍前往王城，人們則看到成排的部隊逐步逼近，在日出下閃爍銀光。他們就此來到城門前，並在離城牆一弗隆的位置停下腳步。這裡還沒裝上門板，但有路障擋在王城入口前，身穿銀黑制服的戰士們站在路障旁，手握出鞘長劍。路障前站了宰相法拉米爾，以及掌鑰人胡林，和其他剛鐸將領，以及洛汗王女伊歐玟和艾夫赫姆元帥，與諸多驃騎國騎士。大門兩側也站有不少身穿彩色華服、佩戴花環的俊美人民。

米那斯提力斯城牆前有座寬闊空間，周遭圍繞著剛鐸與洛汗的騎士與士兵，以及來自王城與全國各地的人民。當身穿銀灰服飾的杜納丹人從大軍中走出時，眾人便安靜下來。亞拉岡大人緩步走在杜納丹人們前方，他穿著繫有銀帶的黑色鍊甲，純白長披風，繫在喉間的是一顆從遠方就閃爍著光芒的巨大綠寶石。但除了前額上用纖細銀環繫住的星石外，他的頭頂沒有任何飾物。與他同行的有洛汗的伊歐墨，以及印拉希爾親王，和身著白袍的甘道夫，以及讓許多人感到訝異的四個嬌小身影。

「不，表妹！他們不是男孩。」優瑞絲對她來自伊姆洛斯梅露伊的親戚說，對方站在她身旁。「那些是來自半身人國度的佩里安人，據說他們在當地是頗富盛名的王子。我當然知道，因為我在醫療院中照顧過其中一人。他們身材嬌小，但生性英勇。哎，表妹，其中一人只帶了他的隨從，就前往黑暗國度獨自對抗黑暗魔君，還往他的高塔放了火，不知道妳信不信。至少王城中的故事是這麼說的。就是和我們的精靈寶石走在一起的那個人，我聽說他們是好友。精靈寶石大人可厲害了：記住，他講話不太客氣，但他的心地高貴，他還擁有醫者之手。我說過：『王之手乃醫者之手。』所以大家才得知真相。米斯蘭迪爾還對我說：『優瑞絲，人們將永遠記得妳說的話。』而且——」

但優瑞絲無法繼續向她來自鄉間的表妹解釋，因為周圍響起了一陣喇叭聲，隨後是一片寂靜。法拉米爾與掌鑰人胡林便離開大門，身後只有四名頭戴高盔、身穿主堡甲胄的護衛，他們帶著一只以黑萊貝斯隆木製的大箱，上頭鑲有白銀。

法拉米爾與亞拉岡在集結的眾人中央聚首，他則跪下說道：「最後一任剛鐸宰相交出職權。」他呈上一根白杖，亞拉岡收下白杖後便將它還給對方，說道：「這項職權並沒有終止，只要我的血脈存在，它就永遠屬於你與你的繼承人。執行你的職權吧！」

法拉米爾隨即起身，以清亮的聲音說：「剛鐸人民，且聽王國宰相之言！請看！終於有一人前來接掌王權。此人是亞拉松之子亞拉岡，亞爾諾杜納丹人的酋長，西方大軍總帥，北方之星[2]的佩戴者，重鑄之劍的持有者，他凱旋歸來，雙手也治癒人民；他是精靈寶石，來自伊西鐸之子瓦蘭迪爾血脈的伊力薩，承襲自努曼諾爾的伊蘭迪爾。他該加冕為王，進

2 譯注：Star of the North，即為伊蘭迪米爾。

入王城並居住此地嗎？」

大軍與人民齊聲高喊：「好！」

優瑞絲對親戚說：「這只是我們在王城的儀式，表妹；像我剛說過的，他已經進來過了；他對我說——」接著她又得安靜下來，因為法拉米爾再度開口。

「剛鐸人民，學者們說根據古老習俗，國王得在他父親死前從對方手中接下王冠。如果不得如此，他就該獨自前往陵墓，從他父親手中取走王冠。但既然局勢已變，今天我就動用宰相的權力，從拉斯狄南取來最後一任國王埃爾諾的王冠，他的時代早已與吾輩先人一同逝去。」

護衛們隨即走向前，法拉米爾打開木箱，取出一只古老王冠。它的造型與主堡衛隊的頭盔相似，不過它更為高聳，整體純白，兩側的翅膀由珍珠與白銀打造而成，塑造成海鳥羽翼的造型，這正是渡海而來的王者徽記。王冠上鑲有七顆剛鑽，頂端有顆寶石，亮麗的光芒如同烈火。

亞拉岡接下王冠，將之舉高並開口說道：

Et Eärello Endorenna utúlien. Sinome maruvan ar Hildinyar tenn' Ambar-metta!

這是當伊蘭迪爾乘風渡海而來時所說的話：「我渡過大海，來到中土世界。我與我的子嗣將長居此地，直到世界末日。」

使許多人訝異的是，亞拉岡並沒有戴上王冠，而是將它還給法拉米爾，並說：「由於眾人的努力與勇氣，我才能繼承王位。為了象徵這點，我想讓魔戒持有者帶來王冠，而如果米斯蘭迪爾願意，也希望他能為我加冕。因為他是這一切成就的幕後推手，這是他的勝利。」

佛羅多走向前來，從法拉米爾手中接下王冠，並呈給甘道夫。亞拉岡跪了下來，甘道夫則將白冠戴在他頭上，並說：

「王者的時代終於到來，願維拉神座永世為之祝禱！」

但當亞拉岡起身時，所有人沉默地注視著他，在他們眼中，他首度顯露真身。他如同古代的大海諸王般高大，身高超越了周圍人群。他似乎年事已高，卻又身處壯年。他的眉間盡顯智慧，雙手散發力量與治癒力，身邊也綻放光輝。法拉米爾高喊：

「參見王上！」

所有喇叭在此刻一同響起，伊力薩王便走向路障，掌鑰人胡林則將路障推開。在豎琴、古提琴、長笛的樂音與澄澈歌聲中，國王通過灑滿花瓣的街道，抵達主堡，踏進大門。繡有白樹與七星的旗幟在塔頂飄揚，伊力薩王的統治就此展開，許多歌謠也盛讚這時代。

在他的統治下，王城變得比先前更加美麗，甚至超越了建城時的光榮歲月。城裡充滿樹木與噴泉，大門也以祕銀與鋼鐵鑄成，街道上則鋪設了白色大理石。孤山居民來此辛勤工作，森林民族也樂於來此。眾人的傷痛皆已痊癒，房屋中滿溢男女老幼的笑聲，沒有窗口受到遮蔽，也沒有任何廣場空無一人。在第三紀元結束後，它在新紀元中保存了過往歲月的回憶與榮耀。

在加冕後的日子裡，國王端坐在王殿中的王座上，宣布他的決策。從東方與南方、幽暗密林邊界與西方黑鬱地等諸多地區與民族的使節前來拜訪。國王原諒了投降的東方人，並讓他們自由離開，他也與哈拉德人民和解。他釋放了魔多的奴隸，將諾南湖周圍的土地賜給他們。許多戰功輝煌的人來到他面前，接受讚揚與獎勵。最後衛隊隊長將貝瑞剛帶來受審。

國王對貝瑞剛說：「貝瑞剛，你的劍使得嚴禁軍械的聖地染上鮮血。你也在缺乏城主或將領的允許下擅離崗位，在古代，這些行為將換來死刑。因此我現在得宣布你的命運。

「有鑑於你的戰功，所有刑責都已豁免，更由於你做的一切都出自對法拉米爾大人的敬愛。但你得離開主堡衛隊，也得離開米那斯提力斯城。」

貝瑞剛頓時面無血色，心中感到重創後便低下了頭。但國王說：

「因為你將加入白衛隊，那是伊西立安親王法拉米爾的親衛隊，你也會擔任隊長，並居住在艾明亞南，心懷榮譽與和平，效力於你甘冒一切風險拯救的主上。」

明白國王的憐憫與公正後，貝瑞剛欣喜地下跪親吻他的手，並心滿意足地離去。亞拉岡將伊西立安賜給法拉米爾作為封地，並要他住在艾明亞南的山丘中，該地就位於王城的視野範圍。

「因為，」他說，「我們必須徹底摧毀魔窟谷中的米那斯伊希爾，儘管它遲早會得到淨化，但人們仍有許多年無法居住在那裡。」

最後，亞拉岡迎接了洛汗的伊歐墨，兩人擁抱彼此，亞拉岡則說：「我們之間不需提及賞賜或獎勵，因為我們情如手足。幸好伊洛當年及時從北方到來，也從來沒有任何更令人喜悅的同盟，兩者從未使彼此失望，未來也不會發生。如你所知，我們將名揚天下的希優頓安置在聖地中的陵墓，如果你願意，他可以長眠在剛鐸國王之間。或如果你想，我們會前往洛汗，送他回去和族人同葬。」

伊歐墨回答：「自從在山崗間的綠草中現身的那天起，我就對你抱持崇敬，這股敬愛也不會消失。但現在我得先回到我的國度，並妥善打點一切。至於亡者，等到準備完成，我們就會回來接他；先讓他在此休息一會吧。」

伊歐玟則對法拉米爾說：「我必須先返回故鄉，再見上它一面，並幫助我兄長處理事宜；但等我敬愛如父的先王入土後，我就會回來。」

令人欣喜的日子就此過去，洛汗騎士們則在五月八日作好準備，沿著北向道路策馬離開，愛隆之子們也與他們同行。從王城大門到帕蘭諾城牆邊的所有道路旁都擠滿人群，向他們致上敬意與讚美。接著住在遠處的人民歡欣鼓舞地返鄉，但許多人仍在王城中努力重建，移除戰爭留下的傷疤與黑暗的回憶。

哈比人們仍留在米那斯提力斯，和列葛拉斯與金力待在一起；因為亞拉岡還不願讓護戒隊解散。「一切終將結束，」他說。「但我想讓你們待久一點，因為你們共同經歷的事件結尾尚未到來。我終其一生等待的那一天已經逼近，而在那個日子，我希望我的朋友們能待在身邊。」但他不願多提那一天的細節。

在那些日子中，護戒隊的同伴們和甘道夫共同住在一棟華美房屋中，也來去自如。佛羅多對甘道夫說：「你知道亞拉岡說的是什麼日子嗎？我們在這很開心，我也不想離開；但日子正一天天過去，比爾博還在等待，夏郡也是我的故鄉。」

「至於比爾博，」甘道夫說，「他等候著同一個日子，也知道你為何留在這裡。而說到逝去的時間，現在才五月，夏天也還沒有到。儘管一切或許都已改變，彷彿已度過了整個紀元，但對草木而言，自從你出發後，只過了不到一年的時間。」

「皮聘，」佛羅多說，「你不是說甘道夫的口風比以前鬆嗎？我想，當時他只是因工作而感到疲累。現在他又恢復習性了。」

甘道夫則說：「許多人想提前知道餐桌上的餐點，但細心準備饗宴的人則想保守祕密，因為驚奇感能帶來更大的讚美。亞拉岡自己也在等待某個跡象。」

有一天，沒人找得到甘道夫，同伴們也想知道接下來會發生什麼事。但甘道夫在夜裡帶亞拉岡出城，並帶他到敏多陸因山的南側山腳下。他們在那找到一條古代小徑，現在已沒有多少人敢走上這條路。它通往高山上的某處聖地，只有國王會前往該處。他們沿著陡峭道路爬坡，直到兩人抵達積雪山峰下的一處高地，此處俯瞰著王城後方的懸崖。他們站在上頭觀望大地，因為早晨即將到來；他們看到陽光觸及下方如同白色鉛筆般的王城高塔，整座安都因河谷也宛如花園，黯影山脈也蒙上了一層金色迷霧。他們在一側能看到灰濛的艾明穆伊，勞洛斯瀑布的閃光則像是在遠方閃爍的星星。他們在另一側看大河如緞帶般伸向佩拉吉爾，遠處天邊的微光代表了大海。

甘道夫說：「這是你的國度，也是未來更廣大國度的中心。這世界的第三紀元已經結束，新紀元就此開始；你的任務是整頓它的起點，並盡力保存過往的一切。儘管有許多東西能得到維護，也同樣有許多事物即將消逝——三戒的力量也已不再。你看到的一切土地，以及環繞周圍的地區，都將成為人類的居所。人類時代即將到來，古老民族也將衰退或離開。」

「我清楚這點，摯友。」亞拉岡說，「但我仍需要你的諫言。」

「不久就會結束了。」甘道夫說，「第三紀元是我的時代。我曾是索倫的敵人，而我的工作也已告終。我很快就會離去。你與你的同胞必須接下這分負擔。」

「但我會死。」亞拉岡說，「因為我是凡人，儘管我身為血統純正的西方種族，也會活得比其他人更久，但也不過稍縱即逝。當現在還在母胎中的人垂垂老矣時，我也會變老。如果我的願望沒有成真，那屆時誰該統治剛鐸和將此城視為王后看待的人呢？噴泉廣場中的白樹依舊枯萎。我何時才會看到象徵情況改變的跡象呢？」

「將你的臉從翠綠世界移開，望向看似冰冷不毛的地方！」甘道夫說。

亞拉岡轉過身，他身後有座陡峭山坡從白雪外圍延伸而下。當他觀望時，變發現荒野中長出了某種東西。當他爬上山坡時，就發現雪堆邊緣冒出了一棵不到三呎高的小樹。它已經長出了修長優美的嫩葉，上方漆黑，底下呈現銀色，纖細的樹冠還有一小叢花，白色的花瓣在倒映陽光的雪地上閃爍。

亞拉岡喊道：「*Yé! utúvienyes!*[3] 我找到了！哎呀！這是太古聖樹[4] 的嫩芽！但它怎麼會在這裡？它還不到七歲。」

甘道夫走來看它，並說：「這的確是美麗的寧羅斯[5] 一族留下的幼苗，寧羅斯則是蓋拉希利昂[6] 的幼苗，蓋拉希利昂則是名號眾多的太古聖樹泰爾佩力昂結下的果實。誰知道它是怎麼在這命定時刻來到此處的？但這是個古老的聖地，在王者血脈消失或廣場中的白樹枯萎前，肯定有人將果實栽種於此。據說，儘管白樹的果實鮮少成熟，但裡頭的生命力仍會沉睡多年，也沒人能預測它甦醒的時間。牢記這點。如果有果實成熟，就得將它種下，以免它的族系從世上消失。它躲藏在這座山上，如同躲藏在北方荒野中的伊蘭迪爾一族。但寧羅斯的族系比你的家族要古老得多了，伊力薩王。」

亞拉岡將他的手輕輕地擺在幼苗上，看呀！它似乎只稍微連結到土壤，亞拉岡也毫髮無傷地將它摘起，再把它帶回主堡。眾人滿懷敬意地將枯樹連根拔起，但他們並沒有燒毀它，而是將它放入寂靜的拉斯狄南。亞拉岡將新樹栽種在噴泉旁的廣場，它隨後迅速成長，而當六月到來時，它便已繁花盛開。

「跡象出現了。」亞拉岡說，「那一天也不遠了。」於是他派哨兵駐守在城牆上。

有使者在夏至前一天從阿蒙丁來到王城，他們說有群俊美訪客從北方出現，現在已逼近了帕蘭諾的城牆。國王說：「他們終於來了。讓全城做好準備！」

在仲夏夜當晚，天空如同藍寶石般碧藍，東方也出現白色繁星，但西方依然綻放金色光輝，空氣涼爽芬芳，騎士們則由北道抵達米那斯提力斯大門。伊洛赫和伊萊丹帶著銀色旗幟，接著是葛羅芬戴爾、伊瑞斯特與裂谷所有家臣。後頭則是格拉翠兒夫人與洛斯羅瑞安領主凱勒彭，他們駕著白駒，帶領許多來自他們家園的俊美人民，眾人身穿灰色斗篷，髮上也夾著白色寶石。最後出現的是在精靈與人類之間位高權重的愛隆大人，他帶來了安努米那斯權杖，身旁的灰色馴馬上則坐了他的女兒亞玟，也就是她人民的暮星。

當佛羅多見到她閃爍的身影從暮色中前來，額上帶著星石，身邊也瀰漫香氣時，他感

3 譯注：此處為昆雅語，托爾金隨後便附上英文句意。

4 譯注：Eldest of Trees，此處指雙聖樹中的白樹泰爾佩力昂。維拉雅凡娜在維林諾的精靈都市提力昂種下了外型與泰爾佩力昂相似、但不會發光的第二棵白樹蓋拉希利昂。蓋拉希利昂的種子之一長成了埃瑞西亞的白樹凱勒彭，第二紀元的精靈則將凱勒彭的幼株寧羅斯送到努曼諾爾作為贈禮。日後寧羅斯遭到在努曼諾爾幕後掌權的索倫砍斷並焚毀，但伊西鐸偷走了白樹果實，並將發芽的幼株帶到中土世界，將它栽種於米那斯伊希爾，成為第一棵剛鐸白樹。索倫在第二紀元三四二九年返回魔多並攻陷該城，白樹也慘遭焚毀。伊西鐸在第三紀元第二年於米那斯雅諾種下第二顆白樹，並隨著一六三六年的大瘟疫（Great Plague）一同枯死。第三棵白樹則於一六四〇年由塔隆多王（Tarondor）種下，並於二八七二年隨著宰相貝列克索爾二世（Belecthor II）逝世而枯萎。亞拉岡尋獲的是第四棵白樹。

5 譯注：Nimloth，在辛達林語中意指「白花」。

6 譯注：Galathilion，在辛達林語中意指「白樹」。

到驚奇無比，並對甘道夫說：「我終於明白我們為何要等待了！這就是結局。不只白日受人敬愛，現在連夜晚都將變得優美而幸福，不再有恐懼了！」

國王迎接了他的貴客，眾人也下了馬。愛隆交出權杖，並將他女兒的手交付給國王，他們倆則一同走上高城，蒼穹中的點點繁星則為之閃動。在夏至當天，伊力薩王亞拉岡便於王者之城中迎娶了亞玟·安多米爾，他們的漫長等待與辛勞終究畫下了句點。

第六章——

諸多離別

當歡欣鼓舞的日子終於結束時，護戒隊同伴們打算返回各自的家鄉。當佛羅多前去見國王時，他正和亞玟王后坐在噴泉旁，她唱起了一首維林諾的歌謠，白樹綻放出眾多花朵。他們向佛羅多致意，並起身迎接他。亞拉岡說：

「我知道你想說什麼，佛羅多：你想回到故鄉。嗯，最親愛的摯友，樹木在故土能生長得最好；但整座西方大地永遠都會歡迎你。儘管你的族人在偉大傳奇中沒有多少名氣，現在他們的盛名將超越許多早已不在世上的寬廣國度。」

「我的確想回到夏郡。」佛羅多說，「但我得先去裂谷。在這麼快樂的時光中，我反而想念比爾博。當我發現他不在愛隆的家臣中時，就讓我感到難過。」

「你很訝異嗎，魔戒持有者？」亞玟說，「你清楚已毀的那東西所蘊含的力量，而曾受到那股力量維繫的一切都已逝去了。但你的族人擁有那東西的時間比你更長。以他的種族而言，他已經非常年邁了。他正在等待你，因為他只會再走一趟旅程了。」

「那請讓我盡快離開。」佛羅多說。

「我們在七天內就會出發。」亞拉岡說，「我們會和你一同上路遠行，甚至遠至洛汗。三天內，伊歐墨就會回到此地，帶希優頓回到驃騎國長眠，我們也會和他同行，以便向亡者致敬。但在你離開前，我要批准法拉米爾向你說過的話，你永遠能在剛鐸國境內自由行動，你的同伴們也有相同的待遇。如果我能贈與你任何配得上你功績的禮物，就儘管開口；但無論你想要什麼，都能帶走，你也會得到貴族般的盛大禮遇。」

但亞玟王后說：「我會送你一件禮物，因為我是愛隆之女。當他前往灰港岸時，我不會和他同行。我做出了與露西安相同的選擇，我和她一樣選擇了甜蜜而苦澀的路途。但當時機到來，如果你想的話，就該代我前去，魔戒持有者。如果你的傷痛仍使你感到不安，重擔的回憶也仍舊沉重，那你就該前往西方，直到你的傷與倦意得到治療。戴上這個吧，請記住和你的人生交會的精靈寶石與暮星！」

她拿起用銀鏈掛在胸前的白色寶石，並將鏈子掛在佛羅多頸上。「當恐懼與黑暗的回憶使你感到難過，」她說，「這就能幫助你。」

如國王所說，洛汗的伊歐墨在三天內抵達王城，率領著一批由驃騎國最俊美騎士組成的馬隊。他受到熱烈歡迎，當眾人坐在盛宴大殿梅瑞斯隆德中時，他便見識到女士們的美貌，使他大感驚奇。在他休息前，他找來了矮人金力，並向對方說：「葛羅音之子金力，你準備好你的斧頭了嗎？」

「不，大人，」金力說，「但有必要的話，我可以立刻拿來。」

「由你做判斷。」伊歐墨說，「我們之間還有關於黃金森林夫人的一些氣話沒解決。現在我終於親眼看到她了。」

「這樣啊，大人，」金力說，「你現在怎麼想？」

「哎！」伊歐墨說，「我沒辦法說她是世上最美麗的女子。」

「那我得去拿斧頭了。」金力說。

「但首先我得說明理由。」伊歐墨說，「如果我在其他群體中看到她，就會同意你的說法。但現在我得將亞玟．暮星王后放在首位，也準備好和與我意見相左的人決鬥。我該拿劍來嗎？」

金力深深鞠躬。「不，我諒解你，大人。」他說，「你選擇了黃昏，但我把愛給了早晨。我打從內心覺得，早晨將永遠逝去了。」

離別之日終於到來，聲勢浩大的豪華隊伍也準備好往北離開王城。剛鐸與洛汗的兩位國王先前往聖地，並來到拉斯狄南的陵墓，用黃金擔架抬起希優頓王，並沉默地穿越王城。他們將擔架放上大型馬車，馬車周邊圍繞著洛汗騎士和他先前的旗幟，擔任希優頓隨從的梅里則坐在馬車上，負責保管國王的武器。

護戒隊的其餘同伴們都得到了適合他們身材的坐騎，佛羅多和山姆騎在亞拉岡身旁，甘道夫駕著影鬃，皮聘則與剛鐸武士們一同策馬，列葛拉斯和金力如往常般一同騎著阿洛德。

亞玟女王也加入了眾人，還有凱勒彭與格拉翠兒和他們的族人，以及愛隆和他的兒子們，同時還有安羅斯與伊西立安的親王們，以及諸多將領與騎士。從未有任何驃騎王如襄格爾之子希優頓般有這種規模的隨扈，和他一同返回故鄉。

他們不疾不徐地進入安諾瑞恩，並來到阿蒙丁下的灰森林；他們在此聽到山丘間傳來的鼓聲，但看不見任何生物。亞拉岡下令吹響喇叭，傳令官則喊道：

「注意，伊力薩王駕到！他將卓雅丹森林賜給剛布理剛與他的族人，讓他們永保此地。此後如果沒有他們的允許，不得有人進入此林。」

鼓聲隨即大聲響起，並陷入沉默。

奔波了十五天後，希優頓王的馬車穿過了洛汗蒼鬱的草原，並抵達伊多拉斯，眾人便在此歇息。黃金宮殿吊起了華麗掛毯，裡頭光彩奪目，也舉辦了自從它完工以來最盛大的宴席。三天後，驃騎國的人民為希優頓的葬禮做好準備，將他擺在石屋中，並把他的武器和許多曾擁有的美麗物品放在屋內，並在陵寢頂端堆起一座墓塚，上頭種滿青草與白色的永誌花。墓塚原東側就有了八座墓塚。

王室騎士們隨後騎著白馬繞行墓塚，一同唱起敘述襄格爾之子希優頓的歌謠，這首歌由他的吟遊詩人葛雷歐威奈所做，他之後也不再寫歌。騎士們的緩慢嗓音甚至觸動了不懂該語言的訪客內心，但歌詞使驃騎國人民眼中泛起淚光，因為他們再次聽到了北方如雷貫耳的馬蹄聲，以及伊洛在凱勒布蘭特平原之戰中的高呼；君王們的故事綿延不斷，赫姆的號角在山中高聲響起，直到黑暗前來，希優頓王則奮起並穿過邪影抵達烈火，最後壯烈犧牲，清晨的太陽則出乎預料地在敏多陸因山頂綻放光芒。

不再質疑，遠離黑暗，面對日出，
他在陽光下高歌，拔劍出鞘。
他重燃希望，也逝於希望。
超越死亡，超越恐懼，解除末日，
離開傷痛，離開生命，步入永恆榮耀。

但站在蒼鬱墓塚下的梅里痛哭失聲，當歌謠唱畢時，他便起身喊道：

「希優頓王，希優頓王！再會了！儘管只有一小段時間，但您對我有如父親。再會了！」

當葬禮結束，女子們停止啼哭，希優頓也終於獨自在墓塚內沉眠後，眾人便前往黃金宮殿參加大宴，並放下悲傷。因為希優頓活出了燦爛的一生，辭世時的功績也不輸他最偉大的先人。而當驃騎國習俗中該為諸王敬酒的時刻來臨，洛汗王女伊歐玟便走向前來，她的金髮如和煦陽光，肌膚潔白似雪，她將一杯裝滿漿液的酒杯呈給伊歐墨。

一名吟遊詩人、學者站起身，依序誦讀歷代驃騎王的名字：少年伊洛，建立黃金宮殿的布理哥，不幸巴多的弟弟艾多，以及福瑞亞，哥德威奈，迪歐和葛瑞姆，以及當驃騎國遭到攻陷時躲藏在赫姆關的赫姆。西側的九座墓塚就此結束，隨後則是東側的墓塚：赫姆的外甥福瑞亞拉夫，與李歐法，瓦達，佛卡，佛克威奈，芬格爾，襄格爾，與最後的希優頓。念到希優頓的名字時，伊歐墨便將酒一飲而盡。伊歐玟要僕人們為眾人斟酒，在場的眾人便起身向新王敬酒，喊道：「拜見驃騎王伊歐墨！」

最後，當大宴接近尾聲時，伊歐墨便起身說道：「這是希優頓王的葬禮宴席，但在我們離開前，我要宣布喜訊，他也不會阻止我這樣做，因為他總是如同父親般對我妹妹伊歐玟。這座宮殿中從未聚集過如此亮眼的來賓，各位賓客，來自諸多國度的美麗客人，請聽好了。剛鐸宰相與伊西立安親王法拉米爾，已向洛汗王女伊歐玟求婚，她也答應了。因此他們將在諸位面前訂婚。」

法拉米爾與伊歐玟牽著彼此來到前方，眾人則興高采烈地向他們敬酒。「驃騎國與剛鐸之間的友誼，」伊歐墨說，「就此更加穩固，我也感到非常開心。」

「你一點都不小氣，伊歐墨，」亞拉岡說，「已將國度中最美麗的事物送給剛鐸了！」

伊歐玟注視著亞拉岡的雙眼，並說：「請祝福我，我的主上與治療者！」

他回答：「自從我首度見到妳，就希望妳快樂。看到妳獲得幸福，就撫慰了我的內心。」

＊＊＊

當宴席結束後，得離開的人就向伊歐墨王告辭。亞拉岡與他的騎士們，以及羅瑞安和裂谷的人民都準備好策馬動身；但法拉米爾和印拉希爾留在伊多拉斯，亞玟．暮星也留在當地，並與她的兄長道別。沒有人看見她與父親愛隆最後的會面，因為他們登上山丘，在上頭與彼此長談，他們的離別所帶來的痛苦，將持續到世界的盡頭。

最後，在賓客們出發前，伊歐墨和伊歐玟來到梅里面前，並說：「暫且再會了，夏郡的梅里雅達克與驃騎國的何德威奈[1]！祝你好運，趕快回來和我們相聚！」

伊歐墨說：「為了你在孟登堡平原上的功績，古代的君王會送你整輛馬車都裝不完的贈禮，但你說除了得到的武器外，什麼都不想拿。我接受這點，因為我確實沒有能媲美你功勞的禮物。但我妹妹懇求你收下這分小禮，以紀念鄧赫姆和清晨時的驃騎國號角。」

伊歐玟將一只古老的號角交給梅里，儘管全銀號角的尺寸較小，但製作工法十分精巧，上頭附有綠色佩帶。工匠們刻了快馬加鞭的騎士圖案，一路從尖端延伸到開口，號角上還刻有能力強大的符文。

---

1 譯注：Holdwine，在古英文中意指「忠實朋友」。古英文中的 wine 發音類似英文中的 winner，與現代英文中的 wine 發音不同。

「這是我們家族的傳家寶。」伊歐玟說，「它由矮人所製，並來自巨龍史卡沙[2]的寶庫。少年伊洛將它從北方帶來。在緊急時刻吹響這號角的人，將在敵人心中植入恐懼，並為盟友的內心帶來愉悅，他們也將呼應著號角聲而來。」

梅里收下了號角，因為他不好拒絕這項贈禮，他也親吻了伊歐玟的手，兩人擁抱了他，他們暫時與彼此分離。

賓客們已準備完成，飲下餞行酒，在眾人的讚美與友誼中離開，隨後抵達赫姆關，在那休息了兩天。列葛拉斯履行了他對金力的承諾，和他前往輝光洞穴，當他們回來時，他便沉默不語，也說只有金力能找出恰當的話語來形容該處。「從來沒有矮人在唇槍舌戰上勝過精靈。」他說，「我們去梵貢森林，把恩怨扯平吧！」

他們從深谷壑策馬前往艾森格，並發現恩特樹人經歷了一番大工程。整座石圈都已遭到拆除，裡頭的區域也已成為充滿果園與樹木的花園，還有條溪流經此處；但在一切光景的中央，有座水質清澈的湖泊，高聳而固若金湯的歐散克塔矗立在湖中，黑色的岩壁倒映在池中。

旅行者們在艾森格大門的舊址坐了一陣，通往歐散克塔的綠蔭道起點種了兩棵哨兵般的高大樹木。眾人驚奇地盯著眼前的改變，但他們在遠處和周圍都看不到任何生物。但隨即聽到呼嗯，呼嗯的叫聲，樹鬚則沿著道路走來迎接他們，快枝則走在他身旁。

「歡迎來到歐散克樹園！」他說。「我知道你們要來，但我在山谷中忙著工作，還有很多事得做。但我聽說，你們在南方和東方也沒閒著，我聽到的消息都很棒，太棒了。」

樹鬍讚美了他們所有的事蹟，他似乎已經知曉了一切，最後他停下來並注視甘道夫半晌。

「哎呀，好啦！」他說，「你已經成為了勝者，所有的努力也都得到好成果。你現在要去哪呢？為什麼要來這裡？」

「來看看你的工作狀況，我的朋友。」甘道夫說，「也要感謝你幫的大忙。」

「呼嗯，嗯，是沒錯。」樹鬍說，「恩特樹人肯定扮演了一角。不只是處理，呼嗯，曾住在這裡的可惡屠樹者。有很多 burárum，那些邪眼黑手彎腿壞心爪指髒肚嗜血的東西，*morimaite-sincahonda*，呼嗯，嗯，既然你是急躁的人，牠們的全名聽起來就會像多年折磨，我就說那些是骯髒的歐克獸人吧。牠們從北方跨越大河過來，還包圍了羅瑞林多瑞南，而多虧了這裡的偉人們，牠們進不去當地。」他對羅瑞安領主與夫人鞠躬。

「當這些骯髒的生物在大高原上碰到我們時，也大吃一驚，因為牠們沒聽過我們的存在，不過比較善良的人，可能也會這麼說。沒有太多歐克獸人會記得我們，因為很多都沒有活著逃脫，大河也吞沒了大部分歐克獸人。這對你們有益，如果牠們沒碰上我們，那草

---

2 譯注：Scatha，是古英文 *sceaða* 的現代型態，意指「敵人」或「盜匪」。牠是居住在灰山脈的巨龍，參見附錄A「伊洛家族」。

原之王就無法遠行了，如果他離開，便會無家可歸。」

「我們很清楚這件事。」亞拉岡說，「米那斯提力斯或伊多拉斯的人民都永遠不會忘記這件事。」

「就算對我而言，『永遠』這個詞都太漫長了。」樹鬍說，「你指的是，當你的王國還在時會如此。但它確實得延續得夠久，才會讓恩特樹人覺得漫長。」

「新紀元已經開始了。」甘道夫說，「在這個紀元中，人類王國或許會延續得比你更久，吾友梵貢。但告訴我，我指派給你的任務呢？薩魯曼的情況如何？他還沒厭倦歐散克塔嗎？從他的窗口往外看時，我不覺得他會認為你改善了周邊光景。」

樹鬍漫長地看了甘道夫一眼，梅里覺得那眼神近乎狡詐。「啊！」他說，「我就覺得你會提到那點。厭倦歐散克塔？最後他的確聽膩了，比起他的塔，他更厭倦我的聲音。呼嗯！我曾告訴他一些長篇故事，至少在你們的語言中聽起來很長。」

「那他為何留下來聽？你有進入歐散克塔嗎？」甘道夫說。

「呼嗯，不，沒有進去歐散克塔！」樹鬍說，「但他曾到窗邊聽，因為他無法用其他方式取得消息，儘管他討厭那些消息，卻還是急於打探。我看得出他聽到所有消息了。但我也添加了許多讓他能好好思考的事。他先前對此感到非常厭煩。他總是很急躁。那導致了他的失敗。」

「我發現呀，我的好梵貢，」甘道夫說，「你很謹慎地說『曾住在』、『先前』和『曾到』。『現在』的狀況呢？他死了嗎？」

「不，就我所知沒有死。」樹鬍說，「但他走了。對，他離開七天了。我放他走了。當他爬出來時，顯得悽慘無比，他的跟屁蟲看起來則像是黯淡的影子。別說我保證要看好他，甘道夫，我明白這點。但事情後來改變了。我也把他關到無力製造任何傷害為止。你應該知道，我最痛恨囚禁生物了，除非有極大需求，不然我連這些生物都不想關。蛇一旦少了毒牙，就能自由爬到想去的地方。」

「你或許是對的。」甘道夫說，「但我想，這條蛇還有一顆牙。他的聲音仍然擁有毒性，我猜就連你樹鬍，都被他說服了，因為他清楚你心中的弱點。好吧，他已經走了，也不必多談。但歐散克塔得回到國王手中，這是屬於他的財產。不過他或許不需要它。」

「之後就會知道了。」亞拉岡說，「但我會把這座山谷送給恩特樹人，只要他們好好看管歐散克塔，別讓任何人在沒有我的允許下進去就行。」

「它已經上鎖了。」樹鬍說，「我要薩魯曼鎖上它，並給我鑰匙。鑰匙在快枝手上。」快枝如同在風中彎曲的樹般屈身，將兩支形狀複雜的大型黑色鑰匙交給亞拉岡，鑰匙用鋼圈套在一起。「我再次感謝你們。」亞拉岡說，「也要向你們道別。願你們的森林再度平靜地生長。當這座山谷長滿樹木後，山脈西邊仍有空間能供你們使用，你們多年前也曾涉足當地。」

樹鬍的臉變得悲傷。「森林或許會成長。」他說，「樹林可能會拓展。但恩特樹人不會。沒有恩特樹童了。」

「但也許你們的搜索過程現在會有更多希望。」亞拉岡說，「你們也能前往東方封閉已久的土地。」

但樹鬍搖頭說道：「太遠了。近來那裡有太多人了。但我忘記禮貌了！你們想待下來休息一下嗎？也許有些人會想通過梵貢森林，走捷徑回家？」他望向凱勒彭與格拉翠兒。

但除了列葛拉斯以外的人，都說他們必須告辭，往南方或西方離開了。「來吧，金力，」列葛拉斯說，「有了梵貢的允許，我就要拜訪恩特森林，見見中土世界其他地方見不到的樹木。你該守諾和我來，我們再一起前往我們在幽暗密林和遠方的家園。」金力答應了，不過看起來並不大開心。

「護戒隊終於在此來到了尾聲。」亞拉岡說，「但我希望，不久你們就會帶著承諾過的幫助回到我的國度。」

「如果我們自己的主上允許，我們就會來。」金力說，「好吧，再會了，我的哈比人們！你們應該能安全回家了，我也不會因為擔心你們身陷危機，而無法入睡。我們一有機會，就會送口信過去，我們有些人或許有時也還會見面，但恐怕我們將永遠不會全員聚首了。」

接著樹鬍輪流向他們道別，並對凱勒彭和格拉翠兒充滿敬意地緩慢鞠躬三次。「自從我們在遠方見面後，已經過了很久的時間，*A vanimar, vanimálion nostari!*」他說。「難過的是，我們到了盡頭才能碰面。世界正在改變：我在水中感受到，我在土壤中感受到，我在空氣中嗅到。我不認為我們會重逢了。」

凱勒彭說：「我不曉得，至古者。」但格拉翠兒說，「不會在中土世界，除非海浪下的陸地再度上升。屆時，我們或許會在春天的塔沙瑞楠柳林中相會。再見了！」

梅里和皮聘最後向老恩特樹人道別，當他望向他們時，心情就變得更愉快。「哎呀，我開心的小朋友們，」他說，「你們願意在離開前和我再喝一杯嗎？」

「當然了。」他們說，他則帶他們倆走到其中一棵樹的林蔭下，他們發現那裡擺了一只巨型綠色石罐。樹鬍斟滿了三只碗，他們喝起了飲料，他們注意到，他奇特的眼睛正越過碗緣盯著他們。「好好保重，好好保重！」他說，「自從我上一次見到你們，你們已經長大了。」他們大笑並一飲而盡。

「好啦，再見了！」他說，「別忘了，如果你們在自己的國度聽到恩特樹妻的消息，就傳口信給我。」他隨即向眾人揮舞大手，並走入林中。

旅行者們加速前進，他們則前往洛汗隘口；亞拉岡在靠近皮聘注視歐散克晶石的地點向他們辭別。哈比人們對這場分離倍感難過，因為亞拉岡從來沒有使他們失望，也在許多危機中擔任他們的嚮導。

「我真希望我們有能用來看所有朋友的晶石，」皮聘說，「這樣我們就能在遠方和他們說話了！」

「只剩下一顆晶石能使用了。」亞拉岡回答，「因為你不會想看米那斯提力斯晶石顯示的影像。但國王會保管歐散克塔的帕蘭提爾，以便觀察王國中發生的情況，以及他僕人的作為。別忘了，皮瑞格林．圖克，你仍是剛鐸騎士，我也沒有解除你的職務。你現在暫時放假，但我可能會將你召回。記好了，親愛的夏郡朋友們，我的國度也延伸到北方，有天我將前往那裡。」

亞拉岡隨後向凱勒彭與格拉翠兒道別。夫人對他說：「精靈寶石，你穿越黑暗，達成了你的希望，現在也擁有了心之所向。善用這些日子吧！」

凱勒彭說：「同胞，再會了！希望你的結局與我不同，你的寶物也能與你共處到最後一刻！」

話畢，他們就此一別，此時正是夕陽時分。過了一陣子後，他們轉身回望，看到西方之王坐在馬上，四周圍繞著騎士部下。落日的光芒灑落在他們身上，使他們的鞍具閃著紅金色光輝，亞拉岡的白色披風彷彿化為白焰。接著亞拉岡舉起綠色寶石，手中綻放出碧綠火光。

人數漸少的隊伍沿著艾森河前進，並往西穿越洛汗隘口，進入彼端的荒地，他們隨即往北轉，穿過黑鬱地邊界。黑鬱地人紛紛逃離躲藏，因為他們害怕精靈，現在的確少有精靈來到他們的國度。但旅行者們沒有理會他們，因為隊伍的聲勢依然浩大，也擁有所需的一切物資；他們自在地行動，並在需要時紮營。

在離開國王的第六天，眾人穿過從迷霧山脈山腳丘陵往下延伸的樹林，山脈此刻位在他們的右邊。當他們在日落下再度踏進開闊地帶時，就碰上了一名倚著手杖的老人，他身穿灰色或髒汙的白色破舊衣物，身後跟著另一個無精打采又哀鳴著的乞丐。

「哎呀，薩魯曼！」甘道夫說，「你要去哪？」

「跟你有什麼關係？」他回答，「你還要管我的去向嗎？你不滿於我的失敗嗎？」

「你清楚答案。」甘道夫說，「兩者皆非。但無論如何，我的任務已經來到尾聲。國王已接下了重責大任。如果你在歐散克塔等待，就會見到他了，他也會對你展現智慧與憐憫。」

「那更該早點離開。」薩魯曼說，「我兩者都不想要。至於你第一個問題的答案，就是我在找尋離開他的國度的道路。」

「那你又走錯路了。」甘道夫說，「我也看不出你的旅程有任何希望。但你要唾棄我們的協助嗎？我們願意幫你。」

「幫我？」薩魯曼說，「不，拜託別對我露出微笑！我寧可讓你們皺眉。至於這位夫人，我可不信任她，她總是痛恨我，也為你算盡心機。我相信她故意帶你來此，以便嘲笑我的困境。如果我得知你們要來，就不會讓你們得逞了。」

「薩魯曼，」格拉翠兒說，「我們有比追捕你更重要的事要辦。你該說自己碰上了好運，因為你現在有最後的機會。」

「如果真的是最後機會，我就感到慶幸。」薩魯曼說，「這樣我就不需要再拒絕一次了。我所有希望都已破滅，但不管你們有什麼希望，我都不願共享。」

他的雙眼短暫綻放精光。「滾！」他說，「我花了很長時間研究這些事，可不是白費時間。你們毀了自己，也清楚這點。當我想到你們摧毀我家時，也同樣毀了自家廳堂，就讓我感到些許寬心。現在，哪艘船將載你們跨越廣闊大海呢？」他嘲諷道，「是艘載滿鬼魂的灰船。」他哈哈大笑，但他的聲音刺耳又難聽。

「起來，你這白痴！」他對另一名坐在地上的乞丐叫道，並用手杖毆打對方。「掉頭！如果這些尊貴大人們要走我們的路，我們就走別條路。給我起來，不然我可不會給你麵包屑當晚餐！」

乞丐轉身並抽噎地慢慢走開。「可憐的老葛力馬！可憐的老葛力馬！老是挨人打罵。我真痛恨他！我真希望能離開他！」

「那就離開他呀！」甘道夫說。

但蛇信只用迷茫的雙眼恐懼地瞄了一下甘道夫，就快步跟上薩魯曼。當悽慘的兩人來到哈比人們身旁時，薩魯曼便停下盯著他們；但他們注視他的眼神充滿憐憫。

「你們也來嘲笑了嗎，小子們？」他說，「你們不在乎乞丐缺什麼，對吧？你們什麼都有，有食物和華服，還能抽最棒的菸草。對，我知道！我清楚菸草是打哪來的。你們連一口都不會分給乞丐，是嗎？」

「如果我有的話，就會分給你。」佛羅多說。

「你可以拿走我剩下的菸草。」梅里說。「等我一下。」他屈身在馬鞍上的袋子中摸索。接著他把一只小皮囊遞給薩魯曼。「拿走裡面的菸草吧。」他說。「歡迎取用，它是從艾森格的漂浮物中找來的。」

「我的，我的，沒錯，代價真高昂！」薩魯曼叫道，一面抓住皮囊。「這只是象徵性的補償，因為我敢相信你們拿走了更多。不過，哪怕是小偷只歸還了一丁點東西，乞丐就該心存感激了。嗯，等你們回家時，如果發現南區的狀況不太好，就會得到報應了。願你們故鄉的菸草永遠短缺！」

「真是多謝你了！」梅里說，「這樣的話，我就要收回皮囊，那不是你的東西，也和我走了很遠的路。用你自己的破布包菸草葉吧。」

「小偷換人當。」薩魯曼說，並轉身背對梅里，踢了蛇信一腳，再往樹林走去。

「哼，真不錯呀！」皮聘說，「真是臭小偷！那搶劫和打傷我們，還派歐克獸人把我們拖過洛汗的事，又該怎麼說？」

「啊！」山姆說，「他還說了『代價』。他是怎麼弄到菸草的？我也不喜歡他說南區的事。我們該回家了。」

「沒錯。」佛羅多說，「但如果我們要見比爾博，就沒辦法太快回去。無論發生什麼事，我都要先去裂谷。」

「對，我想你們最好這樣做。」甘道夫說，「但薩魯曼太可惜了！恐怕他已無可救藥。他已經徹底墮落了。總之，我不確定樹鬍做對了，我覺得他還是能做出某些小規模壞事。」

隔天他們踏進北黑鬱地，當地目前無人居住，不過那是片翠綠美麗的地區。九月隨著金色陽光與銀色月夜到來，他們也輕鬆地騎馬，直到抵達鵠群河，並在瀑布忽然往低地落下的位置以東找到了老淺灘。西邊遠方的迷霧中有沼澤與小島，地勢一路延伸到灰洪河；無數天鵝住在此地的蘆葦地帶。

於是他們進入埃瑞瓊，也終於碰上晴朗的早晨，陽光在霧氣上空微微閃動。旅行者們從低丘上的營地往外一看，便發現東方的太陽照亮了三座高聳入雲的山峰：卡拉瑟拉斯、凱勒布迪爾與法努伊索。他們接近墨瑞亞大門了。

他們在此耽擱了七天，因為眾人遲遲不願面對另一場離別。凱勒彭與格拉翠兒和他們的族人很快就會往東轉，穿過紅角口並走下黯溪天梯，抵達銀脈河，再回到他們的國度。他們走西方的遠路，因為他們有許多事得與愛隆和甘道夫討論，於是他們留在此處與友人們交談。當哈比人們入睡後許久，他們經常會坐在星空下，回想已逝的紀元，以及他們在世上經歷的一切喜悅與辛勞，或討論未來的日子。如果有任何流浪者剛好經過，也不會看到或聽見多少，他只會覺得自己見到灰暗的石雕身影，是消失在無人地帶的過往遺跡。因為他們並沒有移動、開口說話，而是以心靈與彼此溝通；當他們的思緒來回交錯時，只有閃爍的眼睛會移動並放出光芒。

但最後他們討論完畢，並分開了一陣子，直到三戒離開的時間到來。羅瑞安的灰袍人民們騎向山區，迅速消失在岩石與陰影間；要前往裂谷的人們則坐在山丘上遠望，直到霧氣中發出一道閃光，接著他們再也看不到任何身影。佛羅多知道，格拉翠兒當時舉高了戒指，以示道別。

山姆轉身歎道：「我真希望我能回到羅瑞安！」

最後在某天傍晚，他們來到高地曠野上，旅人們也突然看到了幽深的裂谷邊緣，並在下方遠處看到愛隆住家閃亮的燈火。他們往下坡走，渡橋再來到門口，整座房屋則因愛隆返家而滿溢光芒與歌聲。

首先，在他們用餐盥洗、或甚至換下斗篷前，哈比人們便去找比爾博。他們發現他獨自待在自己的小房間中。裡頭堆滿了紙張、墨筆和鉛筆，但比爾博坐在小火爐前的椅子上。他看起來非常年邁，平靜又滿是睡意。

當他們進來時，他睜開眼睛抬頭一看。「哈囉，哈囉。」他說，「你們回來啦？明天也是我的生日。你們真聰明！你們知道我要滿一百二十九歲了嗎？再過一年，如果我還活著，就會和老圖克同年了。我想贏過他，但我們等著瞧吧。」

慶祝過比爾博的生日後，四個哈比人們就在裂谷待了幾天，他們也和老邁的朋友相處了很久，除了用餐時間外，他大多待在房裡。他仍舊準時地出席用餐，也總是及時為了吃飯而醒來。他們坐在火邊，輪流把旅程和冒險的回憶告訴他。起初他假裝抄下筆記，但他經常睡著；而他醒來時，就會說：「太棒了！真不錯！但我們說到哪了？」接著他們就從他開始打盹的部分繼續講。

唯一似乎能使他清醒並保持專注的，就是亞拉岡的加冕儀式與婚禮。「我當然有受邀出席婚禮了。」他說，「我等這一天也夠久了。但不知怎地，當它發生時，我卻發現在這裡有太多事要做了，打包也很麻煩。」

近兩週過去，佛羅多望向窗外，發現夜裡結了霜，蜘蛛網看起來也宛如白網。他忽然明白自己得走了，也得向比爾博道別。度過人們印象中最宜人的夏季後，天氣仍然晴朗舒適。但十月已到，晴天很快就會結束，風雨也將再度出現。前方還有很長的路要走。但讓他煩悶的並非天氣。他有種感覺，認為自己該返回夏郡了。山姆也有同感。只有在前一晚他才說：

「這個嘛，佛羅多先生，我們走了很遠，也見識到不少事，但我不覺得我們碰過比這裡更棒的地方。這裡有什麼都有，希望你能明白；夏郡、黃金森林、剛鐸、王宮、酒館、草原和山區全都混在一起。但不知怎地，我覺得我們很快就該走了。老實說，我很擔心我老爹。」

「對，這裡什麼都有，山姆，除了大海。」佛羅多回答。他隨即對自己低語：「除了大海。」

那天佛羅多與愛隆談話，兩人也同意哈比人們隔天早上該離開。讓他們開心的是，甘道夫說：「我想我也該來。至少走到布理。我想見蜂斗菜。」

他們在傍晚向比爾博道別。「哎，如果你們得走，就該走了。」他說，「我覺得遺憾。我會想念你們的。知道你們在附近，就讓我感到開心。但我睏了。」他把祕銀鎖子甲與刺針送給佛羅多，忘記自己已經送過了。他也給了佛羅多三本自己在不同時間寫下的史書，書中滿是他修長的筆跡，紅色的書皮上則寫著：由B. B.翻譯自精靈文。

他送了山姆一小袋黃金。「這幾乎是僅剩的史矛格寶藏了，」他說，「如果你想結婚的話，可能會派上用場啊，山姆。」山姆的臉脹得通紅。

「除了好建議外，」他對梅里和皮聘說，「我沒什麼好給你們了。」當他給他們一堆忠告後，就以夏郡風格補充了最後一句話：「別讓你們的頭長得比帽子大！[3] 但如果你們不趕快停止長高，帽子和衣服就會變得太貴了。」

「但如果你想贏過老圖克，」皮聘說，「我就看不出為何我們不該嘗試打破吼牛的紀錄。」

比爾博哈哈大笑，並從口袋中拿出兩根美麗的菸斗，上頭有珍珠製的菸嘴，還鑲了精巧的白銀。「當你們抽菸斗時，就想想我吧！」他說，「精靈為我製作了它們，但我現在不抽菸了。」他忽然打盹並睡著了一下，而當他再度醒來時，就說：「我們說到哪了？對，當然了，是送禮物的時候。這提醒了我，佛羅多，我那枚被你帶走的戒指怎麼了？」

「我弄丟它了，親愛的比爾博。」佛羅多說，「我毀了它，你知道的。」

「真可惜！」比爾博說，「我很想再看它一眼。不對，我真傻！那就是你出發的目的，不是嗎？去毀了它？一切太令人困惑了，因為很多事似乎和它混在一起：亞拉岡的事件、白議會、剛鐸、騎士，南方人，還有洪荒象——你真的有看到嗎，山姆？加上洞穴、高塔和金樹，天知道還有多少東西。

「回程的路顯然太直截了，我想甘道夫應該能帶我見識一下。但在我回去前，競標會

2　譯注：此處的英文也有「別自大」的雙關語意，但同時也指出梅里和皮聘異於尋常哈比人的身高。

就會結束了，我也會惹來更大的麻煩。總之，一切都太遲了。我想，坐在這裡聽故事舒服多了。火爐很溫暖，食物也非常棒，想見精靈時，就能看到精靈。我還能要求什麼呢？

道路綿延不斷，
打從家門往外伸。
前方路途迢迢，
其他人得盡力跟上！
他們展開新旅程，
但我兩腳疲憊，
走向明亮小酒館，
等待休息與美夢。」

當比爾博呢喃般地說出最後幾個字時，他的頭便垂向胸前，深深地入睡。

房內暮色低垂，火光也燒得更亮；他們注視著沉睡的比爾博，發現他臉上掛了抹微笑。眾人沉默地坐了半晌，接著山姆環顧房內，陰影則在牆上閃動，而他輕聲說道：

「佛羅多先生，當我們離開時，我不覺得他寫了很多東西。他不會寫我們的故事了。」

此時比爾博睜開一隻眼睛，像是他聽到了對方的話。接著他振作起來。「你們瞧，我太睏了。」他說，「當我有時間寫東西時，就只喜歡寫詩。親愛的佛羅多，我想知道，你願不願意在離開前把東西整理整理呢？如果可以的話，就帶走我所有的筆記和文件，還有我的日記吧。是這樣的，我沒什麼時間挑選和安排那些資料了。找山姆幫忙，等你把資料整理完，就回來讓我看看。我不會太嚴格的。」

「我當然願意！」佛羅多說，「我也會很快回來，現在已經不再危險了。已經有了真的國王，他很快就會整頓所有的道路。」

「謝謝你，親愛的朋友！」比爾博說，「這讓我鬆了一大口氣。」說完，他就再度入睡。

隔天，甘道夫與哈比人們在比爾博的房間內向他道別，因為門外太冷了。接著他們再向愛隆與他的家臣們告辭。

當佛羅多站在門檻上時，愛隆便祝他旅途順利，也祝福他，並說：

「我想，佛羅多，你或許不必回來，除非你很快就返回此地。到了明年的這時候，當樹葉在落下前轉為金色時，就到夏郡的樹林裡找比爾博。我會和他待在一起。」

沒有其他人聽到這段話，佛羅多也守住了這項祕密。

第七章——

返鄉路

哈比人們終於掉頭走向家園。他們非常想再見到夏郡，但起初他們行進緩慢，因為佛羅多感到不適。當他們來到布魯伊南淺灘時，他就停了下來，似乎不願策馬走進溪水。眾人注意到，他的雙眼有段期間似乎沒有看到他們或身邊的東西。他整天都安靜不語。當天是十月六日。

「你很痛苦嗎，佛羅多？」當甘道夫在佛羅多身旁騎馬時，就靜靜地問他。

「嗯，對。」佛羅多說，「是我的肩膀。舊傷很痛，我心裡也瀰漫黑暗的回憶。事情在一年前的今天發生。」

「唉！有些傷無法徹底痊癒。」甘道夫說。

「恐怕我的傷確實如此。」佛羅多說，「已經無法真的回家了。儘管我可能會來到夏郡，感覺起來也不會一樣；因為我已經改變了。我遭到尖刀、毒刺、利牙和重擔所傷。我該上哪才能休息呢？」

甘道夫沒有回答。

到了隔天尾聲，痛苦與不安似乎已經逝去，佛羅多也再度感到愉快，彷彿不記得前一天的黑暗時刻。之後的旅程十分順利，時間也過得很快；因為他們輕鬆地騎馬，也經常停留在優美的林地，秋日下的樹葉已顯金紅。最後他們來到風雲頂，當暮色逼近時，這座山丘的陰影便使道路變得黯淡。佛羅多懇求眾人加快速度，他也不願觀看山丘，只是低著頭並用斗篷包住身子，快步通過山丘黑影。當晚的天氣再度改變，從西方吹來夾雜著雨水的風，響亮又冷冽，黃葉也在空中如飛鳥般盤旋。當他們抵達切特森林時，樹枝變得近乎光禿，龐大雨幕遮掩了布理丘。

在十月最後幾天的某個潮溼傍晚，五名旅行者們往上坡路走，來到了布理的南門。大門深鎖，雨水則擊打著他們的臉，雲朵在逐漸變暗的天空中匆匆飄過，他們的士氣也稍顯低落，因為眾人以為會碰上更親切的歡迎。

當他們呼喊許多次後，看門人才走出來，他們也發現他拿了根大棒子。他畏懼而疑心重重地看著他們，但當他看到甘道夫，也發現對方的同伴是哈比人時，儘管對方身穿古怪裝束，他仍然面露喜色，並歡迎他們。

「進來吧！」他說，一面解鎖大門，「在溼冷的惡劣天氣中，我們不會留下來打聽消息。但躍馬旅店的老麥肯定能好好迎接你們，你們可以在那聽到所有該聽的事。」

「你之後也會在那聽到我們說的故事。」甘道夫笑道，「哈利過得怎樣？」

看門人拉下臉來。「他走了。」他說，「但你最好去問麥漢。晚安！」

「祝你晚安！」他們說道，並走進門內。他們隨即注意到路邊圍籬後蓋了一座修長而低矮的小屋，許多人也走出來，在圍牆另一頭盯著他們看。當他們抵達比爾．羊齒蕨家時，就發現該處的圍籬便得破爛不堪，窗戶也釘滿了木板。

「你覺得你用那顆蘋果殺了他嗎，山姆？」皮聘說。

「我沒抱太大希望，皮聘先生。」山姆說，「但我倒想知道那匹可憐的小馬怎麼了。我經常掛念牠，也會想起當時的狼嚎。」

最後他們來到躍馬旅店，這棟房子的改變看起來最少，下層窗口的紅色窗簾內透出燈火。他們敲響門鈴，諾伯則走到門口，把門拉開一條小縫，並往外窺探；當他看到他們站在燈下時，就訝異地大叫一聲。

「蜂斗菜先生！老闆！」他喊道，「他們回來了！」

「是嗎？我來教訓他們。」蜂斗菜的聲音傳來，並拿著棍棒衝了出來。但當他看到對方的身分時，就猛然止步，臉上的陰沉神情變成驚喜之情。

「諾伯，你這傻子！」他嚷道，「你就不能說老朋友們的名字嗎？在這種時期，你不該嚇我。哎呀，哎呀！你們是打哪來的？我從來沒料到會再見到你們，這是實話；你們和那個快步客一起跑進野地，還有那些黑騎士追在後頭。但我很高興能看到你們，當然也少不了甘道夫。進來吧！進來吧！跟之前一樣的房間嗎？它們都免費。我不騙你們，近來大多房間都沒人用，你們很快就會發現了。我來想辦法盡快處理晚餐，但我目前人手不足。嘿，諾伯，你這慢郎中！叫鮑伯來！啊，我忘記了，鮑伯走了，晚上回去找他家人了。好吧，帶客人們的小馬去馬廄，諾伯！我相信你會自己帶馬去馬廄，甘道夫。那是匹好馬，我第一次看到牠時就說過了。好啦，進來吧！別客氣！」

至少蜂斗菜先生沒有改變他的講話方式，也似乎仍忙得喘不過氣。但店裡幾乎沒人，也安靜無聲，交誼廳中只有兩三股人聲。在他點亮並帶來給他們的兩根蠟燭火光中，店主的臉孔看來滿布皺紋而憂心忡忡。

他帶他們順著通道走向眾人一年多前使用過的那間起居室，他們則有些忐忑地跟著他，因為老麥漢顯然因某種麻煩而硬擠出勇敢的表情。實情與表象並不一致，但他們什麼也沒說，只是靜靜等待。

如他們所料，吃過晚餐後，蜂斗菜先生就來看東西是否合他們的胃口。的確令人滿意，躍馬旅店的啤酒與食物並沒有變糟。「我不會斗膽建議你們今晚來交誼廳。」蜂斗菜說，「你們一定累了，今晚那裡也沒有多少人。但如果你們在上床前能借我半小時的話，我就樂意和你們私下聊聊。」

「我們也想這樣。」甘道夫說，「我們不累。我們過得很愜意。我們又溼又冷，還餓著肚子，但你已經治好這一切了。來，坐下吧！如果你有菸草的話，我們都會很感激的。」

「哎，如果你們需要別的東西，我都樂於幫忙。」蜂斗菜說，「我們的菸草剛好缺貨，現在只有我們自己栽種的品種，數量也不夠。最近夏郡一點貨都沒有。但我會盡力找找。」

當他回來時，就帶了一疊未切菸草，足以讓他們抽上一兩天。「南嶺葉，」他說，「這是我們最好的貨了，儘管我在大多事情上支持布理，但我總說這比不上南區的品種，不好意思呀。」

他們要他在火堆旁的大椅子坐下，甘道夫坐在壁爐另一側，哈比人們則坐在兩人之間的矮座椅上。他們在半小時裡談了不少，也和蜂斗菜先生交換了各種他想聽或想說的消息。對東道主而言，他們說的大多事情都令他訝異無比，也遠遠超出他的想像。眾人說的話只引來對方說了幾次：「不會吧？」儘管蜂斗菜先生耳中不斷傳來證據，他卻不斷重複這句話。「不會吧，袋金斯先生，還是丘下先生？我搞混了。不會吧，甘道夫先生！我根本猜不到！誰知道這種事會發生在我們的時代？」

但他說了不少自己的經歷。據他所說，事情過得不太好。生意不只普通，甚至變得非常惡劣。「現在沒有外地人會靠近布理。」他說，「當地人大多也待在家中，並緊緊拴上家門。都是因為去年從綠道北上過來的新來客和流浪漢，你們或許記得那些人，但之後來了更多人。有些只是逃離麻煩的可憐人，但大多都是壞人，老是偷東西和打鬼主意。布理這也發生了糟糕的麻煩。哎，這裡發生了些爭端，還有人遭到殺害，死掉了啊！你們敢相信嗎？」

「我當然相信。」甘道夫說，「有多少人？」

「三個和兩個。」蜂斗菜說，指的分別是大傢伙和小傢伙。「有可憐的麥特．石南趾、羅利．蘋果樹和來自山丘另一邊的湯姆．荊棘地；還有上頭那的威利．山坡，與來自史戴多的某個丘下家成員。每個都是好人，大家也想念他們。以前待在西門的哈利．忍冬，和比爾．羊齒蕨，都加入了外來者，還跟他們一起走了。我相信，就是他們讓那幫人進來的，我指的是在鬥毆發生那天。在那之後，我們就把他們趕出大門，那是年底前的事。鬥毆發生在新年上旬，在下過大雪之後。

現在他們變成土匪並住在外頭，躲藏在阿契特遠方的樹林，和北方的野地中。我說呀，感覺有點像傳說中的古代惡劣時期。路上並不安全，沒人會遠行，人們也會提早鎖門。晚上我們得在圍籬周圍安排哨兵，再派很多人到大門站崗。」

「這個嘛，沒人打擾我們。」皮聘說，「我們悠閒地過來，也沒有刻意關注周遭。我們以為已經把麻煩都拋到腦後了。」

「啊，還沒呢，先生，太可惜了。」蜂斗菜說，「但他們會遠離你們並不奇怪。他們不會去找全副武裝的人，尤其是攜帶長劍、頭盔和盾牌的人。這會讓他們退避三舍。我得老實說，當我看到你們時，也讓我嚇了一跳。」

接著哈比人們忽然明白，當人們驚奇地盯著他們時，並不是因為他們回來，而是由於他們身上的裝備。他們已經慣於戰事，以及和武裝齊全的部隊同行，因此忘了從自己斗篷下冒出的明亮鍊甲，和剛鐸與驃騎國的頭盔，還有他們盾牌上的華美徽記，這些東西在他們的故鄉顯得充滿異國風味。而騎乘高大灰馬的甘道夫，則身穿一襲白袍，外頭覆蓋著藍銀交雜的長披風，身旁佩戴著長劍格蘭瑞。

甘道夫笑了起來。「哎呀，哎呀，」他說，「如果光我們五人都讓他們感到害怕，那我們在旅程上碰過的敵人就惡劣多了。但至少當我們在這裡時，他們在晚上就不會打擾你們。」

「你們會待多久？」蜂斗菜說，「我不會否認，有你們在這，會使我們大夥開心不少。是這樣的，我們不習慣這種麻煩事。人們告訴我，遊俠們也都走了。直到現在，我想我們才終於理解他們為我們做了什麼。因為附近出現了比搶匪更糟的東西。去年冬天，狼群在圍籬外嚎叫。樹林裡也冒出了漆黑的形體，都是讓人頭皮發麻的恐怖東西。這一切都讓人不安，希望你們可以理解。」

「我料想到了。」甘道夫說，「近來幾乎所有地方都陷入極度不安。但開心點吧，麥漢！你處在極大危機的邊緣，但我很慶幸得知你沒有陷得更深。但更好的時代已經來了。也許會變得比你所知的時代更美好。遊俠們已經回來了。我們是和他們一起來的。現在也有國王了，麥漢。他很快就會想到這裡。

「綠道將會再度開放，他的使者們也會到來，路上將重新出現人潮，妖物也會被趕出荒野。荒野遲早也將不再是荒野，過往的曠野將出現人群與田地。」

蜂斗菜先生搖搖頭。「如果路上有幾個好人，那當然沒關係。」他說，「但我們不想看到更多暴民和流氓了。我們也不想要有外地人來布理，或是靠近布理。我們想要平靜獨處。我不想讓整批陌生人四處紮營，把野外搞得亂七八糟。」

「你會得到平靜生活的，麥漢。」甘道夫說，「艾森河和灰洪河之間有很多空間，或是沿著烈酒河南邊的土地，這些離布理有許多天路程的地帶都沒人居住。先前有許多人住在北方，離這裡約一百哩的位置，位於綠道遠處的盡頭：在北崗上或薄暮湖邊。」

「死人堤？」蜂斗菜說，眼神看起來充滿更多疑慮。「聽說那是鬧鬼的地方。只有強盜會去那。」

「遊俠會去那裡。」甘道夫說，「你叫那裡死人堤。多年來人們都這樣稱呼它；但麥漢，它真正的名字是佛諾斯特埃蘭[1]，王之北堡。國王有一天也會來到那裡，你就會看到一些俊美的旅客經過了。」

「嗯，聽起來是好多了，」蜂斗菜說，「肯定對生意不錯。只要他別干涉布理就好。」

「他會的。」甘道夫說，「他知道布理，也很喜歡這裡。」

「他知道嗎？」蜂斗菜說，面露困惑之色。「我肯定不曉得他為何會聽過這裡，他可是坐在是數百哩外的大城堡裡的大椅子上啊。八成還拿金杯喝葡萄酒。躍馬旅店和啤酒跟他有什麼關係？不過我的啤酒可好喝了，甘道夫。自從你去年秋天過來對它說了好話後，它就變得出奇地好喝。在麻煩的日子中，那還是令人安心。」

「啊！」山姆說，「但他說你的啤酒總是好喝。」

——

1　譯注：Fornost Erain，在辛達林語中意指「北方王者堡壘」。

「他說？」

「當然啊。他是快步客。遊俠的領袖。你還沒想透嗎？」

終於恍然大悟的蜂斗菜大吃一驚。他的大臉露出目瞪口呆的表情，並倒抽一口涼氣。

「快步客！」當他喘氣時，就驚呼道。「他戴了王冠還拿著金杯！哎呀，我們要碰上什麼日子了？」

「更好的時代，至少對布理是如此。」甘道夫說。

「我希望如此，我很確定。」蜂斗菜說，「哎，我從來沒聊過這麼棒的話題！我可不否認，我今晚會睡得更安穩，心情也更輕鬆了。你們讓我有很多事情可想，但我得等明天再思考。我要上床去了，我相信你們也會愉快地就寢。嘿，諾伯！」他喊道，邊走到門邊。「諾伯，你這慢郎中！」

「諾伯！」他對自己說道，又拍了拍額頭。「這讓我想起什麼了？」

「你不會又忘了另一封信吧，蜂斗菜先生？」梅里說。

「好了，好了，烈酒鹿先生，別讓我想起那件事了！但哎呀，你打斷我的思緒了。我說到哪了？諾伯，馬廄，啊！想到了。我有某個屬於你的東西。如果你記得比爾．羊齒蕨和偷馬事件的話，你從他手上買下的那匹馬，就在這裡呀。牠自己跑回來了。但你一定比我清楚牠究竟去哪了，當時牠髒得像老狗，還瘦得像根晒衣桿，但牠活得好好的。諾伯負責照顧牠。」

「什麼！我的比爾？」山姆喊道，「哎呀，無論我老爹怎麼說，我都太幸運了。又有一個願望成真了！牠在哪？」直到山姆去馬廄看過比爾後，他才願意上床。

旅行者們隔天都待在布理，蜂斗菜先生隔天傍晚埋怨不了他的生意。好奇心壓過了所有人的恐懼，他的店裡擠滿了人。出自禮貌，哈比人們在傍晚去了交誼廳一陣子，並回答了不少問題。由於布理居民的記憶力很好，有許多人問佛羅多說，他是否寫完了他的書。

「還沒，」他回答，「我準備回家去整理筆記了。」他保證會描寫布理發生的神奇事件，讓眾人對這本似乎主要敘述不太重要的偏遠「南方」事蹟的書產生了一點興趣。

接著有個年輕人要他們唱首歌。但此時所有人陷入沉默，大家也瞪著他瞧，也沒人附和他的要求。顯然沒人想在交誼廳再看到怪事了。

當旅行者們待在當地時，無論日夜，都沒人打擾平靜的布理。但隔天清晨他們起了大早，天氣仍然陰雨霏霏，而他們想在入夜前抵達夏郡，仍有漫長的路程。布理居民全都出來為他們送行，心情也比前一年好多了。從未看過陌生人們身穿全副裝備的人們，目瞪口呆地望著他們。蓄著白鬍的甘道夫，身上似乎正閃爍光芒，彷彿他的藍色披風只是遮蔽陽光的雲朵。四名哈比人也像是從受人遺忘的故事中執行任務的騎士。就連曾譏笑國王相關話題的人，也不禁覺得也許此話屬實。

「好啦，祝你們一路好運，也祝你們順利返鄉！」蜂斗菜先生說，「我該先警告你們，如果我們聽到的風聲沒錯，那麼夏郡的狀況也不太好。據說那裡發生了怪事。但我碰上太多麻煩事了，所以忘了細節。但我敢斗膽說，你們從旅行回來後就變了個人，看起來像是能處理麻煩的人了。我相信你們很快就能撥亂反正。祝你們好運！你們越常回來，我就會越高興的。」

他們向他告別，並策馬離開，在穿過西門後就往夏郡前進。小馬比爾與他們同行，牠和之前一樣背了許多行李，但牠走在山姆身旁，看起來心滿意足。

「我很好奇，老麥漢到底在暗示什麼？」佛羅多說。

「我能猜出一點。」山姆說，「我在鏡子中看到過：有人砍倒樹木，我的老爹還被趕出袋邊路。我應該快點回去的。」

「南區顯然也出事了。」梅里說，「菸草有大量短缺的情況。」

「無論出了什麼事，」皮聘說，「羅索都是始作俑者，這點肯定沒錯。」

「他肯定涉入很深，但不是元凶。」甘道夫說，「你忘了薩魯曼。他比魔多更早對夏郡產生興趣。」

「哎，我們還有你啊。」梅里說，「所以事情很快就會解決了。」

「我目前和你們待在一起。」甘道夫說，「但我很快就會離開。我不會去夏郡。你們得自行解決它的問題，這就是你們經歷訓練的目的。你們還不明白嗎？我的時代已經結束了，撥亂反正或幫助人們如此做，已不再是我的任務。至於你們，親愛的朋友們，你們不會需要幫助。你們已經成長了。地位非常崇高，現在已躋身於偉人之間，我也不再擔心你們任何人了。」

「但如果你們想知道，我很快就要轉向了。我要和邦巴迪好好長談一番，我從來沒這麼談過。他渾身苔蘚，我則是注定不生苔的滾石。但我滾動的日子已經結束了，我們也有很多話要向彼此說。」

過了一陣子後，他們就來到東道上先前與邦巴迪分離的地點。當他們經過時，便有些期待看到他站在那迎接他們。但當地沒有他的蹤影，南方的古墓崗上也有股灰霧，遠處的老林則蒙上了濃密陰霾。

他們停下腳步，佛羅多則若有所思地望向南方。「我真想再看看那老傢伙。」他說，「我想知道，他過得怎樣了？」

「肯定跟平常一樣好。」甘道夫說，「毫不操心世事。我猜或許除了我們造訪恩特樹人的過程以外，他也對我們做過或看過的事毫無興趣。之後你們或許會有時間去見他。但假如我是你們，就會趕緊回家，不然在大門上鎖前，你們就無法抵達烈酒橋了。」

「但那裡沒有大門呀。」梅里說，「在大道上沒有，你很清楚這點。當然有雄鹿地大門了，但他們隨時都會讓我通過。」

「你是說，以前沒有大門。」甘道夫說，「我想你們現在會碰上幾道門了。就算在雄鹿地大門，你們可能也會遇到更多麻煩。但你們不會有事的。再見，親愛的朋友們！這還不是最後一次別離。再見了！」

他在路上讓影鬃掉頭，駿馬越過道路旁的綠色土坡，隨著甘道夫一喝，牠就立刻如北風般衝向古墓崗，就此消失。

＊＊＊

「好啦，又剩下我們一起出發的四個人。」梅里說，「我們接二連三地離開同伴，感覺幾乎像是逐漸消失的夢。」

「對我來說不像。」佛羅多說，「我覺得更像是再度入睡。」

第八章——
掃蕩夏郡

當又溼又累的旅行者們終於抵達烈酒河時，已經入夜了，他們也發現道路遭到堵死。橋墩兩端各有一道架滿尖刺的大門。他們看到河流遠端蓋了幾棟新房屋，這些有兩層樓的建築擁有狹窄筆直的窗戶，毫無裝飾且光線黯淡，氣氛非常低迷，不像夏郡的風格。

他們用力敲打外門並大叫，起初裡頭沒有回應，而讓他們訝異的是，有人吹響了號角，窗戶裡的燈火頓時熄滅。黑暗中傳來一股叫聲。

「是誰？離開！你不能進來。你看不懂告示嗎？『日落到日出之間不准進入。』」

「我們當然沒辦法在黑暗中看到告示。」山姆回喊，「如果夏郡的哈比人在這種溼答答的夜晚得待在外面，等我找到你們的告示，就要把它撕了。」

此時有道窗戶用力關上，房屋左方則有一群哈比人拿著提燈出來。他們打開遠處的門，有些人則過了橋。當他們看到旅行者們時，看起來顯得害怕。

「過來吧！」認出其中一名哈比人的梅里說，「如果你不認識我，霍伯．籬衛，就應該擦亮眼睛。我是梅里．烈酒鹿，我也想知道究竟出了什麼事，還有你這個雄鹿地居民在這裡幹嘛？你之前都待在籬門啊。」

「天啊！真的是梅里先生，還穿得像要去打架！」老霍伯說，「嘿，人們說你死了！大家都說你在老林裡失蹤了。真高興能再見到你！」

「那就別再盯著我看，把門打開！」梅里說。

「對不起，梅里先生，但我們有命在身。」

「是誰的命令？」

「袋底洞的老大。」

「老大？老大？你是說羅索先生嗎？」

「我想是吧，袋金斯先生，但我們現在只能說『老大』了。」

「是這樣嗎！」佛羅多說，「嗯，我很高興他至少捨棄袋金斯的姓氏了。但顯然該是家人好好處理他的時候了。」

門另一邊的哈比人們陷入沉默。「這樣說話不好。」一人說，「他會聽到的。如果你們製造太多噪音，就會吵醒老大的大傢伙。」

「我們會用讓他訝異的方式吵醒他。」梅里說，「如果你是說，你們的寶貝老大雇了野地來的暴徒，那我們回來得就太剛好了。」他跳下小馬，在提燈的光芒下看到了告示，便一把扯下它，再把它扔過大門。哈比人們往後退，沒有伸手開門。「來吧，皮聘！」梅里說，「兩個人就夠了。」

梅里和皮聘爬過大門，哈比人們立刻一哄而散。另一只號角發出聲響。有個高大沉重的身影從右邊更大的房屋中出現，站在門口的燈火前。

「搞什麼鬼？」他走上前時吼道，「破門而入嗎？給我滾出去，不然我就折斷你們骯髒的小脖子！」接著他停了下來，因為他瞥見刀劍的鋒芒。

「比爾．羊齒蕨，」梅里說，「如果你不在十秒內開門，你就會後悔了。假如你不照做，我就會讓你嘗嘗刀劍的滋味。等你開門後，就走出門口，永遠不准回來。你是個暴徒和土匪。」

比爾．羊齒蕨畏縮起來，並拖著腳步走到大門旁，再把鎖打開。「把鑰匙給我！」梅里說。但暴徒把鑰匙丟向他的頭，接著往外衝入黑暗。當他經過小馬時，其中有匹馬的後腳用力一踹，在他狂奔時踢中他。他慘叫一聲逃入夜色，從此再也沒人聽說過他的消息。

「幹得好，比爾。」山姆說，指的是小馬。

「你們的大傢伙不過如此而已。」梅里說，「我們之後就去找老大。在此同時，我們需要地方過夜，既然你們拆了橋梁旅店，還蓋了這棟淒涼的地方，你們就得收留我們。」

「抱歉，梅里先生，」霍伯說，「但上頭不准我們這樣做。」

「不准做什麼？」

「隨便收容別人，還有吃額外分量的食物等等。」霍伯說。

「這裡究竟發生了什麼事？」梅里說，「今年的狀況不好嗎？我以為今年夏天和收割期的成果不錯。」

「不，今年的收穫夠好了。」霍伯說，「我們種了很多食物，但我們不曉得作物的下落。我想，這些『收集人』和『分享人』到處計算東西，再把作物搬去倉庫。比起分享，他們大多都在收集，我們也從沒看到大多物資了。」

「噢，好了！」皮聘打了呵欠說。「今晚對我而言太累了。我們的袋子裡還有食物。給我們能躺下的房間就好。它比我看過的許多地方都好多了。」

＊＊＊

大門邊的哈比人仍感到不安，顯然他們又打破了某種規範。他們無法反駁四個氣勢凌人並全副武裝的旅行者，其中兩人還異常高大，體型十分強壯。佛羅多命令他們再度鎖上大門，當附近還有暴徒時，派人看守大門還是好主意。接著四名同伴走進哈比人崗哨屋，盡可能讓自己舒適地過夜。這是個家徒四壁的醜陋場所，裡頭只有一個破爛的小爐架，無法妥善生火。上層房間中有幾排堅硬的床鋪，每道牆壁上都貼有告示和一列規範清單。皮聘把它們全撕了。屋裡沒有啤酒，食物也不多，但旅行者們取出隨身攜帶的糧食共享，做出了不錯的餐點。皮聘把隔天分的大多柴薪都扔進火裡，因此打破了第四條規範。

「好啦，趁你把夏郡發生的事告訴我們時，要來抽點菸嗎？」他說。

「現在沒有菸草了。」霍伯說，「至少只有老大的手下能用。我們聽說有好幾台裝滿菸草的馬車，沿著古道離開南區，前往薩恩淺灘。那是去年年底在你們離開後發生的事。但在那之前，菸草就已經以少量少量運走了。那個羅索——」

「閉嘴，霍伯．籬衛！」好幾個人喊道，「你知道上頭禁止講那種話。老大聽到風聲的話，我們就會惹上麻煩了。」

「如果你們沒人打小報告的話，他就不會聽到了。」霍伯生氣地回答。

「好啦，好啦！」山姆說，「夠了。我不想再聽了。沒人迎接，沒有啤酒，沒菸可抽，還多出一堆規範和歐克獸人的話題。我想好好休息，但我明白前頭還有差事和麻煩得處理。我們睡覺吧，早上再處理！」

新「老大」顯然有取得消息的方式。從烈酒橋到袋底洞整整有四十哩，但必然有人急忙跑完了這趟路程。佛羅多和他的朋友們很快就發現了這件事。

他們還沒想出任何確切計畫，但大致打算先一起去克里克窪地，並在那稍事休息。但現在，在看到當地的狀況後，眾人便決定直接去哈比屯。所以隔天他們便沿著大道出發，速度穩定地前進。風已經停止吹拂，但天空仍一片灰濛。大地看來格外淒涼悲愴，但當時畢竟是十一月一日，是秋季的尾聲。不過，附近似乎不尋常地燃燒著什麼東西，周圍不少位置都飄起了濃煙。一大股煙霧從遠處林尾的方向上升。

隨著暮色落下，他們逐漸靠近蛙沼屯，那是位於大道上的村莊，離烈酒橋約有二十二哩。他們打算在那過夜，蛙沼屯的浮木旅店是間不錯的店家。但當他們抵達村落東邊時，就碰到一處路障，上頭釘了一大塊寫上「此路不通」的木板。有一大群夏警站在路障後頭，拿著手杖，頭戴插著羽毛的帽子，看起來氣勢凌人但心懷畏懼。

「這是什麼狀況？」佛羅多說，心中產生了想笑的衝動。

「如你所見，袋金斯先生。」夏警隊長說，這個哈比人頭頂插了兩根羽毛。「我們以破門而入、撕毀規範、攻擊守門人、非法侵入、私自在夏郡建築中睡覺與用食物賄賂守衛的罪名逮捕你。」

「還有嗎？」佛羅多說。

「目前就這樣。」夏警隊長說。

「如果你想，我還可以再增加幾條。」山姆說，「臭罵你們的老大，想揍他的痘子臉，還覺得你們這些夏警長得像一幫蠢蛋。」

「好了，先生，你說夠了。老大命令要低調地帶你們走。我們要帶你們去臨水，再把你們交給老大的手下，等他處理你們的案子時，你們就能辯解了。但假如你們不想待在牢洞裡太久，如果我是你們的話，就不會再多說了。」

讓夏警們感到不安的是，佛羅多和他的同伴們哈哈大笑起來。「別傻了！」佛羅多說，「我想去哪就去哪，時間由我決定。我剛好要去袋底洞辦事，但如果你們也堅持要去，就隨你們便。」

「很好，袋金斯先生。」隊長說，邊推開路障，「但別忘記我已經逮捕你了。」

「我不會忘的。」佛羅多說，「絕對不會。但我可能會原諒你。我今天不會走遠，所以如果你們願意送我去浮木旅店的話，我會很感激的。」

「我辦不到，袋金斯先生。那家旅店關門了。村莊另一頭有座夏警局，我會帶你們去那。」

「好吧。」佛羅多說，「走吧，我們會跟上。」

山姆上下打量夏警們，並發現自己認識其中一人。「嘿，羅賓・小洞！」他叫道，「我要和你談談。」

小洞夏警怯懦地忘了隊長一眼，對方看來火冒三丈，但又不敢干涉。於是他後退並走到山姆身邊，山姆則跳下小馬。

「聽好了，小雞羅賓！」山姆說，「你是哈比屯的居民，腦袋該清楚點，居然還來擋佛羅多先生的路！旅店關門又是怎麼回事？」

「它們全關了。」羅賓說，「老大不認同啤酒。至少一開始是這樣。但我覺得他的人類手下占據了所有啤酒。他也不同意人們四處移動，如果他們想或必須上別的地方去，就得去夏警局解釋原因。」

「跟這種荒唐事扯上關係，你真該覺得丟臉。」山姆說，「比起在外頭亂晃，你以前更喜歡待在酒館裡。不管有沒有值勤，你老是會跑進店裡。」

「如果可以，我還是想那樣做，山姆。但別對我這麼凶。我能怎麼辦？你知道，在這一切開始前，我已經當夏警七年了。這讓我有機會能四處走走，見見大伙，聽聽消息，也能打探哪裡有好啤酒。但現在一切都變了。」

「但如果夏警已經不再是受人尊重的工作，你可以放棄呀。」山姆說。

「上頭不允許我們走。」羅賓說。

「如果我再聽到『不允許』，」山姆說，「我就要發火了。」

「我肯定支持你。」羅賓壓低聲音說，「如果我們全都一起發火，或許就能做些什麼。但問題都是這些人類，山姆，老大的人類手下。他派他們去各處，如果有我們這種小傢伙挺身而出，他們就會把對方拖到牢洞去。他們首先抓了老水餃，也就是老威爾．白足市長，後來又抓了更多人。最近的情況更糟。他們經常會打牢洞裡的人。」

「那你為什麼幫他們跑腿？」山姆憤怒地說，「是誰派你們去蛙沼屯的？」

「沒人。我們待在較大的夏警局中。我們現在是第一東區部隊了。總共有數百名夏警，有了這些新規範後，他們還想要更多人加入。大多人都被迫加入，但並不是所有人都這樣。即便在夏郡，也有喜歡插手管別人閒事和說大話的人。還有更糟的狀況：有些人還幫老大和他的人類手下當線人。」

「啊！所以你們才得知我們的事，對吧？」

「沒錯。他們使用了舊的快捷郵政服務，也在不同地點派駐特別信差，而我們現在不能使用這種服務了。昨晚從白犁那來了個帶著『祕密訊息』的信差，又有另一個人把訊息從這裡帶走。今天下午則有口信說，要將你們逮捕並送往臨水，而不直接送到牢洞。老大顯然想立刻見你們。」

「等到佛羅多先生對付他，他就不會那麼急了。」山姆說。

蛙沼屯的夏警局和烈酒橋的守衛屋一樣糟。它只有一層樓，但也有同樣的狹窄窗戶，整座屋子由醜陋的淡色磚塊建成，晚餐則擺在數週沒擦拭過的空蕩長桌上。食物也好不到哪去，旅行者們樂於離開這個地方。它離臨水有十八哩，他們在早上十點出發。他們原本想早點動身，不過拖延似乎能讓夏警隊長感到氣急敗壞。西風再度往北吹去，也變得更冷，但雨已經停了。

離開村落的隊伍看起來十分滑稽，不過出來盯著旅行者們「打扮」的少數人們不太確定能不能笑。有十幾個夏警受命護送「犯人」，但梅里要他們走在前方，佛羅多和他的朋友們則在後頭騎馬。梅里、皮聘與山姆輕鬆地坐在馬上，和彼此笑鬧唱歌，向前走的夏警們則試著讓自己看起來嚴肅又莊重。不過，佛羅多一語不發，也顯得悲傷而心事重重。

他們經過的最後一個人，是個正在修剪圍籬的結實老爹。「哎呀，哎呀！」他揶揄道，「是誰逮捕誰啦？」

有兩名夏警立刻離開隊伍並走向他。「隊長！」梅里說，「如果你不想要我對付他們，就命令你的手下即刻回到原位！」

聽到隊長凶悍的命令後，兩個哈比人就陰沉地回來。「繼續走吧！」梅里說，之後旅行者們便加快小馬的步伐，讓夏警們盡快跟上。太陽探出頭來，儘管外頭吹著冷風，眾人仍很快就開始流汗喘氣。

抵達三區石的時候，他們就放棄了。他們連續走了十四哩，只在中午休息過一次。現在三點了，他們飢腸轆轆又腳痠，也無法忍受這種速度。

「好吧，照你們自己的進度慢慢來吧！」梅里說，「我們要繼續走了。」

「再見，小雞羅賓！」山姆說，「我會在綠龍旅店外等你，希望你還沒忘記它在哪。別在路上拖延啊！」

「你們的行為等同拒捕。」隊長懊悔地說，「我無法對此負責。」

「我們還會打破很多條規範，也不需要你負責。」皮聘說，「祝你好運！」

* * *

旅行者們繼續前進，當太陽開始往西方遠處地平線的白崗下沉時，他們來到了寬闊水池旁的臨水，眾人在此頭一次痛苦地感到震驚。這是佛羅多與山姆的家鄉，他們現在也發現，比起世上其他地方，他們更在乎這裡。許多他們曾認識的房屋都已經消失了。有些似乎遭到焚毀。小池北側坡地上的舊哈比洞都已受到棄置，先前曾延伸到水邊的亮麗花園，也已長滿蘆葦。更糟的是，小池邊現在出現了成排醜陋的新房屋，哈比屯路在此處十分靠近坡地。過去那裡曾長了一排綠樹。它們已經全數消失了。四人難過地順著道路望向袋底洞的方向，便看到遠方有座高大的磚砌煙囪。它正往傍晚的天空排出黑煙。

山姆忍受不住了。「我要直接過去了，佛羅多先生！」他喊道，「我要去看看情況。我想找我的老爹。」

「我們該先調查我們當前的處境，山姆。」梅里說，「我猜『老大』身邊會有一批暴徒。我們最好找某個能告訴我們附近狀況的人。」

但在臨水村中的所有房屋與地洞都關上大門，也沒人迎接他們。他們對此感到好奇，很快就發現理由了。綠龍旅店是位於哈比屯這一側的最後一棟房屋，現在看起來毫無生機，窗口也已破損。當他們抵達時，就不安地發現有六個其貌不揚的人類大漢靠在旅店牆壁旁，這些人眼睛歪斜，皮膚也顯得蠟黃。

「就像比爾．羊齒蕨在布理的那個朋友。」山姆說。

「就像我在艾森格看到的許多人。」梅里咕噥道。

暴徒們手中拿著棍棒，腰上掛著盾牌，但四人看不到他們有其他武器。當旅行者們騎過來時，他們就離開牆壁並走到路上，擋住了四人的去路。

「你們想上哪去？」那幫人中最大最凶惡的人說，「你們不能繼續往前了。那些討人厭的夏警跑哪去了？」

「正在過來的路上。」梅里說，「或許有點腳痠吧。我們答應來這裡等他們。」

「該死，我是怎麼說的？」暴徒對同夥說，「我跟夏基說過了，根本不能信任那些小蠢蛋。該派點我們的人手去。」

「請問，那有什麼差別？」梅里說，「我們不習慣在這一帶碰上土匪，但我們知道該怎麼對付這種人。」

「土匪，是嗎？」男子說，「這就是你的語氣，是吧？改掉它，不然我們就幫你改。你們這些小傢伙太傲慢了。你們別太信任頭目的好心腸。夏基來了，他也會照夏基說的話做。」

「什麼話？」佛羅多平靜地說。

「這個地方需要清醒過來，好好整頓秩序。」暴徒說，「夏基會著手整頓一切，如果你們逼他動手，他也不會留情。你們需要更高明的老大。如果還發生麻煩，你們在年底前就會有新老大了。這樣你們這些小鼠輩才會學到教訓。」

「確實。我很高興能聽到你的計畫。」佛羅多說，「我正要去找羅索先生，他可能也會想聽聽。」

暴徒哈哈大笑。「羅索！他可懂了。你不用擔心。他會照夏基說的做。如果有頭目惹麻煩，我們就能換掉他。懂了嗎？如果有小傢伙想溜入禁區，我們就會給他們苦頭吃。懂了沒？」

「對，我懂了。」佛羅多說，「首先，我明白你們在這裡沒跟上時代，也不曉得最新的消息。自從你們離開南方後，已經發生了不少事。你們和其他暴徒的好日子已經結束了。邪黑塔已經倒塌，剛鐸也有國王了。艾森格已遭到摧毀，你們寶貝的主人也成了野外的乞丐。我在路上遇過他。從綠道前來的將是國王的使者，而不是艾森格的惡霸。」

男子盯著他並露出笑容。「野外的乞丐！」他嘲諷道，「喔，是這樣嗎？真厲害，真厲害，得意的小傢伙。但那阻止不了我們在這個肥沃小地方住下來，你們已經在這裡慵懶過活夠久了。還有——」他對佛羅多的臉打了個響指。「國王的使者！真不錯！等我看到，大概就會注意一下啦。」

皮聘已忍無可忍。他回想到柯麥倫平原，而這個眼歪嘴斜的惡棍居然叫魔戒持有者「得意的小傢伙」。他掀開斗篷並拔劍出鞘，當他策馬向前時，身上銀黑交錯的剛鐸制服便為之閃爍。

「我是國王的使者。」他說，「你正在和國王的朋友交談，他是西方大地最知名的人物之一。你是個暴徒和蠢材。立刻跪下並請求原諒，不然我就用這把食人妖剋星教訓你！」

劍刃在西沉的太陽下綻放鋒芒。梅里與山姆也拔出佩劍，騎馬過去支援皮聘，但佛羅多沒有移動。暴徒們往後退開。嚇唬布理地區的農民，和欺壓嚇壞的哈比人們，一直是他們的工作。帶著明亮佩劍、臉色陰沉的無懼哈比人使他們大吃一驚。這些新來客的語氣中有某種他們沒聽過的感覺。這讓他們嚇得毛骨悚然。

「離開吧！」梅里說，「如果你們再打擾這座村莊，就會後悔的。」三名哈比人持續逼近，暴徒們隨即拔腿就跑，一路跑上哈比屯路，但當他們逃跑時，便一路吹起號角。

「哎，我們回來的時機恰到好處。」梅里說。

「分秒不差。或許太遲了，至少來不及救羅索。」佛羅多說，「可憐的傻子，但我對他感到遺憾。」

「救羅索？你是什麼意思？」皮聘說，「應該是毀了他吧。」

「我不認為你把事情搞清楚了，皮聘。」佛羅多說，「羅索從來沒打算讓事情演變成這樣。他是個壞心的傻子，但他現在陷入困境了。暴徒們占了上風，四處搜括搶劫和擾民，用他的名義恣意掌管事務或進行破壞。甚至已經不用他的名義了。我想，他現在成了袋底洞中的囚犯，也感到害怕。我們該嘗試救出他。」

「我無話可說！」皮聘說，「我完全沒料到，我們居然會在旅途盡頭碰到這種事：在夏郡和混血歐克獸人和暴徒打鬥——還得拯救痘臉羅索！」

「打鬥？」佛羅多說，「嗯，可能會吧。但記好了：絕對不能殺害哈比人，就算他們加入敵營也一樣。我指的是真心投向對方，而不只是害怕而執行暴徒的命令。夏郡從來沒有哈比人殺害彼此，也不該從現在開始發生。如果可以，也別殺任何人。管好你們的脾氣和雙手，盡量忍到最後一刻！」

「但如果有很多暴徒，」梅里說，「就肯定會發生戰鬥。光靠感到震驚和悲傷，是不可能救出羅索或夏郡的，我親愛的佛羅多。」

「不，」皮聘說，「沒辦法這麼輕易嚇倒他們第二次。他們這次遭到突襲。你們聽到那股號角聲了嗎？周圍顯然有其他暴徒。等到有更多同伴，他們就會更膽大包天。我們該找掩護處過夜。即便我們帶了武裝，但我們畢竟只有四個人。」

「我有點子了。」山姆說，「我們去找住在南小路的老湯姆．柯屯！他一直都是個強悍的人。他還有很多兒子，他們都是我的朋友。」

「不！」梅里說，「『找掩護』沒有幫助。人們老是這麼做，這幫暴徒也喜歡這種反應。他們會為數眾多地來攻擊我們，把我們逼到角落，再把我們趕出去或燒死。不，我們得立刻行動。」

「該做什麼？」皮聘說。

「號召夏郡起義！」梅里說，「就是現在！喚醒我們所有人民！你們看得出來，他們痛恨這一切：除了一兩個惡霸，和幾個想身居高位，卻搞不懂實際情況的傻子外，所有人都有同感。但夏郡人民過慣舒適生活了，讓他們不曉得該怎麼辦。但他們只需要星星之火，就能燎原。老大的人類手下肯定清楚那點。他們會試圖迅速打壓我們。我們手中的時間非常短。」

「山姆，如果你想，就快衝去柯屯的農場吧。他是這附近的意見領袖，也是最堅強的人。來吧！我要吹響洛汗號角，給他們來點從沒聽過的音樂。」

他們策馬回到村莊中央。山姆在那轉彎，沿著往南通往柯屯家的小路疾馳。他還沒走遠時，忽然聽到清亮的號角聲響徹天際。它在山丘與原野遠方迴盪，這股巨響十分吸引注意力，使山姆自己也差點轉身衝回去。他的小馬揚起前腿並嘶鳴。

「繼續走，小子！繼續走！」他叫道，「我們很快就會回去了。」

接著他聽到梅里改變了音調，雄鹿地的號角警報也隨之響起，使空氣為之震盪。

醒醒！醒醒！恐懼！火焰！敵人！醒醒！

火焰，敵人！醒醒！

山姆聽到身後傳來喧嚷聲，還有騷動與摔門聲。他面前的暮色中出現了燈火，以及狗吠和奔跑聲。在他抵達小路盡頭前，農夫柯屯和他三個孩子小湯姆、喬利和尼克就出現在那，並快步跑向他。他們手持斧頭，擋住了通路。

「不！不是那些暴徒。」山姆聽到農夫這麼說道，「從體型看來是哈比人，但打扮太古怪了。嘿！」他喊道，「你是誰，這騷動是怎麼回事？」

「我是山姆，山姆．甘吉。我回來了。」

農夫柯屯在暮光中走近並盯著他。「哎呀！」他驚呼道，「聲音聽起來沒錯，你的臉看起來也沒比以前糟，山姆。但穿了那一身裝備後，我在路上肯定認不出你。你看起來去了外國。我們擔心你死了。」

「我沒死！」山姆說，「佛羅多先生也沒死。他和他朋友來了。這就是那股騷動。他們要號召夏郡起義。我們要趕跑這些暴徒，還有他們的老大。我們要行動了。」

「很好，很好！」農夫柯屯喊道，「終於開始了！我一整年都急著想惹麻煩，但人們不願幫忙。我還有老婆和蘿西得考量。這些暴徒會不擇手段，但來吧，孩子們！臨水起義了！我們必須參加！」

「那柯屯太太和蘿西呢？」山姆說，「讓她們獨處還不太安全。」

「我家尼布斯和她們待在一起。但如果你想的話，可以去幫忙他們。」農夫柯屯咧嘴一笑說。接著他和他兒子們就前往村落。

山姆趕向房屋。柯屯太太和蘿西站在寬敞院子前的大圓門階梯頂端，她們前方的尼布斯則抓著把乾草叉。

「是我！」山姆跑過去時叫道，「山姆．甘吉！別刺我，尼布斯。我身上有穿鎖子甲。」他躍下小馬，並踏上階梯。她們沉默地盯著他。「晚安，柯屯太太！」他說，「哈囉，蘿西！」

「哈囉，山姆！」蘿西說，「你去哪了？人們說你死了，但我從春天就在等你。你不急著回來，是吧？」

「或許沒有吧。」山姆羞愧地說，「但我現在很急了。我們要去對付暴徒，我也得回佛羅多先生身邊。但我覺得我該來看看柯屯太太的狀況，也看看妳，蘿西。」

「我們的情況很好，謝謝你。」柯屯太太說，「或者該說，如果沒有這些偷東西的暴徒，狀況就很好了。」

「好啦，你快走吧！」蘿西說，「如果你這陣子都在照顧佛羅多先生，那當事情變得危險時，你為什麼要離開他？」

這對山姆而言太難以招架了。這需要用一整週來回答，或什麼都不說。他掉頭離開並騎上小馬。但當他要離開時，蘿西則跑下階梯。

「我覺得你看起來很帥，山姆。」她說，「快去吧！但好好照顧自己，等你解決暴徒後，就趕快回來！」

當山姆回去時，就發現整座村莊的居民都出現了。除了許多較年輕的村民外，有一百多個結實的哈比人已經集合起來，帶著斧頭、重錘、長刀和長棍，還有幾個人帶了獵弓。還有更多人從外圍農場中過來。

有些村民生起一堆大火，以便激勵情緒，也因為這是老大禁止的其中一件事。隨著夜色落下，火焰就燒得更亮。在梅里的指令下，其他人在村落每處盡頭的道路設置路障。當夏警來到南方道路時，就嚇得目瞪口呆；但一看到情況的規模，大多人就取下羽毛，並加入革命。其他人則畏縮地溜走。

山姆在火堆旁找到佛羅多和他的朋友們，他們正和農夫柯屯交談，而一群欽羨的臨水群眾正站在周圍盯著他們看。

「嗯，下一步是什麼？」農夫柯屯說。

「直到我知道更多細節前，」佛羅多說，「我不曉得。有多少暴徒？」

「很難說。」柯屯說，「他們四處移動。有時候他們在哈比屯的小屋中有五十人，但他們從那裡到外頭遊蕩，到處偷竊，或是他們所說的『收集』。不過，他們口中的頭目身邊很少低於二十人。他待在袋底洞，或是之前曾住在那，但他現在不出門了。其實，已經有一兩週沒人見過他了，但人類手下不讓人接近。」

「哈比屯不是他們唯一的根據地，對吧？」皮聘說。

「不，太可惜了。」柯屯說，「我聽說，在南邊的長底和薩恩淺灘旁也有好幾個營地，他們在路匯也有小屋。還有他們所謂的牢洞：那是米丘窟的老舊儲物隧道，他們把那裡改建成囚禁反抗分子的牢房。不過，我覺得整座夏郡的暴徒數量不超過三百人，或許更少。只要我們團結，就能壓制他們。」

「他們有武器嗎？」梅里問。

「鞭子、刀子和棍子，足以讓他們幹壞事了，目前他們只拿出過這些東西。」柯屯說。「但如果要打架，我敢說他們有其他裝備。而且，有些人還有弓。他們射死了我們一兩個同胞。」

「你看吧，佛羅多！」梅里說，「我就知道我們得打鬥。哎，是他們先開始殺人的。」

「不太算。」柯屯說，「至少射箭不算。是圖克家先開始的。是這樣的，皮瑞格林先生，打從一開始，你爸就根本不想跟羅索打交道。他說如果有人敢在這時候當老大，那就是夏郡領主，才不是毛頭小子。當羅索派他的人類手下去時，他們卻得不到不同的回應。圖克家非常幸運，他們在綠丘有那些深洞，像是大史密爾，因此暴徒們無法碰他們一根汗毛；他們也不讓暴徒踏上他們的土地。如果對方入侵，圖克家就會狩獵他們。圖克家因為私闖土地和搶劫而射死了三人。後來暴徒們的行徑就變得更激烈。他們緊密監視著圖克地。現在沒人能自由進出當地。」

「圖克家幹得好！」皮聘喊道，「但得有人進去一趟。我要去大史密爾。有人要跟我去塔克鎮嗎？」

皮聘帶著六個年輕人騎著小馬離開。「之後再見！」他喊道，「原野上的距離只有十四哩左右。早上我就會帶一批圖克軍隊回來。」當他們騎入逐漸變深的夜色時，梅里就往他們身後吹響了號角。人們歡聲雷動。

「總而言之，」佛羅多對站在附近的人說，「我希望不要殺人，就算連暴徒也別殺，除非萬不得已，以避免他們傷害哈比人。」

「好吧！」梅里說，「但我想，哈比屯那幫人隨時會來找我們。他們不會光來談判而已。我們會嘗試好好和他們打交道，但我們得準備好面對最糟的狀況。我有個計畫。」

「很好。」佛羅多說，「你安排吧。」

此時，有些被派去哈比屯的哈比人跑了過來。「他們來了！」他們說，「有二十多人。但有兩人跑到西邊去了。」

「肯定是去路匯。」柯屯說，「以便找更多人來。好吧，距離有十五哩。我們還不需要擔心他們。」

梅里趕去發號施令。農夫柯屯清空街道，並要每個人回到屋內，只有攜帶某種武器的成年哈比人除外。他們沒等太久，很快就能聽到響亮人聲，隨後而來的則是沉重的腳步聲。一整批暴徒立刻從路上走來。他們看到路障哈哈大笑，沒想到這個小地方居然有人會一起抵抗二十個人類。

哈比人們打開路障並站到一旁。「謝謝你們！」暴徒們嘲諷著他們，「趁你們還沒吃上鞭子，趕快逃回家吧。」他們沿著街道叫嚷：「把燈熄掉！滾回家裡待好！不然我們就會抓五十個人去牢洞裡關一年！進去！頭目要發火了。」

沒人理會他們的命令，但當暴徒經過時，眾人便沉默地從後頭逼近，並跟上他們。當人類抵達火堆旁時，就看到農夫柯屯獨自站在火邊暖手。

「你是誰，又以為自己在幹嘛？」暴徒領袖說。

農夫柯屯緩緩望向他。「我才剛要問你這問題。」他說，「這裡不是你們的國度，也沒人要你們來。」

「嗯，有人要找你。」領袖說，「我們要帶你走。抓走他，小子們！送他進牢洞去，再給他點苦頭吃，讓他安靜點！」

暴徒們往前邁出一步，並突然止步。他們周圍響起鼎沸人聲，這才察覺農夫柯屯並非孤身一人。他們遭到包圍了。有群哈比人從黑影中走出，在火光的邊緣圍了一圈。有近兩百名哈比人，所有人都拿著武器。

梅里走向前。「我們之前見過。」他對領袖說，「我警告過你，要你別回來這裡。我要再度警告你：你站在火光下，弓箭手也瞄準你了。如果你碰這位農夫或其他人，就會立刻中箭。放下你們的所有武器！」

領袖環顧周遭。他受困了。但由於有二十幾個同伴隨行，他並不害怕。他不太懂哈比人，因此不清楚他的危機。他愚蠢地企圖反擊。逃出去肯定很容易。

「動手，小子們！」他喊道，「讓他們吃點苦頭！」

他左手拿著長刀，另一手握著棍子，並衝向人群，企圖衝回哈比屯。他往擋住自己去路的梅里狠狠揮出一擊。他隨即倒地而死，身上插了四根箭。

這足以嚇阻其他人了。他們立刻投降。眾人沒收他們的武器，再將他們用繩子綁在一起，將他們送到他們自己蓋的空屋中，將他們的手腳綑綁起來後，就將對方鎖在屋內。哈比人們拖走並埋葬了死掉的人類領袖。

「感覺好像太簡單了，不是嗎？」柯屯說，「我說過我們可以壓制他們。但我們需要有人登高一呼。你回來的時機正好，梅里先生。」

「還有更多事得做。」梅里說，「如果你估算的沒錯，我們就連十分之一的敵人都還沒碰到。但現在天黑了。我想，下一波攻勢得等到天亮才會來。然後我們就得去拜訪老大。」

「為何不現在就去呢？」山姆說，「現在不過是六點。我也想見我家老爹。你知道他怎麼了嗎，柯屯先生？」

「他過得不太好，但不至太差，山姆。」農夫說，「他們挖掉了袋邊路，這讓他非常心痛。他住在老大的人類手下蓋的新房子之一，那是在他們放火和偷竊前興建的；那裡離臨水盡頭北邊不到一哩。但他有機會就會來找我，我也讓他吃得比有些可憐人好。這當然違反『規範』了。我原本想讓他和我同住，但上頭不允許。」

「太感謝了，柯屯先生，我絕對不會忘記這件事的。」山姆說，「但我想見你。那些人口中的頭目和夏基，在天亮前可能會做出壞事。」

「好吧，山姆。」柯屯說，「帶一兩個人去把他帶到我家。你不用靠近小河對岸的哈比屯村莊。我家喬利會帶你去。」

山姆離開了。梅里在村莊周圍安排了夜裡的哨兵，也在路障邊布署守衛。他與佛羅多和農夫柯屯隨後離開。他們和農夫的家人坐在溫暖的廚房中，柯屯一家則問了關於他們旅途的幾個友善問題，但幾乎沒在聆聽答覆，他們關心的是夏郡的事。

「一切都開始於痘臉，我們是這樣叫他的。」農夫柯屯說，「一等你離開，事情就發生了。痘臉腦袋裡有一堆奇怪的點子，他似乎想獨占一切，並對其他人發號施令。大家很快就發現，他早就圖謀不軌了；他也老是想占有更多東西，不過沒人曉得他是從哪弄來錢的。他買下磨坊、麥芽製造廠和旅店，還有農場和菸草種植場。在他搬到袋底洞前，似乎就已經買下山迪曼的磨坊了。

起初，他當然擁有從他爸那繼承來的大筆南區財產。他似乎賣掉了很多品質最好的菸草葉，低調地出貨了一兩年。但在去年年底，他開始運出大量物品，不僅是菸草。物資開始短缺，冬天也到了。人們忿忿不平，但他有自己的一套答覆。有很多人駕著大馬車前來，大多是暴徒，有些人來把貨物運到南方，其他人則待了下來。還有更多人到來。在我們察覺狀況前，他們就已經遍布夏郡各處了，還砍倒樹木與挖洞，恣意為自己興建小屋與房舍。剛開始痘臉支付了貨物與損害的補償費，但他們很快就占地為王，隨意奪走東西。

接著麻煩開始發生，但為數不多。市長老威爾去袋底洞抗議，但他根本沒抵達那裡。暴徒逮住他，把他鎖在米丘窟的洞穴，他現在也待在那裡。後來，約莫在新年過後不久，這裡就沒有市長了，痘臉就自稱夏警老大，簡稱老大，恣意而為。如果有人太『傲慢』，就會步上威爾的後塵。事情越來越糟。除了人類以外，沒人擁有菸草。老大不認同啤酒，便關了所有旅店，只給他的人類手下喝。除了規範以外的一切，都變得越來越少，人們也只能藏起一丁點屬於自己的東西，因為暴徒開始搜刮物品，聲稱要『公平分配』：那代表他們擁有東西，而除了可以去夏警局吃的剩菜外，我們則一無所有，前提是你吃得下去。情況非常惡劣。但自從夏基來後，一切就急轉直下了。」

「這個夏基是誰？」梅里說，「我聽其中一個暴徒提過他。」

「似乎是最大的暴徒。」柯屯回答，「我們在去年收割期第一次聽說他的事，大概是九月底吧。我們從來沒看過他，但他待在袋底洞，我猜，他現在是真正的老大了。所有暴徒都照他的話做，而他的命令大多是：劈砍、焚燒和毀滅。現在還加上殺戮。這些行徑甚至已經不再有惡毒的邏輯。他們砍倒樹木，任木柴倒在地上；他們燒毀房屋，也不再建造任何東西。

拿山迪曼的磨坊來說好了。幾乎當痘臉一來到袋底洞，就立刻把它拆了。接著他雇了許多相貌醜陋的人類來蓋更大的磨坊，在裡頭裝滿輪子和古怪的機關。只有那個傻子泰德對此感到開心，他還在裡頭幫人類清理輪子，他爸先前還是自行執業的磨坊主。痘臉的想法是要磨得更多更快，至少他是這樣說的。他還有其他類似的磨坊。但得先有穀物，才能磨穀；新的磨坊也沒辦法比舊磨坊磨多少東西。但自從薩基來了後，磨坊就不再磨玉米了。裡頭總是敲敲打打，放出濃煙和臭氣，就連在晚上，哈比屯也不得安寧。它們也特意排出穢物，汙染了整條小河下游，小河則匯入烈酒河。如果他們想把夏郡變成沙，做法就正確了。我不相信那個傻痘臉是幕後主使。我敢說，其實是夏基。」

「沒錯！」小湯姆打岔道，「嘿，他們還抓走了羅索的老媽蘿貝莉亞，也只有羅索喜歡她而已。有些哈比屯的居民目睹了整件事。她拿著舊雨傘走下小徑。有些暴徒正推著大貨車往上走。」

「『你們要去哪？』她說。

「『去袋底洞。』他們說。

「『要幹嘛？』她說。

「『去幫夏基蓋些小屋。』他們說。

「『誰說你們可以這樣做？』她說。

「『夏基。』他們說，『所以別擋路，老太婆！』

「『我要讓夏基好看，你們這些骯髒的暴徒！』她說，並抓起雨傘打向比她高出兩倍的領袖。所以他們抓走了她。把年事已高的她拖進牢洞。他們抓走了我們更想念的其他人，但她肯定比大多人更有勇氣。」

＊　＊　＊

在眾人談話時，山姆帶著他的老爹闖了進來。老甘吉看起來沒變得多老，但他的聽力變差了點。

「晚安，袋金斯先生！」他說，「我真高興看到你安全回來。但請容我說一句，我得向你說點怨言。我老是說，你不該賣掉袋底洞。這一切就是從那時開始的。山姆說你在外地亂跑，還跑到山上追黑衣人，不過他沒把目的說清楚；那些人此時趁機挖掉袋邊路，還毀了我的洋芋！」

「很抱歉，甘吉先生。」佛羅多說，「但我回來了，也會盡力補償。」

「哎，你也只能這樣說了。」老爹說。「不管你對其他姓氏相同的人有什麼看法，我老是說，佛羅多．袋金斯先生是個道地的溫和哈比人。我希望我家山姆有乖乖聽話，表現也夠令人滿意吧？」

「我非常滿意，甘吉先生。」佛羅多說，「如果你能相信的話，他現在是全世界最有名的人之一了，從這裡到大海和大河遠方的人們，都為他的事蹟編寫歌謠。」山姆臉紅起來，但他感激地看著佛羅多，因為蘿西的雙眼亮了起來，也對他露出笑容。

「這很難相信呀。」老爹說，「不過我看得出他跟奇怪的人打過交道。他的背心是怎麼回事？無論穿起來舒不舒服，我都不覺得該穿鐵衣服。」

隔天早上，農夫柯屯一家與所有客人都起了個大早。那天晚上沒人聽到聲音，但在這天過去前，肯定會有更多麻煩發生。「袋底洞似乎已經沒有暴徒了，」柯屯說，「但從路匯過來的那批人隨時可能出現。」

吃過早餐後，有個來自圖克地的信使策馬到來。他的興致非常高昂。「領主已經號召了我們整個地區的人，」他說，「風聲也如同野火般迅速擴散出去。監視我們土地的暴徒們已向南逃竄，全是那些活著逃脫的人。領主已經去追趕他們，以便阻擋從那條路走來的大批敵人；但他派皮瑞格林先生帶多餘的人手過來。」

下一樁消息就沒那麼好了。整夜都待在外頭的梅里，在十點左騎馬回來。「四哩外有一大群人。」他說，「他們沿著從路匯延伸而來的路走，但有許多暴徒加入了他們的行列。總共肯定有近一百人，他們還沿途放火。他們真可惡！」

「啊！這批人不會停下來講話，只要有辦法，他們就會下殺手。」農夫柯屯說，「如果圖克家不快點來，我們最好就躲到掩護處後，談也別談就射箭。在這一切結束前，肯定會發生一些打鬥了，佛羅多先生。」

圖克家的確迅速趕來。來自塔克鎮和綠丘的百名壯漢不久便抵達，由皮聘率領。梅里現在有足夠的強健哈比人兵力來對抗暴徒了。探子報告說敵軍保持緊密的隊形。他們知道這一帶的人都已起身對抗自己，顯然也打算在臨水中心無情地打壓反抗行動。但無論他們臉色看起來有多陰沉，其中都沒有了解戰術的領袖。他們毫無防備地前來。梅里迅速制定了計畫。

暴徒們沿著東道前來，並毫不停歇地踏上臨水路，這條路在頂端有矮樹籬的高坡之間延伸。在離主要幹道有一弗隆距離的彎道處，他們碰上了由翻倒的農場貨車搭成的路障。他們在此停下。此時他們察覺頭頂高處兩側的樹籬都站滿了哈比人。其他哈比人把藏在田野中的更多馬車推了出來，擋住了後方道路。上方有個聲音對他們說話。

「好啦，你們走進陷阱了。」梅里說，「你們從哈比屯來的同伴做了相同的行為，一個死了，其他人則成為囚犯。放下你們的武器！接著後退二十步並坐下。想逃跑的人都會被射死。」

但暴徒們這次不會輕易放棄。有幾個人照做，但同伴很快就阻止了他們。有二十幾人衝了出去，並奔向馬車。有六個人遭到射殺，但其他人衝破了房間，殺掉了兩個哈比人，接著往林尾的方向散開。當他們奔跑時，又有兩人倒地，梅里大聲吹響號角，遠方也傳來呼應的號角聲。

「他們逃不遠的。」皮聘說，「整塊地區都有我們的獵人。」

仍有約莫八十人困在後頭的小路上，他們試圖爬上路障與土坡，哈比人們只好射擊許多暴徒，或用斧頭砍殺他們。但最強壯與最絕望的許多暴徒逃出西側，並凶猛地攻擊敵人。與其逃跑，他們現在更打算大肆屠殺。好幾個哈比人就此倒地，其他人也開始動搖，此時位於東側的梅里和皮聘便衝來攻擊暴徒們。梅里自己殺了領袖，對方是個像巨型歐克獸人的歪眼壯漢。接著梅里撤開兵力，用圍成寬闊圓圈的弓箭手們包圍最後一批人類。

一切終於結束。近七十名暴徒橫屍遍野，還有十幾人成為階下囚。十九名哈比人遭到殺害，還有三十多人受傷。眾人將死去的暴徒擺在馬車上，將遺體送去附近的舊沙坑掩埋：日後人們將此地稱為戰坑。戰死的哈比人們被一同埋在山坡上的墓穴中，之後此地設立了一塊大石，周圍也有座花園。一四一九年的臨水戰役就此結束，這是夏郡發生的最後一場戰役，也是自一一四七年北區的綠原之戰後爆發的唯一一場戰役。結果，儘管很少人在此送命，但它在《紅皮書》中也得到一個章節，其中所有參加的人都被載入名冊，夏郡史學家們也深知這些人的姓名。柯屯家的名氣與財富也從此時開始高漲，但名冊頂端的正是梅里雅達克與皮瑞格林大將們的名字。

佛羅多也參與了戰役，但他沒有拔劍，他扮演的角色主要是防止哈比人們因損失而發怒時，殺害丟下武器投降的敵人。當戰鬥結束，眾人也安排好後續要務時，梅里、皮聘與山姆來找他，他們則與柯屯一家騎馬回去。他們吃了頓較晚的午餐，佛羅多隨後嘆了口氣說：「哎，我覺得該處理『老大』了。」

「沒錯，越快越好。」梅里說，「別太輕易放過他！他得對帶來這些暴徒和他們幹出的壞事負責。」

農夫柯屯找來二十幾個強健的哈比人。「我們只是猜測袋底洞沒有暴徒了。」他說，「我們並不曉得實情。」他們隨後步行動身。佛羅多、山姆、梅里與皮聘在前方帶頭。

這是他們一生中最悲傷的時刻之一。龐大的煙囪矗立在他們面前，而當他們走近小河對岸的老村莊，並穿過道路兩側成排破爛的新房屋時，就看到醜陋而骯髒的新磨坊。那是座橫跨河面的大型磚砌建築，也用散發蒸氣、臭氣熏天的廢料汙染了河水。臨水路兩旁的每棵樹木都遭到砍倒了。

當他們跨越橋梁並抬頭觀看小丘時，就倒抽一口冷氣。就連山姆在格拉翠兒之鏡中所見，都無法讓他為眾人看到的景象做好準備。西邊的老農莊已經遭到拆除，取而代之的是好幾排塗滿焦油的屋舍。所有栗樹都消失了，土坡與樹籬變得殘破不堪。大型馬車雜亂無章地停在寸草不生的平地上。袋邊路成了寬闊的砂礫採石場。幾棟大型屋舍遮蔽了上頭遠處的袋底洞。

「他們砍掉它了！」山姆叫道，「他們砍倒了宴會樹！」他指向樹木的原址，比爾博曾在那棵樹下做出道別演說。它的樹幹倒在一旁的原野上。這彷彿是壓垮他的最後一根稻草，使山姆痛哭失聲。

有股笑聲使他停止哭泣。有個無禮的哈比人靠在磨坊院子的矮牆邊。他滿臉汙垢，雙手也沾滿黑漬。「你不喜歡嗎，山姆？」他獰笑道，「但你老是很軟弱。我以為你去搭你常講的那些船，去別的地方航行了。你回來幹嘛？我們在夏郡有事得做。」

「我看得出來。」山姆說，「你沒時間洗澡，但有空搭牆吧。聽好了，山迪曼先生，我要為這座村莊討回公道，你最好別再大放厥詞，不然你就有苦頭吃了。」

泰德．山迪曼往牆上吐了口痰。「該死！」他說，「你碰不了我。我是頭目的朋友。但如果我再聽到你說廢話，他就會好好對付你了。」

「別跟這傻子浪費口舌，山姆！」佛羅多說，「我希望沒有太多哈比人變得像他一樣。這比人類做出的破壞更糟。」

「你骯髒又傲慢，山迪曼。」梅里說，「還搞不清楚自己的處境。我們正要去小丘上趕跑你的寶貝頭目。我們已經處理掉他的人類手下了。」

泰德嚇了一跳，這時他才首度瞥見在梅里示意後過橋的隨行隊伍。他衝回磨坊中拿了只號角，再跑出來大吹特吹。

「省點力氣吧！」梅里笑道，「我有更好的號角。」他舉起銀號角並將之吹響，清亮的聲響傳遍了小丘。哈比人們從哈比屯的洞穴、小屋與骯髒房舍中發出呼應，並全走出門外，歡聲雷動地跟著一行人走上前往袋底洞的路。

眾人在小徑頂端止步，佛羅多與他的朋友們則繼續前進；他們終於抵達了這曾使令人心繫的地點。花園裡滿是小屋和棚子，有些十分靠近西側窗戶，使它們遮蔽了所有光源。到處都是成堆的垃圾。門板上滿是刮痕，鈴鍊垂在門上，門鈴也無法作響。敲門也沒有人回應。最後他們用力一推，門板便隨之開啟。他們走進洞內。裡頭臭氣撲鼻，還堆滿雜亂穢物，看來已經有段時間沒人住在這裡了。

＊　＊　＊

「那該死的羅索躲在哪？」梅里說。他們搜遍了每座房間，而除了老鼠之外，他們找不到任何生物。「我們該叫其他人去搜索小屋嗎？」

「這比魔多更糟！」山姆說，「某方面來說更糟。它一路跟著你回家，這就是家，你也記得它毀壞前的模樣。」

「對，這就是魔多。」佛羅多說，「是它造成的後果之一。即便當薩魯曼以為是為自己著想時，卻一直在為它做事。遭到薩魯曼欺騙的人也一樣，像是羅索。」

梅里焦慮又作噁地環視四周。「我們出去吧！」他說，「如果早知道他造成了這麼多破壞，我早就該把我的皮囊塞進薩魯曼的喉嚨裡！」

「的確，的確！但你沒下手，因此我才能歡迎你們回家。」薩魯曼本人就站在門口，看起來吃飽喝足又滿意，他的雙眼閃動滿懷惡意與饒富興味的精光。

佛羅多忽然恍然大悟，「夏基！」

薩魯曼大笑出聲，「你聽過那名字了，是吧？我相信，我在艾森格的手下都那樣叫我。大概是個暱稱吧[1]。但你們顯然沒料到會在這裡見到我。」

「我沒料到。」佛羅多說，「但我早該猜出來的。甘道夫警告過我說，你還是能做點小規模壞事。」

「當然了，」薩魯曼說，「規模也不小。你們這些哈比人大爺讓我笑破肚皮了，自以為和偉人們一同騎馬，就感到安全又開心。你們以為自己做得很棒，還能散步回家，好好享受寧靜時光。薩魯曼的家或許毀了，也被趕出家門，但沒人能動你們家。噢不！甘道夫會照顧你們。」

薩魯曼再度大笑。「他才不會呢！當他的工具完成任務後，他就會拋下它們。但你們老想跟在他屁股後閒晃聊天，還繞了遠路。『哎呀，』我心想，『如果他們是這種蠢蛋，我就繞到前面，給他們上一課。這就是以仇報怨。』如果你們給我多一點時間和人力的話，這堂課就會更深刻了。不過，我已經幹了不少事，你們這輩子都難以修復這一切了。想到這點，就讓我感到開心，也算是對損失的補償。」

「嗯，如果這種事能讓你高興，」佛羅多說，「我就同情你。恐怕這只會在回憶中滿足你了。立刻離開，不准回來！」

村裡的哈比人們看到薩魯曼走出其中一座小屋，便立刻擠到袋底洞門邊。當他們聽到佛羅多的指令時，就憤怒地咕噥道：

「別放他走！殺了他！他是惡棍和殺人犯！殺了他！」

薩魯曼觀望周遭充滿敵意的臉孔，並露出微笑。「殺了他！」他嘲諷道，「如果你們覺得人手夠多，就殺了他吧，我勇敢的哈比人！」他挺直身子，用漆黑的眼珠陰沉地瞪著他們。「但別以為當我失去一切時，也失去了我的力量！攻擊我的人將受到詛咒纏身。如果夏郡染上我的血，它就將萎靡不振，永遠無法痊癒。」

哈比人們嚇得畏縮。但佛羅多說：「別相信他！他失去了所有力量，如果你們允許，他就能用聲音恫嚇和欺瞞你們，別讓他這樣做。但我不會讓人殺害他。冤冤相報沒有意義，也無法治癒任何事。離開吧，薩魯曼，走最快的路離開！」

「蛇仔！蛇仔！」薩魯曼喊道，蛇信便幾乎像條狗般爬出附近的小屋。「又該上路了，蛇仔！」薩魯曼說，「這些好心人和大爺們又要把我們趕走了。來吧！」

薩魯曼轉身離開，蛇信也慢吞吞地跟著他。但當薩魯曼經過佛羅多身旁時，手中便亮

---

1 可能源自歐克語（Orkish）：sharkû，「老人」。

出一把刀，並迅速刺了過去。刀鋒刺上隱藏的鎖子甲，立刻折斷。山姆率領十幾個哈比人大叫一聲衝上前，把那惡棍壓倒在地。山姆抽出他的劍。

「不，山姆！」佛羅多說，「現在也別殺他。因為他沒傷到我。他曾一度偉大，是我們不敢對抗的高貴人物。他已經墮落了，我們也治不好他，但我還是會饒過他，希望他能改過自新。」

薩魯曼站起身，並盯著佛羅多瞧。他的雙眼流露出混雜訝異、敬意與恨意的眼神。「你長大了，半身人。」他說，「對，你的確成長了很多。你睿智又殘酷。你奪走了我復仇的甜美滋味，現在由於欠你一命，我得心酸地離開。我恨這筆帳和你！好吧，我會離開，不再打擾你。但別認為我會祝你健康長壽。你兩者都不會有。但那不是我的作為，我只是預告了未來。」

他往外走去，哈比人們讓路讓他通過，但當他們握緊武器時，指關節便全都泛白。蛇信猶豫了半晌，接著跟上他主人。

「蛇信！」佛羅多叫道，「你不需要跟他走。你沒有對我做過壞事。你可以在稍作休息和用餐，直到你恢復體力並能夠離開。」

蛇信停下腳步並轉頭看他，心中稍微打算留下。薩魯曼轉過身。「沒做壞事？」他咯咯笑道，「噢不！就連他晚上偷溜出去時，都只是去賞星而已。但我剛不是聽到，有人在問可憐的羅索躲哪去了嗎？你知道吧，不是嗎，蛇仔？你要告訴他們嗎？」

蛇信畏縮起來並哀鳴道：「不，不！」

「那我就講清楚吧。」薩魯曼說，「蛇仔殺了你們的老大，那個可憐蟲，你們可愛的小頭目。不是嗎，蛇仔？我相信，你是趁他睡著時刺死他的。我希望你有把他埋好，不過蛇仔最近很餓。不，蛇仔不太算是好人。你們最好把他留給我。」

蛇信血紅的雙眼冒出狂野的恨意。「是你叫我做的，是你逼我做的。」他嘶嘶說道。

薩魯曼哈哈大笑，「你總會照夏基說的做，不是嗎，蛇仔？那麼，他現在說：跟上！」他往縮在地上的蛇信臉孔踢了一腳，接著轉身離開。此時有某種東西斷裂了，蛇信忽然站起身抽出預藏的尖刀，並發出野狗般的怒吼，向薩魯曼背後衝去，把他的頭往後扭，並割斷他的喉嚨，再叫了一聲，往小徑衝去。在佛羅多回過神或開口前，就有三支哈比人箭矢應聲飛出，蛇信倒地而死。

讓站在周圍的人感到驚恐的是，薩魯曼的軀體周圍升起了一股灰霧，並如同火中濃煙般緩緩飛入高空，形成籠罩小丘的蒼白人影。它晃動片刻，並望向西方，但西方吹來一陣冷風，使它隨之扭曲，歎了一聲後便化為無形。

佛羅多低頭望向遺體，眼中滿是憐憫與恐懼，當他注視時，遺體顯得已死去多年，並開始萎縮，乾癟的臉孔化為貼在醜惡骷髏頭上的皺皮。他抬起落在一旁的骯髒斗篷邊緣，將遺體蓋住，並轉頭離去。

「事情結束了。」山姆說，「真是糟糕的結局，真希望我不必看見這種事。但死得好。」

「我希望這是戰爭真正的結尾了。」梅里說。

「我希望如此。」佛羅多說，並嘆了口氣，「這是最後一擊。這種事會發生在袋底洞的門前！在我的所有期望與恐懼中，都沒料到會有這種事發生。」

「直到我們清理完一切前，我都不會說這是結局。」山姆陰鬱地說，「那得花上很多時間和工夫。」

第九章——

灰港岸

清理過程確實大費周章，但時間花得比山姆預期中少。在大戰結束隔天，佛羅多騎馬去米丘窟，釋放了牢洞中的囚犯。他們率先找到的其中一人，是可憐的費瑞德加．博哲，他已經不能叫小胖了。當他率領一群反抗軍躲在史蓋瑞丘陵間的獾洞[1]時，暴徒們把他們用煙燻了出來。

「如果你跟我們一起走就會過得比較好了，可憐的費瑞德加！」當他們把虛弱得無法

1　譯注：Brockenbores，與哈比人的姓氏「獾屋」（Brockhouses）有相似字根，托爾金建議意譯此詞。Brock 是獾的古稱。

走路的他攙扶出來時，皮聘就說道。

他睜開一隻眼睛，試圖露出勇敢的微笑。「這個大嗓門的年輕巨人是誰？」他低聲說道，「不會是小皮聘吧？你帽子的尺寸變得多大了？」

接著還有蘿貝莉亞。當他們把這可憐的女人從狹窄黑牢中救出時，她看起來便顯得老邁纖瘦。她堅持蹣跚地自行走出去。當扶著佛羅多的手臂、手中仍緊抓雨傘的她出現時，眾人隆重地用掌聲與歡呼迎接她，使她大受感動，並滿臉淚水地離開。她一生從來沒有這麼受歡迎過。但羅索的死訊擊垮了她，她也不願回到袋底洞。她把它還給佛羅多，並返回她自己的家人身邊，也就是硬鄉[2]的緬腹家。

當那可憐女子在隔年春天去世時（畢竟她超過一百歲了），佛羅多感到訝異又感動。她將自己與羅索的所有遺產留給他，以便幫助因這些麻煩而流離失所的哈比人。眾人的爭端就此畫下句點。

老威爾．白足待在牢洞裡的時間比任何人都長，儘管他的待遇或許比部分囚犯好，但他也需要大吃幾頓，才能再度展現市長風範。佛羅多因此同意擔任代理市長，直到白足先生再度恢復體態。他在代理市長任內做的唯一一件事，就是降低夏警的職權與人數，使標準恢復正常。追捕暴徒餘黨的任務由梅里和皮聘負責，他們也迅速解決了這件事。聽聞臨水戰役的風聲後，南方的殘黨就逃離此地，沒有對領主做出多少抵抗。在年底前，少數倖存者在樹林中遭到包圍，人們也將投降的暴徒趕到邊界外。

在此同時，修護工作正迅速進行，山姆也極為忙碌。情緒允許且有必要時，哈比人就能像蜜蜂般辛勤公作。有數千名來自各年齡層的志願者參與工程，從嬌小但靈活的哈比人小孩，到老態龍鍾的老爹與老婦都有。在尤爾節之前，新夏警局或「夏基」的人類手下蓋的所有建築，就被拆得磚瓦不留。人們將這些磚塊用來修補許多舊洞，讓內部變得更加舒適乾燥。眾人發現暴徒在小屋、穀倉和廢棄洞穴中藏匿了大量物資、食物和啤酒，特別是在米丘窟的隧道和史蓋瑞的舊採石場中。那年耶魯節因此過得比大家預料中更開心。

在拆除新磨坊前，哈比屯中最先進行的事務之一，就是清理小丘與袋底洞，以及重建袋邊路的工程。人們將新沙坑前方盡數填平，改建為大型加蓋花園，並在南面往小丘中挖了新洞穴，並以磚塊加強結構。老爹搬回了三號，他也經常說這番話，毫不在意有誰會聽到：

「我老是說，天下沒有絕對的壞事。只要結果好，一切就都好了！」

人們討論起該為新路取什麼名字。有人想到「戰園」，或是「優史密爾」。但過了一陣子後，人們便照哈比人的習慣將它取名為「新路」。臨水的居民會開玩笑地將它稱為夏基末路。

樹木蒙受了最惡劣的損失與破壞，因為在夏基的命令下，暴徒們魯莽地幾乎砍倒整座

---

2 譯注：Hardbottle，綳腹家位於夏郡北區的家園，地圖上並未標示。Bottle 字根源自古英文的 botl，是 bold 的變形（英文中的 build 源自於此），意指「（大型）住處」；與拼法相同的「瓶子」沒有關聯。托爾金建議意譯此詞。

夏郡的樹林，這最讓山姆感到難過。首先，這項創傷需要長時間才能康復，他覺得也只能到了他曾孫的時代，人們才會看到夏郡恢復原狀。

他原本忙了好幾週，完全沒想起自己的冒險；直到某天他忽然想起格拉翠兒的贈禮。他帶了盒子給其他旅行者看（人們現在這麼稱呼他們），並詢問他們的意見。

「我很好奇你何時才會想到它。」佛羅多說，「打開它吧！」

裡頭裝滿了質地柔軟細緻的灰色塵土，中間則擺了顆種子，看起來像是銀殼中的小堅果。「我該拿它怎麼辦？」山姆說。

「在吹微風的日子裡，把它撒進空中，讓它發揮效用！」皮聘說。

「要撒在哪？」山姆說。

「選個地點當作苗圃，再看看那裡的植物會發生什麼事。」梅里說。

「但已經有好多人受苦，我相信夫人不會想要我把全部都倒進我的花園。」山姆說。

「用上你的所有智慧與知識吧，山姆。」佛羅多說，「善用這分禮物來幫助你的工作，讓它變得更好。也得謹慎點用。裡頭的東西不多，我猜每顆細沙都很有價值。」

於是山姆在特別美麗或令人心繫的樹木遭到砍伐的地方種下幼苗，也在每株幼苗的根部放入一撮珍貴塵土。為了這件事，他在夏郡四處奔波，但儘管他特別關注哈比屯和臨水，也沒有人責怪他。最後他發現還剩下一點塵土，所以前往幾乎等於夏郡中心的三區石，並帶著祝福將塵土灑向空中。他將銀色小種子種在宴會原上的大樹原址，也好奇會發生什麼事。他在整個冬天裡耐心等候，也試著阻止自己不斷跑去觀察是否出現變化。

春天帶來了超乎他期望的成果。他的樹木開始發芽成長，彷彿時間急迫，想將一年當成二十年用。宴會原上長出了一株美麗的幼苗，它有銀色的樹皮和細長葉片，並在四月盛開金花。它的確是梅隆樹，也成為周圍地區的奇景。在日後的數年中，當它的優雅與美麗持續增長時，變得遠近馳名，也有人會遠道而來觀賞它。它是迷霧山脈以西；大海以東唯一的梅隆樹，也是世上最優美的梅隆樹之一。

整體而言，一四二〇年在夏郡是優異的一年。不只陽光和煦、雨水充沛，一切都在正確時節到來，分量也恰如其分。似乎還有更多事物浮現——有股豐沛的成長氣息，以及超脫凡俗夏日的美好光芒，在這座中土世界上閃爍。那年有許多孩童出生，那年出生的所有孩童俊美強壯，大多孩子長有秀麗的金髮，先前這在哈比人之間十分罕見。水果數量充足，使年輕的哈比人們幾乎沐浴在草莓與奶油中。他們坐在李子樹下的草皮上大快朵頤，直到他們把果核堆得像小金字塔或征服者創造的骷髏頭堆，接著他們隨即離開。沒有任何人生病，每個人也都感到心滿意足，除了得除草的人以外。

南區的葡萄藤結實纍纍，「菸草葉」的產量也十分驚人。各地的玉米產量非常豐厚，使收割期時的每間穀倉都塞滿了作物。北區大麥非常優秀，使一四二〇年分的啤酒成了多年後人們依然記得的佳釀，也成為美酒的標準。的確，在過了一整個世代後，還是可能在旅店中聽到在辛勤工作後喝完一杯好啤酒的老爹，放下酒杯並大嘆一口氣說道：「啊！那真是一四二〇年的好酒！」

山姆起初和佛羅多住在柯屯家，但當新路落成後，他就和老爹搬了過去。除了所有的工作外，他也忙於指揮清理與重整袋底洞的工程，他經常前往夏郡各地種樹。所以三月上旬他並不在家，也不曉得佛羅多感到不適。在當月十三日，農夫柯屯發現佛羅多躺在床上。他緊抓掛在頸上鏈子上的一顆白寶石，似乎處在半夢半醒的狀態間。

「它永遠消失了，」他說，「現在一切都變得漆黑而空虛。」

但那症狀消失了，當山姆在二十五日回來時，佛羅多已經康復，也沒提起這件事。在此同時，袋底洞已經整理完畢，梅里和皮聘也從克里克窪地帶回所有舊家具與設備，讓這座老洞很快就恢復了原貌。

當所有事務打點完成後，佛羅多就說：「你何時要搬來跟我一起住，山姆？」

山姆看起來有些尷尬。

「如果你不想的話，也還不用搬來。」佛羅多說，「但你知道老爹就住在附近，還有寡婦朗波照顧他。」

「不是因為那件事，佛羅多先生。」山姆說，臉還變得通紅。

「嗯，那怎麼了？」

「是蘿西，就是蘿絲．柯屯。」山姆說，「她似乎不喜歡我去外地，可憐的女孩。但因為我沒開口，所以她也沒這樣說。我沒開口的原因，是因為我有工作得先完成。但現在我開口了，她就說：『嗯，你浪費了一年，那為什麼要再等呢？』『浪費？』我說，『我不會這樣講。』但我明白她的意思。我覺得要被撕成兩半了。」

「我懂了，」佛羅多說，「你想結婚，但你也想和我在袋底洞一起住？親愛的山姆，太簡單了！盡快結婚，然後和蘿西一起搬進來。袋底洞有空間讓一整個大家庭住。」

一切就此決定了。山姆．甘吉與蘿絲．柯屯在一四二〇年（該年也因舉辦多場婚禮而聞名）結婚，他們也搬到袋底洞住。如果山姆覺得自己幸運，佛羅多知道更好運的其實是自己，因為夏郡沒有其他哈比人如此備受照顧。安排完所有維修計畫後，他就過著平靜的生活，也花了很多時間寫稿並整理筆記。他在夏至的自由市集辭去代理市長一職，親愛的老威爾．白足繼續主持了宴會七年。

梅里和皮聘在克里克窪地同住了一陣子，雄鹿地和袋底洞之間也往來頻繁。兩名年輕的旅行者外表氣派地在夏郡走跳，身穿華服唱歌和說故事，也舉辦華麗的宴會。人們喊他們「大人」，對他們讚許有加。當眾人看到他們身穿明亮鎖子甲，還攜帶華麗盾牌並騎馬，大笑並吟唱著來自遠方的歌謠時，心頭便感到一陣暖意。儘管他們作風豪放，個性卻絲毫未變，不過他們的談吐確實比之前更有禮貌，態度也更愉快了。

不過，佛羅多和山姆穿回了普通的衣著，只有在必要時會套上灰色長斗篷，斗篷的質地細緻，喉間繫有華美的別針。佛羅多先生也總是佩戴著掛著白寶石的鍊子，也經常會撫弄那顆寶石。

一切過得十分順利，眾人也希望能越變越好，山姆也仍然忙碌並滿心愉悅。除了對他主人隱約感到的擔心外，那年他毫無憂慮。佛羅多低調地離開了夏郡所有事務，山姆也痛苦地發現，對方在自己的故鄉居然沒有多少名氣。很少有人知道或想打聽他的事蹟與冒險，他們大多都景仰和尊敬梅里雅達克先生與皮瑞格林先生，和（假如山姆知道的話）他自己。過往的問題似乎也在秋天時浮現。

有天傍晚，山姆來到書房，發現他主人看來十分奇怪。他臉色蒼白，雙眼也似乎望向遠方的光景。

「怎麼了，佛羅多先生？」山姆說。

「我受傷了。」他回答，「我受過傷，傷口永遠不會痊癒。」

但接著他站起身，這狀況似乎隨即消失，他隔天也恢復正常了。一直到之後，山姆才想起當天是十月六日。兩年前的那一天，風雲頂下的谷底漆黑無比。

時間繼續過去，一四二一年也隨之到來。佛羅多在三月再度生病，但他費勁地隱瞞這件事，因為山姆有別的事得思考。山姆和蘿西的第一個孩子在三月二十五日出生，這是山姆深深記住的日期。

「哎，佛羅多先生，」他說，「我有點不曉得該怎麼辦。蘿絲和我打算叫他佛羅多，這你是同意的；但這孩子不是男孩，是個女孩。不過她是個漂亮的女孩，幸好還長得更像蘿絲。所以我們不曉得該怎麼辦。」

「這個嘛，山姆。」佛羅多說，「順著舊習俗有什麼關係？挑個像蘿絲一樣的花朵名稱[3]。夏郡有一半的女孩都叫這種名字，又有什麼更好的選擇呢？」

「我想你說得對，佛羅多先生。」山姆說，「我在旅途中聽過許多優美的名字，但我想它們都太華麗了，不太適合每天使用。老爹說：『取個短名字，這樣你就不用想簡稱了。』但如果是花朵名稱，那我就不管長度了。它得是種美麗的花，因為，是這樣的，我覺得她很美，以後還會出落得更別緻。」

佛羅多想了半晌。「嗯，山姆，那代表太陽星的『伊拉諾』呢？你記得洛斯羅瑞安草地上那種小金花嗎？」

「你又說對了，佛羅多先生！」山姆開心地說，「那就是我想要的。」

當小伊拉諾快六個月大時，一四二一年也來到秋季，佛羅多呼喚山姆到書房來。

「星期四就是比爾博的生日了，山姆。」他說，「他即將超過老圖克了。他要一百三十一歲了！」

「沒錯！」山姆說，「他太厲害了！」

「哎，山姆。」佛羅多說，「我要你去見蘿絲，看看她能不能讓你離開一下，讓你和我一起出門。你現在當然不能走遠或離開太久了。」他有些傷感地說。

「這個嘛，不太行，佛羅多先生。」

3 譯注：蘿絲在原文中為玫瑰之意。

「當然不行。但沒關係。你可以送我過去。告訴蘿絲說，你不會離開太久，頂多兩週，你也會平安回來。」

「我真希望我能一路和你去裂谷，佛羅多先生，然後看看比爾博先生。」山姆說，「但我唯一想待的地方，就是這裡。我快被撕成兩半了。」

「可憐的山姆！恐怕感覺起來的確是這樣。」佛羅多說，「但你會康復。你注定要堅強完整，一定會的。」

一兩天後，佛羅多就和山姆處理完文件與稿子，也將鑰匙交給山姆。桌上有本大紅皮書，寬闊的頁面已幾乎寫滿文字。開頭有好幾頁滿是比爾博纖細的筆跡，但全書大部分是佛羅多穩定而流暢的字體。它以篇章作為分類，但第八十章仍未完成，後頭也有些空白紙頁。標題頁上寫滿了許多書名，一個接一個遭到塗改：

我的日記。我出乎意料的宴會。冒險歸來。日後經歷。

五名哈比人的冒險。權能魔戒的故事，由比爾博．袋金斯根據親身觀察與他朋友們的經歷寫成。我們在魔戒之戰中的所作所為。

比爾博的筆跡在此結束，佛羅多則寫下：

魔戒之王
的殞落
與
王者歸來

（由小人物所見證；夏郡比爾博與佛羅多的回憶錄，佐以朋友們的說詞與智者的學識。）

加上比爾博於裂谷所譯的《學識史書》（*Books of Lore*）節錄。

「嘿，你快寫完了，佛羅多先生！」山姆驚歎道，「哇，你寫了好多呀。」

「我差不多寫完了，山姆。」佛羅多說，「最後幾頁是留給你的。」

他們在九月二十一日共同出發，佛羅多騎在從米那斯提力斯一路載著他的小馬，他將這匹馬取名為快步客，山姆則騎著他摯愛的比爾。那是個明媚的早晨，山姆也沒有問他們的去向，他覺得自己猜得到。

他們走史托克路跨越丘陵並走向林尾，也讓小馬們自由自在地前進。他們在綠丘紮營，而在九月二十二日，當陽光逐漸變暗時，他們則輕輕走入樹林的起點。

「當黑騎士頭一次出現時，你不就躲在那棵樹後頭嗎，佛羅多先生！」山姆指向左邊說，「感覺就像場夢。」

* * *

時值傍晚，當他們穿過枯萎的橡樹，並走下榛樹林之間的山丘時，繁星已在東方的天空中閃爍。陷入回憶中的山姆沉默不語。他立刻察覺佛羅多正輕聲歌唱，唱起了當年的散步歌，但歌詞不太一樣。

新路或祕門
　或將在轉角等待，
儘管今日錯過此處，
　總有一天，
我將踏上隱蔽之道
　明月之西，烈日之東。

而下坡處則傳來回應般的聲音，歌聲從源自谷地的道路上飄來：

A Elbereth Gilthoniel,

silivren penna míriel
o menel aglar elenath!
Gilthoniel, A! Elbereth!
吾等居於樹下遙遠國度，
依然記得星光
灑落西海之上。

佛羅多與山姆停下腳步，沉默地坐在柔和的陰影中，直到他們見到旅人們走來時散發的微光。

其中有吉爾多與許多俊美精靈，讓山姆訝異的是，隊伍中還有騎著馬的愛隆與格拉翠兒。愛隆身穿灰色披風，前額戴了只星石，手中握著銀製豎琴，手指上則戴著鑲有大型藍寶石的金戒：這是維雅[4]，三戒中最強大的戒指。格拉翠兒騎了匹白馬，全身穿著閃動微光的白袍，如同遮掩明月的雲朵，她本人也綻放出柔順的光線。她的手指上戴著以祕銀打造的戒指南雅，上頭鑲著一顆白色寶石，宛如冰冷星辰般閃爍。在後頭緩緩騎著灰色小馬，還似乎打著盹的，則是比爾博本人。

4 譯注：Vilya，在昆雅語中意指「空氣」或「天空」。

愛隆莊重優雅地向他們致意，格拉翠兒則對他們微笑。「哎呀，山姆懷斯先生。」她說，「聽說你善用了我的禮物。夏郡將比以前更加幸福而美麗了。」山姆深深鞠躬，但無話可說。他忘了夫人有多美。

比爾博隨即醒來，並睜開眼睛。「哈囉，佛羅多！」他說，「嘿，我今天超過老圖克了！終於辦到了。我想我已經準備好踏上另一趟旅程。你要來嗎？」

「對，我要來。」佛羅多說，「魔戒持有者們該一起離開。」

「你要去哪，主人？」山姆喊道，最後他終於明白即將發生的事了。

「到港口去，山姆。」佛羅多說。

「我卻不能去。」

「不行，山姆。還不行，不能超越港口。儘管你也曾短暫擔任過魔戒持有者。遲早會輪到你的。別太難過，山姆。你不能老是被撕成兩半。你得好好完整地活很多年。你還有很多事得享受和經歷，也有事得做。」

「但是，」山姆說，淚水開始在他眼中打轉。「我以為在你經歷過一切後，你也能享受夏郡好幾年。」

「我也曾這樣想。但我傷得太深了，山姆。我嘗試拯救夏郡，它也成功獲救，但我沒有。當事物陷入危機時，山姆，局勢經常如此。總有人得放下它們，失去它們，這樣其他人才能保有這一切。但你是我的繼承人，我把自己擁有的一切都留給你了。你也有蘿絲和伊拉諾，還有小佛羅多，以及小蘿絲，還有梅里、金鳳花和皮聘，也許還有更多我看不到的孩子。到處都有人會需要你的雙手與智慧。你當然會是市長了，想當多久都行，也是史上最有名的園丁。你能唸出紅皮書中的故事，維繫過往紀元的回憶，讓人們記得莫大危機，也會更愛他們心繫的土地。只要你在故事中的戲分繼續下去，這一切就會讓你忙碌而快樂。來吧，和我一起騎馬！」

愛隆和格拉翠兒繼續前進。第三紀元已經結束，魔戒的時代也已逝去，那些歲月中的故事與歌謠也將劃下句點。許多不願繼續留在中土世界的高等精靈，都將與他們一同離去。山姆、佛羅多與比爾博在他們之間騎馬，心懷幸福而沒有痛楚的悲傷，精靈們則欣喜地對他們獻上敬意。

儘管他們花了整個傍晚和晚上穿過夏郡，但除了野生動物外，沒人看到他們經過。黑暗中有些流浪者會在樹下看到微光，或在月亮西行時，瞥見在青草間浮現的光影。當他們離開夏郡，並繞過白崗南部邊緣時，就來到了遠崗，再抵達白塔，並望向遙遠的大海。眾人終於到達米斯隆德，也就是盧恩山脈修長峽灣中的灰港岸。

當他們來到大門時，造船者基爾丹便前來迎接他們。滿頭灰髮的他身材魁梧，也蓄著長鬍，儘管他年紀老邁[5]，雙眼卻如同繁星般銳利。他望向眾人並鞠躬，說：「一切都準備

5　譯注：基爾丹於第一紀元精靈遷往維林諾前就已存在，是《魔戒》全書中出現過最古老的精靈。他也是唯一長有鬍鬚的精靈。

好了。」

基爾丹帶著他們走到港口，有艘白船停靠在那，碼頭上有匹壯碩灰馬，旁邊有位身穿白袍的人正在守候他們。當他轉身並走向他們時，佛羅多就發現甘道夫現在公開戴著第三戒：偉大的納雅[6]，戒指上的寶石則鮮紅如火。要離開的人都十分高興，因為他們清楚甘道夫會一同搭船。

但山姆此刻感到深切的悲傷，他也覺得這場離別將十分難過，獨自回家的路程也會更加煎熬。但當眾人站在港口，精靈們也一一登船，所有人做好離開的準備時，梅里與皮聘急促地策馬抵達，滿臉淚水的皮聘笑了出來。

「你之前想避開我們偷溜，就失敗過了，佛羅多。」他說，「這次你差點成功，但最後還是失敗了。但這次說溜嘴的不是山姆，而是甘道夫本人！」

「沒錯，」甘道夫說，「三人一同回去，總比一人獨自回家好。好了，親愛的朋友們，我們在中土世界的緣分終於在大海邊結束。平靜地離去吧！我不會阻止你們哭泣，因為淚水並非都是邪惡之物。」

佛羅多親吻了梅里與皮聘，最後則是山姆，並登上船隻。船帆隨後揚起，海風徐徐吹拂，小船則慢慢航入灰色長灣。佛羅多身上的格拉翠兒星瓶綻放出轉瞬即逝的微光。小船進入大海，並航向西方，直到在某個雨夜中，佛羅多聞到空氣中的芬芳氣味，並聽到水面遠方傳來歌聲。他覺得彷彿身處邦巴迪家中的夢境裡，灰濛雨幕將一切化為波光粼粼的銀色帷幕，帷幕緩緩後退，彼端則是黎明下遙遠的翠綠國度。

但對山姆而言，當他站在港口邊時，暮色便逐漸化為黑夜；而當他望向灰海時，就只看到水上有道黑影迅速在西方消失。他僵硬地站在夜裡，耳中只聽到中土世界沿岸的海浪歎息，水聲也滲入他的內心深處。梅里與皮聘站在他身旁，三人靜默無語。

＊＊＊

最後三名同伴轉身離開，他們沒有注視彼此，緩緩策馬回家。直到他們回到夏郡前，彼此都沒有交談，但由於在漫長灰路上有朋友陪伴，使每個人都感到寬心。

最後他們越過山崗，踏上東道，梅里和皮聘則繼續騎向雄鹿地，當他們離去時，就再度開始高歌了。但山姆轉向臨水，並回到小丘，天色已再次變暗。他繼續前進，見到洞裡的金黃火光。晚餐已經準備完成，家人也在等他。蘿絲拉他進門，讓他坐在椅子上，並把小伊拉諾放在他腿上。

他深吸一口氣。「好，我回來了。」他說。

——6　譯注：Narya，在昆雅語中意指「火焰」。

10. 譯注：Naugrim，在辛達林語意指「矮小種族」，是辛達族對矮人的稱呼。

11. 譯注：製造出矮人的維拉。

12. 譯注：Khazâd，在庫茲杜語中意指「矮人」。

13. 譯注：Great Journey，在第一紀元剛開始時，精靈在維拉歐羅米的引導下，由貝勒爾蘭遷往維林諾的過程。

14. （這些針對角色臉孔與髮色的描述，其實只應對到諾多族：參見《失落故事之書第一部》〔*The Book of Lost Tales, Part One*〕）。

1. 此時期的羅瑞安使用辛達林語，不過存在「口音」，因為大多居民都是西爾凡精靈。這種「口音」和他自己對辛達林語有限的理解誤導了佛羅多（某位剛鐸的評論者在《領主之書》中也指出這點）。第二卷第六、第七與第八章中所有精靈語詞彙其實都是辛達林語，大多地名與人名也是。但羅瑞安，卡拉斯格拉松，安羅斯，寧蘿黛爾可能都是改為辛達林語的西爾凡詞彙。

2. 比方說，努曼諾爾（或是全名努曼諾雷〔Númenórë〕），伊蘭迪爾，伊西鐸與安納瑞昂，以及剛鐸的所有王室成員名稱，包括伊力薩「精靈寶石」，都來自昆雅語。大多其餘杜納丹人男女的姓名，像是亞拉岡，迪耐瑟，吉爾蘭都屬於辛達林語，都經常出自第一紀元歌謠或歷史中的精靈或人類名號（如貝倫與胡林）。有些是兩者混用的名稱，例如波羅米爾。

3. 角地的史圖爾族在返回大荒原後，就已經採用了通用語；但德戈和史麥戈是金花河附近地區的人類語言中的名字。

4. 不過，哈比人們似乎企圖描繪恩特樹人發出的簡短低語聲和呼喚聲。a-lalla-lalla-rumba-kamanda-lind-or-burúmë 也不是精靈語，也是現存唯一對恩特語片段的描述（可能非常不精準）。

5. 譯注：Olog-hai，在黑暗語中意指「食人妖族」。

6. 有一兩處曾以不連貫的「汝」用於暗示這種差異。由於這種代名詞現已成為不尋常的古語，本書便主要用它代表儀點式用語；但從「你」到「汝」與「您」之間的變化，有時是為了彰顯敬語到親語之間的改變，或是男女間的正常對話，因為沒有別的方式能表達這點了。

7. 譯注：Camelot，傳說中亞瑟王的城堡。

8. 這項語言學轉換過程並不代表洛希人在文化或藝術、武器或戰術上非常接近古英格蘭人，指是因情況而大略相似：更單純原始的民族與更高尚尊貴的文化接觸，並居住在曾為後者國境的土地上。

9. 譯注：古英文中的「掘洞」。

小群體 ran（u）。作為姓氏時，它可能是 hlothram（a）「村民」的變體。我翻譯為柯特曼的 Hlothram，是柯屯農夫的祖父名字。

烈酒河。這條河的哈比人名稱改編自精靈語中的巴蘭都因河（重音在其中的 and 上），取自 baran（金棕色）與 duin「（大）河」。烈酒河似乎是巴蘭都因河的現代變體。其實較古老的哈比人名稱是 Branda-nîn「邊界河流」，譯為邊境河（Marchbourn）似乎更恰當。但它在提及它色彩的玩笑中變成習慣名稱，當時這條河通常被稱為 Bralda-hîm，意指「烈麥酒」。

不過得注意的是，當老雄鹿家族（Zaragamba）將他們的姓氏改為烈酒鹿（Brandagamba）時，第一個元素意為「邊界」，因此邊境鹿（Marchbuck）可能更接近原意。只有膽大包天的哈比人會在雄鹿地統領面前叫他 Braldagamba。

哀痛的歷史；儘管人類之父的宿命曾在遠古與他們交會，他們的命運卻與人類不同。他們的全盛期多年前就已結束，當今他們則居住在塵世以外，不再歸來。

三個名稱的注釋：哈比人、甘吉與烈酒河。

哈比人是原創詞彙。當西方語中提到這批種族時，使用的詞彙是 banakil「半身人」。但當時夏郡與布理使用的詞彙是沒有出現在他處的 kuduk。不過，梅里雅達克紀錄過洛汗國王使用過 kûd-dûkan「洞居者」。先前提到過，哈比人曾使用過近似洛希人的語言，因此 kuduk 有可能是 kûd-dûkan 的縮減版本。我已先前解釋過的理由，將後者翻譯為霍比特拉族；如果哈比人一字出現在我們的古代語言中，就可能是霍比特拉族縮減後的詞彙。

甘吉。根據紅皮書中紀載的家族傳統，姓氏 Galbasi 或其縮減過的型態 Galpsi，來自 Galabas 村莊，該字可能是源自 galab-「遊戲」與較古老的 bas- 元素，那多少與我們的 wick 和 wich 意思相近。甘米奇（發音為 Gammidge）似乎是非常恰當的譯名。不過，將 Gammidgy 縮減為甘吉，以代表 Galpsi 時，沒有提到山姆懷斯與柯屯家族之間的關聯，不過如果哈比人的語言中提到這點，他們可能會開這種玩笑。

事實上，柯屯象徵 Hlothran，是夏郡常見的村莊名稱，其名來自 hloth，意指「兩房居所或洞穴」，以及山坡上此類住處中的為了突顯這點，我大膽使用 dwarves，或許也讓他們稍微遠離了後世的荒唐傳說。Dwarrows 可能會比較好，但我只在矮人礦場（Dwarrowdelf）的名稱中使用過該字，以象徵墨瑞亞在通用語中的名稱：傅路納吉安（Phurunargian）。該詞代表「矮人洞」，也已是型態古典的詞彙。但墨瑞亞是不受到喜愛的精靈語名稱。儘管在對抗黑暗勢力與其奴僕的艱苦戰爭中，艾達族可能會在地下建立要塞，但他們並不會選擇住在這種地方。他們熱愛綠地與天空的陽光，墨瑞亞在他們的語言中則代表黑暗深淵。但矮人本身稱它為卡薩督姆，卡薩德族[12]的宅邸，此名稱也從來不是祕密。因為這就是他們對自身種族的稱呼，自從奧力在太初歲月中創造出他們後就已如此。

精靈是用來翻譯兩種名稱：昆迪族（Quendi）（能言者），也就是他們全族的高等精靈語名稱，以及艾達族，前往不死之地並在歲月初開時抵達當地（辛達族除外）。這個古字確實是唯一適當的詞彙，也符合人類對這支種族的印象，對人類的心智而言也並非截然不同。但該詞也已衰退，對許多人而言，它已代表漂亮或愚蠢的幻想，與古代的昆迪族截然不同，就如蝴蝶與敏捷獵鷹之間的差距——從來沒有昆迪族在身上長出過翅膀，這對他們和人類而言都不正常。他們是高尚俊美的種族，也是較年長的世界之子，現已離去的艾達族在他們之中宛如王族，他們是壯旅[13]人民，也是星辰子民。他們身材魁梧，皮膚白淨，眼珠碧綠，但除了費納芬黃金家族之外，他們都蓄著黑髮[14]；他們的嗓音也比任何凡人聽過的樂音更加美妙。他們性格英勇，但在流亡中返回中土世界的精靈們經歷了彙，比方說，像我處理伊多拉斯「宮廷」的方式。由於相同的理由，有許多人名也得到現代化更動，如影鬃和蛇信[8]。

這種同化現象也為具有北方起源的特定當地哈比人詞彙提供了方便的象徵方式。它們獲得了新型態，而如果失傳的英語流傳至今，就可能擁有這些型態。因此馬松代表古英語 máthm，也由此象徵哈比人的 kast 與洛汗語的 kastu 之間的關係。相同的，史密爾（或拼為 smile）「掘洞」也可能是 smygel[9] 的後世變體，也代表哈比人的 trân 和洛汗語的 trahan 間的關聯。史麥戈與德戈也已同樣的方式象徵北方語言中的 Trahald「鑽洞，潛入」，和 Nahald「祕密」。

更北邊的河谷城所用的語言，只出現在本書中來自當地的矮人名字，他們使用了該處人類的語言，用該語言取了他們的「外名」。可以注意到的是，本書與《哈比人》都使用 dwarves（矮人）的型態，不過字典告訴我們，dwarf 的正確複數型態的 dwarfs。如果單數與複數型態持續演變下去，就可能變成 dwarrows（或 dwerrows），就像 man 和 men，或 goose 和 geese 一樣。但我們提到矮人的頻率，再也不如提到人類或鵝般頻繁，而人類的回憶也不夠鮮明，無法對當今只存在於民俗傳說（其中至少保留了些許真相），或在無稽故事中扮演逗趣角色的種族保留特殊複數型態。但在第三紀元，人們還能一窺他們已稍微衰退的古老性格與力量。他們是遠古年代瑙格瑞姆族[10]的後代，心中也仍燃燒著鐵匠奧力[11]的古焰，以及他們對精靈常年來的積怨餘燼。他們的雙手仍握有無人能及的石工技術。

中意指「歡快，快樂」，不過它其實是現已無意義的雄鹿地名字 Kalimac。

我沒有在語言轉換中使用希伯來文或類似的名稱。哈比人名中沒有任何元素與此語言有關。山姆、湯姆、提姆和麥特（Mat）是常見哈比人名中的簡稱，像是 Tomba、Tolma 與 Matta 等名。但山姆與他父親哈姆其實叫作 Ban 和 Ran。這兩個名字是 Banazir 和 Ranugad 的簡稱，原本都是暱稱，意指「半智，單純」和「居家」。但由於已是口語不使用的字彙，因此它們在特定家族中仍是傳統名字。因此我嘗試使用山姆懷斯與哈姆法斯特來保存這些特色，它們是古代英語中 samwís 與 hám-fæst 的現代版本，意義也十分接近。

在企圖讓哈比人的語言與名稱變得現代化與好讀後，我發現自己陷入更加深入的過程。我覺得，和西方語有關的人類語言，應該轉變為和英語有關的型態。因此我將洛汗語翻譯得與古英語相仿，因為它和通用語（關係較遠）和北方哈比人先前的語言有關（關係非常接近），也能與古典西方語相比。《紅皮書》有好幾處記錄說明，當哈比人聽到洛汗語時，便立刻認出了許多詞彙，也覺得該語言和他們自己的語言相近，所以用異國風格編寫洛希人歷史中的名字和詞彙，似乎是不智之舉。

我在許多狀況下將洛汗的語言型態和拼字作了現代化改變：如同登哈格或雪河；但我並沒有作出統一變革，因為我遵循哈比人的習慣。如果那些詞彙由他們認得的元素構成，或類似夏郡的地名，他們就會用同種方式更改自己聽到的字眼；但如果他們沒有變動詞似的名稱，但純屬巧合。比方說奧索、奧多、卓哥、朵拉和寇拉等。我保留了這些名字，不過我通常會改變字尾，以便讓它們英文化，因為在哈比人的名字中，a 是男性字尾，o 和 e 則是女性字尾。

在某些古老家族中，特別是擁有白膚族祖先的圖克家與博哲家中，仍有為孩子取高尚名字的習慣。因為這類名字似乎都出自人類與哈比人的過往傳說，而許多對哈比人毫無意義的名字，則近似安都因河谷、河谷城或驃騎國的人名，我將它們譯為主要源自法蘭克式或哥德式起源的名稱。我們仍會使用這類名稱，或能在歷史中見到這些名字。因此我保存了名與姓之間常見的有趣反差，哈比人自己也清楚這種差異。我很少使用古典文學名稱，因為在夏郡歷史中最接近拉丁語和希臘與的語言，便是精靈語，而哈比人很少在命名法中使用這種語言。他們中沒有多少人會說所謂的「王族語言」。

雄鹿地居民的名字和夏郡其他居民的名字不同。先前曾經提過，沼地的居民與他們住在烈酒河對岸的後代在許多層面都特立獨行。他們肯定從南方史圖爾族先前的語言中承襲了不少古老名字。我沒有更動這些人名，因為假若它們在當代顯得怪異，在當年也是如此。我們或許該覺得它們具有類似「凱爾特」語系的風格。

既然史圖爾族和布理人類的古老語言接近英格蘭現存的凱爾特語系元素，我有時便在譯文中仿效了後者。因此布理、康布（又拼為 Coomb）、阿契特與契特森林，都採用英國命名法中的古語翻譯，根據它們的意義而選：bree「丘陵」，chet「森林」。我選擇梅里雅達克，因為這適合該角色名字的簡稱 Kali，在西方語對我們而言），以及更古老也更令人崇敬的現存古語這兩者間的反差。假若只是抄下所有名稱，現代讀者便會覺得摸不著頭緒，比方說：如果精靈語名稱「伊姆拉翠斯」和西方語譯名「卡寧古爾」兩者都沒有改變的情況。但將裂谷喚為伊姆拉翠斯，就如同現代人把溫徹斯特叫成卡美洛[7]，不過兩者都是同一個地點。如果亞瑟當今仍在溫徹斯特稱王，裂谷就住了比他的名聲更為古老的貴族。

因此，夏郡的名稱與哈比人其餘所有地名都改為英文。翻譯過程鮮少碰上困難，因為組成這種名稱的元素，與我們較簡單的英文地名中的元素相似。當代仍為「山丘」或「原野」等字，或是 town（城鎮）稍微縮減的版本 ton。但如同先前所提，有些源自哈比人古語的字彙已不再為世人所用，像是 wich，或是 bottle「居所」，或 michel「龐大」。

不過以人名而言，夏郡與布理的哈比人名字在當年都十分獨特，特別是在該時代數世紀前產生的習慣：他們承襲了家族姓氏。大多這類姓氏都有明顯意義（在現代語言中，它們出自開玩笑般的綽號，或來自地名，或是如布理的特別狀況，使姓氏來自植物與樹木的名稱）。翻譯這些名稱不太困難，但仍有一兩個較古老的名稱已無人記得含意，我也將這些名稱改為英文：像源自 Tûk 的圖克，或是取代 Bophîn 的波芬。

我盡可能用同種方式處理哈比人的名字。哈比人通常為女兒取花朵或寶石的名稱。對兒子而言，他們一般會取在日常用語中毫無意義的名字，而有些女子的名字也是如此。這種名字包括比爾博、邦哥、波羅、羅索、坦塔與妮娜等。有許多難免與我們當代人名類任務的人。但在那些時代中，魔王的所有敵人都敬重古代事物，在語言上也不遑多讓，也對此感到喜悅。特別擅長語言的艾達族善用許多風格，不過他們大多用接近自己語言的方式說話，那比剛鐸的交談方式更古老。矮人們的說話方式也深富技巧，能輕而以舉地適應周遭人物的語言，不過對某些人而言，他們的發音方式似乎有些刺耳粗啞。但歐克獸人與食人妖則盡情開口，對文字與萬物毫無珍愛，牠們的語言也比我描繪得更加惡劣骯髒。我不認為有人會想看更貼近原意的譯文，不過很容易能找到範本。在內心如同歐克獸人的人們口中，仍能聽到相同的話語；內容無趣又反覆出現恨意與輕蔑，內容與善意毫無瓜葛，甚至無法保存語言上的活力，只有喜歡汙穢發音的人會覺得聽起來十分強悍。

在任何關於過往的記錄中，自然得經常進行這類翻譯。內容鮮少會有進一步變化。但我不只作出字面上的翻譯。我也將所有西方語名稱按照原意作出翻譯。當本書中出現英文名稱或頭銜時，就代表該名稱在當代是通用語詞彙，並非異族（通常是精靈）語言。

西方語名稱通常是較古老名稱的譯名：如裂谷、灰泉河、銀脈河、長岸、魔王和邪黑塔。有些詞彙的意義不同：如末日火山是歐洛都因「燃燒之山」，幽暗密林則是陶爾伊恩戴德羅斯（Taur e-Ndaedelos）「恐懼森林」。有幾個是精靈語名稱的變形：盧恩河和烈酒河分別來自 Lhûn 和巴蘭都因河（Baranduin）。

這項過程或許需要解釋。我覺得，用原始型態呈現所有名稱的話，便會阻礙哈比人在當時觀察到的一項重點（我主要打算保留他們的觀點）——對他們而言稀鬆平常又習慣的泛用語言（如同英語可能翻譯成我們時代的用語。只有異於通用語的語言，才會保留它們的原始型態，但這些部分只出現在人名與地名。

作為哈比人與他們故事採用的語言，通用語自然被轉換為現代英語。在翻譯中，西方語使用上可見的差異已經變少。我試圖用英語中的變化來詮釋原文的變異部分，但夏郡的發音和成語、與精靈或剛鐸高等西方語之間的差異，比本書中描寫得更大。哈比人確實大多使用某種鄉野方言，剛鐸和洛汗則使用更古典的語言，風格更為正式簡潔。

這裡或許可以提到差異中的一點，儘管它十分重要，卻難以轉譯。西方語的第二人稱代名詞（經常還加上第三人稱）在「親語」與「敬語」型態之間，有種與人稱無關的差別。不過，夏郡用語中的其中一種怪癖，就是口語已不再使用敬語。只有村民會使用它們，特別是西區的居民，這些人用它們來表達敬愛之情。這是剛鐸人在提及哈比人用語時，所提到的奇異特點之一。比方說，在皮瑞格林．圖克首度來到米那斯提力斯的頭幾天，便對所有人使用親語，包括迪耐瑟大人本人。這或許使年邁的宰相感到有趣，但肯定讓他的僕人們大感驚慌。自由使用親語這點，必然幫助散播了廣為流傳的謠言：皮瑞格林在故鄉是地位崇高的人物[6]。

可以注意到的是，佛羅多等哈比人，以及甘道夫和亞拉岡等人，都不會持續使用同種談話風格。這是刻意之舉。哈比人中較富學識的成員了解夏郡所謂的「書籍語言」，也能因應碰上的對象，而改變用語風格。經常旅行的人也自然會順著周圍的對象，而更動自己的說話方式，特別是像亞拉岡這種得經常努力隱藏自我身分與出的物品，而非靠自己的生命力存活的生物。但他們的天性並不邪惡，而無論人類的故事如何影射，其實很少有矮人自願服侍魔王。因為古代人類貪求他們的財富與作品，兩族間也維持著敵意。

但在第三紀元，許多地方的人類與矮人之間仍維持著親近的友誼。根據矮人的天性，當他們的古老宅邸遭到摧毀後，他們便在各地四處旅行、工作與貿易，也因住在人類之間而使用對方的語言。但他們祕密（與精靈不同的是，他們不太願意揭露這項祕密，即便對他們的朋友亦然）使用自己多年來鮮少改變的奇異語言。因為它已不只是母語，而是學識中的語言，他們也將它如同過往珍寶般細心守護。鮮少有其他種族的成員成功學會此語言。在歷史上，它只出現在金力對同伴們講述的地名，以及他在號角堡攻城戰中發出的戰吼中。那古戰吼至少不是祕密，在世界的太初時光中，也曾出現在許多戰場上。Baruk Khazâd! Khazâd ai-mênu!「矮人之斧！矮人來襲！」

不過，金力自己和他所有族人的名字都來自北方（人類）語言。從未有異族得知矮人們的祕密「裡名」，也就是他們的真名。就連在墳墓上，他們也不會刻下這種語言。

二
翻譯

將紅皮書的內容呈現給現代讀者閱讀時，整個語言體系都已盡言中的 Sharkû 代表老人。

食人妖。辛達林語中的 Torog 譯為食人妖。從深藏於遠古年代晦暗時期的起源開始，這些生物的天性便駑鈍笨拙，使用的語言也如禽獸般貧瘠。但索倫利用牠們，盡可能教導牠們，並讓牠們的腦袋充滿邪念。因此食人妖便從歐克獸人身上學習語言，而在西方大地中，岩石食人妖（Stone-troll）會使用劣化版的通用語。

但在第三紀元結尾，有群前所未見的食人妖種族出現在南幽暗密林和魔多的邊境山區。牠們在黑暗語中被稱為歐洛格族[5]。牠們肯定是由索倫培育而成，但無人知曉他使用了哪種原始種族。有些人認為，牠們並非食人妖，而是巨型歐克獸人。但歐洛格族的身心狀態完全不像最大型的歐克獸人，因為牠們的體型與力量遠遠超過對方。牠們是食人妖，但飽含主人的邪惡意志——這是批邪惡種族，身體強健敏捷，又凶狠、狡猾，還比岩石更加堅硬。牠們和古代的種族不同，只要受到索倫的意志宰制，牠們就能夠忍受太陽。牠們鮮少說話，唯一會使用的語言則是巴拉多的黑暗語。

矮人。矮人是批獨立種族。《精靈寶鑽》中敘述了他們的奇異起源，以及他們為何與精靈和人類相似卻又不同。但中土世界的普通精靈並不曉得這樁故事，而後世人類的傳說則與其他種族的回憶交互混雜。

他們是批強悍又脾氣火爆的種族，性格神祕，能吃苦耐勞，也牢記與損傷（和獲利）相關的回憶，熱愛岩石、寶石與工匠打造歐克獸人和黑暗語。歐克獸人是其他種族對這醜惡民族取的名稱，使用的則是洛汗語。在辛達林語中的名稱是 orch。這肯定與黑暗語中的 uruk 有關，不過這只應對到於此時從魔多與艾森格出現的高大歐克獸人戰士。烏魯克族特別將較弱小的種類稱為史納加，意指「奴隸」。

歐克獸人在古老年代由北方的黑暗勢力所培育而成。據說牠們並沒有屬於自己的語言，只採用了其他語言，並將照牠們的喜好醜化內容。但牠們只編造出粗鄙的黑話，甚至幾乎無法滿足牠們自己的需求，除非是用於咒罵和毀謗。這些連同胞都痛恨的惡毒生物，還迅速發展出許多野蠻方言，因為牠們有不少族群或聚落，因此在不同部落互相溝通時，牠們的歐克語沒有多少用處。

在第三紀元，不同品種的歐克獸人都使用西方語進行溝通。對許多較古老的部落（像仍住在北方和迷霧山脈的部落）而言，牠們長期都使用西方語作為母語，但使用方式和歐克語差不多難聽。黑話詞彙 tark「剛鐸人」是 tarkil 的醜化版，那是西方語中用於稱呼努曼諾爾人後裔的昆雅語詞彙；參見頁 1399

據說索倫在黑暗年代中發明了黑暗語，打算讓它成為他所有僕從的語言，但他沒有成功。不過，從黑暗語中衍生出許多在第三紀元的歐克獸人中廣為流傳的詞彙，像是 ghâsh「火焰」，但在索倫首度遭到推翻後，除了納茲古以外，所有人都已遺忘了這種語言的古代型態。當索倫再起時，它便再次成為巴拉多和魔多將領所用的語言。魔戒上的銘文是古代黑暗語，而魔多歐克獸人在頁 698 的咒罵，則是由葛力斯納克為首的邪黑塔士兵所使用的劣化型態。那語人，精靈則使用佩里安納斯人。大多人已經遺忘哈比人這詞彙的起源。不過，起初它似乎是白膚族與史圖爾族用於稱呼毛腳族的名稱，也是洛汗保存更仔細的詞彙：霍比特拉族「築洞者」的縮減版。

關於其他種族

恩特樹人。第三紀元時世上最古老的種族便是歐諾翠姆，又稱恩伊德。恩特樹人是他們在洛汗語中的名稱。艾達族在古代就知道他們，恩特樹人也將自己的語言和對話語能力的渴望歸功於艾達族。他們發明的語言與其他語言截然不同，緩慢宏亮，且凝結而重複，發音也很長。它由諸多母音餘音和獨特音調與音質所構成，就連艾達族的學者們都不敢用文字來表達該發音。他們只在族人間使用此語言，但他們不需要為它守密，因為沒有人能學會它。

不過，恩特樹人本身對語言十分拿手，能夠快速學習，也從未遺忘學會的語言。但他們偏好艾達族的語言，也最喜愛古代的高等精靈語。因此，哈比人記錄中由樹鬍和其餘恩特樹人使用的奇特詞彙與名稱都是精靈語，或是以恩特樹人的方式組合起來的破碎精靈語[4]。有些是昆雅語：Taurelilómëa-tumbalemorna Tumbaletaurëa Lómëanor，或許能被譯為：「森林多影－深谷黑暗　深谷森林幽暗地」樹鬍這句話的意思約莫是：「森林深谷中有道黑影」。有些字彙出自辛達林語：像是梵貢「樹之鬍」，或芬布芮西兒「纖細山毛櫸」。

神祕的民族，對杜納丹人並不友善，也痛恨洛希人。

他們的語言沒有出現在本書中，除了佛戈伊人的名稱外，那是他們對洛希人的稱呼（據說意指乾草頭）。黑鬱地和黑鬱地人都是洛希人賦予的名稱，因為他們皮膚黝黑，也長有黑髮；這些名稱中的 dunn 和灰精靈語中的 Dûn「西方」不同。

關於哈比人

夏郡與布理的哈比人此時可能已使用了通用語一千年。他們照自己的習慣無拘無束地使用它，不過他們之中較有學識的成員，仍能在有必要的狀況下使用更正式的用語。

沒有任何關於哈比人使用特定語言的紀錄。在古代，他們似乎總是使用住在附近（或混居他們之間）的人類所用的語言。於是當他們進入伊瑞亞多後，就快速學會了通用語，而當他們在布理定居時，就已開始遺忘自己先前的語言。這顯然是安都因河上游的某種人類語言，類似洛希人的語言。但在南方史圖爾族北上夏郡前，似乎曾使用過類似黑鬱地語的語言[3]。

在佛羅多的時代，當地的用語和名稱中仍有這些先人語言的跡象，有許多都與河谷城或洛汗的語彙相近。最顯著的是日期、月分與季節的名稱，人們也經常使用其餘數種相同類型的詞彙（像是馬松和史密爾），布理與夏郡的地名也保留了更多古名。哈比人的個人姓名也相當獨特，有許多都源自古代。

哈比人是夏郡居民用來稱呼同族的名稱。人類稱他們為半身弗屆，甚至拓展到他們的敵人之中。杜納丹人也越來越常使用該語言，使得在魔戒之戰時期，只有一小批剛鐸人民會說精靈語，也更少人會每天使用它。這些人大多住在米那斯提力斯和周圍的城鎮，以及多爾安羅斯親王的領地。但剛鐸國境內近乎所有地名與人名的形式與意義都來自精靈語。有許多字彙的起源已無人記得，也肯定來自努曼諾爾人的船隻渡海而來的日子之前；其中包括昂巴、雅納赫和伊瑞赫；以及艾廉納赫和瑞蒙等山名。佛龍也是同類型的名稱。

西方大地北部區域中大多人類的祖先，是第一紀元的伊甸人或他們的近親。因此，他們的語言和阿杜奈克語有關，有些語言的狀態仍類似通用語。使用這類方言的人居住在安都因河谷中，比翁一族；西幽暗密林的森林居民；北方、東方還有長湖與河谷城的人類。從金花河與卡洛克之間的土地，出現了剛鐸稱為駿馬之主洛希人的民族。他們仍使用祖先傳下來的語言，也用來為自己新家園中近乎所有地點取了新名稱。他們自稱為伊洛一族，又稱驃騎國人民。但該族王室時常使用通用語，也會說他們剛鐸盟友的高尚用語，因為在西方語的源頭剛鐸，人們的用語風格仍用較為古雅。

卓雅丹森林野人的語言則全然不同。黑鬱地人的語言也是差異甚大的語言，或只有些許相似性。這些人是過往紀元中住在白色山脈谷地間的居民遺族，登哈格亡者是他們的親戚。但在黑暗年代中，其他人已遷往迷霧山脈的南方谷地，有些人由此往北前往無人居住的土地，距離遠至古墓崗。他們的後代便是布理人，但很久以前，這些人就已成為北方王國亞爾諾的臣民，也使用西方語。這批人類民族只有在黑鬱地還固守他們的昔日語言與風俗，他們是行事他們面貌俊美，身材魁梧，壽命也比中土世界的人類長上三倍。這些便是人類王族努曼諾爾人，精靈將他們稱為杜納丹人。

在所有人類民族中，只有杜納丹人通曉精靈語，因為他們的祖先曾學過辛達林語，他們也將之作為知識傳給子嗣，儘管歲月逝去，語言卻沒有多少改變。他們中的智者也學會了高等精靈的昆雅語，並認為它比其他語言更加崇高，並用它為許多受人崇敬的知名地點命名，也為諸多名聲顯赫的王族成員取名[2]。

但努曼諾爾人的母語大致上仍是他們祖先流傳下來的人類語言：阿杜奈克語。到了晚期，在王公貴族的傲慢影響下，他們重新使用該語言，捨棄了精靈語，只有仍與艾達族維持古老友誼的少數人繼續使用精靈語。在全盛期，努曼諾爾人在中土世界西岸建立了許多堡壘和港口，以便支援他們的船艦。而這些場所最主要的地點之一，就是靠近安都因河口的佩拉吉爾。當地人使用阿杜奈克語，也與普通人語言中的詞彙混合，並沿著海岸傳播出去，成為曾與西陸打過交道的對象使用的通用語。

在努曼諾爾淪亡後，伊蘭迪爾便率領精靈之友的生還者們返回中土世界西北岸。當地早已住有許多純種或混種努曼諾爾人，但只有少數人記得精靈語。所有記錄都說，杜納丹人在一開始比普通人的數量少，他們與對方同住，也統治對方，因為他們是握有勢力與智慧的長壽貴族。因此他們在治理廣闊國度中的其他人，並與對方打交道時，都會使用通用語；但他們放大了該語言，並用許多來自精靈語中的詞彙讓它變得更豐富。

在努曼諾爾王族的時代，這使地位崇高的西方語擴散得無遠靈所使用，這些精靈沒有渡海離去，而是滯留在貝勒爾蘭的沿海地區。多瑞亞斯的辛葛．灰袍是他們的國王，而在漫長的太初暮光中，他們的語言已隨著塵世的變化而改變，也與大海彼端艾達族語言產生差異。

住在人數更多的灰精靈之間的流亡精靈們，採用辛達林語作為日常使用的語言；因此它成為這段歷史中所有精靈與其王族所用的語言。這些全是艾達族的成員，即便是受他們統治的精靈，也是較低階的族人。其中最尊貴的，便是費納芬王室的格拉翠兒夫人，她是納格斯隆德之王芬羅德．費拉剛的妹妹。在流亡精靈的心中，對大海的渴望是永遠無法止息的思念；這股念頭在灰精靈心中沉眠，然而一旦甦醒，就無法平復。

關於人類

西方語是種人類語言，但在精靈的影響下變得更為豐富且柔和。它原本是艾達族口中阿塔尼或伊甸人「人類之父」的語言，特別是精靈之友的三大家族；他們在第一紀元來到西方的貝勒爾蘭，並在寶鑽之戰中協助艾達族對抗北方的黑暗勢力。

在推翻黑暗勢力後，貝勒爾蘭大多地區已沉沒或瓦解，精靈之友們獲得了一項贈禮，讓他們也能像艾達族一樣渡海西行。但由於他們不得踏上不死之地，因此他們得到一座位於塵世最西的獨立巨島。島名為努曼諾爾（西陸）。大多精靈之友都離開並住在努曼諾爾上，也在此變得強大無比，成為聲名遠播的航海家與船艦之主。

在金花河和澇洛斯瀑布之間的安都因河沿岸。

有些古代野人仍藏匿在安諾瑞恩的卓雅丹森林。也有一批古老民族住在黑鬱地的丘陵中，他們是剛鐸大多地區先前的居民。這些人仍使用自己的語言。而洛汗平原中現在則住了一批名為洛希人的北方民族，他們在五百年前來到此地。但所有維持自身語言的種族，都將西方語做為第二語言，就連精靈也是。這現象不只發生在亞爾諾與剛鐸，還出現在整座安都因河谷地中，連東方的幽暗密林林蔭下也能觀察到這點。即便在躲避其他種族的野人和黑鬱地人之間，也有人能說拙劣的西方語。

關於精靈

遠古年代的精靈分為兩種主要族群：西方精靈（艾達族）與東方精靈。後者大多是幽暗密林與羅瑞安的精靈，但他們的語言並沒有出現在本篇歷史中，這段歷史中的所有精靈名稱與詞彙都是艾達族用語[1]。

本書中出現兩種艾達族語言：又稱昆雅語的高等精靈語，以及別名辛達林語的灰精靈語。高等精靈語是種古老語言，來自大海彼端的艾達馬，也是首先出現文字記錄的語言。它已不再是母語，而是成為「精靈拉丁文」，高等精靈仍將之用在儀典和與學識和歌謠有關的高尚事務。這些精靈在第一紀元結尾於流亡生活中回到中土世界。

灰精靈語的起源與昆雅語相似，因為它為踏上中土世界的精

一
——第三紀元的語言與人民——

這段歷史中以英文象徵的語言是西方語，又稱第三紀元中土世界西方大地的「通用語」。在該紀元的歷程中，它已成為居住在亞爾諾與剛鐸古老王國中近乎所有能言種族的母語（精靈除外）；此地從昂巴沿岸一路往北延伸到佛洛赫爾灣，在內陸則遠至迷霧山脈與伊費爾杜亞斯。它也往安都因河北上，囊括了大河以西與山脈以東的土地，疆域抵達金花沼地。

在該紀元結尾的魔戒之戰時期，這些地區仍將西方語當作母語，不過伊瑞亞多大部分地區現已遭到居民遺棄，也很少有人類住

ch；j 代表英語的 j，zh 則與 azure 和 occasion。

12. 墨瑞亞西門上的銘文示範了用於辛達林語拼法上的模式，其中的級別 6 象徵了簡單的鼻音，但級別 5 代表經常使用在辛達林語的雙重或長鼻音：17=nn，但 21=n。

13. a 在昆雅語中很常見，它的母音符號經常受到排除。因此對 calma「燈」而言，可以把它寫成 clm。這會自然發音為 calma，因為昆雅語中不可能有 cl 這種句首組合，m 也永遠不會出現在句尾。有可能念為 calama，但該字並不存在。

14. 關於氣音 h，昆雅語原本使用沒有弧弓的簡單上揚豎，名叫 halla「高」。可以將它放在子音前，以指示它是清音和氣音；無聲的 r 音和 l 音通常用這種方式發音，並寫成 hr 與 hl。後來的 33 則用在獨立 h 上，hy 的音值（它較古老的音值）則以在後方的 y 前加上 tehta 以象徵。

15. （）中的音值只有在精靈文中使用，* 則標記矮人使用的基爾斯文

1. 通常在辛達林語中稱為梅納爾伐哥（頁 128），昆雅語：梅納爾瑪卡（Menelmacar）。

2. 如同在 galadhremmin ennorath（頁 368）「中土世界的茂密林地」。雷米拉斯（Remmirath）（頁 128）包含 rem（網），昆雅語的 rembe+mîr「珠寶」。

3. 在西方語和西方語使用者詮釋昆雅語名稱時，有許多人會使用長 é 音和 ó 音，以及 ei 和 ou，接近英語的 say no，這點能從 ei 和 ou 的拼法看出（或它們在現代文字中的相對應詞）。但這種發音都被視為錯誤或粗俗用法。它們常在夏郡出現。因此以英語唸法說出 yéni únótime（無盡長年）的人（多少會念成 yainy oonoatimy），就會和比爾博、梅裡雅達克或皮瑞格林犯下類似的錯。據說佛羅多「善於使用異國發音」。

4. 譯注：原著此處注釋與上一則編號相同。

5. 這點也出現在安農（Annûn）「夕陽」，Amrûn「日出」中，它們受到相關的 dûn（西），和 rhûn「東」影響。

6. 譯注：埃雅，昆雅語中的宇宙，伊露維塔之子們居住的則為阿爾達（Arda），其中包括了中土世界與維林諾。

7. 原本如此。但在第三紀元，昆雅語中的 iu 發音通常是上揚的雙母音，像英語 yule 中的 yu。

8. 譯注：戴隆曾愛上庭葛的女兒露西安，當露西安為了營救貝倫而秘密離開多瑞亞斯後，出外尋找她的戴隆便再也沒有回到多瑞亞斯。

9. 和我們字母唯一的關聯中，會讓艾達族覺得合理的便是 P 和 B 之間的關係；將它們與彼此分開，也與 F、M 和 V 抽離這點，對他們來說肯定相當愚蠢。

10. 許多字母出現在書名頁的範例中，以及頁 79 的銘文，它的內容抄寫在頁 395。它們主要用於表達母音，在昆雅語中通常被視為相應子音的變化版；或是用於簡短表達某些更常見的子音組合。

11. 此處象徵的發音，與上述的文字和描述相同，但此處的 ch 代表英語 church 的

35，54 個別對應 h 音，’（庫茲杜語中擁有字首母音的字彙中出現的清音或聲門音）和 s 音時產生的變化。（2）捨棄 14 與 16，矮人用 29 和 30 為之取代。後續使用 12 代表 r 音，並為了 n 發明 53（以及它與 22 的混淆）。也能從中觀察到使用 17 做為 z 以應對音值 s 的 54，後續用 36 做為　音，以及用新基爾斯文 37 代表 ng 的現象。新的 55 與 56 原本是 46 的剖半版本，用於類似在英語 butter 中出現的母音，這種發音在矮人語和西方語中十分常見。當發音虛弱或成為消失音時，它們便經常降為缺乏豎的簡單筆劃。這種安格薩斯．墨瑞亞文出現在墳墓銘文中。

伊瑞柏的矮人使用這種系統的改良版，該版本被稱為伊瑞柏模式，也出現在馬薩布爾之書中。它的主要特性是：將 43 做為 z，17 用於 ks（x），並發明了兩個新基爾斯文，分別是代表 ps 和 ts 的 57 與 58。他們也重新引進了 14 和 16，用在 j 與 zh 的音值上；但他們也將 29 和 30 用在 g 和 gh 上，或只做為 19 和 21 的變體。除了伊瑞柏基爾斯文 57 與 58 外，圖表中並沒有包含這些特性。

安格薩斯文音值

1	p	16	zh	31	l	46	e
2	b	17	nj—z	32	lh	47	ē
3	f	18	k	33	ng—nd	48	a
4	v	19	g	34	s—h	49	ā
5	hw	20	kh	35	s—’	50	o
6	m	21	gh	36	z—ŋ	51	ō
7	(mh) ml	22	ŋ—n	37	ng*	52	ö
8	t	23	kw	38	nd—nj	53	n*
9	d	24	gw	39	i (y)	54	h—s
10	th	25	khw	40	y*	55	*
11	dh	26	ghw,w	41	hy*	56	*
12	n—r	27	ngw	42	u	57	ps*
13	ch	28	nw	43	ū	58	ts*
14	j	29	r—j	44	w	59	+h
15	sh	30	rh—zh	45	ŭ	60	&

安格薩斯文

列與戴隆有關。不過，主要的新增處是兩個新系列 13 至 17，與 23 至 28，其實最有可能是埃瑞瓊的諾多族的發明，因為它們被用來象徵沒出現在辛達林語中的發音。

在重新擺列安格薩斯時，可以觀察到以下法則（顯然由費諾系統所影響）：（1）為分支加上「一劃」，就會為它加入「發音」。（2）反轉基爾斯文中「摩擦音」的開口。（3）將分支擺在豎兩旁，就能加上發音與鼻音。除了在一處外，這些法則經常生效。因為（古老的）辛達林語需要一個摩擦音 m（或是鼻音 v），而由於逆轉的 m 符號能提供這種發音，可逆轉的 6 號便得到音值 m，但 5 號得到了音值 hw。

辛達林語或昆雅語 36 號的理論性音值是 z，因為 ss：參見費諾 31 的 39 號會被用在 i 或 y（子音）；34 與 35 通常會用在 s，38 則用在常見的序列 nd，但和齒音沒有明確相關性。

安格薩斯文

音值

在音值表中，左邊由－分開的是較古老的安格薩斯文音值。右側的則是矮人的安格薩斯．墨瑞亞[15]。墨瑞亞矮人顯然引進了音值上的一批非系統性改變，還有特定的新基爾斯文：37，40，41，53，55，56。音值中的錯位主要是由於兩種原因：（1）音值 34，

sindarinwa 如此得名，是由於在昆雅語中的 12 具有 hw 的發音，不需使用 chw 與 hw 的獨特符號。最廣為人知、使用也最廣泛的字母名稱是 17n，33hy，25r，10f：númen，hyarmen，rhûn，formen= 西，南，東，北（參見辛達林語的 dûn 或 annûn，harad，rhûn 或 amrûn，forod）。甚至在使用不同用語的語眼中，這些文字普遍也指出西南東北。它們在西方大地以這種順序排列，開始於西方，也面對西方；hyarmen 與 formen 確實代表左側區域和右側區域（和許多人類語言中的排列相反）。

（ii）
基爾斯文

基爾薩斯・戴隆（Certhas Daeron）原本只為象徵辛達林語發音而設計。最古老的基爾斯文是 1，2，5，6；8，9，12；18，19，22；29，31；35，36；39，42，46，50 是母音，在所有日後發展中也如此。13 號與 15 號用於 h 或 s，35 因此也用於 s 或 h。在 s 和 h 的音值分配上產生混淆的傾向，在日後也不變。在包含「豎」與「分支（branch）的字母 1 至 31 中，如果分支上有其他筆劃出現在一側，通常都出現在右側。逆轉狀況不常發生，但沒有發音上的特殊性。

這種基爾薩斯文的加長與複雜化現象，在古老型態中名為安格薩斯・戴隆（Angerthas Daeron），因為舊式基爾斯文和重新排字母名稱。在所有模式中，每個字母與符號都有名稱；但這些名稱是設計來適應或描述每種特定模式中的語音用途。不過，描述其他模式中的字母用途，以便為每個字母和形狀本身提供名稱，感覺似乎較為適宜。為此，人們經常使用昆雅語的「完整名稱」，甚至提到只有昆雅語獨有的用途。每種「完整名稱」都是昆雅語中的實際詞彙，其中包含了重點字母。它盡可能是該詞彙的第一個發音，但當發音或組合沒有出現在字首，就會立刻出現在字首母音後。圖表中的字母名稱是（1）tinco 金屬，parma 書，calma 燈，quesse 羽毛。（2）ando 大門，umbar 命運，anga 鐵，ungwe 蜘蛛網。（3）thúle（súle）靈魂，formen 北，harma 寶物（或 aha 憤怒），hwesta 微風。（4）anto 嘴巴，ampa 鉤，anca 顎，unque 凹洞。（5）númen 西，malta 金，noldo（古老用語為 ngoldo）其中一種諾多族，nwalme（古老用法為 ngwalme）。（6）óre 心（內心），vala 天使般的力量，anna 禮物，vilya 空氣，天空（古老用語為 wilya）；rómen 東，arda 區域，lambe 舌頭，alda 樹；silme 星光，silme nuquerna（s 反轉），áre 陽光（或 esse 名稱），áre nuquerna；hyarmen 南，hwesta sindarinwa，yanta 橋，úre 熱。這些變體出現的原因，是由於後來流亡精靈們所說的昆雅語受到部分改變。因此 11 號被稱為 harma，而它在所有狀況下都代表摩擦音 ch，但出現在字首時，這發音就會成為氣音 h[14]（但中間的發音維持不變），aha 名稱就此出現。áre 原本原本是 áze，但當 z 與 21 混合時，該昆雅語符號就象徵了該語言中頻繁出現的 ss，esse 名稱也因此而生。又稱「灰精靈 hw」的 hwesta

不同字母的母音。上頭有辛達林語的所有母音字母。可以注意到它將 30 號用於母音 y 的符號，以及透過為了後方的 y，而將 tehta 擺在母音字母上以表達雙母音。後方 w 的符號（必須用於表達 au 與 aw）屬於這種 u 捲模式，或是它「~」的變體。但通常會如銘文中完整寫出雙母音。在這種模式中，母音的長度通常以「尖音符」表示，在這種狀態中稱為 andaith「長記號」。

除了 tehtar 外，上述已提過不少其他符號，主要是用於簡化書寫過程，特別是在不完整寫出常見的子音組合時，還能完整表達它們。在這些符號中，寫在子音上的棒狀符號（如同西班牙語中的 tilde），經常用於代表它前方有同系列的鼻音（如同 nt，mp，或 nk）；不過，寫在底下的相似符號主要用於表示子音有長音或雙音。向下彎的鉤狀筆畫連結到弧弓（如同書名頁上的最後一個字哈比人），這個鉤狀筆畫象徵後頭的 s，特別是在 ts，ps，ks（x）等昆雅語偏好的組合上。

自然沒有「模式」能象徵英語。使用者可以從費諾系統中找出恰當的語音符號。書名頁上的簡單範例並沒有企圖表現這點。這象徵剛鐸人可能會寫出的文字，他會在自己的「模式」熟悉的字母和英語傳統拼法之間的發音感到猶豫。該注意的是，底下的一點（用途之一是象徵較弱的模糊母音）在此代表無重音的 and，但也使用在 here，以呈現無聲的句尾 e；the，of，和 of the 都由簡寫表達（加長的 dh，加長的 v，和附有底部筆畫的後者）。

例：出現疊加的 tehtar 時，便經常會使用它們。

33 號原本是種變體，代表 11 的某種（較弱的）版本；它在第三紀元最常使用的發音是 h 音。如果有使用的話，34 大多用在不發音的 w 音（hw）。作為子音時，35 和 36 大多分別用在 y 和 w 上。

許多模式中的母音都由 tehtar 代表，通常是用在子音字母前。在昆雅語這類語言中，大多字彙的字尾都是母音，便會將 tehta 置於前方的子音上頭；在辛達林語等語言中以子音收尾的大多字彙裡，它則會出現在後頭的子音上。當必要位置上沒有子音時，tehta 就會出現在「短載體」上，常見的形式像是沒有頂點的 i。在不同語言中做為母音符號的 tehtar 為數眾多。最常見的形式通常用在 e，i，a，o，u（的諸多變體）上，這些形式展現在下列的範例中。最常出現在正式書寫體 a 的三點，會以較快速的風格寫下，也經常使用類似揚抑符的型態[13]。單一點和「尖音符」經常用在 i 和 e 上（但在某些模式則用在 e 和 i 上）。捲會用在 o 和 u 上。在魔戒的銘文上，往右開的捲被用於 u；但在書名頁上這代表 o，往左開的捲則代表 u。往右開的捲較受偏好，用法也取決於相關語言：黑暗語中的 o 十分罕見。

長母音通常以將 tehta 放置在「長載體」上，常見的型態像是沒有點的 j。但也會因同樣的原因寫兩次 tehtar。不過，這只會經常用在捲上，有時則用在「尖音符」上。兩點常用於象徵後方 y 的符號。

墨瑞亞西門銘文描繪出了「完整寫法」模式，其中包含代表態構成。因此 21 經常用在弱（非顫音）的 r 音，，原本出現在昆雅語中，並在該語言系統中被視為最弱的 tincotema 子音；22 廣泛運用在 w 上，而用於顎音系列 23 的系列 III 則普遍使用於子音 y。[12]

既然有些級別 4 的子音常在發音中變弱，並靠近或與級別 6 的子音融合（如上述），後者有許多子音在艾達族語言中不再有明確的功能；表達母音的字母大致來自這些文字。

注記

昆雅語的標準拼法和上述字母的應用產生分歧。級別 2 被用於 nd，mb，ng，ngw，這些組合都經常出現，因為 b，g，gw 只出現在這些組合中，而至於 rd 和 ld，則會使用特殊字母 26 與 28。（對於 lv，而不是 lw，有許多使用者會使用 lb，特別是精靈：這會書寫成 27+6，因為 lmb 無法出現。）相似的是，級別 4 被用在極度頻繁的組合：nt，mp，nk，nqu，因為昆雅語並沒有 dh，gh，ghw，v 則使用字母 22。參見昆雅語的字母名稱，頁 E-1621-19。

額外字母。27 號普遍用在 l 上。25 號（原本是 21 號的更動版）用在「完整」的 r 顫音上。26 號與 28 號是這些發音的變體。它們經常被分別用在無聲的 r 音（rh）和 l（lh）上。但在昆雅語中，它們被用在 rd 和 ld 上。29 代表 s，31（加上兩道彎）在要求如此的語言中則是 z。向內收的型態 30 與 32，儘管能以個別符號分開使用，大多會根據書寫的便利性而做為 29 和 31 的變體使用，在西方語等使用如同我們的 ch，j，sh 發音等子音[11] 的語言中，系列 III 通常都能應對到這些語言。在這種狀況中，系列 IV 應用在正常的 k 系列上（calmatéma）。除了 calmatéma 外，昆雅語還擁有顎音系列（tyelpetéma ）和唇音系列（quessetéma）；其中的顎音由一個費諾變音符號所象徵，該符號代表「後續 y」（通常是兩個位在下方的點），系列 IV 則是 kw 系列。

在這些一般應用中，也經常能觀察到後續關聯性。級別 1 的正常字母會應用在「無聲塞音」上：t，p，k 等等。兩個弧弓指出額外的「發音」：因此 1，2，3，4=t，p，ch，k（或 t，p，k，kw），接著 5，6，7，8=d，b，j，g（或 d，b，g，gw）。上升的豎指出子音的開口成為「摩擦音」：因此可以認為級別 1，級別 3（9 至 12）=th，f，sh，ch（或 th，f，kh，khw/hw），和級別（13 至 16）=dh，v，zh，gh（或 dh，v，gh，ghw/w）都擁有上述音值。

原版費諾系統也擁有加長豎的級別，筆豎分別位於線條上下。這些字母通常代表送氣子音（如 t+h，p+h，k+h），但可能代表其他必要的子音。使用這種文字的第三紀元語言並不需要它們，但加場的筆豎經常作為級別 3 和級別 4 的變體（與級別 1 更不同）。

級別 5（17 至 20）通常應用到鼻音子音：因此 17 和 18 是象徵 n 和 m 最常見的符號。根據上述觀察到的原則，級別 6 應該會象徵無聲鼻音；但由於這種發音（由威爾斯語的 nh 或古代英語的 hn 象徵）在相關語言中非常罕見，級別 6（21 至 24）最常使用在每系列最弱的或「類母音」子音。它由主要字母最小又最簡單的型

譚格瓦文字

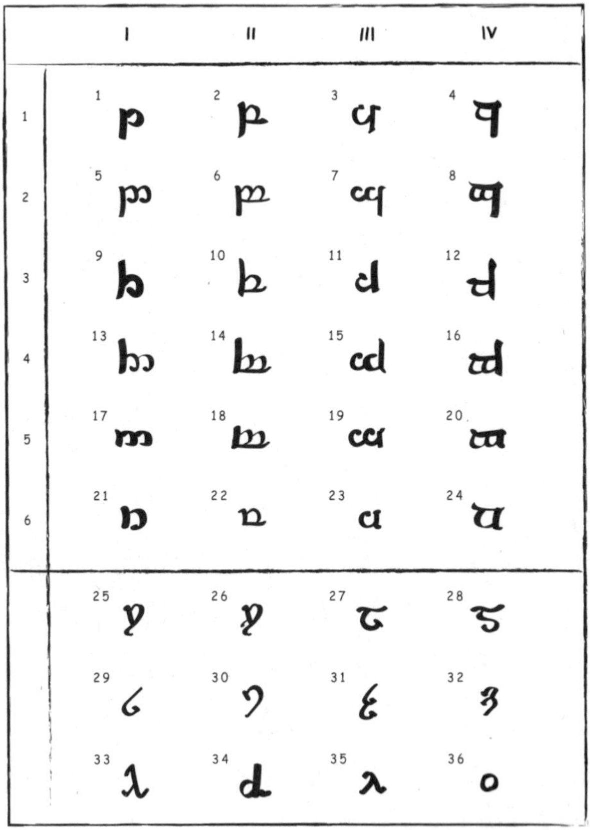

體。這是當時最常見的系統，也是經常以名稱念出的字母。

這種文字的起源並非「字母」：那是一系列毫無規律的字母，每個字母都有獨立發音，以傳統順序背誦，也與形狀或功能毫無關聯[9]。它反而是子音符號組成的系統，它們有相似的形狀與風格，使用者也能自由選用，以便代表艾達族觀察到（或設計出）的語言子音。沒有任何字母有固定的音值，但能逐步觀察到有些字母之間的特定關係。

這系統中包含 24 個主要字母，從 1 到 24，排列成 4 個 témar（系列），每個都有 6 個 tyeller（級別）。其中也有「額外字母」，25 到 36 便是範例。其中只有 27 和 29 是獨立字母，其他都是別的字母的修改版本。裡頭也有一批用途不同的 tehtar（符號）。這些字母沒有出現在圖表中。[10]

譚格瓦字母

每個主要字母都由 telco（豎）與 lúva（弧弓）組成。1 到 4 中的型態被視為正常。豎可以如 9 到 16 般上揚，或是如 17 到 24 般下降。弧弓可以如系列 I 和 III 般減短，或是如 II 和 IV 般閉合。而在兩者之中都有兩兩個弧弓，像是 5 到 8。

字母應用上的理論自由在第三紀元受到風俗改變，使系列 I 通常會用在齒音，又稱 t 系列（tincotéma），II 則應對到唇音，又稱 p 系列（parmatéma）。系列 III 和 IV 的應用上會因不同語言的需求而改變。

得到稜角分明的外型，非常類似我們時代的符文，不過它們的細節與排列截然不同。基爾斯文更古老簡單的型態在第二紀元往東方流傳，許多種族也學會了它，包括人類與矮人，甚至是歐克獸人，所有使用者都改變了這種文字，以便應用於他們的目的，也得看他們使用上的擅長度或拙劣度。河谷城的人類仍會使用其中一種簡單形式，洛希人也會使用某種相似類型的文字。

但在第一紀元結束前的貝勒爾蘭，由於受到諾多族的譚格瓦字母的部分影響，基爾斯文受到重新排列與進一步發展。它們最豐富也最有條理的形式名為戴隆字母，在精靈的傳統中，據說該體系由多瑞亞斯的辛葛王手下的吟遊詩人與學者戴隆[8]所創。在艾達族之中，戴隆字母並沒有發展出真正的草書體，因為精靈的書寫方式採納了費諾字母。大多西方精靈的確已放棄使用符文。不過，埃瑞瓊境內仍會使用戴隆字母，並傳入墨瑞亞，在那成為矮人最喜愛的字母。此後他們仍繼續使用它，並將之一起帶到北方。日後人們經常將它稱為「安格薩斯．墨瑞亞」，又稱墨瑞亞長符排。如同他們的語言，矮人們會使用當代文字，也有許多矮人把費諾文字使用得十分拿手；但對於自己的語言，他們則會使用基爾斯文，並從中發展出手寫字體。

(i)
費諾字母

以下圖表以正楷標示出第三紀元西方大地普遍使用的正式書寫

辨識，也該以英語方式發音。它們大多是地名：如登哈格（原為Dúnharg），除了影鬃與蛇信以外。

二
——書寫——

第三紀元所使用的字體與字母都來自艾達族語言，當時也已成為古語。它們的字母發展已經達到完整，但仍有人使用古老用法，其中使用完整字母來表達子音。

字母有兩種主要類別，起源也各自獨立：「譚格瓦（Tengwar）」，又名「提烏（Tîw）」，在此翻譯為「字母」；以及「克塔（Certar）」或「基爾斯」，譯為「符文」。譚格瓦字母是設計來用筆刷或筆管書寫，型態方正的文字來自書寫體。克塔字母則主要用在刻豎或雕刻出的銘文。

譚格瓦字母是最古老的文字，因為它們由諾多族所設計，在他們踏入流亡生活前，這批艾達族人最擅長這類技術。中土世界已不再使用盧米爾的譚格瓦文，這是最古老的艾達族文字。日後的費諾譚格瓦字母大部分是新的發明，但它們與路米爾的字母有些關聯。流亡的諾多族將它們帶到中土世界，伊甸人與努曼諾爾人也因此學會了它們。在第三紀元，它們已擴散到使用通用語的地區中。

基爾斯文由辛達林族在貝勒爾蘭首先發明，長期以來也只用於在木頭或岩石上撰寫名字或簡短的紀念文。由於這種起源，使它們節。艾達族語言偏好最後一個形式的字彙，特別是昆雅語。

在下列的範例中，加上重讀的母音會以大寫字母標出：isIldur，Orome，erEssë a，fËanor，ancAlima，elentÁri，dEnethor，periAnnath，ecthElion，pelArgir，silIvren。在昆雅語中，elentÁri（星后）類型的字鮮少出現 é，á，ó 等母音，除非（如同此例）它們是複合字；它們更常使用母音 í 和 ú，如 andÚne「日落，西方」。除了在複合字中，否則它們不會出現在辛達林語。要注意的是，辛達林語的 dh，th，ch 是單一子音，代表原始文字中的單一字母。

注記

在來自艾達族語言外的名稱中，如果沒有在上方特別描述，那麼字母就擁有與該語言同樣的編號，但矮人語除外。在缺乏上述以 th 和 ch（kh）代表的發音的矮人語中，th 和 kh 是送氣音，也代表 k 後頭會有 t 或 k，接近 backhand 和 outhouse 的發音。

當 z 出現時，發音便代表英語的 z。黑暗語和歐克語中的 gh 代表「後摩擦音」（和 g 的關係，就如同 dh 和 d 的關聯）：如同 ghâsh 和 agh。

矮人的「外名」或人類式名字擁有北方型態，但字母編號與描述中相同。在洛汗的人名與地名也有相同狀況（這些名稱並沒有經歷現代化），不過此處的 éa 和 éo 是雙母音，能以英語 bear 中的 ea，和 Theobald 的 eo 代替；y 是調整過的 u。現代化型態容易

fern，fir，fur 不同，而是像英語中的 air，eer，oor。

在昆雅語中 ui，oi，ai 和 iu，eu，au 是雙母音（也就是以單音節發聲）。其他母音組合都有雙音節。這經常由寫下 ëa（Eä[6]），ëo，oë 來代表。

在辛達林語中，雙母音寫為 ae，ai，ei，oe，ui，和 au。其他組合並非雙母音。字尾的 au 和 aw 和英語習慣相同，但其實在費諾拼字中並不罕見。

這些雙母音[7]都是「下降」的雙母音，並加重第一音節，也由合併起來的簡單母音組成。因此 ai，ei，oi，ui 都該個別念出，如同英語 rye（不是 ray），grey，boy，ruin 中的母音；和 au（aw），如同 loud 和 how，而非 laud 和 haw。

英語中沒有能對應 ae，oe，eu 的發音；oe 也能發音為 ai 和 oi。

重讀

「重音」或重讀的位置沒有特別注記，因為在艾達族語言中，它的位置就由字彙的型態決定。在雙音節的字彙中，它在所有狀況下都在第一個音節下降。在較長的字彙中，它只落在倒數第二個音節上，其中包含了長母音，雙母音，或由兩個（或更多）子音前的母音。倒數第二個音節（經常）包含一個短母音，隨後則只有一個（或沒有）子音，重讀則落在前面的音節，也就是倒數第三個音在辛達林語中，e，a，o 和短母音有同樣的發音，因為它們出自相對近代的版本（較古老的 é，á，ó 已經改變了）。在正確發音時[4]，艾達族會將昆雅語中的長音 é 和 ó 念得比短母音更重更「緊密」。

辛達林語本身在當代語言中擁有「修改過」的舌前 u 音，接近法語 lune 中的 u。它有部分是 o 和 u 的修改版，部分出自較古老的雙母音 eu 與 iu。Y 音用於表現此發音（如同古代英語）：如 lŷg「蛇」，昆雅語中的 leuca，或是 amon「丘陵」的複數 emyn。在剛鐸，這個 y 的發音通常類似 i 音。

*　　*　　*

長母音通常會標上「尖音符」，如同在某些費諾文字的變體中。在辛達林語中，有重音的單音節詞中的長母音會標上揚抑符，因為它們在這種狀況下會拉長[5]；所以可用 dûn 和杜納丹人（Dúnedan）相比。阿杜奈克語或矮人語等其他語言中的揚抑符沒有特殊意義，只用於將這些語言標記為異族語言（k 的用途也相同）。

字尾的 e 必然會發音，也不會和英語中一樣僅增加字彙長度。為了彰顯這點，字尾的 e 經常（但並不一致）寫為 ë。

Er，ir，ur（字尾或子音前）等組合的發音方式，和英語中的注意寫兩次的子音，像是tt，ll，ss，nn，都代表長「雙重」子音。在擁有一個以上音節的字尾，這些子音通常會縮短：如同從Rochann演變出的Rohan（古典的Rochand）。

辛達林語中ng、nd和mb的組合經歷過許多變化，它們在早期的艾達族語言內特別受到喜愛。Mb在所有型態中都成為m，但仍算是強調重音的長子音（參見下述），因此也會在重音有疑慮的狀況下寫為mm[2]。除了在字首與字尾成為單純鼻音外（如同英語的sing），nd通常會成為nn，如同Ennor（中土世界），昆雅語中的Endórë；但在重音完整的單音節詞字尾仍是nd，像是thond「根」（參見墨頌德河〔Morthond〕「黑根」），在r音前也是，如安卓斯（Andros）「長沫」。這種nd也出現在某些來自較早年代的古老名稱中，像是納格斯隆德（Nargothrond），剛多林（Gondolin），貝勒爾蘭（Beleriand）。在第三紀元，長詞彙字尾的nd成為來自nn的n音，如同伊西力安（Ithilien），洛汗（Rohan），安諾瑞恩（Anórien）。

母音

I，e，a，o，u等字母是母音，再加上（只有在辛達林語中）y。就目前看來，透過這些母音（除了y）能做出正常發音，不過肯定無法涵蓋許多當地變異型態[3]。也就是說，代表i，e，a，o，u的發音接近英語中的machine，were，father，for，brute，此處不計入量詞。

常來自較舊式的 sr- 字首）。在昆雅語中寫為 hr。參見 L。

S——總是不發音，如英語的 so 和 geese。當代昆雅語或辛達林語不會發 z 音。出現在西方語、矮人語和歐克語中的 SH，代表了和英語中的 sh 相似的發音。

TH——代表英語中 thin cloth 的不發音 th。這在昆雅語口語中成為 s 音，但依然寫成不同的字母；如昆雅語中的 Isil，和辛達林語中的 Ithil，「月亮」。

TY——可能代表類似英語 tune 中 t 音的發音。它主要來自 c 或 t+y。英語的 ch 音在西方語中經常出現，該語言的使用者也經常用它來取代原音。參見 Y 下的 HY。

V——發音與英語 v 相同，但不用在字尾。參見 F。

W——發音與英語 w 相同。HW 發無聲的 w 音，如同英語的 white（北方發音方式）。這在昆雅語中並不是罕見的字首發音，不過本書中似乎沒有出現範例。儘管在拼字上接近拉丁文，但書寫昆雅語時仍會使用 v 和 w，因為這兩種起源差異極大的發音都出現在該語言中。

Y——在昆雅語中當作子音 y 使用，如英語的 you。在辛達林語中，y 是母音（參見下述）。HY 和 y 的關係，與 HW 和 w 相同，也象徵經常出現在英語的 hew 和 huge 中的發音；h 在昆雅語的 eht 和 iht 中有同樣的發音。英語的 sh 音在西方語中經常出現，該語言的使用者也經常取代它。參見上述的 TY。HY 通常出自 sy- 和 khy-；在這兩種狀況中，相關的辛達林語詞彙在字首都有 h，如同昆雅語的 Hyarmen「南方」，和辛達林語中的哈拉德（Harad）。

K——用在並非源自精靈語的名字中，發音與 c 音相同；因此 kh 和歐克語中的葛力斯納克（Grishnákh）與阿杜奈克語（努曼諾爾語）中的阿杜納克霍（Adûnakhôr）裡的 ch 同音。關於矮人語（庫茲杜語）（Khuzdul），參見下方注釋。

L——接近英語中字首的 l 音，如同 let。不過，它在 e、i 與子音間，或在 e 與 i 之後會有些「腭音化」。（艾達族或許會將英文的 bell 和 fill 寫為 beol 與 fiol。）LH 代表這個音的不發音狀態（通常是是在字首有 sl- 時出現）在（古典式）昆雅語中，此發音會寫為 hl，但在第三紀元通常採 l 音。

NG——代表 finger 中的 ng 音，除了在字首時以外，如英語的 sing。後者的發音起初也出現在昆雅語中，但書寫為 n（如同諾多〔Noldo〕）。

PH——發音與 f 相同。它被用在（a）f 音出現在字尾時，如 alph「天鵝」。（b）當 f 音和 p 音連結或出自其中時，像 i-Pheriannath「半身人」（佩里安人）。（c）在代表長 ff 音的幾個字中間，如伊費爾（Ephel）「外部圍籬」。（d）在阿杜奈克語和西方語中，如亞爾－法拉松（Ar-Pharazôn）（pharaz「黃金」）。

QU——用於 cw 音，此組合經常出現在昆雅語中，不過辛達林語中並沒有這種發音。

R——在各位置都代表 r 顫音。此發音在子音前不會消失（如同英語的 part）。據說歐克獸人和某些矮人會使用後母音或小舌音來發 r 音，艾達族覺得這種發音十分難聽。RH 代表不發聲的 r（通

子音

C── 永遠都具有 k 音值，即便在 e 和 i 前亦然：該把 celeb「銀」發音為 keleb。

C── 只用於象徵 bach 的發音（如同德語和威爾斯語），不像英文中的 church。在剛鐸的語言中，除了詞彙結尾和 t 之前，這種發音會減輕為 h，像是洛汗（Rohan），洛希人（Rohirrim）。（印拉希爾〔Imrahil〕是努曼諾爾式名字。）

DH── 代表英語中 these clothes 的（輕聲）h 音。它通常與 d 有關，如同辛達林語的 galadh「樹」，可以與昆雅語中的 alda 比較；但有時來自 n+r，如同卡拉瑟拉斯（Caradhras）「紅角」的 caran-rass。

F── 代表 f 音，但在字尾除外，它在此處代表 v 音（如同英語中的 of）：寧道夫（Nindalf），佛拉瑞夫（Fladrif）。

G── 只有如 give，get 中的 g 音：gil「星星」，在吉爾多（Gildor），吉爾蘭（Gilraen），奧斯吉力亞斯（Osgiliath）中，發音都類似英語的 gild。

H── 不與其他子音搭配時，就採用如 house，behold 中的 h 音。昆雅語組合 ht 的發音是 cht，如同德語的 echt，acht：例如特盧梅塔（Telumehtar）（獵戶座）[1]。參見 CH，DH，L，R，TH，W，Y。

I── 起初在另一個母音前有 you，yore 的 y 輔音，只有在辛達林語中出現：像是優瑞絲（Ioreth），伊亞溫（Iarwain）。

附錄——E

書寫與拼法

一

——字彙與名稱的發音——

西方語（又名通用語）已完全翻譯成英文相容詞彙。所有哈比人名字和特殊用語都有正確發音方式，比方說：「博哲（Bolger）」中的 g 發音與 bulge 相仿，「馬松（mathom）」則與 fathom 押韻。

抄寫古老文稿時，我嘗試精準地表現出原本發音（盡可能維持原音），同時寫出在現代文字中不會顯得怪異的詞彙與名稱。高等精靈的昆雅語拼法都盡量呈現出拉丁文的發音。因此在兩種艾達族語言中，c 的發音都近似 k。

對這類細節有興趣的讀者，可以閱讀底下的重點。

1. 365 天 5 小時 48 分鐘 46 秒。

2. 在夏郡，第一年對應到 T.A. 1601 年。布理的第一年則對應 T.A. 1300 年，也是該世紀的第一年。

3. 只要看向一分夏郡曆，就會發現沒有任何月分於週五開始。因此當提到不存在的日子，或豬隻飛行或（在夏郡）樹木走路這種不可能的事發生時，夏郡有句開玩笑的諺語就說「在一日週五」。完整的說法是「夏滿月一日週五」。

4. 布理有句玩笑話：「（泥濘的）夏郡的冬滿月」，但根據夏郡居民的說法，Wintring 是布理對較古老的原名做出的更動，該詞彙原本代表冬天前填滿作物或一年的結束，也源自採用國王曆法前的時代，當時他們的新年在收割期後開始。

5. 記錄了圖克家族中的出生、婚姻與死亡，以及大小事務，像是土地銷售與諸多夏郡事件。

6. 因此我在比爾博的歌謠（頁 242-247）中使用星期六和星期日，而不是星期四與星期五。

7. 不過新曆的 yestarë 發生得比伊姆拉翠斯曆法裡的日期更早，其中的時間和夏郡的 4 月 6 日對應。

8. 譯注：Hobbiton Hill，即為小丘。

9. 譯注：Golden Tree，即為山姆栽種的梅隆樹。

10. 它首度於 3019 年吹響了週年慶。

敗亡與魔戒持有者的事蹟。月分保有它們先前的名稱，開始於Víressë（四月），但比先前早五天開始。所有月分都有30天。有3個Enderi（又名中日）（第二天名為Loëndë），位於Yavannië（九月）和Narquelië（十月），分別對應到就系統的9月23日、24日與25日。但為了紀念佛羅多，他的生日Yavannië的30日（對應到先前的9月22日）成為節慶，閏年則加上了這個節日，名為Cormarë，又稱魔戒日。

第四紀元由愛隆大人離開時開始，時間發生在3021年9月；但為了王國的歷史記錄，新曆中第四紀元的第一年對應到舊曆的3021年3月25日。

在伊力薩王的統治期間，他在自己的國境中使用這項曆法，除了夏郡以外，該地繼續使用舊曆與夏郡曆法。第四紀元第一年因此被稱為1422年，儘管哈比人記錄了紀元間的變化，他們依然認為新紀元開始於1422年尤爾2日，而不是在前年3月。

沒有史料紀載夏郡居民慶祝3月25日或9月22日，但在西區，特別是在哈比屯丘[8]，當地出現了新習俗，將4月6日設為假日，人們也在天氣允許的狀況下在宴會原上跳舞。有些人說這是因為老山姆．園丁的生日，有些人則說這是金樹[9]在1420年首度開花的日子，也有人說那是精靈的新年。每年11月2日日落時，驃騎國號角都會在雄鹿地響起，隨後便會燒起篝火並舉行慶典[10]。

值得一提的是，有幾個名稱提到時間，但不會使用在精確曆法中。通常會提到的季節是 tuilë 春天，lairë 夏天，yávië 秋天（或收割季），hrívë 冬天；但這些詞沒有明確定義，而 quellë（或 lasselanta）也會用在秋季後半與冬季的開始。

艾達族特別關注（北方區域中的）「曙暮光」，主要是星辰的光芒消散與亮起時。他們為這些時期取了許多名稱，最常見的包括 tindómë 與 undómë；前者最常用來象徵接近黎明的時刻，undómë 則代表傍晚。辛達林語是 uial，也能被定義為 minuial 與 aduial。這些詞彙在夏郡經常叫做 morrowdim 與 evendim。參見：薄暮湖就是 Nenuial 的翻譯。

夏郡曆法與日期是魔戒之戰記錄中唯一重要的曆法。紅皮書中所有日子、月分與日期都翻譯成夏郡用語，或是在注記中轉換為相等用語。因此，《魔戒》中的月分和日子都以夏郡曆法象徵。這種曆法和我們的曆法在 3018 年和 3019 年開頭（S.R. 1418 年，1419 年）此重要時期間的差異，只有這些：1418 年 10 月只有 30 天，1 月 1 日是 1419 年的第二天，2 月則有 30 天。所以如果我們的年分起始於同樣的季節，那巴拉多倒塌的日期 3 月 25 日，就會對應到我們的 3 月 27 日。不過，在國王曆法與宰相曆法中，該日期都是 3 月 25 日。

新曆於 T.A. 3019 年開始於復興的王國。它代表重新使用將國王曆法改為從春季開始，如同艾達族的 loa[7]。

在新曆中，這一年以舊習慣起始於 3 月 25 日，以紀念索倫因此他們加入了「海洋日」，也就是 Eärenya（Oraearon），名稱來自天空日。

哈比人們繼承了這項體系，但他們很快就遺忘了譯名的意義，或不再在意該意義，型態也縮短不少，特別是日常發音。努曼諾爾名稱的第一批翻譯或許出現在第三紀元結束的兩千多年前，當時北方人使用了杜納丹人的週機制（這是外族從他們曆法中最早採用的元素）。和月分名稱相同的是，哈比人沿用這些譯名，不過使用西方語的其他地區中，也會使用昆雅語名稱。

夏郡沒有保存許多古老文獻。到了第三紀元結尾，最知名的倖存文件是黃皮書，又名塔克鎮年鑑[5]。它最早期的條目似乎至少起始於佛羅多時代的九百年前，紅皮書的編年史與族譜中也引述了許多內容。其中記錄了古典型態的一週日名，以下則是最古老的名稱：（1）Sterrendei，（2）Sunnendei，（3）Monendei，（4）Trewesdei，（5）Hevenesdei，（6）Meresdei，（7）Hihdei。在魔戒之戰的時代，這些名稱變為 Sterday，Sunday，Monday，Trewsday，Hevensday（又稱 Hensday），Mersday，Highday。

我也將這些名稱翻譯成我們的語言，自然以星期天和星期一開始，兩者在夏郡的名稱都與我們的用法相同，我也照順序重新命名了其他天。不過，得注意這些名稱的意義在夏郡不同。一週的最後一天星期五（高日）是最主要的日子，也是假日（下午後），傍晚也會舉辦宴席。星期六因此對應到我們的星期一，星期四則是我們的星期六[6]。

稱（參見關於語言的注記，頁 1607；頁 1600-1597）。哈比人早已忘卻了這些由人類發明的名稱意義，甚至野望了他們原先記得意涵的字彙；這些名稱的型態因此變得模糊：比方說，某些詞語結尾的 math，其實是 month 的簡寫。

曆法中使用了夏郡名稱。該注意的是，Solmath 通常會發音和寫為 Somath；Thrimidge 經常被寫為 Thrimich（古典用法為 Thrimilch）。Blotmath 的發音是 Blodmath 或 Blommath。這些名稱在布理不同，分別是 Frery，Solmath，Rethe，Chithing，Thrimidge，Lithe，The Summerdays，Mede，Wedmath，Harvestmath，Wintring，Blooting，和 Yulemath。東區也會使用 Frery、Chithing 和 Yulemath[4]。

哈比人的一週源自杜納丹人，名稱也是古老北方王國時代裡名稱的譯名，那些古代名稱又來自艾達族。艾達族的六日週中的日名都致敬下列事物，或以之為名：星辰，太陽，月亮，雙聖樹，天空，和維拉（又稱全能者），順序也依此排列，最後一天則是一週最主要的一天。它們在昆雅語中的名稱是 Elenya，Anarya，Isilya，Aldúya，Menelya，Valanya（又稱 Tárion）；辛達林語名稱則是 Orgilion，Oranor，Orithil，Orgaladhad，Ormenel，Orbelain（又稱 Rodyn）。

努曼諾爾人維持了致敬與順序，但將第四天改為 Aldëa（Orgaladh），這只象徵白樹，因為生長在努曼諾爾國王廣場上的寧羅斯據信是它的後代。由於身為高明航海家的他們想要第七天，將干擾連續性的多餘日從一週中排除。此後的年中日（以及閏萊斯節）就只得其名，不再屬於任何一週（頁 262）。這項改革的後果是，一年總是由一週的第一天開始，並在最後一天結束；任何一年的同一個日期，也與其他年分的同天都有相同的名稱，因此夏郡居民便不再把一週內的日期寫在信件或日記中[3]。他們發現這在老家十分方便，但如果他們抵達比布理更遠的地區時，就不太管用了。

在以上的注記與記錄中，我都用我們的現代名稱來稱呼月分與週間日子，但艾達族、杜納丹人或哈比人自然不會這樣做。為了避免混淆，翻譯西方語名稱似乎有其必要性，我們所使用的季節性名稱也似乎或多或少與夏郡用語相同。不過，年中日似乎幾乎符合夏至。以此看來，夏郡日期其實比我們快了十天，我們的元旦也多少與夏郡的 1 月 9 日相符。

西方語通常都保留了月分的昆雅語名稱，如同目前的外國語言中廣泛使用拉丁語名稱一樣。這些名稱如下：Narvinyë，Nénimë，Súlimë，Víressë，Lótessë，Nárië，Cermië，Úrimë，Yavannië，Narquelië，Hísimë，Ringarë。新達林語名稱（只有杜納丹人使用）則是：Narwain，Nínui，Gwaeron，Gwirith，Lothron，Nórui，Cerveth，Úrui，Ivanneth，Narbeleth，Hithui，Girithron。

不過在這種命名法上，夏郡與布理的哈比人與西方語的用法不同，也固守自己的舊式當地名稱，他們似乎是從安都因河谷的人類學會了這些古老用語；總之，在河谷城和洛汗都能找到類似的名迪爾便頒布了在 T.A. 2060 年生效的更改版曆法，這結束了努曼諾爾系統開始以來的 5500 年。哈多在 2360 年增加了一天，不過逆差此時還沒有增加那麼多。之後沒有出現新的調整。（在 T.A. 3000 年，由於戰火威脅，因此這些事物遭到遺忘。）到了 660 年後的第三紀元結尾，逆差也尚未抵達一天。

馬迪爾的新修曆法被稱為宰相曆法，最後除了哈比人以外的大多西方語使用者，都採用該曆法。月分全由 30 天組成，並在月分外增加了 2 天：一天在第三與第四個月之間（三月，四月），一天則在第九與第十個月之間（九月，十月）。整體月分外的 5 天假日分別是 yestarë，tuilérë，loëndë，yáviérë，和 mettartë。

哈比人生性保守，並持續使用適用於他們自身風俗的修改版國王曆法。他們的月分天數都相同，每個月有 30 天；但他們有 3 個夏季日，人們在夏郡將之稱為萊斯節或萊斯日，時間位於六月與七月之間。一年的最後一天與隔年的第一天被稱為尤爾日。尤爾日和萊斯日仍不屬於所有月分，因此 1 月 1 日是一年中的第二天，而不是第一天。除了每世紀最後一年外[2]，每四年都有四個萊斯日。萊斯日與尤爾日是主要的假日與慶祝時機。額外的萊斯日是年中日後所增加的，因此閏年的第 184 天被稱為閏萊斯節，也是需要特別慶祝的日子。完整的尤爾季有六天長，包括每年的最後三天與頭三天。

夏郡居民引進了他們的一項小發明（最後也受到布理採用），並將之稱為夏郡改革。一週中每天的名稱得因每年的日期而改變，他們覺得這點繁瑣又不方便。因此在艾森格林二世的時代，他們努曼諾爾人改變了這些系統。他們將 loa 分成長度更規律也更簡短的時期，也固守從冬季中期展開一年的習慣；這習慣來自西北方的人類，他們是努曼諾爾人在第一紀元的祖先。日後他們也將七天安排為一週，並從日出（太陽從東海出現）到日落來計算一天。

在努曼諾爾和亞爾諾與剛鐸使用的努曼諾爾系統，被稱為國王曆法，也被使用到王室的盡頭。正常的一年有 365 天。它被分為 12 個 astar，也就是月分，10 月有 30 天，2 月則有 31 天。長的 astar 夾在年中前後，大約等於我們的 6 月與 7 月。一年中的第一天被稱為 yestarë，中日（第 183 天）則名為 loëndë，最後一天則是 mettartë；這三天不屬於任何一個月。每隔四年，除了一世紀（haranyë）的最後一天外，都會用兩個 enderi「中日」來取代 loëndë。

在努曼諾爾，曆法的計算由 S.A. 第一年展開。因從一世紀的最後一年扣除一天後造成的逆差（Deficit），則直到一千年的最後一年才得到調整。使一千年少了 4 小時 46 分 40 秒。在 S.A. 1000 年、2000 年和 3000 年，努曼諾爾都做過這種添加。在 S.A. 3319 年淪亡後，流亡者們仍維持著這項系統，但在第三紀元的開始，它變得雜亂不堪，也加入了新的計算法：S.A. 3442 年成為 T.A. 1 年。將 T.A. 4 年變為閏年，而不是 T.A. 3 年（S.A. 3444 年），因此增加了只有 365 天的一年，導致逆差變為 5 小時 48 分鐘 46 秒。441 年後才做出了千年的增加：在 T.A. 1,000 年（S.A. 4441 年）和 2000 年（S.A. 5441 年）。為了減低因此出現的錯誤，以及千年來的誤差累積，在 2059 年（S.A. 5500 年）特別增加兩天後，宰相馬個在期間內持續計算的 enquië。

中土世界的艾達族也觀察到一個較短的太陽年，當他們以天文學方式觀察這期間時，就將之稱為 coranar，「陽期」。通常在植被中出現季節變化時會稱它為 loa，「成長期」（特別是在西北地區），這是精靈慣用的作法。Loa 能分成被視為長月或短暫季節的時期。這點在不同地區自然有差異，但哈比人只提供了與伊姆拉翠斯曆法有關的資訊。該曆法中，有六種這類「季節」，昆雅語中的名稱分別為 tuilë，lairë，yávië ，quellë，hrívë ，coirë，可以將它們翻譯為「春天，夏天，秋天，凋零，冬天，萌生」。辛達林語中的名稱是 ethuil，laer，iavas，firith，rhîw，echuir。「凋零」也被稱為 lasse-lanta，意指「葉落」，在辛達林語中則是 narbeleth，「日衰」。

Lairë 和 hrívë 各有 72 天，剩餘的季節則各有 54 天。Loa 由 tuilë 的前一天 yestarë 開始，再以 coirë 之後的 mettartë 那天結束。在 yávië 和 quellë 之間則加入了三個 enderi，又稱「中日」。這就為一年提供了 365 天，每 12 年則再加上一次 enderi（三天）做為調整。

這樣下來有多少誤差並不明確。如果當時一年的長度與現在相同，yén 就會多出一天。紅皮書中曆法篇章的注記顯示出了一項誤差，使〈裂谷曆法〉中每三次 yén 的最後一年都縮短了三天，因為那年並未加入 enderi；「但那在我們的時代並未發生。」沒有記錄提到關於任何日後誤差的調整。

肯定相同[1]，從人類的標準看來，那些時代已是長久以前的歷史；但從大地的回憶來看，那一切並非許久前的事。在哈比人的紀錄中，當他們還是流浪民族時，並沒有「週」的概念，儘管他們有或多或少取決於月亮的「月」，他們記錄日期與計算時間的方式，卻仍模糊、不準確。當他們開始定居在伊瑞雅多西側時，採用了杜納丹人的國王曆法，這種曆法的起源來自艾達族，但夏郡的哈比人引進了好幾種小更動。這種名為「夏郡曆法」的年曆，最後連布理的居民也隨之採用，只有夏郡將殖民夏郡那年視為元年這點除外。

很難從古老故事和傳統中，找出當代人們熟識且習慣事物的精確資訊（像是字母名稱，或是一週中的日子名稱，或是月分的名稱與長度）。但由於他們對家譜的普遍興致，以及當中的學者在魔戒之戰後對古代歷史產生的興趣，夏郡哈比人似乎十分關注日期。他們甚至畫出了複雜圖表，用於表現他們的系統與其他系統之間的關係。我對此並不擅長，也可能犯下許多錯誤，但紅皮書中詳細記載了夏曆 1418 年與 1419 年等重要年分的年表，因此當時的日期與時間不會有太多錯誤。

如山姆懷斯所說，中土世界的艾達族顯然有更多時間能利用，並以漫長的時期計算時間，而昆雅語中經常翻譯為「年」（頁 587）的 yén，其實代表我們的 144 年。艾達族偏好盡量用 6 進位與 12 進位。他們將太陽升起的「一天」稱為 ré，並從日落計算到隔天日落。Yén 含有 52,596 天。艾達族將一週視為六天的 enquië，這是為了儀式性使用，並非為了實際用途；yén 含有 8,766

夏郡曆法

一.Afteryule

尤爾節	7	14	21	28	
	1	8	15	22	29
	2	9	16	23	30
	3	10	17	24	–
	4	11	18	25	–
	5	12	19	26	–
	6	13	20	27	–

二. Solmath

–	5	12	19	26
–	6	13	20	27
–	7	14	21	28
1	8	15	22	29
2	9	16	23	30
3	10	17	24	–
4	11	18	25	–

三. Rethe

–	3	10	17	24
–	4	11	18	25
–	5	12	19	26
–	6	13	20	27
–	7	14	21	28
1	8	15	22	29
2	9	16	23	30

四. Astron

1	8	15	22	29
2	9	16	23	30
3	10	17	24	–
4	11	18	25	–
5	12	19	26	–
6	13	20	27	–
7	14	21	28	–

五.Thrimidge

–	6	13	20	27
–	7	14	21	28
1	8	15	22	29
2	9	16	23	30
3	10	17	24	–
4	11	18	25	–
5	12	19	26	–

六. Forelithe

–	4	11	18	25
–	5	12	19	26
–	6	13	20	27
–	7	14	21	28
1	8	15	22	29
2	9	16	23	30
3	10	17	24	萊斯節

年中日（閏萊斯節）

七.Afterlithe

萊斯節	7	14	21	28	
	1	8	15	22	29
	2	9	16	23	30
	3	10	17	24	–
	4	11	18	25	–
	5	12	19	26	–
	6	13	20	27	–

八.Wedmath

–	5	12	19	26
–	6	13	20	27
–	7	14	21	28
1	8	15	22	29
2	9	16	23	30
3	10	17	24	–
4	11	18	25	–

九.Halimath

–	3	10	17	24
–	4	11	18	25
–	5	12	19	26
–	6	13	20	27
–	7	14	21	28
1	8	15	22	29
2	9	16	23	30

十.Winterfilth

1	8	15	22	29
2	9	16	23	30
3	10	17	24	–
4	11	18	25	–
5	12	19	26	–
6	13	20	27	–
7	14	21	28	–

十一.Blotmath

–	6	13	20	27
–	7	14	21	28
1	8	15	22	29
2	9	16	23	30
3	10	17	24	–
4	11	18	25	–
5	12	19	26	–

十二.Foreyule

–	4	11	18	25
–	5	12	19	26
–	6	13	20	27
–	7	14	21	28
1	8	15	22	29
2	9	16	23	30
3	10	17	24	尤爾節

附錄——D

曆法

每年由每週第一天星期六開始，並結束於每週最後一天星期五。年中日與閏年中的閏萊斯節，則沒有週間的日子名稱。年中日前的萊斯節被稱為萊斯 1 日，之後的則是萊斯 2 日。年尾的尤爾節是尤爾 1 日，年初當天則是尤爾 2 日。閏萊斯節是個特殊假日，但它並沒有發生在與權能魔戒歷史有關的重要年分中。它發生在 1420 年，也就是知名的收成年，當年的夏季也十分富饒，據說那年的慶典，也是世人回憶或歷史紀錄中最浩大的慶典。

曆法

夏郡的曆法與我們的曆法在許多層面上都有差異。一年的長度

山姆懷斯先生的族譜

（也描繪出小丘的園丁家族與塔丘的美兒家族的崛起）

- 甘米奇的哈姆法斯特 1160
  - 懷斯曼・甘米奇 1200（搬至結索原）
    - 繩匠霍伯・甘米吉（「老米吉」）1246
      - 霍布森（繩匠甘吉）1285-1384
        - 結索原的安德懷斯繩匠（「安迪」）1323
          - 安森 1361
        - 哈姆法斯特（哈姆・甘吉）老爹 1326-1428 = 貝兒・良童 ｝與他的「表親何曼」在哈比屯當園丁
          - 漢森 1365（加入他的舅舅繩匠）
          - 哈福瑞德 1369（搬到北區）
          - 黛希 1372
          - 梅 1376
          - 山姆懷斯 1380（園丁）= 蘿絲・柯屯
            - 美麗的**伊拉諾** 1421 = 綠坪的法斯翠德
              - 他們搬到西境，那是位於遠崗和塔丘之間的新殖民地（它是伊力薩王的贈禮）。他們的後代是**塔丘的美兒家族**，也就是西境護衛；這些人繼承了紅皮書，並製作了諸多副本，在其中加入注記與額外內容。
            - **佛羅多**・園丁 1423
              - 霍爾法斯特・園丁 1462
                - 小丘的哈丁 1501
            - 蘿絲 1425
            - 梅里 1427
            - 皮聘 1429
            - **金鳳花** 1431 = 法拉米爾一世領主皮瑞格林一世之子
            - 哈姆法斯特 1432
            - Daisy 1433
            - Primrose 1435
            - 比爾博 1436
            - 盧比 1438
            - 羅賓 1440
            - 托曼（湯姆）1442
          - 金盞花 1383
        - 梅 1328
        - 過山村的哈福瑞德 1332
          - 哈爾法斯特 1372

- 哈比屯的綠手何曼 1210
  - = 花楸 1249
  - 哈福瑞德綠手 1251（園丁）
    - 何曼綠手 1292
  - 厄林 1254
  - 韓丁 1259
  - 蘿絲 1262

- 柯塔 1220
  - = 柯特曼 1260
    - 臨水的何曼・柯屯（「長霍姆」）1302
      - 托曼・柯屯（「湯姆」）1341-1440 = 莉莉・布朗
        - = 托曼（湯姆）1380
        - **蘿絲** 1384 = 山姆甘吉
        - 威爾康（喬利）1384
        - 包曼（尼克）1386
        - 卡爾（尼布斯）1389
      - 威爾康（「威爾」）1346
  - 卡爾 1263

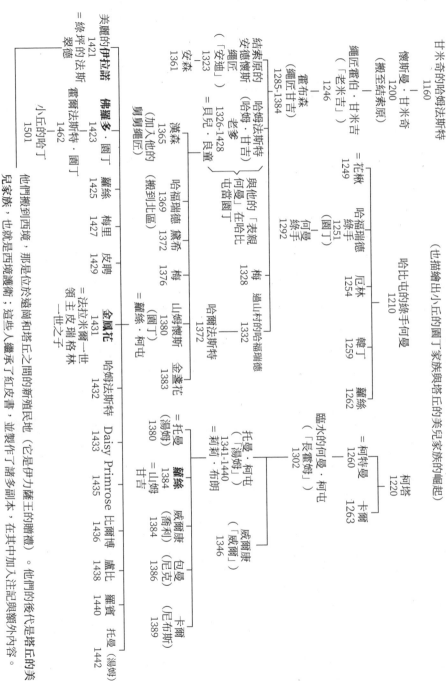

雄鹿地的烈酒鹿

沼地的哥亨達德・老雄鹿，約在 740 年開始建造**烈酒廳**，並將家族姓氏改為**烈酒鹿**。

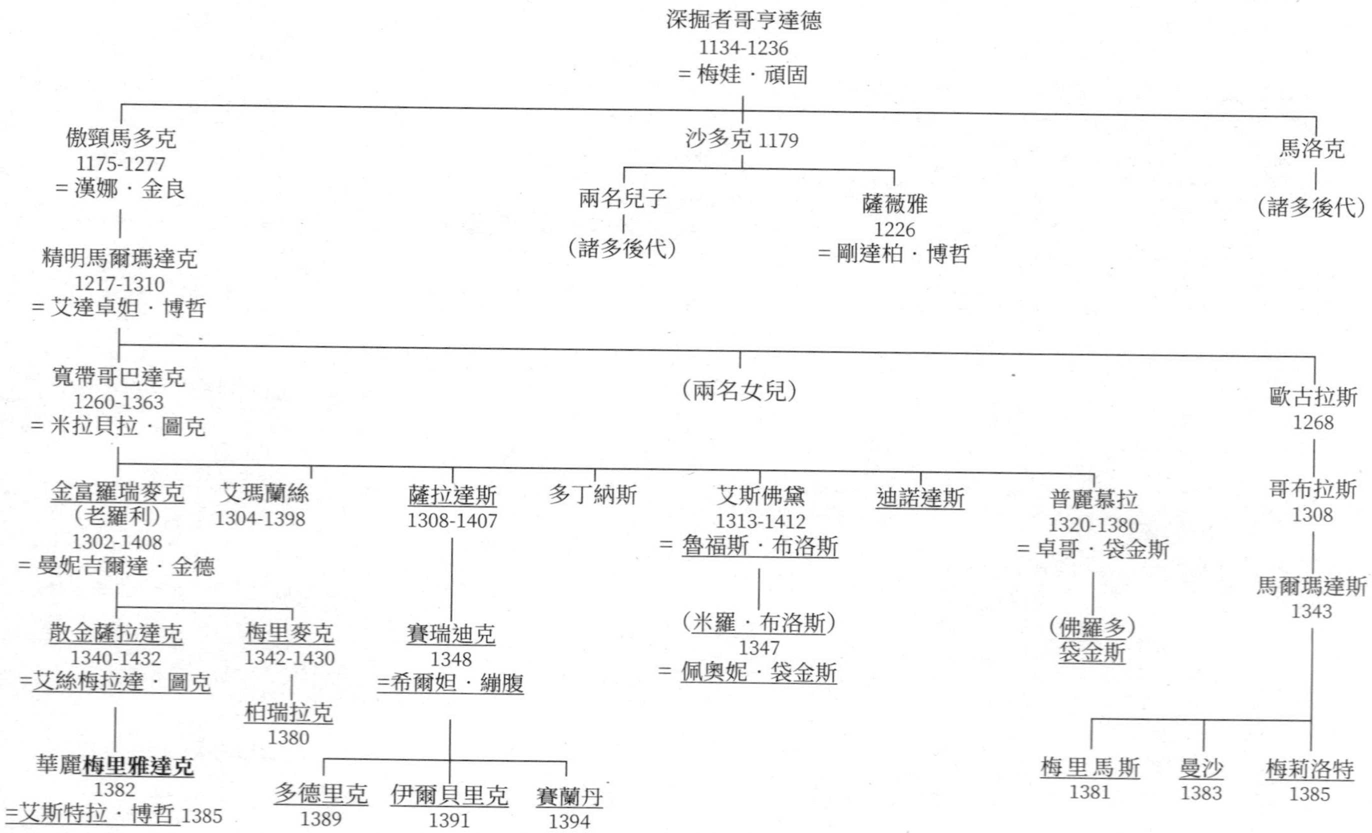

大史密爾的圖克家

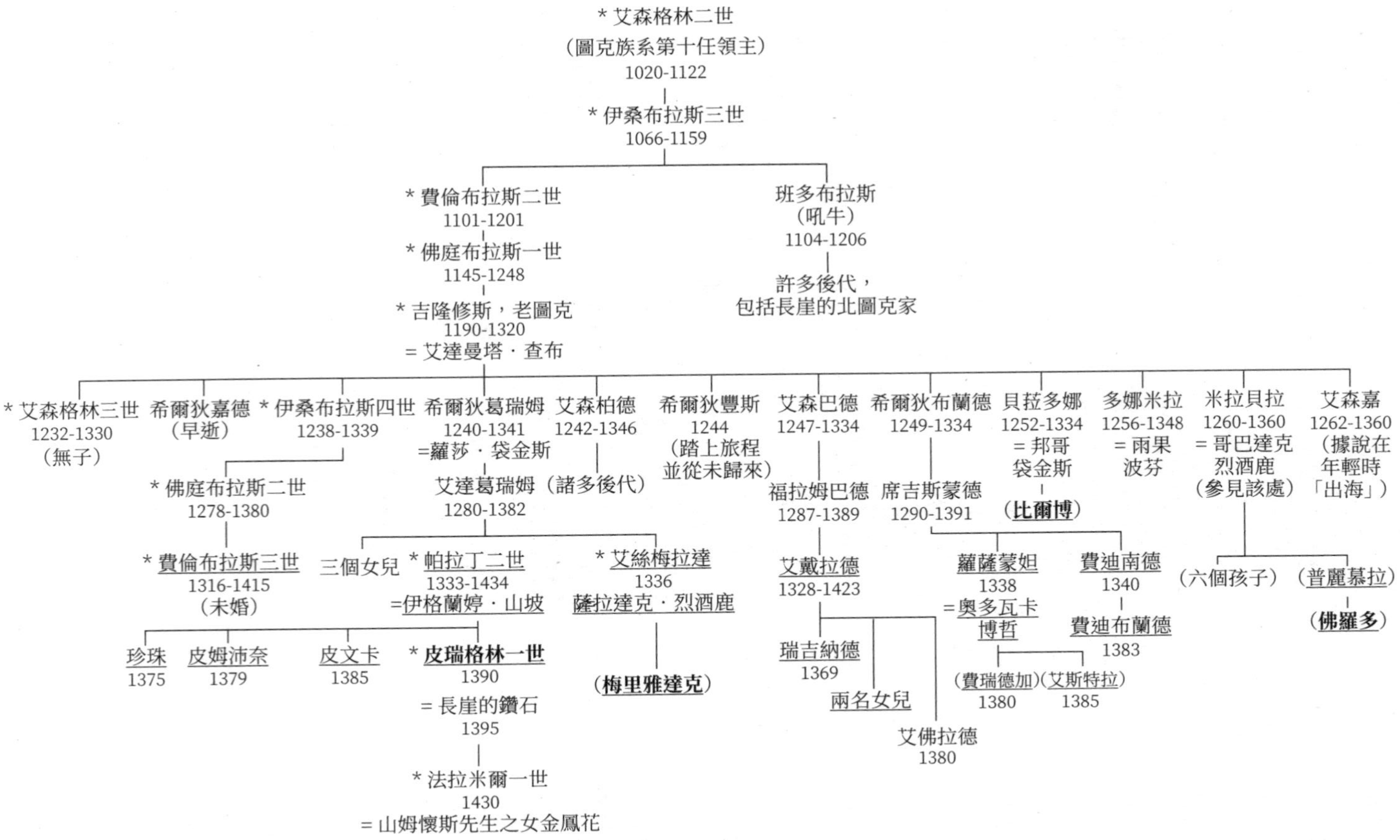

* 艾森格林二世
（圖克族系第十任領主）
1020-1122
* 伊桑布拉斯三世
1066-1159
* 費倫布拉斯二世
1101-1201
* 佛庭布拉斯一世
1145-1248
* 吉隆修斯，老圖克
1190-1320
= 艾達曼塔・查布
班多布拉斯
（吼牛）
1104-1206
許多後代，
包括長崖的北圖克家
* 艾森格林三世
1232-1330
（無子）
希爾狄嘉德
（早逝）
* 伊桑布拉斯四世
1238-1339
* 佛庭布拉斯二世
1278-1380
* 費倫布拉斯三世
1316-1415
（未婚）
希爾狄葛瑞姆
1240-1341
=蘿莎・袋金斯
艾達葛瑞姆
1280-1382
三個女兒
* 帕拉丁二世
1333-1434
=伊格蘭婷・山坡
珍珠
1375
皮姆沛奈
1379
皮文卡
1385
* 皮瑞格林一世
1390
= 長崖的鑽石
1395
* 法拉米爾一世
1430
= 山姆懷斯先生之女金鳳花
* 艾絲梅拉達
1336
薩拉達克・烈酒鹿
（梅里雅達克）
艾森柏德
1242-1346
（諸多後代）
希爾狄豐斯
1244
（踏上旅程
並從未歸來）
艾森巴德
1247-1334
福拉姆巴德
1287-1389
艾戴拉德
1328-1423
瑞吉納德
1369
兩名女兒
艾佛拉德
1380
希爾狄布蘭德
1249-1334
席吉斯蒙德
1290-1391
蘿薩蒙妲
1338
=奧多瓦卡
博哲
（費瑞德加）
1380
（艾斯特拉）
1385
費迪南德
1340
費迪布蘭德
1383
貝菈多娜
1252-1334
= 邦哥
袋金斯
（比爾博）
多娜米拉
1256-1348
= 雨果
波芬
米拉貝拉
1260-1360
= 哥巴達克
烈酒鹿
（參見該處）
（六個孩子）
（普麗慕拉）
（佛羅多）
艾森嘉
1262-1360
（據說在
年輕時
「出海」）

耶魯的波芬家

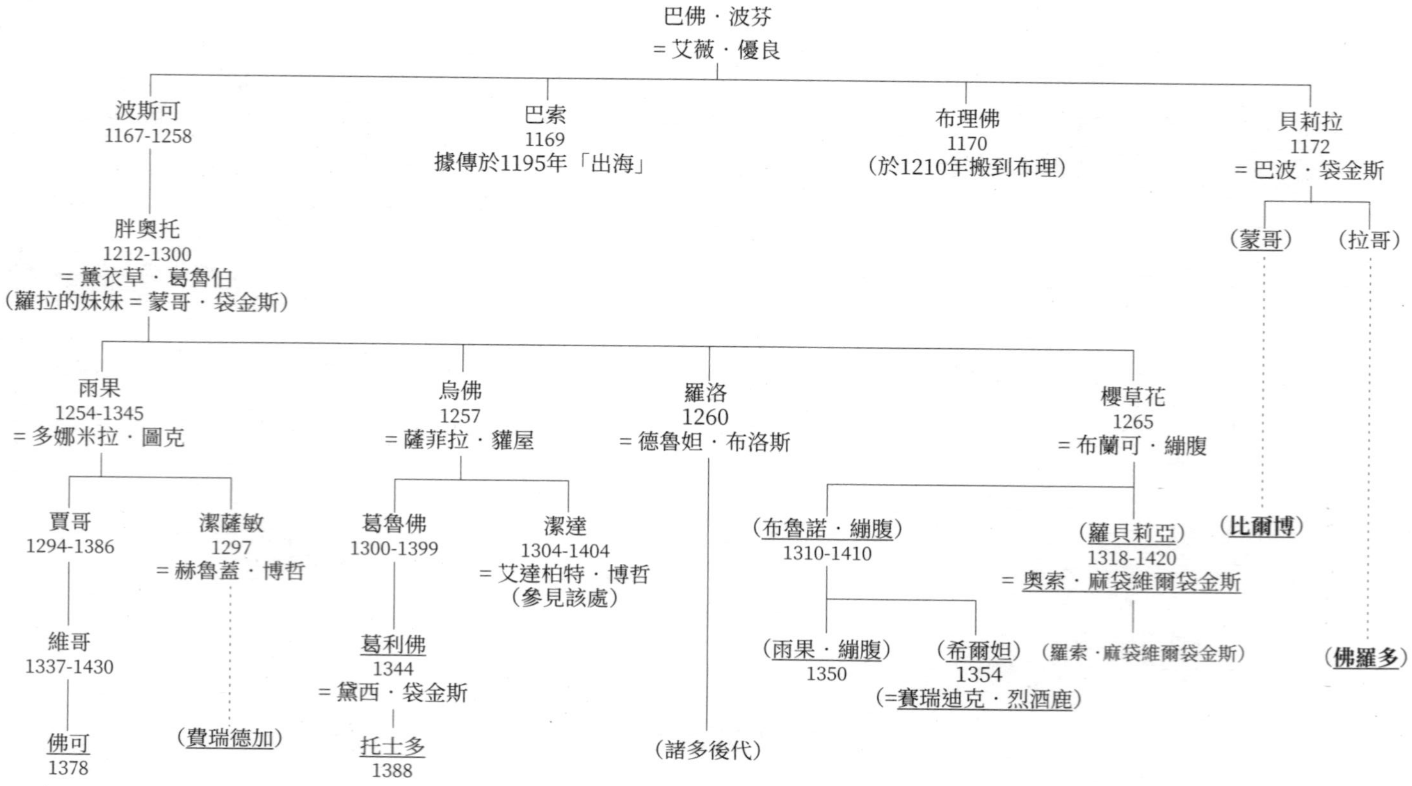
巴佛・波芬
=艾薇・優良
波斯可
1167-1258
巴索
1169
據傳於1195年「出海」
布理佛
1170
（於1210年搬到布理）
貝莉拉
1172
=巴波・袋金斯
胖奧托
1212-1300
=薰衣草・葛魯伯
（蘿拉的妹妹=蒙哥・袋金斯）
（蒙哥）
（拉哥）
雨果
1254-1345
=多娜米拉・圖克
烏佛
1257
=薩菲拉・獾屋
羅洛
1260
=德魯妲・布洛斯
櫻草花
1265
=布蘭可・繃腹
賈哥
1294-1386
潔薩敏
1297
=赫魯蓋・博哲
葛魯佛
1300-1399
潔達
1304-1404
=艾達柏特・博哲
（參見該處）
（布魯諾・繃腹）
1310-1410
（蘿貝莉亞）
1318-1420
=奧索・麻袋維爾袋金斯
（比爾博）
維哥
1337-1430
葛利佛
1344
=黛西・袋金斯
（雨果・繃腹）
1350
（希爾妲）
1354
（=賽瑞迪克・烈酒鹿）
（羅索・麻袋維爾袋金斯）
（佛羅多）
佛可
1378
（費瑞德加）
托士多
1388
（諸多後代）

博吉渡口的博哲家

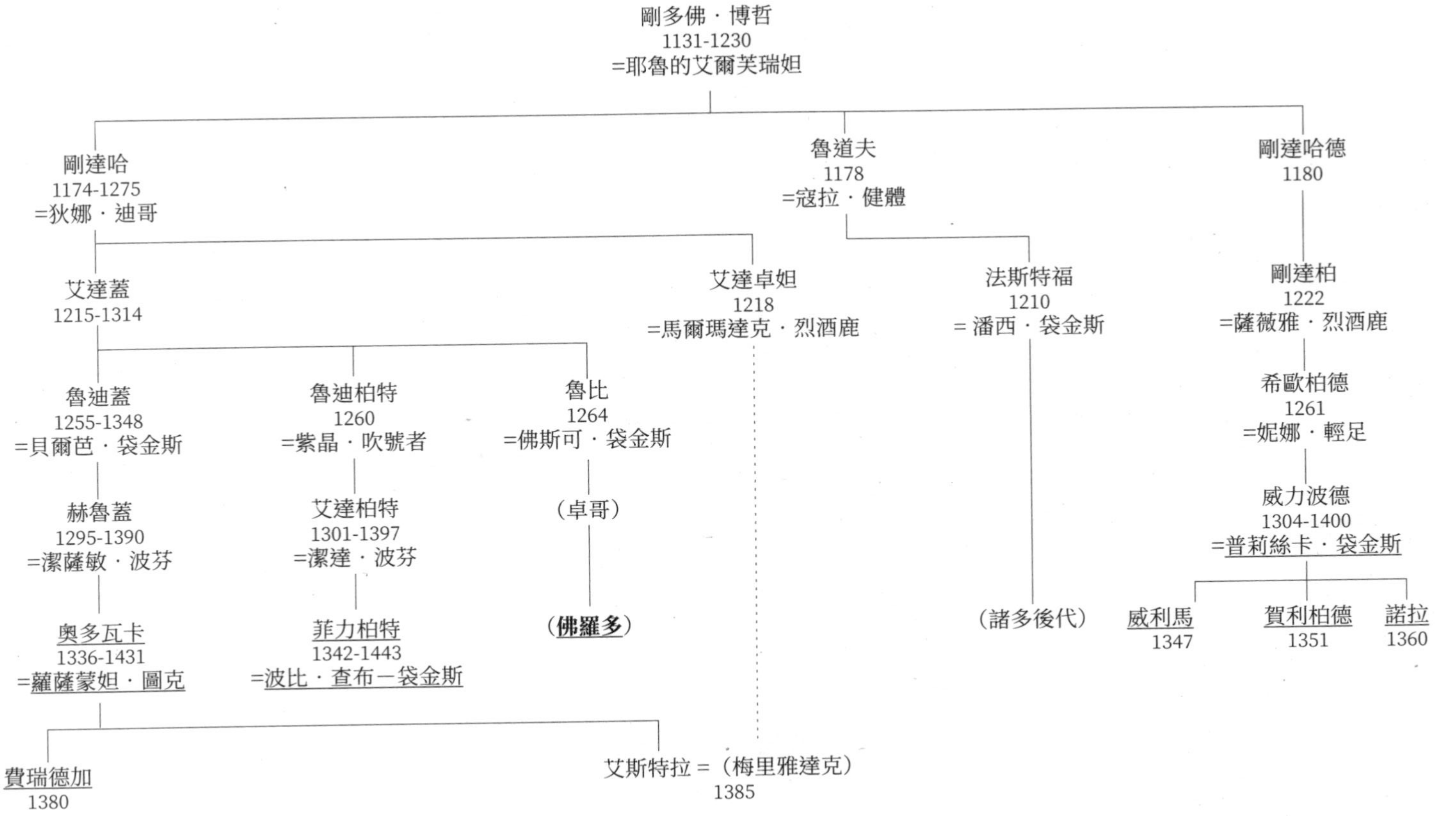
剛多佛・博哲
1131-1230
=耶魯的艾爾芙瑞妲
剛達哈
1174-1275
=狄娜・迪哥
魯道夫
1178
=寇拉・健體
剛達哈德
1180
艾達蓋
1215-1314
艾達卓妲
1218
=馬爾瑪達克・烈酒鹿
法斯特福
1210
= 潘西・袋金斯
剛達柏
1222
=薩薇雅・烈酒鹿
魯迪蓋
1255-1348
=貝爾芭・袋金斯
魯迪柏特
1260
=紫晶・吹號者
魯比
1264
=佛斯可・袋金斯
希歐柏德
1261
=妮娜・輕足
赫魯蓋
1295-1390
=潔薩敏・波芬
艾達柏特
1301-1397
=潔達・波芬
(卓哥)
威力波德
1304-1400
=普莉絲卡・袋金斯
奧多瓦卡
1336-1431
=蘿薩蒙妲・圖克
菲力柏特
1342-1443
=波比・查布—袋金斯
(佛羅多)
(諸多後代)
威利馬
1347
賀利柏德
1351
諾拉
1360
費瑞德加
1380
艾斯特拉 = (梅里雅達克)
1385

哈比屯的袋金斯家

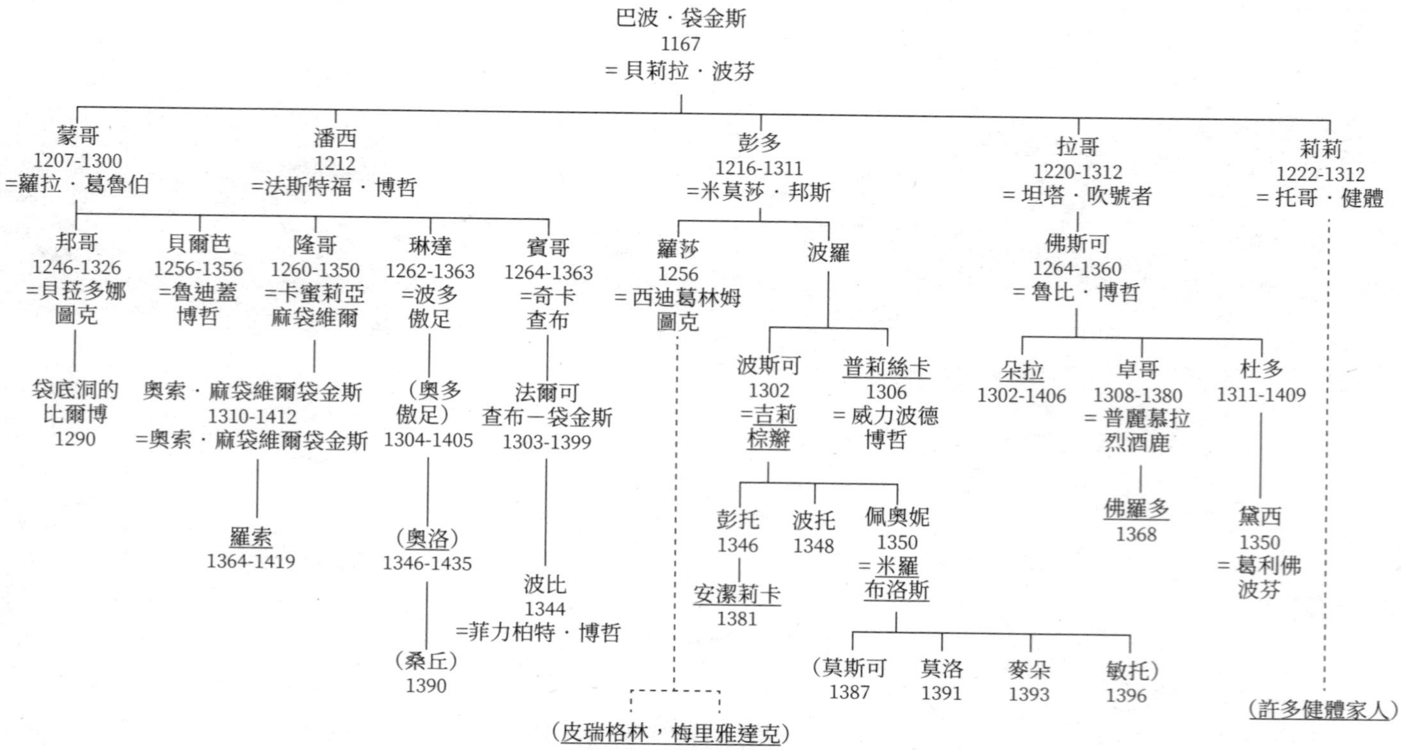
巴波・袋金斯
1167
= 貝莉拉・波芬
蒙哥
1207-1300
=蘿拉・葛魯伯
潘西
1212
=法斯特福・博哲
彭多
1216-1311
=米莫莎・邦斯
拉哥
1220-1312
= 坦塔・吹號者
莉莉
1222-1312
= 托哥・健體
邦哥
1246-1326
=貝菈多娜
圖克
貝爾芭
1256-1356
=魯迪蓋
博哲
隆哥
1260-1350
=卡蜜莉亞
麻袋維爾
琳達
1262-1363
=波多
傲足
賓哥
1264-1363
=奇卡
查布
蘿莎
1256
= 西迪葛林姆
圖克
波羅
佛斯可
1264-1360
= 魯比・博哲
袋底洞的
比爾博
1290
奧索・麻袋維爾袋金斯
1310-1412
=奧索・麻袋維爾袋金斯
（奧多
傲足）
1304-1405
法爾可
查布－袋金斯
1303-1399
波斯可
1302
=吉莉
棕辮
普莉絲卡
1306
= 威力波德
博哲
朵拉
1302-1406
卓哥
1308-1380
= 普麗慕拉
烈酒鹿
杜多
1311-1409
羅索
1364-1419
（奧洛）
1346-1435
波比
1344
=菲力柏特・博哲
彭托
1346
波托
1348
佩奧妮
1350
= 米羅
布洛斯
佛羅多
1368
黛西
1350
= 葛利佛
波芬
（桑丘）
1390
安潔莉卡
1381
（莫斯可
1387
莫洛
1391
麥朵
1393
敏托）
1396
（許多健體家人）
（皮瑞格林，梅里雅達克）

附錄——C

族譜

以下族譜中的名字只是眾多姓名中的一小部分。大多都是比爾博道別宴中的賓客，或是他們的直系祖先。宴會中的賓客名稱標有底線。與上述事件有關的人名也出現在族譜中。除此之外，其中也提供了日後大名鼎鼎的園丁家族創始人山姆懷斯的親族資訊。

人名後的數字是出生年（以及有紀錄的卒年）。所有日期都以夏曆紀載，從馬丘與布蘭科兄弟於夏郡第一年（第三紀元 1601 年）跨越烈酒河開始計算。

15. 月分與日期遵循夏郡曆法。

16. 她因為美貌而得到「美麗」的稱號。許多人說，比起哈比人，她看起來更像精靈少女。她長了滿頭金髮，這在夏郡十分罕見。但山姆懷斯有另外兩名女兒也長了金髮，此時出生的許多孩童都有這種現象。

17. 譯注：Northern Sceptre，即為安努米那斯權杖。

18. 譯注：Star of the Dúnedain，托爾金並未解釋杜納丹人之星的外型，但疑似為亞拉岡使用索隆吉爾身分時佩戴的白星，以及北方遊俠到洛汗找尋亞拉岡時佩戴的星形別針。

19. 譯注：Tolman Cotton，農夫柯屯的本名。

20. 譯注：Greenholm，古語中的 holm 有許多意義，包括河邊低地、河中小島與沙洲等意，托爾金也並未解釋此地名的意思。此處以遠崗周遭地形判斷，採平地的意思做為譯名。

21. 頁 19；頁 A-1756，附注 2。

22. 第四紀元（剛鐸）120 年。

1. 譯注：Great Battle，即為怒火之戰。

2. 頁 377。

3. 頁 926；《哈比人》頁 178。

4. 頁 1497。

5. 譯注：芬羅德是貝勒爾蘭首度與人類接觸的諾多族精靈。比歐與其追隨者將他稱為諾姆（Nóm），意指「智慧」。芬羅德日後也協助貝倫前往找尋精靈寶鑽，並於過程中在索倫的地牢內遭到妖狼殺害。由於他的無私壯舉，使他得以轉生回到維林諾。

6. 頁 492。

7. 譯注：Istar，複數為 Istari，在昆雅語中意指「智者」，辛達林語中的名稱則是伊斯隆（ithron）。《未完成的故事》的篇章〈伊斯塔族〉（*The Istari*）說明希倫伊斯塔力昂（Heren Istarion，代表「巫師會〔Order of Wizards〕」）與後世的魔法師團體並不相同；他們只出現在第三紀元，目的也與日後的術士不同。每個巫師都是來自維林諾的邁雅，並各自代表不同的維拉前來中土世界。庫魯莫代表奧力，歐絡因代表曼威，艾溫迪爾（Aiwendil，瑞達加斯特的本名）代表雅凡娜，帕蘭多與阿拉塔則代表歐羅米。

8. 頁 1036。

9. 譯注：薩魯曼在維林諾的本名為庫魯莫（Curumo），在昆雅語中意指「狡猾」。

10. 譯注：Periannath，哈比人在辛達林與昆雅語名稱中的集合名稱。

11. 日後顯而易見的是，薩魯曼已開始想奪取至尊魔戒，也希望如果暫時對索倫置之不理，它就會在尋覓主人時顯露行蹤。

12. 譯注：Enedwaith，在辛達林語中意指「中區」或「中人」。

13. 譯注：Bridge of Mitheithel，即為終末橋。

14. 譯注：Narrows，幽暗密林中下方的狹窄地帶。

將財產與職位傳給兒子們，並策馬前往薩恩淺灘，此後夏郡再也沒有人見過他們。人們日後聽說梅里雅達克統領來到伊多拉斯，與伊歐墨王待在一起，直到國王在那年秋天過世。接著他與皮瑞格林領主前往剛鐸，並在當地度過餘生，而當他們逝世後，就在拉斯狄南與剛鐸的偉人們共同長眠。

1541 伊力薩王在這年[22]3 月 1 日逝世。據說梅里雅達克和皮瑞格林兩人的床就擺在偉大國王兩側。列葛拉斯在伊西力安打造了一艘灰船，並沿著安都因河順流而下，航向大海；據說矮人金力與他同行。隨著那艘船離去，護戒隊的故事便在中土世界來到尾聲。

1441 山姆懷斯先生第三次成為市長。

1442 山姆懷斯先生與他的妻子和伊拉諾騎馬前往剛鐸，在當地待了一年。托曼．柯屯[19]擔任代理市長。

1448 山姆懷斯先生成為市長。

1451 美麗的伊拉諾與來自遠崗綠坪[20]的法斯翠德結婚。

1452 國王將從遠崗到塔丘（艾明貝萊德）[21]的西境贈與夏郡。許多哈比人搬到此地。

1454 法斯翠德與伊拉諾之子艾夫斯坦．美兒出生。

1455 山姆懷斯先生第五次成為市長。

1462 山姆懷斯先生第六次成為市長。在他的要求下，領主將法斯翠德任命為西境護衛。法斯翠德與伊拉諾在塔丘的塔底鄉定居，他們的後代塔丘的美兒家族便在此居住了好幾代。

1463 法拉米爾．圖克與山姆懷斯之女金鳳花結婚。

1469 山姆懷斯先生第七次成為市長，也是最後一次；1476 年，在他的任期結尾時，他已年屆 96 歲。

1482 山姆懷斯先生的妻子蘿絲夫人於年中日逝世。9 月 22 日，山姆懷斯先生策馬離開袋底洞。他來到塔丘，伊拉諾則是最後見到他的人；他將紅皮書交給女兒，這本書日後則由美兒家族保管。伊拉諾告訴後代，最後的魔戒持有者山姆懷斯離開塔丘，並前往灰港岸渡海離去。

1484 在該年春天，有分信息從洛汗來到雄鹿地，信上說伊歐墨王希望再與何德威奈先生見面。梅里雅達克當時年事已高（102 歲），但仍舊硬朗。他和好友領主討論，不久後便

10 月

6 日　山姆懷斯返回袋底洞。

與護戒隊成員有關的日後事件

夏曆

1422　根據夏郡曆法，第四紀元由今年開始；但此處繼續使用夏曆年分。

1427　威爾．白足辭職。山姆懷斯獲選為夏郡市長。皮瑞格林．圖克與來自長崖的鑽石結婚。伊力薩王頒布法令，禁止人類進入夏郡，他也讓此地成為受北方權杖[17]保護的自由地區。

1430　皮瑞格林之子法拉米爾出生。

1431　山姆懷斯之女金鳳花出生。

1432　外號「華麗」的梅里雅達克成為雄鹿地統領。伊歐墨王與伊西力安的伊歐玟夫人向他送來賀禮。

1434　皮瑞格林成為圖克閣下與領主。伊力薩王讓領主、統領與市長成為北方王國的大臣。山姆懷斯先生第二次獲選市長。

1436　伊力薩王來到北方，並在薄暮湖旁住了一陣子。他來到烈酒橋，在那向他的朋友們致意。他將杜納丹人之星[18]送給山姆懷斯先生，伊拉諾也成為亞玟王后的榮譽侍女。

年中日　佛羅多辭去市長職務，威爾．白足復職。

9月

22日　比爾博的130歲生日。

10月

6日　佛羅多再度感到不適。

3021
夏曆1421年：第三紀元最後一年

3月

13日　佛羅多再度感到不適。

25日　山姆懷斯之女美麗的伊拉諾出生[16]。第四紀元在剛鐸曆法中的這天開始。

9月

21日　佛羅多與山姆懷斯從哈比屯出發。

22日　他們在林尾遇上魔戒保管者的最後路程。

29日　他們抵達灰港岸。佛羅多與比爾博與三戒保管者渡海離去。第三紀元結束。

10 月

5 日　甘道夫與哈比人們離開裂谷。

6 日　他們渡過布魯伊南淺灘。佛羅多首度感到痛苦再次出現。

28 日　他們在入夜時抵達布理。

30 日　他們離開布理。「旅行者」們在夜裡抵達烈酒橋。

11 月

1 日　他們在蛙沼屯遭到逮捕。

2 日　他們抵達臨水，並促使夏郡居民起義。

3 日　臨水戰役，與薩魯曼之死。魔戒之戰結束。

3020

夏曆 1420 年：富饒之年

3 月

13 日　佛羅多感到不適（屍羅毒害他的週年）。

4 月

6 日　宴會原中的梅隆樹開花。

5 月

1 日　山姆懷斯迎娶蘿絲。

25 日　伊力薩王找到白樹幼苗。

萊斯節 1 日　亞玟抵達王城。

年中日　伊力薩與亞玟的婚禮。

7 月

18 日　伊歐墨返回米那斯提力斯。

22 日　希優頓王的送葬隊伍出發。

8 月

7 日　送葬隊伍來到伊多拉斯。

10 日　希優頓王的葬禮。

14 日　賓客們向伊歐墨王告辭。

15 日　樹鬍釋放薩魯曼。

18 日　他們抵達赫姆關。

22 日　他們抵達艾森格。眾人在日落時向西方之王告辭。

28 日　他們追上薩魯曼。薩魯曼轉向夏郡。

9 月

6 日　他們在墨瑞亞群山附近止步。

13 日　凱勒彭與格拉翠兒離開，其他人前往裂谷。

21 日　他們返回裂谷。

22 日　比爾博的 129 歲生日。薩魯曼抵達夏郡。

從巴拉多殞落到第三紀元[15]結尾的重要日子

3019
夏曆 1419 年

3 月

27 日　巴德二世與索林三世．石盔將敵人從河谷城趕走，

28 日　凱勒彭渡過安都因河，多爾哥多的毀滅過程開始。

4 月

6 日　凱勒彭與瑟蘭督伊會面。

8 日　魔戒持有者們在柯麥倫平原受到嘉獎。

5 月

1 日　伊力薩王加冕，愛隆與亞玟從裂谷出發。

8 日　伊歐墨和伊歐玟和愛隆之子們前往洛汗。

20 日　愛隆和亞玟來到羅瑞安。

27 日　亞玟的護送團隊離開羅瑞安。

6 月

14 日　愛隆之子們碰上護送團隊，並帶亞玟去伊多拉斯。

16 日　他們前往剛鐸。

北方也發生了戰爭與災難。瑟蘭督伊的國度遭到入侵，樹下也爆發了漫長的戰鬥與嚴重大火；但最後瑟蘭督伊取得勝利。在精靈新年當天，凱勒彭與瑟蘭督伊在森林中央見面；他們將幽暗密林改名為伊倫拉斯格蘭，意指綠葉森林。瑟蘭督伊得到所有北方區域，遠至林中山脈；凱勒彭則收下狹地[14]以下的南方森林，並將它命名為東羅瑞安。中間的寬闊森林則交給比翁一族和森林居民。但在格拉翠兒離開幾年後，凱勒彭便對他的國度感到倦怠，便前往伊姆拉翠斯與愛隆之子們同住。西爾凡精靈繼續毫無憂慮地待在巨綠森中，但羅瑞安中只剩下少數悲傷的人民，卡拉斯格拉松也不再出現光輝或歌謠。

* * *

當大軍包圍米那斯提力斯時，有批長年威脅布蘭德王國境邊界的索倫盟友渡過了卡南河，還將布蘭德逼回河谷城。他在此得到伊瑞柏矮人的援助，孤山山腳下則爆發大戰。戰鬥持續了三天，布蘭德王與丹恩．鐵足王雙雙戰死，東方人取得勝利。但他們無法攻下大門，也有許多矮人和人類躲入伊瑞柏避難，並在此抵抗攻城大軍。

當南方傳來捷報時，索倫的北方軍隊就大感焦慮。遭到圍攻的人民則出外驅逐他們，殘兵敗將則逃向東方，不再騷擾河谷城。布蘭德之子巴德二世隨後成為河谷城之王，丹恩之子索林三世．石盔則成為山下之王。他們派出使節參與伊力薩王的加冕典禮，而他們的國度此後也持續與剛鐸保持友誼；他們也得到西方之王的庇護。

鎖子甲和佩劍送到巴拉多。

18 日　西方大軍從米那斯提力斯出發。佛羅多來到艾森口附近，他在從杜爾桑到烏頓的道路上遭到歐克獸人攔截。

19 日　大軍來到魔窟谷。佛羅多和山姆懷斯脫逃，並走上通往巴拉多的道路。

22 日　恐怖的夜晚。佛羅多和山姆懷斯離開道路，並往南轉向末日火山。羅瑞安遭遇第三波攻勢。

23 日　大軍離開伊西力安。亞拉岡解散心智不堅的士兵。佛羅多與山姆懷斯拋棄他們的武器與裝備。

24 日　佛羅多與山姆懷斯往末日火山山腳展開最後一段旅程。大軍在魔拉儂荒原紮營。

25 日　大軍在礦渣丘上遭到包圍。佛羅多與山姆懷斯抵達薩馬斯瑙爾。咕嚕奪走魔戒並落入末日裂隙。巴拉多倒塌，索倫敗亡。

在邪黑塔倒塌、索倫敗亡後，邪影便離開了他所有敵人的心中，但恐懼與焦慮則籠罩他的僕人與盟友。羅瑞安遭到多爾哥多攻擊三次，但除了英勇的當地精靈外，住在當地的力量太過強大，無法遭到擊敗，除非索倫親自到來。儘管邊界的優美森林遭受嚴重損傷，敵軍攻勢仍受到擊退。而當邪影逝去時，凱勒彭攣率領羅瑞安大軍駕著許多小船渡過安都因河。他們占領了多爾哥多，格拉翠兒則推倒了它的城牆，並讓它的地牢暴露在外，因此淨化了森林。

城大門外拯救法拉米爾。亞拉岡穿過林格洛谷。有批軍隊從魔拉儂出發，占領凱爾安卓斯，並進入安諾瑞恩。佛羅多穿過十字路口，並目睹魔窟大軍出動。

11 日　咕嚕造訪屍羅，但在見到熟睡的佛羅多時幾乎後悔。迪耐瑟派遣法拉米爾前往奧斯吉力亞斯。亞拉岡抵達林赫並進入萊班寧。東洛汗從北方遭到入侵。羅瑞安遭遇第一波攻勢。

12 日　咕嚕帶佛羅多進入屍羅的巢穴。法拉米爾撤退到主道堡壘。希優頓在明瑞蒙下紮營。亞拉岡將敵軍驅趕到佩拉吉爾。恩特樹人擊敗了洛汗的入侵者。

13 日　基力斯昂戈的歐克獸人抓住佛羅多。帕蘭諾平原遭到入侵。法拉米爾受傷。亞拉岡抵達佩拉吉爾並奪下艦隊。希優頓抵達卓雅丹森林。

14 日　山姆懷斯在塔中找到山姆。米那斯提力斯遭到圍攻。野人帶著洛希人來到灰森林。

15 日　巫王在清晨擊毀王城大門。迪耐瑟在火葬堆上自焚。洛希人的號角在雞鳴時響起。帕蘭諾戰役。希優頓遭到殺害。亞拉岡升起亞玟的旗幟。佛羅多與山姆逃脫並往北沿著魔蓋前進。幽暗密林的樹蔭下爆發戰鬥，瑟蘭督伊擊退多爾哥多的軍力。羅瑞安遭遇第二波攻勢。

16 日　將領間的爭論。佛羅多從魔蓋的營地望向末日火山。

17 日　河谷城戰役。布蘭德王與丹恩．鐵足王戰死。許多矮人與人類在伊瑞柏避難，並遭到圍攻。夏格拉將佛羅多的斗篷、

3月

1日　佛羅多在黎明開始踏上死亡沼澤間的通道。恩特會議持續進行。亞拉岡碰上白袍甘道夫。他們前往伊多拉斯。法拉米爾離開米那斯提力斯，前往伊西力安執行任務。

2日　佛羅多來到沼澤盡頭。甘道夫抵達伊多拉斯並治癒希優頓。洛希人往西征討薩魯曼。第二場艾森河淺灘戰役。厄肯布蘭德戰敗。恩特會議於下午結束。恩特樹人前往艾森格，並在夜間抵達。

3日　希優頓撤退至赫姆關。號角堡戰役（Battle of the Hornburg）開始。恩特樹人徹底摧毀艾森格。

4日　希優頓與甘道夫從赫姆關前往艾森格。佛羅多抵達魔拉儂荒原邊陲的礦渣丘。

5日　希優頓在中午抵達艾森格。與薩魯曼在歐散克塔談判。翼納茲古飛過多爾巴蘭營地。甘道夫與皮瑞格林前往米那斯提力斯。佛羅多躲在魔拉儂周圍，並在黃昏離開。

6日　杜納丹人在凌晨追上亞拉岡。希優頓從號角堡離開，前往哈格谷。亞拉岡稍晚出發。

7日　法拉米爾將佛羅多帶往漢納斯安農。亞拉岡在入夜時抵達登哈格。

9日　甘道夫抵達米那斯提力斯。法拉米爾離開漢納斯安農。亞拉岡從伊瑞赫出發，來到卡倫貝爾。佛羅多在黃昏時抵達魔窟路。希優頓來到登哈格。黑暗開始從魔多飄出。

10日　無晝之日。洛汗集結：洛希人由哈格谷出發。甘道夫在王

17日　護戒隊來到卡拉斯格拉松。

23日　甘道夫追殺炎魔到基拉克基吉爾峰。

25日　他擊倒炎魔，就此離世。他的遺體留在山峰上。

2月

15日　格拉翠兒之鏡。甘道夫復活，並陷入沉眠狀態。

16日　再會羅瑞安。咕嚕躲在西岸，觀察護戒隊離開。

17日　關赫載甘道夫抵達羅瑞安。

23日　夜間，小船在靠近薩恩蓋柏的位置遇襲。

25日　護戒隊穿過亞格納斯，並在帕斯蓋蘭紮營。第一場艾森河淺灘戰役。希優頓之子希優瑞德遭到殺害。

26日　護戒隊瓦解。波羅米爾死亡。人們在米那斯提力斯聽到他的號角聲。梅里雅達克和皮瑞格林遭擄。佛羅多與山姆懷斯進入東艾明穆伊。亞拉岡在傍晚出發追逐歐克獸人。伊歐墨聽說歐克獸人部隊走下艾明穆伊。

27日　亞拉岡在日出時抵達西崖。伊歐墨違抗希優頓的命令，於午夜從東佛德出發追趕歐克獸人。

28日　伊歐墨在梵貢森林外追上歐克獸人。

29日　梅里雅達克和皮瑞格林脫逃並遇上樹鬍。洛希人在日出時發動攻擊，摧毀了歐克獸人。佛羅多走下艾明穆伊並遇見咕嚕。法拉米爾目睹波羅米爾的送葬船。

30日　恩特會議開始。伊歐墨在返回伊多拉斯的路上遇見亞拉岡。

6日　風雲頂下的營地在夜間遭到攻擊。佛羅多受傷。

9日　葛羅芬戴爾離開裂谷。

11日　他從米賽伊索橋[13]趕走騎士們。

13日　佛羅多渡橋。

18日　葛羅芬戴爾在黃昏找到佛羅多。甘道夫抵達裂谷。

20日　逃過布魯伊南淺灘。

24日　佛羅多康復並甦醒。波羅米爾在夜間抵達裂谷。

25日　愛隆會議。

12月

25日　護戒隊在黃昏離開裂谷。

3019

1月

6日　護戒隊抵達冬青地。

11,12日 卡拉瑟拉斯大雪。

13日　狼群在凌晨發動攻擊。護戒隊在入夜時抵達墨瑞亞西門。咕嚕開始追蹤魔戒持有者。

14日　在二十一號大廳過夜。

15日　卡薩督姆之橋，甘道夫落下深淵。護戒隊在晚間抵達寧蘿黛爾河。

9月

18日　甘道夫在凌晨逃離歐散克塔。黑騎士跨越艾森河淺灘。

19日　落難的甘道夫來到伊多拉斯，但王宮拒絕讓他進入。

20日　甘道夫進入伊多拉斯。希優頓命令他離開：「騎任何馬離開，明天晚上前就離開！」

21日　甘道夫見到影鬃，但那匹馬不願讓他接近。他在原野上跟著影鬃來到遠處。

22日　黑騎士在傍晚抵達薩恩淺灘。它們驅離了護衛中的遊俠。甘道夫追上影鬃。

23日　四名騎士在黎明前進入夏郡。其他騎士向東驅趕遊俠，接著回去監視綠道。有名黑騎士在入夜時來到哈比屯。佛羅多離開袋底洞。甘道夫馴服了影鬃，並騎馬離開洛汗。

24日　甘道夫渡過艾森河。

26日　老林。佛羅多見到邦巴迪。

27日　甘道夫渡過灰洪河。哈比人與邦巴迪度過第二晚。

28日　有個古墓屍妖逮住哈比人們。甘道夫抵達薩恩淺灘。

29日　佛羅多在夜間抵達布理。甘道夫造訪老爹。

30日　克里克窪地和布理旅店在凌晨遭襲。佛羅多離開布理。甘道夫來到克里克窪地，並在夜間抵達布理。

10月

1日　甘道夫離開布理。

3日　晚間他在風雲頂遭到攻擊。

重大年代

3018

4月

12日　甘道夫抵達哈比屯。

6月

20日　索倫攻擊奧斯吉力亞斯。瑟蘭督伊約莫在同時遭到攻擊，咕嚕也順利逃走。

年中日　甘道夫與瑞達加斯特見面。

7月

4日　波羅米爾從米那斯提力斯出發。

10日　甘道夫在歐散克塔遭到囚禁。

8月

咕嚕的所有蹤跡都已消失。據說在此時，由於遭到精靈與索倫爪牙雙方追捕，他便躲入墨瑞亞。但當他終於發現通往西門的路徑時，卻無法逃出去。

年分	
2988	芬杜依拉絲英年早逝。
2989	巴林離開伊瑞柏並進入墨瑞亞。
2991	伊歐蒙德之子伊歐墨於洛汗出生。
2994	巴林死亡，矮人殖民地遭到摧毀。
約 3000	魔多邪影逐漸加深。薩魯曼大膽使用歐散克的帕蘭提爾，但隨即陷入握有伊希爾晶石的索倫設下的圈套。他成為議會中的叛徒。他的間諜報告說遊俠正嚴加看守夏郡。
3001	比爾博的道別宴。甘道夫懷疑他的魔戒就是至尊魔戒。對夏郡的戒備得到加強。甘道夫尋覓咕嚕的消息，並向亞拉岡求助。
3002	比爾博成為愛隆的客人，並定居在裂谷。
3004	甘道夫到夏郡拜訪佛羅多，並在接下來的四年不時來訪。
3007	巴恩之子布蘭德成為河谷城之王。吉爾蘭死亡。
3008	甘道夫在秋天最後一次造訪佛羅多。
3009	甘道夫和亞拉岡在接下來的八年間不時繼續找尋咕嚕，在安都因河谷、幽暗密林、羅瓦尼恩和魔多邊境搜索。在這幾年的某個期間，咕嚕親自進入魔多，索倫則逮住了他。愛隆要亞玟歸來，於是她回到伊姆拉翠斯，迷霧山脈與東方所有地區變得越來危險。
3017	咕嚕從魔多遭到釋放。亞拉岡在死亡沼澤抓到他後，並將他帶到幽暗密林的瑟蘭督伊國度。甘道夫造訪米那斯提力斯，並閱讀伊西鐸卷軸。

年分	
2951	索倫公開現身，在魔多招兵買馬。他開始重建巴拉多。咕嚕轉向魔多。索倫派出三名納茲古重新占據多爾哥多。 愛隆把「埃斯泰」的真名和家世告訴他，並把納希爾碎片交給他。剛從羅瑞安回來的亞玟，在伊姆拉翠斯的樹林中見到亞拉岡。亞拉岡進入野地。
2953	白議會最後一次會議。他們對魔戒進行爭論。薩魯曼佯裝自己發現至尊魔戒已順著安都因河流入大海。薩魯曼撤回艾森格，並將之占爲己有，並強化當地。由於嫉妒與畏懼甘道夫，他派出間諜監視對方的一舉一動，注意到甘道夫對夏郡的興趣。他很快就派手下待在布理和南區。
2954	末日火山再度冒出烈火。伊西力安最後一批居民逃過安都因河。
2956	亞拉岡與甘道夫見面，他們展開了友誼。
2957-80	亞拉岡展開他的浩大旅程與任務。他以索隆吉爾的身分，喬裝效力於洛汗的襄格爾和剛鐸的艾克賽里昂二世。
2968	佛羅多出生。
2976	迪耐瑟與多爾安羅斯的芬杜依拉絲結婚。
2977	巴德之子巴恩成為河古城之王。
2978	迪耐瑟二世之子波羅米爾出生。
2980	亞拉岡進入羅瑞安，在當地再度與亞玟．安多米爾見面。亞拉岡將巴拉希爾之戒交給她，他們則在凱林安羅斯丘上互許終身。此時咕嚕抵達魔多邊境，並結識屍羅。希優頓成為洛汗國王。山姆懷斯出生。
2983	迪耐瑟之子法拉米爾出生。
2984	艾克賽里昂二世逝世。迪耐瑟二世成為剛鐸宰相。

年分	
2912	洪水肆虐伊尼德懷斯[12]與敏希利亞斯。撒巴德遭到破壞與遺棄。
2920	老圖克逝世。
2929	杜納丹人亞拉多之子亞拉松迎娶吉爾蘭。
2930	亞拉多遭到食人妖殺害。艾克賽里昂二世之子迪耐瑟二世在米那斯提力斯出生。
2931	亞拉松之子亞拉岡於 3 月 1 日出生。
2933	亞拉松二世遭到殺害。吉爾蘭將亞拉岡帶到伊姆拉翠斯。愛隆將他收為養子，並為他取埃斯泰（希望）之名；他的家世成為祕密。
2939	薩魯曼發現索倫的僕從正在搜索靠近金花沼地的安都因河，也由此得知索倫已經發現伊西鐸如何死亡。他感到警覺，但沒有對議會提起此事。
2941	索林．橡木盾與甘道夫到夏郡造訪比爾博。比爾博與史麥戈－咕嚕見面，並找到魔戒。白議會召開會議。薩魯曼同意對多爾哥多發動攻擊，因為他想避免索倫搜索大河。索倫已計劃要放棄多爾哥多。五軍之戰在河谷城爆發。索林二世死亡。伊斯加洛斯的巴德射殺史矛格。鐵丘陵的丹恩成為山下國王（丹恩二世）。
2942	比爾博帶著魔戒回到夏郡。索倫祕密返回魔多。
2944	巴德重建河谷城並稱王。咕嚕離開迷霧山脈，開始尋找竊取魔戒的「小偷」。
2948	洛汗國王襄格爾之子希優頓出生。
2949	甘道夫和巴林到夏郡拜訪比爾博。
2950	多爾安羅斯的阿卓希爾之女芬杜依拉絲出生。

年分	
2793	矮人與歐克獸人的戰役開始。
2799	南都希力昂戰役在墨瑞亞東門展開。丹恩・鐵足返回鐵丘陵。索藍二世和他兒子索林往西流浪。他們定居在夏郡遠方的伊瑞德盧因（2802）。
2800-64	來自北方的歐克獸人騷擾洛汗。瓦達王遭到牠們殺害（2861）。
2841	索藍二世企圖回到伊瑞柏，但遭到索倫的僕從追捕。
2845	矮人索藍被囚禁在多爾哥多。七戒中最後的戒指從他身上遭到奪走。
2850	甘道夫再次進入多爾哥多，並發現該地之主確實是索倫，對方正在收集所有魔戒，也在搜尋至尊魔戒和伊西鐸繼承人的消息。他找到索蘭並得到伊瑞柏的鑰匙。索藍在多爾哥多死亡。
2851	白議會召開會議。甘道夫要求對多爾哥多發動攻擊。薩魯曼否決了他[11]。薩魯曼開始在金花沼地附近搜索。
2872	剛鐸的貝勒克索爾二世逝世。白樹枯萎，也沒人能找到幼株。枯樹矗立在原處。
2885	受到索倫的使者刺激後，哈拉德人渡過波羅斯河並攻擊剛鐸。洛汗的佛克威奈的兒子們在為剛鐸效力時戰死。
2890	比爾博在夏郡出生。
2901	由於魔多的烏魯克獸人攻擊，使伊西力安大多剩餘居民拋下當地。祕密庇護所漢納斯安農建造完成。
2907	亞拉岡二世的母親吉爾蘭出生。
2911	嚴酷寒冬。巴蘭都因河和其他河流結冰。白狼從北方入侵伊瑞亞多。

年分	
2510	凱勒布理安渡海離去。歐克獸人與東方人占領卡蘭納松。少年伊洛在凱勒布蘭特平原戰勝。洛希人在卡蘭納松定居。
2545	伊洛在大高原戰死。
2569	伊洛之子布理哥完成黃金宮殿。
2570	布理哥之子巴多踏入禁忌之門。龍族約於此時重新出現在遙遠的北方，並開始襲擊矮人。
2589	丹恩一世遭到巨龍殺害。
2590	索洛爾回到伊瑞柏。他的弟弟葛洛爾前往鐵丘陵。
約 2670	托伯在南區種植「菸草」。
2683	艾森格林二世成為第十任領主，開始挖掘大史密爾。
2698	艾克賽里昂一世重建米那斯提力斯的白塔。
2740	歐克獸人再度入侵伊瑞亞多。
2747	班多布拉斯·圖克在北區擊敗歐克獸人部隊。
2758	洛汗在東方與西方遭到攻擊並陷落。海盜艦隊攻擊剛鐸。洛汗的赫姆躲藏在赫姆關。沃夫占領伊多拉斯。九月：長冬隨後開始。伊瑞亞多與洛汗遭逢龐大苦難與死傷。甘道夫前去幫夏郡居民。
2759	赫姆死亡。福瑞亞拉夫驅逐沃夫，並展開驃騎王第二族系。薩魯曼在艾森格定居。
2770	巨龍史矛格攻擊伊瑞柏。河谷城遭到摧毀。索洛爾與索藍二世和索林二世逃跑。
2790	索洛爾遭到墨瑞亞的歐克獸人殺害。矮人們為了復仇而集結。吉隆修斯出生，日後他被稱為老圖克。

年分	
1999	索藍一世來到伊瑞柏，在「山下」建立了矮人王國。
2000	納茲古從魔多出動，攻擊米那斯魔窟。
2002	米那斯伊希爾淪陷，日後人稱米那斯魔窟。帕蘭提爾遭到奪取。
2043	埃爾諾成為剛鐸國王。巫王向他發出挑戰。
2050	巫王再度發出挑戰。埃爾諾前往米那斯魔窟並失蹤。馬迪爾成為首任執政宰相。
2060	多爾哥多的勢力增長。智者擔心索倫可能已再度得到肉身。
2063	甘道夫前往多爾哥多。索倫撤退並躲到東方。警戒和平時期開始。納茲古低調地藏匿在米那斯魔窟。
2210	索林一世離開伊瑞柏，北上前往灰山脈，大多都靈一族的剩餘成員都在此集結。
2340	伊桑布拉斯一世成為第十三任領主，也是圖克族系的第一人。老雄鹿家族定居在雄鹿地。
2460	警戒和平時期結束。索倫帶著更多兵力回到多爾哥多。
2463	白議會成立。此時史圖爾族迪戈尋獲至尊魔戒，並遭到史麥戈殺害。
2470	史麥戈—咕嚕約於此時躲進迷霧山脈。
2475	剛鐸再度遭受攻擊。奧斯吉力亞斯終於完全荒廢，石橋也遭到擊毀。
約 2480	歐克獸人開始在迷霧山脈中建造要塞，以便阻擋所有進入伊瑞亞多的通路。索倫開始讓他的爪牙占領墨瑞亞。
2509	前往羅瑞安的凱勒布理安在紅角隘口遭襲，並蒙受毒傷。

年分	
1640	塔隆多王將王宮移到米那斯雅諾，並在當地種下白樹幼株。奧斯吉力亞斯開始荒廢。無人看守魔多。
1810	特盧梅塔·昂巴達基爾王奪回昂巴，並趕走海盜。
1851	戰車民開始對剛鐸展開攻擊。
1856	剛鐸失去東方領土，納馬基爾二世戰死。
1899	卡力梅塔王在達哥拉擊敗戰車民。
1900	卡力梅塔在米那斯雅諾建造白塔。
1940	剛鐸與亞爾諾恢復聯繫並結為同盟。亞伐杜伊娶了剛鐸昂多赫的女兒費瑞兒為妻。
1944	昂多赫戰死。埃雅尼爾在南伊西力安擊敗敵軍。他隨即在營地戰役（Battle of the Camp）中獲勝，並將戰車民趕入死亡沼澤。亞伐杜伊爭取剛鐸王冠。
1945	埃亞尼爾二世繼承王冠。
1974	北方王國滅亡。巫王攻陷亞希丹並占據佛諾斯特。
1975	亞伐杜伊撤到佛洛赫爾灣。安努米那斯和阿蒙蘇的帕蘭提爾失蹤。埃爾諾率領艦隊抵達林頓。巫王在佛諾斯特戰役遭到擊敗，敵軍將他追趕到伊騰荒原。他從北方消失。
1976	亞拉納斯接下杜納丹人酋長的頭銜。亞爾諾的傳家物由愛隆保管。
1977	弗魯姆嘉率領伊歐修德人進入北方。
1980	巫王來到魔多，並在當地召集納茲古。炎魔出現在墨瑞亞，並殺死都靈六世。
1981	奈恩一世遭到殺害。矮人逃離墨瑞亞。許多羅瑞安的西爾凡精靈逃往南方。安羅斯與寧蘿黛爾失蹤。

年分	
約 1150	白膚族進入伊瑞亞多。史圖爾族越過紅角隘口，並移向角地，或前往黑鬱地。
約 1300	邪惡生物再度開始大增。歐克獸人在迷霧山脈增加，並攻擊矮人。納茲古重新現身。它們的首領來到北方的安格馬。佩里安納斯人往西遷徙，許多成員在布理定居。
1356	亞格列布一世與魯道爾交戰時遭到殺害。史圖爾族約在此時離開角地，有些則返回大荒原。
1409	安格馬巫王入侵亞爾諾。亞伐列格王一世遭到殺害。守軍防衛佛諾斯特與提因戈薩德。阿蒙蘇之塔遭到摧毀。
1432	剛鐸的瓦拉卡爾王逝世，王族內鬥就此展開。
1437	奧斯吉力亞斯遭到焚燒，帕蘭提爾失蹤。艾達卡逃到羅瓦尼恩，他的兒子歐南迪爾遭到殺害。
1447	艾達卡歸國並驅離篡位者卡斯塔米爾。伊魯依河淺灘戰役。佩拉吉爾攻城戰。
1448	叛軍逃跑並控制昂巴。
1540	奧達米爾王在與哈拉德和昂巴海盜交戰時戰死。
1551	哈亞曼達基爾二世擊敗哈拉德人。
1601	許多佩里安納斯人從布理遷徙，亞格列布二世則將巴蘭都因河對岸的土地賜給他們。
約 1630	來自黑鬱地的史圖爾族加入他們。
1634	海盜掠奪佩拉吉爾，並殺死米納迪爾王。
1636	大瘟疫橫掃剛鐸。泰勒姆納王與他的孩子們逝世。米那斯雅諾的白樹枯死。瘟疫往北方與西方擴散，伊瑞亞多許多地區都變得荒涼。巴蘭都因河對岸的佩里安納斯人倖存，但已有大量成員死亡。

年分	
2	伊西鐸在米那斯雅諾種下白樹幼株。他將南方王國交給梅奈迪爾。金花沼地劫難發生，伊西鐸與他的三個兒子遭到殺害。
3	歐塔將納希爾碎片送到伊姆拉翠斯。
10	瓦蘭迪爾成為亞爾諾國王。
109	愛隆迎娶凱勒彭之女凱勒布理安。
130	愛隆之子伊萊丹與伊洛赫出生。
241	亞玟・安多米爾出生。
420	歐斯托赫王重建米那斯雅諾。
490	東方人第一次入侵。
500	羅曼達基爾一世擊敗東方人。
541	羅曼達基爾戰死。
830	法拉斯特展開了剛鐸的船王族系。
861	埃倫鐸逝世，亞爾諾就此分裂。
933	埃雅尼爾王一世奪下昂巴，該處成為剛鐸要塞。
936	埃雅尼爾在海上失蹤。
1015	基爾楊迪爾王在昂巴攻城戰中遭到殺害。
1050	哈亞曼達基爾征服哈拉德。剛鐸達到勢力高峰。此時暗影籠罩巨綠森，人們則開始將它稱為幽暗密林。隨著毛腳族來到伊瑞亞多，歷史紀錄中首度提及佩里安納斯人[10]。
約 1100	智者（伊斯塔族與艾達族的首領）發現某股邪惡力量在多爾哥多建立要塞。他們以為那是納茲古之一。
1149	阿塔納塔・奧卡林的統治期開始。

派來對抗索倫勢力的使者，目的是聯合所有尚有意願對抗他的對象；但他們不得以力量與索倫抗衡，或企圖用暴力和恐懼統治精靈或人類。

因此他們以人形前來，不過他們從未顯得年輕，老化速度也十分緩慢，還擁有諸多心靈力量與技藝。他們只對少數人透漏真名[8]，並使用外人賦予他們的名稱。艾達族將此團體（據說其中有五名成員）最高階的兩人稱為庫魯涅[9]，意指「技藝之人」；與米斯蘭迪爾，意指「灰袍聖徒」，但北方人類將他們分別稱為薩魯曼與甘道夫。庫魯涅經常前往東方，但最後在艾森格定居。米斯蘭迪爾與艾達族的友誼最為密切，也大多在西方流浪，從未找尋任何固定居所。

在整個第三紀元，只有持有三戒的人得知戒指由誰保管。但到了最後，世人便得知它們起初由三名最偉大的艾達族成員持有：吉爾加拉德、格拉翠兒與基爾丹。吉爾加拉德在死前將戒指交給愛隆，基爾丹日後將戒指交給米斯蘭迪爾。因為基爾丹比中土世界任何人都來得更有遠見，他在灰港岸迎接了米斯蘭迪爾，清楚對方從何而來，以及對方將返回的地點。

「收下這枚戒指，大人。」他說，「你的任務將沉重無比，但它能幫助你背負你自願承受的辛勞。這是火之戒，你能用它來重新點燃冰冷世界的人心。但我心向大海，我將住在灰色海岸邊，直到最後一艘船離開。我會等你。」

年分	
3430	精靈與人類的最後同盟成立。
3431	吉爾加拉德與伊蘭迪爾前往伊姆拉翠斯。
3434	同盟大軍跨越迷霧山脈。達哥拉戰役發生，索倫遭到擊敗。巴拉多攻城戰開始。
3440	安納瑞昂戰死。
3441	伊蘭迪爾與吉爾加拉德推翻索倫，兩人也雙雙殞命。伊西鐸奪走至尊魔戒。索倫消失，戒靈則躲入暗影。第二紀元結束。

第三紀元

這是艾達族逐漸凋零的年代。他們長期享有和平，在索倫長眠、至尊魔戒也遺失時，使用著三戒的力量。但他們不企圖製造任何新事物，而是活在過往的回憶中。矮人們潛藏在地底深處，守護著他們的寶庫，但當邪惡勢力再度蠢動，龍族也重現世間時，他們的古老寶藏便一個個遭到掠奪，矮人們也成為流浪民族。墨瑞亞長期都是安全地帶，但居民的數量逐漸縮減，直到許多雄偉宅邸變得漆黑空蕩。努曼諾爾人的智慧與壽命，也因與普通人混血而逐漸衰退。

過了約一千年後，當巨綠森蒙上第一道陰影時，又名巫師的伊斯塔族[7]便出現在中土世界。日後相傳他們來自極西之地，是被

年分	
1700	塔爾─米那斯提爾從努曼諾爾派遣大批海軍抵達林頓。索倫遭到擊敗。
1701	索倫從伊瑞亞多遭到驅離。西方大地得到了長期和平。
約 1800	大約從此時開始，努曼諾爾人開始在海岸建立屬地。索倫向東拓展勢力。努曼諾爾蒙上陰影。
2251	塔爾─阿坦納米爾逝世。塔爾─安卡利蒙繼承權杖。努曼諾爾展開反叛與分裂。又名戒靈的納茲古於此時出現，它們是九戒的奴隸。
2280	昂巴成為努曼諾爾大型要塞。
2350	佩拉吉爾完工。它成為忠誠派的主要港口。
2899	亞爾─阿杜納克霍繼承權杖。
3175	塔爾─帕蘭提爾悔悟。努曼諾爾爆發內戰。
3255	黃金大帝亞爾─法拉松奪取權杖。
3261	亞爾─法拉松出航並在昂巴登陸。
3262	索倫成為囚犯，被送往努曼諾爾。從 3260 至 3310 年，索倫誘惑了國王並腐化努曼諾爾人。
3310	亞爾─法拉松開始建造大艦隊。
3319	亞爾─法拉松攻擊維林諾。怒曼諾爾淪亡。伊蘭迪爾與他的兒子們脫逃。
3320	流亡王國成立：亞爾諾與剛鐸。晶石四散各地（頁 927）。索倫回到魔多。
3429	索倫攻擊剛鐸，占領了米那斯伊希爾並焚毀白樹。伊西鐸順著安都因河逃跑，前往北方與伊蘭迪爾會面。安納瑞昂捍衛米那斯雅諾與奧斯吉力亞斯。

年分	
約 40	許多矮人離開伊瑞德盧因中的古城，前往墨瑞亞並使當地人口增加。
442	愛洛斯・塔爾一敏雅托逝世。
約 500	索倫再度於中土世界開始蠢動。
521	西兒瑪麗安出生於努曼諾爾。
600	首批努曼諾爾船艦出現在濱海地帶。
750	諾多族建立埃瑞瓊。
約 1000	因努曼諾爾人逐漸強盛的勢力感到警覺的索倫，選擇魔多作為打造要塞的地點。他開始建造巴拉多。
1075	塔爾一安卡利梅成為努曼諾爾首任執政女王。
1200	索倫企圖誘惑艾達族。吉爾加拉德拒絕與他接觸，但他說服了埃瑞瓊的鐵匠。努曼諾爾人開始建立永久港口。
約 1500	受到索倫指導的精靈鐵匠們達到了生涯高峰。他們開始打造力量之戒。
約 1590	三戒在埃瑞瓊完工。
約 1600	索倫在歐洛都因鑄造了至尊魔戒。他建成了巴拉多。凱勒布林柏察覺了索倫的計畫。
1693	精靈與索倫之戰開始。精靈藏匿三戒。
1695	索倫的軍力入侵伊瑞亞多。吉爾加拉德派遣愛隆前去埃瑞瓊。
1697	埃瑞瓊遭到夷平。凱勒布林柏逝世。墨瑞亞關閉大門。愛隆和剩餘的諾多族撤退，並建立伊姆拉翠斯庇護所。
1699	索倫征服伊瑞亞多。

第二紀元

這是中土世界人類的黑暗年代，但也是努曼諾爾的光榮時代。關於中土世界的紀錄稀少而簡短，日期也經常不可考。

在本紀元開頭，仍有許多高等精靈留在此地。他們大多住在伊瑞德盧因以西的林頓；但在巴拉多完工前，許多辛達族往東遷徙，有些精靈在遠方的森林中建立國度，他們的人民大多是西爾凡精靈。巨綠森北方的國王瑟蘭督伊就是其中之一。吉爾加拉德住在盧恩河以北的林頓，他是流亡的諾多族最後的王者傳人。他被視為西方精靈的至高王。庭葛的族人凱勒彭在盧恩河以南的林頓居住了一段期間，他的妻子是世上最偉大的女精靈格拉翠兒。她是人類之友[5]芬羅德．費拉剛的妹妹，芬羅德曾是納格斯隆德之王，他犧牲自己的性命以拯救巴拉希爾之子貝倫。

日後有些諾多族前往迷霧山脈西側的埃瑞瓊，當地靠近墨瑞亞西門。他們搬遷到此的原因，是由於聽說有人在墨瑞亞發現祕銀。[6]諾多族是偉大的工匠，他們對待矮人的態度也比辛達林族友善；但都靈人民與埃瑞瓊的精靈鐵匠之間的深厚友誼，在兩族之間前所未見。凱勒布林柏是埃瑞瓊之主，也是他們最偉大的工匠；他是費諾的後代。

年分	
1	灰港岸與林頓建立完成。
32	伊甸人抵達努曼諾爾。

附錄——B

年表

（西方大地編年史）

第一紀元在大決戰[1]後結束，維林諾大軍摧毀了山戈洛墜姆[2]並推翻魔高斯。大多諾多族此時回到極西之地[3]，居住在看得見維林諾的埃瑞西亞上，許多辛達族也渡海而去。

第二紀元以第一次推翻魔高斯的僕人索倫，與奪走至尊魔戒作結。

第三紀元以魔戒之戰作結，但第四紀元一直到愛隆大人離開後才開始，人類的統治期時由此開始，中土世紀其餘「能言種族」則逐步衰退[4]。

在第四紀元，人們將早期的紀元稱為遠古年代；但該名稱其實該用在魔高斯遭到驅逐前的歲月。此處並未記載那時代的歷史。

115. 頁 417。

116. 2941 年 3 月 15 日。

117. 譯注：《未完成的故事》的章節〈伊瑞柏任務〉（*The Quest of Erebor*）中，甘道夫在米那斯提力斯向佛羅多與金力詳細講述了這樁會面的細節，包括他前往索林在藍山脈的住處詳談，並說服矮人們讓哈比人加入的來龍去脈。

118. 譯注：Battle of Dale，即為五軍之戰。

（這名何德威奈正是雄鹿地統領：華麗的梅里雅達克〔Meriadoc the Magnificent〕。）

98. 譯注：Lothíriel，在辛達林語中意指「花環少女」。

99. 譯注：Elfwine the Fair，在古英文中意指「精靈之友」。

100. 譯注：Seven Fathers，由於對尚未現世的伊露維塔之子（Children of Ilúvatar）（精靈與人類）感到好奇，維拉奧力自行製作了七名矮人，這就是日後矮人的遠祖。

101. 《哈比人》，頁 67。

102. 頁 492。

103. 或將之從牢房中釋放。它可能早已因索倫的惡意而甦醒。

104. 譯注：此處指維拉在怒火之戰時派去對抗魔高斯的聯軍。

105. 譯注：伊瑞柏的辛達林語意義即為「孤山」。

106. 《哈比人》，頁 276-277。

107. 譯注：cold-drake，無法吐出火焰的龍族。

108. 《哈比人》，頁 35。。

109. 其中包括索藍二世的孩子們：索林（橡木盾）、佛瑞林（Frerin）與狄絲（Dís）。索林當時還算是年輕的矮人。日後人們才得知，有更多山下民族出乎意料地生還，但大多人都前往鐵丘陵了。

110. 阿索格是波格的父親，參見《哈比人》頁 38。

111. 據說索林的盾牌被劈成兩半，他則拋開碎片，用斧頭砍下了一根橡木枝，並用左手握住它，用來抵抗敵人的攻擊，或充當打擊用的棍棒。他因此得到了自己的名號。

112. 這種處理亡者的方式，對矮人而言十分難過，因為這違背了他們的習俗。但要製造他們慣於建造的墳墓（因為他們只將死者埋入岩石中，而非土葬），就得耗費數年。因此他們只好採用火化，而不是讓親人遭到野獸、鳥類或食腐的歐克獸人吞食。但在阿贊努比薩戰死的族人仍受到隆重紀念，時至今日，仍有矮人會自豪地談起其中一名祖先：「他是浴火的矮人。」這便說明了一切。

113. 譯注：Ered Luin，即為藍山脈，又名盧恩山脈。

114. 他們的女性成員很少。索藍之女狄絲也在其中。她是菲力與奇力的母親，他們倆則出生在伊瑞德盧因。索林沒有妻子。

78. 譯注：long-worm，托爾金從未解釋過長龍的定義。

79. 譯注：Freca，在古英文中意指「戰士」或「大膽男子」。

80. 譯注：Fréawine，在古英文中意指「親愛的主上」。

81. 它從伊瑞德尼姆拉斯西方流入艾森河。

82. 譯注：Haleth，在古英文中意指「戰士」或「英雄」。

83. 譯注：snow-troll，此處為托爾金在作品中唯一一次提及雪地食人妖。曾出現在亞馬遜的《魔戒：力量之戒》（*The Lord of the Rings: The Rings of Power*）影集中。

84. 譯注：Hild，在古英文中意指「戰役」。

85. 譯注：Fréaláf，在古英文中意指「倖存領主」。

86. 此處的日期採用剛鐸曆法（第三紀元）。邊緣的日期是生卒年。

87. 頁 1223；頁 1238。

88. 譯注：Léofa，在古英文中意指「摯愛」。

89. 頁 A-1738

90. 譯注：Everholt，在古英文中意指「野豬林」。

91. 譯注：Folcred，在古英文中意指「人民忠告」。

92. 譯注：Fastred，在古英文中意指「穩固忠告」。

93. 譯注：Théodwyn，在古英文中意指「人民之喜」。

94. 譯注：Théoden Ednew，希優頓的名稱來自古英文中的 þeoden，意指「國王」或「統治者」。艾德紐在古英文中則代表「復興」，可將希優頓的稱號視為「復興者」。

95. 譯注：伊歐玟的名字在古英文中代表「馬之喜」或「愛馬人」。

96. 譯注：Éomer Éadig，伊歐墨的名字在古英文中象徵「優秀戰馬」，埃爾迪則在古英文中則代表「快樂」或「至福」。

97. 因為巫王的釘頭錘打斷了她的持盾臂，但他也化為烏有，使葛羅芬戴爾多年前對埃爾諾王說的預言成真：巫王將不會死於凡夫俗子之手。驃騎國的歌謠相傳，伊歐玟得到希優頓隨從的幫助，他也不是普通人，而是來自遙遠國度的半身人，但伊歐墨在驃騎國賦予他崇高榮耀，與何德威奈的名號。

59. 譯注：意指「昂巴征服者」。

60. 譯注：Fíriel，意指「凡人女子」。

61. 當第六任國王塔爾—阿爾達瑞昂只留下一個女兒時，努曼諾爾便制定了該條法律（我們從國王口中得知此事）。她成為第一位執政女王塔爾—安卡利梅。但她之前的時代，法律則截然不同。第四任國王塔爾—伊蘭迪爾基將王位傳給他的兒子塔爾—梅納鐸，但他的女兒西爾瑪瑞安年紀卻較長。不過，伊蘭迪爾是西爾瑪瑞安的後代。

62. 譯注：Forlond，在辛達林語中意指「北港」。

63. 譯注：Nenuial，薄暮湖的辛達林語名稱。

64. 譯注：參見第五卷第四章中甘道夫對巫王的描述。

65. 譯注：Balchoth，由西方語的「balc（恐怖）」與辛達林的「hoth（大群）」字根組成。

66. 這名稱象徵「長沫之船」，因為這座島的形狀如同巨船，高聳的船首指向北方，安都因河的白沫則撞在此處的尖銳岩石上。

67. 譯注：Haudh in Gwanûr，在辛達林語中意指「兄弟墓塚」。

68. 譯注：Gilraen the Fair，在辛達林語中意指「星網」。

69. 譯注：Lay of Lúthien，此處指《麗西安之歌》（*Lay of Leithian*），是描述貝倫與露西安故事的長篇精靈詩歌。內容收錄於《精靈寶鑽》與《貝倫與露西恩》（聯經版本譯名）。

70. 譯注；linnod，精靈的詩詞體裁之一。

71. 「我給了杜納丹人希望，卻沒有為自己留下希望。」

72. 頁 519。

73. 譯注：Éothéod，在古英文中意指「馬民」或「馬地」。

74. 譯注：Léod，在古英文中意指「王子」。

75. 譯注：Frumgar，在古英文中代表「酋長」或「領袖」。

76. 譯注：Fram，在古英文中代表「英勇」。

77. 譯注：Ered Mithrin，灰山脈的辛達林語名稱。

用銀製綁帶纏在前額（頁 226；頁 1316、1337、1491）。提到王冠時（頁 264、385），比爾博指得肯定是剛鐸，他似乎十分熟悉與亞拉岡家族有關的事。努曼諾爾的權杖據說和亞爾－法拉松一同遺失。安努米那斯權杖是安督涅領主的銀杖，當今也或許是中土世界所保存的最古老人類製品。當愛隆將它交給亞拉岡時（頁 1500），它已經有超過五千年的歷史了。剛鐸王冠取材自努曼諾爾戰盔的造型。起初它的確是普通頭盔，據說那曾是伊西鐸在達哥拉戰役佩戴的頭盔（因為從巴拉多丟下的石彈壓扁了安納瑞昂的頭盔，他也因此而死）。但在阿塔納塔·奧卡林的時代，便改用亞拉岡加冕時使用的珠寶高盔。

47. 譯注：Watchful Peace，當甘道夫前往多爾哥多調查死靈法師時，索倫便逃離該處（第三紀元 2063 年），並在 2460 年帶著更多軍力重返多爾哥多。這兩個事件之間的短暫和平時代被稱為警戒和平時期。參見年表。

48. 頁 349。

49. 頁 17；頁 1564。

50. 自古以來，昂巴的雄偉海灣與緊靠陸地的峽灣就是努曼諾爾人的土地，但它也是尊王派（譯注：King's Men，在第二紀元後期追隨努曼諾爾國王，並與精靈和維拉敵對的陣營。尊王派大多和亞爾－法拉松的艦隊一同遭到消滅，或與努曼諾爾共同沉入海底。）要塞，日後他們得名為黑努曼諾爾人。他們遭到索倫腐化，也痛恨伊蘭迪爾的所有追隨者。在索倫殞落後，他們一族迅速衰退或與中土世界的人類聯姻，但並沒有減低他們對剛鐸的恨意。因此，占領昂巴的代價便十分高昂。

51. 譯注：Haradwaith，哈拉德的別稱。

52. 譯注：River Harnen，在辛達林語中意指「南水」。

53. 譯注：Rhovanion，在辛達林語中意指「大荒原」，大荒原也是哈比人對此地的稱呼。

54. 狂奔河。

55. 譯注：Land of the Star，努曼諾爾的別稱。

56. 譯注：Angamaitë，在昆雅語中意指「鐵手」。

57. 譯注：Sangahyando，在昆雅語中意指「斬群者」。

58. 譯注：Anfalas，在辛達林語中意指「長岸／長灘」，在西方語中則名為長岸。

35. 譯注：Glanduin，在辛達林語中意指「邊界河」。

36. 譯注：Last Ship，指魔戒持有者們搭乘前往西方的最後一艘白船。

37. 譯注：Rhudaur，在辛達林語中意指「食人妖樹林」。

38. 頁 286。

39. 頁 312。

40. 譯注：Minhiriath，在辛達林語中意指「河流之間」，指的是巴蘭都因河和葛瓦斯洛河（Gwathló，即為灰洪河）。

41. 譯注：Lossoth，在辛達林語中意指「雪眾」。

42. 譯注：Snowmen of Forochel，佛洛赫爾在辛達林語中意指「北冰」。

43. 這些人是批古怪而不友善的民族，他們是佛洛德懷斯（Forodwaith）的僅存居民，也是源自古代的人類，早已習慣了魔高斯領土的嚴寒。儘管該地區離夏郡北方只有一百里格，但當年的寒冷氣候確實仍滯留在此。洛索斯人在雪中建屋，據說他們能把骨頭裝在腳上，並在冰上奔跑，還使用沒有輪子的貨車。他們大多住在雄偉的佛洛赫爾角（Cape of Forochel），敵人無法進入該地，此處也封住了西北方的巨型同名海灣；但他們經常在山腳下海灣的南岸紮營。

44. 伊西鐸家族的戒指因此獲得保存，因為杜納丹人日後將它贖了回去。據說它正是納格斯隆德的費拉剛送給巴拉希爾的戒指，貝倫也曾冒上極大危險將它取回。（譯注：費拉剛〔Felagund〕即為芬羅德，意指「闢洞者」。此段劇情發生在《精靈寶鑽》中的貝勒爾蘭第三戰役**達哥布拉格拉赫**。為了報答巴拉希爾為自己殿後的恩情，費拉剛將戒指送給巴拉希爾，日後這枚戒指則被稱為巴拉希爾之戒〔Ring of Barahir〕。當巴拉希爾遭到歐克獸人殺害後，他的兒子貝倫便潛入敵軍營地奪回戒指與父親的斷掌。）

45. 這些晶石來自安努米那斯與阿蒙蘇。北方唯一留下的晶石，位於艾明貝萊德（譯注：Emyn Beraid，塔丘的辛達林語名稱）面朝盧恩灣的白塔。那顆晶石由精靈保管，儘管我們從未知曉這點，它也一直留在當地，直到愛隆離開時，基爾丹才將它放上愛隆的船（頁 72、169）。但我們聽聞，它和其他晶石並不相同，也不相連，它只面對大海。伊蘭迪爾將它放置在那，讓他能用「筆直視線」觀看消失西方的埃瑞西亞；但彎曲的大海已永遠淹沒了底下的努曼諾爾。

46. 國王告訴我們說，權杖是努曼諾爾王室的主要象徵。在亞爾諾也是如此，該國的國王不戴王冠，而會佩戴一顆白色寶石：伊蘭迪米爾，也就是伊蘭迪爾之星，

18. 譯注：Meneltarma，在昆雅語中意指「天堂之柱」。

19. 譯注：Haven of the Eldar，此處指阿瓦隆奈（Avallonë），位於埃瑞西亞的精靈港口。托爾金曾在書信中提及比爾博與佛羅多經歷了亞瑟王式的結局，可能以此港名稱暗示亞瑟王傳說中的島嶼阿瓦隆。

20. 譯注：Undying Lands，即為阿門洲和蒙福神域。

21. 譯注：Gift of Men，即為死亡。伊露維塔創造人類時賦予死亡，使凡人死後不再受到世界的限制，靈魂能夠自由離開，並主宰自己的命運。精靈與維拉則與世界息息相關，永遠無法離去。

22. 譯注：Tar-Minyatur，在昆雅語中意指「至高初王」。

23. 譯注：*Akallabêth*，在努曼諾爾人使用的阿杜奈克語（Adûnaic）中意指「殞落」。此為《精靈寶鑽》中的第四部分。

24. 頁 363。

25. 譯注：The One，即為伊露維塔。

26. 頁 926；頁 1498。

27. 頁 377。

28. 頁 379。

29. 頁 378。

30. 他是伊西鐸的第四子，出生於伊姆拉翠斯。他的兄長們於金花沼地遇害。

31. 在埃倫鐸之後，國王便不再採用高等精靈語名號。

32. 在馬伐吉爾後，佛諾斯特的國王再度取得整座亞爾諾的統治權，並在名號加上前綴「亞（拉）」（ar〔a〕）以象徵這點。

33. 參見頁 1175。根據傳說，仍在魯恩海附近出沒的白色野牛，是亞洛野牛的後代，亞洛是維拉的獵人，只有祂經常在古老年代來到中土世界。祂的高等精靈語名稱是「歐羅米」（頁 1301）。

34. 譯注：Mardil Voronwë 'the Steadfast'，佛隆威在昆雅語中則代表「堅定不移」。第一紀元的剛多林精靈是首位名為佛隆威的角色，從海難倖存的他，帶領身負沃沫口信的圖爾前往剛多林，此後也在各種事件中協助圖爾，也與難民們一同逃離遭到攻陷的剛多林。

1. 有幾段參考處會引述此版《魔戒》與《哈比人》的頁碼。

2. 完整版頁 379；頁 928；頁 1498：中土世界已沒有保留金樹羅瑞林形象的事物了。

3. 頁 377；頁 1099。

4. 譯注：Atani，人類的昆雅語名稱，意指「第二民族」。

5. 譯注：Thingol Grey-cloak，辛葛的昆雅語本名為埃爾威（Elwë），辛葛是他在辛達林語中的贈名，意為「灰袍」。他的另一個別名為伊魯．辛葛（Elu Thingol）。

6. 譯注：Melian，在辛達林語中意指「摯愛的贈禮」。她是維拉雅凡娜的族人，也曾在維林諾的羅瑞安花園（此處的羅瑞安為掌管夢境的同名維拉，並非中土世界的森林）中教導夜鶯等鳥類。她在精靈覺醒後來到中土世界，並與辛葛相戀，日後與他一同治理多瑞亞斯。

7. 譯注：比歐家族。

8. 頁 300；頁 1099。

9. 譯注：Celebrindal，在辛達林語中意指「銀足」。

10. 《哈比人》頁 66；《魔戒》頁 555。

11. 頁 358-363。。

12. 頁 567；頁 1099、頁 1111；頁 1412、頁 1423

13. 譯注：愛洛斯（Elros）與愛隆都是辛達林語名稱。托爾金曾在不同文獻與信件中將愛洛斯譯為「星沫」或「星光」，並將愛隆譯為「星辰圓頂」或「蒼穹圓頂」。

14. 頁 83；頁 286。

15. 譯注：指第二紀元努曼諾爾滅亡時，伊露維塔藏起維林諾後的狀況。

16. 頁 1502；頁 1507。

17. 譯注：Isle of Elenna，Elenna 在昆雅語中代表「前往星辰」。

葛羅音之子金力為伊力薩王規劃出的伊瑞柏矮人族系。

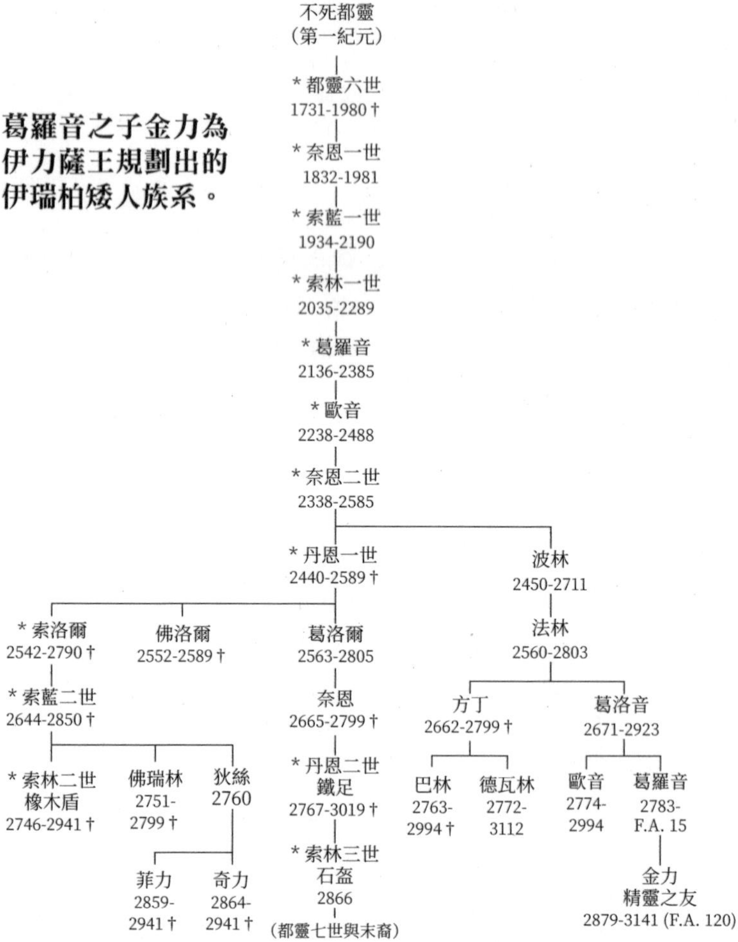

建立伊瑞柏，1999。
丹恩一世遭到巨龍殺害，2589。
返回伊瑞柏，2590。
伊瑞柏屠殺，2770。
索洛爾遇害，2790。
矮人集結，2790-3。
矮人與歐克獸人之戰，2793-9。
南都希力昂戰役，2799。
索藍開始流浪，2841。
索藍死亡與失去魔戒，2850。
五軍之戰與索林二世之死，2941。
巴林前往墨瑞亞，2989。

＊被視為都靈一族國王的成員名字，無論流亡與否都有星號標記。在索林．橡木盾前往伊瑞柏的旅程上的同伴中，歐力、諾力和朵力也是都靈家族的成員，而索林的遠親畢佛、波佛和龐伯的祖先則是墨瑞亞矮人，但並非都靈族系成員。

†的意義請參見p.1033

以下是紅皮書中最後幾條注記之一

我們聽說列葛拉斯帶上了葛羅音之子金力，因為他們的友誼比任何精靈和矮人之間的情誼都來得深厚。如果這點屬實，那就的確十分奇異——居然有矮人願意為了情誼而離開中土世界；艾達族居然願意接受他；西方之主們竟然允許這種事。但據說金力出發的原因，是為了再度見到美麗的格拉翠兒；在艾達族之間地位崇高的她，或許為他取得了這項特許。這點就無法深究了。

如出一轍，因此其他種族無法靠眼睛和耳朵辨識她們。這導致人類產生愚蠢的念頭，認為世上沒有女矮人，而矮人都是「從石頭裡蹦出來的」。

由於族群中的女性稀少，使矮人的人數成長緩慢，而當她們缺乏安全住處時，也會身陷危機。因為矮人一輩子只會和一任妻子或丈夫結婚，他們的嫉妒心極強，對待其他事物也是如此。結婚的男矮人只占總人數不到三分之一。因為並非所有女人都有配偶：有些不想要丈夫，有些想要自己得不到的對象，因此不願接受他人。至於男人，也很多著迷於自身技藝者不願成婚。

葛羅音之子金力名聞天下，因為他是與魔戒共同出發的九行者之一；在魔戒之戰的過程中，他也一路與伊力薩王同行。他得到精靈之友的稱號，因為他與瑟蘭督伊王之子列葛拉斯之間產生了深厚友誼，也由於他對格拉翠兒夫人所抱持的敬意。

在索倫敗亡後，金力帶了一批伊瑞柏矮人南下，並成為輝光洞穴之主。他和他的人民在剛鐸與洛汗打造了優異作品。他們為米那斯提力斯以祕銀和鋼鐵打造出大門，取代遭到巫王擊毀的門板。他的朋友列葛拉斯也從巨綠森帶精靈南下，並住在伊西力安，當地則再次成為西方大地中最優美的地區。

但當伊力薩王離世時，列葛拉斯便終於順著自己的心意飄洋過海。

在同年（2941）夏季下旬，甘道夫說服了薩魯曼與白議會攻擊多爾哥多，索倫則撤退並前往魔多，他認為能在該處躲避他所有敵人。於是當戰爭終於展開時，主要攻勢便轉向南方。但即便如此，如果丹恩王與布蘭德王沒有阻擋他的話，索倫依然能以他無遠弗屆的影響力為北方帶來災厄。日後當眾人短暫住在米那斯提力斯時，甘道夫就告訴佛羅多與金力這些事。不久，剛鐸就得知了來自遠方的消息。

「當年我對索林的死感到難過。」甘道夫說，「現在我們聽說丹恩也已陣亡，當我們在此戰鬥時，他也在河谷城作戰。在他這把年紀，還能如傳聞中那般揮舞斧頭，並挺立在伊瑞柏大門前的布蘭德王遺體旁，直到黑暗落下，的確是令人驚歎不已的壯舉。

「但事情可能演變成更糟的局面。當你們想到帕蘭諾平原大戰時，別忘了河谷城的戰役與都靈一族的戰功。想想原本可能發生的情況。龍焰與蠻劍襲擊伊瑞亞多，夜色也籠罩裂谷。剛鐸或許根本不會有王后了，當我們凱旋歸鄉時，可能只會碰上廢墟與灰燼。但由於我在春季將盡時的布理碰上索林．橡木盾，避免了那種下場。在中土世界，我們說這是天賜的巧遇。」

狄絲是索藍二世的女兒。她是這些歷史中唯一記載了名字的女矮人。金力說，女矮人的數量稀少，可能只有總人數的三分之一。除非有極大必要，不然她們鮮少拋頭露面。她們的嗓音與外表與男矮人都很相似，如果她們得踏上旅程的話，就連打扮也與男性甘道夫驚奇地望向他。「真奇怪，索林．橡木盾。」他說，「因為我也想到你了，儘管我正準備前往夏郡，我也打算由該處前往你的廳堂。」

「你這樣稱呼它們就太客氣了。」索林說，「它們只不過是流亡時期的貧瘠住處。但如果你來，我們就會好好歡迎你。聽說你十分睿智，也比其他人更了解世界上的狀況；我有不少心事，也樂於聽你的意見。」

「我會來的。」甘道夫說，「我猜我們至少有同一種麻煩。我很擔心伊瑞柏的巨龍，也不認為索洛爾的孫子會忘記這件事。」[117]

那場會面的後果已記載在別處：包括甘道夫為了幫助索林而想出的古怪計畫，以及索林和他的同伴們如何從夏郡出發，踏上前往孤山的任務，最後則迎來出乎意料的偉大終局。以下只記錄了與都靈一族有直接關聯的事。

伊斯加洛斯的巴德射殺了巨龍，但河谷城爆發了戰爭。因為當歐克獸人得知矮人回歸時，便殺向伊瑞柏；阿索格之子波格率領著牠們，丹恩年輕時殺死了牠的父親。在首場河谷城戰役[118]中，索林．橡木盾身負致命重傷，並因此離世，眾人將他埋在孤山底下的墳墓，並將家傳寶鑽置於他的胸口。他的侄子菲力與奇力也在此戰死。但他來自鐵丘陵的表親丹恩．鐵足前來救陣，也成為了他的合法繼承人，之後登基成為國王丹恩二世，山下王國也如甘道夫所盼望的再度復興。丹恩是位偉大而睿智的國王，矮人們在他的統治下也變得繁榮強盛。

他似乎滿於留在伊瑞亞多。他在此工作多年，盡可能經營生意並收集財富。當許多流浪的都靈一族成員聽聞他在西方的住處時，便前來找他，使他的人民數量大為增加。他們在山脈中建造華美的殿堂，儲存了大量物資，日子過得也不顯得太苦，但他們總會在歌謠中提到遙遠的孤山。

歲月不斷逝去。索林心中的餘燼再度迸出火花，他則思考著他家族遭逢的噩運，以及他對巨龍復仇的使命。當他的大錘在鍛造廠中發出響聲，他就想到武器、軍隊與同盟；但軍隊已四散各地，同盟已瓦解，人民的武器也十分稀少。當他敲打鐵砧時，內心便燃起了毫無希望的怒火。

但最終，甘道夫和索林在偶然之下碰了面，並改變了都靈家族的命運，也催生出日後其他更偉大的事蹟。某次[116]，從西邊回來的索林待在布理過夜。甘道夫也在當地。他正要前往已有二十年沒去過的夏郡。他感到疲憊，也想在那休息一陣子。

在他擔憂的許多事務中，北方的危險狀態尤其使他感到操心。因為他知道索倫正在計劃戰爭，等到對方自覺變得夠強大，就打算攻擊裂谷。但當前只有鐵丘陵的矮人，能夠抵抗東方勢力奪回安格馬地區與北方山區隘口的企圖。惡龍荒原則位在這些地區遠方。索倫可能會利用巨龍帶來駭人的後果。該如何解決史矛格呢？

當甘道夫坐著沉思，索林便來到他面前說：「甘道夫先生，我先前看過你，但我很樂意和你談談。我近來經常想到你，彷彿我注定要來找你。如果我知道該上哪找你的話，早就該這麼做了。」

能控制他們的力量，便是使他們的心中燃起對黃金與寶物的貪婪，因此如果他們缺乏這些寶物，其他良好事物便看似毫無價值，他們也會對奪走寶物的對象感到憤怒，也會企圖復仇。但他們天生就能頑強地抵抗任何控制。儘管能夠殺害或扭曲他們，卻無法將他們矮化為受到他人意志奴役的邪影。基於同樣的理由，沒有任何魔戒能影響他們的壽命，不會因此而加長或縮短。索倫因此更痛恨持戒者，也想奪走他們的戒指。

因此，或許有部分是由於魔戒的惡意，使索藍在數年後變得煩躁不安且不滿。他的心中總會浮現對黃金的慾望。最後，當他無法再忍受時，便把念頭轉向伊瑞柏，並決定返回當地。他沒有把內心的打算告訴索林，只帶著巴林、德瓦林和少數人起身道別離去。

沒人知道多少他之後發生的事。現在看來，顯然當他和少數同伴出發後，索倫的爪牙就開始追捕他。狼群追趕著他，歐克獸人也出手攻擊，邪惡的飛鳥籠罩住他的去向，而當他越往北走，就遭遇到更多厄運阻撓。在某個黑夜中，他和同伴們在安都因河對岸的地區遊蕩，而一股黑雨迫使他們在幽暗密林的樹蔭下躲雨。到了早上，他就從營地消失，也沒人回應同伴們的呼喊。他們找尋了他許多天，直到最後才放棄希望，回到索林身邊。多年後眾人才得知，索藍遭到活捉，並被送到多爾哥多的地牢中。他在此遭受凌虐，魔戒也被奪走，最後死在該處。

於是索林．橡木盾成為都靈的繼承人，但確是毫無希望的王儲。當索藍失蹤時，索林正好九十五歲，是個氣宇不凡的矮人，但乞討麵包？」

「去打鐵。」索林說，「錘子至少能讓手臂保持健壯，直到它們能再度握起更尖銳的工具。」

所以索藍和索林與剩餘的追隨者（其中包括巴林與葛羅音）回到黑鬱地，不久後他們便離開該地，在伊瑞亞多流浪，直到最後他們在盧恩河遠方的伊瑞德盧因東方[113]建立了流亡家園。在那段時間，他們鑄造的大多是鐵製品，但他們獲得了繁榮的生活，人數也緩緩增加[114]。但如索洛爾所說，魔戒需要黃金才能產生黃金，而他們並沒有多少貴金屬。

在此可以提起關於這枚魔戒的事。都靈一族的矮人相信，這枚魔戒是七戒中第一枚鑄造的戒指；他們也說是精靈鐵匠將它送給卡薩督姆之王都靈三世，並非由索倫經手，但他的邪惡力量肯定也注入了魔戒，因為他輔助了七戒的鑄造過程。但魔戒的擁有者們並沒有公開展示或提及它，他們也鮮少在死前把它交給別人，所以其他人都不曉得它的藏匿處。有些人認為如果卡薩督姆的國王陵墓尚未被發現與掠奪的話，它可能就還留在該處。但在都靈繼承人一族中，人們相信（其實是誤信）當索洛爾草率地回到墨瑞亞時，就帶著這枚戒指。他們不曉得它發生了什麼事。阿索格的遺體上找不到那枚戒指[115]。

不過矮人們現在相信，索倫已透過他的伎倆查出是誰擁有魔戒，它是最後一枚仍未受控制的魔戒，都靈繼承人們蒙受的特異厄運大致與他的惡意有關。因為這種方式無法使矮人臣服。魔戒唯一眼睛，你也該看清事實。我們為了復仇而掀起這場戰爭，也成功報仇雪恨了。但勝利的果實並不甜美。如果這算是勝利，那我們的雙手根本承受不起。」

都靈一族以外的矮人也說：「卡薩督姆並非我們先祖的居所。除非有得到寶藏的希望，不然它對我們有什麼用？現在，如果我們得在沒有獎賞與補償的狀況下離開，那就最好盡快回到故鄉。」

索藍轉向丹恩，並說：「但我自己的親人應該不會遺棄我吧？」「不。」丹恩說，「你是我族的族長，我們已為你拋灑鮮血，也願意再度效力。但我們不會進入卡薩督姆。你也不會進入卡薩督姆，只有我曾望入門內陰影過。都靈剋星仍在黑影遠方等待著你。在都靈一族能再度回到墨瑞亞前，世界必然會經歷改變，異於我族的力量也將興起。」

於是在阿贊努比薩後，矮人們再度分散。但他們先費勁地剝除了自家死者身上的裝備，以免歐克獸人前來盜取大量武器與鍊甲。據說每個離開戰場的矮人，都因身上的重擔而駝背。他們升起許多火葬堆，並火化了所有親人的遺體。他們在山谷中砍下大量樹木，該地此後仍沒有長出任何樹林，就連在羅瑞安，都能看到焚燒產生的煙霧[112]。

當可怕的火堆只剩下灰燼後，盟友們便各自回國，丹恩．鐵足也率領他父親的人民回到鐵丘陵。站在大木樁旁的索藍對索林．橡木盾說：「有些人會認為這顆頭顱的代價慘重！至少有我們會為它放棄自己的王國。你要和我回去打鐵嗎？還是想去傲慢的人家門口的力氣猛烈揮出一擊，但阿索格閃到一旁，並踢了奈恩的腿，使對方的鶴嘴鋤撞上自己原本站立的岩石後碎裂，奈恩則往前撲倒。阿索格迅速一劈，砍中他的脖子。他的鎖子甲抵擋住刀鋒，但沉重的力道打斷了奈恩的脖子，就此殞命。

阿索格隨即大笑，仰頭發出勝利的吶喊，但叫聲頓時從他喉間消失。因為牠發現自己在山谷中的大軍正潰敗奔逃，矮人們也四處斬殺敵軍，成功逃跑的殘黨則尖叫著往南方逃去。牠身邊的士兵也已全數死亡。牠轉身並逃向大門。

有個手持紅斧的矮人躍上牠身後的臺階。那是奈恩之子丹恩．鐵足。他在門前逮到阿索格，成功殺死對方，還斬下了牠的首級。眾人將此視為壯舉，因為丹恩當時在矮人中只算是毛頭小子。但他未來漫長的生涯仍會遭遇諸多戰鬥，直到年老但毫不退縮的他在魔戒之戰中喪生。儘管他剽悍且滿腔怒火，據說當他走下大門時，臉上卻毫無血色，彷彿感受到強烈的恐懼。

終於戰勝後，剩下的矮人們在阿贊努比薩集合。他們取走阿索格的頭顱，並在牠口中塞入裝了少許錢幣的袋子，接著將頭顱插在木樁上。當晚沒人設宴或高歌，因為死者的數量使他們悲從中來。據說，只有不到半數的倖存者還能站立，或擁有痊癒的希望。

不過到了早晨，索藍便站在眾人面前。他有隻眼睛已全瞎，也因腿傷而跛腳，但他說道：「太好了！我們獲勝了。卡薩督姆是我們的了！」

但其他人回答：「你也許是都靈的繼承人，但就算只剩下一隻他們在山坡上的古都大門時，就在山谷中發出如雷貫耳的吶喊。有大批敵軍佈署在他們上方的山坡，門口也湧出了阿索格保留到最後關頭的大量歐克獸人。

起初矮人的運氣並不好，因為那是個沒有陽光的陰暗冬日，歐克獸人並沒有退縮，牠們包圍了敵軍，還占有優勢。阿贊努比薩戰役（Battle of Azanulbizar）（此地在精靈語中又稱南都希力昂）就此展開，關於這場戰役的回憶仍使歐克獸人感到戰慄，矮人們也會啼哭。由索藍率領的先鋒部隊首波攻勢遭到擊退，死傷人數不少，索藍也退到離凱勒德—薩雷姆不遠的高大樹林中。他的兒子佛瑞林在此戰死，族人方丁和許多人也送了命，索藍和索林也受了傷[111]。別處的戰鬥死傷慘重，直到鐵丘陵的人民在最後一刻扭轉局勢。葛洛爾之子奈恩手下的重甲戰士終於抵達戰場，並殺過歐克獸人的陣列，抵達墨瑞亞的門檻前，口中大喊：「阿索格！阿索格！」並用鶴嘴鋤斬殺所有擋路的敵人。

接著奈恩站在大門前高聲呼喊：「阿索格！如果你在裡面，就滾出來！還是在山谷裡戰鬥對你來說太困難了？」

此時阿索格現身戰場，牠是個高大的歐克獸人，龐大的頭顱帶著鐵盔，但手腳敏捷而強壯。許多身材與牠相仿的手下一同出現，這些是牠的護衛隊，而當牠們與奈恩的部隊短兵相接時，牠便轉向奈恩，並說：

「什麼？又有乞丐來敲門嗎？我也得在你身上烙印嗎？」說完，牠就衝向奈恩，兩人陷入惡鬥。但奈恩因憤怒而盲目，大戰也使他精疲力竭，阿索格則精力充沛而滿腹詭計。奈恩很快就用僅剩納爾把頭顱轉到另一側，發現前額上用矮人符文烙了印，他能看出「阿索格」的名字。日後那名字深深烙印在他與所有矮人心中。納爾俯身撿起頭顱，但阿索格[110]的嗓音說：

「丟下它！給我滾！這是你的酬勞，鬍子乞丐。」一個小袋子擊中了他。裡頭只有幾枚價值不高的硬幣。

納爾哭著沿著銀脈河逃跑。但他回頭一看，發現歐克獸人走出大門，把遺體碎屍萬段，把屍塊拋給黑烏鴉吃。

納爾把這樁故事告訴索藍。索藍嚎啕大哭並扯掉自己的鬍子，陷入沉默之中。他一語不發地端坐了七天，接著他站起身說：「忍無可忍！」這就是矮人與歐克獸人之戰的開端，戰爭漫長而致命，大部分在地底深處進行。

索藍立刻派使者將口信捎向北方、東方與南方；但三年後，矮人們才完成集結軍力。都靈一族召集了所有大軍，其餘六父家族也派來大批兵力。因為對他們最年長家族的繼承人所做出的羞辱，使他們所有人都勃然大怒。當一切準備完成後，他們便攻擊並洗劫了從剛達巴山到金花河之間能找到的所有歐克獸人要塞。雙方都毫無憐憫，死亡與殘忍行徑在早、晚都會發生。矮人們在山下各處巢穴搜索阿索格，並透過軍力、天下無雙的精銳武器與震天怒火取得勝利。

最後，所有在他們面前逃竄的歐克獸人都聚集在墨瑞亞，追趕牠們的矮人大軍來到阿贊努比薩。那座河谷位於凱勒德—薩雷姆湖周圍的支脈之間，過往曾是卡薩督姆王國的一部分。當矮人們看到要黃金，才能產生黃金。」

「你不是想回伊瑞柏吧？」索藍說。

「在我這年紀辦不到了。」索洛爾說，「我把我族對史矛格的復仇交給你和你的子嗣們了。但我對貧窮和人類的輕蔑感到疲倦了。我要去看看自己能找到什麼。」他並沒有說明自己的去處。

他或許因年紀而有些瘋癲，也因長期執著於先祖時代的墨瑞亞榮光歲月。也可能是因為主人已經甦醒，使魔戒逐漸墮入邪惡，使他做出愚蠢並帶來自我毀滅的行為。他與納爾從當時居住的黑鬱地往北走，並穿越紅角隘口，下山抵達了阿贊努比薩。

當索洛爾來到墨瑞亞時，大門就往外敞開。納爾求他保持警覺，但他毫不在意，並如同凱旋歸來的王儲般驕傲地走了進來。但他沒有回來。納爾躲在附近好幾天。有天他聽到一股大叫和號角聲，還有具屍體被扔到台階上。他擔心那是索洛爾，便開始悄悄靠近，但大門中傳來一股嗓音：

「來吧，鬍子佬！我們看得見你。但今天不用怕。我們需要你當信差。」

接著納爾走上前來，發現那的確是索洛爾的屍體，但頭部遭人砍下，趴在地上。當他跪下時，就聽到黑影中傳來歐克獸人的笑聲，那股嗓音說道：

「如果乞丐不願在門口等待，反而想鑽進來偷東西，我們就會對他們這樣做。如果你們的人民又把髒鬍鬚塞進來，就會碰上同樣下場。把這件事告訴他們！但如果他的家人想知道現在這裡的王是誰，名字就寫在他臉上。是我寫的！我殺了他！我是老大！」

一世與他的次子佛洛爾在宮殿大門前遭到一隻巨型冷龍[107]殺害。

不久之後，大多都靈一族的成員便捨棄了灰山脈。丹恩之子葛洛爾和許多追隨者前往鐵丘陵，但丹恩的繼承人索洛爾和他父親的弟弟波林與剩餘人民便返回伊瑞柏。索洛爾將家傳寶鑽帶回索藍大廳，他與族人們的生活也變得繁榮富裕，他們也與住在附近的所有人類保持友好關係。因為他們不只製造了精美作品，也打造出價值連城的武器與甲冑；他們與鐵丘陵的同胞之間也往來運輸著礦產。住在凱爾都因河（狂奔河）和卡南河（紅水河）之間地區的北方人因此變得強大，並驅逐了所有來自東方的敵人；大量矮人們也住在當地，伊瑞柏大廳中經常舉辦饗宴，眾人也高聲歌唱。[108]

於是伊瑞柏的財富變得遠近馳名，名聲也傳到龍族耳裡，最後金龍史矛格便在毫無預警的狀況下突襲索洛爾，並在熊熊烈火中撲向孤山，牠是當代最大的龍族成員。不久整座國度就遭到摧毀，附近的河谷城也受到破壞與遺棄。但史矛格隨後進入大廳，並躺在以黃金鋪成的床上。

許多索洛爾的族人逃離攻擊與大火，最後索洛爾本人與他兒子索藍二世則從祕門逃出宮殿。他們帶著家人[109]往南浪跡天涯，又無家可歸。和他們同行的，則是一小批族人與忠實的追隨者。

多年後，年事已高、貧窮又焦慮的索洛爾，把自己僅剩的唯一重要寶物交給兒子索藍：七戒中的最後一枚戒指。隨後他便只與一位名叫納爾的老同伴離開。他在父子離別時對索藍提起魔戒：

「儘管可能性很低，但這或許能成為你新財富的基礎。但它需在第一紀元結束後，卡薩督姆的勢力與財富便大幅增加——當藍山脈中的諾格羅德和貝勒戈斯特等古老城市在山戈洛墜姆毀滅時遭到摧毀後，許多人民便帶著學識與技術遷往卡薩督姆。墨瑞亞的力量撐過了黑暗年代與索倫的統治期，儘管埃瑞瓊已遭到摧毀，墨瑞亞的大門也緊緊閉上，但卡薩督姆的殿堂太過深邃且固若金湯，其中的英勇人民為數眾多，使索倫無法從外界征服該處。因此它的財富長久以來無人侵擾，但人民則逐漸減少。

到了第三紀元中旬，都靈再度君臨此地，此時已是都靈六世的時代。魔高斯爪牙索倫的力量此時又在世上增長，但世人尚未得知面對墨瑞亞的幽暗密林中邪影的底細。所有邪惡生靈開始蠢動。矮人們當時挖掘得太深，在巴拉辛巴底下找尋祕銀，那是逐年變得越來越難尋獲的無價金屬。[102] 他們就此喚醒了[103]某個恐怖魔物，自從西方大軍[104]到來後，它就逃離山戈洛墜姆，並藏匿在地底深處：它正是魔高斯的岩魔。都靈遭到它殺害，而他兒子奈恩一世也在隔年遇害。墨瑞亞的榮光從此結束，它的人民也遭到屠殺或逃竄到遠方。

大多逃離的矮人都前往北方，而奈恩之子索藍一世便來到靠近幽暗密林東側的孤山伊瑞柏[105]，並在此展開新工程，成為了山下之王。他在伊瑞柏找到偉大的家傳寶鑽，也就是山之心[106]。但他的兒子索林一世則離開並前往北方遠處的灰山脈，大多都靈族人都聚集在此，那些山脈的資源富足，也少有人探索。但山脈彼端的荒野中有龍族出沒，牠們也與矮人交戰，並掠奪對方的成果。最後，丹恩在伊歐墨的時代中，驃騎國的人民享有和平生活，山谷與平原中的人民數量大為增加，還擁有更多駿馬。此時伊力薩王統治著剛鐸與亞爾諾。他是這些古代國境中的國王，除了洛汗以外；因為他再度向伊歐墨送上基里昂贈禮，伊歐墨也再次立下伊洛之誓。他經常履行自己的誓言。儘管索倫已經敗亡，但他催生出的恨意與邪惡勢力並沒有消失，而在白樹能和平成長前，西方之王還必須降伏諸多敵人。無論伊力薩王去何處作戰，伊歐墨王總會與他同行。驃騎國如雷的馬蹄聲在魯恩海遠方與南方的遙遠國度響起，綠地白馬旗也在許多地區飄揚，直到伊歐墨老去。

三
都靈一族

關於矮人的起源，艾達族和矮人雙方都有奇怪的說法，但既然這些事源自遠古，此處就不加贅述。矮人將該種族七父[100]中最年長的成員稱為都靈，他也是長鬍族所有國王的祖先[101]。他獨自沉睡，直到他的人民在太古時期甦醒，他便來到阿贊努比薩，並在迷霧山脈東邊的凱勒德—薩雷姆頂端的洞穴中定居，此地便是日後歌謠中知名的墨瑞亞礦坑。

他在當地居住多年，使他得到不死都靈的稱號。但最後他在遠古年代結束前逝世，陵墓則位於卡薩督姆；但他的血脈從未斷絕，而他的家族中出現過長得跟這名祖先極為相似的五個後人，使他們得到了都靈的名稱。矮人們的確將他視為重返世間的不死者，因為他們對自身與自己在世上的命運具有許多奇異的故事與信仰。

獸人開始掠奪東方地區，並屠殺或竊取馬匹。其他歐克獸人也從迷霧山脈下山，許多是為薩魯曼效力的烏魯克獸人，但過了很久，才有人懷疑這點。伊歐蒙德的主要轄區是東邊境，他也熱愛馬匹，並痛恨歐克獸人。如果有掠奪事件的消息傳來，他經常怒氣沖沖地草率策馬抗敵，只帶上幾名手下。於是他在 3002 年遭到殺害，因為他追蹤一小批敵軍部隊到艾明穆伊，並遭到躲藏在岩石間的重兵突擊。

不久之後，希優德玟生病而死，這使國王大感悲傷。他將她的子女們帶進王宮，並稱他們為自己的兒女。他只有一個兒子：當年二十四歲的希優瑞德。因為王后艾芙希爾德在生產時死亡，希優頓也沒有再婚。伊歐墨與伊歐玟在伊多拉斯長大，並目睹希優頓的宮殿蒙上陰霾。伊歐墨的外型與父親相似，但伊歐玟則纖瘦高䠷，流露出來自南方洛薩納赫的莫玟身上的氣質與驕傲，洛希人也將莫玟稱為鋼燦。

2991-F.A. 63 (3084)	**伊歐墨・埃爾迪**。[96] 年紀尚輕時，他就成為驃騎國元帥（3017），並得到他父親在東邊境的轄區。在魔戒之戰中，希優瑞德在艾森格淺灘與薩魯曼軍隊交戰時死亡。因此當希優頓在帕蘭諾平原上辭世前，便指派伊歐墨為他的繼承人，並稱對方為王。伊歐玟在那天也獲得偉大戰功，因為她以喬裝參與該戰役，日後驃騎國人民稱她為盾臂之女（Lady of the Shield-arm）。[97] 伊歐墨成為偉大的君王，而由於他年輕時便繼承了希優頓的王位，因此他在位六十五年，比他先前的任何國王更長，只有老艾多除外。在魔戒之戰中，他與伊力薩王和多爾安羅斯的印拉希爾締結友誼，他也經常前往剛鐸。 在第三紀元的最後一年，他娶了印拉希爾之女洛絲瑞兒 [98]。他們的兒子俊美的艾夫威奈 [99] 接下了他的王位。

2870-2953	十五：**芬格爾**。他是佛克威奈的三子與第四個孩子。他的名聲並不好。他貪求食物與黃金，也與他的元帥和孩子們產生爭端。他的老三與唯一的兒子襄格爾在成年時離開洛汗，並長年住在剛鐸，在特剛麾下贏得了榮譽。
2905-80	十六：**襄格爾**。他到晚年都沒有娶妻，但在 2943 年，他在剛鐸娶了來自洛薩納赫的莫玟，她的年紀小了他十七歲。她在剛鐸為他生下三個孩子，第二個孩子希優頓是他唯一的兒子。當芬格爾過世時，洛希人便將他召回，他也不情願地回國。但他是個優秀而睿智的國王，但他家族中使用剛鐸的語言，並非所有人都覺得這是好事。 莫玟在洛汗又為他生下兩名女兒。最後一個女兒希優德玟[93]最為美麗，但她出生得很晚（2963），是他老年才得到的孩子。她哥哥非常愛她。 在襄格爾回國後不久，薩魯曼就自稱艾森格之主，並開始對洛汗帶來麻煩，不僅侵占邊界，也支持洛汗的敵人。
2948-3019	十七：**希優頓**。在洛汗的歷史中，他被稱為希優頓·艾德紐[94]，他因薩魯曼的魔咒而陷入衰退期，但甘道夫治癒了他，他則在生命中的最後一年奮起並率領手下在號角堡取得大捷，不久後則前往帕蘭諾平原，參與該紀元最偉大的戰役。他在孟登堡前戰死。他在自己出生的國度稍作停留，與離世的剛鐸國王們為伍，後來則回到國內，在伊多拉斯的第八座墓塚中下葬。新的族系隨後展開。

第三族系

在 2989 年，希優德玟與駐守東佛德的驃騎國第一元帥伊歐蒙德結婚。她的兒子伊歐墨於 2991 年出生，她女兒伊歐玟[95]則在 2995 年出生。此時索倫再度崛起，魔多的邪影也伸向洛汗。歐克

2668-2741	八：**葛瑞姆**。
2691-2759	九：**錘手赫姆**。在他統治期的結尾，洛汗因入侵事件與長冬而蒙受嚴重損失。赫姆和他的兒子哈勒斯與哈瑪在此喪命。

第二族系

2726-2798	十：**福瑞亞拉夫·希爾德森**（Fréaláf Hildeson）。薩魯曼在他的時代來到艾森格，當地的黑鬱地人也遭到驅逐。他的友誼起初使洛希人在日後的物資匱乏期與脆弱期中獲利。
2752-2842	十一：**布魯塔**（Brytta）。人民將他稱為李歐法[88]，因為眾人十分熱愛他；他十分慷慨，也對所有需要幫助的人伸出援手。他的時代爆發了與歐克獸人之間的戰爭，這些從北方遭到驅離的歐克獸人企圖在白色山脈尋求庇護。[89]當他過世時，眾人以為歐克獸人已全遭到消滅，但實情並非如此。
2780-2851	十二：**瓦達**。他只在位九年。當他和同伴們從登哈格走山路離開時，碰上歐克獸人埋伏的他們就全數遭到殺害。
2804-2864	十三：**佛卡**。他是個厲害的獵人，但他發誓只要洛汗還有歐克獸人，他就不會獵捕野生動物。當他找到並摧毀最後一處歐克獸人的要塞時，就去菲瑞恩森林狩獵伊佛赫特[90]的巨型野豬。他殺死野豬，但受獠牙重創傷重而死。
2830-2903	十四：**佛克威奈**。當他成為洛希人之王時，恢復了國力。他重新征服了遭到黑鬱地人占領的西邊境（位於雅多恩河與艾森河之間）。洛汗在惡劣時期得到剛鐸的莫大援助。因此，當他聽說哈拉德人大舉襲擊剛鐸時，便派出許多人馬支援宰相。他希望能親自率領軍團，但眾人打消了他的念頭，他的雙胞胎兒子佛爾克瑞德[91]與法斯翠德[92]（出生於 2858）便代替他前去。他們在伊西立安並肩戰死（2885）。剛鐸的圖林二世送了佛克威奈大量黃金作為補償。

後他將艾森格占為己有，開始將它打造成固若金湯與令人畏懼的要塞，彷彿要與巴拉多匹敵。他從所有痛恨剛鐸與洛汗的對象中找來朋友與僕人，無論是人類或更邪惡的生物亦然。

驃騎王
第一族系

年分[86]	
2485-2545	一：**少年伊洛**。他得名於在年紀尚輕時就繼承父親的地位，直到離世前都長著金髮，皮膚也保持紅潤。由於東方人重新展開攻擊，使他並沒有活得太長。伊洛在大高原戰死，並被葬在第一座墓塚下。 費拉洛夫也葬在此處。
2512-70	二：**布理哥**。他將敵人從大高原驅逐出去，洛汗在數年間沒有再度遭到攻擊。在 2569 年，他完成了梅杜賽德大殿。在大宴之間，他兒子巴多發誓要踏上「亡者之道」，也沒有回來[87]。布理哥隔年因悲傷而死。
2570-2659	三：**老艾多**。他是布理哥的次子。人們將他稱為老艾多，因為他活到高齡，並擔任國王七十五年。在他的時代中，洛希人的數量增加，並驅趕或降伏了留在艾森河東邊的黑鬱地人。哈格谷與其他山谷都有人民居住。接下來的三任國王事蹟甚少，因為此時的洛汗享有和平盛世。
2570-2659	四：**福瑞亞**。艾多的長子，但他是第四個孩子。他登基時年事已高。
2594-2680	五：**福瑞亞威奈**。
2619-99	六：**哥德威奈**。
2644-2718	七：**迪歐**。在他的時代，黑鬱地人經常渡過艾森河進行掠奪。在 2710 年，他們占據了荒廢的艾森格石圈，也無法將之驅逐。

夫，並將他殺害，奪回了伊多拉斯。雪融後產生了洶湧洪水，恩特河谷也成為龐大的沼澤。東方入侵者紛紛死亡或撤退，最後剛鐸的救兵也沿著山脈東西方的道路前來。在該年（2759）結束前，黑轡地人就遭到驅逐，連艾森格中也一人不剩，福瑞亞拉夫隨後登基為王。

「人們將赫姆從號角堡帶走，將他埋在第九座墓塚下。白色的辛貝敏奈此後在這裡長得最為茂密，使墓塚宛如受到白雪覆蓋。當福瑞亞拉夫逝世時，就開始了新的一排墓塚。」

洛希人因戰爭、物資匱乏和損失牲畜馬匹，使得人數縮減。幸好多年來他們沒有再次碰上龐大威脅，因為直到佛克威奈王的時代才恢復了先前的國力。

薩魯曼在福瑞亞拉夫加冕時出現，他帶來禮物，盛讚洛希人的勇氣。所有人都將他視為貴賓。不久後他在艾森格住下。剛鐸宰相貝倫准許他如此，因為剛鐸仍將艾森格視為國境內的要塞，並非洛汗的一部分。貝倫也把歐散克塔的鑰匙交給薩魯曼保管。從來沒有敵人能損害或進入那座塔。

薩魯曼由此開始表現得像人類貴族。起初他以宰相大將與高塔護衛的身分守住艾森格。但福瑞亞拉夫和貝倫一樣對此感到高興，也認為艾森格有強大的盟友駐守。長久以來他看似盟友，或許剛開始也的確如此。但日後人們相信，薩魯曼前往艾森格是為了尋覓當地的晶石，打算建立自己的勢力。在白議會最後一次召開後（2953），他肯定就對洛汗打起壞主意，不過他隱藏了這點。隨或奴役的人，逃竄到山中谷地。赫姆在艾森河淺灘撤退，也蒙受重大損失，並躲入號角堡與其後的深谷（日後被稱為赫姆關）。他在此遭到圍攻。沃夫占領了伊多拉斯，並坐在梅杜賽德中自稱為王。防守城門的赫姆之子哈勒斯[82]，最終在此戰死。

「長冬隨後迅速展開，洛汗則有近五個月的時間遭到大雪掩埋（2758.11—2759.03）。洛希人與他們的敵人在嚴寒與持續更久的物資匱乏狀況中都損傷慘重。在尤爾節後，赫姆關中發生了大飢荒。在絕望之下，國王的小兒子哈瑪違背了父親的意旨，率領手下出外進行突擊，但他們在大雪中迷失。赫姆因飢餓與悲傷而變得憤怒又憔悴，光憑敵人對他感到的畏懼，就能與防守號角堡的上百名人力匹敵。他會身穿白衣獨自外出，如同雪地食人妖[83]般潛入敵營，並徒手殺死諸多敵人。人們相信，如果他沒有攜械，就沒有武器能傷害他。黑鬱地人說如果他找不到食物，就會吃人；傳說在黑鬱地流傳許久。赫姆有只巨大號角，每當他出擊時就會吹響，讓聲音在赫姆關中迴盪。他的敵人們驚懼不已，與其聚集起來獵捕或殺害他，他們反而沿著深谷壑逃之夭夭。

「有天晚上，人們聽到號角的聲響，但赫姆沒有回來。早上出現了數天來第一道陽光，他們也看到獨自站在堤上的白色身影，沒有任何黑鬱地人膽敢靠近。赫姆的遺體矗立在此，但他並未屈膝。但人們說，赫姆關中有時還是會聽到號角聲，赫姆的死靈則會行走在洛汗的敵人之間，用恐懼殺害對方。

「冬天在不久後結束。赫姆的妹妹希爾德[84]之子福瑞亞拉夫[85]離開許多人逃往的登哈格，並帶著一小批敢死隊在梅杜賽德突襲沃事只是小事。之後再讓赫姆和福瑞卡處理這件事。在此同時，國王和會議成員有重要事宜要討論。』

「當會議結束後，赫姆便站起身，把大手擺在福瑞卡的肩膀上，說道：『國王不允許有人在自己的居所內打鬥，但外頭就自由多了。』他強迫福瑞卡走在他面前，從伊多拉斯走進空地。他對隨後跟上的福瑞卡隨扈說：『滾開！我們不需要有人旁聽。我們要私下討論事情。去和我的手下聊吧！』他們一看，這才發現國王的人馬與朋友超越了他們的數量，這才後退。

「『好了，黑鬱地人，』國王說，『你只需要對付手無寸鐵的赫姆一人。但你說得夠多了，該換我發言。福瑞卡，你已經把肚皮裡的愚昧養得太肥大了。你說手杖嗎？如果赫姆不喜歡別人丟來的扭曲手杖，他就會折斷它。就像這樣！』於是他用拳頭狠狠揍了福瑞卡一拳，讓對方昏厥並往後摔倒，隨後也迅速死去。

「赫姆隨後宣布福瑞卡的兒子與近親成為國王之敵，對方也隨即逃跑，因為赫姆馬上派出許多人策馬前往西方邊境。

四年後（2758）的洛汗遭逢極大麻煩，剛鐸也無法派出救兵，因為有三支昂巴艦隊正在攻擊它，戰火也在沿岸地區延燒。在此同時，洛汗再度從東方遭到入侵，而發現有機可趁後，黑鬱地人便渡過艾森河，從艾森格南下。人們很快就得知沃夫是敵軍領袖，他們為數眾多，因為在列夫努伊河和艾森河兩處河口登陸的剛鐸敵人也加入了他們。

洛希人遭到擊退，敵軍也在他們的土地上肆虐。沒有遭到殺害你。但你現在欠了我一大筆債，也得將你的自由交給我，直到你的生命結束。』

「伊洛隨後騎上牠，費拉洛夫也臣服於他；伊洛騎乘牠時，並沒有使用馬勒或轡頭，此後也總用這種方式駕馭牠。這匹馬聽得懂人話，不過牠只讓伊洛駕馭自己。伊洛就是騎著費拉洛夫前往凱勒布蘭特平原。那匹馬和人類一樣長壽，牠的後代也擁有相同壽命。這些就是米亞拉斯馬，牠們只願搭載驃騎王或其子嗣，直到影鬃的時代為止。人們說貝瑪（艾達族口中的歐羅米）肯定曾將牠們的祖先從西方帶到大海彼端。

「在伊洛和希優頓之間的驃騎王之中，最知名的就是錘手赫姆。他是個力量驚人的陰沉男子。當時有個名叫福瑞卡[79]的男人，他自稱是福瑞亞威奈王[80]的後裔，但人們說他身上流著不少黑鬱地的血，還長了滿頭黑髮。他變得富有而強大，在雅多恩河[81]兩側都擁有寬闊的土地。他在靠近河流泉源的位置建造了一座要塞，也不大理睬國王。赫姆不信任他，但會召喚他前來參加會議，福瑞卡則只有在願意時才前去。

「福瑞卡帶了許多人馬去其中一場會議，並要求讓赫姆的女兒和他兒子沃夫結婚。但赫姆說：『自從你上次來此，塊頭又變得更大了；但我猜，應該大多是肥油吧。』人們哄堂大笑，因為福瑞卡的腰圍極寬。

「福瑞卡隨即勃然大怒，並大罵國王，最後則說：『拒絕他人手杖的老國王，可是會摔倒的。』赫姆回答：『來吧！你兒子的婚山脈山腳下的一處蒼鬱丘陵選為住處，該山脈是他國土的南方屏障。洛希人此後在當地住下，擁有自己的國王與法律，但也與剛鐸維繫著永久邦交。

「北方人仍記得的洛汗歌謠中，傳頌了許多王族與戰士，以及諸多驍勇善戰的美麗女子。據說率領人民前往伊歐修德的酋長名叫弗魯姆嘉[75]。相傳他兒子弗拉姆[76]在伊瑞德米斯林[77]殺了巨龍史卡沙，當地此後便不再受到長龍[78]的侵襲。於是弗拉姆贏得了鉅富，但也與矮人產生爭端，對方宣稱擁有史卡沙的寶庫。弗拉姆一毛錢也不給，反而送了條用史卡沙牙齒做成的項鍊給他們，並說：『你們的寶物無法與這種首飾比擬，因為這項鍊的代價高昂。』有些人說，矮人因為這侮辱而殺害弗拉姆。伊歐修德人和矮人對彼此並沒有好感。

「李歐德是伊洛父親的名字。他負責馴服野馬，當時有為數眾多的野馬在該地。他抓到一匹白馬，馬匹迅速長得壯碩俊美，性格也十分自傲。沒人能馴服牠。當李歐德嘗試騎上牠時，牠便把他載走，最後則將他甩下，李歐德的頭撞上了岩石，就此喪命。當時他僅有四十二歲，他兒子則是個十六歲的少年。

「伊洛發誓要為父報仇。他花了許多時間追捕白馬，最後也找到了牠，他的同伴們以為他會嘗試在近距離射殺馬匹。但當他們逼近時，伊洛就站起身高聲呼喊：『過來，殺人馬，換個新名字吧！』讓眾人大感驚奇的是，白馬望向伊洛，並走來站在他前方，伊洛則說：『我將你命名為費拉洛夫。你喜愛自由，這點我不怪代，他們已變得數量龐大，在家鄉的生活又開始變得困苦。

「在第三紀元 2510 年時，剛鐸遇上了一股新危機。一大群來自東北方的野人殺過羅瓦尼恩從褐地出現，並搭著木筏渡過安都因河。在此同時，在不曉得是巧合或刻意為之的狀況下，歐克獸人（與矮人開戰前，此時牠們為數眾多）也從迷霧山脈下山。入侵者們在卡蘭納松大舉肆虐，剛鐸宰相基里昂則向北方求援；因為安都因河谷的人民和剛鐸人民之間有長遠的情誼。但大河谷地中的人現在稀少而分散，無法迅速派出救兵。最後伊洛聽聞剛鐸有難的消息，儘管時機已晚，但他仍派出了大批騎士。

「於是他來到凱勒布蘭特平原，那是坐落於銀脈河與林清河之間的綠地。剛鐸的北方大軍在此陷入困境。在大高原遭到擊敗，也無法從南方得到援軍後，大軍便趕過林清河，此時也忽然遭到前往安都因河的歐克獸人軍隊襲擊。當一切希望似乎化為泡影時，騎士們便從北方現身，從敵軍後方發動攻擊。戰場上的局勢頓時扭轉，敵人便在林清河上遭到屠殺。伊洛率領手下前去追趕，而由於北方騎士帶來的恐懼，使得大高原的入侵者也變得驚慌失措，騎士們則在卡蘭納松平原上追殺他們。

「自從大瘟疫以來，該地區罕有人居，大多留下的人也遭到東方蠻族殺害。因此，為了獎勵伊洛的幫助，基里昂將安都因河和艾森河之間的卡蘭納松送給他與他的人民；他們也要居住在北方的婦孺帶著物資前來該地居住。他們將此地改名為驃騎國，並自稱為伊洛一族；但剛鐸將他們的國境稱為洛汗，也將當地人民稱為洛希人（意指馬王）。於是伊洛成為首任驃騎王，他把白色告別，也向她愛的所有人告辭；隨後她離開米那斯提力斯城，前往羅瑞安，並獨自居住在枯萎的樹木下，直到冬天降臨。格拉翠兒已經離去，凱勒彭也走了，大地一片死寂。

「最後當梅隆樹的葉片凋零，春天尚未到來時[72]，她便在凱林安羅斯上躺下。她翠綠的墳墓就坐落於此，直到世界改變，後人也徹底遺忘她一生的歲月。大海以東也不再長出伊拉諾與妮芙瑞迪爾。

「從南方傳到我們這的本篇故事就此結束。隨著暮星離世，本書便不再提及昔日過往。」

（二）
——伊洛家族——

「少年伊洛是伊歐修德[73]民族的領袖。那座地區位於安都因河的源頭附近，夾在迷霧山脈最遠的支脈與幽暗密林最北端之間。在埃雅尼爾二世的時代，伊歐修德人從安都因河谷由卡洛克到金花河之間的地區，遷移到那一帶；他們的起源也與比翁一族和森林西側的人類十分接近。伊洛的祖先自稱是羅瓦尼恩君王的後代，在戰車民入侵前的國度位在幽暗密林遠方，因此他們認為自己是艾達卡以降的剛鐸國王的族人。他們最喜愛平原，也熱愛馬匹與各種馬術，但當時在安都因河中部河谷住了許多人，而多爾哥多的黑影也逐漸伸長。因此當他們聽聞巫王遭到推翻時，就在北方找尋更多地盤，並趕走了迷霧山脈以東的安格馬殘黨。但在伊洛之父李歐德[74]的時的壽命，但也有自由離世的能力，並歸還這股天賦。因此，現在我將長眠。

「『我無法安慰妳，因為世上沒有能夠平復這種痛苦的方法。妳面前有最後的抉擇——改變妳的選擇並前往灰港岸，帶著我們共處時的回憶航向西方，讓我們的過往永保長青，但只能在心中追憶；或是承受人類宿命。』

「『不，親愛的大人，』她說，『我早已做出選擇了。現在沒有船會載我前往西方，無論我願不願意，都必須承受人類宿命：失落與沉默。但我要告訴你，努曼諾爾人之王，直到現在，我才明白你族人的故事與他們殞落的原因。我認為他們是壞心的愚人，但我終於憐憫他們了。如果這的確如艾達族所說，是至上神賦予人類的贈禮，這禮物就太苦澀了。』

「『看似如此，』他說，『但昔日我們曾抗拒邪影與魔戒，也不該在最後試煉中失敗。我們必須在悲傷中離去，但不要絕望。聽著！我們不會永遠滯留在世界上，而流傳到世界之外的將不只是回憶。再會了！』

「『埃斯泰，埃斯泰！』她哭喊道，此時他握住並親吻她的手，並陷入長眠。他身上流露出至高的美感，使日後所有前來瞻仰他的人都大感驚奇——人們見到了他年輕時的優雅，成年時的英勇氣度，與老年的智慧與威嚴，這一切相互交織。他躺在陵墓中許久，成為人類王族不可磨滅的榮光象徵，直到世界毀滅。

「但亞玟離開了陵墓，她眼中的光芒也已熄滅，她的人民也覺得她變得冰冷蒼老，如同黯淡無星的冬夜。她對艾達瑞昂與女兒們

「她身為精靈與人類的王后，與亞拉岡一同度過了榮耀而幸福的一百二十年。但最後他感到老年逼近，也明白自己的壽命儘管漫長，卻已來到盡頭。亞拉岡便對亞玟說：

「『世上最美麗的暮星夫人，我最摯愛的人，我的世界終於開始褪色了。唉！我們相處並經歷了多年歲月，但付出代價的時刻已經接近了。』

「亞玟很清楚他的打算，也早已預知這點，但她仍感到悲憤難忍。『大人，那你要在辭世前拋下將你的話語奉為圭臬的人民嗎？』

「『不是在我辭世前。』他回答，『如果我現在不離開，很快就會被迫離去了。我們的兒子艾達瑞昂已經來到能繼承王位的年齡了。』

「於是亞拉岡前往默街的國王陵墓，在為他準備多時的長床上躺下。他在那向艾達瑞昂道別，並將剛鐸的羽翼王冠和亞爾諾權杖交給對方。隨後所有人都離開他，只剩下獨自站在床邊的亞玟。儘管她擁有過人智慧與家世，她卻忍不住懇求他再留下一陣子。她還沒有對自己的生命感到疲倦，因此嘗到了自己選擇的凡人生活帶來的苦果。

「『安多米爾夫人，』亞拉岡說，『這一刻確實難熬，但當我們在已無人出沒的愛隆花園中的白樺樹下見面時，就已經注定有今天了；而在凱林安羅斯丘上，我們抗拒了邪影與暮光，並接受了這項宿命。仔細考量吧，親愛的，再自問妳是否要我等到自己老邁凋零，神智不清地從王位上倒下？不，夫人，我是最後的努曼諾爾人，與遠古年代的最後君王。我不只擁有比中土世界人類多出三倍便對他說：

「『這是我們最後一次離別了，吾兒埃斯泰。我已經因操心而老邁，就和普通人一樣。我無法面對中土世界當代逐漸逼近的黑暗。我很快就會離開人世了。』

「亞拉岡試圖安撫她說道：『但黑暗彼端或許還有光明，假若如此，我就希望妳能親眼見證，並感到快樂。』

但她只用這句林諾德[70]回答：

Ónen i-estel edain, ú-chebin estel anim.[71]

於是亞拉岡心情沉重地離開。吉爾蘭在隔年春天前就過世了。

「時間來到魔戒之戰期間，內容則記載於別處 —— 有人發現前所未見的方式，能藉此推翻索倫，而出乎預料的希望也成真了。在面臨潰敗的時刻，亞拉岡從海上抵達，在帕蘭諾平原戰役中展開了亞玟的旗幟，他在那天首度被尊稱為王。最後當一切準備就緒時，他繼承了先祖的王位，並收下剛鐸王冠與亞爾諾權杖。在索倫敗亡那年的夏至當天，他牽起了亞玟．安多米爾的手，兩人在王者之城中完婚。

「第三紀元就此在勝利與希望中結束，但在該紀元的諸多悲劇中，也包括了愛隆和亞玟的離別。因為大海與連世界終結都無法平復的宿命，將使他們天人永隔。當權能魔戒毀滅，三戒也喪失力量後，愛隆終於感到疲倦，並離開中土世界，永遠不再回來。亞玟則成為凡人女子，不過直到她失去自己得到的一切前，她不會死去。

她說道：『我願意與你相守終生，杜納丹，並背離暮光。但我族人的家園與我所有同胞的故鄉就在那裡。』她深愛她的父親。

「當愛隆得知她女兒的選擇時，他沉默不語，儘管內心滿懷悲傷，也覺得長久以來自己畏懼的宿命難以輕易承受。但當亞拉岡再度來到裂谷時，他就把對方找來，並說：

「『吾子，希望將在未來數年中消失，我也難以判斷未來的局勢。我們之間也蒙上了一層陰影。也許命運注定如此，透過我的損失，人類就能再度重拾王權。因此儘管我深愛你，還是得對你說，亞玟．安多米爾不該為更低下的目的，而拋下生命中的贈禮。她不該成為剛鐸與亞爾諾之王以外對象的新娘。對我而言，就連我們的勝利，都只會帶來悲傷與離別——但對你卻會帶來片刻飽含喜悅的希望。唉，吾子！我擔心對亞玟而言，到了盡頭時，人類宿命或許會顯得艱困難忍。』

「此後愛隆與亞拉岡對此耿耿於懷，也沒有再提起此事，亞拉岡再度踏上充滿危險與辛勞的旅程。隨著索倫的力量增長，巴拉多也逐漸升高，世界變得黯淡，恐懼也籠罩中土世界。亞玟則留在裂谷，當亞拉岡待在外地時，她便在遠方掛念著他。懷抱希望的她，為他製作了一面王者大旗，惟有能一統努曼諾爾人並繼承伊蘭迪爾王權的人，才能使用這面旗幟。

「幾年過後，吉爾蘭向愛隆辭別，並回到伊瑞亞多的族人身邊獨居。她很少見到兒子，因為他花了許多年待在遙遠國度中。但某次亞拉岡回到北方時，他就來見吉爾蘭，而在他離開時，她

「亞拉岡四十九歲時，他剛從魔多黑暗疆域中的危機回來，索倫現在已再度住在當地，忙於執行邪惡計畫。他感到疲倦，也想回到裂谷，在他回到遙遠國度前先休息片刻。而在途中，他來到羅瑞安，格拉翠兒夫人則允許他進入這座隱匿地區。

「他不曉得亞玟．安多米爾也在當地，再次與她母親的族人同住一段期間。她沒有多少改變，因為俗世的歲月對她沒有影響——但臉龐顯得更為肅穆，此時不常有人聽到她的笑聲。亞拉岡的身心都已完全成熟，格拉翠兒要他換下破損的衣物，讓他穿上銀白色的衣著，加上灰色的精靈斗篷，再讓他於前額佩戴一顆明亮寶石。他看起來是超越凡人的王者，宛如來自西方諸島的精靈貴族。這是亞玟在他們的漫長分別後首次見到他，而當他從卡拉斯格拉松長滿金花的樹林下朝她走來時，她就做出了選擇，也決定了自己的宿命。

「他倆在洛斯羅瑞安的林地間一同漫步，直到他離開的時刻到來。在仲夏夜，亞拉松之子亞拉岡與愛隆之女亞玟前往此地中央的美麗山丘凱林安羅斯，赤腳踏在不死的青草上，腳邊長了伊拉諾與妮芙瑞迪爾。他們在那座山丘上望向東方的邪影，以及西方的暮光，並欣喜地締結婚約。

「亞玟說：『儘管邪影黑暗無邊，我的內心卻充滿喜悅；因為你埃斯泰，將會躋身於摧毀它的偉人之中。』

「但亞拉岡回答：『唉！我無法預測，也看不到會有哪種結果。但我徹底反對邪影。但小姐，暮光也無法接受我，因為我是凡人。如果妳與我相守終生，暮星，那妳也得放棄暮光。』

「她如同白樹般一動也不動地站在原地，一面望向西方，最後類而言，還得過上許多年。但我摯愛的亞玟不會面臨選擇，除非是你，亞拉松之子亞拉岡，來到我們之間，並讓你我之一面對連世界終結都無法平復的苦澀離別。你還不明白，你想要的東西對我有多麼重要。』他嘆了口氣，在片刻後嚴肅地注視這名年輕人，再度開口：『歲月會帶來終曲。等到多年以後，我們再談這件事。日子已逐漸變得黯淡，許多災厄也即將到來。』

「亞拉岡隨後親切地向愛隆告辭。隔天他向他母親、愛隆的家臣們與亞玟道別，隨後就踏入野地。近三十年來，他努力對抗索倫，也成為智者甘道夫的朋友，從對方學到了許多智慧。他與甘道夫踏上了許多危機重重的旅程，隨著歲月逝去，他更經常獨自行動。他的路途艱困漫長，外型也變得有些陰沉，除非剛好露出微笑。當他沒有隱藏真面目時，人們便覺得他散發出尊榮氣度，如同流亡中的王者。因為他有諸多偽裝，也以不同名號贏得盛名。他與洛希人大軍一同馳騁，並在陸上與海上為剛鐸領主奮鬥。而在勝利時刻，他卻消失在西方人類的心中，獨自前往遙遠東方，也深入南方，探索善惡人心，並揭露索倫僕從的狡猾詭計。

「於是他最後成為世上最堅忍不拔的人類，精通凡人的各種技術與學識，卻又比常人更善於使用這一切——因為他擁有精靈般的智慧，當他眼中綻放精光時，又少有人能承受他的目光。由於他背負的宿命，使他的臉龐顯得悲傷而嚴厲，但希望總是停駐在他的內心深處，有時能使喜悅如同岩間湧泉般往外流洩。

「愛隆看穿了許多事件與人心。在秋天前，有天他把亞拉岡喚進他的房間，並說：『亞拉松之子亞拉岡，杜納丹人之主，聽我一言！偉大的命運等待著你，不是升上比自伊蘭迪爾時代所有祖先更崇高的地位，就是與你所有族人一同墮入黑暗。你面前還有長達許多年的試煉。直到你的時機到來，也取得資格前，你不該娶妻或與任何人締結婚約。』

「亞拉岡感到不安，並說：『是我母親提起這件事的嗎？』

「『並不是她。』愛隆說，『你的雙眼出賣了自己。但我說的不只是我女兒。你還不該與任何人的女兒訂婚。至於美麗的亞玟，伊姆拉翠斯與羅瑞安之女，和她人民的暮星，她的家世比你的偉大許多，也已經在世上生活許久。對她而言，你只是度過多年歲月的年輕樺樹旁剛滿一歲的幼苗而已。她的地位比你高出太多了。我想，她或許也如此認為。但如果實情並非如此，她的心也愛上你的話，我仍會因我們的宿命而感到難過。』

「『是什麼宿命？』亞拉岡說。

「『只要我待在這裡，她就會擁有艾達族的壽命。』愛隆回答，『而當我離去時，如果她願意，就會和我一同離開。』

「『我明白了。』亞拉岡說，『那我見到的寶物，就不亞於貝倫曾一度渴求的辛葛珍寶。這就是我的命運。』忽然間，他族人的預知能力在他身上顯現，他說，『但是，愛隆大人，你留在此處的歲月已經為數不多了，你的孩子們很快就得做出選擇，與你或中土世界從此分離。』

「『沒錯。』愛隆說，『從我們的觀點而言非常快，不過對人中土世界也頂多只活了二十年。但亞玟注視他的雙眼，並說：『別感到訝異！因為愛隆的孩子們都擁有艾達族的壽命。』

「亞拉岡感到羞愧，因為他在她的雙眼中看到精靈的光輝，以及多年歲月帶來的智慧。從那刻開始，他便愛上了愛隆之女亞玟·安多米爾。

「在隨後的日子裡，亞拉岡陷入沉默，他母親也察覺他遭遇了某種奇異事件。最後他向她坦承，並把在暮光下森林中的會面告訴她。

「『吾兒呀，』吉爾蘭說，『即便身為君王後裔，你的目標也太高不可及了。因為這是世上最高貴美麗的女子。凡人也不適合與精靈結婚。』

「『但如果我學過的先祖故事屬實，』亞拉岡說，『我們就有些血緣關係。』

「『沒錯，』吉爾蘭說，『但那是許久以前另一個紀元的事了，當時我們一族尚未衰退。因此我很擔心，因為一旦少了愛隆大人的好意，伊西鐸的繼承人很快就會滅絕。但我不認為在這件事上，你能夠獲得愛隆的好意。』

「『那麼我的日子將苦澀難耐，我也會獨自行走於荒野。』亞拉岡說。

「『那的確是你的命運。』吉爾蘭說。儘管她擁有族人的一部分預知能力，卻沒有向他提起己心中的感受，也沒有把兒子所說的事告訴任何人。

「亞拉岡沉默地注視對方片刻，但由於擔心她會離去並從此消失，他便對她喊道：『媞努薇兒，媞努薇兒！』如同貝倫在許久前的遠古年代所做的。

「女子轉向他並露出微笑，說道：『你是誰？為何要用那個名稱叫我？』

「他回答：『因為我相信妳的確是我歌頌的露西安·媞努薇兒。如果妳不是她，那妳和她的氣質也近乎相似。』

「『許多人都這樣說過。』她肅穆地回答，『但她的名字並不屬於我。不過，或許我的命運會與她相同。你又是誰？』

「『我被稱為埃斯泰，』他說，『我是亞拉松之子亞拉岡，伊西鐸的繼承人，杜納丹人之主。』但當他說完時，便覺得原本使他滿心愉悅的崇高家世，和她的典雅氣度與美貌相比時，卻顯得一文不值。

「但她愉快地笑起來，並說：『那我們就是遠親。因為我是愛隆之女亞玟，也被稱為安多米爾。』

「『在危險的日子中，』亞拉岡說，『人們顯然經常藏起最珍視的寶物。但我對愛隆和妳的兄長們感到訝異，儘管我從小就住在這座宅邸，卻從來沒聽說過妳的事。我們怎麼會從來沒見過面？妳父親不可能把妳鎖在寶庫中吧？』

「『不。』她說，並抬頭望向在東方隆起的迷霧山脈。『我有段時間住在母親族人的國度，也就是遙遠的洛斯羅瑞安。我最近才回來拜訪父親。我已經有許多年沒有來到伊姆拉翠斯了。』

「亞拉岡感到驚奇，因為她看起來比他大不了多少，他自己在愛隆扮演了父親的角色，將他當作自己的兒子般寵愛。人們稱他為埃斯泰，意指『希望』，而在愛隆的命令下，他的真名與家世則成為不外流的機密——因為智者們清楚，魔王正在尋找可能仍活在世上的伊西鐸繼承人。

「但當埃斯泰僅二十歲時，就在與愛隆之子們經歷偉大事蹟後回到裂谷；愛隆欣喜地看著他，因為他察覺對方已顯得俊美尊榮，也提早得到成年人的體態，但身心尚未完全成熟。那天愛隆用真名稱呼他，並說出對方的真實身分，也說明他是誰的兒子。愛隆也將他家族的傳家物交給他。

「『這是巴拉希爾之戒，』他說，『是我們血緣關係的遠古象徵。這裡還有納希爾的碎片。你或許能利用它們達成大業，因為我在此預言，你的壽命將比常人更久，除非遭逢厄運，或在試煉中失敗。但這是場漫長、艱困的試煉。我仍保管著安努米那斯權杖，因為你還沒有資格握有它。』

「隔天日落時，亞拉岡獨自在森林中漫步，心情十分高興。他高聲歌唱，因為內心充滿希望，世界也仍美麗宜人。當他唱歌時，忽然看到有名女子經過樺木白色樹枝間的綠地。他訝異地停下腳步，以為自己步入了夢境，或得到了精靈吟遊詩人的能力，能讓歌謠中的事物憑空出現在聽眾面前。

「因為亞拉岡正在唱露西安之歌[69]中敘述露西安與貝倫在奈爾多瑞斯森林見面的情境。看呀！露西安就在裂谷中出現在他面前，身穿銀藍交錯的披風，如同精靈家鄉的暮光般唯美；她的黑髮在忽然吹來的風中飄散，眉間則佩戴著宛如星辰般的寶石。

也有同感。但試煉的結果完全不同。這三人在魔戒之戰中的事件已記載於別處。戰後，執政宰相的時代便隨之結束，因為伊西鐸與安納瑞昂的繼承人已經回歸並重掌王權，白樹旗幟也再度飄揚在艾克賽里昂之塔頂端。」

（v）

以下是亞拉岡與亞玟的故事節錄

「亞拉多是國王的祖父。他的兒子亞拉松想娶美麗的吉爾蘭[68]，她是迪海爾之女，父親是亞拉納斯的後代。迪海爾反對這樁婚事，因為吉爾蘭年紀尚輕，還沒有抵達杜納丹人女性慣於成婚的年紀。

「『再說，』他說，『亞拉松是名凜然的成年男子，很快就會成為人們希冀的領袖，但我有種不祥預感，覺得他的壽命不會太長。』

「但他同樣擁有遠見的妻子伊佛玟回答：『這才更需要急！風暴來臨前的日子逐漸變得黯淡，偉大事蹟也即將到來。如果這兩人現在結婚，就可能為我們的人民帶來希望；但如果他們拖延，希望就不會出現在這個紀元了。』

「當亞拉松和吉爾蘭才結婚一年時，亞拉多就在裂谷北邊的冰冷高原遭到丘陵食人妖擄走，並慘遭殺害，亞拉松成為杜納丹人酋長。隔年吉爾蘭為他產下一子，名為亞拉岡。但亞拉岡才兩歲時，亞拉松和愛隆之子們策馬對抗歐克獸人，因歐克獸人飛箭射中他眼睛而死。他在族人中確實短命，過世時僅有六十歲。

「成為伊西鐸繼承人的亞拉岡，便與母親前往愛隆宅邸居住。

力，因此他大膽地望進白塔中的帕蘭提爾。在米那斯伊希爾陷落，伊西鐸的帕蘭提爾也落入魔王手中後，先前就沒有宰相敢這麼做，連埃雅尼爾與埃爾諾兩名國王都不敢。因為米那斯提力斯晶石是安納瑞昂的帕蘭提爾，與索倫擁有的晶石之間的連結最強。

「迪耐瑟透過這種方式，得知了他國度中與國界外遠處發生的大多事情，許多人也為此感到訝異。他以慘痛的代價換來了這些知識，因他與索倫的周旋而使身體早衰。因此迪耐瑟的驕傲與絕望同時增長，直到他將當代所有事蹟視為白塔之主與巴拉多之主之間的對決，也不信任其他對抗索倫的人，除非對方只效命於他。

「時間來到魔戒之戰，迪耐瑟的兒子們也已成年。年長五歲的波羅米爾深受父親喜愛，他的臉孔與自傲與父親最為相像，但僅此為止。他與昔日的埃爾諾王相仿，沒有娶妻，只對武藝產生興趣。他無懼而強悍，除了與古代戰爭有關的故事外，他不太在乎學識。較年輕的法拉米爾外型與他相似，但想法截然不同。他能像父親一樣敏銳地看穿人心，但更容易因此產生憐憫，而非輕蔑。他的器度溫和，也熱愛學識與音樂，因此當代許多人認為他並不比他兄長勇敢。但事實並非如此，只不過他並不會在毫無目的的狀況下，在危險中尋求榮耀。當甘道夫來到王城時，他總會歡迎並盡量從對方的智慧中學習——而如同其他事，這項行為也令他父親不滿。

「但兄弟倆之間充滿敬愛，自從孩提時代就已如此，波羅米爾總會幫助與保護法拉米爾。無論在父親的偏愛或人們的讚揚之中，他倆之間都從未產生妒意或競爭關係。法拉米爾不認為剛鐸有任何人能與身為迪耐瑟繼承人與白塔將軍的波羅米爾匹敵，而波羅米爾出現在剛鐸的任何人更有王者氣息。他十分睿智，具有遠見卓識，學識淵博。他和索隆吉爾確實如同近親，但在人民與他父親心中，他卻總得在那名陌生人身旁屈居次位。當時許多人認為，索隆吉爾在對手成為主上前先行離開。但索隆吉爾從未與迪耐瑟競爭，也只認為自己是他父親的僕人。而在他倆對宰相的諫言中，也只有一項差異：索隆吉爾經常建議艾克賽里昂別信任艾森格的白袍薩魯曼；該歡迎灰袍甘道夫。但迪耐瑟和甘道夫之間沒有好感，而在艾克賽里昂的統治期後，米那斯提力斯對灰袍聖徒就不如以往禮遇。因此在日後水落石出時，許多人便相信，心智敏銳且比當代其他人更富真知灼見的迪耐瑟，曾發現這名陌生人索隆吉爾的身分，也認為對方和米斯蘭迪爾企圖取代他的位子。

「當迪耐瑟繼位宰相（2984），就成為充滿支配力的領主，穩穩掌握了大權。他鮮少開口，他會傾聽諫言，接著順著心意而行。他很晚婚（2976），娶了多爾安羅斯的阿卓希爾的女兒芬杜依拉絲。她是個美麗而溫柔的女子，但還沒共度十二年，她就過世了。迪耐瑟以自己的方式愛著她，對她抱持的愛深過其他人，可能僅有她為他生下的長子除外。但人們覺得她在衛戍之城中逐漸凋零，如同將來自濱海谷地的花朵，種在不毛的岩石上。東方的暗影使她滿心恐懼，她也總會把目光轉向心繫的南方大海。

「在她離世後，迪耐瑟變得比先前更加嚴肅與沉默，也會獨自坐在他的塔中沉思，預測到即將在他的時代發生的魔多攻勢。世人日後相信，由於需要知識，但他性格高傲，也只信任自己的意志做出的許多事蹟中，都得到了一位偉大將領的輔助與建議，他也對此人厚愛有加。剛鐸的人民稱呼此人為索隆吉爾，意指「星辰之鷹」，因為他既敏捷且眼力銳利，在披風上別了一枚銀星——但沒人清楚他的真名或出生地。他從洛汗來見艾克賽里昂，先前他曾在當地效命於襄格爾王，但他並非洛希人。無論在陸上或海上，他都是個優秀的領袖，但在艾克賽里昂離世前，他就消失在自己現身的陰影中。

「索龍吉爾經常建議艾克賽里昂，昂巴叛軍的力量對剛鐸是莫大危機，假若索倫發動戰爭，南方領地將會遭受致命威脅。最後他得到宰相允准，集結了一小批艦隊，在夜裡忽然抵達昂巴，焚毀海盜的大量船隻。他親自在碼頭的戰役中擊敗了港灣總帥，還在死傷極少的狀況下撤離艦隊。但當眾人回到佩拉吉爾時，使人們感到悲傷而訝異的是，他不願意凱旋回到米那斯提力斯。

「他向艾克賽里昂寫信道別，內容說道：『有其他任務需要我，大人，如果我注定再度回到剛鐸，就得先經歷漫長的時間和諸多危機。』儘管沒人猜得到那些任務為何，或是他受到哪種呼喚，但眾人皆知他的去向。因為他駕了小船渡過安都因河，在那向同伴道別，獨自離開——人們最後一次看見他時，他正往黯影山脈前進。

「索隆吉爾的離去使王城陷入愁雲慘霧，所有人都覺得這是莫大損失，除了艾克賽里昂之子迪耐瑟以外；他的年紀已能接任宰相，而四年後他便在父親辭世後繼任。

「迪耐瑟二世是個驕傲魁梧的男子，性格英勇，也比數百年來隨之枯萎；但人們讓它留在原處，「直到國王歸來」，因為沒人找得到幼苗。

在圖林二世的時代，剛鐸之敵們再度行動。因為索倫的力量正再度恢復，他崛起的日子也接近了。除了最堅韌的人以外，所有人都離開了伊西立安，渡過安都因河往西遷徙，因為魔多歐克獸人已占領該地。圖林在伊西立安為他的士兵們建造了祕密避難所，漢納斯安農便是受到看守與掌控最久的據點。他也強化了凱爾安卓斯島[66]，以便防衛安諾瑞恩。但他的主要危機位在南方，哈拉德人在此建立了南剛鐸，波羅斯河沿岸也發生了許多戰鬥。當伊西立安遭到重兵入侵時，洛汗的佛克威奈王便履行了伊洛之誓，派出許多人馬馳援，以報答貝瑞剛的救兵之恩。有了他們的協助，圖林於波羅斯河渡口斬獲大勝，但佛克威奈的兩個兒子都戰死沙場。騎士們以族人的習俗埋葬他倆，並葬在同一個墓塚中，因為他們是雙胞胎兄弟。豪德因關諾[67]便長年矗立在河岸上，剛鐸的敵人也未敢通過。

特剛在圖林後繼位，但世人對他的統治期主要的印象，是在他過世的兩年前，索倫再度崛起，並公開宣布回歸，再度回到早已為他作好準備的魔多。巴拉多重建完成，末日火山也冒出烈焰，伊西立安的最後一批居民也逃到遠方。當特剛過世時，薩魯曼便占據艾森格，並強化了該地的防禦措施。

「特剛之子艾克賽里昂二世是個充滿智慧的人。他利用自己僅剩的權力，開始加強他的國度，以便抵抗魔多的攻勢。他鼓勵來自遠近的所有人才為他效力，也賦予值得信賴者官階與獎勵。在他的救兵，洛希人的號角聲首度在剛鐸響起。少年伊洛率領騎士們前來，將敵人全數擊退，並在卡蘭納松平原上追殺巴爾赫斯人。基里昂將那片土地送給伊洛，他則對基里昂發下了伊洛之誓，只要剛鐸領主有難，他就會應允前來。」

在第十九任宰相貝倫的時代，剛鐸遭遇了更嚴重的危機。有三批準備多時的艦隊從昂巴和哈拉德前來，以大規模軍力攻打剛鐸沿岸；敵人也在許多地方登陸，甚至遠達艾森河口。在此同時，洛希人在西方與東方遭到攻擊，他們的土地也遭到侵占，人們被迫躲進白色山脈谷地。長冬於2758年開始，來嚴寒與大雪從北方與東方而來，時間長達五個月。洛汗的赫姆和他的兒子兩人陣亡於那場戰爭，伊瑞亞多和洛汗也遭逢苦難與死亡。但在山脈以南的剛鐸狀況稍微好些，春天到來前，貝倫之子貝瑞剛擊退了入侵者，立刻往洛汗派出救兵。他是剛鐸自波羅米爾以來最厲害的大將，而當他繼承父親的職位時（2763），剛鐸的國力開始恢復。但洛汗從傷痛中痊癒的速度較慢，因此貝倫迎來了薩魯曼，並將歐散克塔的鑰匙交給他；從那年開始（2759），薩魯曼便住在艾森格。

在貝瑞剛的時代，矮人與歐克獸人之戰在迷霧山脈中爆發（2793—2799），只有相關風聲傳到南方，直到逃離南都希力昂的歐克獸人企圖跨越洛汗，並在白色山脈中建立據點。谷地中經歷多年戰事，危機才得以解除。

當第二十一任宰相貝勒克索爾去世時，米那斯提力斯的白樹也在迪耐瑟一世的晚年時期，烏魯克獸人首度從魔多出現，牠們是孔武有力的黑色歐克獸人，在 2475 年橫掃了伊西立安，並攻下奧斯吉力亞斯。迪耐瑟之子波羅米爾（日後九行者中的波羅米爾便以他為名）擊敗了牠們，成功奪回伊西立安；但奧斯吉力亞斯終於毀滅，龐大石橋也遭到破壞。日後沒有人民居住在當地。波羅米爾是個偉大的將領，就連巫王也畏懼他。他氣質尊貴，臉孔俊美，身心都十分強健，但他在那場戰爭中遭到魔窟刃所傷，使他的壽命大幅縮短，他也因痛苦纏身而變得孱弱，並在他父親過世十二年後死去。

在他之後，便開始了基里昂的漫長統治期。他生性警戒，剛鐸的國境也逐漸縮小，他也只能防衛自己的國度邊界，而敵人們（或是移動他們的力量）則準備好發動他無法阻止的攻勢。海盜們侵擾著海岸，但他的主要危機來自北方。在幽暗密林與狂奔河之間的羅瓦尼恩寬闊地帶，當下居住了一批人民，他們籠罩在多爾哥多的暗影下。他們經常通過森林進行掠奪，直到大多居民都遺棄了金花河流經的安都因河谷。這些巴爾赫斯人[65]的數量因來自東方的同族而持續增加，卡蘭納松的人民則逐漸縮減。基里昂在防衛安都因河上十分吃力。

「預測到即將到來的風暴後，基里昂便往北求援，但為時已晚；因為那年（2510）巴爾赫斯人在安都因河東岸打造了許多大船與木筏，並渡過大河，迅速驅逐了敵軍。有批從南方北上的軍隊遭到截斷，被迫往北沿著林清河走，並在此遭受一群來自迷霧山脈的歐克獸人突襲，隨後便往安都因河走。此時北方出現了出乎預料

宰相

宰相家族又名胡林家族，因為他們是米納迪爾王（1621—1634年）的宰相後裔。宰相名為艾明亞南的胡林，是位擁有高等努曼諾爾家世的人。在他的時代後，國王總會從自己的後代中挑選宰相；而在佩蘭鐸的時代之後，宰相爵位便如同王權般成為世襲職位，由父子相傳，或由近親接任。

每任新宰相就職時都會宣誓「以王之名執掌權柄，直到他再度歸來。」但這些誓言很快就成為少有人在乎的儀式話語，因為宰相能使用國王所有權力。但剛鐸有許多人仍然相信，國王遲早將會歸來；有些人也記得北方的古老血脈，據說他們仍舊在陰影中倖存。但執政宰相不願執著在這些念頭上，並堅守自己的崗位。

不過，宰相從未坐上古代王位，他們也不佩戴王冠，或握持權杖。他們只持有一根白色手杖作為職位象徵，他們的旗幟則是毫無徽記的的白旗。但王室旗幟則以黑色作為基底，上頭繡有七星下的開花白樹。

在被視為族系第一人的馬迪爾．佛隆威後，有二十四名剛鐸執政宰相，直到第二十六任、也是最後一任的迪耐瑟二世。起初日子十分平靜，因為那正是警戒和平時期，此時索倫逃離白議會的勢力，戒靈也仍躲藏在魔窟谷。但從迪耐瑟一世的時代開始，就從未真正出現過和平，而即便剛鐸沒有經歷大型或公開戰事，國境邊界也持續面臨威脅。

力與武藝，這點也與常人不同。」

當埃爾諾於2043年繼承王冠時，米那斯魔窟之王提出一對一挑戰，嘲諷對方不敢在北方之戰中面對自己。當時宰相馬迪爾止住了國王的怒氣。自從泰勒姆納王的時代以來，米那斯雅諾便成為王國首都，並改名為米那斯提力斯，因為這座城市總是防衛著魔窟的邪惡勢力。

當埃爾諾登基七年時，魔窟之王就再度發出挑戰，嘲諷國王年輕時膽小懦弱，現在則因年事已高而無力動手。馬迪爾無法再阻止他，國王帶著一小批騎士前往米那斯魔窟的大門，再也沒有人聽說過這些人的下落。剛鐸的人們相信，背信毀約的敵人困住了國王，埃爾諾則已在米那斯魔窟遭到凌虐處死。但既然沒有他的死訊，良相馬迪爾便以他的名義治理了剛鐸數年。

王族的後裔已變得非常稀少。他們的數量在王族內鬥中銳減，此後王族便對近親感到嫉妒，並且虎視眈眈。蒙受質疑的人，經常逃到昂巴加入亂黨；其他人則捨棄家世，與沒有努曼諾爾血統的女子成親。

因此沒人能找到血統純正，或家世受到認同的的對象來繼承王位，眾人也畏懼王族內鬥留下的回憶，心底清楚假若再度掀起這種爭端，剛鐸終將滅亡。因此，儘管歲月飛逝，宰相仍繼續治理剛鐸，伊蘭迪爾的王冠也擺在陵墓中的埃雅尼爾王腿上，當年埃爾諾就將王冠留在此處。

騎前，馬匹便轉身帶他逃到遠處。

「此時巫王高聲大笑，聽到笑聲的人都永遠無法忘卻那股聲音帶來的恐懼。但葛羅芬戴爾騎著他的白馬衝來，笑到一半的巫王則轉身逃跑，並竄入黑影之中。夜色已經降臨戰場，他也已戰敗，也沒人看到他的去向。

「埃爾諾策馬回來，但注視著漸深黑暗的葛羅芬戴爾說道：『別追他！他不會回到此地。他的死期還很遙遠，也不會死於凡夫俗子之手。[64]』許多人記得這段話，但埃爾諾憤怒不已，只想一雪自身的恥辱。

「安格馬的邪惡國度就此滅亡，埃爾諾也成為巫王最恨的對象。但還得等上許多年，這件事才會水落石出。」

日後世人才得知，在埃雅尼爾王的統治期中，逃離北方的巫王來到魔多，身為戒靈之首的他在此集結了其他戒靈。但直到 2000 年，它們才由基力斯昂戈隘口從魔多出動，圍攻米那斯伊希爾。它們在 2002 年攻陷該城，並奪走了塔中的帕蘭提爾。它們在整個第三紀元都沒有遭到驅逐，米那斯伊希爾也成為令人恐懼的地點，並改名為米那斯魔窟。許多仍留在伊西立安的人都棄守了該城。

「埃爾諾的勇氣與他父親如出一轍，但欠缺父親的智慧。他是個強壯而急躁的人，但他不願娶妻，因為他只在戰鬥或使用武器時才會得到樂趣。他驍勇善戰，剛鐸無人能與他在他喜愛的武術中抗衡；比起將軍或國王，他更像勇士，一直到年事漸高時也仍擁有精他的船艦龐大且數量眾多，使它們難以找到停泊處，而哈隆德與佛隆德[62]也都擠滿了船隻。壯盛大軍從艦隊中出動，也為王者之戰帶來了軍需品與物資。北方人民如此認為，這只是剛鐸全體軍力的一小部分特遣隊而已。最廣受讚揚的是馬匹，因為許多駿馬都來自安都因河谷，隨之而來的則有高大俊美的騎士，以及羅瓦尼恩的驕傲貴族。

「基爾丹隨後從林頓和亞爾諾召集了所有願意前來的人力，當全員準備完成後，大軍便越過盧恩山脈，前往北方挑戰安格馬巫王。據說他當時居住在佛諾斯特，讓當地充滿了邪惡生物，並推翻了王者的宅邸與治權。傲慢的他沒有等待敵軍前來攻擊要塞，反而出外迎擊，打算如同對付先前的敵手，將敵人掃進盧恩山脈中。

「但西方大軍從薄暮丘下來面對他，並在南努爾[63]與北崗之間的平原展開大戰。當安格馬的軍力已放棄並撤向佛諾斯特時，繞過丘陵並從北方衝來的騎兵陣勢主體就殺向他們，逼得他們做鳥獸散。巫王帶著殘兵敗將逃向北方，企圖趕回他的地盤安格馬。在他抵達卡恩督姆的庇護處前，以埃爾諾為首的剛鐸騎兵就追上了他。在此同時，精靈貴族葛羅芬戴爾從裂谷率領部隊前來。安格馬潰不成軍，導致沒有任何該國度的人類或歐克獸人留在迷霧山脈以西。

「據說當全軍潰敗時，身穿黑袍、佩戴黑面具的巫王本人忽然騎著黑馬現身。恐懼籠罩面對他的所有人，他滿懷恨意地向剛鐸將軍發出挑戰，隨著一股駭人吶喊，他便直接策馬衝向對方。埃爾諾原本打算面對他，但他的馬不敢承受對方的攻勢，在他能控制住坐逼近了。

「正如他名字的意義，亞伐杜伊的確是末代國王。據說先知馬爾貝斯在他出生時賦予他這個名字，並對他父親說：『你該將他命名為亞伐杜伊，因為他會是亞希丹的最後君王。但杜納丹人們將碰上某個抉擇，如果他們選擇看似希望較小的途徑，那你兒子就會改名，並成為偉大國度的國王。如果沒有，那就得等到諸多悲劇與數百年後，杜納丹人才會再度崛起並團結。』

「在剛鐸，埃雅尼爾之後也只有一個國王。如果王冠與權杖聯合起來，或許就能維繫王權，也能避免許多災厄。但埃雅尼爾是個睿智的人，性格也不傲慢，即便對剛鐸大多人來說，亞希丹的王室儘管歷史悠久，國土似乎微不足道。

「他送口信給亞伐杜伊，宣布他將依照南方王國的法律與需求，來繼承剛鐸王冠。『但我並沒有忘記亞爾諾的王室，也不否認我們的血緣關係，更不希望伊蘭迪爾的王國分裂。如果你有需求，只要我還有能力，就會為你送出援助。』

「不過，埃雅尼爾過了許久才覺得自己有能力履行承諾。亞拉凡特王持續用衰退的軍力抵抗安格馬的攻勢，而當亞伐杜伊繼承王位時，也沒有改變做法。1973 年秋天，剛鐸收到消息，得知亞希丹陷入莫大困境，巫王正準備發動最後一擊。於是埃雅尼爾派他的兒子埃爾諾率領艦隊盡快北上，並派出大批軍力。但為時已晚，在埃爾諾抵達林頓港口之前，巫王就已征服亞希丹，亞伐杜伊也已喪命。

「當埃爾諾來到灰港岸，當地的精靈和人類們便歡聲雷動。

稱要接下剛鐸王冠，因為他是伊西鐸的直系子孫，也是費瑞兒的丈夫，她是昂多赫唯一倖存的孩子。他的要求遭到拒絕。昂多赫王的宰相佩蘭鐸在這件決定上扮演了要角。

「剛鐸議會回答：『剛鐸的王冠與王室只屬於安納瑞昂之子梅奈迪爾的繼承人，伊西鐸也已將這座王國交付給他。在剛鐸，王權只透過父子相傳，我們也沒聽說亞爾諾的法律有所不同。』

「亞伐杜伊則答覆：『伊蘭迪爾有兩個兒子，伊西鐸是長子，也是他父親的繼承人。我們聽說，伊蘭迪爾的名號至今仍位於剛鐸君王系譜之首，因為他被視為所有杜納丹人國度的至高王。當伊蘭迪爾仍在世時，便將南方的聯合治權交給他的兒子們。當伊蘭迪爾辭世時，伊西鐸就離開並接掌他父親的至高王權，並根據習俗將南方的治權交給他弟弟的兒子。他沒有放棄自己在剛鐸的王權，也不認為伊蘭迪爾的國度該永遠分裂。

「再者，在古代的努曼諾爾，權杖會傳給國王最年長的孩子，無論男女。在總是戰火綿延的流亡國度中，這條律法確實從未施行過；但這就是我族的律法，我們現在也參考這項律法，因為昂多赫的兒子們過世時膝下無子。』[61]

「剛鐸沒有對此做出回應。勝利的大將埃雅尼爾繼承了王冠，剛鐸的所有杜納丹人也贊成這件事，因為他是王室成員。他是西力昂迪爾之子，西力昂迪爾則是卡里馬基爾之子，卡里馬基爾是納馬基爾二世弟弟亞契雅斯之子。亞伐杜伊沒有堅持他的主張，因為他沒有力量或意志力能反對剛鐸杜納丹人的選擇。但即便當失去治權後，他的後代也從未忘卻這項主張。北方王國來到盡頭的時間已經日後人們得知，索倫的使者激起了他們，讓他們突襲剛鐸，而在1856年，納馬基爾王二世便在安都因河對岸與他們交戰時死亡。東方與南方羅瓦尼恩的人民遭到奴役，剛鐸邊疆此時也後退到安都因河和艾明穆伊。（據信戒靈此時重新進入魔多）。

受到羅瓦尼恩的暴動所助，納馬基爾二世之子卡力梅塔於1899年在達哥拉大敗東方人，成功為父親復仇，危機也解除了一陣子。在亞拉凡特治理北方、而卡力梅塔之子昂多赫統治南方的時代，兩個王國再度於長久的沉默與分裂後進行協商。他們終於察覺，有某股力量與意志正從許多方向攻擊努曼諾爾的倖存者。此時，亞拉凡特繼承人亞伐杜伊娶了昂多赫之女費瑞兒[60]（1940）。但兩個王國都無法派兵支援彼此，因為在安格馬再次攻擊亞希丹的同時，也出現了數量更多的戰車民。

許多戰車民穿過魔多南方，與坎德和近哈拉德人結盟，而在這場來自北方與南方的大型攻擊中，剛鐸幾近滅亡。1944年，昂多赫王與他的兩個兒子亞塔米爾和法拉米爾在魔拉儂北方戰死，敵軍也湧入伊西立安。但南方大軍總帥埃雅尼爾在南伊西立安大獲全勝，並摧毀渡過波羅斯河的哈拉德軍隊。他急速趕往北方，盡量召集了所有撤退的北方大軍成員，前來對抗戰車民的主要營地。戰車民此時正恣意狂歡，相信已推翻了剛鐸，接下來只需奪取戰利品就行。埃雅尼爾痛擊營地，放火焚燒戰車，將敵軍大舉趕出伊西立安。一大部分逃竄的敵軍都在死亡沼澤中滅頂。

「當昂多赫和他的兒子們死亡時，北方王國的亞伐杜伊便宣人們停止監視魔多邊境，守衛隘口的要塞也受到棄置。

日後人們發現，這些事在巨綠森的邪影逐漸變深時發生，也有許多邪物重新出現，這一切都是索倫崛起的跡象。剛鐸的敵人確實遭受苦難，不然他們或許就能趁邪影仍脆弱時將之擊敗。但索倫能夠等待，而他最主要的期望，或許就是讓魔多再度敞開。

當泰勒姆納王駕崩時，米那斯雅諾的白樹也枯萎而死。但他繼位的外甥塔隆多在主堡中再度栽種了一棵幼苗。他將王宮永久遷移到米那斯雅諾，因為奧斯吉力亞斯已有部分遭到棄置，也開始陷入荒蕪。沒有多少為了逃離瘟疫而進入伊西立安或西方谷地的人們願意回去。

年輕時就登基的塔隆多，在剛鐸國王中擁有最漫長的統治期；但除了重新整治他的國境內部，並緩緩修補它的國力外，他無法做出多少成就。但他的兒子特盧梅塔記得米納迪爾的死，也對海盜的傲慢感到心煩；海盜掠奪了他的海岸，甚至遠至安法拉斯[58]。因此他聚集兵力，在 1810 年突襲了昂巴。卡斯塔米爾的後代在那場戰爭中全數死亡，王族也再度掌控昂巴。特盧梅塔為自己的名字加上昂巴達基爾[59]的稱號。但在迅速降臨剛鐸的災難中，昂巴再度失守，落入哈拉德人的手中。

第三項災厄是戰車民的入侵，這將剛鐸的國力在持續近一百年的戰爭中消耗殆盡。戰車民是一批來自東方的民族，或是許多民族組成的聯邦，但他們比先前出現過的敵人都來得更強大，武裝也更優秀。他們駕著大型馬車行動，酋長在作戰時則乘坐兩輪戰車。

拉松的大軍從海上抵達的光景。他們在港口岬角上的山丘頂端立下了一根雄偉白柱，作為紀念碑。頂端裝有一顆能吸收陽光與月光的水晶球，它能發出如同星辰般的光輝，在晴朗的天氣中，就連在剛鐸的海岸或西方海域上，都能看見它的光芒。它矗立於此，直到逐漸逼近的索倫二次崛起後，昂巴便落入他的奴僕的控制，這座象徵他恥辱的紀念碑則遭到推翻。」

在艾達卡歸國後，王室與其他杜納丹人的血脈便與普通人混合得更深。許多名門已在王族內鬥遭到殺害，而艾達卡則對北方人嶄露善意，由於對方的協助，他才得以重拾王冠，許多來自羅瓦尼恩的人也加入了剛鐸人民中。

與眾人的擔憂不同的是，這次混血起初並沒有加速杜納丹人的衰退，但衰退狀況仍如同之前一般逐步發生。這肯定是由於中土世界本身，以及在星辰之地[55]沉沒後，努曼諾爾人逐漸喪失上天的贈禮有關。艾達卡活到兩百三十五歲，在位五十八年，也度過了十年的流亡生涯。

剛鐸遭逢的第二場，同時也是規模最大的災厄，發生在第二十六任國王泰勒姆納的時代，他的父親艾達卡之子米納迪爾在佩拉吉爾遭到昂巴海盜所殺。（他們由卡斯塔米爾的曾孫安格麥提[56]和山蓋楊多[57]所率領。）不久之後，一股致命瘟疫便隨著黑風從東方出現。國王與他所有孩子全數病死，剛鐸的大量人民也送了命，特別是住在奧斯吉力亞斯的居民。接著由於倦意加上人數稀少，使性。他是個殘酷的人，而他在占領奧斯吉力亞斯時首度展露這點。他下令將遭擄的艾達卡之子歐南迪爾處死，而因他的命令在城裡引發的屠殺和毀滅，遠遠超出了戰爭所需。米那斯雅諾與伊西立安的人們都深深記得這件事，當眾人發現卡斯塔米爾不太在乎國土，只在意艦隊，也打算將王座遷到佩拉吉爾時，人們對他抱持的好感就變得更少。

「因此當他只當了十年國王時，察覺時機已到的艾達卡，就從北方率領大軍南下，卡蘭納松、安諾瑞恩和伊西立安。在萊班寧的伊魯依河淺灘爆發了一場大戰，剛鐸不少精銳子弟在此灑下鮮血。艾達卡在戰鬥中親自殺死了卡斯塔米爾，為歐南迪爾報了仇；但卡斯塔米爾的兒子們從戰役中逃脫，並和其他同胞與許多艦隊水手長期守住佩拉吉爾。

當他們將所有軍力召集到該處時（因為艾達卡沒有能在海上襲擊他們的船隻），就駕船離開，並在昂巴建立根據地。他們在此為國王的所有敵人設立了避難所，也成為獨立於他王權外的國度。昂巴與剛鐸此後交戰了數百年，並對剛鐸的海岸地區和海上運輸帶來威脅。直到伊力薩的時代到來，它從未再被擊敗，南剛鐸地區也成為海盜與王族之間爭奪不已的地點。」

「損失昂巴對剛鐸帶來沉重的打擊，不只因為南方國境縮減，或降低了對哈拉德人的控制，而是由於最後的努曼諾爾國王黃金大帝亞爾—法拉松，曾在那登陸並壓倒了索倫的勢力。儘管日後出現了莫大災厄，但就連伊蘭迪爾的追隨者們，都自豪地記得亞爾—法杜瑪薇。他過了數年才回國。這場婚姻日後引發了王族內鬥戰爭。

「剛鐸的高等人民總是對他們之中的北方人投以側目，而王位繼承人或國王的任一位兒子居然娶地位較低的異族為妻，也前所未聞。當瓦拉卡爾王年事已高時，南方省分已出現叛亂行動。他的王后是位美麗而尊貴的女子，但壽命如同常人短暫，杜納丹人擔心她的後代會遭受影響，並脫離人類王族的崇高地位。他們也不願意奉她兒子為王，儘管他當下名為艾達卡，但他出生在異國，年輕時的名號則是維尼特哈利亞，那是他母族人民的名字。

「因此當艾達卡繼承他父親的王位時，剛鐸境內就爆發了戰爭。但難以將艾達卡從王位上趕走。他為剛鐸血統加上了北方人的無畏精神。他俊美而英勇，老化的跡象也不比他父親快。當王族後代率領的亂黨起身反抗他時，他便用上全力對抗他們。最後他在奧斯吉力亞斯遭到圍攻，並長期死守當地，直到飢餓與叛軍更強大的兵力迫使他逃跑，讓城市陷入火海。在攻城戰與大火中，奧斯吉力亞斯的圓頂塔遭到摧毀，帕蘭提爾遺失在河水之中。

「但艾達卡躲過了他的的敵人，並來到北方，去找他在羅瓦尼恩的同胞。許多人聚集到此見他，其中包括效力剛鐸的北方人，以及住在國境北部的杜納丹人。後者中有許多人對他十分敬重，也有不少人厭惡起他的篡位者。篡位者名為卡斯塔米爾，他是羅曼達基爾二世的弟弟卡力梅塔的孫子。他並非王室唯一的近親，但他在叛軍中擁有最多追隨者，因為他是艦隊總帥，沿岸與佩拉吉爾和昂巴等大港的人民也都支持他。

「卡斯塔米爾還沒坐上王位太久，他就顯露出高傲與自私的本位。他主要的問題來自北方人。

在剛鐸國力帶來的和平下，這些民族蓬勃發展。國王們向他們展現好意，因為他們是普通人之中血統最接近杜納丹人的族群（那些人民大多是古代伊甸人的後代）；國王將安都因河對岸、巨綠森以南的寬闊地區賜給他們，以作為對抗東方人的防線。因為在過去，東方人的攻擊主要來自內海和灰燼山脈之間的平原。

在納馬基爾一世的時代，他們再次發動攻擊，但起初兵力不多；但攝政王得知，北方人並非總是對剛鐸保持忠誠，有些人也會與東方人結盟，有時出自對戰利品的貪慾，或因他們貴族之間的爭端所導致。米納卡爾因此在1248年率領軍隊出征，並在羅瓦尼恩[53]與內海之間擊退了東方人大軍，摧毀了敵方在內海以東的所有營地和聚落。他隨後採用羅曼達基爾的稱號。

回國後，羅曼達基爾便強化了安都因河西岸，遠至林清河的匯入處，並嚴禁任何外地人沿著大河渡過艾明穆伊。他在南希索湖的入口建造了亞格納斯之柱。但由於他需要人手，也打算加強剛鐸與北方人之間的繫絆，他便讓許多北方人加入麾下，並讓其中某些人在他的軍隊中身居高位。

羅曼達基爾特別厚愛曾在戰爭中幫助他的維杜蓋維亞。對方自稱為羅瓦尼安之王，也的確是北方貴族中最強大的成員，不過他自己的國土位於巨綠森和凱爾都因河[54]之間。1250年，羅曼達基爾派他的兒子瓦拉卡爾擔任大使，和維杜蓋維亞同住一段期間，讓他熟悉北方人的語言、風俗與政策。但瓦拉卡爾遠遠超越了他父親的期望，他愛上了北方大地與當地人民，也娶了維杜蓋維亞的女兒維法將它攻下。基爾楊迪爾之子基爾雅赫靜待時機，最後當他集結軍力後，就由海路和陸路從北方南下，並渡過哈南河[52]。他的軍隊徹底擊敗了哈拉德人，哈拉德君王也被迫承認剛鐸的統治權（1050年）。基爾雅赫隨後採用了哈亞曼達基爾的名號，意指「勝南者」。

在哈亞曼達基爾漫長的在位期間，沒有敵人膽敢挑戰他的力量。他擔任國王長達一百三十四年，除了一人以外，他是安納瑞昂系譜中在位最久的人。在他的時代中，剛鐸來到了全盛期。國境向北拓展到凱勒布蘭特平原與幽暗密林南方林蔭，以西到灰洪河，以東到魯恩內海，以南至哈南河，再由此沿著海岸來到昂巴半島與港口。安都因河谷的人民承認它的治權，哈拉德國王也向剛鐸朝貢，他們身為人質的子嗣也住在剛鐸的宮廷中。魔多一片荒蕪，但看守隘口的大型要塞監視著該地。

船王系譜就此結束。哈亞曼達基爾之子阿塔納塔．奧卡林度過了燦爛耀眼的一生，人們說：「寶石是剛鐸孩童拿來玩的小石頭。」但阿塔納塔性好安逸，並沒有費勁維繫自己繼承來的勢力，他的兩個兒子也抱持同樣的心態。在他過世前，剛鐸的衰退狀況就已經展開，它的敵人們肯定也觀察到了跡象。魔多的監視工作產生怠惰。不過，一直到瓦拉卡爾的時代，剛鐸才遭逢首波大難——王族內鬥帶來的內戰，引發了從未完整平復的莫大損失與災難。

卡爾馬基爾之子米納卡爾是個充滿精力的男子，而在1240年，納馬基爾為了擺脫治國上的麻煩，便封他為攝政王（Regent）。從那時開始，他便以國王之名治理剛鐸，直到他繼承了父親的王在陸地或海邊都獲得了莫大的財富與勢力，持續到阿塔納塔二世登基，人們稱他為奧卡林，意為光榮王。但衰退的跡象已經出現，因為南方的高等人類很晚婚，也沒有太多小孩。法拉斯特是第一個沒有子嗣的國王，第二個則是阿塔納塔．奧卡林的兒子納馬基爾一世。

第七任國王歐斯托赫重建了米那斯雅諾，此後國王夏季時都居住在此，而非奧斯吉力亞斯。在他的時代中，剛鐸首度遭到東方來的野人攻擊。但他的兒子塔羅斯塔擊敗、驅離了敵方，並採用代表「勝東者」的稱號羅曼達基爾。不過，後來他與東方人大軍交戰時死亡。他兒子圖倫巴為他報了仇，也往東方贏得了不少地盤。

第十二任國王塔藍儂開始了船王的系譜，他成立海軍，並將剛鐸的影響力沿著海岸往安都因河口西方與南方拓展。為了慶祝他擔任大軍總帥所贏得的勝利，塔蘭儂以象徵「海岸之主」的名號法拉斯特加冕。

他的外甥埃雅尼爾一世繼承了他的王位，整修了佩拉吉爾的古老港口，並打造了一支大型海軍。他由海路和陸路包圍昂巴，並占領當地，昂巴則成為剛鐸勢力下的大港與要塞[50]。但埃雅尼爾戰勝後並沒有倖存太久。在昂巴外海碰上猛烈風暴時，他與許多船隻和人馬就此失蹤。他的兒子基爾楊迪爾繼續建造船隻，但由逃離昂巴的貴族率領的哈拉德人，帶來龐大軍力攻擊要塞，基爾楊迪爾在哈拉德懷斯[51]戰死。

昂巴多年來都遭到圍攻，但由於剛鐸的海軍勢力，使敵軍無在最後的第十六任酋長亞拉岡二世出生前，共有十五名酋長，他日後則成為剛鐸與亞爾諾的國王。「我們稱呼他為吾王。當他來到北方時，前往他重新整修的安努米那斯宅邸，並在薄暮湖旁住了一陣子，讓夏郡的每個人都感到十分開心。但他沒有進入此地，遵守了他自己立下的規範：大傢伙不准跨越此地邊界。但他經常與許多俊美的人們騎馬到大橋邊，在此歡迎友人，以及其餘想見他的人。某些人願意和他騎馬離開，待在他的宅邸中。皮瑞格林領主經常造訪該處，市長山姆懷斯先生也是。他的女兒美麗伊拉諾是暮星王后的侍女之一。」

北方血脈的驕傲與奇妙特點在於，儘管他們的勢力不再，人民的數量也已銳減，諸多世代以來的父子傳承仍從未中斷。而且，儘管杜納丹人的壽命在中土世界已經縮短，在國王的血脈滅絕後，衰退狀況在剛鐸就發生得更嚴重。許多北方酋長仍擁有比常人多上兩倍的壽命，也遠比我們最老的成員活得更久。亞拉岡確實活到兩百一十歲，比自亞伐吉爾王以來所有先祖都更加長壽。昔日王者的榮耀，在亞拉岡．伊力薩身上再度重現。

（iv）
剛鐸與安納瑞昂的繼承人

當安納瑞昂在巴拉多前戰死後，剛鐸總共出現過三十一名國王。儘管邊界的戰火從未止息，一千多年來，南方杜納丹人無論在亞伐杜伊死後，北方王國便就此終結，因為杜納丹人已變得為數甚少，伊瑞亞多的人民們則大量減少。但王者血脈則由杜納丹人酋長延續下去，亞伐杜伊之子亞拉納斯則是第一任酋長。他的兒子亞拉黑爾在裂谷長大，在他之後的所有酋長之子也如此。他們家族的傳家寶物也保存在該處：巴拉希爾之戒、納希爾碎片、伊蘭迪爾之星與安努米納斯權杖。[46]

「當王國滅亡時，杜納丹人就躲入黑影，成為行蹤神祕的流浪民族，歌謠與歷史也鮮少記錄他們的事蹟與行為。自從愛隆離開後，就很少有人記得他們的事蹟了。不過，即便在警戒和平時期[47]結束，邪物再次開始攻擊或祕密入侵伊瑞亞多前，大多酋長們都平靜地度過他們的漫長生涯。據說亞拉岡一世遭到狼群殺害，野狼此後仍舊為伊瑞亞多帶來危險，也尚未遭到根除。在亞拉哈德一世的時代，歐克獸人忽然再度現身，日後才發現牠們早已祕密居住在迷霧山脈的要塞中，以便封鎖所有進入伊瑞亞多的通道。在 2509 年，當愛隆的妻子凱勒布理安前往羅瑞安時，便在紅角隘口（Redhorn Pass）碰上埋伏，歐克獸人的突擊行動衝散了她的護送人員，也將她擄走。伊萊丹和伊洛赫追蹤並救出母親，但她已遭到凌虐，傷口也中了毒[48]。兩人將她送回伊姆拉翠斯，儘管愛隆治癒了她的肉體，但她已對中土世界失去了興趣，隔年就前往灰港岸渡海離去。日後在亞拉蘇爾的時代，再次於迷霧山脈中大量增加的歐克獸人對周圍地區展開襲擊，而杜納丹人和愛隆之子們則奮力對抗牠們。此時有一大批歐克獸人來到遙遠的西方，準備進入夏郡，並遭到班多布拉斯．圖克驅逐[49]。

「但亞伐杜伊沒有接受他的建議。他向首領致謝，並在離別時把自己的戒指送給對方，說：『此物的價值超越你的想像。光是它的歷史就源遠流長。除了敬愛我家族的人對它抱持的敬意外，它沒有其他力量。它不會幫助你，但如果你有需求，我的族人便會用你渴求的大量物品來贖回它。』[44]

「但無論是命運或對方洞察先機，洛索斯人都給了正確的建議——當船尚未抵達開闊海域前，就碰上一股強大風暴，其中夾雜著來自北方的眩目白雪。這股強風將船隻吹回冰層，並在上頭堆起冰霜。就連基爾丹的水手們都無能為力，冰雪在夜裡壓垮了船殼，船隻因此沉沒。末代君王亞伐杜伊就此殞落，帕蘭提爾也隨他一同深埋海底。[45]許久之後，人們才從雪人口中得知佛洛赫爾沉船的消息。」

儘管遭到戰火侵襲，大多人也躲藏起來，但夏郡居民倖存下來了。他們派遣了一些弓箭手去支援國王，但那批人從未歸來。其他人也參與了推翻安格馬的戰役（南方的編年史中提到了更多細節）。在隨後的和平歲月中，夏郡居民進行自治，並繁榮發展。他們選出一位領主來取代國王，也對此感到滿意。不過有很長一段時間，許多人仍在等待王者歸來。但最後眾人遺忘了那股希望，也只在俗話中提到「當國王歸來時」，用來描述某種無法達成的好事，或是某種無從彌補的壞事。首任夏郡領主是來自沼地的布卡，老雄鹿家族自稱是他的後代。他在我們曆法中的379年（1979年）成為領主。

得以脫身。

「亞伐杜伊躲藏在盧恩山脈遠方盡頭附近的舊矮人礦坑中，但最後飢餓迫使他向洛索斯人[41]求助，也就是佛洛赫爾的雪人[42][43]。他在海岸邊的營地碰上了一部分這些人，但他們並非心甘情願地幫助國王，因為除了對他們而言沒有價值的幾件珠寶外，他什麼都給不了對方。他們也畏懼巫王，據說他能恣意製造冰霜。但由於對憔悴國王與他的手下感到同情，以及對他們的武器心懷畏懼，洛索斯人給了他們少許食物，並為他們建造雪屋。亞伐杜伊被迫在此等待，希望救兵會從南方到來，因為他的馬匹都已死亡。

「當基爾丹從亞伐杜伊之子亞拉納斯口中聽說國王逃向北方時，就立刻派了一艘船去佛洛赫爾尋找他。由於逆風而行，船隻在數天後才抵達該處，水手們也從遠方看到了小火堆，迷失的人們勉強用漂浮木生起了火。但那年冬天離開得很晚，儘管時值三月，冰層才剛開始破裂，延伸到海岸外頭遠方。

「當雪人們看到船隻時，便感到訝異而害怕，因為他們從未在海上看到這種船。但態度已變得更為友善的他們，用滑車把國王和他其餘倖存的手下盡可能運過冰層。來自船隻的一艘小艇成功地靠近了他們。

「但雪人們覺得忐忑不安，因為他們說在風中嗅到邪惡的氣味。洛索斯人的首領對亞伐杜伊說：『別搭乘這海怪！如果水手們有食物和我們需要的其他物資，就讓他們把東西帶來，你可以在這裡待到巫王回家。他的力量會在夏天減弱，但現在他的吐息十分致命，冰冷的魔掌也無遠弗屆。』

據說安格馬暫時遭到來自林頓與裂谷的精靈擊敗，因為愛隆從迷霧山脈彼端找來羅瑞安的救兵。此時居住在角地（位於灰泉河與喧水河）的史圖爾族往西方和南方逃竄，原因是由於戰爭；對安格馬的恐懼；伊瑞亞多的地理與氣候——特別是東方的狀況，已變得惡化而不友善。有些人回到大荒原，住在金花河旁，成了一群住在河畔的捕魚民族。

在亞格列布二世的時代，瘟疫從東南方來到伊瑞亞多，而大多卡多蘭的人民都已死亡，特別是在敏希利亞斯[40]。哈比人和其他民族都遭到重創，但瘟疫傳至北方時便逐漸衰退，而亞希丹的北部地區則沒有受到太大影響。卡多蘭的杜納丹人此時遭逢滅絕，來自安格馬與魯道爾的邪靈則進入了無人看守的墓塚，並居住在此。

「據說舊稱古墓崗的提因戈薩德墓塚非常古老，許多墓塚也是由伊甸人的先祖在第一紀元的古老世界興建而成，當時他們尚未跨越藍山脈進入貝勒爾蘭，當地目前僅存的地區便是林頓。當杜納丹人歸來後，便因此敬重那些丘陵；他們許多貴族與君王也葬在該處。（據說魔戒持有者遭到囚禁在內的墓塚，是卡多蘭最後一位王子的墳墓，他在 1409 年的戰爭中死去。）」

「安格馬的勢力在 1974 年再度崛起，巫王則在冬天結束前襲擊亞希丹。他占據了佛諾斯特，並將大多殘存的杜納丹人驅逐到盧恩山脈彼端；其中包括國王的兒子。但亞伐杜伊王死守北崗到最後一刻，之後和他某些護衛逃往北方，他們透過駿馬的飛速才

「在亞希丹的馬伐吉爾統治期開端，邪惡來到了亞爾諾。因為安格馬國度此時在北方的伊騰荒原彼端崛起。它的國土位於山脈兩側，當地集結了許多惡徒和歐克獸人，以及其餘邪惡生物。（該國度的統治者名為巫王，但日後世人才明白，他的確是戒靈之首，前來北方是為了摧毀亞爾諾的杜納丹人，因為他在他們的爭端中察覺到可趁之機，而此時的剛鐸仍舊強盛。）」

在馬伐吉爾之子亞格列布在位的時代，由於沒有伊西鐸的後裔留在其他王國，亞希丹的君王們便再度接掌整座亞爾諾的王權。魯道爾仍舊抗拒對方的主權。當地的杜納丹人數量稀少，而丘民間的某個邪惡貴族則奪取了權力，而他也與安格馬祕密結盟。亞格列布因此強化了風雲丘的防禦措施[38]，但他在與魯道爾和安格馬的交戰中遭到殺害。

亞格列布之子亞伐列格在卡多蘭與林頓的幫助下，將敵軍從風雲丘趕走。許多年來，亞希丹和卡多蘭都派遣軍力沿著風雲丘、大道與灰泉河下游駐守防線。據說裂谷此時遭到圍攻。

有批大軍於 1409 年從安格馬出發，在渡河後進入卡多蘭並包圍風雲頂。杜納丹人慘遭擊敗，亞伐列格也在此戰死。阿蒙蘇塔陷入烈火之中，但撤退的軍隊救走了帕蘭提爾，將它送回佛諾斯特。魯道爾受到安格馬麾下的邪惡人類占領[39]，而留在當地的杜納丹人則遭到殲滅或逃向西方。卡多蘭遭受戰火摧殘。亞伐列格之子亞拉佛尚未成年，但他性格英勇，並在基爾丹的幫助下，他從佛諾斯特和北崗擊退了敵人。卡多蘭的杜納丹人中一小部分忠實成員也死守提因戈薩德（古墓崗），或躲藏在後頭的老林中。

人類會前往該處。矮人曾住在藍山脈東側，目前也仍居住於此，特別是在盧恩灣以南的地區，他們在該地仍有使用中的礦坑。因此他們慣於沿著大道前往東方，在我們來到夏郡前，他們就已走這條路很多年了。造船者基爾丹居住在灰港岸，有些人說他仍住在當地，直到最後一艘船[36]航向西方。在國王當年的治期中，大多仍留在中土世界的高等精靈和基爾丹住在一起，或是待在林頓的濱海地區。如果現在還有精靈留在當地，數量也必然十分稀少。」

北方王國與杜納丹人

在伊蘭迪爾和伊西鐸之後，有八位亞爾諾至高王。在埃倫鐸過世後，由於他子嗣間的糾紛，使他們的王國分裂成三處：亞希丹、魯道爾[37]和卡多蘭。亞希丹位於西北方，也包含烈酒河和盧恩山脈之間的地區，以及大道北方的土地，最遠到達風雲丘。魯道爾位在東北方，位於伊騰荒原、風雲丘和迷霧山脈之間，但也包含灰泉河和喧水河之間的角地。卡多蘭位在南方，邊界則是烈酒河、灰洪河和大道。

伊西鐸的血脈在亞希丹流傳維繫，但很快就在卡多蘭和魯道爾消失。王國之間經常發生衝突，也因此加快了杜納丹人的衰退。主要的爭端來自風雲丘與往西靠近布理的地區的所有權。魯道爾和卡多蘭都想控制阿蒙蘇（風雲頂），該地矗立在兩國國境的邊界，因為阿蒙蘇塔擁有北方的主要帕蘭提爾，另外兩顆則由亞希丹保管。

剛鐸宰相：胡林家族：佩蘭鐸 1998。他在昂多赫戰死後掌權了一年，並建議剛鐸拒絕亞伐杜伊對王位的主權宣告。獵人佛龍迪爾 2029[33]。馬迪爾．佛隆威「堅定者」[34] 是首任攝政宰相。他的後繼者們不再使用高等精靈語名號。

攝政宰相：馬迪爾 2080，伊瑞丹 2116，希力昂 2148，貝勒岡 2204，胡林一世 2244，圖林一世 2278，哈多 2395，巴拉希爾 2412，迪奧 2435，迪耐瑟一世 2477，波羅米爾 2489，基里昂 2567。洛希人在他的統治期間來到卡蘭納松。

哈拉斯 2605，胡林二世 2628，貝勒克索爾一世 2655，歐洛卓斯 2685，艾克賽里昂一世 2698，伊蓋莫斯 2743，貝倫 2763，貝瑞剛 2811，貝勒克索爾二世）2872，索隆迪爾 2882，圖林二世 2914，特剛 2953，艾克賽里昂二世 2984，迪耐瑟二世。他是最後一任攝政宰相，他的次子法拉米爾 F.A. 82. 則繼承了他的位子，法拉米爾也身為艾明亞南領主，與伊力薩王的宰相。

（iii）
伊瑞亞多、亞爾諾與伊西鐸的繼承人

「伊瑞亞多是從迷霧山脈和藍山脈之間所有地區的古名，南方則以灰洪河和在撒巴德上游匯入它的格蘭都因河[35] 作為邊界。

「在亞爾諾的全盛期，國境涵蓋了整座伊瑞亞多，只有盧恩山脈彼端的區域除外，以及灰洪河和喧水河以東的地區，裂谷與冬青地就位於這些區域。盧恩山脈另一頭是翠綠寧靜的精靈國度，沒有安納瑞昂之子梅奈迪爾 158，基曼鐸 238，埃倫迪爾 324，安納迪爾 411，歐斯托赫 492，羅曼達基爾一世（塔羅斯塔）†541，圖倫巴 667，阿塔納塔一世 748，西力昂迪爾 830。以下是四位「船王」：

塔藍儂．法拉斯特 913。他是首任膝下無子的國王，王位則由他弟弟塔基爾楊的兒子繼承。埃雅尼爾一世 †936，基爾楊迪爾 †1015，哈亞曼達基爾一世（基爾雅赫）1149。此時剛鐸達到全盛期。

阿塔納塔二世．奧卡林「光榮王」1226，納馬基爾一世 1294。他是第二個膝下無子的國王，王位由他的弟弟繼承。卡爾馬基爾 1304，米納卡爾（攝政王 1240—1304），加冕為羅曼達基爾二世 1304，卒於 1366，瓦拉卡爾 1432。剛鐸的第一場災難在他的統治期間發生，也就是王族內鬥。

瓦拉卡爾之子艾達卡（原名為維尼特哈利亞）退位於 1437 年。篡位者卡斯塔米爾 †1447。艾達卡重掌王位，逝世於 1490 年。

奧達米爾（艾達卡的次子）†1540 ，哈亞曼達基爾二世（維尼亞力昂）1621，米納迪爾 †1634，泰勒姆納 †1636。泰勒姆納與他所有子嗣都在瘟疫中死亡。他的王位由外甥繼承，對方是米納迪爾次子米納斯坦之子。塔隆多 1798，特盧梅塔．昂巴達基爾 1850，納馬基爾二世 †1856，卡力梅塔 1936，昂多赫 †1944。昂多赫和他的兩個兒子戰死沙場。過了一年後的 1945 年，王冠由凱旋的將軍埃雅尼爾繼承，他是特盧梅塔．昂巴達基爾的後代。埃雅尼爾二世 2043，埃爾諾 †2050。王者血脈在此終結，直到伊力薩．泰爾康塔於 3019 年登基後才恢復統治。此後王國由宰相治理。

（ii）

流亡王國

北方血脈

伊西鐸繼承人

亞爾諾：伊蘭迪爾 †S.A. 3441，伊西鐸 †2，瓦蘭迪爾 249[30]，艾達卡 339，亞蘭塔 435，塔基爾 515，塔隆多 602，瓦蘭鐸 †652，伊蘭鐸 777，埃倫鐸 861。

亞希丹：佛諾斯特的阿姆萊斯[31]（埃倫鐸的長子）946，貝里格 1029，馬洛爾 1110，凱勒法恩 1191，凱勒布林多 1272，馬伐吉爾 1349[32]，亞格列布一世 †1356，亞伐列格一世 1409，亞拉佛 1589，亞格列布二世 1670，亞伐吉爾 1743，亞伐列格二世 1813，亞拉維 1891，亞拉凡特 1964，末代君王亞伐杜伊 †1975。北方王國滅亡。

酋長：亞拉納斯（亞伐杜伊的長子）2016，亞拉黑爾 2177，亞拉努爾 2247，亞拉威爾 2319，亞拉岡一世 †2327，亞拉格拉斯 2455，亞拉哈德一世 2523，亞拉哥斯特 2588，亞拉佛恩 2654，亞拉哈德二世，亞拉蘇爾 2784，亞拉松一世 †2848，亞剛努伊 2912，亞拉多 †2930，亞拉松二世 2933，亞拉岡二世 F.A. 120。

南方血脈

安納瑞昂繼承人

剛鐸國王：伊蘭迪爾，（伊西鐸與）安納瑞昂 †S.A. 3440，令，企圖以武力從西方之主手中奪取永恆的生命。但當亞爾—法拉松踏上蒙福阿門洲時，維拉便放下了守護權，並呼喚至上神[25]，世界就此改變。努曼諾爾遭到摧毀，大海將之吞沒，不死之地從此消失在世界的藩籬之中。努曼諾爾的榮光就此結束。

忠誠派最後的領袖伊蘭迪爾和他的兒子們，駕著九艘船逃離努曼諾爾的淪亡，並帶著一株寧羅斯幼苗，還有七顆遠望晶石（艾達族贈予他們家族的禮物）[26]，風暴中的強風將他們吹到中土世界沿岸。在該地的西北方，他們建立了流亡的努曼諾爾王國：亞爾諾與剛鐸[27]。伊蘭迪爾擔任至高王，住在北方的安努米那斯；南方則由他的兩個兒子伊西鐸與安納瑞昂治理。兩人在離魔多邊界不遠的米那斯伊希爾與米那斯雅諾間，建立了奧斯吉力亞斯[28]。他們相信大難至少為世間除去了索倫。

但情況並非如此。索倫的確深陷努曼諾爾的廢墟，他長久使用的肉身已經毀滅——但他逃回中土世界，化為乘著黑風而滿懷仇恨的邪靈。他永遠無法再次採用人類感到俊美的外型，反而變得黑暗而醜陋，此後他只透過恐懼來發揮力量。他重新進入魔多，沉默地躲藏了一陣子。當他得知自己最痛恨的伊蘭迪爾逃出了魔掌，如今還在他的國境邊界旁建立了國度，這使他勃然大怒。

因此，過了一陣子後，他趁流亡者們尚未立定腳步前，就對他們宣戰。歐洛都因再度冒出烈火，剛鐸將它重新命名為阿蒙阿馬斯，意指末日火山。但索倫出手得太快，他也尚未完全重拾力量，當他離開時，吉爾加拉德的勢力已大幅成長。在對抗他的最後同盟之戰中，索倫慘遭推翻，至尊魔戒也遭人奪走[29]。第二紀元就此結束。

任國王用努曼諾爾語塑造自己的王名，自稱為亞爾—阿杜納克霍，「西方之主」。這對忠誠派而言是不祥之兆，因為至今為止，他們只如此稱呼維拉的一員，或稱呼尊王[24]。亞爾—阿杜納克霍也開始迫害忠誠派，並處罰公開使用精靈語言的人，艾達族因此不再前來努曼諾爾。

不過，努曼諾爾人的力量與財富持續增加；但隨著他們對死亡的恐懼逐步增強，壽命便逐漸縮短，他們也不再感到快樂。塔爾—帕蘭提爾企圖彌補過往惡行，但為時已晚，努曼諾爾已產生了叛變與動亂。當他過世時，他身為叛黨領袖的外甥便奪取權杖，成為亞爾—法拉松王。黃金大帝亞爾—法拉松是歷代君王中最驕傲強大的成員，也渴望主宰世界。

他決定挑戰索倫大帝，以奪得中土世界的霸權，最後自己也親自率領大批海軍出航，並在昂巴登陸。努曼諾爾人的軍容無比盛大，使索倫的僕人遺棄了他。索倫也紆尊降貴，向對方致敬，並懇求原諒。在傲慢之下，亞爾—法拉松愚昧地將他當作囚犯帶回努曼諾爾。不久他就蠱惑了國王，並宰制了對方的想法。他很快便讓所有努曼諾爾人的內心墮入黑暗，只有剩餘的忠誠派成員除外。

索倫欺瞞國王，宣稱占有不死之地的人將得到永生，禁令存在的原因，也只是為了避免人類王族得到超越維拉的力量。「但偉大的王者有權占有一切」，他說。

最後亞爾—法拉松聽信了讒言，因為他感到壽命將盡，心頭也繚繞著對死亡的恐懼。他準備了世上前所未見的強大武裝，而當一切準備就緒，他便下令部署吹響喇叭，揚帆出海。他打破了維拉禁誼遠近馳名。他的後代包括阿曼迪爾與其子高大的伊蘭迪爾。

第六任國王只有一個孩子，是個女兒。她成為了首任女王，因為當時制定了一條王室法律，規定無論男女，國王最年長的孩子都會繼承權杖。

努曼諾爾王國延續到第二紀元結尾，國力也與日俱增。直到半個紀元過去後，努曼諾爾人的智慧與喜悅也逐漸增長。暗影籠罩他們的第一個徵兆，出現在第十一任國王塔爾－米那斯提爾的時代。他派出大軍協助吉爾加拉德。他熱愛艾達族，但也羨慕他們。努曼諾爾人已經成為高明的航海家，已探索過整片東方大海，也開始想前往西方與禁忌海域。他們的生活過得越愉快，就越渴望得到艾達族的不朽生命。

而且，米那斯提爾之後的國王變得貪求財富與權力。起初來到中土世界的努曼諾爾人，為遭到索倫所害的普通人扮演了導師與朋友的角色。但現在他們的港口已成為要塞，並占領了寬闊的沿岸地區。阿坦納米爾和他的繼位者們徵收了重稅，努曼諾爾人的船隻也帶著戰利品返回故土。

塔爾－阿坦納米爾率先公開批判禁令，宣稱他有權得到艾達族的壽命。暗影就此逐漸變深，關於死亡的思緒也導致民心惶惶。努曼諾爾人就此產生分歧：一派是王族與追隨者，他們遠離了艾達族與維拉；另一派少數分子自稱忠誠派，主要住在島嶼西側。

王族與追隨者逐漸捨棄了艾達族的語言，而到了最後，第二十號塔爾—敏雅托[22]稱呼他。他的後代都十分長壽，但仍是凡人。日後當他們變得勢力高漲時，就埋怨起祖先的選擇，渴求著屬於艾達族的不朽生命，並私下對禁令產生謀反之意。於是他們在索倫的邪惡教導下展開叛亂，並引發了努曼諾爾的淪亡與古代世界的毀滅。記載於〈阿卡拉貝斯〉[23]。

*以下是努曼諾爾國王與女王的名字：*愛洛斯．塔爾—敏雅托，瓦爾達米爾，塔爾—阿曼迪爾，塔爾—伊蘭迪爾，塔爾—梅納鐸，塔爾—阿爾達瑞昂，塔爾—安卡利梅（首位執政女王），塔爾—安納瑞昂，塔爾—蘇利昂，塔爾—泰爾佩莉安（第二位女王），塔爾—米那斯提爾，塔爾—基爾亞坦，塔爾—阿坦納米爾大帝，塔爾—安卡利蒙，塔爾—泰勒姆麥提，塔爾—法妮梅黛（第三位女王），塔爾—阿爾卡林，塔爾—卡爾馬基爾，塔爾—亞爾達敏。

在亞爾達敏後，國王便以努曼諾爾語（又稱阿杜奈克語）名號接掌權杖：亞爾—阿杜納克霍，亞爾—季姆拉松，亞爾—薩卡索爾，亞爾—金密爾佐，亞爾—印西爾拉頓。印西爾拉頓對王族的作法感到懊悔，便將他的名號改為塔爾—帕蘭提爾，意指「遠望者」。他的女兒該成為第四個女王塔爾—米瑞兒，但國王的外甥奪去了權杖，並成為最後一任努曼諾爾國王：黃金大帝亞爾—法拉松。

在塔爾—伊蘭迪爾的治期中，努曼諾爾人的第一批船回到了中土世界。他最年長的孩子是個女兒，名叫西爾瑪瑞安。她的兒子是瓦蘭迪爾，住在島嶼西側首位安督涅領主，他們與艾達族之間的友的高等精靈王血脈。

在第一紀元結尾，維拉賦予半精靈無可逆轉的選擇，讓他們挑選加入哪個種族。愛隆選擇成為精靈，並成為睿智學者。因此他得到與仍留在中土世界的高等精靈相同的特權——當他們終於對凡世感到疲憊時，就能到灰港岸搭船前往極西之地。直到世界改變後[15]，這項特權仍舊有效。愛隆之子們也得到了選擇：與他一同離開世界的束縛，或留下成為凡人，在中土世界死亡。因此對愛隆而言，魔戒之戰的所有潛在結果都充滿了悲傷。[16]

愛洛斯選擇成為人類，與伊甸人待在一起，但他依然得到超越普通人數倍的漫長壽命。

為了獎勵他們在對抗魔高斯時遭受的苦難，世界守護者維拉將一塊土地賜給伊甸人，讓他們遠離中土世界的危險。他們許多人飄洋過海，並在埃倫迪爾之星的指引下來到龐大的伊蘭納島[17]，那是凡世大陸中極西的土地。他們在此地建立了努曼諾爾國度。

島嶼中央有座名為曼納塔瑪山[18]的高山，視力優秀的人能從山頂遠眺埃瑞西亞的艾達族港岸[19]。艾達族由此來見伊甸人，並讓對方獲取諸多知識與禮物。但努曼諾爾人受到「維拉禁令」所限制：他們禁止往西航行到故鄉沿岸視野以外的範圍，也不能企圖踏上不死之地[20]。儘管他們擁有漫長的壽命，起初比一般人多出三倍，但他們必須維持凡人之身，因為維拉沒有從他們身上取走人類贈禮[21]（日後這也被稱為人類宿命）。

愛洛斯是首任努曼諾爾國王，日後人們則以他的高等精靈語名與艾達族共同對抗魔王的盟友。

史上有三對艾達族與伊甸人的聯姻：露西安與貝倫，伊翠兒與圖爾，亞玟與亞拉岡。最後一對再度合併了半精靈分裂多年的支脈，這段血脈也重現於世。

露西安·媞努薇兒是第一紀元多瑞亞斯的辛葛·灰袍王[5]之女，但她母親是維拉的人民之一美麗安[6]。貝倫是伊甸人第一家族[7]的巴拉希爾之子。他們共同從魔高斯的鐵王冠上摘下一顆精靈寶鑽[8]。露西安成為凡人，永遠離開了精靈族。她的兒子是迪奧。愛爾溫是他的女兒，也保管著精靈寶鑽。

伊翠兒·凱勒布琳黛[9]是隱匿城市剛多林[10]的國王特剛之女。圖爾是哈多家族的胡爾之子，該家族是伊甸人第二家族，也是在對抗魔高斯的戰爭中最知名的家族。航海家埃倫迪爾是他們的兒子。

埃倫迪爾娶了愛爾溫，並透過精靈寶鑽的力量穿越陰影[11]，來到極西之地，以精靈與人類之間的使者尋求協助，藉此推翻魔高斯。維拉不允許埃倫迪爾回到凡間，他載運精靈寶鑽的船隻化為星辰，在蒼穹中航行，成為遭受魔帝或他的僕人們壓迫的中土世界居民心中的希望象徵[12]。只有精靈寶鑽保存了維林諾雙聖樹遭到魔高斯毒害前的上古光輝，但另外兩顆寶鑽在第一紀元結束時遺失。完整的故事與其他和精靈與人類有關的事件，記載於《精靈寶鑽》中。

埃倫迪爾的兒子是愛洛斯與愛隆[13]，他們是佩瑞迪爾，也就是半精靈。第一紀元的伊甸人的英雄酋長血脈只在他們身上得到保存，而在吉爾加拉德殞落後[14]，也只有他們的後代維繫了中土世界戒在 3021 年 9 月 3 日離開時結束，但在剛鐸的紀錄中，F.A. 開始於 3021 年 3 月 25 日。至於剛鐸與夏郡曆法的換算等式，請參見第一冊頁四與第三冊頁 D——六三九頁。在年表中，諸王與統治者的名稱後如果只有一個日期，就代表他們的死亡日期。符號 † 代表在戰爭或其他事件中早逝，不過編年史不見得有記錄該事件。

(一)
——努曼諾爾諸王——

(i)
努曼諾爾

費諾是艾達族中擁有最偉大技藝與學識的成員，但也是最驕傲與最剛愎自用的一員。他打造了三枚聖物精靈寶鑽，並用雙聖樹泰爾佩力昂與羅瑞林[2]的光輝填滿了它們，這兩棵樹為維拉的國度賦予光明。魔王魔高斯渴望寶鑽，他隨後竊取了它們，並在摧毀雙聖樹後，將寶鑽帶到中土世界，並將它們守在他的巨大要塞山戈洛墜姆[3]。費諾違抗了維拉的意志，並捨棄蒙福神域，前往中土世界流亡，也帶走了他一大部分人民。受到傲慢驅策的他，打算透過武力從魔高斯手上奪回寶鑽。此後便展開了艾達族與伊甸人對抗山戈洛墜姆的絕望戰爭，最後他們也遭到徹底擊敗。伊甸人（阿塔尼[4]）由三批人類組成，他們起初來到中土世界西方和大海沿岸，並成為

附錄——A

諸王志

在接下來的附錄中所涵蓋的大多事項，特別是A到D部分，請參閱序章結尾的注解。A部分第三章〈都靈一族〉或許源自矮人金力，他與皮瑞格林和梅里雅達克維持著友誼，也與他們在剛鐸與洛汗見面過許多次。

資料來源中的傳說、歷史和學識非常廣泛。這裡只使用摘錄版本，大部分資料也經過精簡化。使用它們的主要目的，是為了描繪魔戒之戰與它的起源，並填補主要故事中的某些缺漏。比爾博最有興趣的第一紀元傳奇在此會提供簡述，它們與愛隆的祖先和努曼諾爾國王與酋長有關。來自長篇編年史與故事的摘錄片段會標上引號；日期則會置於括號中。能由資料來源找到引號內的注記。其他部分則是編輯加注[1]。

文中的日期屬於第三紀元，除非標明S.A.（Second Age. 第二紀元）或F.A.（Fourth Age. 第四紀元）。普遍認為第三紀元於三

佛洛德懷斯
剛達巴山
伊瑞德米斯林
凋謝荒地
(灰山脈)
朗威爾河
伊瑞柏(孤山)
鐵丘陵
森林河
羅
卡洛克
高山隘口
老淺灘
老林路
卡南河(紅水河)
瓦
幽暗密林
席爾寧格洛河
(金花河)
安都因河(大河)
東彎地
尼
魯
魯恩海
多爾哥多
凱勒布蘭特平原
北河灣
林清河
褐地
恩
南河灣
大高原
汗
艾明穆伊
達哥拉(戰爭平原)
恩
東坦納特
魔拉儂
伊瑞德里蘇依(灰燼山脈)
死亡沼澤
勞洛斯瀑布
烏頓
東佛德
寧道夫
(濕原)
北伊西力安
艾森口
魔蓋
巴拉多
凱爾安卓斯
安諾瑞恩
歐洛都因
米那斯提力斯
米那斯魔窟
哥葛洛斯平原
拉密頓
伊費爾
洛薩納赫
艾明亞南
伊魯依河
杜亞斯
魔
多
鐸
諾恩
瑟尼河
萊班寧
南伊西力安
諾南湖
伊瑟安都因
波羅斯河渡口
波羅斯河
南剛鐸
(現為主權不明的荒地)
坎德
哈拉德路
近哈拉德
哈南河

佛洛赫爾冰灣
亞爾諾
的失落國度
卡恩督姆
安格馬
此處是古代
的安格馬巫王國度
希姆濼
伊瑞德盧因
盧恩河
佛林頓
佛隆德
盧恩灣
米斯隆德
(灰港岸)
艾明尤澳
(薄暮丘)
南努爾
(薄暮湖)
安努米那斯
北崗
佛諾斯特
風雲丘
契特森林
風雲頂
布理
東西道
食人妖森林
終末橋
伊索河(灰泉河)
布魯伊南河
(喧水河)
伊瑞亞多
亞希丹
烈酒橋
夏郡
白崗
哈比屯
老林
塔丘
遠崗
古墓崗
綠道
南崗
哈隆德
哈林頓
藍山脈
薩恩淺灘
卡多蘭
(烈酒河)
巴蘭都因河
敏希利亞斯
撒巴德
寧因艾爾夫河
(鵠群河)
格蘭都因河
埃瑞瓊
(冬青地)
墨瑞亞大門
葛瓦斯洛河(灰洪河)
黑鬱地
南北道
艾森格
隆德戴爾
伊尼德懷斯
艾森河淺灘
洛汗隘口
安格倫河
(艾森河)
雅多恩河
卓懷斯伊奧
伊瑞德尼姆拉斯
剛
列夫努伊河
皮納斯蓋林(綠丘)
安法拉斯
(長岸)
安德拉斯特(拉斯莫希爾)
第三紀元末期
中土世界西部
50
100
150
200

鑽石孔眼　08

The Lord of the Rings: The Return of the King

魔戒：王者歸來

作者：J. R. R. 托爾金（John Ronald Reuel Tolkien）
譯者：李函

堡壘文化有限公司　雙囍出版
總編輯：簡欣彥｜副總編輯：簡伯儒｜責任編輯：廖祿存
行銷企劃：游佳霓、黃怡婷、曾羽彤｜裝幀設計：陳恩安
校對：張詠翔、梁燕樵

出版：堡壘文化有限公司 雙囍出版
發行：遠足文化事業股份有限公司（讀書共和國出版集團）
地址：231 新北市新店區民權路 108-2 號 9 樓
電話：02-22181417
Email：service@bookrep.com.tw
郵撥帳號：19504465 遠足文化事業股份有限公司
網址：www.bookrep.com.tw
法律顧問：華洋法律事務所　蘇文生律師
印製：中原造像股份有限公司
初版 1 刷：2024 年 03 月
定價：720 元
ISBN：978-626-97933-7-2
EISBN：9786269843138（PDF）｜ 9786269843145（EPUB）

國家圖書館出版品預行編目（CIP）資料｜王者歸來／J. R. R. 托爾金（J. R. R. Tolkien）著；李函譯．-- 初版．-- 新北市：堡壘文化有限公司雙囍出版：遠足文化事業股份有限公司發行，2024.03｜624 面；14.8×21 公分．--（鑽石孔眼；8）｜譯自：The return of the king｜ISBN 978-626-97933-7-2（平裝）｜873.57｜113001873